빙등

氷燈

천승세

빙등 氷燈
천승세

2022년 8월 15일 초판 1쇄 발행

지 은 이 천승세
발 행 인 조동욱
편 집 인 조기수
기   획 천의경
펴 낸 곳 출판회사 헥사곤 Hexagon Publishing Co.
등   록 제2018-000011호 (등록일: 2010. 7. 13)
주   소 경기도 성남시 분당구 성남대로 51, 270
전   화 070-7743-8000
팩   스 0303-3444-0089
이 메 일 joy@hexagonbook.com
웹사이트 www.hexagonbook.com

ISBN 979-11-89688-87-5 03810

빙등

氷燈

천승세

HEXAGON

'빙등(氷燈)'을 발간하며

선친의 미완의 유작 그 두 번째 작품 '빙등'을 발간하게 되었습니다. 애초 3부
작으로 구상하고 집필하였지만 〈소설문예〉, 〈한국문학〉, 〈월간 옵저버〉 세 곳
의 지면을 옮겨가며, 1978년에서 1991년에 이르는 10여년의 시간에도 2부를
마치지 못하고 미완으로 남았습니다. 그러나 한 편의 장편소설로 재미있게 읽
어가기에 아무런 혼란이 없을 것이라 생각합니다. 시대와 불화했던 작가의 운
명같은 작품이랄 수 있겠습니다.

발간 준비를 하며 편집 과정에서 부득불 약간의 수정이 있었고, '일러두기'에
그 내용을 소상하게 적었습니다.

'빙등'은 선친께서 1973년 3~4월, 2개월 동안 목숨을 건 북양어업실태 취재
차 '제305 지남호'에 편승하여 북양 명태 잡이 어로작업을 몸소 체험하여 쓰
신 소설로, 어부들의 사투와도 같은 어로작업의 역동적 묘사를 통해 북태평양
한 가운데 그 현장으로 독자를 끌어 들입니다. 목포 태생의 선친께서 "목포 바
다는 내 어머니의 모유 같다" 며 말하신 적이 있습니다. 그만큼 늘 바다를 보며
성장하고, 사유하고, 꿈을 키운 작가였지만 스스로 밝혔듯이 연.근해와 원해에
대해서는 여틈한 대로 식견을 가지고 있었으나 원양을 몰랐기 때문에 북양 조
업을 몸소 체험했던 것입니다. 처와 아직 어린 자식 다섯을 놔두고 북양 취재를
나섰던 당시의 쉽지 않은 결정, 작가의 용기가 자랑스럽습니다.

5대가 뱃사람인 '유씨'일가의 이야기는 북태평양 어장 개척에 나섰다가 침몰
해 수많은 선원이 수장된 1967년 실제 사건을 배경으로 하고 있습니다. 손자
의 비극적 사고에도 불구하고 노구를 이끌고 또 다른 바다로 찾아들어가는 조
부, 큰 아들을 삼켜버린 바다로 다시 나가는 부친, 부친과는 반대방향으로 달아

나지만 결국 형을 삼켜버린 그 바다에서 또 다시 만나는 둘째, 그리고 이들을 둘러 싼 50여명의 뱃사람들과 그 주변 사람들이 펼쳐 보이는 이야기는 대하소설인 '선창'의 규모에 뒤지지 않는다 생각됩니다.

높은 파도와 세찬 바람 속에 피항과 조업이 반복되고 유빙 경보에 배가 부서질세라 극한의 긴장 속에 이루어지는 북양 조업, 그런 중에도 힘든 전적 작업을 마치고 부산으로 귀항하는 작은 운반선의 뒷모습에 "봉사 딸년 야반도주 시킨 마음" 이라며 노심초사하는 등장인물들,

거칠고 강인하지만 쥐 한 마리, 새 한 마리의 죽음도 가벼이 지나치지 못하고, 집채만한 만월이 떠오르면 부족한 잠도 포기하고 갑판에 옹기종기 모여 고향과 고향에 두고 온 정인들을 그리워하는 인물들을 통해 느끼는 인정의 맛은 감동적입니다.

성준을 비롯, 이건민, 도동현, 빼빼루마스타, 마르팅게 삼지창, 살망아들 등..., 이 입체적인 등장인물들의 흥미진진한 앞으로의 활약, 다음에 전개될 이야기가 무척 궁금하고, 전해들을 수 없다는 것이 안타깝습니다. 이 아쉬움, 안타까움이 독자들에게, 소설을 공부하는 후학들에게 어떤 경우라도 작품 하나를 작의대로 완성해야 한다는, 소설 창작에 대한 열의를 북돋우는 선친의 응원이 되어 주리라 믿어봅니다.

미완의 결말은 크나큰 아쉬움이지만 독자의 상상력으로 마무리하는 열린 결말 또한 색다른 즐거움이라 위로도 해봅니다.

'빙등' 출간에 애써주신 출판회사 헥사곤에 감사드립니다.

2022.6.

河童 千勝世 기념사업회 천의경

〈작가소개〉

천 승 세 (1939.2.23.~2020.11.27.)

1939년 전남 목포에서 소설가 박화성의 아들로 태어나 목포고등학교를 졸업하고, 1961년 성균관대학교 국문과를 졸업했다. 1958년 동아일보 신춘문예에 단편소설 '점례와 소'가 당선되어 등단하였고 1964년 경향신문 신춘문예에 희곡 '물꼬'가 입선하고 같은 해 3월 국립극장 장막극 현상 모집에 '만선(3막 6장)'이 당선되었다. 1989년 창작과 비평(가을호)에 시 '축시춘란' 외 9편을 발표하며 시인으로 등단했다.

주요 작품으로 소설 '포대령' '황구의 비명' '낙월도' '이차도 복순전' '혜자의 눈꽃' '신궁' 등이 있으며, 60여 편의 중·단편, 5편의 장편소설과 미완의 장편 3편, 희곡 '만선' 등과 〈몸굿〉, 〈산당화〉 2권의 시집, 4권의 수필집, 3권의 꽁뜨집 외 다수가 있다.

신태양사 기자, MBC 전속작가, 한국일보 기자로 활동했고, 한국문인협회 소설분과 이사, 자유실천문인협의회 고문, 민족문학작가회의 자유실천위원회 위원장과 회장단 상임 고문을 역임했다.

1965년 제1회 한국연극영화예술상 희곡상, 1975년 제2회 만해문학상, 1982년 제4회 성옥문화상 예술부문 대상, 1989년 제1회 자유문학상 본상을 수상하였다.

암으로 투병 중 전신으로 암세포가 전이되어 약 2개월 와병 후 2020년 11월 27일 자정을 막 넘긴 시각 영면했다.

일러두기

- 〈빙등〉은 작가가 1973년 3월 북태평양 어업실태 취재를 위해 명태잡이 어선인 제305 지남호에 승선하여 체험하고 집필한 소설이다. (부산일보 1973. 3. 13. 일자 5면 참조)
- 〈빙등〉은 1978년부터 1991년에 걸쳐 3곳의 지면에 연재되었다. 전체 3부를 구상하고 집필했지만 10년이 넘는 시간 동안 2부를 채 끝내지 못하고 미완의 작품으로 남았다. 시대와 불화했던 작가의 운명과 닮은 작품이다.
- 〈빙등〉은 1978년 〈소설문예〉 2월호에서 〈흑색항해등〉이라는 제목으로 처음 연재를 시작했지만 2회를 끝으로 연재가 중단되었다. 이후 1984년 8월부터 1986년 2월까지 〈빙등〉이란 제목으로 〈한국문학〉에 17회 연재되었다. 다시 중단된 연재는 1990년 5월부터 1991년 3월까지 〈월간 옵저버〉에 10회분이 이어서 발표되었지만 〈빙등〉은 결국 완결되지 못했다.
- 작가의 의도가 담긴 표현을 충실히 재현하기 위하여 원고의 상태를 그대로 출판하였다.
- 발표 과정에서 중복이 있는 부분은 출판 과정에서 조정하여 정리하였다. 그 내역은 별도의 표로 표기하였다.

수정사항 일람

	원래 목차 (발표)	수정 목차 (출판)
소설문예 '흑색항해등'	1회. 서장	'빙등' 1,2,3회에 내용이 수용되어 삭제
	2회. 1항차, 남항	
〈한국문학〉 '氷燈' 1부	1회. 서장(序章)	1회. 서장(序章)
	2회. 第1部 황해(荒海) 남항(南港)	2회. 남항(南港)
	3회. 남항(南港) 1항차(航次)	3회. 1항차(航次)
	4회. 무등(舞燈)	4회. 무등(舞燈)1
	5회. 무등(舞燈)	5회. 무등(舞燈)2
	6회. 피항로(避航路)에서	6회. 피항로(避航路)에서1
	7회. 피항로(避航路)에서	7회. 피항로(避航路)에서2
	8회. 어장(漁場)	8회. 어장(漁場)
	9회. 어장(漁場) 만월(滿月)	9회. 만월(滿月)
	10회.어장 해룡(海龍) 부산서공(鼠公)	10회.해룡(海龍) 부산서공(釜山鼠公)
	11회.어장(漁場) 노발탕(怒發湯)	11회. 노발탕(怒發湯)
	12회. 선진발광포(先進發光砲)	12회. 선진발광포(先進發光砲)
	13회. 파인마치號	13회. 파인마치호(號)
	14회. 메주 조리질	14회. 메주 조리질
	15회. 천미육(天味肉)에 가오리 똥	15회. 천미육(天味肉)에 가오리 똥
	16회. 황천어로(荒天漁撈)	16회. 황천어로(荒天漁撈)
	17회. 쫑바리들	17회. 쫑바리들
〈월간 옵저버〉 '黑色航海燈 (氷燈 2부)	1회. '물밥序說' 돈(豚)귀신, 운다고 내 사랑이	18회. '물밥서설(序說)'
	2회. 국치항해(國恥航海) 회색부두, 청학호텔, '미나라이'	19회. 국치항해(國恥航海)
	3회. 비고장(祕庫匠)과 '배치기'	20회. 비고장(祕庫匠)과 '배치기'
	4회. 날개부인, 빼빼루마스터	21회. 날개부인
	5회. 제목 없음	22회. 승선신고
	6회. '살망아'들	23회. '살망아'들
	7회. 회억의 바다	24회. 쐐기처방, 문답식 고난사
	8회. 쐐기처방, '문답식 고난사'	
	9회. 황천부인	25회. 황천부인
	10회. 보성號, 범법선(犯法船)	26회. 보성호(號)

제1부

⚓

제2부

제1부

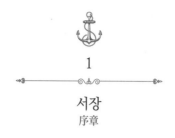

1

서장
序章

"바다를 조상 삼어야 혀!"

입에 침이 마르도록 이 말로 세월을 삼았던 조부의 말씀대로라면, 우리는 대를 이어오는 뱃사람 집안이었다. 그러나 조부로부터 부친, 그리고 나에 이르는 3대만 이른바 '뱃놈집안'으로서의 실감일 뿐, 그 이전의 까마득한 세월은 뱃놈 집안답지 않게 비린내도 맡아 볼 수 없다.

당연한 일일 것이다. 철저한 문맹인 조부께서 당신 선대의 어로(漁撈)를 후손에게 인지시키는 방법은 기록이 아닌 허망한 구전(口傳)이었는데 이를테면 "느그 고조부께서는 전라도 바다라면 날던 신천옹도 인사하는 일장 뱃사람이 제잉. 토방, 석방 안치신 데가 없었응께 짠물 있고 뻘등 백힌 데서는 임금뱃사람 존대를 받으셨당게 그냐… 토방 석방 지 손으로 칠 줄 아는 어부헌티는 들물 날물도 흐르던 물줄을 개옹박는다는 옛말이 있지야. 환언헌다치면 뱃놈으로 괴기잡는 기술은 다 끝내 뿐졌다는 요런 논설이여. 으째서 그냐허먼 토방 석방이 기중 힘되고 또 오래된 기술이기 때미여.… 말년에는 법성장내에서 죄기 저자 그물질을 허셨디여. 발동기로 배몰고 마이크 잡고 악덜쓰고 허는 요새 뱃놈덜 요런 말 허먼 결대적으로 고지 안들을 것이다마는, 그짝 법성포 장내만혀도 저자배, 망선배, 궁선배, 정선배, 요런 중선들이 일백 오십척이나 들어백혔다 허셨어. 대전 한 장이먼 염장 지럭지만도 육백파고 임통 밑바닥이 두 장 깔앉다 들었응께, 그 시절 그물질이 올매나 요란했겠냐?… 고조부는 나중에 영광바다에서 대고그물질 허시다가 풍랑만나 배가 까파져뿐졌제. 시신을 으더서 찾어? 그저 요맘겐가 보다허고 물지사 모시고… 느그 증조부도 떵떵 재던 뱃사람이셨어. 멜치잡는 행배 몰고 장신까정 오르내리셨는디 서른살 당도허셔서는 강원도로 뜨셨어야. 화이고— 강원도 그물질이라는 목자, 우습고 짜깍시러워서 말도 안나온당께. 배라고 꼭 탁탁 패서 구둘이나 데폈으먼 좋겠다싶은디, 이물은 소좆맹끼로 날캄하고 고물은 지름장수 방댕이 맹끼로 짜악 벌어졌는디 거그다가 세끼고래 좆만헌 창나무를 탁 박어놓고는 끄덕끄덕 몰고 댕기는 거여. 거그다가 장쇠라고 딱 세개 질렀는디, 강원도 뱃놈덜 욕심만 청대같어각고는 두대배 행세를 부리능겨. 두대배라는 목자는 돛대가 두 대라 요런 말이다잉. 그랑께로 바람도 아닌 바람에도 이물버텀 꼴아백히기 일쑤고… 그물질이라는 것도 기껏해서 휘리그물이여. 그 휘리라는 것도 그물 양쪽은 땅에 다 박어 놓고는 함세 괴기 들어갔겄다 싶으면 끄서대는 땅휘리여. 느그 증조부께서, 웜매 내 전라도 바다! 해쌈시롱 속을 끓이시는디 저러다가 숨줄 끊어지능가 싶덩만!십년 견뎌내다가 경상도로 뜨셨어. 경상도 그물질은 전라도나 거진거진허두만. 제창바다, 거 머시기 거제도 앞바다 말인디, 제창바다 도미잽이는 전라도 배질 뜸떠묵게 성시였제잉… 그녀려 되미잽이에 너머 반허셨등 것이 화근이었제.… 바람 만나서 배가 여로 떼밀려 깨지는 통에 돌아가셨니라아—"하는, 이런 구전이었다.

나는 조부의 장황한 구전을 절절한 '비린내'로 통감하기 위해 '어(漁)'자 붙은 책은 닥치는대로 읽고, 그것도 모자라 도서관에 처박혀 몇 날 밤을 세웠을 것이었다.

그러나 결과는 마찬가지였다. 한국의 어업사를 희미하게나마 터득할 수 있는 그 생경한 단어들을 죽자고 암기했을 즈음, 나는 전설의 과거 속에서 '우리들'을 지웠고 활성의 현실 앞에다 '우리들'을 세워봤던 것이다. 즉, 고조부와 증조부의 세월은 바다 그 자체로서의 견고한 화석화(化石化)의 '원(圓)'일 뿐, 이 순간 그리고 이 시간 후, 또 오늘과 내일 뒤의 미래, 그리하여 영원한 미래에까지 순간마다 탄생되는 무한수(無限數)의 수평선을 내 '원'으로 삼기로, 그 '원' 속에다 '뱃놈집안'을 세우며 우리들의 비린내를 위해 나는 기필코 미쳐야 한다고—.

조부의 가출. 벌써 5년째다. 2년 전 잠시 귀가했을 뿐 부친의 애간장 끓이는 수소문을 용케 숨박꼭질하며 이 바다 저 바다의 어장막(漁場幕)을 바람처럼 흘러다니고 있는 세월 말이다.

바다를 조상 삼아야 한다는 조부와 '아입니더. 밭매꼬로 뭉기고 갈아야 바답니더!' 했던 부친은 심심찮게 불화했던가 싶다. 그러나 이쯤 하찮은 불화가 조부의 가출 동기랄 수는 없다.

조부는 그해 그 부두에서 조상의 바다를 떠올리며 미진한 타력(惰力)처럼 떠밀려가고 싶었을 것이다.

통곡으로 아수라장이 됐던 그 해 그 부두를 기억한다. 1967년 9월.

부친은 부두에 내리는 순간, 조금 전까지 억척스레 버티던 산 사람으로서의 모든 능력을 스스로 버려버리는 듯싶었다. 하늘을 담고 떠있는 눈은 정박등처럼 침울했고, 낭자한 빈혈이 만들어내는 기진한 눈물이 사행처럼 볼을 타내리고 있었다.

조부는 그런 부친을 가운데 두고 탈진한 맴돌이를 하고 있었다. 그렁대는 해소가래를 끓이며 부친을 할기족족 눈에 담았다.

"… 그려서… 성우놈은 영 못찾게 되야뿐졌다?"

부친은 숨지는 새처럼 고개를 떨구며 대답했다.

"… 맞십니더!… 다 들으셨을 텐데 와 또예…"

"… 그려?… 허어— 참말로 그렇다?… 허어—"

조부가 앞장서 걷기 시작했다. 부친이 곧 쓰러질 듯 비칠대는 조부의 뒤를 따랐다.

조부와 부친은 집에 와서도 한동안 말이 없었다. 동네 아낙네들의 에구데구 끓는 설움을 건너다 보며 부친은 넋이 빠졌고 조부는 하늘 속에다 망연히 띄웠던 눈길을 거둬 아직도 인사불성인 모친의 여윈 등을 내려다 보고 있었다.

부친이 급기야 무릎 새에다 이마를 묻으며 맘놓고 울어보는 것이었다.

"그, 그렇게 지독한 바다가 또 어데 있답니까!… 우짠놈어 바다가 그렇답니까… 북양은 바다가 앙이라요! 지옥입니더 지옥!"

"지랄— 자손대대 천벌받을 소리 허덜 말어!… 성우놈을 쥑인 놈은 니놈이여!"

조부는 소매끝으로 눈자위를 쓸며 휑 돌아앉았다.

부친이 얼굴을 들었다. 부친의 눈빛은 적의에 뎁혀지며 이글이글 끓었다.

"아버님요!… 시방 머라고 하셨능교?… 퍼뜩 말로 해보솟!"

"… 성우놈 쥑인 놈은 니놈이라고 했다!"

부친의 목소리가 그처럼 독이 서려 본 적은 없었다.

"머시라?… 날로 보고 다시 한 번 말씀해 보소얏!"

조부가 부친을 향해 돌아앉았다.

"와요? 와 지가 성우를 쥑였입니까? 와요?"

"… 물풍을 쳤으면 사람도 살고 배도 살었어!"

부친은 삼백창으로 부라려뜬 눈을 파들파들 떨며 다시 돌아앉은 조부의 팔을 사납게 나꿔챘다.

"물풍이 우짠다고요? 북양이 연해인줄 아능교?"

"이물로 바람안고 고물에다 물풍을 치봐여! 산떼미 같은 파도라도 끄떡읋어!"

"파고가 팔미터로 대드는데 머시 우쩨두?"

"쥐둥이 딱 봉혓… 호로셰끼!"

부친의 볼에 밭두렁이 지면서 빠드득 아금니 갈아붙이는 소리가 났다.

"아부지예!… 아부지, 시방 망녕끼가 동하능갑제!"

"지랄—"

"아조 나캉 나가 고마 죽고 맙시더!… 어데가 좋겠습니꺼?… 남항?… 영도바다?… 와 말로 몬하고 부체매꼬로 앉아있습니꺼? 와아?"

아, 그 적 그 영독스럽던 추억은 떠올릴 때마다 섬뜩한 선땀이 돋는다. 부친이 미친 것인지 조부가 망녕든 것인지, 조부는 까닭모를 너털웃음을 쏟아놓고 부친은 우리에 갇힌 광견처럼 뛰다 뛰다 넉장거리로 퍼져버렸을 때의, 그 철저한 진공의 적요 말이다.

그날로부터 다섯 달 뒤, 홧병으로 시르죽어가던 모친이 급기야 세상을 떠났다. 그동안 용케 견뎌내신다 싶던 조부가 봇짐을 메고 부친과 마주섰다. 모친의 장례가 끝난 다음날이었다.

"집에 있을 맴이 읋여. 꿈자리마다 성우놈 낯짝이고 고쩍 마다 삼해 부신 영감덜이 나헌티 철퇴를 앵겨… 대구리배 장만혀서 연해조업이나 허자던 메누리마저 시상에 읋어!… 속초께서 헐한 어장배 한 척이 났다는 소문을 접했어.… 사정 허하면 애비 좀 도와주어… 제삼제사 유념헐 일은 애비 자석이 한 물에서 죽는 벱이 안여!… 바다를 조상삼아사 쓴다는 말이 바로 고런 이치여!… 낫살 더 묵으면 절절헐 것잉게."

부친은 그 적 부두에 내렸을 때처럼 하늘을 우러러 눈을 감고 있었다. 잠시 후 부친은 말없이 앞장서 걸었다. 조부가 부친의 뒤를 따르다. 조부는 대문을 나서기 전에 나의 머리통을 싸안고 몸을 떨었다. 그러면서 속삭였다.

"하나부지 걱정마여. 우리 성준이 보러 또 와여!"

나는 입술을 깨물어 간간짭짤한 핏물을 눈물과 함께 삼켰다. 조부의 등어리에 수평선을 그은 또 하나의 출렁이는 바다를 보며 그 자리에 못 박힌 듯 굳어섰던 것이다. 아, 그 정체의 '원' 속을 배회할 노후선(老朽船) 한 척—.

집에 돌아온 부친은

"예금했던 팔십 만원 찾아서 너거 할아배 디렸다."

했을 뿐이었다.

부친은 그날로부터 방속에 들어 박혔다. 4년 전의 어느 날이었던가. 그때 부친은 한 밤을 꼬박 새우며 책상에 붙어 앉아 뭔가 글을 적곤 했었다. 이번엔 나흘 동안을 밤새워 가며 책상에서 떠날 줄을 몰랐다.

부친은 그날로부터 2년 후 다시 북양으로 떠났다. 출항 하루 전 뜻밖에도 조부의 조난 소식이 알려졌다.

"오매얏! 우, 우짜면 좋노? 너거 할아배 타신 배 디비졌다 아이가!"

신문지를 채질하듯 떨어대며 경악하던 부친이 잠시 후 '하느님 고맙십니더! 속초바다 용천왕님 고맙십니더!' 절규하며 보고 있던 신문지에다 한동안 머리통을 떨구고 있었다. 부친의 질끈 감긴 눈꼬리에서 또록또록 눈물이 지고 있었다.

조부는 승선자 8명 중 생존자 세 사람 속에 끼어 있었다.

부친이 눈물로 얼룩진 얼굴을 들었다.

"하모! 너거 할아배가 우짠 뱃사람인데 죽노?··· 용심 좋은 젊은 것들이 죽는데 그 통에서 살았다이!··· 대한민국 뱃사람 왕성님이라카이!··· 하모, 왕성님 이라!"

나는 과묵하기만한 부친이 기쁨에 흥겨워 녹느스러지는 모습을 그때 처음 봤었다.

"일반 선원이라모 한 항차 때리차뿌고 할아배한테 쫓아가겠다만 선장이니 우짤끼고··· 만에 하나라도 할아배 오시모 못 뵙고 떠나서 불효막급이라꼬 자알 말씀 디려레이."

부친은 대문을 나서다 말고 다시 돌아섰다.

"그라고 말다··· 파도가 억수쳐도 할아배 말씀대로 물풍질테니까 내걱정은 마시라고 여쭤레이."

부친은 그 말끝에 엷은 웃음끼를 물었다. 나는 처음으로 물었다.

"물풍이 우짠깁니꺼?"

부친이 몇 번 쓴입맛을 다셔대고 나서 말했다.

"그물이라. 연근해나 원해조업 소형선에서 파도 만나모 더러 그 방법을 쓰제··· 아무리 요새 뱃놈이라꼬 물풍도 몰라 묻나."

"수중낙하산 카능기 물풍입니꺼."

"맞다. 어선 2종 2항사 면허를 딴 노무셰끼가 수중낙하산이 머꼬?"

부친은 내 정수리를 황밤 먹여대고 나서 총총이 사라졌다.

부친이 출항한 지 엿새째 되던 날 조부께서 들어섰다.

가출 2년만의 귀가였다. 조부는 주름살 골마다 찐득거리는 취기를 심고 있었다. 나를 부둥켜 안자 마자 울음을 터뜨렸다.

"내 배 넘어간 것이사 근심도 한도 될 것이 읎어. 배 살고 배 까파지는 것이다 뱃놈 천명 관장허시는 부신영감 영험잉게··· 맹색이 선주라고 오십만원짜리

공제 붓었드니 죽은 놈덜 목심값은 그작저작 초장발림 했는디이— 허제만 죽은 놈덜 원혼들을 으찌께 피할 것이여?… 한 핏줄 뱃놈덜이 여러 물목 골라 죽어사 조상바다 되는 벱!… 그래사 후대 뱃놈덜 갈고 댕기는 바다가 죄다 지 조상바다 아니겄냐. 느그 고조부 영광바다 조상채렸제, 느그 증조부님 제창바다 조상 채리셨제, 아 고렇코롬 조상님전 발원허민서 이놈 물풍 자알 땡겨줍소사 빌었는디도 물풍 친 배가 넘어간다?… 허허— 바다가 요롷코롬 빈할 수도 있데여? 믄녀려 바다가 내 물풍질도 마다헌댜!… 고냥 이 하나부지가 강원도 바다에서 카악 죽능 거여! 이 하나부지가 강원도 바다에다 조상채렸다면 우리 성준이는 세 바다가 다 지 조상바달텐디, 아 으째 이녀려 목심은 조상터도 못 닦었다냐! 어허 어허어—"

조부는 온종일을 술과 울음으로 지냈다. 그 적마다 예의 사설은 단 한 대목도 틀려본 적이 없었다.

조부는 닷새를 머무르다가 홀연히 자취를 감췄다. 두 번째의 가출은 곧 죽음의 허망함에까지 짐작을 대는 것이었다.

조부에 대한 소식은 참으로 감질나게 이어지곤 했다. 소식의 단절이 너무나 황막해서 아 이제 돌아가셨나 보다 하면 어느 어장막에서 봤다는 기적같은 행방이 알려졌고, 그 행방을 좇아 달려가면 기미를 알아챈 조부는 어김없이 하루 전쯤 해서 흔적을 지워버리던 거였다.

조부는 기어코 미쳐버렸을까. 무한수로 태어나는 수평선이 밀어내는 타력으로 무수한 '원'과 '원'의 고리가 되어 육안(陸岸)으로만 떠밀리는 그 절망의 바다에서—

나의 바다는 충동의 신열 속에 펼쳐진다. 일단 원오(怨惡)의 충동에 단련된 눈으로 무한수의 수평선에다 승부를 걸어볼 일이다.

충동. 바다로 향하는 충동은 우선 적의로 이글거려야 한다. 부친의 말씀대로 '갈고 뭉개서 닦아야 바다'다. 나의 것으로, 이 가난한 나라의 모든 뱃사람 것으로, 그리고 세계의 것으로 만들기 위해, 나는 열망의 적의를 충동 삼고 무한수의 수평선을 갈고 뭉개고 누비질해야 한다. 어군(魚群)은 어디에 있는가. 조경(潮境)을 발견해야 '조목대'를 만난다. 적의의 눈으로 '잔파'를 견시(見視)하는 사람이 '유목'(流木)과 만난다. 만족할 어획고의 조업은 단순한 희열이지만 어군탐색을 위한 견시는 복잡한 적의이다. 치열한 적의를 앞세워 'GG'가 버글대는 '유목'을 만날 일이다. 그 유목에다 '라디오 브이'를 달아놓고 표박할 수 있는 느긋함— 그 때 비로소 나는 형의 원혼 앞에서 자랑스러울 수 있을 것이다.

나는 남양(南洋)을 겨우 한 항차(航次) 익혔고 형은 북양(北洋) 첫 출어에 그 바다에서 죽었다.

나의 열한의 바다. 그 바다로 달리는 충동에 불을 지펴준 세 편의 기록이 있다. 이 세 편의 기록이 아니라면 이른바 '뱃사람 5대'라는 거창한 집안치고 우리 집처럼 바다로 가야할 충동이 없는 곳도 드물 것이다.

조부를 제외한 부친과 형은 답답할 정도로 과묵한 천성이어서, 그 치열한 실감의 바다를 집으로 옮겨 오는 것을 한사코 마다해 왔던 것이다. 입항하면 그날로 그 항차의 바다는 철저하게 잊었다.

한 번의 예외가 있었다. 형이 남양 출어에서 귀국했을 때였다. 그날따라 부친의 취기는 정수리 막장까지 차오른 듯싶었다.

"그래 우짜드노?"

"해볼만 했임더."

형의 대답이 있자 한동안 잠잠하던 부친이 느닷없이 언성을 높혔다.

"머시라? 해볼만 했다꼬?… 이 노무셰끼 당장 배타는 짓 차아삐리라 고맛! 남양이 우짠 바단데 첫 항차 귀국에 요레 건방이 들어왔노?… 이 애비가 남양 졸업했으이, 애비도 한 거 내 머 몬할 끼 있노, 카고 하는 소리제? 엥?"

"아입니더! 안죽고 살아오모 다 그렇게 말한다 아입니꺼."

"이 문디이셰끼, 고마 때리 쥑이뿔라!… 싸우토메 어장에서 돌풍이 불어닥친 기라. 라이프 라프 던질 틈도 없이 고마 배가 넘어간기다!… '청수 3호'가 수색에 나선기라. 바람도 자고 해상상태도 좋아 용케 떠밀려 오는 구명환 한 개를 발견한기라. 구명환 옆에 바짝 배를 붙이고 보이 사람덜 넷이가 줄로 몸땡이들로 메고 구명환에 붙어있다 아이가. 처음에는 다들 살았능가 싶었다카데. 그런데 자세히 보이, 을매나 구명환에다 택아지들로 씰켰는지 세 사람들 택아지는 고마 뻑따구가 허옇게 드러났는데 눈뜨고는 못봐줄 시체들이었다능기다… 그런데 그중 한 놈이 쪼매 멀쩡하더라는기라. 물론 살아서 팔팔했다는 말은 앙이고, 택아지도 멀쩡하고 해서 죽었어도 그중 나중에 죽었능갑다카고 건져봤다 아이가!… 아 그런데 그놈아에게 맥이 있더라 이기라. 고레 살았는데, 그런 상어보다 더 독한 뱃놈이 어데 있겠노?… 고레 씬 뱃놈이 또 어데 있었겠노?… 그 놈아가 바로 디비진 배 초사였다카데!… 그 초사가 누군 줄 아나?… 대답해 보라카이! 와 말로 몬해?"

"김중수 선장님한테 들었임더…"

"그 초사가 바로 너거 애비 유광수다 유광수!… 내 자석들 앞에서는 첨으로 광고하능기다!… 이 노무셰끼! 그런 애비 앞에서 머시라? 남양 첫 항차에 해볼 만 하더라꼬?… 쎗빠닥을 삐지가 회로 칠 노무셰끼!… 니가 알모 머를 다 안다 꼬? 예사 사고 한 번 당한 줄로 알고 있었겠제 그런 속사정을 니가 알 택 없다!"

형은 울고 있었다. 형은 천정을 쳐다보고 있는 나를 향해

"니는 자지않고 와… 자부랍지도 않나."

했고, 그때 마침 부친은 벌렁 쓰러져 누우며 깊은 잠에 빠져들었다. 나는 눈물로 얼룩진 형의 얼굴과 백파(白波)를 얹고 부서지는 파두(波頭)처럼 요란한 숨이 살아있는 부친의 얼굴을 번갈아 눈길주며 형체를 알 수 없는 충동에 몸뚱이를 떨어댔던 것이다.

세 편의 기록 중 한 편은 형의 것이고 두 편은 부친의 것이다.

형의 기록은 북양시험조업의 뼈아픈 공선귀항(空船歸港)을 적은 항해 일기로 의욕에 타는 개척정신의 젊은 몸부림이 처절하다.

〈1966년 9월 30일. 삼양수산의 북양출어에 승선하다. 선단은 1백톤급 기선 저인망어선 10척. 아, 북양으로 간다. 내가 어떻게 이런 영광을 안게 됐던가.

달포전(8월 16일) 수대(水大.부산수산대학) 실습선 백경호(白鯨號)의 북양출어가 내 영광의 거름이 돼줬으나 백경호는 다분히 어장탐사를 위한 정찰조업이었다. 말이 시험조업이지 우리들이야말로 북양에의 본격 첫 출어다. 일·소(日·蘇) 어업협정구역— 배타적 독점을 주장하는 어업 강대국들이 버티고 있다. 잘 될까.

조업다운 조업을 할 수 없다. 어기(漁期)와 어황상태도 모르고 출어한 탓도 있지만 기항·상륙이 가능하다고 예견했던 항구마다 모두 기항을 거절한다.

'하까다(博多)'·'시모노세끼(下関)'·'시오가마(塩竈)'·'하꼬다데(函館)'·'더치하버(Dutch Harbor)'·'코디액(Kodiak)'… 구걸 넣는 항구마다 기항 거절. 부친 말씀을 빌자면 '셋빠닥을 삐지가 회로 칠 셰끼들.' 날개 꺾인 갈매기처럼 10척의 선단이 정처없이 북대양을 배회한다. 아! 약소대한의 어업이여.

공선배회! 눈물을 머금고 귀항결정. 황천(荒天)이나 당하면 떼죽음이다.

2천만원만 북양에 적선했다. 독항선(獨航船) 조업만이 궁여지책일까.

저 더러운 해양의 객주(客主) 일본놈들이여. 귀항해서 들은 소식은 더욱 뼈아프다. 우리 어선단이 출어하자마자 한국어선의 북양진출을 막기 위해 부랴부랴 조립한 저들 작태 좀 보자.

① 일본어업의 순조로운 조업에 영향을 미치는(혹은 우려가 있는) 외국어선의 기항을 규제한다.

② 보급을 위한 기항선박이라도 어로목적의 진위를 사전에 충분히 검토하여 허가·강제 출항시키며

③ 관계국 간에 협정이 체결되어 있거나 해난사고 등을 위한 긴급피항 외에는 기항을 일체 금지한다.

한국정부는 무얼 했는가. 이미 53년 6월 12일에 체결된 미국·캐나다·일본의 〈북태평양 공해어업에 관한 국제 조약〉은 서경 1백75도선을 거점으로 한 북태평양 이동해역의 독점·배타적인 어업을 '각 조약국은 북태평양의 어업자원을 위한 의무를 자유, 평등한 입장에서 가지며'라고 전제 하면서, '조약국이 아닌 국민 또는 어선이 우리 3국 위원회의 사업 또는 목적을 방해하는 일이 생기면 이를 제거하기 위한 필요한 조치를 취한다'고 선포했었다. 또 56년 12월 12일에는 서경 1백75도 이서(以西) 해역인 캄챠카와 오호츠크해역의 북태평양 어장을 규제하는 〈일·소어업협정〉이 체결되어 북태평양은 두 그룹의 완전장악으로 둔갑된 지 오래다.

뿐이냐. 이런 움직임은 58년 2월 24일부터 4월 27일까지 제네바에서 유엔의 주도로 열린 86개국 참가 '국제해양법 회의'에서 영해 및 접속 수역에 관한 조약, 공해에 관한 조약·어업 및 공해상에서의 생물자원 보존에 관한 조약, 대륙

붕에 관한 조약이 체결되면서 이미 국제적 추세로 두드러졌었다.

이 조약으로 1609년 네델란드와 스페인 간의 휴전조약과 때를 같이 해 그로티우스가 제창한 '해양자유론' 이후 4세기 동안 유지되어온 '공해 자유의 원칙' 시대가 막을 내리고, 새로운 '해양질서' 시대가 도래했음은 나같은 신참뱃놈도 다 알고 있는 사실이었다.

도대체 삼면 바다의 천혜 조건을 구비한 해양 한국은 격변하는 시대와 얼마만큼 '등돌아 달리기'만 해왔단 말인가.

목이 타서 죽겠구나! 쓸개물이 바글바글 짜드는 소리가 들리는구나 !

북양아 기다리라. 1년만 기다리자. 유성우가 또 온다!〉

이상이 형의 기록이다. 형은 갔다. 다짐했던 대로 야망의 북양으로 다시 떠났다.

이제, 부친 유광수선장의 기록을 봐야 한다. 하나는 남양원양어선 승선시절의 조난에서 기적적으로 회생한 체험을 수기 형식으로 쓴 것이고, 또 하나는 북양 첫 항차 출어의 해난사고를 적은 것이다.

두 편의 항해기록은 이렇게 적고 있다.

〈1963년 12월 30일 상오 3시. 초사 김중수가 기관실 침수를 알려왔다. 당시 본선의 위치는 사모아 동북방 9백마일 해상의 마니키히(Manihiki) 어장.

해상에 웅풍(雄風) 정도의 바람이 불고 있었고 파고는 약 3.5미터. 조업에 지장을 줄만한 황천도 아니었고 그렇다고 좋은 기상은 결코 아니었다.

불길한 예감이 들어 기관실로 뛰어 내려갔다. 엔진벨트와 프라이 휠 사이에

물이 차 있었고 침수는 배 전반에 이르고 있었다.

통신실로 뛰어올라가 통신장에게 SOS를 치라고 했다. 그러나 타전은 불가능했다. 배전반 침수로 인하여 퓨즈가 합선. 배선은 정전된 상태였다.

재차 기관실로 내려가려 했지만 기관실은 이미 완전 침수되어 있었다. 침수 원인 불명.

갑판은 선원들의 동요로 대혼잡을 이루고 있었다. 절망적이었다.

드디어 라이프 라프 투하를 명령했다. 글라스부이를 모두 수거하고 구명환과 빈 드럼통을 메인라인으로 묶어 바다에 내던졌다.

퇴선명령을 하고 휠 하우스를 향해 거수경례. 응급작업을 완료하고 물로 뛰어든 시간은 약 30분쯤 경과.

통신장과 초사, 기관장과 내가 구명보오트에 탔고, 나머지 선원들은 메인라인으로 연결된 글라스부이와 구명환을 붙들고 물 위에 떠 있었다. 메인 라인을 당겨 선원들을 한 곳에 모으려고 노력했지만 파도가 몰아칠 때마다 선원들은 자꾸 멀리 떠 흘렀다.

파도가 구명보오트를 덮쳤다. 순간적으로 메인라인이 풀려나갔고 구명환과 글라스부이에 매어달린 선원들은 우리에게서 멀어져 갔다. 선원들의 비명이 풍하(風河)에 섞여 멀어져 간다.

선원들이 피를 토하듯 악을 쓴다.

"선장님 제 가족덜 부탁합니더!"

"지, 지는 말입니더, 주 중간불에다 가족불도 몬찾았심니더이!"

죽음의 파도 속으로 떨어져 가면서도 저 살점 오려내는 비명을 질러대는 선원들은 누구인가? 신혼여행 사흘 마치고 신부는 집으로 자신은 배로 날라온 교체선원 이군인가? 또, 또… 또 누구인가.

선원들의 비명들은 얼마 안가서 들리지 않았고, 모습들마저 우리들의 시야에서 사라졌다.

표류 이틀째에 라이트부이를 발견했으나 일출이 되면서 라이트부이의 불빛도 사라져 버렸다.

표류 사흘째 낮, 주간깃발을 발견했다. 주간깃발이 있는 메인라인에 접근을 시도, 노를 저었다. 그러나 파도가 높아 메인라인에의 접근시도는 좌절됐다. 메인라인에 매달려 있으면 투승한 배가 양승하러 올 것이고, 그러면 우리는 구조될 수 있다는 한가닥 희망마저 좌절된 것이다.

표류 나흘째 밤에 멀리 두 개의 써치라이트를 발견했다. 신호탄을 쏘았다. 허사였다.

표류 닷새째부터 동료들이 심한 복통에다 설사를 했다. 그렇게 명령했는데도 갈증을 이겨내지 못해 나 몰래 해수를 마셔댄 모양이었다. 추위와 공복은 우리들을 반죽음 상태로 몰고 갔다.

실종선원들의 얼굴을 낱낱이 떠올려 보며 그들을 위해서라도 반드시 살아야 된다고 이를 악물었다. .

그들은 어디로 가고 있는가. 벌써 죽었는가, 아니면 기특한 거북이라도 떠올라서 결코 저렇게 죽어버릴 수는 없는 내 동료들을 태워가는 것인가! 하루 수면시간 겨우 4~5시간. 그것도 한 번이 아닌 두 번에 나눠 두 시간 반씩 쪼개어 자던 선원들. 발바닥보다 더 굳은 살이 박혀 아침이면 손이 안펴지던 그들. 그래서 물에 손을 담궈 손이 펴져야 숟가락이라도 들던 그들. 아, 누가, 왜 그들을 이렇게 죽이는 것이냐!

표류 엿새째의 아침, 우리들은 초깃발을 발견했다. 내가 마지막 본 것은 점점 확대돼 오는 것 같은 배의 마스트였다. 불명의 의식 속에서도 기를 쓰며 다

짐했던 것은, 만약 구조된다면 하루라도 빨리 다시 바다에 나와야 한다는 생각뿐이었다. (21명 희생)〉

〈1967년 9월 15일 오후 8시. 모항 부산을 출항한 지 29일째 되는 날이다. 북양어장의 개척이라는 절대 사명과 불굴의 의지가 처절하게 무산되는 날이다.

해상은 초속 30미터의 전강풍(全强風)이 몰아치고 파고는 10미터. 온 해상은 백파로 광란하고 시정(視程)은 거의 제로. 처음 당해보는 북양의 마력이 산같은 파두를 세우면서 미친다, 아니 미쳤다.

애당초 30척의 케처보오트를 거느린 1만 톤급 모선식(母船式) 어선단 출어를 구상했었던 이번 출어. 그러나 일본의 완강한 제동에 수포로 돌아갔다. '북양모선협의회' 등 일본의 7개 수산단체가 한국어선의 일본항 기항 및 전진기지 사용금지, 일본선원의 한국어선 승선·고용 저지운동을 광태로 몰고 갔기 때문이었다.

'한국어선의 일본선원 고용·승선금지'라는 엉뚱한 반대운동은 어떻게 가능했는가. 그것은 '삼양수산'의 모선식 어선단 발상시에 효율적 조업을 피한다는 명목으로, 일본인 숙련선원 22명을 일본의 국내 선원 최고 임금의 두 배가 되는 월 20만엥씩에 고용계약을 맺었기 때문이었다.

결국 모선식 어선단 출어는 무산됐고 우리가 대신 북양에 온 것이다. 모선의 클리노미터가 완전히 40도를 눕는다. 노호하는 북양에서 모선이 가랑잎처럼 노는데 백톤급 유자망어선은 어찌 되겠는가, 9척의 자선(子船)을 부른다.

무전기가 달아오를 정도로 자선들의 안부를 물어본다. SSB(중단파대무선전화)가 목이 쉰다.

어장사정, 해상상태에 대한 경험이 없다. 기항지가 설령 있다면 뭘하나.

하오 9시, 운명의 시각이었다. SSB에서 단말마의 비명이 터졌다.

"삼수칠이 넘어갑니다! 지금 넘어가고 있습니다!"

"삼수팔 브릿지 창이 날아갔습니다! 배가 넘어갑니다! 너, 넘어갑니다! 넘어갑니다! 모선! 모선!"

자선들의 위치는 북위 49도 15분, 동경 1백 79도 38분.

어쩌란 말이냐! 어떻게 하란 말이냐! 1천 톤급의 모선이 넘어갈 지경인데, 파두에 실리운 모선이 10여미터 파곡으로 떨어져 내리는 극악의 황천.

나의 능력은 이미 황천의 사신이 구속해버렸고 또 모두의 운명은 전능한, 오직 죽음과 비운의 전능자 그 자의 것이다.

아— 북양아! 한 번만 살려 되돌려다오!

유독 '삼수 7호'의 비명이 통한의 호곡으로 내 고막을 찢는 연유는 어디에 있는가.

내 손목을 움켜쥔 채 전신을 경련하던 김중수가 드디어 미쳐버린다. 나는 김중수의 통곡을 웃음인지 울음인지 분간할 수가 없다.

"우짜노! 우짜면 좋노!… 광수!… 유 선장… 성, 성우예이! 성우예이이—"

혀를 깨물었다. '삼수 7호' 항해사, 내 아들 유성우. 무정한 놈이다! 무정한 놈이다!… 무정한 놈이다!… 애비 한 번 안불러 보고… 이럴 수도 있는가! 무력한 부정이 핏줄의 죽음을 얼음짱같은 북양의 해심에다 묻고 있다.

북양어장 첫 출어의 꿈을 안고 아비를 따라 대망에 불탔던 내 아들. 잘 가거라! 잘 가거라 성우야!

두 척의 자선, 29명의 젊은 개척자들을 북양황천에다 바치고 기폭은 찢겼다. '더치하버'로 피항하라는 본사의 전문이다. '더치하버'보다는 '아기다'로 가자.

사마의 파도를 헤치며 7척의 자선을 이끈다. '삼수 7호'만 없구나! 아니 '삼수 8호'도 없다!

9월 18일. 알류샨열도의 '아기다'항에 피항요청, 피항거절이다. 군사기지라는 핑계다. 이럴 수도 있는가. 쫓겨나 또 파도와 싸운다.

귀항해서 들었다. 미국령 '아기다'항에서의 피항요청 거부. 바로 캐나다의 뱅쿠버에서 열렸던 미국·일본·캐나다 어업협정 회의인 제13차 북태평양어업 국제위원회가 '타국의 송어·연어 어업에 대한 일체의 지원을 거부'키로 결의하면서, 미국과 캐나다 대표가 그 대상으로 한국을 구체적으로 지적하자고 주장했던 데 근거를 둔 조치였다는 것.

송어와 연어어업이, 절대절명의 사활의 기로에서 피항을 요청한 약소국 어업선단과 무슨 관계가 있는 것인가.

혈맹 대한민국 어선단의 피항을 거부한 미국을 믿고 해양입국할 것인가?

모선식어선단 출어계획을 짜놓고, 대일청구권자금(對日請求權資金) 1차년도 사용계획 중에서 일본에서 신조어선을 들여오려 하자, '혈세로 낸 8억 달러의 대한 원조가 일본수산의 목을 조른다'하며 오리발을 내밀었던 일본놈들과 어깨짜고 해양입국할 것인가.

개뿔같은 한·일어업협정. 평화선 철폐 이후 한국어업이 일본에서 얻은 이득이 무엇이란 말인가.

한일 어업협정 이전이 오히려 한국뱃놈들도 떵떵거렸고 나라체면도 상감이었다면, 북양바다에다 자식 던지고 온 한국뱃놈의 헛소리요 오기 뿐이던가? 한일어업협정 이전만 해도 평화선 침범 일본어선은 그 당장 나포할 수 있었다.

추적권 시비(追跡權 是非)가 히노마루의 햇덩이를 더욱 벌겋게 달궈줬을 뿐, 사실상 공동규제 수역은 일본어선의 독무대가 된 지 오래다.

더러운 일본놈들. 비겁한 양키여.

원양뿐인가, 연해·원해는 고사하고 한국 근해어업 실태만 눈여겨 보면, 반쯤 미쳐있는 이 유광수의 지금 심정을 알리라. 고도화된 장비로 일본어선은 한국 근해를 쑥밭 만들고 있다. 어업전쟁이 따로 없다. 한국근해에서의 일본어선 포어량이 무자비할 정도다. 그럼에도 불구하고 그들이 발표하는 어획량은 한 번도 최대 허용량을 넘은 적이 없고 오히려 훨씬 하회하고 있지 않은가!

성우야, 내 아들 성우야! 잘 있거라.

아비는 또 간다! 아비도 북양에서 죽는다!〉

이만한 충동은 나를 바다에 살게 한다. 화석화의 '원'이 아닌 무한수의 수평선— 그 바다가 나의 순명을 갈원할 때까지, 나는 이 충동들의 실용(實用)을 위해 바다로 나아갈 것이다.

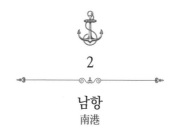

2

남항
南港

창문을 통해 들어오는 삽상한 해풍이 김중수(金重洙) 선장의 감숭한 턱수염을 간지럼 맥이고 있었다.

"… 내 좀 봐라. 니 온지도 모르고…"

그는 성준을 흘긋 살피고 나서 께느른한 하품을 물었다.

"요 보레이, 차 두 잔 퍼뜩 가져 오이라."

김중수 선장은 화풀이라도 하듯 카운터 쪽을 향해 버럭 큰소리 치고 나서 다시 창밖으로 눈길을 띄웠다. 뱃사람들 비위 맞추는 일이라면 어지간히 난든집 난 얼굴마담이 산드러지게 아양떨며 다가와 새살떨었다.

"쌍화탕 두 잔에다 함퓨샤종 계란 두나 퐁당 박어주꾸마?"

"쌍화탕 묵을 돈이 어딨노. 커피 가져오이라."

"며칠 있으모 출항할 양반이 와 요레 잘게 삐지노?"

"출항하고 쌍화탕하고 무신 상관있다꼬. 함뿌샤 공알이고 머고 고마 치아랏."

"고별가 부를라카모 크랑크 절손될낀데… 과부하 걸리기 전에 기계 사정 자알 봐두는기 상책 아이가. 내 말 틀렸다카모 고마 날로 쥑여라."

"저놈어 쥐둥이! 남항 가스나덜 닳아지는 곳은 쎗바닥하고 불두덩 털시래기 뽕이라카이, 에엥—"

김중수 선장은 오달지게 쏘아붙이고 나서, 그제야 성준의 얼굴 앞으로 바짝 이마를 들이밀었다.

"벌써 세 번째라!"

성준은 김중수 선장의 말이 무엇을 뜻하는 것인지를 금새 알아차릴 수 있었다. 성준의 '태창 302호' 승선을 목숨걸고 반대하는 부친의 '전보'임에 어김없을 것이었다.

부친은 이번 항차(航次)를 떠나는 날까지 줄곧 그 일로 곯마르는가 싶었다. 성준의 북양어선 승선계획은 성준과 김중수 선장 둘이만의 철썩 같은 밀약이었지만, 부친은 어렴풋하게 짐작을 잡았는지 틈만 나면 들떼놓고 몰아세웠었다.

"니 애비 쏙일라케도 내 다 안다. 애비 항차 떠나모 고마 태창 삼공이 타고 북양 쳐들어 올끼제? 엉?"

"아입니더!"

"카모 우쩨 김 선장캉 사알 만나면서 깐작대노?… 중수노무셰끼가 우짜든동 무신 눈치를 줬기에 니 요레 바람 들어가 까부능기 아이가!"

"택도 없임더. 마구로배나 탈까싶어 아레 한 번 만났다 아닙니꺼."

"마구로배 탈람사 와 중수한테?…"

"… 마구로배도 그라제만… 어데 외항선에 자리 한나 없나카고예…"

"… 하모! 그래사제.… 이항사 면허장 가진 놈이 무신 배를 몬타겠노. 젊었을 적에사 무신 고상 몬하겠나. 썩은 수출선 타모 우짜고 동지나해 이까배 타모 우짜노!… 하제만 북양에는 몬온다! 애비 살아있을 때까지는 북양어선은 몬탄다!"

"알고 있음더."

이렇듯 다짐해 놓고도 출항 전 날 밤은 뜬눈으로 버르적거렸다. 그 날 아침 부친은 핏발 선 눈을 데룩거리며 참으로 선땀 돋는 선고를 했던 것이다.

"태창 삼공이 탔다카모 고마 부자인연도 끝장난다! 쎗빠닥 카악 물고 내 고마 자살하고 말끼다. 그렇게 되모 니는 머시 되는 줄로 아나?… 너거 성 두 번 쥑이고 애비까지 잡아묵능기닷!"

성준은 귀바퀴께로 쟁쟁하게 살아오는 부친의 목소리를 지우기 위해 거센 도리질을 해봤다.

김중수 선장은 아무말 없이 세 장의 전보를 성준 앞으로 내밀었다.

「전견. 성준태창302승선결사반대함. 성준금차결행, 본인과의 의리를 생각해서라도 극구만류원청함」

「성준승선결심즉시취소시켜주기 바람, 제삼제사원청함」

「성준, 태창302에 승선시킴으로서 유발되는 제반사고, 일체 김 선장의 책임임」

"우짤끼고? 요레 미치가 난리로 치는데!… 차라리 고마 광수한테 안알리고 떴으모 우쨌을꼬?"

김중수 선장이 볼에 밭이랑이 지도록 어금니를 앙당물었다.

"우짜든동 알리기는 알려사 할 일 아닝교."

"내사 먼 죄 있겠나. 죄가 있다카모 광수하고 내하고 생각이 다른기다. 아, 지 말 매꼬로 바다는 갈고 닦아사 바다앙이겠나 말따… 성우 생각은 고마 잊어삐릴 때도 됐다싶은데 광수 맘은 그기 아닝갑제… 하기사 내 광수 심정을 다 안다

칼 수 없제. 내 자석 안죅이 밨으이."

김중수 선장은 설레설레 고개를 내저으며 어지간히 심살내리는 표정이었다.

"… 니 태웠다가는 광수하고 원수될끼고, 니를 안태우모 니가 섧다할끼고… 육지에 있는 광수도 아니고 북양에 떠있는 사람하고 전보로 말할라카이 고마 똥창이 탄다아이가… 짐은 배에다 실었나?"

"실었임니더."

김중수 선장은 하아— 하고 단내나는 한숨을 길게 내뿜었다. 거푸 두 잔의 엽차를 들이키고 나서 웅절거렸다.

"바른 말로, 내 니를 내 배에다 태울 맘은 씨도 없었능기라. 일이 얄궂게 될라꼬 우리 배 2항사가 요참에 내린기라.…"

"맞십니더."

"… 광수만 참아주모 니는 첫 항차에 억수 운이 터징기다. 보자아— 3항사 최윤복이가 니 중학교 동창이제, 처리장 김의수 글마 니 국민학교 동창이제… 내가 선장이제, 선원 구성이 요레 되기도 힘든다 아이가."

"… 3기사 홍완표도 해기국시 동창 아닝교."

김중수 선장은 얼굴을 떨군 채 한동안 골똘한 생각 속에 잠기는 듯싶었다. 잠시 후 그는 어선의 데릭크 사이로 트인 하늘 속에다 눈길을 띄웠다.

"북양 그 씬놈어 바다에는 와 가겠다꼬 요레쌌노. 황천 황천 해쌌제만 북양 황천 말또 마라. 정상피항 시에도 클리노메터가 36도까지 눕는다. 그뿐 아니다. 벨시런 사고도 다 있제… 처리장 벨트 콤베아 정비하다가 손이 딸려들어가 고마 팔뚝이 뿌가지지 않나… 트롤와프가 터지면서 갑판조 목아지로 날리지를 않나…"

"……"

"… 어장에 도착했다카모 당장에 광수 목소리가 에스에스비르 탈낀데 내 머라 꼬 말하겠노… 내 지금은 딴배 선장이다만은 광수 밑에서 초사노릇 할 때는 참 말 괴로왔능기라… 휠 하우스 선미께 뷰 클리너에 따악 붙어서서는 센터브록크 에 걸린 트롤네트를 넋빼고 내려다 보능기다… 맹태가 피시본드 속으로 다 쏟 아질 때까지 꼭 서서 죽은 사람 매꼬로 꼼짝않능기다… 물론 선장직분이란 것 이 작업을 직접 지휘하는 것이니까 그래사 되겠지만 광수가 보고 있는 것은 사 실 맹태가 앙이다!… 내 너거 아베 맘 훤히 들여다 본다… 만에 한나라도, 만에 한나라도 성우 삑따구 안올라오나 싶어 그런기라!"

김중수 선장은 하늘 속에다 띄웠던 눈길을 거둬들이며 쓸쓸하게 웃었다. 성준 의 가슴 속으로 섬뜩한 한기가 채워지고 있었다.

"성준이 날로 보거라!"

김중수 선장이 정색을 했다.

"너거 아베 위하고 나 편해지는 일이라!… 요참에는 고마 없었던 일로 치삐리 자. 내 다른 배 알아보꾸마!"

성준은 완강하게 고개를 내저었다.

"… 와?"

"가입시더!"

"… 어델?"

"북양이제 어뎁니꺼!"

김중수 선장은 가뿐 숨이 실리운 뱃구레를 내려다보며 손가락으로는 헝클어 진 머리칼을 쓸어올리고 있었다. 뜻모를 웃음기를 문 채 한동안 그 짓만 되풀 이 하던 김중수 선장이 슬며시 자리에서 일어났다. 성준은 그의 널찍한 잔등 뒤를 따라 걸었다.

"우리 배 초사가 남항다방에 있을낀데 둘이 차 한잔 하거라."

"좋십니더."

"… 그 사람 우짜드노?"

"몸이 약해뵈데예."

"맞다… 폐가 안좋체. 남양독항선 선장만 오년 해묵은 사람인데 요양한다꼬 쪼매 쉬다 다시 우리 배 탄기다. 나하고는 동기라.… 그 사람 그래 뵈도 여섯 번 조난에서 여섯 번 다 살아난 사람이라. 그만한 관록도 드물끼라."

김중수 선장은 남항다방 앞에서 발길을 돌렸다.

"나 사무실 좀 드갔다가 고마 집으로 갈꺼로.… 출항까지는 여러 날 남았으이니 승선문제는 두고 생각해 보자마."

김중수 선장이 냉동창을 돌아 사라졌다.

성준은 남항다방의 지하계단을 타내렸다. 1등항해사 윤병국은 지긋이 눈을 감은 채 구석자리를 지키고 있었다.

"초사님, 접니다."

성준이가 그의 맞은편 자리에 앉아 이렇게 말했을 때에야 윤병국은 눈을 떴다.

그는 의자 등받이 속에다 깊이 파묻었던 등을 떼며 예의 독특한 웃음을 흘렸다. 그의 웃음은 언제나 왼쪽으로 쳐진 입술꼬리에서부터 힘겨웁게 표현되고 있었다. 눈시울에 잡히는 주름이 엷게 잔물살지지 않는다면, 그의 웃음은 웃음이라기보다 힐난의 눌눌한 우울쪽이었다.

"선장한테 들었는데 승선문제에 고민이 있다카데, 거 자알 해결되야 할낀데."

"해결이 따로 있겠습니까. 죽어도 북양에서 죽겠임니더."

"죽긴 와 죽어? 바다가 지아무리 씨다케도 용심좋은 배한테는 못당하는기다. 내 요번 항차 떠나모 사항차쩬데 북양황천 그거 한 번 당해 볼만하제. 하제만 이항사는 고생 좀 할끼라. 북양 첫 항차에는 안죽어나는 놈 몬봤다."

"안견디겠습니까."

"똥물 한 대야 퍼묵으모 된다."

"똥물은 와예?"

"똥구멍으로 싸는 똥물 말고 입구멍으로 넘기는 똥물 안있나. 김의수란 놈 똥물 한 대야 묵꼬 인자 처리장 왕성님 안됐나. 글마가 첫 항차 땐데, 아 이 자식이 조타당직을 서다 말고 히떡 디비지는 거야. 쿠시로(Kushiro釧路) 앞바다를 지날 때였는데 피칭이 디게 심했제. 묵은 것은 억수 넘기면서, 고마 나 죽었으이 조타고 머고 모를따 하는데 비위가 상해 우쩨 견디겠어? 이놈아 노는 꼬라지를 보자하니, 엄살도 보통 아니라. 다른 놈들 같았으모 똥물이 입에 차도 아금니 깍 물고는 올라오모 삼키고 또 올라오모 삼키고 하면서 키는 절대 안놓는데, 김의수 일마는 아조 휠 하우스바닥에 맘놓고 디비져서 맘놓고 웩웩 넘기는 기라. 싸롱을 불러 대야를 안가져왔나. 지 손으로 넘긴 똥물을 대야에다 퍼담으라카이 고마 보내줄지 알았는지 그 짓은 번개불매꼬로 퍼뜩퍼뜩 해치우는기라. 이놈우쎼끼 당장 니 똥물 다시 퍼마시라고 벼락을 안쳤다. 지가 손바닥 닳게 빌어봄사 하늘같은 초사가 묵으라는데 우짤기고?… 결국 지 똥물 한 대야 자알 묵꼬 그 다음날로 엄살이 멈춘기라."

윤병국은 깡마른 어깻죽지 속에다 유독 희고 가늘은 목아지를 자라처럼 숨기곤 끼들끼들 웃었다. 그는 웃음 속에 숨닳는 기침을 몇 번 섞더니 이내 정색을 했다.

"형이 67년 해난 때 북양에서 몰했다며?"

"… 그렇십니더."

"… 우짜노, 운명인데…"

윤병국의 낯색이 금새 어두워졌다.

"이항사, 내 해상인연 한 번 들어 볼래?⋯ 사실 나는 뱃놈생활에는 취미가 없었다꼬. 그런데 내 열아홉살 묵었을 때 기맥힌 일이 터졌제. 부친은 당시 화물선 3기사였었다. 어느 날 기관정비를 하시다가 고만 사고를 당하셨다 아이가⋯ 돌아가실라꼬 눈에 헛것이 뵀는갑제. 로라를 돌리기 위해 벨트를 건다는 것이 주기에다 바로 걸으셨던 모양이라. 부친은 눈깜짝할 새에 벨트에 땡기 들어가뿐진 기라.⋯ 머라케도 제일 기맥힌 것은 부친의 시신이었어. 형체가 다 머꼬? 이건 신체가 아니라 숫제 살점을 가마니 속에다 줏어담은 꼬라지 아니겠나!⋯ 바다가 고레 미워질 수도 있겠는지, 고마 저 바닷물이 휘발유라모 당장 불을 질러 세계의 바다를 다 태워가 재를 만들고 싶은 맘뿐인 기라.⋯ 그런 데 그 증오심이 얄궂게 발전했제. 내 끝으로 마친 학문이 에프에이오 어로학과였으니, 해상인연 한 번 요레 야릇할 수 없다 앙이가⋯ 바다 이뻐서 뱃놈된 사람 몇이겠노? 밉고 정들고⋯ 정들었다가 미워지고⋯ 밉다가, 이삐다가, 죽고⋯"

윤병국은 의자 등받이 속에다 깊숙이 몸뚱이를 묻으며 스르르 눈을 감았다.

"초사님, 지 가볼랍니더."

성준은 자리에서 일어났다. 윤병국은 눈을 감은 채 손을 흔들어주고 있었다.

성준은 다방을 나와 부두를 향해 걸었다. 거리는 해끄무레한 저녁이 익고 있었고, 부두는 어획물을 하역하는 어선들의 휘황한 작업등에 닿고 있었다.

성준은 쓰러지는 원목처럼 장엄한 데리크들의 노동을 바라다보고 있었다. 그 데리크들 사이로 남색 하늘이 살아 있었다. 데리크들이 움직일 때마다 그 남색 하늘은 열망의 파랑(波浪)들로 변해갔다. 회색의 상흔들과 함께 흘러가 죽고, 다시 대양(大洋)을 돌아와, 이 부두에서 갓태어나는 파랑들—.

성준의 망연한 시야 속으로 긴 그림자가 흐느적대며 다가왔다.

"오매야, 이항사님이 우짠 일로 요레 쓸쓸하답니꺼?"

그림자는 키를 줄이며 우뚝 멈춰섰다. 성준은 그제야 눈길을 똑바로 들었다. 김의수가 부대 자루를 어깨에 걸머지고 있었다.

"문디이 새끼 쥐둥이를 찢어뿔라. 이항사님이 우쩨?"

"쉿— 조용히 하거로!… 큰 소리로 막 말놓는 거 초사나 선장이 봤다카모 김의수 고마 지삿날이제. 니는 사관이고 나는 처리장 말꼬리라카이."

"선장님이 어데 있고 초사가 어데 있어?"

"누가 아나. 당직 제대로 서나 보자하고 사알 숨어들지."

"처리장 말꼬리? 말꼬리 좋아하제. 똥물 한 대야 퍼묵고 처리장 왕성님됐다 카데."

"초사가 또 나발대 불었꾸마"

의수는 똥물이란 말이 나오자 제 스스로 생각해도 겸연쩍었던지 연신 뒷통수를 긁적대며 데시근히 기가 죽었다.

"메고 섰는 기 머꼬?"

"건빵이라."

"건빵? 북양에서 건빵장사 할라꼬 고레 억수 샀나"

"한 푸대는 내끼고 또 한 푸대는 니꺼라."

"나는 와?"

"북양황천 당해보모 알끼다. 묵는 것은 고마 다 넘어온다 아이가. 그래도 건빵 묵은 것은 안넘어 온다카이. 내 도깨비한테 니 말 했드이 지서방 잘 봐돌라꼬 요레 안사주더나. "

"도깨비가 누꼬?"

"완월동 갈보라. 그래도 맘 한번 억수 좋다."

"그 좋은 사람은 와 도깨비라하제?"

"도깨비고기로 낚았으이 도깨비제… 북양 도깨비고기가 불로 키봐라. 고레 멋질 수가 없능기라!"

"……?"

도깨비고기 배를 갈라가 살은 다 파내고 까죽만 니스 맥여가 말리는 기다. 나중에 배때지 속에다 5볼트짜리 전구 넣고 스윗치만 올렸다카모 시상에 고레 근사한 조명장치가 어데 있겠노?"

의수는 말을 마치고 나서 배를 향해 잰걸음을 났다. 그러면서 중얼거렸다.

"화이고오— 내 심심타할까봐 같이 북양 가자꼬 저라제. 어창 전선만 안씨러 묵겠다모 고마 됐다! 먼저 오르시소, 퍼뜩 먼저 오르시소."

마침 한 마리의 남항 쥐가 '태창 302호'의 선미계류색을 타오르고 있었다.

철 늦은 진눈개비가 하늘을 채우고 있었다. 성준이 질척대는 언덕길을 타내려 막 거리에 나섰을 때 김중수 선장의 둥글번번한 가슴이 앞을 막았다.

"내 니 좀 볼라카고 가는 길인데."

김중수 선장은 발맘발맘 걸음을 떼놓으면서 말했다.

"무슨 일이 생겼습니꺼."

"고마 미치고 환장하겠구마!… 출항일이 닷새 남았는데 내 입장만 요레 난처하게 돼삐린 기라!"

"와예?"

"와는 머시 와?… 공흥 3호에 운반선이 붙었다 안카나!"

"……"

"운반선만 안붙었으모 공흥3호는 우리 배가 어장에 도착하고 나서 이틀 뒤에 귀항하게 돼있능기라. 그런데 운반선을 붙였으니 공흥3호 작업일은 열흘은 더 길어지능기다. 이틀이라모 살살 피해댕겨도 되겠다 싶었다만 열흘 동안을 무신 수로 피할끼고?… 전적 작업까지 해낼라면 더 썽이 돋쳐 날로 잡아묵겠다 할낀데…"

김중수 선장은 무슨 말을 할 듯 말듯 망설이다가 이내 휑 돌아섰다.

"시방 어데 가는 길이고?"

"윤복이 하고 완표 만나자 했임더."

"술로 억수 퍼마실 때가 앙이다. 그 시간 있으모 초사한테 말이나 들어둬라. 니는 막말로 우리 배 실항사만도 몬할끼다. 우리 배 실항사는 윈치작업도 곧잘 해낸다… 가도 몬가도 첫 항차 북양인데 술로 마시고 놀 새 없다."

김중수 선장의 모습이 거리 모퉁이로 사라졌다.

성준은 약속된 술집을 향해 달렸다. 성준이가 '앵커'에 들어섰을 때 3등항해사 최윤복과 3등기관사 홍완표는 입구에서 멀지 않은 왼쪽 구석 자리에 앉아 있었다. 그들 사이에 호스테스일 성싶은 아가씨가 끼어 앉아 있었다. 둘이는 벌써 알맞은 취기를 얹고 있었다. 최윤복이가 게슴츠레한 눈으로 성준을 올려다 봤다.

"이항사님 모시고 술로 묵을라카이 디게 애렵다 애려워. 와 인자사 오노?"

"외항선 타는 도원이가 안왔나. 그놈아하고 말로하다보니 쪼매 늦응기다."

성준은 의자에다 엉덩이를 붙이며 주위를 휘둘러 봤다. 실내는 선원들일 성싶은 사람들로 거의 차 있었다. 허망한 미련, 진득거리는 정염, 그리고 매작지근한 희망들이 만들어내는 소란 속에서 아가씨들의 걸죽한 입담들이 야스락야스락 익고 있었다.

앞쪽 구석자리에서 술취한 여인의 눅눅한 목메임이 터지고 있었다. 사십대의 여인이 스물일곱살 안팎의 사내 목덜미를 두 팔로 싸안고 있었다. 그 여인의 입술이 사내의 목덜미를 미친듯 핥고 있었다. 새파란 사내는 그녀의 머리통을 슬근슬근 쓸어주며 사뭇 어른스럽게 눈을 감고 있었다.

"오메야아— 니 죽어삐릿제카고 스물 넉달 동안 눈물로 살았다 아이가. 꿈자리만 숭해도 니 탄 배 디비지능가싶어 고마 땀으로 목간을 하고 놀래 깨능기라. 와, 와? 소식 한 자리 안줬노? 싸모아 지집년 끼고 눕으니까네 나같은 년은 생각에도 없드나? 니가 무신 호부라꼬!… 니 우쩨 고레 몬돼묵었노?… 보자, 보자아— 니 참말로 최박수제? 최박수가 참말로 남항에 온기제?… 날로 보거라, 구신이모 내 구신이다케라!"

"박수, 요레 용심 좋게 안왔나."

"보자, 어데 똑똑히 좀 보자… 오메야, 이 머스마 참말로 박수앙이가! 이잉?"

"그래 맞다. 하아— 손님 다 쪼까뿔고 장사는 우쩨 할라꼬 요레? 인자 고만 울그라."

여인은 좌중의 눈길들은 아랑곳없이 다시 사내의 목덜미를 안고 늘어졌다. 홍완표가 입술을 접석거리며 시큰둥하게 내뱉었다.

"억수 암내 피쌌제. 저레 안해도 정박등 밝히모 될낀데 와 거품물고 저레쌌노."

최윤복이도 멀거니 안쪽을 건너다보며 한 마디 했다.

"좌우당 간에 이놈어 남항 우쩨 된긴지 몰라. 뱃놈 아니었으모 남항은 멀 묵꼬 살라켔노."

그때 막 술잔을 비운 아가씨가 하아— 하고 꺼질듯한 한숨을 내뱉았다. 최윤복의 손이 그녀의 어깻죽지를 가만가만 두들겨댔다.

"니는 또 와 트롤윈치 죽는 소리로 내고 요레?"

그녀는 검뎅이로 얼룩진 눈자위를 손등으로 쓸며 맹맹한 콧소리를 냈다.

"우리사 만나도 한숨 헤어져도 한숨 아닝교.··· 저 여자 우리 앵커 마담언니라예. 박수총각은 마담언니 애인이고예··· 저 남자가 남양독항선 타고 떠나거로 이년만에 기별 한 자리 없이 오늘 저녁 도체비매꼬로 들어선 거라예. 나같으모 정신 잃고 히떡 디비졌을낍니더··· 와 안그렇겠임니꺼? 꿈인가도 싶었지예."

"남항을 뜨모 될낀데, 와?"

"몰라서 하는 소리라예. 마담언니는 남항 떠나서 몬삽니다. 첫번 남자는 파도에 배 디비져 죽고, 두 번째 남자도 고레 죽고, 세 번째 남자는 독항선 타다가 고마 미쳐 삐린기라예. 미치가 지 발로 고마 바다 속으로 들어가 죽어삐맀다카데예.··· 술로 묵었다카모 목아지 째지게 악을 씁니더. 허연 삑다구로 남아서라도 남항 불도체비 될끼라고 말입니더."

성준의 입에서 조심스러운 한숨이 새어나왔다. 최윤복이가 흘낏 성준을 살피고 나서 부러 엷은 웃음을 물었다.

"기분 잡치는 소리는 고마 차뿌고··· 우리 재미있게 노능기 매사에 좋다.··· 이 가스나 이거 입맛 땡기는데?"

최윤복의 손이 아가씨의 허벅지를 쓸어내렸다.

"나는 임자 없임더. 입맛 땡기모 삐지가 회로 묵든지, 꿉으가 양념장에 찍어 묵든지, 식성대로 드시소고마."

벌컥벌컥 단숨에 술잔을 비운 홍완표가 제법 으젓하게 말했다.

"이거 보거라. 니 아무리 남항에서 술로 판다꼬 출항 앞둔 항해사 앞에서 고레 바람 부르는기 앙이다. 요참 항차는 좀 조용하겠지 했더니 영낙없이 풍주곡을 트능기라."

술기운이 거진 숫구멍께까지 찬 듯싶은 최윤복이가 얼토당토 않다는 듯이 목소리를 높였다.

"저 사람 소리, 그거 말또 죽또 앙이다. 기계쟁이가 항해사 앞에서 몬할 소리가 없제… 말로만 하모 개얀타고마. 어데 니 내캉 한 번 튕기보꾸마."

"말또 무섭게도 합니더. 놀자 몬하고 튕기 보자니… 어떻게 튕기는데예?"

"미집(midship)에서 하드 스타보드로 튕기나가모 억수 좋체."

"미집이 뭔데예?"

"타를 중앙에 보침하능기다."

"하드 스타보드는 또 머꼬?"

"타각도 35도 비상조타라. 무신 말인지 알제?"

"모르겠임더. 스타보드나 포드 정도사 훤하다 아입니꺼. 스타보드는 뱃머리 오른쪽이고 포드는 뱃머리 왼쪽 아닙니꺼."

"머리 좋체에—"

"남항에서 묵꼬 사는데 그것도 모른다카모 말또 아닙니더. 단골손님이 하나 있는데 그 남자가 가르쳐 준 기라예. 그 남자는 놀 때도 다른 말 안씁니더. 내 사알 디비지모 포드— 스타보드— 요레 호령 안합니꺼."

"참 좋은 놈 만났다고마. 그 놈 자알 났제… 그라모 미집에서 하드 스타보드로 튕기나가는 것도 알텐데 와. 니가 배고 내가 조타수라꼬 생각하모 되능기라."

홍완표가 끼어 들었다.

"피치는 얼마로?"

"20정도로 튕기사제."

"배고 조타수고 놀기 전에 다 죽었다꼬마. 니 이 사람하고 놀 생각 치아뿌라."

"와 죽어?"

"당장에 햇드카버에 고압이 걸릴끼고 과부하가 걸리모 마찰부와 동작부가 절손될끼고!"

홍완표가 아가씨를 쿡 건드렸다. .

"날로 봐라. 삼항사 이 사람하고 항해 하다가는 선수재부터 째지고 말끼다. 나캉 놈사 천국항해 구경하제. 청진봉으로 기계작동 사정 들어가면서 살 사알 튕기 볼래? 기계는 용심 좋고 사심 없고오— 비위만 마춰주모 사람 애간장 뇍여주고 수 틀렸다카모 인정사정 피눈물도 없능기 기계라—"

"기계쟁이 한테는 못 당해!"

최윤복이 꺼렁꺼렁 웃어제꼈다. 성준도 최윤복을 따라 웃었다. 그러면서 좀 전까지 골머리 때리던 김중수 선장의 어두운 얼굴을 지워갔다.

"왕성님께서 우짠 일이신고? 앵커에는 영 안오시는데."

홍완표가 푸욱 고개를 떨구며 금새 기가 죽었다.

기관장 노임수가 홀 중앙을 향해 성준의 어깨를 비껴갔다. 실습기관사 한병철이가 그 뒤를 따랐다.

"그 일 때문이 아닌가싶은데."

최윤복이 홍완표를 건너다 봤다.

"그 일이라니?"

홍완표는 술기운 탓인지 매욱한 표정으로 물었다.

"화재소동!"

그제야 홍완표는 무릎을 쳤다.

"맞지러! 내 술이 취해 깜빡했꾸마. 출항 전에 단단히 조여놀라꼬 저러시능갑제."

성준은 둘이의 말들을 건성으로 흘리며 앞쪽의 기관장을 건너다봤다. 기관장 노임수는 두툼한 입술을 질끈 문 채 입술꼬리에다 겹주름을 잡고 있었다. 노임수는 수할치 본새로 실습기관사를 노려보고 실기사 한병철은 상기 멱줄을 할

딱이는 장끼처럼 주눅들어 있었다.

성준은 기관장 노임수의 모습을 멀거니 건너다보고 앉아 아득히 먼 수평선을 떠올리고 있었다. 그의 얼굴 속으로는 언제나 구체적인 바다의 실감이 짙게 숨쉬고 있었다. 노임수의 얼굴은 어떤 면에서 부친의 얼굴과 매우 닮은 데가 있었다. 노임수의 얼굴에 겹쳐 초사 윤병국과 김중수 선장의 얼굴도 그려지고 있었다.

'태창 302호'의 승무원들 중에서 기관장 노임수, 초사 윤병국, 그리고 김중수 선장의 얼굴들이 성준의 마음에 드는 편이었다. 말하자면 제일 '뱃사람'다운 얼굴들이랄까ㅡ.

노임수의 얼굴에는(부친의 경우도 이와 마찬가지일 것이다) 바다에 대한 투지와 적의가 늘상 일렁거리고 있었다. 그의 얼굴이 장엄한 자연과 팽팽히 맞선 완강한 장력의 트롤와프처럼 허물지는 수평선을 일으켜 세우고 끌어당기는 당당함이라면, 초사 윤병국의 얼굴은 바다에 대한 태연한 비웃음 그것이었다. 김중수 선장의 얼굴은 황천의 수평선 너머로 대양을 보는, 그런 악지스러운 의연함이라고 해야 적절할 것이었다. 성준은 자신의 얼굴이 이 셋 중 어느 하나만이라도 돼주길 바라고 있는 것이었다.

성준은 "실기사 데리고 술로 마시는 기관장이라ㅡ 을매나 멋있고 넉끈하노!" 하고 무심중에 중얼거리고 말았다. 그 소리를 들은 홍완표가 말했다.

"유형은 알 택 없제. 실기사 저놈아 빼간지 뿌가지게 족체놔사 쓴다꼬. 내 얘기해 주지… 저번 때 일인데, 마침 아침식사 교대 시간이 돼서 기관실에 저놈아 혼자 있는데 브릿지에서 크라치를 넣었능기라. 쪼매 지났다 싶었제. 실기사가 눈깔이 할딱 뒤집혀서 고래고래 악을 써대능기라. 기관실에 불이야! 기관실에 불이야! 하면서 미친개 매꼬로 지랄발광 안해놨겠나. 그래도 모자랐던지 고마 브릿지로 튕기 올라가 또 기관실에 불이얏! 하면서 난장을 만들어 났제. 선장이 뛰쳐 내려오고 전사관에다 선원들이 소화기를 걸고, 방화호수로 끌고 생난리가 터진기라. 기관장이 어데 어데? 하면서 닥쳐보이 아닌게 아니라 기관실에 연기가 꽉 찼다 아이가. 연기 냄새만 맡아도 금새 알제, 불은 무신 불?… 마아 크라치가 완전히 들어백히지 몬해가지고 발열이 생기니까 그 새에 찌었든 먼지같은 오물이 탄기라. 프라이 휠이 절손된다든가 크라치가 마모될 지경이어데 택도 닿겠노?… 실기사 저놈아가 고레 지랄발광만 안했다케도 해수냉각으로 간단히 처치되는긴데 우리 기관실만 날벼락 맞고… 저놈아 저거 고마 하역해뿔제 무신 덕본다꼬 저레 훈도하시는 줄 모른다!"

홍완표의 말이 끝났을 때 기관장 노임수가 그제야 실기사를 다그치는 소리가 낮게 들려왔다.

"와 술로 안묵노?"

"… 개얀심니더…"

"니 또 그런 난리 피울끼가?"

"다시는 안그럴낍니더!"

"고마 됐으이 술로 묵어라."

"… 개얀심더."

"누가 틀렸다켔나. 개얀심더만 해쌌케. 그동안 나눈 정이 좋다거로 술도 안묵고 개좆매꼬로 빳빳하게 앉은 니 대가리 보자 했나. 허엄—"

노임수의 말이 끝나자 홍완표가 또 뱃구레를 잡고 키들거렸다.

"우리 왕성님께서 그중 멋지고 점잖은 욕 또 해보셨제."

최윤복이 물었다.

"언제?… 노기관장님 욕하신단 소리 몬들었는데?"

"내 삼항사 이항사님 몬 믿고 누굴 믿겠노… 까뿌리자 고마. 삼항사, 귀항 때 휠 하우스하고 기관장님하고 토시락댔던 일 기억난 줄 몰라."

"알 피 앰 280에다 피치 19·4말이가."

"맞다, 바로 그 때 얘기라."

"내 뭐 선장님 편들어서 하는 말은 앙이고, 그때 기관장이 카바나 핸들을 기관실에서 빼고 리무트 스위치까지 뽑아삐린 것은 절대 기관실 잘못이라. 아무리 과부하가 걸린다 해도 쪼매 너머했다 싶제."

"항해사라고 브릿지 편드는데 몰라서 하는 소리라. 사전 연락도 없이 베란간 올리니까 그라제. 어창은 만재였제 바람은 앞에서 처댔제, 그 판에 갑짜기 고레 올렸다가 사고라도 나면 우짤끼야?…"

"하기사…"

"하옇든 간에 선장님 까랑대는 소리가 소화기에다 불을 튕긴 모양이라, 전화를 타악 걸어 놓거로 기관장님이 머라꼬 하신 줄 아나?"

"……"

"이러시능기라. 피치 좀 내려돌라꼬 사정했드이 시운전 당시 2,500마력 나온 배다, 지금은 와 안되냐꼬 디게 퍼붓어대는데, 배 늙어가는 것은 와 모르노? 부속 청구해도 안들어 오는데 손꾸락을 짤라 맞출끼가, 내 좆을 짤라 끼울끼고!"

홍완표는 마시던 술에 사레가 들 정도로 한바탕 웃어제꼈다. 최윤복도 홍완표를 따라 끼들거렸다.

성준은 그만 일어서고 싶은 마음이었다. 초사 윤병국의 얼굴이 떠올랐기 때문이었다.

"초사 어데 있을꼬?"

성준의 물음에, 최윤복은

"배에 있을끼라. 술도 못 묵고 집은 속초고 하이 귀항해도 맨날 배에만 있능기라."

성준은 자리에서 일어나 거리로 나왔다. 성준이가 부두에 이르렀을 때, 윤병국은 두 손을 바지춤에 깊숙히 찌른 채 '태창 302호' 선미께를 멀거니 내다보고 서 있었다.

"이항사가?"

"예, 접니다."

"앵카에서 술 묵었나."

"맞심니더."

윤병국은 밤하늘을 우러러 가만가만 맴돌이를 시작했다.

"이항사, 내 우쩨 선미께를 보고 있었는 줄로 아나."

"알 택이 있습니까."

"남항 이거 묘한 곳이라… 그놈아덜 인자 많이 컸을낀데…"

"……"

"어떤 날은 말이제, 선미쪽에서 대여섯번씩 풍덩 소리가 나는기라. 생선 돌라묵는 놈덜이 들켜서 쫓기다보모 선미께로베께 더 뛰겠나. 그 춥은 겨울인데도 그냥 물속으로 다이빙 하는기라. 우짠 놈은 팬째 들고 다이빙 하는 놈도 있었다꼬… 내 고향같은 데서는 부두에서 생선 돌라 묵는 놈 없다. 그런데 이 부자동네 부산 남항에서는 억수로 깔린 생선 꼬랑지 하나 몬 사묵고 생선 돌라묵꼬 사는 사람덜이 있었다꼬… 내 지금도 궁금한 것은 이기라. 그놈아덜, 훔친 생선으로 돈을 팔아 양식을 사묵었는지 아니면 생선이 묵고싶어 그런 짓을 했는지… 내는 배 싸롱아덜 보모 지금도 이런 의심이 생기는기라. 그 때 팬째 들고 물속으로 뛰어든 얼라들 중 배 주방에서 싸롱하는 놈덜 몇 놈 될끼다 이거제. 요새 어린 선원들만 보모 그때 그놈아덜이 생각난다꼬… 생각 좀 해봐라, 을매나 춥었겠노!"

윤병국이 '태창 302호'께로 천천히 발길을 옮겼다.

"초사님은 와 배에만 계십니꺼."

"배가 편해서 좋응기라."

"차나 한 잔 하입시더."

"좀 전에 한 잔 묵었드이 쏙이 안좋다."

"귀항해서는 출항 때까지 고향에 계시다오지 와예."

"… 그런 것은 묻능기 앙이다.…"

윤병국은 눈초리에다 잡은 실주름을 엷게 떨며, 그 힘겨운 웃음을 만들어내기 위해 턱이 뒤틀리도록 입술을 한 곳으로 모으고 있었다.

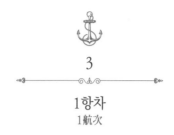

3

1항차
1航次

짙은 해무가 대원도 허리를 감고 있었다. 그 해무자락들이 낮게 기어 항만을 먹어들고 있었다. 해무는 수로제방 가에로 올망졸망 늘어앉은 주점들의 낮은 지붕 위를 흐르다가 수로 끝을 가로지르는 언덕배기에 이르러 몸굿치는 애무당의 춤사위처럼 신살떨며 흩어지고 있었다.

성준은 주점을 향해 걸음을 옮겼다. 허기진 개 한 마리가 제방을 타고 수로 속으로 흘러내리는 늘축한 오물을 걸쌈스럽게 핥고 있었다.

성준은 물양장이 빤히 내다보이는 곳에 있는 주점의 휘장을 거두고 들어섰다. 출어 차림의 어부들이 대여섯명 몰려 앉아 장어국을 마시고 있었다. 성준은 구석자리에 가 앉았다. 낮은 창문을 통해 희뿌연 본항과 수로가 내려다 보였다. 본항 쪽에서 간간한 기적들이 흔들려 오곤 했다. 수로의 제방 위로는 장사치들일 성싶은 사람들이 덩이덩이 떼거리를 짜곤 물양장 콧부리를 건너다 보고 서 있었다.

"해장국 몰아줘라우?"

주모가 성준을 보고 덥절덥절하게 장삿속을 차렸다. 성준은 건성으로 고개를 끄덕이고 나서 다시 수로를 내려다 봤다. 닻줄을 거둬들인 어장배 한 척이 희끄므레한 연기를 풍풍 내뿜고 있었다. 그 어선이 천천히 뱃머리를 돌려 조심스럽게 해무 속으로 미끄러져 갔다.

"아구국을 몰아라우, 짱애국을 몰아라우?"

주모가 덧거친 목소리로 시설떨었을 때에야 성준은 수로에 떨궜던 눈길을 거뒀다.

"아무꺼나 개안심더."

성준은 매작지근 대답하고 나서 주머니 속으로 손을 찔렀다. 땀에 절인 종이가 손끝에 만져졌다. 부친의 네번째 전보였다.

「가사유념하면 금차승선 즉시 철회할 것이라 믿음, 성준아 아비의 최후명령에 복종할 것, 제삼제사 가사유념 바람」

성준은 전보지를 꼬기꼬기 구겨 수로 쪽으로 내던졌다. 그리고는 눈을 감았다. 부친의 준엄한 얼굴이 환몽의 그림이 되고 있었다. 전보 속의 전문들이 금새 부친의 울음이 되는 듯도 싶었다.

그 때 주모가 해장국을 들고 왔다. 성준은 돌아서는 주모의 등뒤에다 대고 물었다.

"… 혹시 유필상이라카는 하나부지 모르능교?"

"… 글씨라우… 유필상 노인장이 누구랑가?"

주모는 턱을 처들고 연신 눈초리를 떨더니 이내 어부들께로 얼굴을 돌렸다. 어부들 중 한 사람이 바쁜 숟갈질에 곁들여 시큰둥 내뱉았다.

"저런 곰같은 예팬내 보게여. 즈그집 단골도 모르고 어장막에서 몰국을 몰아 묵어? 니기미, 우덜이 괴기 안 대주면 당장 망할 처지에 단골뱃놈 이름짜도 모른다니 말이 되여? 빈대도 콧등이 있는 뱁이라고잉… 아, 누군 누구여? 물풍영감이제."

"그려? 물풍영감 함짜가 유필상이랑가?"

주모는 헝클어진 머리칼을 쓸어올리며 다시 성준에게 얼굴을 돌렸다.

"시방 물풍영감을 찾으셋당가?"

"… 맞심니더."

성준은 깊게 고개를 떨궜다. 어부의 입에서 물풍영감이란 말이 나온 이상 그 물풍영감이 바로 조부일 거라는 짐작은 그리 어려운 것이 아니었다. 조부에게 있어 당신의 어부로서의 생애는 사실상 이 '물풍'이란 말 속에 함축돼 있었고 그의 어부생활의 성시도 이 '물풍'이란 말과 함께 막을 내린 셈이었다. 조부는 멀쩡한 정신으로 물풍이란 말을 입에 담아 본 적은 없었다. 인사불성일 정도로 대취했을 때라야 그 말을 질긴 울음 속에다 섞어왔던 것이었다. 조부는 그 질긴 울음을 몇 번 울어봤을 것이고, 어부들은 그 울음 속에 섞이는 물풍이라는 말을 빌어 조부를 '물풍영감'이라 부르게 됐을 것이었다.

"해무가 찐해서 아직 못 들어오능갑소. 그 냥반 장애배 타고 나갔는디 그나저나 믄녀려 해무가 요렁코름 지독스럽당가잉!"

주모는 불그데데한 낯짝에다 실풍머룩한 근심을 심으며 돌아섰다.

어부들이 일어섰다. 조부를 물풍영감이라고 부르던 어부가 휘장 밖으로 사라지면서 말했다.

"짱애배 안탔을 거여. 잡괴기 잡겠다고 복자네 당배 몰고 나가등만."

성준은 담배 한 개비를 태워물고 창문새로 연기를 내뿜었다. 창문틈새를 빠져나간 담배연기가 또아리를 푼 화사처럼 얼룽대며 해무 속으로 섞이고 있었다.

수로 쪽에서 숨가뿐 핑경 소리가 울었다. 성준은 창밖을 내다봤다. 해무가 걷히고 있었다. 어장배들이 한 척 두 척 수로로 와닿고 있었다. 어장배들의 선복을 아슬아슬 빗기며 낡은 당배 두 척이 흐느적 흐느적 다가왔다.

성준은 막 닻줄을 거는 당배를 유심히 내려다 봤다. 조부의 모습은 없었다. 뒷쪽의 당배가 닻줄을 걸고 있는 앞쪽의 당배를 거슬러 수로 끝쪽으로 미끌어지고 있었다. 어부의 굽은 등이 힘겨운 노질을 얹고 흔들리고 있었다.

성준의 입에서 불김같은 한숨이 샜다. 어부의 등잔등에서 조부의 면면이 절연하게 묻어나기 때문이었다.

주모가 쪼르르 달려와 낮은 창틀에다 앞가슴을 얹었다. 고개가 떨어져라 수로 끝쪽을 내려다보고 있던 주모가 가슴을 펴며 성준에게 얼굴을 돌렸다.

"쩌그 물풍영감 들어왔오야. 보씨요, 쩌그 저 노인장이 물풍영감이요잉."

"… 알았임더."

"불르러 안 나가도 된당께. 저 냥반 우리집 아니면 몰국 한모금 냉길 데가 없소잉."

성준은 자리에 앉은 채 무르춤히 굳었다. 살점을 도려내는 아픔이 덧날막이처럼 명치 끝에 걸렸을 때 성준은 차라리 조부와 얼굴을 맞대지 않음이 상책이라는 허망한 다짐을 하고 말았다.

"물풍영감님 들어오시모 내 찾았다카는 말 마입시더…"

"내동 물풍영감 찾드니 그네?"

"아입니더… 내 찾는 사람은 딴사람 아잉교… "

성준은 먼 눈길로 조부를 보며 욱신덕신 끓는 열한을 다스리고 싶었다. 어쩌면 그것이 그중 절절한 작별인사인 듯도 싶었다.

기실 꼭 조부를 만나봐야 한다고 벼르고 이곳에 온 것은 아니었다. 부친이 네번째로 띄운 「제삼제사 가사유념바람」이라는 전문을 실감해 보기 위해서 새벽같이 이 곳에 왔다는 게 더 합당할 수 있었다. 부친은 형의 죽음과 모친의 병사와, 조부의 현실을 한데 묶어 바다 때문에 쑥대밭이 돼버린 집안사정을 '가사유념'이란 말로 표현해 봤을 것이고, 그렇게 함으로써 성준의 북양원양어선 승선을 제일 직설적인 하소로 좌절시켜 보겠다는 착잡한 시도를 걸어봤을 것이었다.

성준이 이런저런 생각들을 허물며 얼굴을 들었을 때 비치적거리는 걸음이 휘장을 거두고 들어섰다. 조부였다. 조부는 들어오자마자 문 앞쪽 자리에 털썩 주저앉았다. 주모가 성준의 눈치를 할기족족 살피며, 조부에게 물었다.

"괴기는?"

조부는 머리통을 긁적대며 씁쓸하게 웃고 있었다.

"… '한노가' 한 가닥 또 뽑아사 헐랑게벼…"

"괴기는 못 잡고 밤새 뭇하셨당가? 한노가 뽑겠다는 것 봉게로 말짱 헛낚시만 챘등갑제, 흥."

"그녀려 되미덜이 죄다 지마여께로만 붙었능게벼. 외줄낚이 될 줄 알았디 말로 밤새 구세미창 따악 닫고 시상 물어줘사제… 한노가 자알 뽑을텡께 뜨끈허게 술국이나 몰아줘. 졸창까지 다 얼어 붙었는지 몸땡이를 지대로 놀릴 수가 읎여."

"괴기 못 잡으면 꼭 한노가여."

"늙은 놈이 청춘가를 헌디야?"

"그랑게 고향에서 말년 보내시라는 말배께. 젊디젊은 뱃사람덜도 못 견디는디 파악 삭은 삭신으로 당배 낚이질이 그리 쉽다요?"

"아, 고향에 자손 있으면 뭇났다고 요 고상이라여?… 혈혈고종에 적수무재헝게 요 청승이제!"

조부는 천연덕스럽게 말하고 나서 눈을 감았다. 주모가 조부를 흘기며 휑 돌아셨다.

조부의 애절한 목소리가 가락 가락 이어지고 있었다. 성준은 해무가 걷힌 항만 앞바다를 내려다 보며 아려오는 눈시울을 떨었다. 조부의 타령은 진감색 해조음의 맨살처럼 깊고 깊었다.

"인간시상을 하직허고 양한수명허여 울림처사 뜻을 두고 초당고치력이 읎어, 어철가는 줄 모르음에 인간화초 무성허면 춘절인가 짐작허고, 녹음방초 성림허면 하절로 생각허고, 천수만수 단풍들면 추절인가 생각허고, 송죽에 백설분분 동절인가 생각허고오— 삼순 일순식을 묵으나 못 묵으나 긴실이 바이없고, 운심부지 깊은 곳에 채약이나 일을 삼고 산간에 괴기낚어 주야로 일삼어도 아니 늙지는 못허는구나아— 늙기가 더욱 슬타 어와청춘 소년덜아 백발보고 웃덜마라, 나도 어지깨 청춘이드니 오늘 백발 한심허다아— 무정세월 여와허여 웬수백발 돌아오니 읎던 망녕 절로 난다. 망령이라 숭을 보고 구속구속 웃는 모냥 애닯고도 설운 지구우— 절통하고 분하고나, 헐 수 없다 헐 수 없어 홍안백발 늙어간 다아— 우리 인셍 늙어지면 다시 젊던 못허느니, 인간백년 다 살어야 병든 날과 잠든 날과 걱정근심 다 제허면, 단 사십도 못살 인셰앵—"

주모가 술국과 탁주사발을 조부에게 앵겨주며 능갈지게 작신거렸다.
"하도 들어싸서 인자는 좋은지도 모르겠어… 그나저나 사흘간을 공탕이여 공탕! 놈덜은 하다못해 잡괴기라도 푸는디, 물풍영감님 믿고 으디 술국장사 해묵겠오?"
"어장배 모는 놈덜하고 늙은 당배 품괴기 묵는 나허고 같당가! 그덜 마소, 자네 극락적선 허능거여…"

조부의 한노가가 조금만 더 계속됐어도 성준은 조부의 가슴을 싸안고 흐무러지는 울음을 쏟았을 것이었다. 그러나 조부는 술국을 보자마자 읊던 가락을 뚝 그치고 삼성들린 묵은초처럼 먹새에만 정신이 없었다.

조부의 무무한 눈길이 성준의 어깨죽지 위를 낮게 날며 창밖의 바다를 내다보고 있었다. 조부의 얼굴이 다시 술국사발 속으로 묻혔을 때 성준은 도망치듯 주점 밖으로 내달았다.

해무를 거둔 쟁명한 햇살이 어장막 구석구석에다 비린 아침을 심고 있었다. 성준은 제방 위에 서서 조금 전 조부가 몰고 온 당배를 내려다봤다. 망해(望海)의 뱃머리가 뒤뚱뒤뚱 소습뛰고 있었다.

성준은 그 뱃머리를 향해 헛소리처럼 내뱉았다.

"하나부지 댕겨올랍니더… 억수 같고 뭉기가 반도삼해 다 조상바다 맹글깁니더!"

도원은 약속시간보다 훨씬 먼저 나왔던 모양이었다. 어릿어릿 뒹굴리는 눈에 벌써 알근한 취기가 담겼는데도 연신 술잔을 빨아대고 있었다.

"… 고레 우짤끼야?"

도원이가 물었다. 그는 고개를 떨궈 발치께를 내려다 보며 성준의 대답을 기다리고 있었다.

"우짜든동 북양 쳐들어가기로 작정했으이…"

"그래?… 하모 자알 댕겨오거로, 나는 요참에 외항선 내리삐릴란다."

"와?"

"쎗바닥 타게 사정사정해 탔으이, 내 강셍이 앙이다. 뱃놈대우 해도고 카고 쌈질할 수도 없고, 그란다꼬 살보시 준 보살매꼬로 처분만 바라자이 쏙이 타서 몬 살겠고… 이름이 좋아 외항선이제, 말또 마라! 그 배 타는 뱃놈덜, 모진년 털 시래기가 고레 독하겠나?… 마침 외가로 삼촌 되는 사람이 수출선 왕성님이라. 수출선 타거로 사업만 자알 굴리모 한 밑천 챙긴다.… 사업 안되모 나라꼬 돼지 몰이 몬 할게 없제! 씨바알—"

"… 돼지몰이?"

"그런 사업 있다… 북양에 드갔다가 너거 아배한테 쪼까오면 날로 찾거라… 내 왕성님한테 니도 부탁했는데 북양에 간다이 나만 쏙없는 놈 안 됐나."

도원은 자못 섭섭하다는 표정을 지었다. 성준은 부친의 완강한 반대에 부딪혀 아무 배나 타게 해달라고 도원에게 매달렸던 적이 있었던 것이다.

"그라고 말따, 너 북양에 가겠다면 아조 태창 삼공이에 처백히 있으라꼬. 육 기통성님한테 사알 들었는데 김중수 선장은 우짠 수로라도 니로 떼뽈라칸다능 기다. 누가 아노? 김선장이 니한테 출항날짜로 쏙이는지."

"육기통성님은 누고?"

"보거로, 정신 좀 채리거라. 니 배 노임수 기관장이 육기통왕성님이제 누군 누고?"

그 때 웬 사내가 도어를 박차고 술집으로 들어섰다.

"네 이 문디이 가스나덜아, 퍼뜩 선풍기 안틀끼가? 선풍기 안틀모 고마 술집 에다 불로 놀끼다앗—"

피식 쓰러졌던 사내가 겨우 몸뚱이를 가누며 일어섰다. 사내는 오른쪽 손을 번쩍 쳐들며 고래고래 소리치고 있었다. 사내의 쳐든 손아귀에 한 다발의 지폐 가 들려 있었다.

"와 이라노야? 인사불성으로 술로 묵고 와 이레? 앉끄라, 퍼뜩 앉기나 해라!"

얼굴마담이 쪼르르 달려가 사내의 허리통을 싸안으며 늘어졌다.

"안 놀래? 고마 쥑이삘라! 선풍기 내오라는데 와 말이 많노? 이 문둥아, 퍼뜩 내오라꼬! 어엉?"

"여름도 아닌데 선풍기는 와?"

"돈 뿌릴라꼬 그란다! 술집에다 불로 나야 알끼얏? 참말?"

사내가 미친개처럼 길길이 뛰었다.

"가스나덜아 머하노? 퍼뜩 선풍기 내와 꽂아라! 오매야 이기 무신 베락인고 모르제!"

여종업원들이 부랴부랴 선풍기를 내왔다. 사내가 악을 썼다.

"내 시물 넉달 독항선 타고 쎄빠지게 일하다 안 왔나아— 아니 고레, 내 손으로 중간불도 몬 만져봤는데 이기 머꼬 말따? 그놈어 가족불은 남항도체비가 묵었길레 이것을 노임이라고 주능기야아? 촉새 간뎅이로 젓을 담꼬 빈대 좃으로 사시미로 떠라고맛! 회사 이 문디이 셰끼덜아—"

사내가 선풍기 앞에다 돈다발을 날렸다. 지폐장들은 사이키델릭 조명의 산광처럼 어지럽게 흩어져 날렸고 여종업원들이 모이를 쪼는 닭들처럼 오구작작 모여들어 지폐장을 줍고 있었다. 사내가 넋나간 표정으로 앉아 그런 여종업원들의 모습을 건너다 보고 있었다.

하아— 하고 불같은 한숨을 내뿜고난 동원이가 말했다.

"남항이 와 요레 되갈꼬? 원양어업도 옛날같지 않다꼬. 남양은 더 하제. 남항 부두에 묶인 남양원양어선이 일백삼십척이 넘는다안카나!… 거기다 선원들 대우라는게 뻔하제. 출어전도금에다 중도금, 월정금, 상륙비를 다 합쳐도 7만원베께 더 되나… 흥, 노다지 캐오던 남양어업도 인자 옛날 추억이라… 삼년 전만 해도 남항 조오았제에— 술집이고 다방이고 돈다발로 들고오는 선원들로 시장바닥 아니었나?… 지금은 이기 머꼬? 뱃놈덜은 저놈아매고로 미쳐 난리고,

탈 배 없나 하고 눈깔들이 시뻘개서 어정대는 선원들로 앉을 자리가 없능기라. 내 팔자도 매한가지제만 갑종 면허 갖고도 무보수 견습사관으로 승선하는 놈덜이 또 을매나 많노!… 우짜든동 니 팔짜가 왕성님 팔짜라. 북양은 인자 한참 용심 쓸 때 아닌가베."

팔짱을 깊게 낀 채 사내를 내려다 보고 섰던 얼굴마담이 손등으로 눈두덩을 훔쳐내렸다. 맹맹한 콧소리로 말했다.

"니가 미친 놈이라! 허리삑따구 뿌가지게 번 돈을 요레 뿌려삐린다꼬 누가 더 좋은 배 태워주겠다카더나?… 돈 싸놓고 퍼뜩 오소카는 회사 남항에 없다… 시물 넉달 동안 목심 건 세월이 아깝다 앙이가!"

사내가 뜻모를 웃음을 꺼들꺼들 웃더니 풀썩 무릎을 꺾고 쓰러졌다.

"내 도온 내가 뿌리는데 우짠 개셰끼덜이 머라 해? 내 차라리 완월동 갈보 뜸물받아 묵고 살제 당창쟁이 마늘씨 같은 회사놈덜 돈 더러버서 못 묵겠다 아이가아—"

"… 내 뜸물은 공짜라고 써붙였나!"

사내는 아랑곳 않고 목청껏 유행가를 뽑아댔다.

"이리 갈까아 저리 갈까아— 세 갈래 기일—"

남항을 위해 허망하고 처량한 유행가는 생겨났는지 모를 일이었다. 원양어업의 시발지 남항은 언제나 질기게도 슬퍼 있었고, 처량해 있었고, 허망해 있었고, 그 간절은 허망함의 멍울지는 마디를 풀고 감는 양 남항의 닻은 또 내려지고 감아올려져 왔던 것이다.

남빛 하늘과 활당김하는 초록빛 동해가 사물대는 물비늘을 얹고 조도(鳥島) 밖으로 트여 있었다. 간지럼 같은 탄성의 수평선께로부터 비릿한 해풍이 이어져 오고 있었다.

성준은 부두에 선 채 하늘하늘 나풀대는 '태창 302호'의 선기와 오색 신호기를 올려다 봤다. 선박의 출항에는 그지없이 좋은 기상이었다.

부둣가에로는 환송가족들이 덩이덩이져 서 있었다. 그들의 눈은 아까부터 유행가 가락을 뽑아내고 있는 배를 바라다 보고 있었다. 3백톤급의 남양 독항선이었다.

"… 아 또다시 돌아오마아― 고향산천아― 기다리는 순정만은 버리지마라 버리지 마라아―"

성준은 초췌한 모습의 환송가족들 곁에 바싹 붙어서서 간드러지는 유행가 가락을 듣고 있었다. 왠지 가족을 대양으로 떠보내고 남항에 남는 사람들의 정한을 실감해보고 싶은 거였다.

냉동창 잡역부들일 성싶은 사람들이 지나치다가 잠시 멈춰 섰다. 그들은 낮게 소근대고 있었다.

"차아― 또 한나 뜨는구마. 영도다리에 홍수지게 됐제"

"와?"

"독항선 떠날 때마다 영도다리 수위가 오르게 돼있능기다."

"글쎄, 와 그라냐꼬."

"이 많은 눈물들이 모다 어데로 흐를끼고. 해수에 섞여 영도 쪽으로 밖에 더 흐르겠나. 그 많은 눈물들이 바닷물에 섞이는데 홍수 안 지고 우짤끼고."

그들은 독항선 마스트에서 뽑아내는 유행가 가락을 따라 부르며 환송 가족들 못지않게 침울해 있었다.

"노래는 유행가가 최고라."

"유행가가 최고라기 보다도 남항에서는 유행가가 최고잉기다. 기다리는 순정만은 버리지 마라, 또다시 돌아오마 고향산천아라아— 이거 을매나 좋노, 사람 환장하게 만드는기라."

"하모. 유행가에 진저리치는 서울 놈덜, 남항에 와보모 맴사가 틀려질끼라, 이럴 때 들어사 쓰는 긴데."

그들은 이내 걸음을 옮겼다.

성준은 잡역부들의 말에 절절한 동감을 느끼고 있었다.

한 아낙네가 아까부터 눈두덩을 훔쳐내고 있었다. 그 아낙네의 엉덩이께에 태평한 젖먹이가 댕겅 매달려 있었다. 아낙네의 고무신 콧날 앞에 육십이 다 찼을 성싶은 초라한 노파가 무릎을 세우고 쭈그려 앉아 있었다.

"에고 에고오— 내 자석 지금 어데로 가능기고오—"

노파의 목소리는 가늘가늘 떨며 안으로 안으로 잦아들고 있었다

"이 에미가 을매나 못났거로 육고기국 한번 지대로 못끓여 줬겠노오— 니 보제? 니도 보제에— 우리 머스마가 그중 삐쩍 말랐고마! 삑다구만 불커져서 볼 태긴지 광대삔지 우쩨 알아보겠노! 에고오— 어델 간다꼬! 어델 가겠다꼬오— 돈이 머꼬, 돈이 머꼬오— 돈이 머라고 내 자석 저래 끌고 가노! 돈이 먼데 시방 내 자석 저래 끌고 가노오—"

독항선 마스트에 걸린 스피커에서 유행가 가락이 멎었다. 이내 갈매기의 가뿐 울음같은 뱃고동이 길게 두번 울었다.

환송객들의 울음은 뱃고동소리가 신호이기라도 하듯 모질게 터졌다. 부두에선 가족들은 내항을 미끄러지기 시작하는 독항선을 향해 달아오르는 울음을 쏟고 갑판 위의 선원들은 수평선을 향해 슬며시 돌아서고 있었다. 독항선은 다시 유행가 가락을 뽑아대고 있었다. 독항선이 수평선을 향해 멀어져 가면 그럴수록 유행가 가락은 해풍에 섞여 흩어지며 겨우 가드러졌다.

성준은 시계를 봤다, 열한시 이십분이었다. 독항선은 사뭇 멀게 수평선 쪽으로 점처럼 멀어져 갔다. 부두에 남은 환송가족들도 젖은 짐짝같은 울음들을 챙기며 한 사람 두 사람 자리를 뜨고 있었다.

성준은 배에 올라 잠시 갑판 위에 서 있었다.

노임수 기관장이 단짝인 통신장하고 농을 주고받고 있었다. 통신장이 기관장 옆구리를 쿡 찔렀다.

"워쩨 풀끼가 눈꼽만큼도 읇당가? 크랑크라도 절손됭거여? 그려서 고별가도 정도껏 불러야 헌다 이거여."

"지랄 떨제. 지야말로 지독한 황천항해였을 끼라, 몇 미리바짜리 당했노? 어잉"

"응큼스럽기는 망구 간땡이란 말여. 나야 원칸 태평헌 고기압 속을 순항헸다구. 내 집 몰라? 전주땅 몰라? 당신거치 자발읎이 뛰지도 못하게 되야뿐겼지만 말여, 설사 옆에 있다 쳐도 지성이 있는 사람인데 그럴 수가 있남? 명색이 출항 전야인디 말여."

"내 크랑크 멀쩡하다."

"그람 프로펠라 축이 절손됭거여? 쌍다구에 누렇게 외꽃이 벽진을 쳤는디 필시 프로펠라 축이 애린게벼."

"프로펠라 축은 또 머꼬."

"뭇은 뭇이여? 붕알이제 붕알."

"데끼! 그놈어 크랑크는 싸릿대고 프로펠라 축은 실로 매달았나? 지금도 주기 보기 작동하모 3천 2백 마력은 용심 쓸거로."

"화메 미치겠능거. 이번 항차에 또 바람치겄어. 먼저 항차에 두 번이나 맞었던 9백7십에다 35킬로짜리 저기압은 모다 당신이 부른 거란 말여, 반성해사 쓸껴."

"내가 와 반성하노? 당신이야말로 대오각성해사 쓴다꼬."

"헐 말 옳응게 뒷꼭지 핥으는 것 좀 부아. 내가 워티게 혔기에?"

"쉽게 말하자모, 당신 볼트문 여는 횟수가 너머나 많다꼬."

"화메에— 재삼 재사 환장할 일이랑게. 환기 할라고 볼트문 여는디 고것이 워쩨 승이여."

"보거로! 여기서 따악 쟵히능기라. 당신 담배도 안 태우는 사람 앙이가. 담배 연기도 안 찰낀데 와 환기로 시키냐 말이다."

"그람 볼트문 열고 뭇을 했단 말여?"

"휴지 버렸제 멀 했노."

"휴지?"

"그래. 와?"

"감기는 걸려 본 적도 읎는디?"

"콧물은 콧구멍만 흘리나!"

"떼끼 승헌!"

"인자사 알아들었능갑다."

"아서, 생사람 잡는다구… 말이 나왔응게 말인디 말여, 당신 방에서 빌려온 주간지 보도 않고 덮어놔 뿐졌어."

"와?"

"왜는 왜여? 비위가 상해서나 그라제."

"또 무신 헛수작을 떨라꼬 이라노."

"진장칠녀려, 바쁜 시상에 노다지 캔다구 헛수작을 떠남? 어황보고 받을라, 기상 받을라, 그렇잖아두 환장허게 바쁜 판인디… 기관장 방에서 나온 주간지가 그 꼴이 뭇이여? 명색이 기관장 방에서 나온 주간지인디 말여."

"그놈어 주간지가 우쨌다고 이 난리고?"

"기관장이 보라하드라고 허면서 실기사헌테나 빌려줄까벼."

"좋을대로 하라꼬… 대체 주간지가 우쨌다고 이라노, 말로 해봐라고마."

"그려, 말로 허지. 한마디로 말여, 페이지를 넘길 수가 옰드라, 이거여."

"와?"

"군데 군데 엉켜붙었응게 그라제 왜 그려? 고것도 여자 사진 있는 책장은 더 심혀."

"나도 삼기사한테 빌려옹기라. 풀로 붙인 모양이제."

"풀? 콧물이여, 콧물."

"나사 눈밭에 디비져도 감기 같은 것은 붙도 않는 강단이라."

"힝― 콧물은 볼트문 열구서 휴지로만 닦게 돼 있남? 책장으로도 닦는 거여."

"떼끼!"

기관장이 통신장의 뒤를 쫓아 갑판 위를 맴돌았다.

"그랑게 괜스레 남 모함허지 말란 말여. 치근덕 치근덕 환장허게 씹어대는 데는 경상도 말이 전라도 말 못 당하게 되야 있능겨. 이라덜 말어. 출항시간 월매 안 남았다구."

기관장이 멈칫 서며 성준을 올려다 봤다.

"원양어선 타고 북양은 요참이 처음입니까."

"그렇심니더."

"마구로배도 안 타봤고?"

"원양어선은 처음이라예."

"남항이 섧다 하겠입니더."

통신장이 히죽 웃으며 말했다.

"고생깨나 혈규. 북양 첫 항차 때는 다 한번씩은 죽어나니께."

부두를 내려다 보고 섰던 두 사람이 화급스레 눈길을 거두고 잰걸음을 놨다. 김중수 선장이 막 사무실 담모퉁이를 돌아오고 있었다. 성준은 부서로 돌아왔다. 부친의 얼굴이 한바다 가득히 그려지고 있었다. 그 얼굴은 상상의 황천을 더듬으며, 회색빛 북대양의 긴 밤속에 누우며 그리고 밀리는 파벽으로 짧고 가깝게 다가드는 수평선 위에 얹히며 성준의 머릿속을 채우고 있었다. 성준은 태연하리만치 섬찟하게 조형되는 선원들의 여유를 읽으며 일렁이는 가슴을 다스리고 있었다.

김중수 선장의 목소리가 스피커를 울렸다.

"퍼뜩 서둘러라. 앵커 히빙한 직후에 싱글업을 하는데 풍조상황으로 봐서 선미계류색을 먼저 수납하는 순서로 진행할 것. 알았제?"

김중수 선장의 목소리는 성준의 고막 속에서 곧 파랑의 입김이었고 파두의 울음이었다. 영원한 바다의 해조음, 그것이었다.

"스텐바이—"

선내에는 금새 숙연한 긴장감이 흘렀다.

"히빙 앵커—"

밴드 브레이크가 풀리고 선수루가 끄렁끄렁 울기 시작했다. 윈드라스의 둔탁한 굉음이 앵커를 감아올리면서 팽팽한 장력으로 울고 있었다. 체인 록커(착쇄격납고錯鎖格納庫)에 앵커가 완전 격납되기까지 15분, 김중수 선장의 명령이 다시 스피이커를 울렸다.

"올라인 렛꼬오(Let go)—"

성준이가 갑판조 선원들의 선미계류색 수납 지휘를 마쳤을 때 선체를 진동시키는 기관소리가 남항을 울렸다. 2천5백마력의 주기(主機)가 시동한 것이었다. 메인 엔진 2천5백 마력이 불꽃을 튕기고 7백20마력 보기(保機)가 숨돌릴 사이없이 작동하는 '태창 302호'의 둔중한 선체는 그대로 1천2백 톤의 성난 기계였다.

선수계류색이 완전히 수납되었을 때 기적이 길게 세번 울었다. 선수가 서서히 스타보오드(선수의 오른편)로 회전하고 있었다. 폐수에 오염된 남항의 검푸른 해수가 물보라를 일구며 느슨대는 파곡을 만들고 있었다.

외항에 들어선 배가 14놋트 전속항진을 시작했을 때 눈 안에 드는 조국의 마지막 땅일 성싶은 생도(生島.주전자섬)가 포드(선수의 왼편) 0.5마일 해상에서 뒤로 뒤로 흘렀다. 선미쪽 낮은 하늘을 날던 갈매기 무리들이 별안간 수선스럽게 우짖으며 넓고 큰 반원을 그리면서 생도쪽으로 돌아서 날았다. 순백의 깃 위로 부신 햇살이 얹혀가고 있었다.

성준이 휠 하우스에 들어섰을 때 일등항해사 윤병국이 눈꼬리에다 잔주름을 잡았다.

"그래 기분이 어떻노?"

"아직까지 멍 합니더."

"지금이사 호수에서 놀잇배 탄 기분일끼다. 독도 앞바다만 해도 또 틀리능기라. 쓰가루 해협만 벗어나모 그때부터는 당할만 할끼라. 모르제, 이항사 첫 항차라꼬 봐줄지… 선장이 아까 부르던데 퍼뜩 가봐라."

윤병국은 브릿지 창틀에다 가슴을 얹으며 먼 수평선을 내다보기 시작했다. 성준은 선장실로 갔다. 김중수 선장은 깊은 팔짱을 낀 채 볼트문 밖으로 펼쳐진 바다를 가늠하고 있었다.

"저 왔입니더."

"앉거라."

김중수 선장은 한참 후에야 성준에게 눈길을 돌렸다.

"광수한테 전보 한 장 처사 쓸 모양인데… 우짜모 내가 전보치기 전에 광수 전보가 내게 먼저 날라들지도 모르제… 광수는 요참 항차에 자네 배 안탄 줄로 알끼다. 설마카이 이 김중수가 지한테 달랑 하나 남은 자네를 북양으로 끌고 오랴 싶겠제. SSB로 말문 트기 전에 미리 알려줘사 도리인데…"

"인자 우짤 도리도 없지 않습니까. 아부지도 지가 배 탄 줄로 알낍니더."

"앙이다. 내가 자네 태울 수밖에 없겠다고 끝 전보쳤드니 말다, 요런 전보가 너거 아부지한테서 날라등기라. 자네 아부지 마지막 전보 좀 보거래이."

김중수 선장은 꼬기꼬기 접은 전보 한장을 주머니에서 꺼내 성준 앞으로 들이밀었다.

성준은 전보를 펴 읽어 봤다.

「개셰끼!」

"날로 보고 개셰끼라고 해보기는 요참이 처음이라. 자네가 더 잘 알겠제만 광수가 어데 욕지꺼리 하더나. 썽이 얼매나 돋쳤으모 이럴끼고"

"선장님 볼 면목이 없십니더!"

김중수 선장은 설레설레 고개를 내저었다.

"그런 말 듣자는 거 앙이고… 자네 까지 요래 약해지모 되나… 좀 근사한 전보문 하나를 짜내사 쓸낀데… 머라고 하모 좋을꼬."

김중수 선장은 볼트문 밖으로 펼쳐진 바다에다 다시 눈길을 던졌다. 그는 잠시 후에 얼굴을 들었다.

"전적 작업까지 해내야 하겠다… 썽은 돈쳤겠다… 광수가 제일 좋아 하는 소리는 북양 왕성님 카는긴데… 북양 왕성님 성준이 업고 갑니다 요래 칠까?… 요 것은 안되겠고, 지나 내나 둘도 없는 친구지간인데 요래 치모 놀리는 게 될끼라… 봐라, 한번 받아 써보라꼬. 내가 전보문을 불러 볼낀게네."

성준은 볼펜을 꺼내 들었다.

"준비됐나."

"됐입니더."

"…「북양을 압도하는 아부지 만세, 태창 삼공이호 유성준.」"

김중수 선장은 금새 낯색이 환해졌다.

"우짜노? 괜찮제?"

"명문 전보라요. 좋십니더."

"참말 좋제?"

"억수로 좋십니더."

"됐다, 고마 요래 치고말자."

김중수 선장은 지그시 눈을 감은 채 검지 끝으로 양미간을 쓸어내리고 있었다. 그는 이내 숙연해졌다.

"성준이 자알 들어 보거래이… 내 광수 맘 누구보다도 제일 잘 안다. 내가 광수라 케도 그럴끼라. 자네사 말로만 들어서 육칠년도 그 참경을 알 택이 없능기라. 자네 같으모 우쨌겠노. 바로 눈 앞에서 아부지 탄 배가 히떡 넘어간다카모 우쨌겠노 말이다. 눈으로 안보면사 뱃놈 한 시상이 다 그런기라고 체념할 수도 있능기라. 에스에스비로 튕기는 목소리라는 것이 이게 사람 목소리가 앙이라. 오장육부가 째지는 비명이라. 지금도 황천만 당하모 그때 그 살려돌라카던 비명들이 고막에 꽈악 차는기라. 그라모 넘어가는 자선(子船)들이 환상으로 고마 똑똑히 뵈능기라… 내가 이럴 때 광수가 우짜겠노!… 그런데도 나는 자네를 끌고 지금 북양으로 가고 있능기다… 와?… 와?… 물론 어선도 대형화됐고 시설도 최신식이고 하이, 육칠년도 해난사고같은 그런 조난을 당할 확률이 거의 없다꼬 믿고도 있제만, 그보다도 북양어장의 장래성 때문이라. 자네가 언제 타도 결국은 배를 탈 사람인데 기왕이모 북양으로 밀어주고 싶응기라. 광수나 나는 잘 해야 일 이년 타모 뱃놈생활도 끝이라. 그러나 자네는 앞길이 창창한 젊은 항해사라… 남양은 인자 틀린기라. 유류파동 뒤로 세계적 불황 때문에 생선 수요는 억수로 줄었는데 경쟁은 점점 치열해지능기라. 알바코(날개다랑어) 1톤에 1천백불 하던 것이 7백불로 떨어지고 옐로우핀(황다랑어)·비가이(눈다랑어)·마린(새치) 등의 평균가격이 8백불에서 5백불로 폭락하는 판이라. 1백 50톤급 남양 원양어선이 부산에서 사모아 기지까지 가는데 경비만도 4천 5백만원에다, 다시 기지에서 1항차를 4 개월로 잡고 어장으로 나가는데 또 5만불 정도 맥히는 판이라. 거기다가 서북부 아프리카 서쪽 연안 북위 17도 20분에서 25도 15분에 걸치는 대서양 황금어장은 모로코·모리타니·세네갈이 어장의 노른자위만 골라 자국영해로 하고 있능기라. 몰래 작업하다가 나포나 되고 쫓기고… 그러나 북양어장은 든든항기라. 젊응기라. 그리고 우리가 스스로 막대한 희생을 치루면서 개척한 곳이라… 놀러나온 거 앙이라. 젊은 너거들이 북양 안 떠맡으모 누가 떠맡을끼고? 광수도 언젠가는 날로 이해할 끼라.”

　김중수 선장은 자리에서 일어섰다. 그리고나서 성준의 어깻죽지를 뒤에서 싸안았다.

　성준은 눈을 감았다. 북위 48도 30분에서 51도에 이르는 남북 1백 50 마일, 동서 15마일의 북양어장이 눈앞에 펼쳐지고 있었다.

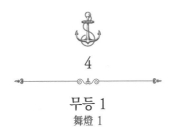

4

무등 1
舞燈 1

 항진을 계속한 지 나흘, 그리고 쓰가루 해협(津輕海峽)을 벗어난 지 십여 시간 후부터 기상은 급변해 가고 있었다.

 '태창 302호'는 에리모미사키(襟裳岬)를 포드 7·7마일 해상에 두고 63도로 변침, 전속 항진하고 있었다.

 성준은 자리에서 일어났다. 당직교대 시간까지는 아직도 삼십여 분이나 남아 있었지만 선체의 로울링 때문에 속이 메슥거려 왔기 때문이었다.

 기상이 악화되기 시작하면서 보망작업마저 중단된 갑판은 하루 왼종일 휑 비어 있었다. 성준은 갑판에 나와 잠시 서 있었다. 선복을 때리며 투망처럼 피어오르는 파도가 그 휑 빈 갑판 위를 쓸고 있을 뿐이었다.

 느슨대는 파곡에 실린 선체는 욕망의 침대 위를 뒤채이는 여체처럼 동요하기 시작하고 선수루를 덮는 뿌연 물보라가 연기처럼 흩어지며 선미쪽으로 빠져 달아나고 있었다. 그때마다 물보라에 갇혀 형체도 없던 풍신기가 다시 나타나며 숨가쁘게 헐떡대고 있었다.

 "이기 북양인사라는 기제."

 성준은 '트로올 윈치' 틈에 바짝 붙어선 채 씁쓸하게 중얼거려 봤다.

 그때 홍완표가 어그적대며 갑판 위를 걸어갔다. 홍완표는 기관실 쪽을 향해 걷다말고 멈칫 굳어섰다.

"멀 볼끼 있다고 고래섰노."

"시간이 쪼매 남아서."

"속에 똥물이 차는 갑다."

홍완표는 담배 한개비를 태워물고 멀거니 수평선께를 내다봤다.

"갑판 한번 억수 썰렁하다아— 북양선 타모 어장행 때가 고마 제일 답답한기라. 바람은 씨게 불어치제, 파도는 산같제… 억수 심하다보이 양기들이 주둥이로만 치올라서 음담패설 늘어 놓다보이 바다가 요래 미치능기라. 남양은 북양에다 비하모 천국이라카데 천국. 물빛 조오체, 파도도 잔잔하제, 거북이 잡어서 말타기라도 하제."

홍완표는 성준을 뒤돌아다보며 담배를 내밀었다. 성준은 고개를 내저었다.

"담배냄새가 똥냄새 같을끼라. 바로 속에 똥물 찬다는 신호라. 신참 2항사가 첫 항차를 떴는데 북양이 인사 안채릴 수가 있노. 마아 심심찮게 영접해 줄끼라."

홍완표는 기관실을 향해 이내 줄달음을 놨다. 마침 선복을 치며 피어오른 물보라가 홍완표의 하얀 헬멧 위에서 뿌연 수막을 만들어내고 있었다.

성준은 선교로 오르려다말고 통신장실로 들어섰다. 부친의 답신이 궁금해서였다.

통신기기 앞에 앉아 기상을 받고 있는 통신장 옆에 기관장 노임수가 바짝 붙어앉아 있었다. 노임수는 청진봉을 귀에 댄 채 사뭇 심각한 표정이었고 통신장은 그때마다 '아서, 아서'하고 있었다. 청진봉 끝이 통신장의 사타구니께에 얹혀 있었다. 통신장이 성준을 힐끗 올려다봤다.

"공흥 3호 유선장님 보통 왕골대가 아니시란말여. 답신 올 때도 원칸 지나뿐졌는디 깜깜무소식이랑게."

성준은 멈칫멈칫 망설이다가 이내 메트 위로 달랑 올라 앉았다. 기관장에게 건성으로 말을 건넸다.

"지금 뭐하시능교?"

노임수는 두툼한 입술을 뾰쪽히 모은 채 여전히 심각한 모습이었다. 통신장이 어이없다는 표정으로 기관장을 내려다봤다.

"나 환장헌당게. 내가 원죄인이라고 이 난리라여 시방. 그래, 내가 워째서 원죄인이랑가? 그녀려 원죄 좀 귀경허드라고잉. 진찰 한번 환장허게 길고 요상시러운디, 그려, 내 원죄 캐냈어? 잉?"

이번에는 청진봉 끝이 사타구니 깊숙이 파고 들었다.

"얼라? 얼라?… 청진봉 한번 요상시럽게 써묵는단 말여. 이 바람이 죄다 내탓이라고 이 지랄이랑게. 내가 불렀다 이거여."

"좀 참하게 있거로! 내 금새 꼭 집어낼끼라!"

"방정 떨지말고 아서어— 기계 고장 고치라는 청진봉이 제 사타구니 쪼린내 맡으라는 청진봉이여?"

노임수가 청진봉을 귀에서 떼고 딱소리가 나도록 손가락을 튕겨댔다.

"옳지러! 나흘 동안에 다섯번이라!"

"다섯번! 고녀려 것이 믄 숫자여?"

"바람을 다섯번이나 불렀다카이!"

"내가 워쩨 바람을 부를껴?"

"우쩨 부르노 부르긴. 쎈타 부록크에서 땅땅 소리가 나도록 요래 잡고 흔들어댔제."

"에라, 쌍것허구는!"

"보자아— 다섯번이라. 출항날 한번… 하여간에 재주 한번 고마 용갓을 썼다 카이. 그 바쁜 틈에 어데서 그 새 털어댔노. 어창이 공창이라 털기 좋았을끼라. 냉동기만 돌려댔으모 고마 삐둑삐둑하이 얼려놨을끼는데… 두번째는 독도 30마일 해상에서라. 기가 맥혀 고마 셋바닥이 튕기나온다꼬. 우리 같으먼사 조국의 마지막 땅을 벗어나는 찰나에 엄숙해져서 몸뚱이가 돌땡이같이 굳을끼는데 말야. 통신장은 그 엄숙한 감격이 고마 쎈타로 밀리고 만기라. 거참 얄궂제. 그때 와 바람부를 맘이 동하노.… 그라고 세번째는 쓰가루해협 통과시에 털어댄기라. 전 사관과 전 선원들이 말야, 각자 부서에서 합심동조해서 협수로 항해 운용에 신경이 쭈삣쭈삣 섰는 판인데 그때를 이용해서 그짓을 항기라. 볼트문 밖으로는 여객선도 떴제, 여객선 갑판 위로는 여자들도 억수 깔렸제… 마아 이해가 가기는 간다꼬. 그란다케도 통신장 체신에 그기 무신 추태겠노 말이다.… 그라고 네번째는 오늘 세복에 칭기라. 결국 하루마다 한번씩 쳐댔다 이거라."

통신장이 이마 위에다 느물거리는 웃음을 얹고 노임수에게 바짝 다가들었다.

"한번은?… 또 한번은?"

"진찰결과는 다 말했다고마."

"진찰결과인즉슨 도합 다섯 차례나 털어댔다구 나왔었잖남, 안그려?"

"… 그랬었나?… 옳지러 맞다, 또 한번은 내 이 방에 막 들어올 때라."

"고것은 또 워쩨 그려?"

"그때 막 녹음기가 죽능기라."

"녹음기?"

"와 그 테프 있잖아 와. 그때 막 가스나 목소리가 고마 숨넘어가던데 멀."

통신장은 성준의 눈치를 살피며 어색하게 꺼렁꺼렁 웃었다.

"그려, 그려어— 녹음기도 테프도 다 갖고 있기는 혀지. 그라제만 우덜은 으디까정 고독을 소화시키는 방편으로다 명곡감상하는 것맹끼 고렇고롬 예술적으로 청취허제 당신맹끼로 금수의 본능을 처리허기 위해서나 사백창이 되도록 눈깔 까뒤집구서 강옛 침줄을 흘려대지 않는단말여, 바른 말로 허자면 요녀려 바람 불른 사람은 바로 당신이라고잉. 원죄인은 당신이랑게."

"와? 와 내가 원죄인이고? 기계 작동사정 자알 봐주제, 배 자알 차고 나가게 해주제, 내가 바람 부를 새가 으딨노?"

"심중이 편털 못혀. 2항사 앞에서 차마 셋바닥이 안 떨어진다 이거여."

"말해보거로. 염라대왕 앞이라케도 나사 기죽을끼 없능기라."

"참말?"

"하모."

"참말로?"

"조상이 촉새가, 연자새가? 와 말로 몬하고 비양질만 해쌌노."

"부끄러와서 물 속으로라도 기어들고 싶을 텐디 해수온도가 영하라고잉."

"놈이사 눈볼대가 되든 은대구가 되든 상관할끼 없능기라."

"아 졸르덜 말어… 담배 한대 뽈고오—"

통신장은 담배에 불을 붙인 뒤 길게 연기를 뿜었다.

"화이고오— 나 환장혔당게. 당신은 청진봉으루다 허튼 장난질쳤지만 말여. 나는 부호로 읽어 뿐진다고잉. 내가 통신장이여 통신장!"

"나는 기관장이다 기관장!"

"당신 방에 걸린 달력, 고거 참말로 한심천만혀드란 말여."

"달력이 우째서? 춘화도 앙이고 누드 사진인데, 와."

"누가 누드사진 말혔남? 고까짓 것이사 숭될 것이 읎지. 문제는 날짜 우게다 써논 부호랑게그려 부호."

"……?"

"속에서 불기둥이 확 지필껴. 말 못허게도 되얐제. 당신은 당시 혼자배께 알 사람이 읎다고 되게 안심허는 모냥인디, 구신은 쇡여묵어도 나는 못쇡인다구. 날짜 위에다가 깨알만허게 일등병 표시를 혀놨짐."

"눈 한번 억수 밝제. 그래 그것이 우쩨 됐다능기고?"

"일등병 표시가 된 날짜가 다섯에다 똥글배기로 표시헌 날짜가 또 여섯이여 잉."

"그래 맞다."

"그 부호를 해석혀 봐?"

"몬맞치모 북양가물치 꼴 될 줄 알라꼬. 대가리부터 빠사 쥑이뿔라."

"맘대루 혀… 일등병 표시를 헌 다섯날짜는 바람잡다가 미수에 그친 날들이 구 말여…"

"배꼽 간수하기 억수 애렵다 애려와. 미수는 또 와 미수고?"

"그것이사 방문객땀새 그렇겠지. 나만 혀도 하루에 서너번씩은 탐방허니깐 말여. 그쩍마다 당신이 당황혀서 귓때기 차악 갈앉구 눈두덩이 화들화들 사래 춤을 춰대서 우쩨 그러나 혔었지… 그라고 똥글배기 그려논 여섯날짜는 목적 그대로 제대로 털어댄 날이다 이거여. 내 말 틀렸남? 통신장 해독력을 존경해 사 쓸거여."

노임수는 배퉁이를 움켜쥐고 박장대소했다. 성준도 노임수를 따라 몇번 웃 었다.

"그래낳으니 바람이 이 난리란 말여. 현재 기상이 1천10에다 15미터 짜리인 디 어딘가 당신이 불러논 큰 놈이 내려오고 있을 거여. 그 큰 놈 여패가 요만큼 된단 말여.… 내 해독력에 대해서는 불만 읎지? 엉?"

"말또 앙이다."

"변명헌다구 명예가 회복되는 거 아니여. 2항사 앞에서 고분고분 인정혀는 것이 동지나해 왕성님 육기통의 체모라구."

"육기통 왕성님이 고레 잔줄 아나? 하도 기가 맥혀서 말이 안나온다꼬."

"내 말이 틀렸단 말여?"

"틀린 정도가 앙이라."

"그람은 워쩨 말을 못허구 실실 웃기만 허능겨."

"기가 맥혀서 그런다카이."

"부끄럽다 생각말고 말을 혀봐. 2항사허고 나허고만 아는 문젠게로."

"내 말하지."

"아암— 장혀."

"일등병 표시한 날짜는 내 예펜내 생리날짜고 똥글배기 표시한 날들은 생리 끝나고 한창 조시 좋을 때를 가리키는기라. 와? 그래도 당신 말이 맞나? 이잉?"

"뭇이여?… 그말 참말이여."

"하모!"

"화메에— 아니 2항사도 들었짐? 아니, 출항에서 귀항 때까정 선박의 동력을 최대로 안전허게 관할혀야 하는 막중한 책무의 기관장이 말여 메트 위에다 배때지 깔고 딩굴딩굴 굴러댐시롱 기껏 고안해 낸다는 것이 요런놈어 환장헐 몽상 뿐이니 선박 꼴이 뭇이 되겠냐 이것이여?"

노임수의 얼굴에서 서서히 장난기가 가셔지고 있었다.

"말이사 바른말로 처자생각 빼모 머 있노!… 내말 틀렸나? 다른 할말 있으모 해보거로!"

통신장의 눈길이 기관장의 얼굴을 떠나 서서히 천장께로 향했다. 그 눈길은 성준의 얼굴 위에서 잠시 머물다가 볼트문 쪽으로 옮겨지고 있었다. 그 눈길은 옮겨지는 과정 속에서 흥건했던 장난기가 조금씩 조금씩 지워지고 있었다.

"허긴 그려어—"

통신장이 통신기기를 향해 다시 돌아 앉았다.

성준은 메트에서 내려섰다. 그때 선체가 한 차례 크게 요동했다. 그 바람에 성준은 노임수를 붙들고 바닥에 나동그라졌다. 성준의 앞가슴이 노임수의 피둥거리는 허벅지 위에 실려 있었다. 성준은 무릎을 세우다말고 눈을 크게 떴다. 야릇한 조형이 눈안에 가득히 담겨졌다. 그것은 노임수의 발이었다. 네 개의 발가락은 칼로 자른 형태도 없고 새끼 발가락 하나만 서리맞은 곁줄기를 비집는 어린 애호박처럼 달랑 열려 있었다.

팔을 뻗쳐 겨우 등줄을 세운 노임수가 꺼렁거리는 웃음을 곁들이며 태연히 말했다.

"신참 2항사 숩게 볼 일이 앙인데. 우쩨 고레 정확히 떨어집니꺼? 덮치는 기술이 보통이 아닌데… 전적작업 한번 왔다로 해내겠고마."

통신장이 끼어들었다.

"당신이 어선이라면 2항사는 운반선인디, 여섯 아홉으로 붙은거여, 쌍두로 붙은 거여?"

"정확하게 씩스 나인으로 붙은기라. 고것도 스타보오드 쪽으로."

"지금 본선 포드에 풍향이 있응게로 접근선 위치 한번 제대로 되았구먼그려. 찰궁합 한번 오지게 자알 맞았등게벼."

성준은 눈길을 천정 속에다 떠올린 채 건성으로 말했다.

"이론적으로 말로하모 기상이 문제 앙이겠입니까. 해면이 잔잔하모 씩스 나인으로 부치능게 좋다 배웠고, 스웰(너울성 파도)이 있으모 파도를 선수로 받으면서 쌍두로 부쳐 미속엔진을 사용하능게 좋다 배웠입니더. 실제로 전적작업을 할라모 억수 애렵다카데예."

"말도마소. 당해보모 알끼라."

노임수는 예의 하나 남은 새끼 발가락을 까딱까딱 해대고 있었다. 그의 눈길이 그 새끼 발가락 위에 얹혀 있었다. 야릇한 웃음을 흘리고 있던 그의 눈이 수평선을 보고 있을 때처럼 조금씩 조금씩 당당해지고 있었다. 그 수평선을 허물며 일으켜 세우며, 또 끌어당기는 완강한 적의가 눈빛이 되고 있었다.

노임수는 다소 퉁명스러운 어조로 말했다.

"항해등이 춤을 춰대모 음담패설이 제일로 좋은 약이라요."

"항해등이 춤을 춘다꼬요… 무신 말입니꺼."

"황천 말입니더. 순항 때야 어데 항해등이 춤이나 춥니꺼."

"장단맞치는 소리는 앙이고예, 솔직한 말로 음담패설로 들리지도 안했입니더."

"맞십니더. 음담패설이라카능기 북양에 어데 있노? 음담패설은 육상에나 있능기라."

통신기기에서 캉캉대는 모르스 부호가 울려나오기 시작했다.

"부산에서 나를 부르는디… 믄 전보랑가."

통신장이 몇차례 무선기 키이를 두들겨대고 나서 전보용지를 들었다. 그는 전보용지 위로 글씨를 새겨가기 시작했다. 볼펜을 내던지며 통신장이 투덜댔다.

"니기미, 와야할 전보는 안오고 요런 비지성적인 전보가 날아올 것은 뭇이여. 2항사, 노임수 앞으로 온 전보문 좀 귀경허라고. 환장헌다고."

성준은 통신장이 건네준 전보지를 펴들었다.

"크게 읽어봐여. 노임수 표정 좀 귀경허게."

성준은 계란망울이가 당기도록 치오르는 웃음을 삼키며 큰소리로 읽었다.

「금일새벽, 짝꾸, 개새끼 아홉마리 순산. 개새끼 보니까 당신이 그지없이 보고싶음.」

통신장이 고개를 갸웃거리며 중얼거렸다.

"통신장만 십수년 혀묵었제만 요런 요상시럽고 궁금시러운 전보문은 처음이랑게, 그랑게에— 짝꾸가 노임수 예펜네라는 말이여? 사람이 아홉 쌍동이 순산혔다는 소리는 금시초문이구. 도대체 워찌게 됭거여?"

노임수가 희색이 만면해서 말했다.

"짝꾸가 우리집 세빠또 앙이가."

"그라면 개새끼 보니께 당신이 그지없이 보고싶다는 말은 또 뭇이여?"

"예펜네가 기분이 좋아서 고래 쓴거 아니가?"

"벨스런 기분 다 보겠네거. 좌우당간에 여러가지로 바람불 일만 만들어댄단 말여. 어서 당신 방으로 가서나 달력 위에다가 똥글배기 하나 더 표시허라고."

노임수가 우루루 통신장에게 달려 들었다. 그는 통신장의 등허리를 바짝 조여안았다.

"얼라? 얼라? 워쩨서 하체는 깐닥댐시러 요 난리랑가?"

"항해등이 춤추는데 내가 우짜노. 항해등이 뛰제 내가 뛰나."

선체의 요동에 실려 통신장과 노임수는 뒤엉킨 채 바닥으로 나동그라졌다.

성준은 통신장실을 나와 선교로 올라갔다. 최윤복이는 해도 위에다 선위기록을 하고 있었고 윤병국의 구부정하고 긴 등줄이 선교입구를 향해 있었다. 윤병국은 언제나처럼 선교창틀에다 두 팔을 얹고 희끄무레한 수평선을 내다보고 있었다.

윤병국이 돌아섰다. 그는 바지춤에다가 두 손을 찌른 채 성준 앞에서 가만가만 맴돌이를 하고 있었다.

"시꼬땅(Shikotan色丹島)쯤 가서 사알사알 얻어맞기 시작할거로. 바람 마중 나가능기라."

"지금도 바람이 씬데예. 파고가 4메터 가깝게 되지 않겠입니꺼."

"요런 바람이사 애기라… 싸롱한테 들었드니 멀미한다꼬… 그래, 밥안묵고 멀 묵노?"

"건빵 좀 묵었입니더."

윤병국은 입술꼬리를 바짝 당겨올리며 예의 그 비웃음같은 웃음을 아금니로 물었다.

"2항사도 똥물 한 대야 묵어봐사 되겠다고마."

그때 선교전화가 울었다. 윤병국이 수화기를 들었다.

"누고?… 맞다, 내 초사다… 머라꼬?… 어떤 놈덜이야…김의수하고 이건민이 놈캉?… 어지간하모 고마 놔둬삐리고 계속 소란피우모 갑판장 깨워서 찜질 좀 앵기라 케라."

윤병국은 수화기를 놓고 스타보오드 쪽 수평선을 내다보며 말했다.

"처리장 놈덜이 소란 좀 피우는 모양이라, 의수 그놈아하고 이건민이라카는 놈이 권투 좀 하고있는 모양이라."

"와예?"

"아마 음담패설이 쪼매 심해지다보이 몬참는 놈이 한대 맥였겠제. 어장에 들어갈 때까지는 시상 심심한 놈들이라. 사관들이라꼬 다르지는 않제만 저놈아 덜은 더 하다꼬. 술로 묵을 수도 없제, 바람은 치고 파도는 때리제, 조타당직만 끝나모 디비저 퍼자고, 묵고 바람이나 부르고… 그라다보이 음담패설이나 주고받고… 썽 돈치모 치고받는 수밖에 더 있겠나."

윤병국은 선교창틀에다 가슴을 얹고 스타보오드 쪽에서 널을 뛰듯 춤추는 항해등을 내다보고 있었다. 그 항해등은 하늘 복판으로 떠올랐다가 이내 유성처럼 수평선 너머로 떨어져 내리곤 했다. 저쪽 배에서 보면 '태창 302'호의 항해등이 저렇게 춤을 춰대고 있을 것이었다.

"2항사."

윤병국이 여전한 모습대로 수평선을 가늠한 채 말했다.

"예."

"죄 많이 져봤나."

"글쎄예…"

"내가 말하는 죄라카는기, 덩치 큰 것을 의미하능게 앙이라. 사람을 쥑있다던가 몇억대를 사기해 묵었다던가 하는 요래 큰 죄 말고… 예를 들어 말야, 돈 빌려도라카는 가난뱅이 친구를 귀찮아서 고마 따돌려 삐릿다던가, 처녀 몸만 따묵고 차뿌렸다던가 하는 요래 자잘한 반성꺼리말다."

"사람인데 반성꺼리사 쪼매 있지 않겠입니꺼."

윤병국은 담배 한 개비를 태워물고 길게 연기를 뿜어 올렸다. 실올처럼 풀리는 담배연기가 연사기를 빠져나가는 생사처럼 '뷰클리너'(파도로 인한 결빙을 막기 위해 유리창이 회전하는 선교의 원형 창) 속으로 빨려들고 있었다.

"내 요래 물으모 날로 싱거운 사람이라 할지 몰라도 말다, 북양 첫 항차에 제일로 무섭게 느껴지등기 머였노?"

"……"

"말로 해보라꼬."

"글씨예… 죄짓고는 북양어선 몬탈 일이라카는 생각이 제일 무섭십니더."

"맞다!… 큰 죄진 놈은 시상 없어도 북양배 몬탄다. 첫 항차야 누구든지 다 타 겠제. 그라제만 그런 놈덜은 첫 항차에 고마 시껍해서 다시는 북양배 안타능기 라.… 바른 말로, 북양 항해는 목심 내놓고 하능기라. 북양 황천 한번만 당하모 고마 배가 금새 넘어간다는 생각 뿐잉기라. 생각을 고레 하다보니 살 수 있을 것도 죄값에 꼭 죽고 말끼라는 무서움 뿐잉기라.… 우스운 얘기 하나 들려줄까. 내가 북양에 첫 항차 떴을 땐데, 그저 밤마다 요래 기도만 올린기라. 절대주여 이번만 살려주십사, 진짜로 진짜로 착하게 살낍니더! 살려만 주신다면 죽을 때 까지 좋은 일만 골라 할낍니더… 밤새 이랬능기라. 남양을 밭고랑 파듯이 갈고 다닌 놈이 북양 첫 항차에 고마 요래 주눅이 들어뿐기라."

성준은 선미께를 향해 달린 '뷰클리너'를 통해 갑판을 내려다 보고 있었다. 갑판 좌우 기관실과 처리장 입구에 박힌 두개의 백열구가 기관의 진동으로 산 광하며, 그것들은 마치 춤추는 여인의 귀고리처럼 밤바다를 오르내리며 환무 하고 있었다.

"지금 지가 그 꼴입니더… 바로 초사님 첫 항차 때 심정입니더."

윤병국은 돌아서서 성준에게로 다가왔다.

"사람은 죽음을 초월하고 있을 때라야 제일 선해지게 돼있능기라… 육상 교도 소 고거 다 허물어삐리고 5천톤급 배 몇십척 만들어서 더도말고 한달씩만 북양 황천에다 띄우능기라. 만 삼십일만에 오장육부까지 뒤바꿔져서 내릴낀데…"

또 선교전화가 울었다. 수화기를 들고 한동안 아무 소리없이 듣고만 있던 윤 병국이 신경질적으로 수화기를 걸고는 성준에게 말했다.

"2항사가 좀 내려갔다 오라꼬. 김의수놈 그놈아가 2항사캉 국민학교 동창이 라꼬?"

"맞십니더."

"가서 잘 처리하고 오거로. 선장 알면 괜히 시끄럽고."

성준은 이내 선교를 나왔다. 성준이가 선원실에 들어섰을 때 한창 엉켜 붙었던 둘이 선뜩 놀라며 곧 떨어졌다.

선원들의 깔깔거리는 웃음소리들이 시들자 성준은 좌중을 훑어보며 위엄있게 목소리를 높였다.

"와들 이래?"

김의수가 깍듯이 존대어를 쓰며 어이없다는 듯이 말했다.

"이게 우쩨된 쌈인지 지도 잘 모르겠임더. 쌈이 될 일도 앙이라요. 우리사 예사로 쓰는 농담 한자리 안 했겠입니꺼. 아 그랬드니 이건민이가 작업칼로 들고 고마 쥑일라꼬 대드는 깁니더."

고개를 깊게 떨구고 있던 이건민이가 그제야 얼굴을 들었다. 그의 창백한 얼굴 위로 수모를 감내하는 엷은 실소가 번지고 있었다.

"2항사님, 어떻든 죄송합니다. 그러나 저는 잘못한 게 없습니다. 농담치고는 너무나 지나친 인신공격을 해대기에 홧김에 싸운 겁니다. 한 두번이면 또 모르겠습니다. 저를 과녁으로 삼고 한없이 몰아세우는데 어떻게 참겠습니까."

성준은 이건민의 유독 또렷또렷한 서울 말투가 우선 생소한 것이었다.

"들어보이 농담 좀 한 모양인데 농담 한자리에 칼로 들고 대드는 법이 어데 있노?"

"결코 농담일 수 없습니다."

"당신 서울사람이가?"

"… 집이 서울에 있습니다."

"이 배 첫 항차 째고?"

"3항차 쨉니다."

선원들 중에서 누군가 '저 새끼 저거 뱃놈도 앙이라꼬. 뱃놈 와이당 한마디 가지고 칼로 들고 뎀비는 놈이 어데 있어!'했다. 선원의 투덜거림을 받아 김의수가 잽싸게 끼어들었다.

"사실은 요래 된기라요… 누가 요래 물었십니더. 처리장 가오리 밑이 우쩨 고래 헐었냐꼬요. 먼젓번 항차 때 얘깁니더. 처리장 구석에 북양 가오리가 한마리 있었제예… 그래 지가, 이건민이가 전세내서 좃아댔다꼬, 요래 농담 안했십니꺼. 그 농담 한자리에 저놈아가 히떡 눈 뒤집어 까고 미치능기라요."

"북양에서도 가오리 잽히나."

성준의 물음이 끝나자 선원들의 와자한 웃음소리가 터져나왔다.

"… 가오리 밑이 헐었다모 생선이 상해서 그럴끼 앙이가."

이번에는 더 큰 웃음소리들이 터져 나왔다.

"… 하여간에 더 소란 피우지들 말라꼬… 또 시끄러우모 초사님이 내려오실끼라."

성준은 이렇게 말해놓고 부랴부랴 선원실을 빠져나왔다. 성준이가 선교에 들어서자 윤병국이 물었다.

"와 싸웠데?"

"북양 가오리… 아니, 처리장 가오리 밑이 헐었다꼬 했다던가, 지는 무신 말인지 잘 몬 알아듣겠는데예, 처리장 가오리 때문에 쌈이 붙었능가 싶습니다."

윤병국이가 유독 가늘고 긴 모가지를 어깻죽지 속에다 바짝 움츠러 감추고는 연신 끼들거리기 시작했다. 한참 후에야 윤병국이 입을 열었다.

"억수 웃었드니 셋바닥이 고마 쥐가 나능갑다… 북양 원양어선 2항사가 그 말도 눈치 못채모 우짤끼고… 하여간에 그놈어 가오리 밑창 한번 되게 희한하다꼬. 털시래기만 안돋았제 영락없이 여자 그거라. 우쩨 고래 똑같이 생겨묵었는지 모른다꼬.… 고래 그런 와이당도 생겨난기라. 의수 고놈아가 이건민이가 가오리 밑을 헐려놨다꼬 놀려댄 모양이제?"

"그랬다캅디다."

"쌈은 끝냈나?"

"끝났십니더."

"이건민이 그놈아 오늘 첨보나?"

"보망작업 때 한번 봤지 싶습니더."

"그놈아가 서울 무신 대학교 야간에 적을 두고 있다지 아마… 아무리 봐도 뱃놈은 못될 성 싶은데 그놈아가 와 북양배를 탔는지 몰라. 그놈아 배탈 때 우리 배 선원이 셋이나 내렸제. 고레 숨게 탔을낀데 누구 연줄로 탔는지 모른다꼬."

윤병국은 성준의 어깨 위에다가 오른쪽 손을 얹었다. 그의 차디찬 손바닥이 성준의 어깻죽지를 가만히 두들겨댔다.

"2항사."

"……"

"자네 와 기분이 그라노?"

"지가 어때서예."

"기압이 낮아뵈는데."

"그렇지 않십니더."

"자네… 쓰가루해협 통과 때 그 일로 생각하고 있제."

"… 아닙니더…"

"내가 보기로도 그때는 2항사가 잘못한기라. 내가 김중수 선장이었다케도 그랬을 끼라.… 물론 사관들 앞에서 욕사발 퍼묵는기 기분좋을수는 없제. 그라고 타는 일단 3항사가 잡았어도 됐을낀데 선장이 역불로 자네가 타를 잡게 한 데도 선장대로 이유가 있었을 끼라. 말하자모, 한시바삐 자네를 숙련 항해사로 키우고 싶어서 안그랬겠나 싶은데… 협수로 항해라능기 고래 쉬운기 앙이라.… 2항사도 봤을끼라. 포드, 스타보오드로 정신없이 횡단선들이 달려들지 않더나. 그게 영해내 텃세라능기라. 그런 판에 정신놓고 있었으니 선장이 횟뿔 안돋치게 됐나 말이다."

"알고 있십니더!"

"하모."

윤병국은 성준의 어깨 위에 올려 놓았던 손을 거두고 선교 창틀로 걸어갔다. 그는 밤바다를 연신 두리번대며 말했다.

"자알 뛴다아— 이삐게 춤도 자알 추제에— 포드에 둘, 스타보오드에 하나, 안뵈던 배들이 은제 저레 늘었노?… 어이 2항사."

"예에."

"저런 무등은 참 이쁜기라. 춤도 잘 추고 널도 잘 뛰어도 잡아묵고 싶을 정도로 미운 무등도 있다꼬. 그기 먼지 아나?"

"알 택 있십니꺼."

"북양항로에서만 볼 수 있능기라."

"뭔데예?"

"쪼매 있으모 보게 될끼다."

그 때 김중수 선장이 올라왔다.

김중수 선장이 앉기도 전에 통신장이 바삐 뛰어올라왔다. 통신장은 기상도를 김중수 선장에게 건네면서 쩌업쩌업 쓴 입맛을 다셔댔다.

"온통 뻘겋습니다요. 큰 놈 하나가 내려오고 있는디 원칸 빠릅니다유."

"얼마짜린데?"

"9백70에다 35키로 짜립니다. 거그다가 유빙경보가 겹쳤다니깐유."

김중수 선장의 낯색이 별안간 어두워졌다. 김중수 선장은 잠시 눈을 감은 채 검지로 양미간을 쓸며 말했다.

"만나보는 수밖에 없제… 그라고 초사, 곧 견시조를 짜고, 목제펜더도 준비해 두고… 선박상태를 바이드 스턴(쇄빙효과를 노려 선미가 선수보다 물 속에 더 잠기는 상태)으로 하라고 전달하시오. 9백70에다 35킬로짜리라… 되게 쎈 놈인데…"

김중수 선장의 질끈 감긴 눈꼬리에 겹주름이 깊게 물리고 있었다.

김중수 선장의 눈길이 '아네로이드 기압계' 위로 자주 날았다. 그는 기압계의 바늘이 한 눈금이라도 오르기를 간절히 기도하고 있을 것이었다. 아니, 올라주기보다 현상태의 기압을 유지해 주기만을 갈원하고 있는지도 몰랐다. 기압의 단 1밀리바 상승과 하락이란 곧 삶과 죽음의 명암을 계시하는 것이기도 하기 때문이었다.

김중수 선장의 착잡한 심정을 읽은 윤병국이 넌즈시 던졌다.

"마아 벨 일 있겠입니꺼… 내려오는 놈이사 한번 부닥쳐보고, 저엉 않되겠다 싶으모 고마 왔던 길을 다시 피항하면 안되겠입니꺼."

김중수 선장은 윤병국을 다소 지분거리는 투로 흘겨대며 실뚱머룩하게 말을 받았다.

"말이사 숩제!… 내려오는 놈캉 한판 씨르보고 안되겠다 싶으모 선수로 돌리고… 내가 걱정하는 것은 내려오는 놈이 아이고 밑에서 올라오는 놈인기라."

"밑에 놈은 떨어져도 한참 떨어졌임더. 내려오는 놈한테 비하먼사 시라기 몇 마리 뭉치가 있는 짝 아입니꺼."

김중수 선장은 윤병국의 말에 아랑곳 않고 통신장을 불렀다.

"국장 기상도 좀 보입시더. 온통 뻘겋다며?"

"… 뻘겋기는 한디 뻴것들 아니유. 나란히 삼형제인디 뻴시런 심은 못 쓸 것들 같습니다유."

김중수 선장은 통신장에게서 기상도를 받아들고 한참 들여다 봤다. 그리고 나서 말했다.

"좋소, 큰 놈 앞에서 내려오는 것 한번 부닥쳐보고 심이 부친다싶으모 선수로 돌리든지 합시다… 그카고, 초사 우짜든동 견시조는 퍼뜩 짜두거로. 듣자하이 가오리 밑구멍 놓고 쌈질로 하고 난리를 폈다는데 그놈아덜 쏙들이 팬해가 그란다꼬. 선수루에다 세워가 삐득삐득 얼려놔사 정신이 들끼라."

윤병국이 마이크를 잡고 악을 썼다.

"보승, 지금부터 유빙 룩 아웃에 들어갈끼다. 갑판조와 처리장 아덜로 견시조를 짤것. 영점 일초 안에 퍼뜩 해치우거라, 알았제? 이상!"

통신장이 휠 하우스에서 물러가자 김중수 선장이 조용히 입을 열었다.

"내 쏙을 모르는 사람덜은 내가 디게 겁이 많은 사람으로 알끼라. 내려오는 놈 걱정에다 뒤에서 올라오는 놈 걱정에다 억수 걱정도 많다 요레들 생각하겠제… 67년도 해난사고를 몰라서들 하는 소리라꼬! 말로만 전해 들으이 해난사고라 능기 다 그렇고 고런갑다들 하고 주두이들 놀리제만, 67년도 해난사고는 내려오는 큰놈보다 뒤에서 올라오는 놈 때문에 고레 됐다케도 과언이 아닐끼다… 당시 북위 49도 동경 1백54도에서 시속 30노트로 내려오던 저기압은 진행방향이 동북동의 9백98밀리바 짜리였고, 북위 39도 동경 1백52도에서 시속 25노트로 동북동 올라오는 놈은 9백90밀리바 짜리였어. 당시 모선의 선위가 북위 47도 동경 1백71도였는데 동북동으로 항진했고, 자선들은 모선보다 50마일 앞까지 진출 안했겠나.… 올라오는 놈을 쪼매 우습게 봤다할까, 우짜든동 내려오는 놈한테만 정신이 뺐겼다케도 틀린 말은 아닐끼야… 꼼짝없이 두 개의 저기압으로부터 협공당한 팔짜였제.… 고레 되고보이 삐쭉한 수가 있을 택 있겠나?… 결과적으로 선단은 남북서 탈출로를 완전히 차단 당한 채 알류샨열도 동남으로 걸쳐있는 고기압권만 향해 죽어라 전속항진 했제. 9월의 북양기상이라능기 저기압과 고기압이 대치하모 십중팔구 고기압이 물러나능기고, 우리가 그것을 모를 리도 없제. 하제만 우리들의 희망은 만에 하나 기상의 현상태가 고레 지속돼주기를 바랬던기라.… 기적이 어데 있어? 기적은 일어나지 않고 내려오던 놈이 올라오는 놈캉 아츠타섬(Attu섬.熱田島) 북쪽에서 고마 합류하면서 선단 정면으로 방향을 바꾼기라!… 우리가 바라고 항진했던 알류샨 동남 고기압대는 완전히 밀려나삐리고 말이다… 지금 생각해도 그 지독한 황천에 배 두 개 넘어간 것은 하늘이 돌보신기라… 내려오는 놈에만 정신이 뺏겨서 올라오는 것들 시라기매꼬로 우습게 볼 일이 앙이다!… 내 고마 잊자해도 그때만 생각하모 쎗바닥이 얼어붙능기라…"

김중수 선장은 지긋이 눈을 감았고 윤병국은 가만히 한숨을 내뿜고 있었다.

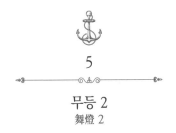

5

무등 2
舞燈 2

밤이 내리면서 바다는 더 거칠어져 갔다. 바람은 능욕의 입김처럼 거세게 몰아치고 파랑은 능욕 뒤의 상흔을 우는 땀과 땀의 육체처럼 저항의 질긴 부피를 늘리고자 몸부림쳤다.

뷰 클리너를 통째 싸덮는 가차없는 물보라, 그 연막 같은 몽환의 속살에 얹힌 선수는 사지를 뻗고 늘어지는 짐승처럼 서서히 쓰러졌다. 선체가 쓰러질 때마다 클리노미터는 40도 선의 눈금 위에서 가들가들 떨었다. 선체의 복원력이 미처 제 값도 하기 전에 노도의 일격이 선복을 때린다면 그때는 불가항력— 그러나 밀려오는 파두는 선복을 피해 선수와 선미 쪽으로 아슬아슬하게 빠져나가고, 태창 302호는 물보라에 갇힌 채, 연분을 따르는 맹종의 사랑처럼 일어서며, 중환자의 기동처럼 일어서다 누우며, 북대양의 차디찬 위력 앞으로 다가들었다.

산이 무너져 내리듯 밀려오는 6미터의 파고. 백파(白波)를 분수처럼 생명주 짜며 부서지는 파두(波頭). 풍하(風河)를 따라 곱죽는 뿌연 물보라. 그 물보라를 안고 얼얼 회색빛 혀를 널름대는 파곡(波谷). 온통 검고 또 뿌옇기만 해서 1미터 앞도 분간키 어려운 최악의 시정(視程) 속을 태창 302호는 절정의 여인처럼 전신을 부르르 부르르 떨며 욕정의 원심 속에서 가뿐 숨을 전주르고 있었다.

"3항사 본선 선위가 어데야?"

선체의 로울링으로 휠 하우스 바닥에 넉장거리로 퍼졌다 일어난 김중수 선장이 최윤복에게 물었다.

"시꼬땅 8마일쯤 됩니다."

김중수 선장은 윤병국이 들으라는 듯 웅절거렸다.

"… 우짤꼬? 고마 차고 나가볼까 피항하고 볼까?…"

윤병국이 돌아섰다.

"이만하먼사 피항할 필요가 있겠입니꺼. 쪼매 더 가보입시더!… 요만한 바람에 피항한다 해보소. 너거들이 무신 호부라꼬 기름값 들어묵음시러 고레쌌나 카고 회사에서 쌩난리 칠낍니다. 파도로 선수로 째고 가보입시더."

"현재 파고가 7미터쯤 되나?"

"… 고레 됩니더. 쩰만 합니더. 요꼬나미(橫波.옆으로 부딪치는 파도)가 씨다 보이 피칭(배가 앞뒤로 흔들리는 것)보다 로울링(좌우로 흔들리는 것)이 더 걱정된다 아잉교."

"… 배가 공선인데…"

"견딜만 합니더."

"고레 해보지…"

태창 302호는 선복에서 풍랑을 받는 위치에서 선수를 풍랑 앞으로 세웠다. 선체가 40도를 눕는 상태에서 삼각파라도 만난다면 그때는 끝장이다. 차라리 파도를 선수재로 찢으며 북양과 정면대결 하는 편이 최선의 황천항해(荒天航海)였을 것이었다.

김중수 선장이 전화기를 들고 통신장을 불렀다. .

"국장? 내 선장인데, 거 머시라 유빙경보는 우쩨 됐능교?… 머시라 진행항로에 계속 발효중?"

김중수 선장은 수화기를 신경질적으로 놓고 윤병국에게 명령했다.

"초사, 유빙 룩 아웃 우쩨됐나? 진행항로에 계속 발효중이라카이 퍼뜩 견시조로 짜가 선수루에다 삐둑삐둑 얼리라꼬!… 그카고 황천항해 보안응급구치로 서둘게 하소."

"견시조는 고마 차뿔어도 않되겠입니꺼?"

김중수 선장이 화뿔탱탱한 소리로 비웃적거렸다.

"와?… 시방 초사가 이 배 선장이가? 진행항로에 발효중인 유빙경보인데 룩 아우트도 않겠다?"

윤병국이 제 말이 확적하단 투로 물러서질 않았다.

"내 그런 뜻으로 않했임더."

"그럼 와?"

"솔직히 말해가 북양항로 유빙경보에 얼음짝 한 개 만나봤입니꺼? 캄챠카 반도 남단에서 베링해 중부, 그카고 알레스카 서단 이북이모 모를까 본선은 시꼬 땅 북동을 항진 중에 있읍더. 거기다 지금이 2월 중순 아잉교?… 피칭이 요레 심한데 견시조로 짜가 선수루에다 세워 보입시더! 아무리 로프로 몸땡이로 묶는다케도 운사납다카모 안전사고로 되비 부를수도 있어 그랬임더!"

김중수 선장은 버럭 큰소리치며 장도감치는 것이었다.

"시끄럽다카이! 누구는 유빙대처수단을 몰라 이라는 줄로 알아? 캡틴이 명령하모 고마 쏙덜찼다 싶어도 복종하능기제 첫 항차 2항사 앞에서 무신 짓이야?"

성준은 모른 채 있기가 갈쌍거려 한마디 끼어들었다.

"선장님! 지금 본선은 풍상측을 감속통과 하고 있습더… 견시조로 안짜도 유빙 징조는 없지 않겠입니꺼.… 해무의 내습, 빙편의 발견, 갑작스러운 수온의 상승, 불던 풍상이 갑짜기 멎는다던가 파고가 눈에 띄게 줄어든다던가… 아무런 징조가 없으이 초사 말씀대로 해도 되겠다 싶은데예!"

김중수 선장은 성준의 말이 끝나기 무섭게 어지간히 골틀려서 악을 썼다.

"머시라꼬?… 2항사 니노무세끼 퍼뜩 내 앞에 서거랏! 퍼뜩 몬서겠나?"

성준은 김중수 선장의 돌연한 역정에 잠시 멈칫거렸다. 허리춤에다 깊게 두 손을 찌른 채 머릿살 어지럽게 맴돌이를 해대고 있던 윤병국이 말했다.

"2항사! 퍼뜩 서지않고 와 깐작대노?… 니 아무리 박사땄다케도 그런 버릇 하모 몬쓴다!"

성준은 김중수 선장 앞에 부동자세로 섰다.

"니 시방 머라켔노?… 우쩨?… 본선이 풍상측을 감속항진, 때문에 견시조로 짤 필요가 없다?… 아고야아— 억수 배웠제!"

"잘못했임더!"

그때 김중수 선장이 성준의 볼따귀를 올려붙였다.

"이노무세끼! 너 어데서 배워묵은 버릇이고?… 내 니한테 질문할테니 영점일 초 간격으로 대답해라 고맛! 대답이 쪼매만 늦는다하모 고마 토롤네트 부이 신세로 바다속에다 처넣고 말끼닷!… 니노무세끼 쓰가루 해협 통과시 중대한 실수로 범한 일, 시방도 기억하나?"

"넷. 기억하고 있임더!"

"당시 선위는?"

"타피쟈키 등대로 스타보오드에 두고 통과중이였임더!"

"이노무세끼야 그 말로 하라능기 아이얏! 자칫했으모 교차사고로 낼뻔 했던 해역 말이다!"

"오마자키(大間崎)를 스타보오드 0점 5마일에다 두고 통과했을 때입니더!"

"당시 상황은?"

"네 85도로 변침했어야 옳았임더…"

"고레?… 니 그때 타로 잡고 무신 생각했더노? 내 스타보오드로 달려드는 배로 보고 시껩해서 물었을 때, 니노무세끼 태연하게 머시라 읎었노?"

"배입니더, 요레 말했임더!"

"보거로! 협수도 항해에 타로 잡은 2항사가 선장이 시껩해서 묻는데 기껏 하는 소리가 배입니더 안껬나?… 내 요레 썩어빠진 항해사도 다 봤다 아이가!… 횡단선의 동향도 모르는 놈이 유빙견시조가 우쨋?"

"동향은 알고 있었임더. 본선 포드로 횡단 할려는 여객선이였임더!"

"이노무세끼! 그래도 말이 많제. 내 직접 타로 쥐고 하드 스타보오드에서 미집(midship) 해놓고 스테디 1백70도로 침로 양보로 했으이 사고가 안났제 이노무세끼 아까무쓰(알라스카 볼락) 눈깔로 믿고 협수도 운용했다 했으모 우짤 뻔 했노 말이닷! 엉?"

"죽을 죄로 졌임더!"

"성준이 니놈아 똑똑히 듣거로.… 니 고레 배워묵은 항해지식 첫 항차에 북양에서 써묵어야 쏙이 풀리겠다 이거가!… 고마 배꼽이 웃는다 아이가!… 누구 배꼽인 줄로 알아?… 바로 3항사 배꼽이다 이기다! 니 3항사 똥구멍 빨라케도 셋바닥 두 벌은 닳아사 쓸기얏!"

김중수 선장의 말이 끝나자마자 윤병국이 황급히 마이크를 잡았다.

"갑판조 네 이노무세끼들… 진행항로에 유빙경보 발효중이닷! 퍼뜩 견시조 짜가 휠 하우스로 안모일끼야?… 갑판조가 선무하고 교대조는 처리장 노무세끼들이야! 그카코 견시조 명단 짜가 갑판장은 퍼뜩 올라오이라, 이상!"

윤병국이 마이크를 놨을 때 전화벨이 울렸다. 윤병국이 수화기를 들었다.

"… 누고? 보승이가?…? 기린데?… 이거 보라꼬. 시방 장난하는 줄로 아나? 2 항사도 시방 선장님 앞에서 쎄가 빠지는데 보승이 멀안다꼬 그따위 소리야?… 머시라? 이거 보거라. 지금 똥물 안냉기는 사람 어데 있어? 이노무셰끼덜, 쏙들이 편해가 가오리 밑구멍 놓고 삼이나 해싸코, 그놈아덜 삐둑삐둑 얼려노라능기 선장님 명령이야! 고마 치아삐리랏! 우짜든동 보승은 퍼뜩 올라오라꼬. 풍월 읊겠다모 선장님 앞에서 읊을끼제 와 초사한테 요레?"

윤병국은 수화기를 놓고 선미쪽 뷰 클리너 너머로 밤바다를 내다보고 있었다.

김중수 선장이 물었다.

"보승이 머라꼬?"

윤병국은 샐쭉 어물쩍하게 웃으며 대답했다.

"… 줄줄이 뒤따라 붙었으이 우리도 고마 더 감속해서 배 한 척 앞세우모 안 되겠나 합니더."

"무신 말이야?"

"무등말입니더!"

"… 벌써 고레 따라붙었오?"

"보소고마. 줄줄이 널뛰고 난리다 아잉교."

김중수 선장이 윤병국 옆으로 바짝 붙어섰다.

"은제 저레 배가 늘었노?"

"유빙경보가 내렸으이 죽어라 본선을 따라잡은 게 아입니꺼."

"해필이면 우리 배가 제일 앞선 모양이제."

"맞십니더."

성준은 그들의 어깨 너머로 밤바다를 살폈다. 선미쪽 뷰 클리너 속으로 회색빛 분무를 일구는 수평선이 걸렸다. 그 수평선 끝까지 널을 뛰는 항해등이 다섯. 태창 302호가 피칭할 때마다 일열로 늘어선 항해등들이 하늘 복판으로 떠올랐다가 수평선 너머로 유성처럼 떨어져 내리고 있었다.

윤병국은 졸연하게 익은 귀축축한 분위기를 바꿔 볼 양 성준을 불러 세웠다.

"2항사, 이리 와서 저 항해등 좀 보거로. 내 와 말하지 안타나. 춤도 잘 추고 널도 자알 뛰제만, 이삔 무등도 있고 잡어묵꼬 싶을 정도로 미운 무등도 있다꼬 말이야… 저것덜이 바로 잡어묵꼬 싶을 정도로 미운 무등이라능기다."

윤병국은 태창 302호의 항진 코오스대로 일직선을 이룬 항해등들을 내다보며 중얼거렸다. 성준이가 김중수 선장의 눈치를 살피며 수초에 걸린 물거미 뒷다리 본새로 문치적거리자 윤병국이 몸닥달 대신해서 수굿하게 읊조렸다.

"미워도 저레 미울 수가 있겠나. 박정시럽고 모질다케도 저레 독할 수 있겠나. 유빙경보가 내렸다카모 북양 윤리가 금새 저레 바꿔제.… 와 태창 302호 선미만 물고 늘어지는 줄 아나?… 저놈아덜 우리 배만 물고 늘어지모 유빙 견시고 머고 다 때리 차뿌고 팬안히 디비져도 되능기라. 와 그란고 하이— 요런 스토리라. 우리 배가 억수 잘 차고 나가모 유빙 충돌이 없어 그럴것이니까 따라서 저거들 배도 안전할 수밖에 없능기고, 상황을 바꿔가 우리 배가 불행을 당했다치면, 우리 배의 불행은 바로 저놈아덜 입장에선 곧 부활의 기회라! 안그렇겠나? 막말로 우리 배가 유빙과 충돌해서 뿌사진다카모 그때 침로를 바꿔도 안늦능기라.… 북양항해, 이거 요레 모질고 인정사정 없능기다…"

성준은 섬뜩한 한기를 느끼며 물었다.

"저 배들 어선들 아니겠읍니꺼."

윤병국 대신 김중수 선장이 응얼거렸다.

"고레 단순한 생각만 하이 사단이 생겨쌌제. 저놈아덜이 우리나라 어선들이라모 와 에스에스비 한 번 안트겠노.… 태창 302호 2항사 한번 억수 자알 났제! 허음—"

김중수 선장은 아까보다는 다소 화가 풀린 듯싶었다.

그때 갑판장 변중관이 올라왔다. 김중수 선장이 그를 쏘아보며 볼멘소리로 지근덕거렸다.

"보승, 아까 초사한테 전화로 머라켔어?"

"… 농담으로 고만…"

"머시라? 농담? 황천항해중인 배에서 보안응급구치로 명령하는 초사한테 농담하는 보승도 시상에 있더나? 그 따위 버릇 어데서 배웠어, 엉?"

"잘못했임더!"

"보승이 그따위로 돼묵었으이 아덜이 고레 노능기 앙이고 머꼬얏! 선장 이하 전 사관들이 황천운항에 피가 마르는데 기껏 한다는 짓이 가오리 밑구멍 놓고 삼질이나 하는 노무셰끼털, 그것들 모두 보승이 못나서 그런기다. 내 말 틀렸나?"

"맞십니더!"

"… 그거 머꼬? 견시조 명단이가?"

"네."

김중수 선장은 갑판장 손에서 견시조 명단을 나꿔채 주욱 훑어내렸다.

"보승은 퍼뜩 내려가 견시조 아덜 소무처로 집합시킬 것. 그라고 로프 단단히 매서 안전사고 예방에 힘쓰도록. 피칭이 심하니까네 정신 안차리모 고마 물구신된다꼬 단단히 일르거로."

황급히 휠 하우스를 물러나던 갑판장이 중심을 잃고 엉덩방아를 찧었다. 성준도 비척거리다가 겨우 몸을 지탱했다. 치솟는 파두에 번쩍 쳐들린 선체가 아스라히 깊은 파곡 속으로 떨어져 내렸다. 그때마다 떵 떠엉 우는 파열음이 귀청을 찢었다. 선수재에서 피어오르는 물기둥이 선채를 싸덮으며 선미께로 쏴아 쏴아 내달렸다.

김중수 선장이 느닷없이 쏘아 붙였다.

"이항사 머하고 있는거야? 마이크 잡고 직접 명령해 보라꼬!"

"……"

"와 꾸물대는거야? 황천운항의 응급 제 작업도 몰라?… 배운 대로 퍼뜩 읊거라."

윤병국이 성준의 옆을 바짝 비껴가며 낮은 소리로 '오늘 와 저레쌌제?… 고마 퍼뜩 해라. 본론 말하기 전에 갑판조와 처리장선원에게 알린다. 요레 해놓고…' 했다.

성준은 마이크를 잡았다.

"갑판조와 처리장 선원에게 알린다… 갑판상의 모든 이동물은 물론 선창내의 제 동요물을 단단히 라싱할 것…"

김중수 선장은 불퉁스럽게 내뱉았다.

"임마, 처리장 아덜한테 고레 유식한 말로하모 우짤끼야? 라싱이 머꼬? 결박하라 하든 지 단단히 묶으라꼬 하모 숩제."

성준은 말을 계속했다.

"선체의 모든 개구부를 즉시 밀폐하고 눈에 띄는 막주·양목 등을 일체 격납할 것… 각 수밀문(水密門)의 작동상태를 철저히 점검하고 만약의 사태에 대비하기 위해 즉시 이동모터와 펌프를 준비할 것… 갑판상에 라이프라인을 즉시 설치하고 갑판 작업자는 필히 라이프라인을 몸에 맬 것… 배수구의 폐쇄여부를 점검하고 데리크 수태의 벤드를 끼워 완전 결박할 것… 갑판상의 배수구 개폐가 원활한가를 점검하고 윈드라스의 브레이크와 묘쇄의 스토퍼를 굳게 잠글 것. 이상!"

성준이 마이크를 놓자 윤병국이 김중수 선장의 눈치를 흘낏 살피며 반죽 좋게 떠벌였다.

"화이고오— 태창 302호 일류항해사 만났다 앙이거로! 우쩨 고레 수울 수울 잘도 뽑노? 내 같애도 고레 몬한다."

말을 끝내고 나서 이번엔 김중수 선장에게 말했다.

"안그렇습니꺼?… 내같으먼사 유사시나 당해사 떠오를끼데 2항사는 마이크로 쥐자마자 고마 변사매꼬로 수울 수울 뽑아대니, 고레서 사람은 젊고봐사 쓰능기라.… 북양어업의 보배다 아잉교!"

휠 하우스의 분위기는 잠시 너누룩하게 가라앉았다. 김중수 선장은 윤병국의 말이 귀에 거슬리는 모양이었다. '북양에 보배가 따로 있나. 경험이 왕성님이제!'하고 나서 일어섰다.

"초사, 탱크내의 오일이나 청수는 프리 스페이스가 없도록 푸울탱크나 공탱크로 하라꼬 일러두거로. 그라고 국장은 폭풍진로와 풍력을 수시 체크해서 보고하라 하소."

김중수 선장이 물러가자 윤병국이 연신 고개를 갸웃거리며 말했다.

"거참 이상타 아이가. 부체매꼬로 순하디 순한 캡틴이 오늘 밤사 말고 와 저레 이항사로 달달 뽂아대노?"

"… 글씨 말입니더. 내나 쓰가루해협 통과시의 그 일로 가지고 썽이 덜 풀려 뽂는다 아입니꺼.… 아니모 어장에 도착하기 전에 고마 기로 파악 꺼꼬보자 하시능갑지예."

"… 내 생각으로는 기기 아닝가 싶다.… 가마안— 옳지러! 국장한테 내 물어보꾸마."

윤병국은 무슨 생각을 했는지 수화기를 들고 통신실 다이얼을 돌려댔다.

"… 무신 꿈 꾸느라꼬 전화로 인자사 반능교? 마아 피칭 박자 좋겠다 고마 육 방애 장단치다 깼는갑제?… 끄 끄 끄으— 농담으로 해 본 말이고… 국장, 오늘 밤사 말고 캡틴 기압이 디게 낮는데 혹시 공흥 3호에서 전보 날라든 거 없나 모르제… 있었다꼬?… 그라모 그라제!… 그래 머라꼬 왔입디꺼?… 맞지러. 기기 사단이라카이.… 와 안자고 브릿지에 처백히가 있냐꼬? 몰라 문능교? 캡틴은 고마 피항하라꼬 조르는데 내 막아사제 우짤끼야. 기름 애끼고, 작업일자 딱 맞추고, 내같은 선원이 있으이 회사 돈 버는 거 앙이겠오… 고마 끊심니더."

수화기를 놓고나서 윤병국은 혼자소리로 '이항사 일 참말로 애렵다 애려워!' 했다.

성준이 물었다.

"… 아부지한테서 전보왔다캅니꺼."

"캡틴 앞으로 왔었다 안카나."

"머라꼬예…"

"… 공흥 3호에 붙은 운반선 귀항시에 이항사도 귀항조처 할 것이니 꼭 고레 되도록 적극 협조하라 했다카제… 내 짐작이 그런가 싶더라카이. 선장 맘은 이기라. 너거 아부지가 저레 미치가 난리로 피우는데 자기가 무신 통빼라꼬 빼딱하니 틀어져서 친구 의리까지 상할 필요가 있능가 싶응기라.… 그 때 닥쳐 벨안간 트집잡고 쪼까뿐지기도 그라고하이 아조 미리 정을 가르고 보자 이 맘 아니겠나. 숩게 말하모 쪼까내뿔 트집을 잡는기다."

"… 고레 되느니 차라리 성 따라 가뿔고 말지예!"

"… 무신 말이야?"

"운반선 타고 귀항하느니 고마 바다로 뛰어들고 말겠다 이깁니더!"

윤병국은 정색을 하고 나무랐다.

"이 사람 보자하니 몬할 소리가 없구마. 목심 한 번 고레 쓸라카모 뱃놈은 와 됐어? 애렵게 북양어선 탈끼 앙이라 육상에서 깡패시라기나 돼가지고 칼로 맞아 죽고 말제!"

"……"

"캡틴 맘 알았으모 이항사 할 일은 인자 하나밖에 더 있겠나… 실수로 않능기다!"

그때 갑판장이 견시조를 이끌고 들어섰다. 윤병국은 연신 쓴입맛을 다셔대며 견시조 앞에서 맴돌이를 해댔다. 견시조 속에는 처리장 김의수와 이건민이 끼여 있었다.

윤병국이 갑판장에게 물었다.

"구명밧줄은 완전무결하게 매놨나?"

"예, 다 챙깄임더."

윤병국은 몇 번 한숨을 간거르더니 무겁게 입을 열었다.

"내 요런 말 하는기 앙이다만 피칭이 요레 심한데 너거들 선수루에다 세와놓기 영 쏙이 애린다. 다 니노무셰끼덜 죄라. 가오리 밑구멍 놓고 삼질만 않했어도 캡틴도 견시조 세울 맘은 없었을끼다.… 마아 너거들 처지에서야 어장을 향해 항진할 때가 시상 답답하고 삑다구 마디마디가 쑤실끼라. 하제만 잠이나 억수 자 두고, 쥐두이로 양기 오르모 음담패설이나 할끼제, 와딜 삼질은 하고 그래?… 거듭 말하는데 피칭이 보통 심한기 앙이다. 라이프라인으로 몸땡이를 단단히 묶고, 자부랍다해서 졸다가는 그 당장 파곡 속으로 처백힐끼다!… 그라모 욕들 보거라."

견시조가 선수루로 나갔다. 성준은 윤병국을 따라 선교 창틀을 붙잡고 섰다.

선수루는 숫제 물보라에 갇혀 있었다. 선수가 파곡 속으로 떨어질 때마다 물보라는 투망처럼 견시조를 싸덮고, 선수가 파두에 실리워 둥 뜰때면 견시조는 흡사 투망 속을 빠져나온 고기들처럼 파닥거리는 것이었다.

"오매야아— 저놈아덜 동태 되는갑다. 저 통에 무신 유빙견시가 되겠노? 지 몸땡이를 지탱하기도 힘든데."

"… 얼어죽지 싫습니더…"

"죽기사 하겠나만 캡틴 말씀매꼬서 삐둑삐둑 삭신이 얼어 붙을끼라!"

한 차례 피칭이 드세자 타를 잡고있던 조타원이 윤병국의 발치께로 뒹굴었다.

윤병국이 조타원의 궁둥이를 사정없이 내질르며 악을 썼다.

"퍼뜩 못 일어날끼가? 니 시방 졸았제? 엉?"

"… 아입니더!"

"아니기는 머시 아니야? 이노무셰끼 견시조 좀 보거로. 한번만 졸았다 보제. 그 때는 고마 선수루에다 세울끼다, 이 문디이셰끼!"

윤병국은 다시 선수루를 내다봤다. 그러면서 말했다.

"저놈아덜 속은 내 훤히 내다본다 아이가. 저놈아덜 시방 선장에다 전 사관 사그리 씨러다가 오만 욕 다 하고 있을끼라… 쏙으로들 이럴끼라. 써치라이트는 은제 써묵자는기가? 써치라이트 비치가 반사광이 오모 유빙있능기제 견시조 세우는 것은 무신 악패짓거리야, 요랄끼라꼬… 좌우당간에 이 북양항차라는 것 요상시럽다꼬. 두 항차만 폈다카모 귀동냥 눈동냥 금새 유식해지는데 왠만한 사관 뺨치겠다고 대든다카이. 숩게 말해서 자네보다 났다 이 말이다.… 이 건민이란 저놈아가 쏴를 하다가 캡틴한테 디게 안당했나. 먼저 항차 때 얘긴데, 내 그때만 생각하모 지금도 배꼽이 튕기나간다꼬."

윤병국은 어깨쭉지 속에다 갸냘픈 목아지를 묻고 그 독특한 웃음을 흠병지게 깔았다.

성준은 이건민이란 말에 솔깃 귀가 동했다. 그 창백한 얼굴 속에서 죽는 차디찬 실의. 언제나 표정 구석구석에까지 그늘을 느리운 진감색 우수. 그래서 눈물의 진정한 포기를 위해서 눈물의 원인을 서슴없이 죽여 가는듯한 그의 일상은, 어찌보면 서로의 결백을 주장하며 등 돌아 서는 바다와 수평선의 촘촘한 결별 같기도 했었기 때문이었다.

성준이 물었다.

"그 얘기 꼭 듣고 싶다 아입니꺼. 이건민이가 우쨌는데요?"

윤병국이 카악 카악 기침을 해대고 나서 입을 열었다.

"억수 웃는다 하모 꼭 가슴이 애리능기라… 그러니까 그때가 아마 하루무꼬땅(하림코탄.春牟古丹島) 앞바다쯤 됐을끼라. 한랭전선 앞에 불안정선이 있었는 모양이라. 느닷없는 돌풍이 불어닥치는데 천지개벽 하는 짝 안났나. 부랴부랴 피항하는데 그때 이건민이가 조타 당직을 섰다꼬. 캡틴이 활명수병을 숫제 휠하우스로 옮기가 할짝할짝 뽈아대는 판인데 이건민이가 도체비불에 시껍한 강생이매꼬로 느닷없이 읊능기라. '선장님, 본선은 지금 폭풍의 진로상에 있죠?' 하고말따. 내 저놈아가 무신 뚱딴지 수작이고 하면서 캡틴 얼굴로 살펴보이, 아니나 다를까 낯짝에다 주름은 있는대로 새깽이 꽈가 그놈아를 노려보능기라. 까랑까랑 베락치는데, '이노무셰끼가 타나 지대로 잡을끼제 무신 헛소리강?'카더라… 그 때 고마 쥐두이 따악 봉했으모 을매나 좋았겠노?… 이놈아가 몬참는데, '풍향이 우현 변화하는데 풍량을 좌현 보우(석주)에 받고 가항반원에 피항해야 되지 않겠습니까', 요레 말하능기라. 오메야, 난리 쳐들어왔다 싶데!… 캡틴이 사색이 다 되가 묻능기라. 고레?… 하고는 씩씩대더니 고마 이건민이에게 튕기나가기 무섭게 개패듯 하능기라. '이노무셰끼! 다 죽자 요말이제? 앙? 머시라? 풍향이 우현 변화하니까네 좌현보우에다 풍량을 받아사쓴다꼬?… 이노무셰끼 어데서 배와묵은 잡설로 까나! 책을 읽었으모 똑똑히 읽어사제 요 문디이셰끼가 꺼꾸로 읽고 나서 지랄아잉가말따'하면서 고마 미치능기다… 미치게도 됐지. 풍향이 우현 변화하모 북양에서는 풍량을 우현 보우에 받아서 쓰고, 남양에서는 풍량을 좌현 보우에 받고 피항하능기 아이가. 이건민이 이놈아가 한 판 똑똑해져 보자 하고 책을 베락같이 읽기는 읽은 모양인데 고마 북양과 남양을 바꽈차뿐기라… 화이고오— 내 그때만 생각하모 배꼽이 튕긴다 아이가!"

윤병국은 말을 마치고 나서 다시 한 차례 끼들거렸다. 얼마 안 가서 웃음을 거둔 윤병국이 성준의 어깨를 토닥거렸다.

"고만 내려가 잠이나 자지 그래. 잠이 않오모 식당에 가 밤참이나 한 그릇 비우고… 쌀롱보고 비빔국수 한 그릇 말아 올리라꼬 전하고…"

성준은 휠 하우스를 나왔다.

식당에는 오만상을 찌푸린 통신장이 댕겅 앉아 있었다.

"못 견딜 줄 알았는디 용케 견뎌내는디? 똥물 안넘겼유?"

"아직은 개얀심더."

"다앙 멀었제. 니열 아적만 되면 귀역질 꽤나 세도부릴껴."

노임수 기관장이 어그적 어그적 식당으로 들어섰다. 그는 이마를 감싸쥐고 '아고야 아고야아— ' 내뺐았다.

통신장이 입담 한번 걸죽하게 깔았다.

"달력으다 동골뱅이나 그릴 것이지 뭇헌다구 기어나온댜? 걸음질이라고 똑 흘래 막 떨어진 숫개 뿐이여."

기관장이 통신장 얼굴 앞으로 바짝 이마를 들이밀며 퉁명스럽게 뺐았다.

"보그라! 친구가 요레 부상을 당했으모 위로가 있어사제 동골뱅이가 우쩨?"

기관장의 이마 위로는 어린애 주먹만한 혹이 달려 있었다.

"얼라? 워찌서 마빡을 까구서 요 난리레여?"

"똥 싸고 막 밑 닦을라카는데 고마 피칭이 베락을 친기라. 벤소 문을 차고 복도로 떨어졌다 아이가!"

"하영든지 유별시럽당게."

"… 와?"

"지아무리 남새 나는 것만 뽑아내는 똥구멍이제만 말여, 요롱고럼 몰지성 헐 수도 있간?"

"화이고오— 내 뻴시런 사설 다 듣제! 아니 똥구멍에 무신 지성이 있노?"

"논설이 요런거여잉… 즉어두 기관장 몸땡이에 붙은 똥구멍이면 말여 경험을 살려서나 작동혀사 쓴다구. 69년도버텀 북양을 갈아댔으면 황천항해 고 쯤은 침묵을 지킬만 허잖어? 시방 선수루에는 유빙 견시조가 섰구, 브릿지에서는 선박의 안전운항을 위해 초사 이하 당직 3항사, 조타수 모다 고심하는디, 아 그 판국에 변의가 동헐 것은 또 뭣이남!"

"변의는 또 머꼬?"

"똥을 눠사 쓰겄다는 의사지 뭐긴 뭐여?"

"니기미 십이다케랏! 밀고 내려오모 똥구멍이사 절로 벌어지능긴데 무신 똥을 눠사 쓰겄다는 의사를 발할끼가? 이항사 안그렇십니꺼."

성준은 샐쭉 웃고 말았다.

"저늠어 주둥이 좀 보레여. 똥이나 싸면 똑 좋을 주둥이여잉"

갑작스러운 피칭 때문에 식탁 위에 놓였던 커피잔이 와르르 굴러 박살이 났다. 그 쯤에 입담도 쉬는가 싶었더니 통신장은 절절한 것이라도 기억해 내는 투로 화들작 놀랬다.

"잠까안— 기관장, 아까 믓이라고 혔었지?… 분명히 똥싸고 막 밑닦을라는 참에 피칭베락을 맞었다구 혔겠다?"

"… 그래 우쨌다는기야?"

"헌즉스은— 밑도 못 닦었다는 말씀 아니것남!"

"하모. 밑 닦을 새가 어딨어?… 아나, 아나! 당신 쎗바닥으로 핥어도고!"

"후우 군내여! 워디다가 하수처리장을 들이대구 이려?"

통신장이 기겁하며 재빨리 자리를 옮기자 기관장이 새삼스럽게 성준에게로 얼굴을 돌렸다.

"이항사 보통 강골 아인데? 담배로 뽀능거 보이 쏙이 괜찮나보지예."

"담배도 피우모 멀미 않능깁니꺼."

"말해서 머합니꺼. 멀미끼만 있다 쳐보소. 담배냄새가 고마 똥냄새 아잉교… 요만한 황천이면 꽹이새끼도 멀미합디더."

"디게 웃긴다 아입니꺼. 고양이가 와 북양에 올껍니꺼?"

"신참 이항사라 모르능기 많구먼."

"북양 복판에서 고양이 멀미하는 것을 봤나 이겁니꺼."

"와 안봐예?"

"어데서 봤임니꺼?"

"바로 태창 302호에서 봤제 어데서 보나."

통신장이 끼어들었다.

"밑도 못 닦고 군내 풍기는 기관장이제만 그 말만은 사실이쥬. 이 배 5항차 때 꽹이 한 마리 싣고 떴당께 그네."

"고양이를 와 싣습니꺼."

"그 사정이란 것이 이렇쥬.… 항차 끝나고 본항에 접안혀 있으면 쥐새끼덜이 계류색을 타구서 배 안으로 기어들게 되여."

"지도 계류색 타고 쥐새끼 기어드능거 봤임더."

"옳게 봤구먼 그려… 요녀려 쥐새끼덜이 주방이나 선실로 기어들어 음석 찌꺼기나 돌라묵는다치면 벨일이 없을 것인디 워찌다가 어창이나 처리장에 가서 백힌단 말여. 널리고 널린 것이 전선 아닝게벼?… 쥐새끼덜이란 목자가 잠시도 쥐둥이를 가만 않놔둬. 요것덜이 전선이나 깔짝깔짝 갉아놨다치면 큰 사고 터지능겨. 어창에 팬이 들어백히기 시작하먼사 즈덜두 꼼짝없이 얼어 뒤지는디, 문제는 갉아놓은 전선이여잉. 까딱 잘못된다 허면 합선사고로 화재를 부를 수도 있구, 뭣보덤두 선원덜 감전사고가 기중 큰 문제여잉. 그랑게로 쥐새끼덜 잡어묵으라고 안실었등게벼."

"… 고양이 멀미는 우쩨 합니꺼"

"똑 사람같이 허는디 워찌보면 사람보다두 더 멀미를 타유. 줏어묵은 것을 죄다 게워내구, 똥물까정 왝왝 넘기면서 왼종일 귀역질만 허구, 지대루 걷지두 못허구 비틀거리는 꼴이 꼭 인사불성으로 취한 모주 뽄이여. 묵는 것 사절허는 짓은 고사허구 그 때는 쥐새끼가 제 콧등에서 차차차를 춰대두 움쩍않혀."

"그래 그 고양이는 우쩨 됐임니꺼."

"속이 끓어쌍게로 추운 곳이 좋았등게비지. 나중에 봉게 어창 팬 틈에 끼어서나 얼어 죽어뿐졌유."

통신장이 막 말을 끝맺었을 때 김중수 선장이 들어섰다.

"국장, 어때? 아무래도 피항을 해사 안쓰겠나?"

"한냉전선 통과 전후에 강풍인디 견딜만헐 것 같습니다."

"거참 와들 찍하모 견딜만 합니다 해쌌는강? 견딜만하기는 머시 견딜만 합니까!"

김중수 선장은 곧 성준을 향해 소리쳤다.

"이항사, 휠 하우스에 올라가 초사한테 전해라. 왔던 길로 다시 피항한다꼬!
… 쿠시로 동남방으로 말야."

성준은 휠 하우스로 내달아 윤병국에게 선장의 지시를 전했다. 윤병국은 못
마땅한 표정으로 말했다.

"캡틴도 점점 너거 아부지 닮아간다카이. 67년도 해난사고로 당한 장본인이
니 머시라 말할 수도 없고… 천기도 상에서 보모 북양에서 폐색하기 시작한 저
기압은 지아무리 중심시도가 깊더라도 폐색현상이 진행됨에 따라 중심부근에
서부터 바람이 약해지기 십상인기다. 큰 저기압이라카모 폭풍반경이 1천킬로
미터까지 뻗치는 수가 왕왕 있다고. 천기도만 보고 겁을 묵자하모 그야말로 여
러 날 피항해사 쓸낀데, 그라모 어장에는 언제 드갈끼며, 또 항해경비의 낭손
에다 작업일만 늘어지게 되능기라. 작업일 길어진다꼬 날자 합산해가 돈 주더
나?… 북양 중위도 편서풍대의 북쪽해역에서는 오히려 중심에 가까운 곳에 바
람이 없다 아이가. 저기압 주변의 강풍역은 대개 폭 4백에서 5백킬로미터의 피
모양이라. 저기압이 쇠약해진다하모 강풍대는 차츰 중심의 바깥쪽으로 번져서
저기압의 노쇠와 더불어 고마 소멸하게 돼 있다… 견딜 만한데 와 피항이야?"

최윤복도 씁쓸하게 맞장구쳤다.

"… 글쎄 말입니더. 저번 항차 때는 더 쎈 강풍권도 돌파하지 않았겠임니꺼."

"하모!… 멀리 피항 할 필요가 없능기다. 이 강풍역을 돌파해서 차라리 중심
부근에 진입하는 게 낫지않고. 거기서 시기를 기다리는기 피항보다 훨씬 유리
하겠다 싶은데…"

윤병국은 창을 밀어 붙이고 견시조를 향해 소리쳤다.

"너거들 욕봤다. 피항이야! 견시조 철수해라고마!"

그는 창을 닫고 다시 중얼거렸다.

"쿠시로까지 피항이라?… 북양기상이라는게 뻔하지 않겠나. 폭풍 발생 위도가 어디고 간에 대부분 베링해 근해까지 진출해서 쇠잔하는데 피항한다고 폭풍에 얻어맞지 말란법이 어데 있어… 또 저기압 경로가 한국과 북양 사이의 전 왕복항로가 대부분 일치하는데 말씀이지, 오르내리다가 다른 놈 못 만나란 법도 없고…"

윤병국은 선미께로 뚫린 뷰 클리너에다 바짝 얼굴을 대고 여전히 일직선으로 늘어선 채 춤을 춰대는 항해등들을 내다보고 있었다.

6

피항로에서 1
避航路 1

'태창 302호'는 만 28시간 가깝게 피항(避航)하고 있었다.

왔던 길을 되돌아 흐르는 피항로는 뱃사람들에게 있어서 죽음에 버금할 만큼 암울한 것이었다.

백파를 분무처럼 뿜어올리며 밀려드는 파벽(波壁) 때문에 북양의 수평선은 무척 짧았다. 회색빛 낮과 검은 밤 속에서 황천은 익을 대로 익고, 선원들은 사관이고 하급선원이고 간에 모두를 견고한 고독의 투명한 부피 속에서 지칠 대로 지쳐 있었다.

호된 피칭 한 번에 성준은 번쩍 쳐들렸다가 선실바닥으로 나뒹굴었다. 발정한 암캐를 찾아 개구멍으로 숨어드는 숫캐처럼 다시 침대 위로 기어올라 봤으나 마찬가지였다. 이번엔 흔들어 놓은 오똑이처럼 침대 모서리에다 이마를 찍고나서 선실바닥으로 굴렀다.

드디어 멀미가 시작되는 모양이었다. 한 입 가득히 쓸개물이 고이면서 금새 욕지기가 치받혔다. 김의수가 준 건빵을 씹어봤다. 말짱 허사였다. 달콤새콤한 맛이 입안에 번지기 무섭게 통째로 넘어왔다.

그때 전화벨이 울렸다. 성준은 비치적거리는 몸뚱이를 겨우 가누고 수화기를 들었다.

초사 윤병국의 카랑카랑한 소리가 귀청을 흔들었다.

"니 거기서 머하노?"

"… 한 숨 시들라카이 그것도 자알 안 되네예."

"요판에 잠을 잔다꼬?… 핑계겠제. 피칭이 요레 심해가 주먹치기나 지대로 되겠나, 안 그러터나?"

"… 주먹치기가 뭔데예?"

"용두질이제 머긴 머꼬!"

"벨 말씀 다 하십니더. 쪽에서 똥물이 넘어오는데 그런 생각이 우쩨 난답니꺼."

윤병국은 꺼들꺼들 웃고나서 다시 말을 이었다.

"고마 장난으로 해 본 소리고… 우짜든동 우리 배 2항사 신참 본새 디게 내제. 보그라, 지금 잠 잘라꼬 애로 피는 사람은 이 배안에서 자네뿐 일끼다. 침대가 당구대고 니는 당구알이라카이! 그 판에 잠 좀 자놓자고? 태창 302호가 병이라카모 니는 고마 병속에 든 모래라카이. 흔드는 대로 고마 쥐박히고 뿌사질낀데 어데서 잠을 자?"

"… 심심하신갑제예. 지 올라갈까요?"

"내사 심심할끼 머 있겠노. 올라와도 좋고 차삐리도 상관없고… 우짜든동 잠은 자기 틀렸으이 하급선원들 방에 가 목젓 애리게 틀어쌌는 와이당이나 듣거로. 그편이 훨씬 났다 아이가. 그놈아덜 지금쯤 지마다 카사노바당 왕초 짝 났을끼다."

"… 알았임더."

"똥물 넘어온다꼬 셋빠닥 깡 물고 안 묵으모 진짜 초 된다이. 싸롱보고 내 방에 드가 꿀물 갖다가 건빵죽 좀 끓여 돌라케서 마셔라. 꿀에다 건빵 섞어가 끓여노모 쏙 푸는 데는 왔다아이가.”

윤병국이 전화를 끊었다. 성준은 옷을 꿰입고 선실을 나섰다. 식당으로 향하
다 말고 통신장실로 걸음을 옮겼다. 통신장실의 도어를 열었다. 기관장 노임수
는 영낙없이 그 곳에 와 있었다.

“홤메에― 2항사 첫 항차에 녹초됐구먼그려. 똥물 꽤나 냉긴 모양인디 활명
수 좀 디려?”

통신장이 노임수와의 장난질을 황급히 멈추곤 너누룩해서 물었다.

“활명수 말만 들어도 쏙이 뒤틀린다 아입니꺼.”

성준이 고개를 가로 내저으자 노임수가 재빨리 끼어들었다.

“처방이라꼬 똑 배 앓는데 청광수 묵으라 하는 짝 났제. 보소 국장, 활명수
는 아무나 묵는 줄로 아요? 서너항차 견뎌봐사 활명수도 받게 돼 있다꼬. 시방
이사 고마 묵는 것 넘기는 것 말만 들어도 똥물이 끓는 판인데 택도없는 소리
만 해싸체.”

“허면 우리 2항사 귀역질은 뭣으로 다스릴껴?”

“약이 따로 있더나. 첫 항차 멀미에는 음담패설이 보약이라!”

“허긴 그렇기두 혀.”

통신장은 부러 시치름해서 고개를 깊이 끄덕이는 시늉을 했다. 그 때를 놓치
지 않고 성준이 물었다.

“공흥 3호에서 다른 전보 없었입디꺼.”

“그 뒤로는 아무 기별 없는디… 고까짓녀리 것 걱정 안해두 되여. 아, 막말루
다 유광수 선장님이 태창 302호 왕성님이랑가? 워디까정 유성준 2항사는 공흥
3호 사관이 아니라고잉. 기관장 안그려?”

그 말에는 노임수도 씁쓰레한 표정을 지었다.

"… 말이사 당신 말이 옳지러… 하제만 우리 김 선장도 유 선장님 쪽으로 맘을 정한 듯 싶던데… 그랬으이 느닷없이 2항사로 몰아세워가 그 난리 안했겠나!"

통신장이 열구름지는 분위기를 바꾸려는 낌새로 수선을 떨었다.

"고런 불사시런 이야그 화악 치워뿔고 재미진 말이나 하더라고. 공흥 3호 운반선에 전적되든 지 않되든 지는 그 때 사정이고… 지금 본선은 긴박한 황천피항 중에 있응게…"

노임수가 통신장의 말꼬리를 잡고 늘어졌다.

"국장 지금 머라켔오? 운반선에 전적이 우쩨?"

"옮겨싣는 것이사 다 전적이제 믓이 그렇게 유별나당가?"

"오매야아— 통신장 쥐두이 놀리는 것 좀 보거로. 우리 2항사가 북양 멩태가?… 2항사, 고레 참을낍니꺼? 나같으먼사 북양가물치 뒷빡 패듯이 고마 빠사쥑이고 만다꼬!"

노임수가 장난스럽게 유들거렸다.

"… 북양에도 가물치가 있능교…"

성준은 잔드근히 웃고 말았다.

"와 있지 않고예. 큰 놈은 반 발 만큼 합니더. 몸땡이는 돼지매꼬로 피둥피둥한 기 대가리만 얼라 머리통만큼 크고, 대가리 뒤쪽지가 고마 돌땡이매꼬로 단단해가 함마로 패사 겨우 죽십니더. 생긴 꼬라지고 미련한 천성이고 똑 국장 뽄 났다 아잉교."

"… 억수 맛있겠네예. 고레 생긴 고기치고 맛없는 거 없다 아입니꺼."

노임수는 잠시 문칫거리더니 흔연스레 말했다.

"… 말또마소. 그 괴기 맛이사 어데 갑니꺼. 고마 사르르 녹는데 셋빠닥이 열 벌이라도…"

통신장이 노임수의 말끝을 채며 성준에게 물었다.

"어쩨, 한 번 자시고 싶은게벼?"

"쐬주 생각이 절로 난다 아입니꺼."

통신장은 푸우— 한숨을 내뱉고 나서 말을 이었다.

"저 노임수 말 고대로 듣구서나 실천에 옮겼다가는 한 닷새 똥구녁 마를 날
이 없을팅께… 한 점만 묵었다치면 그 당장 뱃속이 황천이여! 다글다글 끓구,
뽀골뽀골 뒤집히구, 확확 달쿠, 종내는 배창시 전체가 피칭에다 롤링에다 웨
녀리 황천급살은 다 쳐대다가 쫙 좌악 쏟구 말어. 처리장 김의수란 늠이 첫 항
차에 그 난리 안 당했등게벼? 고녀려 설사가 위찌께 지독헌지 좌우당간에 방
한복 가쟁이가 왼통 설사였데여. 고무장화에다 고무앞치마까정 걸쳐놨으니 그
놈어 악취가 하처로 빠질꺼여? 아조 똥장군을 담고 있는 짝 났었지… 고런디,
뭣이여? 괴기 맛이 천하일미잉게 2항사보구 일차 시식하라구? 떼끼 순 불한
당 같으니라구!"

노임수가 제풀에 실떡거렸다.

"모른체 하지않고 와 가르쳐 주노… 말또 징그랍게 한다아이가. 설사끼로 쏙
이 뒤집히꼬 고마 배때지 아프다 숩게 말로 할끼제, 머시 용봉탕을 끓인다꼬 다
글다글 끓고 뽀골뽀골 뒤집히고 에엥— 튀잇."

그 때 모리스부호 음이 간걸렸다.

"모항 부산에서 나를 부르는디이—"

통신장이 무선기 앞으로 뱅그르 돌아앉았다. 통신장은 전보문을 받아쓰면서
몇 번이고 도리질을 해댔다. 그때마다 쓴 입맛을 쩝 쩌업 섞었다.

통신장은 두 장의 전보문을 쥐고 다시 돌아 앉았다.

"무신 전본데 쎗쎗 쎄로 차쌌고 고레?"

"… 한 장의 전보는 아조 길보여. 요런 전보 받으면 나두 통신장으로써의 긍지와 보람을 느끼는디… 갑판장한테 온 것인디 마누라가 아들놈을 순산혔댜…"

"오매야 좋응거어— 그런데 와 쌍판은 우거지국 매꼬로 팅팅 불콰가 고레?"

통신장은 노임수를 한 번 흘겨대고 나서 성준에게로 눈길을 돌렸다.

"2항사 전보 아닝게 안심허슈… 그란디 워찌서 노임수 앞으로 날라드는 것은 꼭 요 뿐이냔 말여. 내 읽을테니 경청허라구…「육기통 서방님 뼈저리게 보고 싶읍니다, 무사귀환 바랍니다. 당신의 매꼬」… 나 원 기가 차서 못견뎌. 저번에는 개새끼가 새끼를 낳응게로 그지없이 당신이 보구 싶다구 바람을 부르드니, 젠장칠려 그 새 또 뼈저리게 보고싶을 것은 뭐여?… 고렇다치구우— 수신자나 발신자나 웬녀리 함자들이 요롱고럼 격조가 읎냔말여?… 매꼬?… 육기통에다 매꼬라아— 좌우당간에 요번 항차 이 황천은 모다 매꼬상이 부른 것잉게 그리알어!"

통신장이 노임수에게 전보지를 휘익 내던졌다. 노임수는 전보지를 주워 쩝 소리가 나도록 입을 맞춰대고 나서 선실벽에 걸린 캘린더를 흘끔거렸다. 노임수의 하는 양을 물끄러미 건너다보고 앉았던 통신장이 타악 소리가 나도록 무릎을 치며 훼훼 혀를 내둘렀다.

"저런 쯔읏— 지 버릇 개 줄껴? 을매나 흥분혀 뿐졌으면 제방허고 내방허고를 구별 못허냔 말여? 암튼 지독시런 괴물이여잉!"

노임수는 그제야 어색한 웃음을 물며 얼굴을 붉혔다.

"2항사, 저 노임수 시방 믄 짓 한 줄 알어? 달력에다 처놓은 동골뱅이 살핀 겨. 내 방 달력에는 그런 불상것 표시가 있을 택 읎지… 하영든지 연구깜이여. 전보 한 장 여파가 워찌면 담박에 하반신으로 가뿌냥게? 우덜같으면 상반신, 즉 정신적인 데루 연결될텐데, 안그류? 2항사!"

노임수가 정색을 하고 말했다.

"욕될 거 씨도 없능기라. 이기 바로 뱃놈덜 순정이라카능거 아이가! 육상의 오사리잡놈덜 생각으로는 뱃놈 카모 고마 배내씹도 못 묵어 환장하는 줄로 알 제만, 요새 뱃놈덜 그런 놈 어데 있더나?… 모르제. 남양이라도 기지에 드갈 때 마다 보르또도 죄보고 나사도 돌리마촤보고 하것제만 북양에서야 어데?… 항 차 끝날 때까지 총각놈덜은 부모생각 애인생각 장가로 든 놈덜은 지 마누라 생 각 자석덜 생각 뿐 아이더나!… 황천에 부대끼모 더 하제. 고마 곧 죽능가싶으 이 억수 더 그립고…"

통신장이 '허긴 그려' 해놓고 나서

"뱃놈도 뱃놈이제만 뱃놈덜 각씨덜도 마찬가지제. 공부헌다 사업헌다 견문 넓힌다 벨아벨 핑계대구 냄편덜 외국 보내놓구, 비행운 사라지자 마자 불두덩 근지러워서 피칭에다 요꼬나미 타는 년들, 고것덜 죄다 열녀전 끼구 서방질허 는 것들이제잉… 거그다 대봐여! 뱃늠 각씨덜 월매나 착허구 기구허냔 말여? 아 오죽허면 고런 말이 유행허겄어?… 냄편 귀항하면, 밥상 먼츰 차릴까유 자 리 먼츰 깔까유, 헌다 소리말여!… 그랑게 우리 매꼬상 전보문 이쁘게 봐주 야지. 육기통서방 지 방도 아닌 넘 방에서 달력 동골뱅이 살피는 것두 이쁘구."

한숨섞어 내뱉았다.

성준은 통신장의 입에서 육기통이란 말이 나오기 무섭게 노임수에게 물었다.

"배로 탈 때부터 디게 궁금했는데예, 기관장님 별명에 무슨 사연이 있능교?"

노임수는 두툼한 입술을 옹다문 채 어색하게 웃었다.

"… 사연은 무신 사연… 와예? 아덜도 고레 부릅디꺼."

"아입니더… 여기 저기서 육기통왕성님 하는 소리로 몇 번 들었지예."

"항해사한테는 디게 재미 없을 낍니더… 무신 자랑이라꼬…"

통신장이 끼어들며

"그런 자랑이사 백 번 혀두 상관없능겨. 피항 중에사 헐 말이 따로 있남? 음담패설하구 지 자랑 빼논다치면 입에서 구린내배끼 더 나?"했다.

노임수가 입을 열었다.

"내 자랑같아 쪼매 껄끄럽기는 한데, 내도 남양에서는 유명했었다아잉교… 내 2기사로 마구로 배 탈때 얘긴데, 휠타로 소제하는데 신주가루가 나오능기라. 신주가루가 윤활유를 타고 휠타에 걸린다는 것은 크랑크 핀이 절손됐다는 얘기나 마찬가지라. 유동식 크랑크 핀이 절손되는 이유는 제작불량이 제일 큰 원인일끼고, 둘째는 크랑크 핀 볼트의 낫트가 풀렸다든가, 또 윤활유 부족으로 인한 마모, 아니모 기계적인 원인에 의한 노킹… 대개 이 네가지 중 하난데, 크랑크 핀 여벌이 있으모 고마 갈아 끼우모 그만이제만 없으모 피스톤 하나를 사용 몬하고 입항수리 해서 쓴단말따. 큰일이제.

수리고 나발이고 우선 어느 기통 크랑크 핀이 절손됐능가를 알아사 쓸낀데 감도 몬잡는다아이가. 내사 대강 짐작이 가두만은 기관장에다 1기사가 버티고 섰는데 함부로 쥐두이 놀릴 수 있겠어? 배가 작아서 3기사는 없었으이 기관부 사관에서는 내 꼬랑지니까네 말또 몬하제… 엔진을 스톱시키가 크랑크 참바를 분해 안했나. 기관장, 1기사, 거기다가 냉동사까지 뚤뚤 뭉치가 돌아가봐사 벨 수 없제. 그 배 기관장이 날로 디게 믭게 봤거든… 엔진을 다시 걸고 저속에서 고속으로 고속에서 저속으로 작동시키면서 청진봉을 든다 발열 여부를 탐지한다 벨 수단 다 써봐도 알 수 없능기라.

기관장이 날로 빼놓고 저거덜끼리 중구난방 찍고 쓰는데, 기관장은 1기통을 뜯자하고 1기사는 윤활유 펌프에 있는 로라가 신주로 돼 있는데 그 신주에 마모가 생겼으이 그렇다카고, 냉동사 그놈아가 머 고레 유식하다고 5번기통을 분해하자 카고… 원 시상에 결과적으로 전 기통을 다 분해해사 쓰게 안됐나?… 내 언챙이 쥐두이되모 팔짠기라카고 한 마디 내쏜기라. 우리 배 크랑크 핀이 유동식인데 크랑크 핀을 덮고 있는 낫트와 볼트가 신주로 돼있는 육기통이 틀림 임더. 사람 죽이지 말고 6번 기통을 분해하입시더 해삐릿제… 기관장이 디게 뿔따구가 나가 1기사한테 묻능기야. 이 배 크랑크 핀이 틀림없이 유동식이냐고 말따. 내 원 기관장이라능기 지 배 기계 사정도 모르이 말 다했제. 1기사가 취급설명서로 들고와 유동식이라는 것은 확인됐제만 기관장 체면이 있다 요 맵 사였겠제. 어느 기통의 실린더에서 특별히 소음이 나는 것도 앙이고 발열이 있는 것도 아인데 지가 알모 을매나 안다꼬 고래?카고 중얼대더니 무조건 1번 기통을 뜯자고 명령하는 기라.

내는 고마 내 방에 드가 디비져삐릿제. 생각해 보거로, 실린더 햇더를 들어올리고 피스톤을 빼내는 고충이 우짠긴데?… 그 좋은 식성도 차뿌고 눕어놨으이 선장이 기관실 사정을 안 듣게 됐더라. 괴기도 몬잡고 뿌다구가 난 선장이 날로 찾아와 묻능기라. 구세주라도 만난 것 매꼬로 참말 당신 말이 맞냐는기라. 내 목심 내놓고 내 말이 맞다켔제.… 선장이 소갈증든 황소매꼬로 기관실에 드가, 2기사 말대로 6번 기통 먼저 뜯거로얏, 악을 쓴기라.

3번 기통까지 분해해 봤으나 말짱 허사였고, 결국 이 노임수 말이 구신 잡게 들어맞고 만기라!… 유동식 크랑크 핀이 뿔가져서 카바 때문에 밖으로 나오지는 몬하고 카바를 때려싸니까네 카바 낫트와 볼트가 뿌가지면서 거기서 신주가루가 나오게 된기라… 육기통 왕성님이라카는 내 별호 요레 딴깁니더!"

노임수는 장황한 설명을 끝내고 나서 부러 해망적게 푸우푸우 웃었다. 통신장이 말했다.

"우리 기관장 연설 잘 헌 댓가루다 2항사 들어오기 전에 했던 강의나 마저 끝내뿐진다?"

그 말에 노임수가 반색했다.

"맞거로! 내 그새 깜빡했다."

"워디까정 혔지?"

"기맥힌 연장 맹글으는 법 말할라카는데 2항사가 와 안들어왔나."

성준은 영문도 모르고 조부비듯해서 물었다.

"와 기관실 공구가 고장났입니꺼."

"어데예? 기관실 연장 만든다카는 말이 아이고 몸가락 길들이는 법 말이제. 두 시간도 좋고, 네 시간도 좋고, 뛰라카모 용심좋게 뛰고 쉬라카모 쉬고오ㅡ 지 말대로만 하모 철잠용 몸가락 된다 안캅니꺼."

"… 몸가락? 몸가락이 뭡니꺼?"

통신장이 말을 받았다.

"손에 난 것은 손가락, 발에 난 것은 발꾸락 아닝게벼. 헌디치면 몸에 난 것은 양반 말로 성기고 쌍놈 말로 좆이제잉. 북양항로에서는 좆도 고렇그럼 재양시럽게 불른다고."

노임수가 재촉했다.

"서론이 길따, 본문부터 드가자꼬마."

통신장은 허엄ㅡ 헛기침을 내뱉고 나서 자분자분 읊었다.

"젤로 먼츰 헐 일은 이태리타월로 귀두버팀 싹싹 밀어붙이능겨. 이짓을 한 달쯤 계속혀사 써."

"오매야아ㅡ 이태리타월은 맨살만 문질러도 씨랍은데 그 연한 데로 우쩨 갈아붙이노?"

"노력 없는 성공 없구 댓가 없는 보람 읎는 벱이여. 잠자코 듣기나 혀… 그 한

달이 지나면 이단계루다 1호 뻬빠로 설설 가능겨. 이 짓을 보름쯤 혀.”

"몸가락이 무쇠가? 뻬빠로 갈아붙이다이!”

"그랑게 사전 이태리타월루다 정지작업헝거 안여? 1호 뻬빠사 벨 것 아니라고.”

"… 또 있나?”

"있다마다아— 차츰 호수를 늘여가는디 4호뻬빠까지 가능겨. 기간은 각기 보름씩…”

"4호뻬빠는 쇠도 간다!”

"누가 그렇고럼 웬수삼구 갈아붙히라구 혔남? 그적마다 참말 고상헌다 고상헌다 달래가민서 살 사알 갈아사제.”

"그카고 나서는?”

"이태리타월버텀 4호뻬빠까지 수료했다허면 몸꾸락이 거진 우덜 발바닥 맹끼로 되어… 거기서 끝나냐, 허면 고것이 아니여. 인자버텀 두들겨 패는 작업인디. 제일 츰엔 대아에다 참깨를 넣구 그 속에서 몸꾸락을 묻지.”

"몸가락 제사 지낸능갑다!”

"빙신같은 소리 허덜말구… 쫌만 났다허면 고냥 다듬이방맹이루다 자근자근 두둘겨패능겨.”

"그라모 인자 끝나나.”

"어림반푼두 읎지… 연한 것버텀 때글때글 헌 것 까지 모다 4단곈디 그랑게 츰엔 참깨, 두번째로는 녹두, 시번째는 콩, 네번째가 왕모래여잉. 마지막 네번째가 중요혀. 그 때사말고 왕모래 속에 묻은 몸꾸락을 웬수삼구 막 패능겨.”

"화이고오— 소름 돋는다아이가!… 그 다음에는?”

"쎈타부룩에다 걸어!”

"… 어어?”

"놀래기는?··· 트롤윈치루다 사정읗이 늘여대구 카고오윈치로 인정사정없이 감아대면, 그 씨잘 데 읗는 것 안 뽑히구 당해내남?"

"이런 시벌헐 작자! 아조 날로 쥑이자는 말 아이겠나."

"바로 그런 논설이지. 못 나도 잘 나도 다 조물주 선물인디 요녀려 노임수는 불철주야 몸꾸락 타령잉게! 아조 화근의 원흉을 그렇게해서 뽑아내자 요런 강의여, 어허음—"

노임수가 와락 통신장에게 달겨들었다.

"니 아조 죽어봐라 고마."

"아휴, 아휴 근지러! 아휴 근지러서 나 죽능게벼!"

둘이가 선실바닥을 뒹굴었을 때 성준은 자리에서 일어났다.

"보승한테 온 전보 주이소."

그제야 두 사람은 장난질을 멈췄다.

"자알 생각혔어. 그 쪽 와이당 들었다허면 그 당장 멀미끼가 가실꺼여"

통신장이 말했고

"요랄 때 드가서 낯 익히는 깁니더. 어장에 드가모 그놈아덜 귓쌈 후릴 일도 더러 있을낀데 생판 이름도 낯짝도 설타하모 곤란한기라.··· 드가서 어이 무르팍상! 너 와이당 좀 듣자, 요레보소."

노임수는 사뭇 진지하게 떠벌였다.

"··· 무르팍상?"

"가보모 압니더."

성준은 통신장실을 나왔다. 성준이 하급선원실에 들어섰을 때 그들은 아예 잠은 포기한 듯 싶었다. 덩이덩이 모여앉고 혹은 침대 모서리를 붙들고 선채로 핏발 선 눈들을 데룩거리고 있었다.

성준이 갑판장에게 전보를 건네주며

"보승, 기맥힌 전보 왔다 아이요. 마누라님께서 옥동자 뽑았다카이."

하자, 그들은 좀 전까지의 쑥스럽던 분위기를 금새 바꿨다. 더러 만세를 외쳐대는 선원도 있고 요란한 박수갈채를 보내기도 했다. 박수를 하노라 침대 모서리를 불식간에 놨던 선원 몇 명이 그 바람에 선실바닥으로 뒹굴었다.

성준은 갑판장 옆에 껴앉으며 노임수가 시켰던대로 짐짓 허세를 부려봤다.

"요 보레이, 무르팍상이 누고?"

성준의 말이 끝나기 무섭게 왁자한 웃음들이 터졌다. 갑판장이 성준의 귀바퀴에다 대고 바짝 소근댔다.

"무르팍상은 또 언제 아셨입니꺼?"

"육기통왕성님께서 가르쳐 줬제."

갑판장이 소리쳤다.

"어이 무르팍상, 퍼뜩 신고않고 머하노? 2항사님이 신고받겠다 안카나, 퍼뜩 요 오니라."

선실 모퉁이에 웅크리고 앉았던 건장한 선원이 어그적어그적 다가왔다. 나이는 성준보다 서너 살 위일 성싶었고, 가무잡잡한 얼굴에 유자만한 코를 세우곤 유독 반짝거리는 눈을 연신 세처니질 떠는 품이, 여색이라면 어지간히 전력났겠다 싶은 인상이었다.

"니가 무르팍상이가."

"마아 그렇게들 불러쌈니더."

"디게 크게 놀제에— 와 무르팍상이 됐나. 좋은 이름 놔두고."

"이름은 박공팔인데 와덜 고레 불러쌌는 지 지도 모르겠다 아입니꺼."

"보거로. 초면인사부터 새깽이 꽈대지 말고 신상명세 밝히라꼬."

"… 술도 없고… 기분이 별로 안나는데예."

생긴대로 말재주 또한 시원시원 했다.

"기기사 내가 무신 권한이 있겠노. 귀항때 까지는 전 선원 금주! 선장님 명령 아이가. 내 쐬주 한 병쯤 언제 날라주꾸마. 우선 자네 와이당부터 듣자꼬."

"와이당이랄끼 까지야 뭐 있겠입니꺼. 듣고나시모 싱겁다아잉교."

누군가가 '저 무르팍상 가오리 전담아잉교'하자 박공팔은

"어데예. 거 요상시럽다 아입니꺼. 가오리가 죽어도 똑 지 곁에서 죽데예!… 죽으면서 머시라 하드라?… 옳거로! 날로 살려도고 하던강."

넉살좋게 요변떨었다. 선원들이 따라 웃었다.

"알았어, 알았다꼬 고마… 이름 차뿌고 무르팍상 된 사연이나 듣자카이 그러네."

"… 몸가락 카는 말 아시는지 모르지예."

"이거 와 이레? 내 아무리 신참이라꼬 그거 하나 모르고 북양어선 탔겠나. 안다꼬, 그래 자네 몸가락이 우쨌다는 거야?"

갑판장이 한 마디 거들었다.

"말또 마소! 크다 크다케도 그런 대물이 또 있답디꺼."

박공팔이 '과찬이십니더!'하자 선원들이 웃음이 또 한 차례 질동이 깨지듯 요란했다.

"고레 신장이 을맨데 그래?"

"… 지는 갑판에서 소변도 몬 봅니다!"

"… 와?"

"갈매기가 고마 달려든다. 아입니꺼. 마아 맹태로 보고 채갈라꼬 그러능가 싶습니더."

성준은 참다못해 목젖이 아리도록 웃어버렸다.

"오매 무시라아— 우짠 괴물이 그렇단 말이고?"

"갑판사이드에다 걸으모 한 세 치 정도 남는가 싶습니더."

"… 가만있자아— 우리 배 갑판사이드가 을매더라?"

"본선 갑판사이드 넓이는 정확하게 20센티미터입니다."

"우아따아— 참말이가?"

"그래봐사 중닭 두 마리밖에 더 앉겠임니꺼!"

선원들은 '우리 공팔이가 사람 쥑인다 쥑여줘!' 해대며 욱시끌득시끌 제 세상 만난듯 끓어댔다. 질깃거리는 말 뽄새로 봐선 스스로 웃음 몇 가닥 곁들일 법도 하거니와 박공팔은 새털주름 한 자락 짓지 않고 말을 술수울 잘도 풀었다.

"그렇다 치고… 본론이 안 나왔다아이가. 와 무르팍상이 됐는지 말이야."

"… 무능한 공팔이도 사랑하는 여자가 있임더. 지식, 논리 앞세워가 하는 그런 사랑 앙이고 쾌감의 자리에서마다 환희의 진정한 육아가 돋는 제일 짐승같은 사랑 말입니더. 지성만 내세우는 사랑의 밀어는 죽음처럼 적막하고 논리만 앞세우며 속삭이는 밀어는 비인간적인 준엄만 고집하지 않겠임니꺼!"

"……?"

"와 질문을 중단하십니꺼?"

"아, 앙이야 앙이라꼬… 연설이 하도 기맥히가 잠깐 정신을 뺐제…"

"속칭 완월동 갈보인데, 지가 그 가스나캉 첫 번 사랑을 할 때였임더. 소등하고 나서 저는 동작하기 시작했임더. 북양 스웰같은 바운딩으로 말입니더… 그런데 고마 가스나가 시껍하능깁니더!… 아고야, 장난 고만 하입시더, 무르팍가 와 요랍니꺼? 하고 말입니더. 내, 와 요라노? 무르팍 앙이다, 참말 무르팍 앙이다, 해보이 무신 소용 있겠임니꺼 쥐불에 놀랜 도체비매꼬로 화닥닥 튕기더니 불로 키고 확인한 깁니더… 파악 디비지데예!…그러더니 헛소리로 하능깁니더… 아고야, 무르팍상! 내가 잘 못 봤임더카고… 이상이 박공팔 별호 취득 내력이라요."

성준은 웃음은 커녕 여릿거리는 몽환으로 정신이 아득했다. 갑판조 말졸이라는 그의 신분에 어울리지 않는 수준높은 언변 때문이었다.

그 때 선원실의 전화벨이 울렸다. 황급히 전화를 받던 갑판장이 성준에게 수화기를 건넸다.

윤병국이었다.

"국장실로 전화해보이 선원실에 무르팍상 와이당 들으러 드갔다꼬. 퍼뜩 올라오이라. 일이 한나 생겼다!"

찰칵 전화가 끊겼다. 성준은 일이 생겼다는 말에 내처 휠 하우스로 뛰었다.

윤병국은 다급했던 목소리와는 달리 1백마일 스쿠프 레이더에다 몸뚱이를 기대고 느긋하게 서 있었다.

"무르팍상 와이당 우짜드노?"

"… 지금까지 띠잉 합니더!"

"그놈아 우습게 볼끼 앙이다. 자알 살고 학력도 대학 3년 중퇴라카더라… 마아 무신 사연이 있어가 북양선 탔겠제만 그런 놈이 북양어선 선장되사 선원덜이 편할기다!… 문학청년이라카데… 낙천적이고, 느긋하고, 간살 안떨고, 아부할 줄도 모르고… 북양어선에 벨 놈덜 다 탔다. 이발사가 없나, 중학교선생 때리차뿐 놈이 없나, 농사꾼이 없나, 뱀장수가 없나, 광부 차뿔고 나온 놈이 없나… 설악 3호 처리장에는 박사 딴 사람도 있다카데!"

성준은 조금 전의 전화가 우선 궁금했다.

"일 생겼다 안했입니꺼. 무신 일인데 예?"

윤병국은 쩝 쩌업 쓴입맛을 다셔가며 물쩡하게 말했다.

"캡틴이 2항사로 보내라칸다!"

"선장실로예."

"거기밖에 더 있겠나. 선체가 씨이라이온(바다사자) 매꼬로 피칭하는데 갑판에서 라이프라인 잡고 만날끼가?"

"… 무신 일일꼬예."

"… 똑뿌가지게는 모르겠다만 무신 구두시험을 치룬다던강?"

"구두시험이 머꼬예?"

"내싸 알겠나… 짐작해 보이 그 전적시킬 트집이나 하나 잡아보자카고 무신 질문 좀 하겠제!"

"……"

"심난하고, 썽도 날끼고… 초사주제에 할 소리는 앙이다만 그때 고마 강풍대로 돌파했으모 지금쯤 파라무시루(Paramushir) 다 안 갔겠나!… 중심권 접근으로 항해가 에렵다케도 우현 선수 25도에서 35도로 풍량받고 히브 투(적절한 기관 사용으로 선체를 거의 그 위치에 머물도록 하는 방법)했으모 벨 탈 없었을 끼고, 설혹 자력으로 히브 투가 안된다 해도 시 앵커(해묘海錨)로 투하해서 라이 투(선수나 선미를 풍랑에 세워 선체를 정체시키는 방법)했으모 지금쯤 고사 지낼끼 앙이가.… 내 쪼매 답답한 바가 있다 이기다!"

성준은 윤병국의 여전한 쓴 입맛을 뒤로 하고 휠 하우스를 나왔다.

7

피항로에서 2
避航路 2

김중수 선장은 할짝할짝 빨아대고 있던 술병을 놨다. 죠니워커에다 수삼 두 뿌리를 골막하게 채운 술병을 흔들어보이면서 성준을 흘끔 눈에 담았다.

"쏙이 뒤집혔을 끼다… 우짤래? 한잔해볼 낀강?"

"어데예."

"술이라꼬 생각하모 안 된다. 멀미약인기라…"

김중수 선장은 꾸르르 소리가 나도록 다시 한 잔 들이키고 나서 금새 태도를 바꿨다.

"… 니 내 모를 끼다 카고 능청떨제만 내 다 안다! 쎗바닥 놀판 만났다 카고 디게 씨부랑댈 끼라."

"……?"

"와? 와 모른 체 하노?"

"우짠 말씀인지 감도 몬 잡는다 아입니꺼."

"구렝이셰끼!… 초사말따 초사! 지가 머 고레 왕성님이라꼬 쎗바닥 쥐나게 씨부랑댈 낀강… 와 피항이고, 고마 강풍대로 돌파해서 저심권에 드가모 될 낀데 피항은 무신 강셍이 보지가, 북양항로 전 위도가 왕복 항로에 걸치는데 우로 아래로 쪼까댕긴다고 배 안 뿌사진단 법 있나! 요레 내 씹어댔을 거로… 내

틀린 말했나?"

성준은 섬찟했다. 짐작으로 바르집는 말이 어쩌면 이렇게도 딱 들어맞는가 해서였다. 하지만 성준은 완강히 부인했다.

"기기 아입니더! 초사는 입술도 딸싹 않심더! 우짜든동 북양왕성님은 선장님이니까네 요랄 때일수록 선장님 말씀에 복종하라 했임더. 지가 틀린 말 했으모 셋빠닥을 삐지도 좋심더."

무르춤해서 성준을 살피고 있던 김중수 선장이 새그무레한 웃음을 물며 연신 싱글거렸다.

"하모 그레사제⋯ 지가 남양 불사조라 케도 북양에서야 내 쪼매 상수 아잉가 말따!"

김중수 선장은 자리에서 일어나 비치적비치적 볼트창께로 다가갔다. 한참 동안 그 모습을 지키던 김중수 선장이 돌아섰다.

"내 니로 와 불렀는지 알겠나?"

"모르겠임더."

"내 너거 아베한테 벨시런 욕바가지 다 묵고, 시상 나서 벨 연신시런 꼴 다 당하면서, 요레 니를 끌고나옹 기다⋯ 한다모오— 니도 나한테 무신 염치는 세워 줘봐사 할끼라⋯ 무신 말잉고 하이⋯ 너거 아베 쌍뿔 돈치가 날로 묵겄다 환장할 낀데 그랄 때 내도 할 말이 있어사 체면 설 끼라. 예를 들자모 말따, 니 아무리 고레봐사 내 성준이 몬 놔준다, 성준이 니 자석이제만 태창 302호 보배로와 쪼까네? 요레 내도 쌍뿔 돈치보자 이 말이라!"

"⋯ 평생동안 선장님 은혜로 잊지 않을 낍니더!"

김중수 선장은 내가 언제 그런 소리 듣자 했는가 하는 투로 엄발나서 손을 내저었다.

"… 고레 좋아하기는 억수 일따… 내 시방부터 니가 우짠 맴으로 뽀르르 따라나왔나 카는 문제로 풀어볼끼다. 날로 우숩게 보고, 어데 북양이 우짠 곳인지 한 번 놀다 갈 끼라 하는 쏙심으로 나왔다모 디게 착각이제… 내 묻는 말에 지대로만 대답 몬해 보거로. 어장 도착 즉시 니는 고마 전적이라… 대답만 이삐게 자알 해보제. 너거 아부지가 멱줄따고 내 죽는다 케도 니 안 놔줄 끼다!"

성준의 등으로 후줄근한 선땀이 돋았다. 초사 윤병국이 '뚝 뿌가지게는 모르겠다만 무신 구두시험을 치룬다던강'했던 말이 생각났기 때문이었다. 눈초리가 아려왔다. 열한의 갈망으로 목적 삼았던 북양— 그렇다쳐도 그 갈망의 품에 안기는 수모의 과정이 너무 혹독하다는 아픔. 이 애증의 정밀한 결정이 지금 눈초리 끝에 매달리는 눈물의 무게일 것이었다.

김중수 선장이 입을 열었다.

"시방 니 타고있는 어선은 우짠 배고?"

"태창 302호입니다."

"이런 쪽새 셋빠닥 좀 보거로!… 이 노무셰끼야 내 언제 배이름을 묻더노?… 어법상의 선종을 묻고 있능 기닷!"

"스테론 트로올러입니다."

"맞제, 우리말로 바꽈치모 바로 선미식 트롤어선(船尾式 trawl漁船) 아이겠나."

"기렀임더."

"그라모 싸이드 트로올은 머꼬?"

"현측식(舷側式) 트롤어선입니다."

"쪼매 안다 아이가… 하모오— 스테론 트로올러가 우쩨 생겼는지 그 대강 역사도 알겠네?"

"예에⋯ 스테론 트로올러의 시조는 '페어프리호'였임더."

"고레?⋯ 페어프리호가 선미식 트롤선 시조라꼬?⋯ 니 말대로 하모 정식으로 조선한 스테론 트롤러 제일 타자가 페어프리호인갑다! 엉?"

"⋯ 고레 안 되겠입니꺼⋯"

김중수 선장은 느닷없이 탁자를 내려쳤다. 그 바람에 술병이 떨어지면서 조각조각 깨졌다.

"이노무셰끼, 머시라?⋯ 니 남양 한 항차 겨우 묵은 놈이제? 아조 몰라뿐진다모 말또 안한다꼬. 니 북양 나온다꼬 주막강셍이 매꼬로 책 좀 본 모양인데 풍월을 고레 읊능기 앙이닷!"

"⋯⋯⋯"

"똑똑히 알아두거로⋯ 페어프리호가 스테론 트로올러 시조가 앙이야! 페어프리호는 이차대전 후에 영국 소해정을 스테론 트로올러로 개조해가 선미식 트롤어법을 시험해 본 일종의 시험선이고, 스테론 트로올러 최초의 정식 어선은 2천6백5톤에 홀스파워 1천9백짜리 '페어트라이호'라꼬!"

"⋯ 고레 죽음 무릅쓰고 요레 안 나왔겠입니꺼!⋯ 북양 배울라꼬 나온 지가 선장님매꼬로 우쩨 고레 박식할 수 있겠답니꺼!"

김중수 선장은 성준의 이 말에 꽤는 뜸지근해서 헛기침을 짜댔다. 담배 한 개비를 태워물고 내뱉는 말이 좀 전보다는 사뭇 엄절했다.

"누가 박식하고 누가 무식하고 카는 말 듣자능기 아이다. 니 태도가 틀려묵었다 요런 말이라.⋯ 내 배타기 전에 니보고 충고했을 끼라. 우짠 고생 다 감수하고 나가는 북양인데 머리 싸매고 북양공부 하거라 안했나 말따⋯ 그런데 니노무셰끼는 술집 순례하면서 억수 술로 퍼마시고, 못된 놈어셰끼딜캉 깐작깐작 어울려가 완월동 갈보 털시래기나 타작하고⋯"

"지는 갈보집 안 드갔입니더. 참말입니더!"

"시끄럽다카이!… 머를 믿고 니한테 윈치작업 맡기겠나? 어선기능이 좋다 하모 머할끼야?… 니는 시방 최고시설의 스테론 트로올러 사관이야! 스테론 트로올러의 장점을 싸이드 트롤 단점과 비교해보라고 한다모 단 한 가지도 대답 몬할끼다."

"어데예, 고것은 알고 있음더!"

김중수 선장은 설마 그러랴 하는 표정으로 반지빠르게 다짐하는 것이었다.

"좋고오— 내 약속하제! 선미식 트롤어법의 장점을 현측식 트롤어법과 비교해 보는데, 더도말고 일곱 가지만 맞찼다카모 너거 아베 무신 오세미지랄 떨어도 내 니 전적 안시킨다! 내 조상 걸고 맹세하꾸마!"

성준은 차근한 목소리로 읊어갔다.

"첫째는 투망(投網)과 양망(揚網)을 선미에서 실시함으로써 얻어지는 예망(曳網)의 효과입니다. 선미식 어법의 경우는 투망과 양망을 모두 선미에서 실시하므로 미리 예정된 예망침로(曳網針路)와 일치된 선상을 항주(航走)하면서 투망할 수 있습니다. 따라서 현측식 트롤어법처럼 투망과정과 예망과정을 따로 갈라가 생각할 필요가 없고 계획예망선을 처음부터 유지할 수 있으므로 계획적 예망을 실시할 수 있다는 점입니다.

둘째는 선미식의 경우, 투망시부터 배아 그물의 통과선이 일치하므로 수직어탐(垂直魚探)으로써 어군탐색을 먼저 해가, 어군의 밀집위치에 그물을 정확하게 인도할 수 있는, 이른바 저격적(狙擊的) 어법(漁法)의 실시가 가능합니더. 그러나 현측식은 예망침로가 투망완료 후 예인와프를 토오잉블록에 수납하고 나서야 설정되므로, 배와 기물이 통과하는 궤적(軌跡)이 일치되기까지는 어떤 거리가 필요하다 아입니꺼. 그러나 그동안 그물의 궤적은 이미 계획예망선을 벗어난다 이겁니더.

세째 선미식의 경우, 트롤와프 끝줄이 선미에서부터 양쪽 톱로울러 사이만큼 떨어져 있으니까네 오터보오드(전개판展開板)의 간격도 그만큼 커져서 소해면적(掃海面積)이 커진다는 사실입니더.

네째, 현측식은 투망·양망 시, 어구가 해저에 들어가는 것을 방지하기 위하여 반드시 풍랑을 투·양망 현에서 받아야 하므로 선박 안전상 대단히 불리합니더. 그러나 선미식은 항상 선미에 풍랑을 받음으로써 거의 안전하다는 것입니더.

다섯째는 시간절약의 문제입니더. 현측식은 투·양망 시 배가 반드시 선회해야 될 뿐만 아니라 메신저훅의 사용 등, 대단히 복잡한 과정을 거쳐야 하기 때문에 시간낭비가 크다, 선미식은 예정된 예망침로상에서 투·양망하므로 전혀 선회할 필요가 없고, 과정 또한 간단해서, 투·양망에 소요되는 시간을 절약할 수 있다는 점입니더.

여섯째, 어획물이 많을 때, 현측식은 코드엔드를 두세 번 갈라가 올리지 않으모 코드엔드의 파열로 데리크의 손상 등, 제반사고가 생기기 숩제만, 선미식에서는 슬립웨이 위를 미끄럽게 끄사올리가 단번에 양망할 수 있으므로 사고는 물론 시간과 노동력 또한 반감할 수 있겠입니더."

그때 김중수 선장이 '요보레이 성준아' 해놓고는 맘놓고 내뿜는 듯한 한숨을 서너 번 간거르는 것이었다. 건너다보는 눈빛에 사른사른 안도가 노는 품이 좀 전까지의 그 악지센 모습과는 판이 달랐다.

"내 무식타 보이, 슬립웨이가 무신 말인지 모르겠다 아이가. 슬립웨이가 머꼬? 오르막길이가 내리막길이가?"

"… 와 또 요라십니꺼…"

성준이가 김중수 선장의 비양질을 짐작 잡고 뒤통수를 긁적대자 김중수 선장은 그제야 얼뚱아기 달래는 투로 나직한 목소리를 깔았다.

"내 와 요레 말하는지 내 의도를 알아사 쓸끼다… 선박 내의 공구, 웬만한 기기, 또 기초적인 항해용어, 요레 자잘한 전문용어사 대가리에 문교부 든 놈이나, 똥물만 찬 놈이나, 배 몇항차 했다 하모 술 수울 읊제… 처리장놈덜, 일자무식 갑판조놈덜, 이놈아덜이 부산땅 밟기 무섭게 완월동 갈보 보듬고 디비져 봐라. 옷 벗어 부치기 전에는 '스텐바이一' 요레 호령하고 몸꾸락 꽂는다 하모 '렛꼬오一' 요레 안 읊겠나. 타륜 한번은 다 쥐아봤으니 가스나 선박삼고 조타 호령 하는데, 왼쪽으로 돌리눕히면서 '포오드'요, 오른쪽으로 궁글리면서 '스타보오드'요, 고마 그 자세가 젤로 좋다 싶으모 '이지 더 휠' 요레 안하나, 그 자세에서 한참 신이 난다카모 '스테디('침로 계속 유지')' 요레 하고… 귀두가 간질간질해서 고마 곧 단물 싸겠다 싶을 때 가스나가 좌우로 요분질 한답시고 기술 부리다가 몸꾸락이나 쏘옥 빠지게 해보제. '이놈어 가스나 시방 황천인데 대각도 변침은 와하노얏? 퍼뜩 미드 쉽('타를 중앙에')몬할 끼가?' 요레 불베락 친다 카더라… 슬립웨이 같은 용어도 경사로(傾斜路)라꼬 우리나라말로 해 버릇 해사 쓴다꼬."

성준은 목젖께에까지 치오르는 웃음을 참느라 진땀이 났다. 그 실쌈스럽던 김중수 선장의 입에서 거침없이 쏟아지는 상소리가 워낙 귀에 설던터라 '명심하겠임더!'해놓고는 이내 얼굴을 돌렸다.

"머시 고레 우숩노? 내 니캉 음담패설하자는 줄로 아나… 그놈아덜 앞에서 슬립웨이 자꼬 씨부랑대보제. 가스나 불두덩 사알 씨리면서 금새 요랄끼다. '니 그동안 다른 놈캉 억수 놀아났제? 먼차는 슬립웨이로 털시래기가 수북 하더니 을매나 비비댔으모 슬립웨이가 요레 뺀질뺀질 닳았겠노'… 어장사정, 어로여건은 시꺼면 후진인데 주두이들만 선진행세카능기 뱃놈덜이라… 그건 그렇고오— 아까 어데까지 읊었노?"

"여섯번째 읊다 말았임더."

"마자 읊어보거로."

"일곱째는 특히 북양어로에 해당 안 되겠나 싶은데, 즉 한냉해역(寒冷海域)에서나 황천이 심한 바다에서는 건현(乾舷)이 높지 않으모 갑판상의 결빙과 풍랑의 침입을 피할 수 없는데, 이런 여건에서는 선미식트롤어법이 아니면 애당초 작업이 불가할 정도라는 점입니다."

성준은 말을 마치고 나서 김중수 선장의 눈치를 살폈다. 그는 지그시 눈을 감고 있었다.

김중수 선장은 한참만에야 눈꺼풀을 열었다. 성준을 향해서 어치정거리던 그가 한아름 깊게 성준의 등을 싸안았다.

"우쩨 요레 이삐노?… 우리 이항사 와 요레 자알 생겼노?… 요레 똑똑한 뱃놈이 북양에 안 기나오모 누가 나올 끼라고 너거 아부지는 니 몬 잡어묵어 지랄뜨노 말따!"

김중수 선장은 성준의 명치께가 뻐근하게 저려오도록 몇번 힘을 주고 나서 팔아름을 풀었다. 그는 침대 위로 몸을 던지면서 말했다.

"니 방에 드가 눈 좀 붙이거라. 피칭 기세로 봐서 강풍도 고마 다 늙어간다 싶제. 날샌다 카모 곧 어장행 할 끼다."

성준은 선장실을 나왔다. 초사 윤병국의 방 도어가 활짝 열린채 몸살을 떨고 있었다. 호된 피칭 탓일 거였다.

성준은 도어를 닫으려다 말고 방안으로 들어섰다. 침대 위에서 이리저리 굴러대는 노트에 눈길이 멎는 순간 야릇한 호기심이 일었던 때문이었다.

그것은 항해일기 따위의 의무적인 실기라기보다 감정의 편상을 틈나는 대로 적어둔 잡기장 같은 것이었다. 갈피를 넘겨가던 성준은 무심코 한곳에서 눈길을 멈췄다. 유별난 제목 때문이었는데 그 제목은 〈마도로스 부기와 영시의 이별〉이란 것이었다.

성준은 읽어갔다.

〈국가중흥의 활로는 오직 해양개척이라고 떠들어대는 통에 비린 해풍만 맡아도 눈물이 솟는 젊음들이 바다 '해海'자 물 '수水'자 붙은 학교로 우당탕 퉁탕 몰린 적이 있었다. 아무렴 그렇지 그렇구 말구우— 가깝게는 반도 삼해요, 국토 겹두리에서 떴다 하면 온통 세계항로로 가닿는데 말씀이지, 하아— 요레 좋은 생각이 와 인자사 때를 만났을꼬, 하는 뜻으로 말이다.

나라에서 이쯤 뱃놈들을 존귀하게 대접하는데 이 기회 놓치면 언제 다시 사람구실 해보랴, 아니 이 호시절 놓치면 언제 보국(報國)할 것인가— 해양입국의 역군들은 나라말씀 믿고, 해운항만청 시책 어련할까 믿고, 그래서 두름으로 엮어 양산됐다. 나 윤병국도 같은 팔자—.

해외취업해서 외항선 사관 되겠다는 압도적 다수에 비하면 남양참치어선도 웬 떡이냐 했던 천부적(?) 뱃놈들은 열세였던 편.

그런데 별스런 부조화가 다 있었다. 해양입국의 역군임을 자처하고 두름으로 양산된 우리들은 갈 곳도 탈 배도 없었다. 이유는 간단했다. 무더기로 길러낸 해양입국의 역군들에 비해 그들을 수용할 국적선(반도 3해의 천혜조건을 구비한 우리 대한민국의 국적선 말이다)은 터무니없이 적었기 때문이었다.

국가중흥의 활로는 오로지 해양개척이니라, 하며 나팔소리 홍에홍에 북장단 두둥덩 쳐댔던 정부는 속수무책— 해외취업은커녕 수많은 해양역군들이 엽차잔 할짝대는 다방 비품 꼴이요, 술자리 물색해서 눈치주(酒)·눈물주(酒) 겨우 언어 마시는 떼거지꼴 아니었던가.

그런데, 아 그런데 말이다. 정말이지 기적처럼 해외취업의 길이 열렸단 말이다. 희한해도 이처럼 희한한 해외취업사는 세계만방에 없을 것이니 그 이유가 이렇다. 즉, 정부가 주도해서 열은 해외취업의 문이 아니고 수지타산에 밝은 몇몇 해양인에 의해 대한민국의 선원 해외취업사가 시작되는 것이다.

얄구져라 벨 꼬라지 다 보제. 우짜든동 해외취업사의 개벽이나 적고 보능기라.

대한민국의 해양역군들이 장마철 황새기처럼 두름째로 푸욱 썪고 있을 즈음, 이때 해운업자 왕(王) 모씨는 귀가 솔깃한 소문을 접한다. 이 소문은 대만과 일본에서 바다를 건너온 것이었다. 어떤 소문인고 하니, 대만과 일본에서는 오래전부터 미국의 큰 배를 빌어와 대리점을 차리고 그 배에 자기나라 선원들을 태워 재미를 본다는 것이요, 또 자기나라 선원들의 임금을 선진해양국 선원보다 낮춰 외국적선(外國籍船)에 취업을 알선하여 외화를 톡톡히 벌어들이고 있다는 것이었다. 왕씨를 비롯한 몇몇 사람이 부랴부랴 일본으로 건너간다. 외국 선주들과 만나 대한민국 선원들의 우수성을 선전해서 저임금 덤핑으로 유혹하기 위해서였다.

왕씨는 드디어 일본 협성기전회사와 대리점관계를 체결, 파나마 국적의 홍콩편 취득선 '용화호(龍華號·2천 4백톤)'에 우리 선원들을 승선시키기로 합의계약하는 데 성공한다. 해양대학 항해과장 김기현씨를 선장으로 모두 28명의 선원그룹을 조직, 계약임금은 선장 2백 5달러, 기관장 2백 달러, 통신장 1백40달러, 최하급선원이 40 달러로 우리나라 국적선의 선원임금보다 무려 5배에 이른 것이었다. 이들이 부산항을 출항한 때가 64년 2월 14일— 우리나라 선원들이 단체로 해외취업에 나서는 최초의 역사적인 날이었다. 1년계약 조건으로 승선했으나 얼마 안 있어 환율이 갑절로 오르는 바람에 실제로는 엄청난 임금을 받은 셈이 됐으니, 왕씨는 사활의 기로에 선 대한민국 해운을 해외로 진출시킨 국가적 영웅 아니던가.

왕씨의 쾌거(?)— 그 밑거름 억수 좋았제. 우리나라 선원들의 단체 해외취업은 드디어 개별취업(個別就業)의 길을 열게 된다. 엄연히 정부기관의 '海'자 '水'자 돌림의 관(官)이 있을 것이로되 이곳들은 쏘옥 빠진, 이른바 대한민국 선원의 '개별해외취업' 역사는 이솝의 우화보다 더 재미있고, 너무너무 재미있어 눈물이 나게 돼 있다.

서울해운회사가 중국에서 빌어온 '유니온스타호(4천톤)'에 사관으로 타고있던 박순석(朴順錫)씨는 어느날 중국인 감독선장 진후배(陳厚培)와 한담을 나누게 된다. 이 자리에서 진 선장이 묻는다. 한국선원들은 성실하고 기능 또한 훌륭한데 왜 이렇게도 실직자들이 많은가 하는 물음이었다. 박씨는 우리나라 해운계의 나이가 너무 어린 탓으로 해외정보에 우선 어둡고, 또 선원출국에 따른 여권발급과정이 까다로와 그렇다고 대답한다.

진 선장은 뭐가 잘못돼도 단단히 잘못된 대한민국의 해운정책을 신랄하게 비난하고 나서, 같은 회사의 동경지사장 오검금(吳劍琴)에게 박씨를 소개한다. 오 지사장은 박씨 앞에서 대만에는 우수한 통신사가 없어 걱정이라고 한탄한다. 박씨는 우리나라 통신사의 취업을 대한민국을 대표해서 애걸하게 된다. 오 지사장의 대답은 뜻밖에도 오케이였다. 박씨는 '한국선박통신사협회'에서 물컹물컹 썩고 있던 천종욱(千鍾旭)씨를 오 지사장에게 추천하게 되고, 천씨는 일사천리로 승선계약을 맺게 된다. 그것도 월 2백 18달러라는 좋은 대우로 말이다.

천씨는 뉴욕으로 날아가 미국적선(美國籍船) '오스웨고보야져호(1만 5천톤)'를 타게 된다. 이때가 64년 2월 22일. 그러니까 우리 선원들의 단체해외취업이 이뤄진 날로부터 꼭 8일 뒤의 경사요, 천씨는 개별적으로 해외취업의 대망을 이룩한 '해기사 해외취업(海技士 海外就業)' 제1호였던 것이다.

오매야아— 우리 왕 선생, 박순석씨, 요레 두 분 아니었으모 대한민국의 해양 입국은 우짤뻔 했노!

다방에서, 술집에서, 신세타령만 하고 있던 대한민국 해기사·선원들… '내 언제 영광굴비두름 되자 했던강? 백조기두름도 싸게 팔리모 장땡아잉가베!'하며 그제야 덤핑 취업 창구에 낯짝이라도 비춰보게 됐다는, 이런 슬픈 이야기 올시다. 하기사아— 말이 덤핑이었지 대한민국 국적선 임금보다는 줄잡아 서너 곱 높은 수입, 그것도 명색이 외화획득의 기수인데 보국충정 한번 쫀쫀하게 했었지. 그렇게 서럽게시리 해외취업한 마도로스상들, 64년도 그해에 당장 75만6천달러를 벌어다가 대한민국의 국용(國用)을 살찌워줬다 이거다.

그 굴비두름에서 남양 독항선으로 빠져달아났던 나 윤병국은 북양의 막장에까지 흘러왔다. 나는 축축한 배호의 〈0시의 이별〉을 귀로 들으며, 입으로는 〈마도로스 부기〉를 부른다.

북양은 배호의 목소리요, 부산은 마도로스 부기의 노래가락이어야 한다.

화이트캡, 눈이 부신 금줄소매의 마도로스 동포들! 〈마도로스 부기〉의 환영연주가 없는 곳에 상륙하지 말게나.

내사 북양 억시게 파묵으모 안 되겠나? 그런데 말따, 미국·소련·캐나다·일본 놈덜 북양 파묵능기 심상치 않타꼬. 걱정이 되능기라! 그때의 자네덜매꼬로 내 언젠가는 북양에서 쪼까날 날이 안 있겠나 싶응기다. 국가중흥은 오로지 해양 개척에서 카고 홍에야홍에야 나팔 불어대는 대한민국도 무신 방편을 미리 세워놓고 봐사 할 낀데, 내 그 쪽을 우쩨 알겠노? 또 운다, 또 울어. 배호가 영시에 이별 할끼라꼬 저래 안 우나…〉

성준은 윤병국의 잡기장을 덮었다. 윤병국의 들떼놓고 하는 소리가 이내 울음이 돼왔다.

성준이 막 계단을 타내려 욕탕 앞에 이르렀을 때, 쾅 하는 소리와 함께 알몸뚱이 하나가 성준의 발치 앞으로 나뒹굴었다. 통신장이었다.

"시껍했다 아입니꺼! 와 요레 된 깁니꺼?"

통신장은 겨우 몸뚱이를 가누면서 말했다.

"오죽 폭폭했으면 해수탕에 입수혀서나 땀을 뺐겠여잉… 운반선이란 것을 붙일라면 최소한 작업개시 열흘쯤 뒤에 또뜬또 쓰쓰쓰으— 혀사 도리인디 태창 302호에는 어장도착 전에 운반선이 붙었어! 첫 투망하자마자 그물 뜨는 대로 1만8천팬 전적혀사 쓸것인디, 아 요런 황천에 무슨 용기로 캡틴헌티 보고허겠냐 요것이여. 괴민괴민 끝에 해수탕에서 땀 먼츰 빼고 볼 작심이었당게! 그래사 용기도 솟을 것 같구… 그런디 급살맞을 피칭 한 방에 해수탕에서 떠나 요꼴 되야뿐징겨. 아휴— 창피해서나 워쩐댜!"

통신장은 다시 해수탕 속으로 모습을 감췄다.

성준은 제 선실에 들어서자마자 침대 위로 쓰러지듯 누워버렸다. 도대체 북양어업이 어떤 것이기에 이렇듯 사연도 많더냐 하는 어질머리였던 것이었다. 윤병국의 북양은 그의 잡기장에서 대강 읽었다. 그렇다면 어로작업 실상으로써의 북양은 어떤 것이란 말인가— 하는 생각이 들었을 때, 성준은 새까맣게 손때 묻은 노트를 다시 집어 들어야 했다. 북양시험 조업에 대비해서 형 유성우가 서툴게 기록해놨던, 그 영원한 마지막을 장식한 유품이었다.

성우형의 북양은 이렇게 북양어업을 열어가면서 시작된다.

〈북양명태어업에 대한 몇가지 고찰.

① 북양명태의 지리적 분포.

북양의 대표적 어족의 하나인 명태의 분포구역은 북태평양의 동서(東西) 및 북(北)에 걸쳐 대단히 넓고, 아시아 쪽에서도 남쪽으로는 우리나라의 동해 중부 이북, 태평양 쪽에서는 일본 궁성현(宮城縣) 이북 오호츠크베링해의 전대륙붕(全大陸棚)에서, 다시 북미(北美) 쪽에서는 알래스카만 이남, 캘리포니아 중부(中部) 가까운 대륙붕과 그 사면수역(斜面水域)에 연속적으로 분포하고 있다.

② 베링해에 있어서의 분포와 회유(洄游).

명태는 오호츠크해 북부나 베링해 등의 북방해역에서는 동심하천(冬深夏淺) 이동, 즉 겨울철에는 0℃ 이하가 되는 대륙붕천해(大陸棚淺海)를 피하여 수온이 높은 깊은 곳으로 이동하고 여름철에는 적수온대(適水溫帶)가 되는 얕은 바다로 이동한다. 그러나 우리나라 근해와 같은 남방해역에서는 겨울철에 적수온(適水溫)과 산란행동을 같이 하여 연안의 얕은 해역으로 이동하고 여름철에는 고온(高溫)이 되는 천해(淺海)를 떠나 수온이 낮은 대륙붕사면수역(大陸棚斜面水域)으로 이동하는 이른바 동천하심(冬淺夏深) 이동을 한다.

베링해 동남해역의 명태는 계절적 회유를 하고 있는 것 같으며, 겨울 2월과 3월에 걸쳐 프리비러프(Pribilof)군도 이남에 있던 어장이 그후 봄과 여름철에 걸쳐 차츰 북쪽에 어장형성이 되는데, 여름철에는 북위 57도에서 60도선 사이의 센트 메튜(Saint Matthew)島 남서쪽 일대가 농밀어장(濃密漁場)이 되는 바, 이 경월변화(經月變化)는 어군의 북상이동을 시사하고 있는 것 같다.

64년도 '마에다(南田) 보고조사'에 의하면 초봄의 명태분포는 3백미터 선에서 70미터까지의 수심에 걸치고 심해로부터 천해로 이동하고 있었으며, 해역별로는 우니매크(우니막Unimak)島 북쪽과 센트 파울(세인트폴Saint Paul)島

서쪽에 농군(濃群)을 형성한다. 이 두 해역에 있어서의 농군형성의 원인은 이 해역이 수온과 프랑크톤 분포가 산란군(産卵群)에게도 색이군(索餌群)에게도 공통으로 알맞는 해역이기 때문이다.

즉 4월경 이 해역에 나타나는 명태어군은 Fork-Length(미차체장尾叉體長)의 최빈수(最頻數)가 52~54cm인 고년급군(高年級群)과 40~44cm인 약년급군(若年級群)이 있는데, 고년급군은 정란(精卵)이 모두 완숙하며 위내용물(胃內容物)도 양이 적어 산란군임을 알 수 있고 약년급군은 아직 생식소의 발육이 부진하여 색이군임을 알 수 있는 것이다.

명태의 알은 부유란이기 때문에 표층(表層)과 저층(底層)의 온도차가 적고 더불어 비교적 고온해역(高溫海域)일 것을 요하는데 우니매크 북부해역은 알래스카해류의 영향을 많이 받아 겨울철에도 표면수온이 4℃ 정도로 고온이며 해저수온도 비교적 높음으로 산란장으로서 적합한 한편, 색이군에 대해서는 이 해역이 명태어군의 주요 먹이인 유파우시아(Euphausia)의 대군이 일찍부터 나타나기 때문이다.

또 센트 파울도(島) 서부는 해황적(海況的)으로는 우니매크도(島) 북부처럼 고온은 아니나 서부해역으로서는 비교적 고온인 장소이고 먹이도 소형새우가 많기 때문에 색이군에게 있어서는 알맞는 해역이기 때문이다.

③ 북양명태의 생태.

베링해 명태의 생태에 관해서는 아직까지 불명확한 점이 많다. 대체로 명태의 산란기는 위도(緯度)에 따라 차이가 있고, 따라서 남쪽일수록 빠르고 북쪽일수록 늦다.

그러나 베링해에서의 산란생태는 정확한 조사가 이뤄지지 않고 있다.

생물학적 최소형(最小型)에 관하여도 우리나라 동해에서는 두살짜리(체장

25cm 이하)의 경우 암수가 모두 생식소가 미숙하며, 세살짜리(체장 30cm 전후)는 암놈의 극히 일부가 산란을 하나 대부분이 아직 미숙이고, 네살박이 (체장 36cm 이상)는 예외없이 산란한다고 한다. 그러나 베링해의 명태에 대하여는 아직 미상인 것이다.

명태의 생장(生長)도 지역에 따라 상당히 다르며 특히 고령어(高齡魚) 일수록 심하다고 한다.

또한 명태는 비교적 단명한 어종으로 열살 거의 차가는 고령어는 매우 드물다. 동해에서 어획되는 주군(主群)은 5~6년생, 일본의 태평양 쪽에서 포획되는 주군은 6~7년생, 베링해의 명태는 40~50cm 짜리가 주군인점으로 미루어 5~7 년생이 아닌가 막연히 가정할 뿐이다.〉

성준은 형의 유품을 덮고 눈을 감았다. 혼몽의 바다가 살아온다. 온 해상은 백파로 광란하고 초속 30미터의 전강풍(全强風)이 고막을 찢는다. 10미터의 파고가 사마(死魔)의 허연 이빨을 세우며 덮쳐왔다. 67년도 해난사고 때의 그 바다 위를 성우형이 태연히 날고 있다. 형은 금새 갈매기였다. 강인한 북양 갈매기가 핏멍울 솟도록 울어대는가 싶더니 희부연 잿빛 수평선 속으로 사라진다.

성준은 기어코 울음을 터뜨렸다.

그때 전화벨이 숨가쁘게 울었다. 성준은 수화기를 든 채 멍청히 굳었다.

"이항사가?"

"……"

"이봐 이항사, 내다 초사다."

"… 듣고 있음더…"

"와 그래?… 니 우나? 우능갑제?"

"… 아입니더…"

"벨 못난 놈 또 보게."

윤병국이 전화를 끊었다. 성준은 침대 위로 다시 엎어졌다.

도어가 열리면서 윤병국의 모습이 나타났다. 윤병국은 '이항사 와 요레 심이 빠졌노. 마아 캡틴한테 좀 당한 모양인데, 기기 무신 섫다꼬 찔찔 청승을 떠는 강? 고마 차삐리라!'하면서 성준의 턱을 치켜올렸다.

성준은 윤병국의 깡마른 허벅지에다 얼굴을 묻고말았다.

윤병국의 손이 성준의 손아귀에 쥐어진 형의 기록을 조심스레 뽑아내고 있었다.

"… 이기 머꼬?… 67년 해난사고 때 몰한 형의 유품인강?…"

성준은 아슴아슴 꺼져드는 먼 먼 환청을 듣는다. 황천의 피항로를 싸덮는 밤이 그 바다를 풍만한 관능으로 달래는 소리였다. 어쩌면, 분노의 역사가 추억의 숙련된 울음일 수는 없다는 냉엄한 밀어인지도 모른다.

8

어장
漁場

　형의 마지막 〈북양 학습서〉 그리고 윤병국의 〈마도로스 부기와 0시의 이별〉을 접했던 탓일 거였다. 형의 웅혼한 젊음과 그 처절한 몸부림, 매사가 천연덕스럽기만 해서 답답할 정도의 인내심만 더넘차다 싶던 윤병국의 의외로 서슬처럼 예민한 자의식— 이런 것들이 감내키 어려운 고통을 줬던가 봤다. '우루뿌(Urup)'도(島)까지 흘러내리는 피항로에서 든 잠이 꽤는 깊었던 모양이었다.

　스피커를 울려대는 쇳소리의 그 꾕연한 소음에 청각이 열렸을 때에야 성준은 잠에서 깨어났다. 실내스피커는 김상희의 〈대머리총각〉을 신나게 뿜어대고 있었다. 김중수 선장의 카랑거리는 목소리며 우당탕 퉁탕 울리는 둔팍한 작업음이 예사스럽지 않다 생각했을 때였다. 전화벨이 울렸다.

　"… 2항사입니더."

　"아고야아— 요랄 때 아니모 은제 존칭 받아볼끼고… 내다."

　3항사 최윤복이었다.

　"니 어데고?"

　"어데는 어데야 브릿지제."

　"브릿지? 브릿지는 와? 야간근무했으모 시방 디비져 잘 시간 아닝가베."

　"알기는 잘또 알제. 이치사 고레야 옳거로… 니 잠이 깊거로 내 밤부터 시방까지 니 대신 근무 안하나. 나 시방 싸롱에 드갈 참이다. 니도 퍼뜩 인나 조반 묵거라."

"… 그랬나?… 니사 친구 위해가 고상한다 치고 초사는 날로 못 묵어 셋빠닥 억수 놀렸겠네."

"무신 소리로 고레… 초사님 없으이 하는 소린데, 날로 위로해줄라 말고 초사님한테나 큰절 올리그라. 북양어선 어떤 초사가 고레 2항사 생각해주겠노야!… 내 2항사 깨워사지예 했더니, 치아라고마! 쏙이고 정신이고 고마 지 것도 아닐낀데 더 자게 놔삐리라. 내가 대신 시간 좀 쫙이모 안 되겠나, 하시더라."

"… 죄송해가 우짜면 좋노…"

성준은 수화기를 놓고 부리나케 방을 나갔다. 사관식당에는 선장을 비롯해서 기관장, 통신장, 초사가 한곳에 모여앉아 식사를 하고 있었다.

김중수 선장이 성준을 흘끔 살피면서 달곰쓸쓸하게 비양거렸다.

"좌우당간에 태창 302 왕성님은 2항사라까네… 북위 46도부터 디비져가 48도선 다 넘을 때까지 퍼자는 사관이 다 있으이… 요참 항차 참말 요상체. 독도 앞바다에서부터 쎄려 맞더니 어장에 드갈 때까지 황천이라.… 몬 탈 사람이 타서 부정 탄긴강? 헤엠—."

김중수 선장의 말이 좀 지나치다 싶었던지 윤병국이 끼어들었다.

"황천은 인자 다 갔다 아입니꺼. 밤에는 어장에 안 드가겠입니꺼."

"참 내 디게 답답하구마. 누가 그 소리 하는 건강? 보망작업 한 번 지대로 해봤나 요 말이라. 어장이 눈앞인데 사관이란 자가 지 근무도 모르고 디비져 자고하이 선원노무셰끼덜 정신이 그체! 고사도 지내기 전에 사관욕실 담수탕에 드가 먹깜은 셰끼가 있었다 들었는데 누고?"

"… 금시초문인데…"

윤병국이 무무해서 중얼거리자 김중수 선장이 주방 안을 향해 소리쳤다.

"싸롱, 니 사관욕탕에 드가 담수로 목욕한 선원노무셰끼가 누구라꼬 했노?"

"… 처리장 이건민씨라켔임더…"

주방의 심부름꾼 격인 싸롱이 뒷통수를 긁적대며 대답했다. 김중수 선장은 다시 윤병국에게 쏘아댔다.

"보거로. 이래도 캡틴 성깔 더럽다고 숭만 잡을낀강?… 누구는 악마구리 피로 볼라내가 생겨서 요레 하는 줄로 아요? 초사가 그런 군기 몬 잡아주모 누가 잡아줄낀가!… 쇄빙 작업 끝나모 곧 보망작업 다시 시키거로. 트롤와프, 샤클, 철저히 점검하라카소. 운수 더럽으모 통걸이 몬하란 법 없을 테니까네."

김중수 선장이 이번에는 통신장 쪽으로 화살을 돌렸다.

"국장, 운반선 우짜고 하는 소리는 또 먼교?"

"… 그렇잖어두 보고를 올리사 헐지 말으사 헐지 괴민괴민 혔읍쥬."

"벨시런 고민도 다 한다 아이요. 그런 보고는 퍼뜩해사제 맹태 1만8천팬은 국장이 더 잡을끼요, 전적작업도 국장이 해낼끼요?"

"… 죄송헙니다."

"아니 무신 일로 고레 하노말따. 운반선 붙이겠다모 몇망 뜨고 나서나 할끼제 고사도 지내기 전에 무신 염치로… 은제 받었입디꺼?"

"… 고것이 정식 전보는 아닙니다유."

"머시라?"

"회사에서 친 것이 아니구 동성 3호에서 받었쥬."

"동성 3호?… 그 배 우리 배보다 사흘 뒤에 출항한 배 아이요. 지놈덜이 머를 안다꼬."

"동성 3호 국장이 지헌티 안부겸사 눌러댔는디, 필시 우리 배에 운반선이 붙을 거라구 그러능규."

　김중수 선장은 버럭 악을 썼다.

"그란데 요참 항차 와 요레? 사관들 할 짓이 고레 없어가 씨잘데없는 소리나 씨불대고… 회사에서 친 것도 아인데 와 삐지고 무치고 해쌌오?"

　김중수 선장은 자리를 차고 벌떡 일어섰다. 그때 꽝꽝 번거하게 울리던 굉음이 멈췄다.

"이노무셰끼덜, 그새로 못 참아가 담배나 뽀옥뽀옥 빨겠제!"

　김중수 선장이 말을 마치기 무섭게 사관식당을 나갔다.

　윤병국이 입을 열었다.

"캡틴 썽 돈치게도 됐제. 국장도 그라제, 동성 3호 말로 듣고 댓빵에 보고고 잣이고 와 성질이 고레 급하요?"

"… 글씨말여. 인자 생각항게 쬐끔은 경솔혔다 싶은디… 허제만 택도 읎는 소리는 아닐꺼여. 우덜보다 사흘이나 뒤에 떴응게로 믄 감을 잡어두 잡긴 혔지… 아 회사으서 원제는 뱃놈사정 꼬뱅이꼬뱅이 살펴줬남? 배 떴다 허면 그 당장 인정사정 가르구서 즈덜 수지타산 주판알 놓는 것이 회사 양심 아닝게벼."

"그것이사 누가 몰라… 하제만 오늘사 말고 쪼매 요상시런 날로 받응기라!"

"… 날을 받다니?"

"캡틴이 썽 돈치게도 됐다꼬, 오늘이 캡틴 귀빠진 날 아잉가베! 생신인사로 올려도 몬자랄 텐데, 이건민 이놈 사관욕탕에 드가 담수 멱깜았다 소리 들었제, 2항사는 해필 고때사 말고 반송장매꼬로 디비졌제, 운반선 붙는다는 소문 접했제… 보거로 주방자앙—."

　윤병국은 주방을 향해 예의 까랑대는 목소리를 높였다. 주방장이 고개를 내밀었다.

"아침은 벌써 지나뿐짔고오… 점심상 신경 써가 채려라잉. 거 머시라, 니 일품요리 안 있나. 돈까스말따."

"와예? 돈까스는 한 망 뜨고나서 별식할라 켔는데예."

"시끄럽다! 니 북양선 주방장 와 하노? 황천에다 피항에다 사관덜이 고마 지정신 아니라케도 니사 말고 캡틴 생일은 외우고 있어사 쓸끼 아잉가?"

주방장은 그제야 설사 재린 병추꼴이었다.

"아고야 우짜먼 좋답니꺼! 고마 셰까맣게 잊어삐랐다 아입니꺼… 우짜먼 좋답니꺼 이거어—."

"그 긇은 놈매꼬로 우짜노 우짜노 해봐사 다 지나간 기다. 그카고 싸롱, 니요 와봐라."

아까부터 비루 먹은 강아지 꼴로 주밋주밋 주눅들던 싸롱이 화닥닥 뛰어나왔다. 윤병국은 다짜고짜 싸롱의 뺨을 쳐대고 나서 호령했다.

"이노무셰끼! 선원이 사관욕실에 드가 담수욕을 했다모 보자마자 내한테 보고해사 옳체 와 선장한테는 뽀르르 기어가 일러바치노얏! 야단베락 맞는 사람은 내밖에 더 있노말따!"

"죽을 죄로 졌임더!"

싸롱은 두 가랑이를 벌벌 떨며 울먹거렸다.

"이노무셰끼가 인자 열다섯살에 완월동 임질로 옮았나, 와 좃대가리에 청광수 볼르고 씹한 놈매꼬로 가랭이는 요레 벌리가 발발바알 떠노르… 퍼뜩 선원실에 드가 건민이란 놈 이리로 끄사내라!"

싸롱이 나가자 윤병국이 성준에게 말했다.

"내 그노무셰끼 버릇 고쳐줘사 할끼다만 요참에는 2항사가 좀 단단히 해둬라. 말로만 하지 말고 몇대 줘박아사 쓸끼다. 줘박는다꼬 사람이 미워가 그러능기 아이다.… 그래저래 뱃놈 정분 맺는기다."

한동안 시무룩해 있던 기관장이 입을 열었다.

"초사 말씀이 맞심더. 맹태배 선원도 옛날말이제 요새 북양선 선원덜은 나사가 많이 풀렸다꼬. 그때만 해도 보합제였으이 지 부지런 안 떨모 지 괴기 우쩨 챙기겠노말따. 고레노이 아파도 누워있기를 하나, 자부랍다꼬 잠을 지대로 자나, 억수 몸살나게 일로 했제.… 하제만 시방 사정은 화악 바뀠다 이기라. 요새 도입선이나 우리 배 같은 신조선은 모다 월급제 아잉가베. 쎄빠지게 일해봐사 약정된 월급 챙기모 고만이니 고마 짬만 생기다카모 눈치로 보고 엄살로 떨고 쥑이라 일손 놀라꼬 애쓴다 아이가."

그때 3항사 최윤복이 들어왔다.

"초사님, 트롤네트 샤크 퍼뜩 살피고 와프 접속부분에 하자가 없능가 와이어 드럼도 철저점검하랍니더. 선장님이 말씀하는데 요번 항차 초장운세가 통걸이 한 번 당할까 싶다 안캅니꺼."

"… 통걸이가 고레 흔하모 북양선 모다 거지됐게?… 분부사 실행 하겠다만."

통걸이란 트롤네트를 통째 잃어버리는 망실(網失)을 이름이었다. 윤병국이 쓴 입맛을 다셔댔다.

스피커에서 김중수 선장의 노한 음성이 연달아 울렸다.

"저노무셰끼 보거로. 마스트 절반도 못 올라가 뽀르르 기내려온다 아이가. 이 노무셰끼야 퍼뜩 올라가 얼음 안 깰기가?… 저, 저노무셰끼! 함마로 데리끼만 토닥토닥하모 머할끼야? 와프가 전부 얼음을 뒤집어썼는데!… 무르팍상 요셰끼! 목제함마가 고레 무겁나? 고마 그 좋은 몸꾸락으로 치대랏! 꾀로 부려보제. 그노무 실한 몸꾸락 고마 쎈타브로크에다 걸으가 엿가락매꼬로 못 늘이나!… 이노무셰끼덜아 갑판이 냉동창이가 냉동고가? 얼음들 퍼뜩 바다에다 몬 퍼넣고 와 쌓아두노? 아앙?"

김중수 선장의 목소리가 잠시 죽자 쇄빙용(碎氷用) 목제 해며 소리가 다시 독장치기 시작했다.

"썽이 돋쳐도 보통 돋친기 앙이라. 나는 고마 올라갈끼다. 2항사도 퍼뜩 묵고 올라오이라."

윤병국이 식당을 나갔다.

성준은 가자미와 미역을 섞어 끓인 국물을 몇번 할짝대다가 숟갈을 놓고 말았다. 최윤복에게 물었다.

"지금 본선 위치가 어데고?"

"송륜도(松輪島Matua섬) 다 와갑니더."

"… 시무시루(Simushir)도(島) 근방까지만 해도 깨어 있었는데 깜빡 비몽사몽 했능갑다. 어장은 한참 더 드가나?"

기관장이 성준의 물음을 날름 받았다.

"49도선은 넘어사 어장입니더.… 옛날 같으먼사 48도선에서도 투망하기 바쁘게 맹태가 들이백혔다 아입니꺼. 그때는 맹태가 물이고 물이 맹태 아니었던 가베. 그런데 지금은 파라무시루(Paramushir)에서 51도선 캄챠카까지 파고 들어야 안하요. 억수 괴기가 준기제."

그때 식당문을 조심스럽게 열며 이건민이가 들어섰다.

"부르셨읍니까."

이건민은 조금도 두려움이 없는 기색이었다.

성준은 막상 말문이 막혔다. '불렀으이 자네가 안 왔나'하며 문치적거리는데 기관장과 통신장이 연신 헛기침을 짜대는 것이었다. 그 소리들은 윤병국의 말대로 한바탕 본때를 뵈주라는 재촉이기도 했다.

성준은 '사람이 미워 쥐박능기 앙이다. 그래저래 뱃놈 정분 맺능기다' 했던 윤병국의 말이 귓바퀴로 살아왔다. 별안간 목소리를 높였다.

"니 사관욕실 담수탕에 드가 땟물 베끼고 꽝냈다꼬? 맞제?"

"… 그렇게 된 것 같습니다."

"머라꼬? 그렇게 된 것 같다꼬? 니 어데서 배와묵은 버릇을 요레 하노?"

"불식간의 실수였지 의도적인 것은 아니었읍니다."

"이놈아야, 니 대학물로 묵다 왔다꼬 말재주 피샀는데, 그 유식한 눈깔은 어데 쓸라꼬 선원욕실하고 사관욕실을 구별도 몬해?"

"막 잠에서 깨어난 탓으로 혼동했읍니다."

성준의 다그침이나 이건민의 또박또박 해대는 말대답이 여간 답답했던 모양이었다. 기관장이 거들고 나섰다.

"저노무셰끼 입방애 찧는 것 보거로. 니 고레 뻣뻣하게 살자모 와 북양선은 탔노? 첫 항차 뜬 2항사라꼬 디게 우습게 보는데 그라모 내 좀 물어보꾸마… 다른 말 다 차뿌고, 우선 니가 선원욕실 마다카고 사관욕실에 드간 죄만으로도 빼간지 뿌사져야 한다꼬. 그란데말따, 그것도 몬자랍다카고 담수탕에 드가 히타로 올리가 온탕했다?… 이노무셰끼야! 해수탕은 와 있노? 온탕을 하고 싶으모 해수탕 뜨시게 뎁히가 할끼제 거기가 어딘데 몸땡이로 담구노! 니 알고 있을끼라. 담수는 해수탕 하고 나서 몸 헹굴 때나 한두 쪽박 쓰게 돼있능기라. 담수탕은 선장님 지시가 있을 때, 귀항 때나 한 번 담구는 거 아나 모르나? 어장에 드가모 고사로 지내사 할끼고, 고사 전에 목욕재계 해사 할 때도 담수는 몸 헹굴 때나 쓰는데, 사관욕실에 드가 담수탕에다 좆대가리 백태, 똥구멍 황태, 정수낭 씹태, 다 꾸정꾸정 해놓고도 무신 말이 고레 많노 이노무셰끼! 엉?"

이건민의 태도가 돌변했다. 맞아 죽을갑세 갑판부·처리장조는 항해사들 전권 밑에 있으려던 기관장 네가 왜 사주리 못 틀어 안달이냐 그런 투였다. 여느때처럼 엉거능축하지 못한 그의 성격이 고개를 드는가 싶었다.

"모를 리야 없습니다! 알면서도 깜빡하는 게 실수 아닙니까?"

데퉁스럽게 대꾸하고는 휑 돌아서는 것이었다.

그순간 성준의 가슴이 쿵덕쿵덕 뛰기 시작했다. 정당한 판별력이라기 보다는 출처를 알 수 없는 야릇한 울화가 치밀었다. 그 순간적인 불만의 화염 속으로 형의 모습이 재가 되는 듯도 싶었다. 원오의 함성으로 비수처럼 날이 서는 파두, 그리고 숙명에만 단련된 나약한 인간의 의지가 물거품처럼 마멸되는 처절한 현장이 바다의 노성이 돼왔던 것이다.

성준은 등돌아서는 이건민의 떡 벌어진 어깨를 가로막기 무섭게 미친 듯이 주먹을 날렸다.

"와, 와? 2항사 말은 개좆도 아이가! 이노무셰끼! 내도 대학물 아삼아삼 챙기묵은 놈이라꼬! 쏙이 뒤집히가 나가겠다모 내한테는 무신 말 한 자리라또 하고 떠사 할끼 앙이가? 이노무셰끼 어데서 요레 함부로 노노?"

벼락같은 물타작질에 넉장거리로 퍼졌던 이건민이가 야릇한 웃음을 물며 부시시 일어섰다.

"… 만족했다면 그만 물러가겠읍니다. 부디 만족하세요!"

그는 깊은 잠에서 스스로 조리친 사람처럼 실웃음을 푸푸우 토해놓고나서 식당을 나가버렸다. 성준이 물쩡해서 서 있는데 기관장이 말했다.

"씩 썩힐 필요 없임더. 이 북양항로라능기 얄궂다 아잉교. 어장에 드가기까지는 몸살나게 부지런떠는 사람덜이 사관이고, 쏙 팬해가 대방구 시르르시르르 뀌대는 놈덜은 선원덜 아잉교… 사관덜이 쪼매 너머한다 싶게 선원덜 꼬집고 늘어질 때는 어장이 가깝다 요런 신호라요. 한두 번 당해봤나?… 저놈아도 피시본드 플랩해치 벌어졌다 싶으모 내 언제 2항사한테 맞았더노 카고 금새 딴 사람 되게 돼있임더."

통신장이 맞장구쳤다.

"구구절절 옳다마다! 초사 말마따나 고런 연분 저런 연분 다글다글 끓구 익어사 뱃놈 정이라는 거여. 2항사는 인저 갑판으로 올라가 보시게여."

성준은 식당을 나와 갑판으로 오르며 뻗은 계단을 타올랐다.

갑판은 쇄빙작업(碎氷作業)으로 꽤나 분주살스러웠다. 마스트에 올라 얼음을 깨는 선원, 아예 데리크와프를 정강말 타듯 타고앉아 해머질을 해대는 선원, 또 한켠에서는 널브러지는 얼음들을 바다 속으로 퍼넣는 삽질들로 끙끄응 힘을 써대는 선원들의 힘겨운 소리들이 어지간히 북새통이었다.

그토록 기세 재던 황천도 다 물러갔나 봤다. 파고는 2미터 안팎에다 바람도 한결 죽었다. 그대신 어디서 몰려 오는지 짐작도 못할 눈보라가 끝없이 이어왔다. 그것은 마치 하늘에서 뿜는 거센 입김처럼 쐐쐐에 대양을 질러 날고 있었다.

김중수 선장의 목소리가 째앵 스피커를 울렸다.

"2항사! 저 무르팍상 볼따구로 좀 쥐박아라. 내 안 본다카모 금새 사알 뒤로 빠지고 내 본다카모 억수 부지런떠는 저노무셰끼! 요참 황천은 저노무셰끼가 다 불렀다 아이가. 밤마다 중닭 두 마리 앉힐 횃대로 잡고 을매나 쳐댔으모 저레 힘이 없겠노. 이노무셰끼이— 고레도 귀항했다카모 젤로 먼저 튕기나가가 가스나덜 폭파폭파악 찧어대겠제."

성준이가 공팔을 향해 '꾀 고만 부리고 퍼뜩퍼뜩 하거라. 고레 욕듣능기 머 좋아서 자꼬 그래?'했을 때, 누군가가 웅절거렸다.

"오매야, 말쌈도 징그랍게 하신다 아이가. 뽀깍뽀깍 한다모 몰라도 폭파악 폭파악이 머꼬? 머시라, 증기기관차가 오르막길 올르능갑다! 고레 푸욱— 파악— 푸욱— 파악— 해싸체."

성준은 등돌아서 끼르륵끼르륵 웃다 말고 휠 하우스로 올라갔다.

김중수 선장이 어장도(漁場圖)를 펼쳐들고 윤병국과 한창 숙의하고 있었다.

"초사, 첫 망을 어데서 뜰꼬? 고마 '양어장'에서 투망하고 볼까?"

"억수 들기는 하겠제만 씨알이 잘아 지대로 팬이나 짜겠능교. '돌아가는 삼각지'나 '수원지'가 씨알도 굵고 포란상태도 안 좋겠입니꺼."

"… 어장 도착시간이 밤 아니겠나."

"그렇게 되겠지예."

"하모 '야시장'에서 투망하고 보꾸마."

"'야시장' 거기 북새통 아이겠입니꺼? '아리랑고개'나 '발사장'도 개얀타 싶은데…"

"… 나 고마 쪼매 시들고 볼 테니 어장 가찹다 하모 깨주소. 목욕도 해사할끼고…"

김중수 선장이 신주 모시듯 어장도를 가슴에 안고 휠 하우스를 나갔다.

윤병국이 말했다.

"우쨌노? 이건민이 그놈아 좀 패줬나."

"… 그래놓고 보이 내 쪼매 심했다 싶습니더."

"개얀타. 내 실기사 때 3항사한테 당했던 일 생각하모 그 정도는 약과 아이겠나. 배나 요레 좋은 배 탈 때라모 말또 안한다. 그노무 마구로배!… 등까죽에 물집 돋도록 더운 판에 그 등때기로 짝짜악 소리나게 맞아봐라. 고마 시상만사 다 귀찮고 억울타보이 내 발로 물 속에 걸어들어가 상어밥 되뿔란다 한 적이 을매나 많았겠노?… 니가 마구로배 탔을 때만 해도 시상 한 번 천당매꼬로 좋아진 기라. 우리 때는 쌩지옥이나 다름없었다카이. 옛날 노예선이 아마

고랬을 거로."

윤병국이 말을 마쳤을 때 성준이 물었다.

"무신 암호가 고레 으시시 하답니꺼? 똑 마피아단 구수회의 같다 아잉교."

"암호라니?"

"돌아가는 삼각지에다 발사장 우짜고 하는 것은 먼교?"

"… 어장 명칭이라."

"진작 지한테도 가르쳐 주시제 와 말또 안하셨능교."

윤병국은 오락가락 어치정거리며 씁스레 웃었다.

"그게 벨난 사정 아이겠나… 니도 알고는 있겄제만 북양어장이라능기 북위 48도30분에서 북위 51도에 걸치는 남북 1백50마일, 동서 15마일의 넓은 바다 아이겠나."

"맞심니더."

"밑바닥 사정, 맹태 회유로, 수심, 이런 것쯤 대강 몬 짚을 북양선 선장은 없제. 하제만 그 정도 가지고 아무데서나 렛꼬 한다꼬 괴기가 들어백히나. 자알 해봐사 5백에서 7백 팬 양망할낀데 고레가 되겠나? 문제는 맹태떼가 수 마일까지 뻗치는 농밀군을 만나사 푸울 코트(만망滿網)로 끄사올릴낀데 그곳이 어데냐 하는 것이라.… 니 아깨 암호가 우짜고 했던기 바로 북양선 선장덜이 목심 걸고 찾아낸 어장들 아잉가베."

"그렇다모 남에게 몬 가르쳐주라는 법도 없지 않겠입니꺼."

"기왕지사 소문이 난 어장은 할 수 없다치고… 북양선 선장덜은 자기들만 알고 있는 비밀어장을 한두 곳씩은 갖고 있능기다.… 기런데말따, 예로 들면 2항사같은 신참한테 자기 비밀어장을 가르쳐줄라 카겠나? 내 같아도 안 가르쳐준다! 와 그랄꼬?… 니 싸악 안면 바꽈가 태창 302호에서 내리삐린다 치제. 그래가 다른 배 타거로 당장 우리 배 히든 카드를 그 배 선장한테 알려줄끼 아잉가?"

"… 듣고보이 옳지 싶네예."

"하모오— 괴기 몬 잡고 작업일만 억수 늘리는 선장 쓸 회사가 어데 있겠노? 다른 배는 억수 잘 잡는데 당신은 와 몬 잡소? 당신 우리 회사 잡아묵자는긴강 살리자는긴강 카고 씨부랑댄다 카모 그 당장 배 내리사 쓰는데, 배 내리모 그 당장 갈 곳이 어데 있어? 연줄연줄 동아매가 육상근무 한다 치제. 북양 복판에서 왕노릇 하던 사람이 육상근무 그게 어디 그리 숩나. 고마 한 달만 넘긴다 카모 때리차뿐다!… 선장덜의 히든 카드는 바로 자신의 생존이요, 생활인기다."

"그란다 치고예 어장 이름은 누가 짓는답니꺼?"

"… 그것은 와?"

"어장 이름이 디게 희한하고 유치하다 아잉교."

"2항사! 니 그런 못된 유식 먼차 버려야 북양 왕성님 된다. 북양어장이 개잡년놈덜 취미로 붙이는 개셰끼이름인 줄로 아나?… 육상에사 벨시런 얄궂은 개이름 씨고 안 쎘나. 머리빡은 똥물만 차고 좆만 디게 큰 보신탕깜도 고마 외국종 몇백대 잡종이라모 불루 잭, 피피, 도그 킹, 해피, 문 리버 우짜고 벨 추잡시런 요사 다 떨제. 2항사 니 말대로라모 영문자 돌림 항렬로 족보 세워사 근사할끼구마…"

"그런 뜻은 앙이라요."

"시끄럽다 치아라!… 이놈아야 정신 채리사 쓸끼다. 여기가 어덴 줄로 알고 고런 얄궂은 소리해?… 을매나 좋노? 유행가 제목매꼬로 사알 요레 셋빠닥에 씹히능기… 수원지, 양어장, 아리랑고개, 발사장, 돌아가는 삼각지, 야시장…"

"……"

윤병국은 "아아 으악새 슬피 우우느은 가을인가요오 오오오—"를 몇번 제풀에 흥얼거리고 나서 다시 말을 이었다.

"벨시런 뜻 하나도 없다. '수원지'는 수심이 억수 깊은 곳이라 고레 지었고, '아리랑고개'는 해저가 꼬불탕 꼬불탕 해가 통걸이 한두 번 겪고 나가 고레 지었고, '양어장'은 괴기는 억수 백히는데 씨알이 노가리 아이더나. 고레 그라고 오— '야시장'은 낮보다 밤에 명태가 노는 곳 아잉가베. 그라니까네 어장배덜이 고마 그곳으로 몰리가 불야성을 이룬다 아이가. 고레 야시장이고… '발사장' 그기 배꼽 좀 갠지람 믹이는데, 태왕 2호 2항사가 해군장교 출신이었다 카데. 이놈아가 투망 오다로 내리는데 렛꼬— 해사 쓸 것을 고마 미드웨이해전으로 착각한 모양이라! 렛꼬오 대신 파이어 요레 안했나? 우리말로 발사! 하능기니까네 그곳이 바로 발사장이라 이기다."

"… 우리 배 캡틴 히든 카드도 있을끼 아잉교."

"… 있다마다!… '금강산' 카능기 있다. 그런데 이 금강산은 인자 많이 알려졌다꼬. 금강산 어장을 우리 캡틴이 발견 안했나… 시방까지는 김중수캉 내만 아는 어장명이 하나 있제. 바로 '동성이 눈물'이라!"

"어장 제목 중에서 왕성님이다 아잉교?… 와 고레 붙였입니꺼?"

"60년대 말쯤 될끼다. 그때만 해도 일 년 사항차 북양배 타서 집 장만 몬하모 빙신이다 안켔나!… 북양어업 중에 기맥힌 호시절이었제. 소문이 요레 나니까네 억수 배짱 씬 놈이 모선도 없는 독항선을 떴다 앙이가. 그 배가 바로 70 톤짜리 대구리배라! 선명은 '동성호'— 툴툴대면서 겁도 없이 그물을 끄사대는데 맹태는 고사하고 느닷없는 아까무쓰가 억수 백히능기라!"

"아까무쓰가 먼교?"

"내 그 괴기 학명을 똑똑히 모른다만 알래스카 볼낙이라던강? 아까무쓰라능기 경도 1백80도 동쪽이 주어장인데 알류샨 서쪽 해역에도 농밀 어장이 왕왕

형성된다카제… 우짜든동 난데없는 아까무쓰떼로 만났으이 그 맛에 그물 끌
다보이 동성호는 북위 49도20분쯤에서 서남방으로 지 세상 만났다카고 흘렀
제… 그런데 결과는 소련영해 침범죄로 소련 경비정한테 나포된기라. 소련놈
덜도 고마 대한민국 뱃놈 배짱에 셋빠닥을 휘휘 내둘렀다카데. 동성호라는 배
가 70톤짜리 고철이나 다름없는 노후선이었거든… 동성호가 투망했던 곳— 그
곳이 바로 '동성이 눈물' 아잉가!"

　윤병국은 말을 마치고 나서 〈왕서방 연서〉 카세트를 걸었다. 이어 〈왕서방 연
서〉의 구성진 노랫가락이 태창 302호를 통째 흔들어댔다.

　밤 8시. 김중수 선장이 SSB마이크로폰을 잡고 감개무량해서 소리치는 것이
었다.

　"오대산, 오대산! 여기는 태창 302! 감도 있습니까, 오버."

　잠시 후, SSB를 통해 생생한 모국어가 음표가 돼왔다. 그것은 장엄한 탄주의
서곡처럼 성준의 가슴을 흔들었다.

　"여기는 오대산, 감도 좋십니더. 황천에 오시느라 욕봤임니더."

　"어장상황은 어떻십니꺼?"

　"예에. 동태 씨알도 개얀코 포란(抱卵)상태도 좋십니더. 첫 투망은 금강산 북
쪽에서 렛꼬하면 좋을 것 같심더."

　"오대산 감사합니다! 태창 302 아웃."

　'오대산'호는 어느곳에도 형체도 없었다. 그러나 SSB를 통해 까랑까랑 울리
는 투박한 경상도 사투리가 성준의 가슴을 흠병진 피눈물로 적셔주는 것이었
다. 망망창해 북대양— 그곳 어느 수평선 너머에서 울려오는 모국어는 이미 발
성이 아니었고 언어가 아니었다. 그것은 통째로 울음이었다.

성준은 주루루 주루루 흘러내리는 눈물줄을 달고 멍청하게 서 있었다. 모험의 시초를 위해 떠났던 살과 뼈의 젊디젊은 시주(始奏). 개척의 웅장한 갈피를 위해 급하디급한 염원 속을 달려갔던 형의 지순한 피. '오대산'호의 모국어는 형의 막장처럼 절대의 실감 속에서 우는 목숨의 울음이요, 통곡의 내실을 채우는 자욱한 자연(紫煙)이었다.

성준의 눈꺼풀 위로 섬광이 빛살지는가 봤다. 성준은 그제야 정신을 차리고 볼트문께로 다가갔다. 막 휘황한 작업등이 점화되는 순간이었다.

트롤윈치 가에로 사관과 선원들이 늘어서고 그 앞에 고사(告祀)상이 차려져 있었다. 그 주위로 은백의 눈보라가 난무하고 있었다. 그들은 눈물줄을 달은 채 멍청히 서 있는 성준을 남겨두고 부랴부랴 휠 하우스를 떠났을 거였다.

성준은 황급히 계단을 타내려 제 방에 들어섰다. 작업복으로 갈아입고 헬멧도 썼다.

성준이 갑판에 이르렀을 때는 사관들의 큰절올림이 다 끝났을 때였다. 기관 부원들은 기관실로 성주(聖酒)를 나르고, 최윤복이 성주잔을 들고 휠 하우스로 잰걸음을 놨다.

트롤윈치가 상징적으로 울기 시작했다. 끄렁끄렁 하는 굉음을 토해내고 있는 것은 와프를 감은 채 형식적으로 돌고 있는 '와이어 드럼'이었다.

"음복 끝났다 하모 첫 망 렛꼬할끼다. 맹색이 사관인데 절도 몬 올리고 와 그래? 고레저레 캡틴 화뿔만 돋군다 아이가. 퍼뜩 브릿지로 올라오이라. 한 잔 묵꼬 원치작업 해사 쓸끼 아이가."

윤병국이 등돌아섰다.

"첫 망 렛꼬 해역이 어뎁니꺼?"

윤병국은 갑판 사이드에다 희부스럼한 등을 걸치고 선 채 말했다.

"북위 49도20분이라. 동경 1백55도 21분 남쪽으로 약 4시간 예망(曳網)할 끼다. 양망(揚網)해가 다시 북위 50도, 동경 1백56도10분까지 올라가 또 투망할끼다!"

9

만월
滿月

밤이 깊었다. '뷰 클리너' 한가운데로 댕겅 열린 북양의 만월이 네트에 걸린 배구공처럼 동요를 잃었다. 육지 위로 돋는 달이 기대의 풍염한 내밀이라 치면, 북양의 만월은 고독의 치밀한 정채에 묶인 써늘한 목숨 한덩이만 같았다.

"… 저노무 다알… 저레 또 솟았으이 갑판에 오일장 안 섰겠나."

김중수 선장이 중얼거렸다.

"그러겄지예… 저 달이 고마 부모형제들 얼굴이고, 지 살던 땅이고 골목이고, 지들 저마다 추억이고 사연인데 안 그러겠임니꺼. 양망할 때까지 자둬라 사정해도 잠또 안 잡니더… 달이 돋아도 그랑갑다 달이 저도 그랑갑다 요레 될라모 몬해도 서너 항차 타봐사 할끼라."

김중수 선장이 윤병국의 말꼬리를 붙잡고 비웃적거렸다.

"초사 혼차 시로 짓제!"

"내 무신 시로 짓는답니꺼?"

"머시 부모형제 얼굴이고, 살던 땅이고, 추억이고 사연이겠노?… 저놈아덜 눈에는 저 달이 고마 완월동 가스나덜 젖통이고 방뎅이라!"

"그것도 사연이라모 사연이고 추억이라모 추억 아이겠임니꺼."

김중수 선장은 말 같잖은 소리 그만 거두라는 투로 불퉁거렸다.

"참말로 요참 항차 벨시럽다카이! 어장 여건이 요레 좋기도 숩지 않을텐데 저거 와 저랄꼬?"

그의 시선이 '휠 하우스' 안의 기기들을 바삐 옮겨다니고 있었다.

"… 글씨 말임더… 그물은 자알 앉았는데 쪼매 요상시럽심니더."

윤병국도 쓴 입맛을 다셔댔다.

'네트 레코더'는 오터보오드의 정상적 개구(開口)와 부자(浮子)·침자(沈子)들의 정확한 활동에 따른 트롤네트의 정상침위를 한 치 하자없이 알리고 있고, '수심기록계'는 예망(曳網)에 적합한 해저를 어김없이 수놓고 있었다. 그런데 '피시 화인더(어군탐지기)'만은 농밀군(濃密群)이 아닌 부유군(浮遊群)의 알량한 떼거리를 보여주면서 번쩍이고 있었다. 김중수 선장의 불만은 사방이 휑 빈 '피시 화인더'의 은빛 블랭크 때문인 듯싶었다.

"억수 들어백히도 몬질라다 싶은데 저레 되가 쓰겠나… 우짠다? 고마 양망해가 다른 어장에서 렛꼬하모 우짤꼬?"

김중수 선장이 윤병국의 눈치를 살폈다.

"한 두어 시간 더 끄사보입시더. 씨알은 좋은 어장 아잉교."

"끄사보이 벨 수 없을따. 공망 뜨능기 아잉가 싶은데."

"공망이사 뜨겠임니꺼… 씨알 신실한 맹태로 팬을 짜사지예."

"어창이 휑 빘다 아이거로. 씨알 좋은 놈으로 시물아홉 마리 한 팬이나 씨알이 잘따 싶어도 서른대여섯 마리 한 팬이나 어황으로 보모 팬이 늘어사 왕성님이제!… 우리사 적정 팬으로 만창하능기 숩고 편체 팬 내용이 실하모 우짤끼야? 팬 내용 실하다꼬 회사에서 포상하는 것도 아이고… 보그라."

김중수 선장이 성준을 불러 세웠다.

"저 머시라아— 통신장 좀 올라오라케라. 어황보고가 우짠지 알고봐사 안 좋겠는강."

성준은 수화기를 들고 통신장을 불렀다. '선장님이 어황보고 퍼뜩 챙기가 올라오라 카십니더'했을 때 통신장은 '쬐끔 진득허게 끄스먼 될 텐디 발써 그러신당가. 시방 어황으로는 우리 배가 기중 난다'하며 쓴 입맛을 다셔댔다.

김중수 선장은 눈초리께로 잔주름을 알기살기 잡고는 눈을 감고 있었다. 무슨 생각을 하는지 그런 모습으로 연신 입술을 달싹대며 엉두덜거리고 있던 그가 게슴츠레 눈을 떴다.

"… 초사, 요상타 아이요…"

"머시예?"

"광수 얘기라… 고마 쌩사람 뜸떠 묵겄다꼬 미쳐 뛰던 때가 언젠데 '에스에스비'도 안 트고 전보 한 장도 내 몬 칠란다 저랄꼬?"

"마아 짬도 안 날낍니더. 요레 좋은 날 전적작업 안하모 언제 하겠임니꺼? 전적작업만 쫌 했다카모 금새 베락 떨어질낍니더."

"… 고레 미쳐났으이 인자 심도 빠질 때 안됐겠나… 우짜든동 성준이 절마가 요 바다 어데 떠 있다 생각하이 고마 셋바닥에 쥐가 나능갑제."

"셋바닥이사 공일 만난지 몰라도 귀는 공일 아니었을낍니더."

"……?"

"우리 배 어장에 막 드갔을 때 '오대산'하고 어장정보 안했능교? 그거 다 듣고 있었을끼라."

"하모오— 눈에 서언하다 아이가… 손꾸락으로 콧구멍 깔작깔작 파대면서 쏙으로는 중수 저 웬수노무셰끼로 우쩨 묵어사 할꼬 궁리로 했을끼제… 고마 중수 저노무셰끼 더도말고 통걸이 시 번만 해라, 요레 빌었는지 우쩨 알겠는강!"

"… 내 모른 체하고 사알 불러보모 우짜겠임니꺼?"

"좋웃체에— 고레 해보거로."

윤병국이 폰을 잡고 까랑까랑 읊기 시작했다.

"공흥3호, 공흥3호, 여기는 태창 302, 감도 있습니까."

삐이삐이 몸닳던 SSB가 답신을 토해냈다.

"태창 302, 공흥 3호 감도 좋십니더. 귀선 황천에 오시느라꼬 고생 많았임니더, 오버."

"고맙심더. 유 선장님 목소리가 아인데 누구십니꺼."

"예에. 초삽니더. 태창 302는 누구십니꺼."

"내나 같은 처지 아잉가베. 내도 초사라."

"아이고 선배님, 건강 안 좋다 들었는데 인자 개얀십니꺼."

"더하지도 않고 덜하지도 않고 그저 고만하제."

"다행이다 아입니꺼."

"고맙고오— 공흥3호 본항차 어황은 우짠고?"

"양호한 편입니다. 4만 팬 만창해가 1만 팬 전적완료했고 현재 나머지 6천 팬 전적 중입니더. 아까무쓰도 한 50 상자 담았습니더."

"오매야아— 아까무스 50상자모 횡재 아이가."

"고레 되겠지예."

"그카모 한 네닷새 더 작업하모 귀항하겠구마."

"하루 처리량 4천 팬 잡으모 그쯤 안되겠임니꺼."

"유 선장께서는 건안하신지 모르겠구마. 거기 기시모 좀 바꽈주모 좋겠는데."

"기십니더. 쪼매 기다리십쇼."

그러나 유광수 선장의 목소리는 들려오지 않았다. 잠시 뒤에 공흥3호 1항사의 목소리가 다시 울렸다.

"태창 302, 여기는 공흥3호, 감도 있습니까."

"태창 302, 감도 좋심니더."

"… 선장님이 그새 내려가신가 싶심니더. 말씀하시모 전언하겠임니더."

"됐다고마. 태창 302 김 선장께서 안부 전했다 해주게. 그라모 귀선 전적작업 무사히 쫑하기를 바라면서 태창 302 아웃 합니더."

"고맙심더. 귀선의 좋은 어황 바랍니더. 아웃."

윤병국이 김중수 선장의 눈치를 살피며 건성으로 '야참하러 식당에 내려가신 모양이지예'하자, 김중수 선장은 마른비듬을 북부욱 손갈퀴질해대며 중얼거렸다.

"야참하겠다모 쌀롱이 베락같이 갖다 바칠낀데 전적지휘중인 캡틴이 와 식당에 기내려가노?… 역불로 안받는다카이!… 에엥— 야마리 빠진 부르도끄상 같으니라고."

"유 선장은 우리 배 캡틴 보고 야마리 빠졌다 할낀데…"

"바로 그거라!… 처지가 요레 뒤바뀔 수도 있겠나말따. 바른 말로, 성준이 절마 우짜든동 고급뱃놈 아잉가베. 그카모 지가 나한테 절로 해도 몬질라지 싶은데 와 낼로보고 화로 내나말따!… 죽은 자석은 인자 잊어삐리사제 그칸다꼬 죽은 놈이 살아오는강?"

"… 저레 달도 밝고보이 몰한 자식이 더 생각나는갑지에. 저 달이 고마 죽은 사람 얼굴일 텐데!"

그때 통신장이 올라왔다. 김중수 선장이 물었다.

"어황보고 우짭디까? 다른 배들이라꼬 삐죽한 수 없다 싶은데."

"선장님 말씀이 옳습니다요. 다들 보통작도 못허는 실정입니다유."

"구체적으로 말해보소."

"여섯 척은 예망중인디 죄짐이 썩 안 좋구, '가야산'하고 '설악'이 양망혔는디 꺾어봐야 게우 5백 팬 정도나 될 성싶다 허네유… 그란디 '오대산'허구 '해금강'이 별짜어황 당했습니다."

"… 우쨌길래?"

"오대산은 경사났구 해금강은 초장버텀 폭삭헙니다."

"오대산은 무신 경사고?"

"고래가 올라왔답니다유!"

"오매야아— 큰놈인강?"

"밍크제만 고것이 을맵니까? 백오십은 고냥 벌었쥬."

윤병국이 데시근해서 말했다.

"우짠놈덜은 고레 운이 좋노? 고사로 잘 지냈능갑제. 드가백힐라모 우리 망에나 드가백힐끼제 와 거기까지 기가 백히노!"

'피시 화인더'를 연신 살피면서 김중수 선장이 떨떨한 표정으로 담배를 태워 물었다.

"… 해금강은 와 폭삭 주저앉노?"

"망파보고 제1호입니다."

"망파?"

"전투기 반토막을 끄서담았답니다요."

김중수 선장이 목마른 할미새 본새로 끌끌 방정맞게 혀를 차댔다.

"거 차암 얄궂다 아이가!… 머시라, 쇳땡이만 끄사내는 꼴로 보이 철갑살이끼도 억수 낀갑다. 먼차 항차에도 비행기 꼬랑지로 담아가 망파 안 했더나?"

윤병국이 시들해서 말을 받았다.

"맞심니더. 먼차도 고레 됐지예… '해금강' 황 선장도 요참 항차가 고마 막차

아잉가 싶제!… 억시게 운 나쁜 사람이라. 드가백히사 쓸 맹태는 안 백히고 이차대전 고철은 와 고레 부지런히 드가백히겠노말따… 다른 배들 어황은 우짠교?"

"모다 불황이여. 양망하기 무섭게 어장 옮기느라구 쌩난리구 워찐 배들은 예망허다 말고 공망 뜨구."

그제야 김중수 선장의 낯색이 좀은 밝아지는가 싶었다.

"… 그라모 내 '동성이 눈물'이 그중 개얀타 안 싶나… 인자 아까보다는 쪼매 더 백힌다 싶은데."

윤병국이 김중수 선장의 눈길을 잡고 '피시 화인더'의 간거르는 섬광을 넘겨다보고 있었다.

"농밀군은 아이제만 요레 되간다카모 체면은 세운다 싶습니다. 아까보다는 억수 낳임더."

"양망까지 을매 남았노?"

"시간 반쯤 남았는데 한 시간만 더 끄사보입시더."

"저 죠오시모 5백 팬 정도 될까?"

"어데예, 8백 팬은 짜겠임더."

"5백 팬도 지대로 짜먼사 첫 망 치고 개얀체. 하제만 노가리로 1천 팬이모 머 할끼야."

"'동성이 눈물'에 노가리가 와 논답니꺼. 몬질라다 싶어도 팬은 실할낍니더."

그때 실습항해사가 뭔가를 한 뭉치 휴지통에다 쑤셔넣고 있었다. 윤병국이 물었다.

"실항사 그게 머꼬?"

"해저기록지로 모아뒀더니 억수 많다 아입니꺼. 고레 버리는깁니더."

"… 그거 버려삐릴게 아이라 와 그놈아 주지그래. 그 종이 한 번 희한하게 쓴다이.”

김중수 선장이 끼어들었다.

“저것을 어데다 써묵어? 예망할 때 밑바닥 사정 보모 고만이제.”

“두고 보시모 다 압니더… 실항사, 그놈아 이름이 머꼬?”

“… 누구 말씀이신데예.”

“아고야아— 그놈아가 누구더라?… 와 있잖나, 머시라 약장수 판에서 기타 뜯었다는 그놈아말따…”

“처리장 최수환이 말씀하시능교?”

“맞거로! 그놈아 좀 올라오라케라.”

실항사가 수화기를 들었다.

“내 실항산데, 거 최수환이 있으모 올라오라카소… 어데예, 초사님이 부른다 아이요… 어데 갔는데예? 갑판에 달구경 나갔다꼬?… 찾아가 퍼뜩 올라오라 전하소.”

김중수 선장이 볼멘소리로 투덜거렸다.

“그노무 북양 달 고마 닳아지겠다!… 양망 스텐바이 할 때까지 잠이나 퍼자두모 저거들 팬하제 무신 시인들 났다꼬 갑판에 뚤뚤 뭉치가 지랄들떠노.”

윤병국이 끼들거리며 말했다.

“예술가 맹색인데 와 달구경 않겠임니꺼.”

“… 예술가라이?”

“그놈아 동양화가 아잉교.”

“… 머시라? 참말?…”

“우짜든동 동양화가라니까네!”

“선원들에 벨벨 놈 다 있다 듣기는 했어도 동양화가 우리 배 처리장에 있는 줄로 우쩨 알았겠노… 그림은 좀 팔리는 놈인강?"

"팔리다마다요! 그림이 딸린답니더. 국장, 안 그렇심니꺼?"

윤병국이 통신장을 향해 새들거리자 통신장이 덩두렷하게 받아넘겼다.

"좌우당간에 비보통 인기라구 들었응게!"

그러는데 최수환이가 들어섰다.

"초사님 제 왔임더!"

"옹야 옹야아— 달구경했다꼬?"

"… 구경이랄끼 머 있겠임니꺼. 쪼매 느낀 바 다대했지예."

"오매야 억수 크게 나오제… 그래, 북양 달을 보이 머 같더노?"

최수환은 끓는 약두구리처럼 쉴 새 없이 술수울 잘도 읊었다.

"달은 고마 샤랑하는 부모형제, 두고 온 고향산천 아니겠임니꺼. 추억의 샤진 첩에 드백힌 샤연춰럼 인생의 희노애락이 액면 고대로 뵜었임더."

"달이 자기앞수표라꼬 머 고레 액면 우짜고 하노?… 그카모 저것은 머로 뵈노?"

윤병국은 '수심기록계'를 가리켰다. '수심기록계'는 한 폭의 동양화나 진배없 는 해저(海底)를 그려내고 있었다.

최수환은 윤병국의 질문에 어린애처럼 발그속속 얼굴을 붉혔다.

"… 와 또 이라십니꺼…"

윤병국이 장난스럽게 언성을 높혔다.

"최수환이 고레 부끄럼타는 시상이라모 시상 더 살 필요가 없능기다.… 그라 지 말고 심사 처량한 이 초사 좀 웃겨도고! 니 말 매꼬로 인생의 희노애락이 몽 땅 드백힌 저 달 좀 보그라아— 을매나 이쁘고 또 섧겠노?… 내 니 한 달 써묵을 밑천 요레 줄 테니까네 빼지 말고 동양화가 내력 좀 읊거로! 자아—"

윤병국이 해저가 선명하게 그려진 종이뭉치를 억지로 최수환에게 떠맡겼다.

최수환은 그 종이뭉치를 안은 채 사뭇 어색한 표정으로 김중수 선장의 눈치를 살피고 있었다.

"이놈아야 뻘끼 따로 있제 니 화가 명성 쪼매 듣고 싶다는데 머 고레 요망지랄로 떨고 있노얏!… 니 배로 타기 전에는 그림 그려가 묵고 살았다꼬?"

김중수 선장의 말에 최수환은 설래설래 머리통을 내저었다.

"어데예!… 동양화가 말로 듣기는 배로 탄 뒤입니더! 그전에는 아사리판에서 기타로 뜯었다 아입니꺼."

"… 무신노무 소린지 알 수가 있어사제…"

김중수 선장이 달갑지 않은 얼굴로 콧구멍을 우비적거리자 잠잠하던 통신장이 입을 열었다.

"이봐여 화가상, 고만 재구 틀어봐여. 일테먼 월광곡이라 심치구… 이 좋은 경치에 한 곡조 없어서 된당가."

윤병국이 좀전과는 딴판으로 윽박질렀다.

"조타로 설 때마다 사알 빼돌려묵은 해저기록지가 을매노? 쓰레기라도 그제. 휠 하우스에서 똥지 하나 지맘대로 감촸다가는 우쩨 되는 줄로 아는강?… 이삐게 바줘가 완월동에서 써묵은 용도 쪼매 밝히라는데 그 말이 머 고레 애렵노? 앙?"

최수환은 윤병국의 호령에 움찔 굳었다. 윤병국이 따지듯 주절거렸다.

"니 해저기록지 덕분에 완월동에서 동양화가로 통한다며?"

"… 맞심니더."

"가스나덜 꽃값으로 써묵었다꼬?"

"아니라예… 첨엔 장난삼아 내 그림이다 안했겠임니까. 그랬드이 가스나덜이 고마 쏙아넘어가는 깁니더."

"표구로 했등갑다. 뻣뻣한 종이라서 풀질도 안 묵을낀데."

"아입니더. 우쨀 때는 액자에다 넣어가 줬고… 또 우쨀 때는 그냥 줬임더."

"듣자하이 니 낙관이 명물이라카던데… 인주 대신 가스나털 립스틱을 두리
두리 발라가…"

"남세시럽십니더!"

"… 육도장이라며?"

최수환은 겨우 입술만 달싹이며 흘미죽죽 망설였다.

"… 내나 그거 아이겠임니꺼…"

"내 궁금한 것도 바로 그거 아이겠나. 그거라능게 머꼬 말이다."

"… 귀두낙관 아잉교."

김중수 선장이 콧날 위로 잔주름을 억박적박 잡고는 영문을 몰라했다.

"… 귀두낙관이 머꼬?"

윤병국이 거들었다.

"쌍놈 육도풍월로는 귀두낙관이고 숩게 말하면 좆대가리 육도장 아이겠임
니꺼."

윤병국의 말이 끝나기 무섭게 와자한 웃음이 터졌다. 그러나 잠시 동안 농란
하다 싶던 웃음소리가 시르죽었다. 김중수 선장의 우리부리한 눈이 '피시 화인
더'의 알량한 부유군에 못박힌 채 비비송곳 틀어대듯이 땀줄 밴 손바닥을 파대
고 있었기 때문이었다.

어림짐작에도 조금은 볼강스러웠다 싶었던 모양이었다. 윤병국이 최수환에
게 눈짓 발짓 섞어 실세좋게 말했다.

"고만 가보거라. 그카고 갑판 장날은 고마 파장하고 보능기 우짜겠노! 대가리
썩게 본 달, 그게 무신 귀경꺼리라꼬 고레들 눈깔 씨랍게 치다보노?"

최수환이 살판 만났다 하며 '고마 물러갑니더!' 딱부러지게 인사말 차리고 돌아섰을 때였다.

"잠까안— 어델?"

김중수 선장이 선소리 틀고나서 벼락같이 최수환의 멱살을 움켜쥐었다.

"문디이 가스나 발유창 뽈다 목구멍에 당창 돈을 셰끼! 니 어델 사알 빠져나가겠다고… 머시라? 귀두낙관을 어데다 찍었다꼬?"

"죽을 죄로 졌임더!"

"고레도 요셰끼가 쎗빠닥 심심타 놀리쌌체. 니 저 씰개 빠진 사관덜 까까아 까아 웃어주니까네 심이 솟나? 머시 우짜고 우쨌다꼬? 이노무셰끼! 내 어장도로 사알 빼다가 백태 낀 완월동 가스나덜 꽃값 치리고, 몰캉한 보지로 빠는 맛에 보물같은 해저기록차트 꼬랑지에다 좆대가리 낙관 찍었다꼬? 요런 놈이 있으니까네 비밀어장 정보가 샌다 아이거로! 아고야아— 내 이 동양화가로 우쩨 쥑이모 속이 풀릴꼬? 오번 항차 와 요랑가 했더니 니노무셰끼가 처리장에 드백힌 까닭 아이겠나!"

윤병국이 끼어들어 '내가 잘못했임더! 고만 됐임더!' 했을 때에야 김중수 선장은 몰강스럽던 주먹질을 멈췄다.

"당장 몬 꺼지겠나?"

최수환이 지레 뜸들었다 하는 본새로 휠 하우스를 빠져나가자 이번에는 통신장과 윤병국을 번갈며 큰소리쳤다.

"첫망이 공망 뜨게 생겼는데 머시 고레 쏙팬해가 까까까 웃고 난리요? 사관덜 정신이 요레 돼묵었으이 선원들또 저레 안되나!"

윤병국과 통신장이 데억지게 부끄럼타며 휠 하우스를 나갔다. 김중수 선장은 성준이 들으라는 듯이 오감하게 씨부렁거렸다.

"괴기 몬 잡으모 홀방맹이 매고로 뚜드러맞는 사람은 누고?… 내다! 김중수라!… 볼쌍사납어도 분수가 있제 요레들 선장 맘을 몰라줄꼬 말따."

"… 바람 좀 쐬고 올랍니더."

성준은 슬며시 자리를 떴다. 그때서야 제정신이 드는가 싶었다. 성준은 한참 동안 견뎌내기 어려운 끈끈한 땀줄을 짜내고 있었던 거였다.

갑판 사이드 좌우 기관실 입구에 박힌 백열구가 기관의 진동으로 오들오들 떨며 산광하고 있었다. 예망하고 있는 '태창 302호'는 절명하는 늙은 짐승처럼 유독 둔한 몸뚱이를 뒤척대며 버르적거리는가 봤다. 그러나 어찌 보면 그것은 생성의 빛나는 질서를 만들고 있는 것 같기도 했다. 느슨느슨 얼러대는 검푸른 파곡이 사내의 용이주도한 애무라면, 두 개의 백열구는 음욕의 절정에서 몸부림치고 있는 나부의 현란한 귀고리처럼 신열의 절박한 오한을 타고 있던 것이다.

선미께로 대여섯 개의 담뱃불이 반딧불처럼 죽다 다시 살아나고 있었다. '카고우 윈치' 쪽에서도 희부스염한 그림자들이 어른거리고 있었다. 선미께에서는 하아— 내뿜는 한숨들이 잦고, '카고우 윈치' 쪽에서는 참고 참는 듯싶은 사내의 격렬한 울음이 땀이 되고 있었다.

성준은 '카고우 윈치' 쪽으로 다가갔다. 윤병국이 갑판 사이드에다 두 팔꿈치를 얹은 채 고개를 떨구고 있었고 팔짱을 낀 통신장이 멀그스럼히 서서 물색 만월을 올려다보고 있었다. 그 옆에 장승처럼 버텨선 최수환이 예의 울음을 잔다랗게 간거르는 거였다.

"치아랏! 벨 시럽게 못난 놈 다 볼따.… 피시 화인더는 휑 비었제, 고레 배꼽이나 떨고보자 한 내가 히떡 미친기다."

최수환이 윤병국의 호령을 날름 받았다.

"와예?… 내 무신 죄로 졌답니꺼? 해저 박아가 나오는 폐지로 고레 써묵었다 칩시더. 막말로, 내삐리는 종이 뱃놈 꽃값 되모 머 고레 안될끼 있습니꺼?"

"그래도 이노무셰끼가 말이 많체. 니 죄 아이라카이!… 고레 섧다카모 맹태나 억수 들그라 기도하능기 안 편켔나.… 괴기만 지대로 드백히봐라! 우리 배 왕성님 부체매꼬로 을매나 좋더노?"

"… 마아 자두자카고 디비졌다가 하도 달이 좋다케서 안 나와봤겠임니꺼.… 오번 항차 마치고 내려삐리모 내도 텍사쓰 돌팽이라요!… 말도 아입니더. 내 같은 놈은 달구경도 몬한답니꺼, 체에—"

한동안 말이 없던 통신장이 입을 열었다.

"고것이 짧은 생각이여잉. 저녀려 북양 달— 자네딜헌티는 노임수 좆대가리 맹끼로 이삐구 걸차제만 선장님 눈에서는 비수여 비수! 오늘 같은 날은 달 임자가 따로 있는 볩이여. 먼 논설이냐아— 어황 좋은 날 달은 자네들 것이구 불황 때 달은 선장님 달이랑게 그네. 유식헌 말로 상황 따라서 소유격을 판별혀사 써."

윤병국이 허리를 세우면서 엄절하게 타일렀다.

"수환아, 요 통신장 말로 씹고 씹어보그라!… 무식한 말 같제?… 만만에 말씀이다! 북양 뱃놈덜한테는 성경이라 성경!… 퍼뜩 드가 한숨 자두거로. 위생함에 약 있다. 째진 데다 볼르고…"

최수환이 비칠걸음으로 사라졌다. 그러자 윤병국이 터놓고 웅절거렸다.

"내 언제 까까까아 하고 웃었노. 내 머 옷도세이(물개)라꼬… 통신장, 희한한 욕바가지 쏟아놓던데, 문디이 가스나 발유창 뽈다 목구멍에 당창 돈아죽을 세끼, 요레 하던데 그기 무신 뜻인강?"

"좌우당간에 해양대핵교 고참덜 출중헌 욕박사덜이여… 발유창이라아— 거머시기 지집년덜 젖통에 몽글몽글 몽친 종창 안 있는게벼? 고것이 발유창이란 것이구, 목구멍에 당창 돋는다는 것인즉슨 목구녁으로 매독병이 돋친다는 것이여… 태창 302 선장님 욕사발을 요약해본다 치머언— 그랑게, 매독병 든 년 젖통 뽈다가 고녀려 매독균이 해필이면 목구녁에서 창궐혀서 종래는 미염 한 숟가락도 못 넘기구 뒈진다는 고런 추리여!"

윤병국이 두리두리 고개를 내저으며 멸치 잡는 열보라처럼 끼득거렸다.

"아고 무시라아— 학생 때는 고레 점잖던 김중수가 우쩨 저레 변했겠노?"

"빈혀기는 뭇이 빈혀? 아, 말이 있잖여. 품격 따로 욕사발 따로! 뱃놈 왕성님 될라면 품욕따로국밥을 자알 말어사 된다구… 니기미 북양달 핑계대고 초사 혼저만 고매헌 인격 소유자 본 재는디 나두 발써 접해뿐진 사실이여. 윤병국 초사도 욕에 있어서는 일가견을 정립헌 처지구 학위논문 제출 시점에도 발써 당도혔다는디 뭐얼?"

"하기사아… 고매한 품격 하나만 튕기면서야 어데 비밀어장 한군데 지대로 간수하겠나!… 그칸다 해도 문디이 가스나 발유창 뽈다 목구멍에 당창 돋을 세끼는 그 방면에 신학설이라."

그때 귀에 익은 목소리가 들려 왔다.

"눈발이 날리니까네 달 본대가 똑 국장 연장 같거로. 밝다 싶은 곳은 자바라 까진 귀두 앞대가리거로, 계수나무 옥퇴깽이 자리는 쉬로 파악 시른 도랑 같다 아이가."

기관장 노임수였다.

통신장이 실쭉샐쭉 엉너리쳤다.

"황천 쬐금 잔다헝게 그새 못 참아 바람이나 불르구있겠구나 혔는디 웬녀려 거동이시랑가? 귀두사 노임수 것 숭내낼 목자가 워디 있당가. 원칸 자알 빠졌응게로… 그란디 쉬는 또 뭇이여?"

"물지난 생선 삐둑삐둑 말려보제. 구세미창 배때지, 고마 틈새기 뽀꼼하다 하모 쉬파리가 알로 안 실트나?"

"흥— 개었다 흐렸다 하기로 산 연장에 먼 쉬여?"

"지금 당장 까보제. 자바라하고 초생달 경계 또랑에 백태 안 꼈나!"

통신장과 기관장이 한동안 투시적거렸다. 잠시후 노임수가 정색을 했다.

"내 다 들었는데, 동양화가 그놈아 자알 당했다 아이요. 아이디어라던강? 뭐 대가리 잘 돌리는 것도 좋제만 해저기록지로 씹값 칠라는 그 심뽀도 한 판 베락 떨어져사 쓴다꼬. 내 태창 302 기계밥 묵고 살아 하는 소리 앙이라 오번에는 왕성님께서 잘하신기라! 내 같었어도 고마 줴이삐맀을꼬요. 어장현황이 정보에 좌우되고 정보 한 꼬타리에 회사가 스고 씨러지고 하는 판에, 어데서 고 따위 짓을 하겠노야!"

윤병국이 마득찮아 뱉았다.

"보소, 비밀어장 명세는 어장도에 다 붙이가 있임니더. 동양화가 그놈아가 써묵은 것은 어장 명세가 아이라 단순한 예망 코오스의 항로라꼬! 억수 내삐리는데 씹값이모 우짜고 똥지라모 머 죄요?"

"그렇지 않심더. 똥지라도 그렇지예. 우짜는동 정보는 정보 아이겠능교!… 완월동에 가보모 실감되능기라. 온통 뱃놈덜 판인데 주고받는 예사말이라능기 몽땅 정보다 아잉교?… 고런 판에 태창 302호 동양화가 작품이 귀두낙관 따악 찍히가 방마다 주욱 걸려 있다 치보입시더.… 내 초사하고 왕성님 처지만 됐다케도 벌써 완월동 오입 했을낍니더."

"… 거 말 차암 요상체! 낼로보고 완월동 드가라꼬?"

"어데예에— 고레 들을끼 아이지예.… 초사가 이 배 왕성님이라 치보입시더! 처리장 말졸노무셰끼가 좆대가리로 꼭꼬옥— 낙관해가 한 항차 예망로 명세로 푸울 코팅 해놨는데 쏙이 안 뒤집히고 배깁니꺼?"

윤병국이 말도 안 되는 소리는 집어치우라는 듯이 존조리치고 나섰다.

"기관장!"

"… 와예?"

"어장 정보라능게 그런기 아이요!… 수심과 어체(魚體)의 밀접 관계, 주어종의 농밀군과 타어종의 혼획율(混獲率) 관계, 자원량에 따른 적정 예망로의 적합성 유무, 어회의 주목표에 순하는 조업능력의 적극성, 어획량의 처리와 예망로의 기상조건, 평균어획고를 일괄할 수 있는 투망점 설정, 어로 범위의 경제성 적합과 노동력의 효율치… 이런 제반 요인을 추산할 수 있는 자원량의 상대적 여건 파악— 이것의 확실한 근거에 준해사 비로소 정보가 된다 아이요? 기런데 상시 변화 가능한 어로여건 속에서의 예정 투망지와 예망로가 무신 정보가 되겠는 강? 더군다나 어로실적의 산출도 아이고 어로환경의 국소적 해저 확인에 불과한 예망로 심저가 무신 정보는 정보야?"

윤병국이 연신 쎗쎗 불만스러운 혀를 차며 갈금거리자 노임수는 해납작한 얼굴을 앞창 세우며 염체좋은 앞메꾼처럼 앙당머리쳤다.

"기계논설이라모 저 달 질 때까지 쎗바닥 튕기보겠다만 브릿지 논설로 내 우쩨 당하겠노!… 고마 그만 가룹시더.… 기중 좋은 방법은 북양항로에 달은 돈지 말거라카는 요런 무식 아잉교! 저노무 달만 돋았다 하모 하여간에 시끄럽고 보능기라."

통신장이 한숨 속에다 곁들였다.

"달이사 돋고 싶어 돋남?… 문제는 소유격 판별이라고잉, 허어음—"

때맞춰 김중수 선장의 쐐기침 같은 목소리가 스피커를 울렸다.

"이노무셰끼딜, 달이 너거딜 조상이가 부모가? 선미로 대여섯 놈, 카고윈치

쪽에 뚤뚤 뭉친 놈덜! 퍼뜩 안 드갈끼가?… 양망 스텐바이― 갑판조 나오이라!
양망 서둘러가 야시장에 드갈끼다! 양망 스텐바이!"

10

해룡
海龍

작업개시 후 사흘 동안 '태창302호'의 어로실적은 겨우 1천2백 팬 정도였다. 하루 처리량 4천 팬인 작업능력에 견주어볼 때 전례없는 엄청난 불황이었다.

그 모지락스럽던 불황이 이제야 고비를 넘는가 싶었다. '피시 화인더'는 정연히 사지(死地)로 박혀드는 명태 농밀군을 점 박아내며 몸살을 앓고 있었다. 여느때 같으면 유행가 몇가락 흥얼거리며 신명났을 김중수 선장이 새참 굶은 모쟁이 본새로 시그무레 지쳐 있었다. 연신 쓴입맛을 다셔대며 입속말을 웅절거리는 꼴이 아직까지도 어제의 일을 곱씹고 있음이 분명했다.

윤병국이 김중수 선장의 눈치를 할금할금 살피면서 부러 큰소리로 떠벌렸다.

"억수 드가백힙니더. 내 요레 큰 농밀군은 처음 본다 아이요… 고마 예망로로 3마일 이상 뻗친 모양입니더!"

김중수 선장은 윤병국의 추임새에도 별다른 반응이 없었다. 어지간히 기분좋다 싶을 때면 하던 버릇으로 콧망울을 벌름벌름 떨고 있을 뿐 낯색은 여전히 우중충 흐려 있었다. 계면쩍어 알짱거리던 윤병국이 성준의 귓바퀴에다, '실항사보고 퍼뜩 진정제 걸라케라!' 속살거리고 나서 다시 '피시 화인더' 앞으로 다가갔다. 성준이가 '진정제로 걸라카는데 머꼬야?' 했을 때, 눈치빠른 실습항해사가 '머 그런 거 있임더. 직효라요!' 해놓고는 데크 속으로 재빨리 카세트를 밀어

넣었다. 웬만한 사설방송국보다 시설이 걸찬 오디오 시스템이 김정구의 〈바다의 교향시〉를 존득존득 토해내기 시작했다.

짐짓 귀 넘어 듣는 채 갈급스러운 헛기침을 쥐어짜며 암재주 부려보던 김중수 선장이 급기야 입술을 빙실거리며 까딱까딱 손가락장단을 치기 시작했다. 그 손가락 춤을 곁눈질로 살피고 있던 윤병국이 때맞춰 입장단 쳤다.

"오매야아— 저레 백히모 센타 브로크 깨진다 아이가!… 고마 양망해사제 고기떼에 망파 안되란 법도 없을따!"

그제서야 김중수 선장이 입을 열었다.

"… 벨시런 위로곡 다 듣제. 망파는 와?"

"저레 백히는데 50톤만 되겠입니꺼. 푸울 코오트 50톤 잡고…"

"흥— 고마 오타보드 샤클 앞까지 맹태로 죽을 쏠란다!"

"배가 공선인데 개얀겠입니꺼. 50톤이 뜅기적뜅기적 놀아보모 발란스 잡기도 디게 욕볼텐데예."

"그때는 고마 그물 째모 안되나."

"내나 망파 아잉교."

김중수 선장이 윤병국의 그 말에,

"… 하모 양망해사 쓸끼제."

하고 나서 성준이 보고 들으라는 듯이 악세게 토를 달았다.

"인자 공흥3호한테 손해배상청구건만 남은기라!… 저거 어창에서 4천 팬 기 알차 내놓든지 아니모 하루 작업경비로 물든지!"

성준은 가슴 한구석이 쩌르르 저려왔다. 김중수 선장은 '발사장'에서의 작업을 떠올리며 분통을 삭히고 있을 거였다.

바로 어제의 일이었다. 한 마디 안부도 없이 앵돌아졌던 부친이 SSB로 '태창

302호'를 호출하고 나선 것이었다.

처음에는 시답잖다는 표정으로 눈꺼풀만 껌벅대고 있던 김중수 선장이 별안간 화닥닥 일어섰다.

"우짠 일인강?⋯ 저거 광수 목소리 아이요!"

"그렇네예⋯ 인자 베락때릴 심사인갑다."

그러나 부친 유광수 선장의 목소리는 윤병국의 짐작과는 달리 삽상한 바람 한 줄처럼 시원하고 정겨웁던 것이다.

김중수 선장이 폰을 잡기 무섭게 들뜬 목소리로 받아넘겼다.

"여기는 태창302! 감도 억수 좋십니다아ー"

"나 공흥3호 유광수라카제."

"목소리만 들어도 처억 아이가⋯ 우쩨 반가운지 고마 뜨거운 눈물이 요레 사알 솟을라카네. 우짠 일로 낼로 다 찾고⋯"

"어황보고로 들으이 귀선 어황이 디게 안 좋응갑제. 와 그랄꼬? 고사로 잘못 모셨는강, 아니모 사람을 잘못 태워가 그라는강?"

"고사도 삑따구 휘게 자알 모셨꼬 했는데 우짠 일로 요라는지 쏙이 끓는다 아이가."

"퍼뜩 발사장으로 드가라꼬! 씨알 좋은 농밀군으로 망이 터지게 안 드백히나. 고마 양망해가 퍼뜩 드가!"

"렛꼬한 지가 인자 한 시간 됐나 싶은데."

"끄사보이 머할끼야? 씨알 좋체 포란상태 조옷체에⋯ 라운드 팬은 더 말할 것도 없고 드레스 제품 깜으로 고마 만망이야!"

"발사장에 고레 우수품 농밀군이라니 북양어장도 인자 노망끼가 드능갑다. 우짜든동 요레 고마울 수가 있겠나."

"은혜는 나중에 갚으모 되고… 다른 배들 뽀르르 기닿기 전에 퍼뜩 드가라꼬. 그람 공흥3호 아우트."

김중수 선장은 폰을 놓자마자 눈물마저 글썽해서 감탄했다.

"쥑이도 살리도 친구배끼 더 있나! 머라케도 광수라아— 하모, 우짠 정분인데?"

김중수 선장은 다짜고짜 마이크 폰을 잡곤 '양망 스텐바이!' 악을 쓰고 나서 이번에는 국장실로 다이얼을 돌려댔다.

"국장이요? 낸데에— 도대체 어황청취로 우쩨 하는기요?… 발사장에 농밀군이 육즙을 짜댄다는데 국장은 무신 정보로 고레 택도없게 듣노말따… 어데 정보는 어데 정보? 공흥3호 정보제!… 죄받을 소리 고마 치삐리소. 신빙성이 우짜긴 머시 우쩨욧!"

김중수 선장은 '초사, 내 쏙이 썩어 쪼매 눕고 볼끼요. 양망해가 전속으로 발사장에 드가소!' 해놓고는 휠하우스를 나갔다.

"드레스 제품이란 말에 고마 정신이 히떡 항갑다."

윤병국이 중얼거렸다.

"… 드레스 제품도 내나 맹태 아이겠입니꺼."

성준의 물음에 윤병국은 노골적으로 꾸짖었다.

"니 아무리 신빠이라고 학교서 멀 배웠노?… 드레스는 대가리하고 내장 빼내고 냉동처리 하는 기고 라운드는 내나 통째로 냉동하는 팬 아이가. 너거 아부지가 유식해서 쎄가 경끼 도능갑다. 드레스나 라운드는 원체가 북양 가자미에다 쓰는 명칭이라.… 하기사 우리도 맹태로 드레스해가 선어라케서 호주로 수출하니까네…"

'태창 302호'는 부랴부랴 양망을 서둘러 '발사장'으로 들어갔다. 예망 네 시간— 그러나 어황은 부친의 말과 판이 달랐던 것이다. 줄담배를 태우며 용케 참는다 싶던 김중수 선장이 급기야 옹두라지 깨지는 소리를 내지르며 머리통을 감싸쥐었다.

"아고야― 광수 요 웬수노무셰끼로 우쩨 묶어사 한이 풀릴꼬!⋯ 씨알이 우짜고 포란상태가 우짠다꼬?⋯ 하기사아― 쏙아넘어간 내가 빙신이제!⋯ 초사! 양망해가 '금강산'으로 드갑시더."

그때 SSB에서 부친의 목소리가 울렸다. 윤병국이 잽싸게 끼어들었다.

"누고? 캡틴 목소리가 아인데."

"⋯ 초삽니더."

"망파 안됐능가 모르제.⋯ 맹란젓 몇백 통에다 5천 팬도 더 짰능갑다."

"쪼매 심하셨임니더."

"인자 알았능갑다. 거 머시라 중수한테 요레 전하소. 놈의 쏙 고레 뒤집어놓고 고만한 베락맞능기 억수 운 좋다꼬! 내 오번 항차 쫑하모 북양배 그만 탈란다 했는데 내도 독이 올라가 고레 몬하겠어. 다음 항차에는 내도 중수 자석 뽈때 그놈아로 태워가 나올끼라!"

"고마 됐임더. 옆에 2항사 있는데 목소리라도 안들어야 하지 않겠임니꺼. 을매나 아부지가 그립겠임니꺼?"

"치소고맛! 이항사고 씹항사고 내 그런 자석 논 일 없소! 공흥3호 아우트합니다."

김중수 선장이 영독스럽게 중떨거렸었다.

"좋고 말고오― 내 그렇잖아도 뽈때 그놈아로 어떤 배로 태울꼬 쏙 안태웠겠나! 내 머시라, 지노무셰끼 매꼬로 배내보지 감씨에 붙은 보리밥 알갱인 줄로 아나? 내 베링해매꼬로 크고 넓은 김중수다! 후웅―"

김중수 선장은 그 적 화뿔 돋치던 생각에 곁들여 손해배상 어쩌구 참참하게 뱉아봤던 것이다.

"양망 스텐바이!"

김중수 선장의 명령이 떨어지기 무섭게 성준은 윈치실로 내려갔다. 갑판조 선원들이 슬립웨이를 따라 열지어 서고 3항사 최윤복이 '트로올 윈치'를 가동하기 시작했다. 끄르릉끄르릉 '와이어드럼'이 돌고 장력에 몸살떠는 '트로올 와프'가 소름돋는 신음을 토해냈다. 팽팽한 장력으로 긴장된 와프가 울 때마다 와프를 싸바르고 얹혔던 얼음이 분말처럼 뿌옇게 산분되고 있었다.

1천2백 회전에 9백 미터로 해심에 뻗쳤던 '트로올 와프'가 거진 감겨온다 싶었을 때 통신장이 탄성했다.

"웜매! 냉동이 넉 대 모다 불나게 생겼어. 백혀두 백혀두 저렇고럼 백힐 수 있는감? 만망 억시게 봤제만 저런 만망은 츰 보네!"

성준은 통신장의 눈길을 따라 선미께의 바다를 내려다봤다. 터질 듯이 배가 부른 에메럴드빛 '트로올 네트'가 덩두덩실 떴고 그 위로 북양 갈매기떼들이 눈발처럼 하얗게 앉고 있었다.

성준이 통신장에게 물었다.

"저런 꼴은 첨 본다 아입니꺼. 트롤네트가 와 저레 뜬답니꺼?"

"우덜 조선늠덜 판소리가락으로 읊자면 저것이 바로 '떳다 봐라 만망'이여! 믄 논설이냐?… 그물 배창시가 홀쭉하다 보면 그물은 오타보드 올라올 때까정 형체두 없이 잠기기 십상이구, 그물 배가 만삭이다 치면 저렇고럼 뜨능겨."

벌써 막장 뜸이 들었을 법한 김중수 선장의 신살돋은 목소리가 꺼렁 스피커를 울렸다.

"보승! 내 말로 명심해 듣거라!"

갑판장이 알아들었다는 듯이 번쩍 팔을 들어 보였다.

"50톤도 훨씬 넘는 만망이다. 쎈터 브로크에다 걸자마자 플랩해치 열고, 그때 고마 그물을 짠다! 알았제? 배가 공선에다 스웰이 크니까네! 한 치 하자없이 실행해사 쓴다, 알았제?"

갑판장이 또한번 손을 들었다 놨다. '오터 보오드'가 올라오고, 얼음처럼 식은 부이들이 헐레벌떡 갑판 위로 굴러들었다. 침자(沈子)들도 질세라 우당탕퉁탕 악을 쓰며 줄달아 올랐다. '카고우 윈치'가 시동하고 '트로올 네트'를 끌어세우며 '쎈터블럭'이 떵떠엉 꾕음을 토해냈다. '피시폰드'의 플랩해치가 스르르 입을 벌렸을 때에야 '트로올 윈치'가 치이— 긴 숨을 내쏟으며 멈췄다.

로울링을 따라 만복의 '트로올 네트'가 좌우로 뒤뚱거렸다. 그때마다 선체는 밸런스를 잃고 아슬아슬 눕곤 했다.

김중수 선장의 다급한 목소리가 터졌다.

"이노무셰끼덜아 멋들 하고 있노? 째라! 퍼뜩 째랏! 배, 배가 공선이닷! 째라아 퍼뜩!"

갑판원들이 민첩한 일개미떼처럼 '트로올 네트'로 기어올랐다. 번쩍번쩍 빛나는 푸른 서슬이 그물을 찢었다.

쏴아— 흡사 수도물같은 명태가 금새 갑판을 채웠다. 그제야 선체는 끄응 일어서며 밸런스를 되찾았다. 육지의 자갈보다 더 흔한 명태들이 '피시폰드' 속으로 쏟아져내렸다.

그때였다. '트로올 네트' 속에서 웬 시꺼먼 물체가 오르락내리락 곡예를 하는가 싶더니 짐바리 떨어지듯 갑판 위로 곤두박질 했다. 자줏빛 '씨이라이온(바다사자=강치.해룡海龍)'이었다. 녀석은 허옇게 이빨을 들어내며 껑껑 악바리쳤다.

통신장이 탄성을 내질렀다.

"저늠은 중송아지만 허네! 더러 들제만 저렇고럼 큰 늠은 츰여!"

돌연한 사태에 정신마저 몽롱했던 성준이 희한해서 물어봤다.

"저놈아 저거 우쩨 드가백혔을까예? 말로만 들었을 때는 구라도 억수친다 했는데 참말로 저레 드네예!"

"한 가지두 안애렵제잉. 워찐 늠은 명태 잡어묵겄다고 들어가서나 용케 살기도 허구, 초장에 들어가 백힌 늠은 네 시간 예망쯤에 숨도 못 쉬구 죽기도 혀… 그란디 저늠 기세로 봐서는 필시 믄녀려 곡절이 유헐꺼여. 지 예팬네 따라 안백혔능가 몰러… 내가 후딱 처리장에 들어가 봐사 쓸랑갑다."

통신장이 '윈치실'을 화닥닥 빠져나갔다. 김중수 선장의 목소리가 타이르듯 차악 가라앉아 있었다.

"내쪼까라아— 내 너거덜 흑심을 다 안다 아이가. 고마 자지로 발라가 양기로 충천 시키고 싶을끼라… 저 노무셰끼 보거로, 그물 쨌으모 칼로 접을끼제 와 뒷춤에다 사알 칼로 감춰가 깐작대노? 퍼뜩 내쪼까라!"

갑판원들이 마지못해 에워싸자 바다사자는 탄성의 유들거리는 전신을 떨어대며 갑판 위를 장터 삼고 뛰어다녔다.

"저노무셰끼덜 하는 꼴로 보제. 고레 얼라 잠재우는 식으로 우쩨 내쪼까? 로프로 묶어가 쇄빙용 삽으로 방뎅이를 치대랏! 내 요레 좋게 말로 할 때 내쪼까라아—"

바다사자는 목덜미로 감겨드는 로프를 와락 한 입에 물고 들소 멱줄따는 사자처럼 흔들어댔다. 그 바람에 건장한 체격의 갑판조 선원들이 로프를 잡은 채로 이리저리 휩쓸려 다녔다.

김중수 선장의 목소리가 차츰 독살스러워져갔다.

"저노무셰끼덜이 지금 장난을 치는강? 삽으로 방뎅이를 치라는데 와 안치고 시간만 끄노?… 옳거로, 내 고마 드가모 그때 해수탕으로 몰아가 자지로 회쳐가 한 점씩 묵을라꼬 그라제, 앙? 이노무셰끼덜 택도 없다! 빨리 내쪼까!… 갑판에 맹태가 널렸는데 언제 다 치고 투망할라꼬?… 저, 저런 문디이셰끼 보거로! 이노무셰끼야 까딱 잘못했다카모 사람 상한다아이가? 고레 대들다가 강치 쥐두이 앞에서 히떡 디비져 봐라. 삑따구가 바삭바삭 안죽고 배기나?"

그때 갑판장이 바다사자 뒤로 바짝 접근해서 쇄빙용 목제해머를 엉덩이에다 떡방아 치듯 내려꽂았다. 퍽— 하는 둔탁한 소리와 아울러 강치가 길길이 미쳐 뛰었다. 숫구멍 빗맞은 씨돼지 뛰듯 산지사방 정신없이 뜀박질하던 강치가 그제야 바다 속으로 첨벙 뛰어들었다. 어지간히 여년묵은 솜씨들이 갑판 위로 널브러졌던 동태를 '피시 폰드' 속으로 쓸어넣기 시작했다.

기다렸다는 듯이 김중수 선장의 오더가 떨어졌다.

"1천2백에 9백!"

"1천2백에 9백!"

최윤복의 복창이 막 끝났을 때 윤병국이 '윈치실'로 들어섰다. 성준은 그제야 스페인 투우장에 섰던 듯했던 환몽을 지웠다. 갑판원들이 칼로 찢었던 그물을 익숙한 솜씨들로 보망하고, 또 한편에서는 투망에 대비하는 정연한 작업이 진행되고 있었다.

"보그라. 씨이라이온 좆몽댕이 한번 보거로 저레 퍼뜩퍼뜩 일또 잘하제에— 평상시에도 고레 해보제! 내 너거덜 죽었다카모 관 떠메고 곡을 할끼다아— 윈찌 스텐바이 됐제?"

"윈찌 스텐바이 됐임더!"

"렛꼬오!"

김중수 선장의 짤막한 명령이 떨어지자 '트로올 네트'가 슬립웨이를 타고 미끄러졌다. 꾸당꾸당탕— 묵중한 침자들이 요란스레 구르면서 '슬라이딩 로울러'를 넘어갔다. '오터 보오드'의 고정 샤클이 풀리면서 철대문 본새의 육중한 '오터 보오드'가 첨벙 물 속으로 떨어져내렸다. 그순간 당구대 위로 줄지어 선 나인볼 같던 부이들이 해심으로 자취를 감췄다.

윤병국이 쩝쩌업 쓴입맛을 다셔댔다.

"거참 요상시럽제. 누구는 천하 악종이라 정이 없겠노 말따… 살려줄 놈은 살려주더라도 한 마리쯤은 너거딜 양기로 충전시켜라 카고 좆까라 놔두능기다. 고마 강치 올라올 때마다 고향산천 디게 읊어쌌체. 사람도 죽을 때는 고향에 가 묻히는데 강치라꼬 와 지 고향에 묻히고 싶지 않겠노얏! 산 놈은 반듯이 내쪼까고, 죽은 놈도 제사로 자알 모셰가 바다에다 던져야 사람일따아— 내라고 악종이라 요레 숭보능기 앙이라. 목심 내놓고 북양배 탄 뱃놈덜 아이가? 강치 좆 삐지가 한 점씩 나와 묵거로 귀항하기 무섭게 지 예팬내 옥문에다 양기 쏟을텐데 그게 머 고레 탈 될끼 있겠노말야, 에엥—"

말을 마친 윤병국이 '가마안!'하더니 귓바퀴를 바다 쪽으로 쫑그려 세웠다. '꺼, 꺼, 꺼어—' 강치의 울부짖음이 심상치 않았다.

윤병국이 성준의 손을 끌며 낮게 속삭였다.

"내나 아까 그놈이 저레 운다 아이가.… 지 혼자 드백혔다모 벌써 줄행랑 쳤을낀데 저레 우리 배만 싸고 도능기 영락없을끼라!… 먼차 드백힌 놈이 있을끼다. 지 마누라상 아니모 지 형제 아이겠노!"

성준은 윤병국에게 이끌려 처리장 계단을 타내렸다. 통신장과 함께 동그랗게 모여 서성대던 선원들이 화닥닥 흩어지며 딴청을 피웠다.

윤병국이 낌새를 짐작 잡고는 다짜고짜 소리쳤다.

"죽은 놈 어쨌노?… 내 다 알고 왔는데 와 요레들? 암놈이가 숫놈이가?"

선원들은 멀쑥해서 말이 없고, 통신장이 나섰다.

"거 머시기… 보지여."

"보지라아— 쪼매 섭섭다만 그만이라도 한 껀 올린기제. 어데 있어?"

통신장이 비켜섰다. 그 뒤에 죽은 씨이라이온 한 마리가 입을 쩌억 벌린 채 넘늘어져 있었다.

철계단 타내리는 소리들이 한바탕 요란하더니 투망작업을 마친 갑판조들이 우루루 몰려들었다. 그들은 윤병국을 보더니 무르츰히 굳었다.

"너거덜은 와?"

윤병국이 흔연스레 몽짜치자 다 알면서 뭐 그러느냐는 투로 서로들 히죽거렸다.

"눈치 한번들 디게 빠르제. 그물 쨀라, 산 놈 내쪼까뿔라, 투망작업할라, 그새 맹태사태에 섞이가 피시 폰드로 떨어지는 강치는 은제 봤노?"

갑판장이 받아넘겼다.

"박공팔이 투시력 덕이지예."

윤병국이 서둘렀다.

"캡틴 알모 난리 날기다. 공팔이 저놈아 셋바닥 개불매꼬로 삐죽삐죽 스능거 보거로. 옥문탕을 무르팍상 묵게 해주고 나머지는 너거덜이 알아서 처리해라. 퍼뜩 해사 쓴다이."

통신장이 끼어들었다.

"거 머시기 까죽에는 손터럭 대지 말어. 노임수허고 내꺼여."

말이 떨어지기 무섭게 선원들은 강치를 덮치듯 요란스레 어우렸다.

"간하고 쓸개는 내끼라."

"머시라? 와 도리할라꼬 고레? 내캉 나누자."

"한 번만 봐도고! 우리 아부지가 간경화 아잉가베. 요참에 효도 몬하모 언제 할끼라꼬."

"너거 아부지만 간경화 앓나? 울어매도 간병 돋칬다꼬!"

"앞날개는 내끼다! 어데다 칼로 박노? 내 형수가 신경통으로 동네마실도 몬 돈다."

"내나 같은 처지라말따. 내 마누라 좌골신경통 때미로 반송장 아잉가베. 고마 한쪽은 내 도고."

"몬해!"

"이 씨발놈이? 몬 준다모 택아지로 빠사뿔라!"

갑판장이 '의좋게 나놔가지지 몬하고 와덜 삼질이야? 이노무셰끼덜 허리 빼 간지로 밟아 쥑이뿔라'하면서 강치의 골을 도려내고 있었다.

윤병국이 물었다.

"강치 간하고 쓸개는 간에 특효고 날개는 신경통에 비방이라 들었다만 골은 어데다 쓸라꼬?"

"고혈압에 왔다 아잉교!"

"… 그래?… 누가 고혈압인강?"

"어무이가 고혈압입니더.… 일할 때가 쏙팬타 아입니꺼. 일손만 났다 하모 어무 이 생각에 고마 빼둑빼둑 살점이 내립니더… 언제 세상을 떠뿔찌 모르니까네."

성준은 순간 섬뜩한 기억 하나를 떠올려보고 있었다. 양망 직전— 선미붐에 선 채 망망한 수평선을 내다보며 목석처럼 굳어있는 갑판장의 모습은 언제봐도 사람이라기보다 바다의 정밀한 비품과 닮아 있었던 것이다. '오터 보오드'가 올 라오기 전까지 그는 으례 그렇게 서 있었는데, 그가 바다의 한부분이 아니라 미 구에 동작을 시작해야 하는 사람일 뿐이라는 믿음을 위해 간간이 물보라가 그의 전신을 싸덮었고, 그는 뿌연 물보라에 갇혀 형체도 없다가, 그 물보라가 가실 때면 '라이프 라인'을 붙잡고 겨우 생명의 질서를 비척거렸던 것이었다. 그는 그 죽음처럼 적막한 안도 속에다 써늘한 부이같은 모친의 얼굴을 띄워놓고 한없이 태연해 봤을 거였다.

윤병국이 처리장을 나섰다. 갑판 위로 올라섰을 때 윤병국이 성준과 통신장을 돌아다보며 말했다.

"벨시런 조화 아잉가베!… 생긴 쌍판들은 면도한 오랑우탕보다 날끼 없고, 쥐두이로는 천하 불쌍놈덜 쌍소리만 술수울 틀고, 빼간지 구미다데는 빼도 박또 못하게 쌍놈 골상들 아이요!… 그런데 말따아— 저놈아덜 맘들이 와 저레 이삐노?… 내 고마 미치겠다! 와 저레 이삐고 순할꼬?"

통신장이 담배 연기를 푸우 내뿜으며 씨암탉 알 겯듯이 맞받아 넘겼다.

"혼저만 미칠 일이 아니여잉… 천하유일격 애처가으다 불세출의 대효 덜이여!… 우아따아 나도 곰새 미치겠네여, 워쩨 저렇게 이삐당가잉!"

부산서공(釜山鼠公)

'태창 302호'는 연 닷새째 기막힌 호황을 맞고 있었다. 양망했다 하면 어김없는 만망이었고, 평상시 같으면 두 대만 가동하던 냉동기를 네 대 모두 가동했지만 처리능력은 몹시 달렸다. 사관들 모두가 교대순번을 무시한 체 '휠 하우스'에서 복작거리는가 하면, '태창 302호'는 '트로올 네트'를 센터 블럭에다 매단 채 스케줄에 없는 항로를 하릴없이 유람부유하기 일쑤였다. '플렙해치'가 미처 열릴 틈도 없이 '피시폰드'는 선도가 떨어지는 명태로 만원사례였고 처리장 선원들은 콘베이어를 타고 밀려드는 명태를 두 손으로 좍좍악 쓸어 바다에다 내쏟을 정도였다.

"니기미 시발놈덜! 탈판실 놈덜은 팬을 쌂아묵나 곰국을 끓이나? 팬이 돌아와사 맹태로 담든지 말든지 하제 팬도 없는 맹태로 어데다 담을끼고?"

처리장 선원들의 투정이었고,

"냉동실 놈덜보고 니기미 십이다 캐랏! 분무기 열탕이 식을 짬또 없이 삐둑삐둑 얼려가 밀어붙이는데 와 탈판실에다 대고 성화노얏? 팬이 덥혀져사 맹태가 떨어질 게 아인강! 성애발 시퍼런 팬이 고마 첩첩 쌓였는데 언제 다 녹여가 보내?"

탈판실 선원들은 그들 나름대로 화뿔을 세웠다. 온통 고무제품으로 싸입은 처리장 선원들이 급기야는 별의별 희한한 통사정을 해왔다.

"처리장놈덜! 와 처리량이 요레 늦노?"

"말또 마소! 다섯 놈째 왼 삭신이 간지랍다 캐싸면서 디비졌임더!"

"머시라? 와 삭신이 간지랍노?"

"처리대 앞에 맹숭하이 서보이 어데 팬이 있입니꺼? 일손에 불이 붙어사 땀도 나고 할낀데 부체매꼬로 서있으니까네 습기가 어데로 빠질낍니꺼? 고마 습진이 돋아가 안그렇십니꺼!"

"아고야! 내 벨 습진 다 볼따. 한여름도 아인데 습진이 어데 돋아? 앙?"

"… 낭습이라 캅니더."

"… 낭습이 또 머꼬얏!"

"게 머시라아— 붕알에 돋는 습진이라 캅니더."

"치아라 고맛! 그노무셰끼덜 몽실몽실한 붕알통 모다 도려내가 북양 한치 낚시밥 걸끼라!… 일로 몬하겠다모 처리대 앞에 서가 죽을끼제 어데서 디비지노? 그노무 붕알에, 그노무 좆대가리에, 일도 많고 탈도 많체!"

악바리 쓰던 윤병국도 수화기를 놓자마자 제풀에 끼들거리고 말 정도였다.

성준은 따르릉 울리는 전화벨 소리에 잠에서 깨어났다. 그 짬에 정신없이 늑
처진 모양이었다.

"2항사입니더."

수화기 속에서 윤병국의 목소리가 울렸다.

"아네로이드 기압계가 시방 1천20미리바라아— 북양이 동래 금강원 방죽매
꼬로 잔잔하다 아이가… 요레 좋은 날도 드물끼제. 요때 장례 안 모시모 언제
모실끼야? 퍼뜩 선미께로 나오이라!"

"… 장례라이요?… 무신 말씸잉교?"

"부고장 몬 받았나?"

"… 부고장?… 누, 누가 죽었답니꺼?"

"싸롱이 부고장 돌린다는데… 에고, 에고오— 내 섧다 우쩨 살꼬오— 아고야
아고야아— 무신 죄로 져가 내 요 팔짜된단 말꼬오— 에고, 에고오오—"

윤병국이 코맹맹한 소리로 가닥가닥 통절하게 읊더니 전화를 끊었다.

성준이 수화기를 놓고 우두망찰 혼줄을 아릿아릿 떠 보내고 있을 때였다.

싸롱녀석이 들어왔다.

"부고장 여기 있임더."

성준은 녀석의 손에서 벼락같이 부고장을 뺏아들고는 훑어 내렸다.

〈본관 부산서공 남항동 태창씨 이득환 불행 어작야어창동사 자이부고
(本貫 釜山鼠公 南港洞 泰昌氏 以得患 不幸 於昨夜魚倉冬死 玆以訃告.)

발인 삼월십오일 정오십시(發靷 三月十五日 正午十時)

장지(葬地) 돌아가는 삼각지 어장(漁場)

사자(嗣子) 무야(無也)

호상 통신장(護喪 通信長)〉

성준은 문귀가 설어 아무렇게나 옷을 챙겨입곤 선미께로 내달았다. 선미붐께로 오구구 몰려섰던 통신장, 기관장, 초사가 성준을 보자마자 화급스레 낮은소리들로 곡을 해댔다.

— 에고 에고오, 불쌍타 우쩨 하노오— 장도 4만리가 아깝어서 이 일로 우짜겠노오— 에고 에고오, 에고 에고오—
— 시상천지 박복불운혀다 치도 요렇고럼 불쌍한 저승이 워디 또 있당가아—아구구우 어허야, 어황보고구 정보교환이구, 또돈또 쓰쓰쓰으 뛰딜길 맴도 읎네에— 와이고 와이고오—

바다 속에다 먼가레 치기로서니 그래도 시신은 모셨겠지 하며 사위를 두리번거리던 성준은 한곳에 눈길을 떨구고는 아연해버렸다. 기껏 20여 센티미터나 될까말까 한 백색 휴지가 그들 앞에 놓여 있었는데, 그들은 그 휴지를 향해 청승맞은 만곡을 읊고 있던 것이었다.

"워쩌? 시신이락두 볼랑가? 못 보면 한되여. 와이고오— 믄났다구 호상은 맡아서나 요런 짓을 다허구!"

통신장이 휴지를 걷어냈다. 새우등짝처럼 바짝 등줄을 굽히고 얼어죽은 한마리의 쥐였다.

그때 김중수 선장이 아그작아그작 다가왔다.

"장례로 모신다꼬? 맹색이 선장인데 내 불참하모 말또 아이제."

"내 출항 전날밤 보이까네 요 자석이 접안로프로 타고 기오르더라꼬요. 옹야

니 잘 만났다 하고 친구삼자 안했겠임니꺼. 그런데 영 낯짝을 뵈줘야제! 궁금
해 몬 견디겠더라꼬. 고레 찾아나섰드이 어창에 드백히가 요 모양 요 꼴로 얼어
죽응기라. 대한민국 정기로 타고난 놈이 요레 허망하게 죽을 수 있겠임니꺼."

윤병국이 꼬리를 집어들고 이리저리 한댕거렸다. 한참 후 윤병국이 쥐를 바
다 속으로 내던졌다.

김중수 선장이 건성으로 '에고 에고오' 읊자 모두들 그를 따라 야경스럽게 '에
고 에고' 장난스럽게 곡을 했다.

김중수 선장이 의미심장하게 내뱉았다.

"조상 볼 면목도 없다! 북양이 어덴데 여기까지 기나와가 고레 죽노? 끌 끌
끄을—"

김중수 선장의 말끝을 잡고 저마다 한 마디씩 내쐈다.

"저승에서는 쪼매 재보거로!"

"조상 볼 면목도 없다!"

"부디 조상님전(前) 사죄혀서 흠양귀촌 허시게여. 우덜이 쥐만 아니다 뿐이제
워찌께 보면 같은 나라 한 핏줄 아닝게벼. 자네는 디헌민국 쥐 핏줄이구 우덜
은 단군 한 핏줄이구!"

김중수 선장이 갑판 사이드에다 턱을 얹은 채 멀끔히 바다를 내려다보고 있었
다. 잠시후— 그가 이렇게 뇌까렸다.

"뭍에서야 웬수나 다름없는 쥐 아잉가베. 그런데 와 콧날이 찌잉 할꼬?… 내
인자사 광수 맘 알겠다꼬. 쥐 한 마리 장사지내는 바다가 요레 쓸쓸한데!…"

한 마리의 부산 쥐가 4만리 장도(壯途)도 헛되게, 무중력 공간을 유영하는 우
주인처럼 돌고 돌며 곤두서며, 뒤재기며 누우며, 차디찬 북양의 해심 속으로 가
라앉아가고 있었다.

11

노발탕
怒發湯

북양은 하룻밤 새에 돌변했다. 시정(視程)은 제로, 끝없이 몰려드는 눈보라 때문에 불과 2미터 앞의 견시(見視)도 어려웠다. '아네로이드 기압계'는 9백 50 미리바에서 못박은 듯 굳어버렸고, 파고는 6미터, 초속 25미터의 광풍이 '태창 302호'를 후릴 때마다 거대한 데리크 와프들이 절명하는 포악한 짐승처럼 울어댔다.

바로 어제까지만 해도 김중수 선장의 기분은 신명들린 듯 들처났었다. VHF(초단파무선설비)를 통해 들려오는 소리 들은 모두 불황에 목이 타는 갈급스러운 투정들뿐이었고, 김중수 선장은 그런 불황들을 비웃적 거리며 '태창 302호'의 호황에 분수넘는 자만까지 곁들였던 것이었다. 말하자면 '태창 302호'의 호황은 순전히 자신의 탁월한 어로실력 탓이라는, 그쯤의 위세에 가닿던 것이다.

"후웅— 억수들 처량하제. 신주같은 어장도 싸보듬고 궁리로 해보이 벨 비죽한 수 있겠나!… 내 자랑 같아 남새럽다만 북양 맹태는 우짜든동 관록이 잡능 기다. 피시 화인더만 눈깔 씨랍게 치다봐도 벨 수 없꼬… 믿었던 어장이 와 황되겠노? 맹태가 뜨는지 깔아앉는지를 감잡아사 쓴다꼬! 맹태의 침군과 부유군은 풍조상황에 따라 좌우된다 아이가.… 모다들 피시 화인더에 꽉 찬 뜬 고기만 쫓다보이 저라제! 어흠—"

이쯤 기고만장하는데 SSB(중단파대무선전화)가 삐이삐이 몸닳더니 한국어선을 호출하고 나섰다. 일본어선이었다.

- 강꼬구 센 간또 아리마쓰까. 고찌라와 니혼센 다이묘마루, 오바—

(한국선 감도 있습니까, 여기는 일본선 대명환)

김중수 선장이 낮게 투덜거렸다.

"후웅— 쪽바리놈들도 쩨가 타능갑다. 기술협조로 받겠다모 낼로 찾아사제 밑도끝도 없이 한국선은 또 머꼬?"

그때 어떤 배에서인지 살뚱스러운 응답이 째앵 터졌다.

"고레, 고레 간또 아리마쓰다. 간또고 개십이고 와? 간또가 있으모 우짤끼고 없다모 우짤끼야? 치아라 고맛?!"

일본선들의 대화가 VHF를 흔들었다.

— 난또 유우까네? 야쓰라 깃빠리 하나시오 깃데 시마후네, 도리가 나이네.

(뭐라고 하는 거야? 새끼들 딱 말 끊고 나서는데 도리가 없군)

— 오이 시로마루, 교꼬와 도우다? (어이 白丸, 어황은 어때?)

— 쌰꾸니 사왔데 야리끼레 나이요. 소찌도 도우다?

(더러워서 못해먹겠군. 거기는 어때?)

— 쇼가나이. 곤찌꾸쇼노 멘따이 야쓰라가 고모노 바까리다. 오오모노라와 다네끼레다요.

(말도 말아. 이놈의 명태 새끼들이 노가리 뿐이야. 큰 놈들은 씨말랐어.)

— 민나 스데모노 바까리다네. 소레다노니 강꼬꾸노 야쓰다찌와 교꼬호꼬꾸니 요레바 요오 도루네.

(죄다 버릴 것뿐이구먼. 그런데 말야 한국놈들 어황보고 들어보니까 잘 잡는다구)

— 소노야쓰다찌와 도루노니 나니까 아루요. 강꼬꾸노 후네가 아쓰맛데 이루 도꼬로가 난또 센까네?

(그놈들이야 잡는 데는 뭐 있지. 한국배들 몰려 있는 곳이 몇도 선인가?)

— 욘쥬로꾸도센 고에떼 기따노호 라시이네… 치쿠쇼다레! 기쇼마데 헨데꼬 데네.

(46도선 넘어 북쪽인 것 같은데… 쌍놈의 것! 기상마저 더럽고)

— 히도이네 히도이, 사요나라. (지독하구먼 지독해!)"

김중수 선장이 한바탕 꺼들거리고 나서 말했다.

"초사야 일본말로 아이까네 다 듣고 알았겠지만 저놈아덜이야 무신 도체비 소린고 할끼라… 너거덜 내 통역을 할테니까네 들어 보거로… 숩게 말해가, 한국놈들은 와 저레 맹태로 자알 잡는강 하는 소리라. 어황보고로 들었다 하이까네 내나 태창 302 김중수 칭찬일따!… 와 그런고? 내밖에 더 있나? 요레 호황 부리는 한국선은 우리 배뿐이니까 내나 너거 캡틴 칭찬인기다."

김중수 선장은 한숨 돌리고 나서 다시 떠벌렸다.

"보그라! 눈깔 닿는 데마다 일본제로 도배했다 아이가? 기기들은 모다 일본젠데 저런 기계 맹글은 일본놈덜은 괴기 몬 잡아 디비지고, 요 김중수는 맹태로 억수 잡고오… 부조화도 디게 얄궂다 아이가."

김중수 선장은 수삼 박은 조니워커를 병째 꼬르르꼬르르 마셔대며 여느때 같지 않게 영바람 잿다.

윤병국이 씨그둥해서 말했다.

"… 한나도 자랑 아입니더."

"머시라?… 초사! 시방 머시라캤노?"

"자랑도 자랑 나름이다 안했임꺼."

"… 와? 불만있는강? 내 무신 틀린 말로 했오? 내 어황보고로 쐬였는강 없는 말로 지어내가 이러는강? 냉동기 넉 대가 불나도 처리량이 밀린다모 고마 억수 잡은기제 머 고레 삐딱하노? 요랄 때 자랑말라 카모 고마 셋빠닥 카악 물고 병어리되사 속이 차겠는강?"

"고레 생각하시모 안 되지예. 그런 뜻이 아입니더."

"… 하모?"

"일본놈덜이 만든 기계로 괴기 억수 잡아봐야 머하겠노 하는 요런 말 아이겠임니꺼… 기계 뿐이겠임니꺼? 기상도 내나 한 가지 아잉교. 일본놈들 기상 아니라모 한 항차에 여러 배 넘어갔을낍니더.… 일본 놈덜 기상 받아가면서 일본제 기계로 괴기 억수 잡아봐사 머할끼라요?… 우리나라 기상 받아가 우리나라가 만든 기계로 괴기 잡아사 진짜 자랑이다 요런 얘깁니더!"

김중수 선장은 윤병국의 차근차근한 말에 그제야 화를 풀었다. 자신이 생각해도 멋적었는지 '술로 많이 마셨드니 신경이 디게 날카로와진다꼬… 자아— 한 잔 쭈욱 하소'하며 엄벙뗑 뭉기적 거렸다.

"… 고마 됐임더."

"술로 몬하는지 내가 젤로 잘 알따. 병마개로 반 잔만 쭈욱 하라니까네!"

김중수 선장은 성준을 향해 버럭 악을 썼다.

"〈바다의 교향시〉로 안 틀고 머하노? 그노무 〈황성옛터〉 고마 차삐리라. 삐둑삐둑 언 팬이 어창으로 줄줄이 드백히는데 격에 맞는 풍악을 울려 사제, 앙?"

김중수 선장이 흥얼흥얼 노래를 따라 부르며 웅얼거렸다.

"인자 쪼매 있으모 일본놈덜 낼로 찾을끼다!… '강꼬꾸센 다이쑈 삼뱌꾸니고 간또 아리마스까', 요레 낼로 찾을끼다. 하모오—"

그가 푸욱 고개를 떨궜다. 어지간히 취기가 오른 낌새로, 그의 모가지가 설잠자는 망아지 잠투새처럼, 들렸다간 떨어지고 떨어졌다간 옆으로 기울고 했다.

"만취하신갑지예. 무신 말로 하시는 겁니꺼?"

성준이 그의 눈치를 조심스레 살피며 가만히 윤병국에게 물었다. 그때 자는가 싶던 김중수 선장이 쩟쩟하게 내뱉았다.

"이노무셰끼야 무슨 말씀은 머시 무신 말씀이노? '태창 302호'를 일본말로 읊으모 '다이쇼 삼바꾸니고'제— 일본 뱃놈덜도 우리말 잘하는 패거리가 있다 꼬!… 고레 북양 왕성님 넬로 찾능기제. 알았으모 저 머시라, 국장 좀 올라오라 케라. 그새 어장 사정들이 우쩨 변하는지 모르제."

김중수 선장의 게슴츠레한 눈이 포드 쪽으로 가물거리는 작업등을 내다봤다. 애써 치뜨는 그의 눈꺼풀이 간격적으로 개개 풀리고 있었다.

통신장이 올라왔다. 김중수 선장이 슬몃 감았던 눈을 다시 떴다.

"우짭디까? 내나 그 어황인강?"

"쬐끔씩 달라집니다. 수원지가 슬슬 오름새구 금강산에서 큰 놈덜이 들기 시작협니다유."

통신장의 말에 김중수 선장은 제정신이 든 듯 부르르 머리통을 내저었다. 벽에 고정시킨 음료수병을 뽑아들고는 벌컥벌컥 몇모금 들이켰다.

"그람 우리보다 씨알이 실한갑제?"

"들어 백힌다 하먼 암짝혀두 그쪽이 신실허쥬."

김중수 선장이 윤병국에게 말머리를 돌렸다.

"초사, 내나 센타 브로크에다 그물 걸고 있는강?"

"반망 정도 걸렸임니더."

"퍼뜩 피시폰드에 다 쏟으라카소. 고마 금강산 옆에 원통골어장으로 드갑시더."

윤병국이 처리장 다이얼을 돌려댔다.

"나머지 반 망 쏟을끼다, 됐제?… 머시라? 이노무셰끼덜아 일로 우쩨 하길래 또 두 시간 돌라카는기야?… 심뽀가 굿돈 몬 챙긴 오세미 뿐이라! 또 탈판실 핑계대제… 치아라 고맛! 내나 처리장 니노무셰끼덜이 농땡치니까네 그렇다꼬. 퍼뜩퍼뜩 팬을 짜보내모 냉동실이고 탈판실이고 그 죠시 따라잡는게야!… 보그라덜, 몰랑몰랑한 셋빠닥 고레 놀려대 보제. 고마 뺀찌로 한두 뻠 늘콰 몬 놓나! 문디이 셰끼들 두 시간 안에 피시폰드 몬 비우모 빼간지 뿌가질 줄 알라꼬."

윤병국이 수화기를 탁 걸고는,

"피시폰드에 맹태가 그적 쌓인 모양입니더. 두 시간만 더 유람하입시더. 내나 괴기 많이 잡은 죄로 즐거운 비명 질르는 거 아이겠임니꺼" 했다.

김중수 선장이 윤병국의 그 소리에 '하모오―' 맞장구치며 통신장에게 고개를 돌렸다.

"기상이 돌변하모 큰일이제. 위 아래로 생겨난 놈 없제?"

"아래로는 읎는디 위쪽에서 아들 손자 며느리 쬐끄만 것들이 생기기는 혔습니다. 모다 동북동 진행 중인디 바람이랄 것두 읎습니다."

"한다치모 살사알 두어 시간 유람해도 되제. 뜅기적뜅기적 잘도 놀고오― … 국장, 본사에서 전문 없습디까?"

"그렇잖아두 갖고 올라 올려구 혔었습니다… 한바탕 요란시런 축하 전문 받었읍쥬."

김중수 선장이 통신장에게서 전보를 받아들고는 읽었다.

"「귀선 혁혁한 어로실적 오로지 탁월한 김 선장 지도력 결과임을 믿어 의심치 않음. 계속 분투 앙망」이라… 오번 항차에는 와 요레?… 탁월한 지도력 결과임을 의심치 않는다!… 국장, 요런 과찬은 첨 아이요?"

"맞습니다유."

통신장의 대답이 끝났을 때 윤병국이 성준 옆으로 다가와 속삭였다.

"불길한 징조라꼬. 전보문이 저레 되모 꼭 귀찮은 것 한나 붙인다꼬."

"……"

"운반선 말따… 내 짐작으로는 벌써 떴다!"

김중수 선장은 만만한 취기 탓인지 마냥 기분이 들떠 있었다.

"말이사 옳거로! 다른 배들 닷새 작업량을 이틀에 때리차뿐 폭 아잉가베?"

"재론이 불요지유!"

통신장은 윤병국과 의미심장한 눈짓을 주고받은 뒤 이내 돌아섰다.

김중수 선장이 통신장을 불러 세웠다.

"전보가 또 있능가베… 기관장 전보잉갑다."

"… 거리가 멉니다."

"선원한테 온 건강?… 누구 죽었네, 고마 죽을라카네, 카는 전보는 귀항 때까지 국장이 보관하거로. 부모가 죽었으이 시염쳐 갈낀강 날라갈낀강?… 일또 몬하고 사람만 긇고, 시상에 얄궂은 일이라꼬요."

"고것 하구두 원칸 거리가 멉니다요."

"… 무신놈어 전보가 고레 애렵노? 도대체 누구한테 온기요?"

"딱 누구라구 한 사람 호칭혀서 한 것이 아니라서… 세 사람 몽탕그려서 친 전보입니다유."

"발신인하고 수신인만 대모 안돼요? 무신놈어 열담앓는 강생이 소리야?"

"… 발신인 수신인, 모다 공히 되게 격조없는 함짜들이라서 쬐끔 거시기형게 그렇습쥬."

"그놈어 거시기 좀 들어보꾸마!"

"… 그럼 읊겠습니다… 발신인은 '완월동 피조개 씨스터스'구… 수신인은… 수신인은… 요녀려 수신인 함짜가 원칸 선땀돋는 호칭이라서…"

"완월동 피조개 씨스터스? 여성 보컬 그룹인강? 해필이모 와 피조개라… 고마 발신인은 그렇다치고, 우리 배 수신인은 누꼬? 세 사람이라며?"

"명칭으로 봐서나 그쯤은 되겠다 싶은디… 수신인은— '태창 302 좆까라 부라더스'입니다!"

통신장의 말꼬리를 잡고 왁자한 웃음이 터졌다. 끼룩끼룩— 목젖 아프게 웃음을 참고 있던 김중수 선장이 애써 정색을 했다.

"오매야아— 요런 망신이 어데 있겠노?… 좆까라 브라더스?… 고레 쌍시런 말에다 와 태창 302는 갖다붙이겠노?"

"말하자면 중창단의 상징성으루다 인용허지 않았겠습니까?"

"국장 표현은 더 징그러워서 몬 들어 주겠고… 초사! 갑판장은 알고 있을거로. 좆까라 브라더스 멤버로 퍼뜩 수배해가 올려 보내라카소."

윤병국이 다이얼을 돌려댔다. 그는 그러면서도 어깻죽지에다 깡마른 모가지를 묻고는 연신 끼들거렸다.

"내 초사다, 갑판장 바꽈라… 보승이가? 내 초산데, 거 머시라아— '태창 302 좆까라 브라더스' 그놈아덜 퍼뜩 올려 보내라… 머시라? 니도 모른다꼬? … 내도 금시초문인데 우쩨 알끼고? 고마 자네가 셋빠닥 날로 세우모 그놈아덜이 안 기나오고 우쩨 배길건강?… 고레, 알았다."

윤병국이 돌아서며 통신장에게 말했다.

"발신인 수신인은 인자 고마 알았으이 전보 본문이나 한 번 읊어보소."

통신장이 구성지게 읽었다.

「부디 몸 성히 돌아와요, 뽀깍뽀깍 지가조지 뱅뱅—」

김중수 선장이 혀를 끌끌 차댔다.

"에엥— 쯧쯧. 머시라, 그 피조개 씨스터스 구성 멤버가 뻐언하다 아이가. 완월동 갈보들 아이겠나! 쎄빠지게 일해가 번 뱃놈 돈 묵겠다꼬 저레 음끼로 피샀제. 뽀깍뽀깍이 십소리 아이고 머겠노."

윤병국이 끼어들었다.

"우쩨 생각하모 피조개 씨스터스가 얄궂은 고급 잡년들보다 났임더. 누가 저런 전보라도 쳐주겠임니꺼. 사관들이나 쪼매 좆 찬 놈 대우받을까 저런 말단 뱃놈덜은 개똥값도 안 칩니더."

그때 세 사람이 주눅 든 눈망울들을 할금거리며 들어섰다. 갑판조 박공팔, 처리장의 최수환과 김의수였다. 박공팔은 잠에서 깨어난 듯에 부수수한 머리통을 긁적대며 난감한 표정을 짓고 있었다. 처리량이 어획량을 따르지 못할 경우, 그래도 그 중 편한 패거리가 갑판조 선원들이어서, 박공팔은 깊은 잠에 취해 있다가 불려나온 듯싶었다. 최수환과 김의수는 손톱독 오르게 일을 하다가 불려나온 낌새로 전신을 싸바른 고무제품이 역한 비린내를 풍겨대고 있었다.

김중수 선장이 무무해서 서 있는 그들을 주욱 훑어보고 나서 입을 열었다.

"너거들 그룹 리더가 누꼬?"

셋은 서로의 눈치만 번갈으며 어리둥절했다.

"내 미친다 아이가. 리더도 모르는 놈덜이 브라더스는 언제 고레 따악 소리나게 잘도 익혀가 붙였노? 좆까라 브라더스 왕성님이 누고 말따."

박공팔이 제 스스로 께적지근해서 더듬거렸다.

"내나 지, 지 아이겠임니꺼."

"하모오— 아호가 무르팍상인데 좆 족보 따지는 데야 뒤로 숨을 수 있겠나…

보컬그룹 함짜 한 번 좆체에― 그냥 '좆까라 브라더스'인강 '태창 302 좆까라
브라더스'인강?"

"태창 302가 대가리 앞에 붙심더."

"말또 우쩨 요레 점잖게 잘하노! 대가리 앞이라?⋯ 태창 302는 와 갖다 붙이
노얏?"

"지는 모릅니더. 그 이름은 동양화가가 지었임더."

"옳거로. 예술가 맹색에 그룹 작명도 했을따⋯ 그래, 태창 302는 와 대가리
앞에 얹었노?"

최수환이 냉수스럽게 히죽 웃으면서 말했다.

"우리들 소속이 태창 302호 아이겠임니꺼."

"오매야 고맙기도 하제! 그라니까네 그 통에 태창 302호가 출세했겠네? 바꿔
말하모 태창 302호 홍보활동을 니가 한기다, 그자?"

"우짜든동 고레 됐는데예⋯ 사실은 '가야산호' 놈덜 미워서 지도 고레 지었
임더. 고마 노래로 꽃값 치르는 놈덜인데 '가야산 와일드 돌핀스'라 카던강?⋯
디게 가야산 가야산 해쌌거로 우리도 와 기죽고 사노 카고는 애선박 명칭을 대
가리 삼았임더."

"애선박?"

"자도 깨나도 눕어도 스도, 샤랑하는 태창 302호가 고마 애선박 아이겠임니꺼."

"화이고오― 유식하제!⋯ 보거로, 그놈아덜 보컬그룹 이름이 을매나 멋있노?
와일드 돌핀스으― 무신 말인 줄 아나?"

"모릅니더. 내나 영어 아이겠임니꺼. 그놈아덜이 쎄꼬부라진 소리로 대드니
까네 우리는 고마, 거 머시라, 민족주의로 나간깁니더."

"오매야, 민족주의 두 번만 하다가는 '좆 뒤집었다 브라더스' 안되겠나?"

멀뚱멀뚱 최수환의 눈치를 살피던 김의수가, 제딴엔 심각해서 최수환의 옆구리를 꾸욱 찔러대며 말하는 것이었다.

"고레 바꽈보제! 선장님 말씀대로 하능기 점잖다 아이가."

김중수 선장이 '머시라?' 내뱉으며 아연실색하자 억지로 웃음을 참아내고 있던 사람들이 맘놓고 웃음보를 터뜨렸다.

"우쩨? 선장님 말씀대로 우쩨 바꾸자꼬?"

"… 까라 카능 거보다는 뒤집었다 카능기 신사적 아이겠임니꺼."

"우아따아— 미치겠다, 고마 내 미치겠다!… 뇌라꼬 호도알만큼 할끼고 머리 까죽 두께만 고마 십센치 나갈 놈딜 아잉가베!… 제발 낼로 살려도고! '좃까라 브라더스'도 좋고 '좃 뒤집었다 브라더스'도 다 좋으니까네 '태창 302'카는 웃대가리만 타악 치고!… 내 선장노릇 하는 동안은, 태창 302호로 자도 깨나도, 눕어도 스도, 샤랑하는 너거딜 애선박 삼지 말아돌라꼬! 앙?"

김중수 선장이 설레설레 머리통을 내저으며 꼴꼴꼬올 술을 들이 켰다.

휠 하우스 안의 분위기는 금새 무겁게 가라앉았다. 미구에 어떤 불벼락이 떨어질까 하는 불안 때문이었다.

그러나 잠시 후 입을 연 김중수 선장의 넉살은 천만뜻밖이었다.

"요레 좋은 날 너거딜 축가 한 가락 없다모 말도 안 되제. 완월동 피조개 씨스터스 녹였던 솜씨로 〈나그네 설움〉 한 번 뽑아보거로. 내 바다에 왔다카모 〈나그네 설움〉이라. 또 아나? 내 좃까라 브라더스 매니저 될 줄로…"

세 명은 〈나그네 설움〉을 가들지게 뽑아대고는 물러갔다. 김중수 선장이 비칠걸음으로 휠 하우스를 나갔을 때 통신장과 윤병국이 저마다 한 마디씩 탄성했던 것이었다.

"워찐 일이셔어? 왕성님 저런 꼴 츰 보네. 하늘이 내려 앉았다 치구 해가 서쪽에서 돋았다 치야지! 브릿지에서 선원늠덜 노래를 시킨다?"

"고레 말이제… 내는 학창시절부터 지금까지 김중수 저런 모습 처음 본다 아이요! 본사 전문이 저레 만든 긴강 사람이 달라지는 건강?"

그런데 지금의 김중수 선장은 눈을 질끈 감은 채 쓰다 달다 한 마디 없었다. 넘어지지 않도록 복대를 단단히 매고 앉은 그의 모습은 흡사 무거운 동요에 한댕거리는 석고상만 같았다.

성준은 김중수 선장의 머리 속에서 거미줄을 치고 있을 돌연한 사건들을 짐작해봤다.

통신장이 아무 걱정 없다고 장담했던 저기압이 느닷없이 '태창 302호'의 진행항로 쪽으로 방향을 바꿨었고 그 돌변하는 세력에서 발생된 돌풍대가 가차없이 선체를 후리기 시작했었다. 센터 블럭에 매달린 '트로올 네트'가 선체의 위험을 가중시키고 있었다. 비록 반 망이었지만 깊어가는 파곡을 따라 넘늘거리는 25톤의 무게는 대단한 위험 요인이었다. 화급히 그물을 찢고 겨우 피항로를 잡을 수 있었던, 그 아찔했던 순간이 김중수 선장의 머리 속에서 욱신덕신 끓고 있는지 몰랐다.

아니면 운반선 때문일 것이었다. 윤병국의 짐작대로 회사는 영락없이 운반선을 붙였던 거였다.

"와? 와 고레 베락같이 돌변했을꼬?… 무신 징조가 없고서야 어데!"

김중수 선장이 뜻 모를 소리를 웅절거리며 연신 도리질을 해댔다. 그는 다시 잠잠했다.

VHF가 일본선원들의 쇳소리를 토해내고 있었다.

— 난노 오뎅끼가 고우까? (무슨 놈의 날씨가 이래?)

— 소우다네, 구루히소오다요. 도꼬에 유꾸쓰모리까?

(글쎄말야, 미치겠구면. 어디로 갈 생각인가?)

— 욘쥬하찌 도센 난뽀—니 히꼬시나이또 다메네.

(48도선 남쪽으로 피항해야겠는걸)

— 아꾸덴꼬니 기 오쓰께요. (황천에 조심하라고)

— 아리가또… 다까야마센죠니 요로시꾸네.

(고마워. 高山선장에게 안부전해주고)

윤병국이 성준에게 말했다.

"저놈아덜 저레 됐으이 잿더미 속에서 살아나가 세계 강국 안 됐겠나. 한국어선들 좀 보거로. 기상좋고, 맹태 쏠쏠하게 드백히고, 고레 쏙 좀 팬하다 싶으모 SSB가 불나게 셋빠닥 놀리쌌제. 하제만 황천 닥쳤다카모 고마 만사 귀찮다카고 우짠 씨발놈 SSB 한 번 트나! 그런데 왜놈들은 정반대라. 어로여건이 정상적일 때는 죽자고 일만 하능기다. 그라다가도 황천만 닥쳐 보제. 저레 서로들 격려해주고 안부 전하고… 위급할수록, 고난일수록, 뚤뚤 뭉치는 놈덜이 쪽바리고, 고달프고 힘들다카모 어떤 놈 죽어도 내 모른다 지만 살라카는 놈들이 한국 종자라!… 저놈아덜은 음담패설도 이런 때 느끈하게 주고받는다꼬."

잠잠하던 그들의 소리가 다시 울렸다.

— 오이, 요꼬하마 소노 사까바니 마따 유꾸까? 기미 옷뽀도 호레따또네? 소노 가보짜 온나니.

(어이, 요꼬하마 그 술집에 또 갈꺼야? 자네 그 뚱뚱보 계집한테 되게 반했다던데)

— 유꾸요. 곤도와 돈나고도가 앗데모 도리 모노니 스루요. 고레마 데 가네다께 니쥬망에 기레이니 나께 다시따노니 소야쓰가 도오모 기 깡레.

(가야지. 이번에는 기어코 요절내야 되겠어. 그동안 돈만도 20만원 고스란히

갖다바쳤는데도 그년이 영 딴청이야)

— 하하, 씨이라이온 잇삐기 굿데 요오끼 오. 이레떼 오꾸요리 호까 나이네.
(하하, 씨이라이온 한 마리 먹고 양기보충 해둬야겠구먼)

그때였다.

"옳거로!··· 거 꺼삐리소. 쌍소리가 머 고레 좋다꼬!"

김중수 선장이 화급스레 복대를 풀고는 '휠 하우스'를 나갔다. 윤병국이 혀를 빼물고는 훼훼 내둘렀다.

"씨껍이야! 간땡이가 똥창 밑으로 내리 붙능갑다. 베란간 와 저랄꼬?"

성준은 선미께로 열린 '뷰 클리너' 앞에 다가가 갑판을 내려다봤다. 갑판 위로는 믿기 어려운 참경이 일어나고 있었다. 갑판은 온통 어그적거리는 갈매기들로 꽉 찼고, 마침 한 마리의 갈매기가 눈보라에 갇혀 쏜살같이 날더니 데리크 와프에다 전신을 던져 순명하고 있었다.

"초사님예! 와, 와 저런답니꺼?"

성준의 곁으로 다가온 윤병국이 흔연스럽게 말했다.

"한나도 신기할 끼 없제. 지독한 황천이다 하모 갑판이 양계장 꼴 난다카이. 용케 앉은 놈덜은 저레 살고, 재수없는 놈덜은 와프에 부딪혀가 저레 죽는다꼬. 저노무셰끼덜, 갑판에 앉았다카모 집오리보다 더 둔하다이. 사람이 날려줘사제 지 혼차는 날도 몬한다.··· 이게 북양황천이라! 저 억씬노무 북양 갈매기가 저꼴 아잉가베."

그때 전화벨이 울렸다. 수화기를 들고 쌉상한 표정을 짓고 섰던 윤병국이 힘없이 수화기를 걸었다.

"무신 일인데 목젖꼭지 째지게 악을 쓰고 저랄꼬··· 캡틴인데, 조타만 놔두고 니캉 퍼뜩 식당으로 내려오라 베락 안 치나."

성준은 윤병국을 따라 황급히 계단을 타내렸다. 식당 안은 칠석물 지는 텃밭처럼 삼엄한 기운이 늘척거렸다.

노기등등한 김중수 선장이 피둥피둥 무살 오른 볼을 파르르파르르 떨어대며 앉았고, 그 앞으로 사색이 다 된 기관장과 통신장이 주눅 든 눈알을 뒹굴리며 서 있었다. 갑판조 몇명은 무릎을 꿇은 채요, 박공팔은 벌써 핏자욱 얼룩진 얼굴을 하고 있었다.

"와 고레 멀뚱하게 섰노? 무신 말로 해보라꼬!"

윤병국이 이곳저곳 두리두리 살피며 가만히 한숨을 내뿜었다.

"초사! 참말로 이라긴강? 와 말로 몬해?… 내 고레 당부당부 했으모 지사로 자알 모셔가 수장해사제, 아니 우짠노무 사람이 낼로 쐭여가며 요런 만행을 주도한다 요 말이얏?"

김중수 선장의 삿대질이 쓸고 가는 자리를 성준은 보고 있었다. 통신장과 기관장 앞에는 아직도 몰캉거리는 강치 가죽이 놓여 있고, 다른 사람들 앞에는 저마다 도려낸 골이며 날갯죽지며가 꽁꽁 얼어붙은 채 놓여 있었다.

"낼로 보고 숭악한 미신쟁이라 욕덜 하겠제! 이노무 사관덜아, 내 미신 믿는다고 찍고 썰고 삐지도 좋아! 내 혼차라모 내도 이러지는 않을끼구마. 북양어선 한 척에 목심이 몇십개야? 지켜가 좋은 미신은 일종의 도덕이라꼬! 하모오— 뱃놈덜 징크스는 와들 고레 자알 지키는강? 배로 타고 나오거로 이발하고 손톱 짜르고 나온 놈덜 있으모 손 좀 들어 보제?… 와들, 와들 몬 들어?… 그런 사람덜이 안전항차 위해서 당부하는 그것 한나 몬 지켜준다?"

김중수 선장은 입술꼬리께로 하글하글 끓는 게거품을 손등으로 쓰윽 훔치고 나서 박공팔을 독살스럽게 쏘아봤다.

"니노무셰끼! 바른 말로 안해보제. 체인록커에다 가둬 쥑일끼라! 니 노발탕

묵었제?"

"참, 참말입니더! 백 번 쥑이도 좋심더! 안묵었임더!"

"그래도 저노무셰끼가?"

"… 숫놈이 아이라요! 암놈이었임니더!"

김중수 선장이 우루루 달려가 박공팔의 멱살을 움켜쥐었다.

"이노무셰끼! 내나 노발탕 아잉가베! 이노무셰끼야 북양 부신영감님 노발은 니놈이 부른기다! 고레 느닷없이 바다가 뒤집혔제. 이 노무셰끼! 노발탕을 묵었길레 용케 노발로 끝났제, 대발탕을 묵었다모 배 넘어갔다 이 개셰끼! 우쩨? 숫놈이 아이고 암놈?… 이 짐승 만도 몬한 셰끼야, 죽은 강치 보지로 우쩨 도려내 내가 끓여묵을 맘이 생기드노?"

"죽을 죄로 졌임더! 노, 노발탕 때미 바다가 변한지는 생각도 몬했임니더!"

"화이고, 이 웬수로 우쩨 쥑이모 되겠노!"

김중수 선장은 한바탕 박공팔을 쥐어박고 나서 물러섰다.

"… 그카고 통신장!"

"… 예에— 면목이 읎습니다!"

"내 고런 얄궂은 소리 듣자능기 아이요. 국장이 호상(護喪) 맡아가 요것들 수장 자알 모시소!"

"성혈루다 실행허겠습니다."

김중수 선장은 성난 부사리처럼 텅터엉 발을 굴려대며 윤병국을 향해 모질게 쏘아붙였다.

"내 초사가 젤로 섭섭타꼬!… 나가라꼬, 꼴도 보기 싫다 아이가!"

윤병국이 식당을 나갔다. 성준은 잠시 멈칫거리다가 윤병국을 따랐다. 윤병국이 '트로올 윈치' 와이어드럼 옆에 기대선 채 하늘을 올려다보고 있었다.

윤병국이 성준의 기척을 잡고는 낮게 내뱉었다.

"곰곰이 생각해 보이까네 내 큰 죄 지었어!… 쎄가 열두벌이락 해도 할 말이 없다아— 나는 면도도 않고 손톱도 안 짜르고 하면서 뱃놈 징크스는 보따리째로 지키면서 말따아…"

"… 노발탕은 머고 대발탕은 머시라예?"

"내나 안 들었나. 노발대발, 바로 그 말이라. 강치 보지는 노발탕(怒發湯)이고 대발탕(大發湯)은 강치 좆 아잉가베… 캡틴이 누구한테서 배왔겠노? 바로 너거 아부지 유광수 선장한테서 전수한기라!"

성준은 고개를 들었다. 수평선 쪽에서 구름같은 눈보라가 몰려왔다. 그 눈발속을 갈매기떼들이 사력을 다해 날고 있었다. 눈발들은 무수한 오선지(五線紙)로 대양 위를 눕고, 갈매기떼들이 명곡의 악보처럼 그 속을 날고 있었다.

12

선진발광포
先進發光砲

'노발탕' 사건 이후 김중수 선장의 기분은 좀체로 풀릴 줄을 몰랐다. 씨이라
이온 조각들을 정갈하게 추렴하여 액땜 제사를 모셔봤지만 별다른 효험이 없
었다. 기상은 연일 황천, 어황은 하루 1천팬 정도를 처리하는 보잘것없는 것
이었다.

성준은 이마 위에다 선땀을 얹고 궁싯거렸다. 잠을 이룰 수가 없었다. 팔짱
을 껸 채 서 있는 부친의 멀그스럼한 시선이 선실의 틈새기마다 창끝처럼 박
혀 있는 듯싶었다.

성준은 화닥닥 자리를 차고 일어나 스위치를 올렸다. 형광의 희부스름한 산광
이 좁은 실내를 채웠을 때에야 부친의 환상은 허갈의 포말 속으로 사라져갔다.

바로 어제 오후의 일이었다. '휠 하우스'의 분위기는 전에 없이 삭막해 있었
다. 작업을 해도 될 기상이라며 뻗대지르는 윤병국의 의견과 '어로실적에 앞서
선박의 안전관리가 선장의 의무라는 건 와 몰라?' 하는 김중수 선장의 고집이
맞당긴 고무줄처럼 팽팽하게 맞선 참이었다.

"피항한다모 피항이야!"

"명령이라모 어데 거역하겠임니꺼."

"그카모 와 잔소리가 많소?"

"우쩨 고레 생각만 하십니꺼. 잔소리가 아입니더.… 이만한 기상에 피항이라 이 쪼매 걱정되서 하는 소립니더."

"… 무신 걱정?"

"내나 선장님 걱정배끼 더 하겠임니꺼. 운반선은 치달려 오제, 어창은 드백힌게 없제… 기상이라도 좋아져가 붙인다 칩시더. 재고 전적 해뿌모 또 공선 아잉교!"

"보소 초삿!"

"… 듣고 있임더."

"고레 잘들 해가 먼차매꼬로 배 넘어갈 뻔했는강? 국장노무셰끼, 머시라? 위로 아들 손자 며느리 나란히 삼형젠데 벨 거 아니라꼬?… 그 벨 거 아인기 우쩨 됐더노? 피시폰드 아구창까지 맹태로 꾸역꾸역 고마 넘기는데 센타브로크 로는 25톤 트롤망 매달고, 고마 파도는 쎄리치고, 내 응급조처 아이었다모 태창 302호 시방매꼬로 건재 했을따, 후웅— 보라꼬! 맹태 마다하는 북양선장 어데 있어?… 요만한 기상이모 들기사 억수 들겠제. 한다모 탈판실 처리장 냉동실, 이 노무셰끼덜 또 나 죽고 내 살자 삼질로 할끼구마. 50톤 만망은 어데 걸 끼야? 스웰이 요레 넓은데 슬립웨이에다 만망 눕혀놓고 또 유람해볼 낀강?… 센타브로크도 안되고, 슬립웨이도 곤난하다모 그노무 맹태로 머 고레 죽고보자 카고 잡겠노얏!"

"그때 하고는 사정이 안달십니꺼. 위 아래로 생겨난 것도 엄꼬…"

"치소고맛!… 내도 오기가 있다 이기라꼬요.… 강치로 노발탕이나 끓이고, 말짱 헛 기상 점괘내는, 그런 사관덜 믿고 일로 몬하겠다는데 와 요레? 맥아지가 짤리도 내가 짤릴낀데 무신 고레 염려해쌌는강?… 레꼬 몬해! 피항이야!"

"… 할말이 없임더!"

윤병국의 눈초리가 파르르 떨면서 노골적인 불만을 얹은 입술이 샐죽 뒤틀릴 때였다.

실습항해사가 황급해서 소리쳤다.

"본선 포드에 선박입니더!"

윤병국과 김중수 선장이 약속이나 한 듯이 '어데?'하면서 볼트창께로 매달렸다.

김중수 선장이 독살스럽게 내뱉었다.

"실항사 이 개십같은 노무셰끼! 선박이 요레 접근하도록 멀 봤노? 와 진작 몬 보고 지금에사 시껍하고!··· 저노무셰끼덜 미칫나? 본선 좌현을 향해 맹진 아이가!"

쌍안경을 들고 살피던 윤병국이 태연하게 말했다.

"우짠 미친 놈이 다이아다리(たいあたり기를 쓰고 부딪침)해가 다 죽자 카겠임니꺼. 걱정할 거 씨도 없임더. 5백미터 전방에서 하드 포드해가 미집해서 본선 항로로 나란히 항진할껍니더."

"··· 내나 어선인데!··· 국적이 어데야?"

"자랑시러운 대한민국입니더."

"······?"

"공흥3호라요!"

성준은 윤병국의 '공흥3호'라는 말에 화닥닥 볼트창으로 매달렸다. '공흥3호'는 윤병국의 말대로 핀치를 줄이면서 스르르 좌회전했다.

김중수 선장이 마이크로폰을 잡고 소리쳤다.

"에어팬드 내리라! 공흥3호가 접선할 모양이니까네. 그카고 보승은 히빙라인 칠 준비하고!"

그러나 '공흥 3호'는 '태창 302호'와 근 70 미터까지 접근한 채 나란히 항진할 뿐이었다.

성준은 갑판으로 튀어 나갔다. '공흥 3호'의 프리 보오드(선수에서 주갑판에 이르는 부분)에 팔짱을 낀 부친이 목석처럼 서 있었다.

"아부지! 접니더! 성준입니더 아부지이—"

부친은 그런 모습으로 대못처럼 굳어 섰을 뿐 아무런 대꾸가 없었다.

'공흥 3호'의 스피커가 째앵 울렸다.

"귀선 어황은 우짠교?"

'공흥 3호'의 초사 목소리인 성싶은 안부가 퍽은 매가리 없었다.

윤병국의 목소리가 스피커를 울렸다.

"귀선 접선할 줄로 알았는데."

"… 어데예… 쪼매 있으모 코오스 일백구십팔입니더."

"우아따 좋체! 귀항 아이가."

"풍향 선미에다 받고 12노트 전속 귀항 할끼라요."

잠시 쇳소리가 굼떴다.

김중수 선장의 목소리가 어지간히 심살스러웠다.

"광수, 마이크 좀 잡아보거로."

'공흥 3호'의 반응은 전혀 없었다. 부친은 성준의 모습을 빛무놀처럼 담고 있는 모양이었다. 야릇한 침묵이 10여 분쯤 흘렀다. 부친의 모습이 사라졌다. '공흥 3호'는 이내 전속으로 반원을 그리며 물보라 끓는 선미를 보여주고 있었다.

성준은 '휠 하우스'로 돌아와 새삼스럽게 목이 메이는 거였다. 손등이 질컥하도록 눈두덩을 부벼대는 성준을 김중수 선장이 흘깃 살폈다.

"못난노무셰끼!… 울긴 와?"

"… 안 웁니더!… 지가 언제 울었답니꺼!"

"하아— 디게 짜밥제! 이노무 북양 와 요레 짜밥노?"

'공흥 3호'는 간절한 눈길들을 떠다밀며 점처럼 멀어져갔던 것이었다.

사위를 채우고 있던 부친의 눈길이 시들면서 그제야 성준의 아픔도 가셨다.

성준은 기관실 계단을 타내렸다. 여느때 같으면 자고 있을 기관장이 멀건히 앉아 있었다. 통신장과 윤병국이 그 모서리를 채우며 심난한 표정으로 앉아 있었다. 그들의 한가운데에 버얼겋게 단 전기곤로가 북양 한치의 살점을 굽고 있는 참이었다.

내연기관의 불꽃튀는 작동, 그리고 해저를 내다보는 기관실로 끄르렁 끄르렁 밀려오는 해조음— 기관실은 통째 고막을 찢을 양 소란스러웠다.

입 앞에다 손나팔을 틀며 윤병국이 소리쳤다.

"니는 잠도 없나? 와 기내려 왔어?"

"잠이 안 옵니더."

기관장 노임수가 한치의 살점을 부욱 가로 찢어 성준에게 건넸다. 저마다의 손나팔이 목젓 터지는 큰 소리들을 토해내고 있었다.

"니기미 시바알— 찰보지 매꼬로 쫄깃쫄깃 맛도 좋체."

"그나저나 병도 큰 병이여. 한치 살점이 워쩨 금새로 찰보지 된당가?"

"내사 보지로 생각할 일밖에 머시 또 있나? 기계 사정 요레 용심 좋게 튕기는데 이틀째 피항혔으니 심심타 안그렇나!"

"귀하뿐만이 안여. 선원놈덜 까정 씨불씨불 지랄들 틀어."

"내 생각인데, 캡틴 요참 항차로 고마 북양 쫑할라카는 심사같제! 안그렇다모 요레 오기 부릴 택있겠나. 이 초사는 고마 사람도 아이라. 심심타카모 낼로 물고 삐지고 도려내고 쌩난리 아잉가베… 이틀 투망 했었다카모 7천팬도 더 짯을끼라."

그때였다. 선내 인터콤에서 김중수 선장의 목소리가 불벼락쳤다.

"양, 양망 스텐바이! 퍼뜩 퍼뜩 서둘러랏! 그카고, 통신장 퍼뜩 브릿지로 올라오라캐랏!"

기관실에 모인 사람들은 저마다 어안이 벙벙해서 말문이 막혔다.

한동안 넋빼고 서로들의 얼굴만 두리번죽 살피던 사람들이 자리를 차고 일어섰다.

"무신노무 일로 요레 할꼬? 투망한 지가 한 시간배끼 더 됐능가베!… 캡틴이 왈짜로 돈게 아잉가?"

"좌우당간에 니기미 십 판이라니까네! 아고야아— 노임수 이놈아 고마 죽능갑다! 우짤라꼬 요레!"

화급해서 내닫는 통신장과 윤병국을 따라 성준도 뛰었다.

김중수 선장은 푸르죽죽한 낯색을 하고 겁에 질려 있었다.

"초사! 스타보오드 좀 보거로! 저거 군함아이가?"

우현 2백 미터 앞쯤에서 시꺼먼 선박이 예망로를 막고 있었다. 괴선박의 선수 사이드에서 명멸하는 발광이 일고 있었다. 그것은 마치 정확한 착탄지점을 향해 불을 뿜는 기총좌의 탄도처럼 간격적으로 발사되고 있었다.

"본선 위치가 어데야?"

김중수 선장이 소리쳤다.

"북위 50도 동경 1백60도 파라무시루(Paramushir) 동북해상입니더!"

성준의 말 끝을 잡고 윤병국이 내뱉었다.

"도대체 무신 사연이야? 영해도 아이고 공동어장 한복판인데, 예망로로 차단하는 저노무셰끼덜 저거 저레 미칠 수 있겠노!"

발광신호를 멀끔히 살피고 있던 통신장이,

"씨벌늠덜 다짜고짜 K를 때려대는디 나라고 골프 못 때리란 법 읁제. 예망로 는 절대권리선인디! 으디 혀보자!"

내쏘고는 발광신호기 앞으로 내달았다.

발광신호 K는 '귀선은 즉시 정지하라'는 명령이었고 골프는 G로 형용되는 '본선 양망중이다'하는 신호였다.

'태창 302호'의 우현 발광신호기가 질세라 탄도를 그어댔다. 그러나 상대 선박은 막무가내 스런스런 다가들었다. 선복으로 '태창 302호'의 항로를 완전 차단한 채 괴선박은 멈췄다.

'태창 302호'와 상대선박은 한동안 발광신호를 주고받았다.

시무룩한 채 기가 죽은 통신장이 '휠 하우스'로 돌아왔다.

김중수 선장이 다급해서 물었다.

"와 저라는기요?"

"에어 팬드 내려사 쓰겄습니다요."

"머시라?… 와?"

"접선해서 승선하겠다고 쌩 난리인디… 화이고오— 약소 대한어업 한 번 마개 뽑힌 촛병 신세입니다유!"

"무신 일로?"

"후딱후딱 서둘러사 됩니다. 킹 클랩 포획 유무를 조사하겠다는 겁니다!"

그제야 김중수 선장은 인터콤의 토크 보턴을 누르고 악을 써댔다.

"내 선장이다. 영점 일초 안으로 명령을 이행할 것!… 미국 군함이 왕게 포획 유무를 조사하기 위해 승선한다 칸다! 먼차로 싸롱 들거로. 아래 내가 묵은 왕게껍질 주방 어데다 쑤셔박아놨으모 퍼뜩 내다 버려랏!… 그카고 전 선원은 명심해가 실행할 것! 킹 클랩 한 두 마리 몰래 훔쳐가 묵었다케도 절대 엄벌하지 않을끼다. 다만 흔적을 퍼뜩 없애라꼬! 등까죽에다 니스 맥이가 말리는 놈덜 퍼뜩 뿌사가 바다에 다 처넣어 삐리고 만에 하나 통째로 숨겨가 말리는 기 있다카모 퍼뜩 없애라! 왕게 껍질 한 상자만 발견한다카모 고마 5만불 벌금에다 코디액(Kodiak)까지 *끄사간다고!*… 낼로 살리도고!… 그카고 원찌맨 퍼뜩 4단 전속으로 감꼬 갑판조는 하자없이 양망할 것! 이상."

윤병국은 김중수 선장과는 달리 삭연한 흔연스러움으로 앞을 내다 보고 있었다. 윤병국이 돌아서며 씁쓸하게 웅절거렸다.

"우짜든동 조상없는 놈덜캉 시비로 가릴 일 아이제. 저노무셰끼덜 공갈로 보거로. 예망로 차단했으모 됐제 포신은 와 시르르 우리 배를 향하겠노! 삑따구가 조상 혼이라모 저레 상놈덜 짓하겠나?"

'태창 302호'는 별안간 소란스러워졌다. 밤하늘을 무늬놓는 연사처럼 선수재에서는 '히빙 라인'이 나르고, '에어팬드'가 덩두덩실 뜨기 무섭게 줄사다리가 놓여졌다.

미국 감시선의 승무원 둘이 '휠 하우스'로 들어섰다. 그들은 감시의 누리퀴퀴한 눈망울들을 뒹굴리며 짝짜악 껌을 씹어대고 있었고 김중수 선장은 연신 웰컴을 토해냈다.

윤병국이 부러 강짜스럽게 뜻모를 잡탕영어를 씨부렁댔다.

"킹 클랩 해브 노오, 유아 안다스텐? 알았으모 니기미 십이라카소야. 아이 엠 아 스피킹 잉글리쉬 어 리틀! 모른다스텐? 디스 스피크가 홧이겠오까? 킹 클랩이고 니기미 십이고 온리 원도 해브 노오란 요 말 아이겠나… 오우 웰커엄—"

미국 감시원들은 두 팔을 쩌억 벌리고는, 어깨들을 으쓱으쓱, 한심스럽다는 표정들이었다. 서로들 얼굴을 번갈으며 쓴입맛을 다셔대는 꼴이 영어라고는 먼지만큼도 모르는 이런 원시인들과 무슨 말을 하랴는 그런 난감한 표정들이었다.

윤병국의 기세에 신명이 오른 김중수 선장이 부러 '휠 하우스'의 도어를 타앙 열어 붙이며 '킹 클랩 해브 노! 볼라카모 퍼뜩 보고 유아들 프리 아이겠나. 킹 클랩? 해브 노오─' 수선을 떨자 그들은 '킹 클랩 해브 노!'라는 말에서 확증을 얻은 본새로 '굳, 구웃─'하며 그제사 물러갈 기미를 보였다. 그들은 양망까지 보려는 듯 싶던 심사를 다급히 거둬들이며 문치적거렸다. 웃음기를 새들거리는 눈망울들이 은근했다.

"저노무셰끼덜 머 쪼매 프레젠트 하라 요런 징조 아이요. 담배 몇 보루 떠맡끼모 다 끊납니더."

윤병국의 말 끝에 김중수 선장이 사물함의 뚜껑을 열고 거북선 한 보루를 그들에게 들이 밀었다. 그 중 하나가 '지오버그소옹(Geobukseon)─' 어쩌구 혼잣소리로 되뇌이더니 데시근한 표정으로 맴돌이를 해댔다.

"실항사 자네가말여 내 방에 가서나 인삼 한 상자만 코쟁이덜헌티 갖다주여… 팬시리 시간 끌다가 양망까정 당도허면 난사여. 한 망에 서너마리씩은 백히는 왕게랑게."

통신장이 중얼거렸다. 실항사가 부리나게 뛰쳐나가 인삼상자를 들고 왔다.

"디스 이스 바로 코리아 진생이랑거여. 사나가 이트하면 좆발이 스트롱이구 지집년이 이트하면 벌떼가 저 벌봐여. 진생 이트 베리 스트롱 섹스! 안다스텐? 알아들었으면 땡큐라두 혀봐, 요 호로셰끼덜아 끄 끄끄 유아라 맨 오브 맨!"

통신장이 인삼상자를 안겨주며 손짓 발짓 얼버무리자 그들은 통신장의 말을 어떤 짐작으로 삭혔는지 계란망울이 사당춤을 춰대도록 *까까까아* 웃어 재꼈다.

"엉터리 영어라두 정곡을 찌르면서 쓰면 당장 즉효여. 진생 이트 베리 스트롱 쎅스라는디 더 말할 거 뭐여? 된장스푸식 영어제만 요 짐작 못 잡으면 양놈 아니지, 허엄—"

그들은 연신 꺼들거리면서 땡큐를 연발했다. '에어 팬드'가 거둬지고 접현 로오프가 수납 됐을 때 미국선에서 'WAY(안전 항해를 빈다는 기류신호)'가 올랐다.

"오브이지(OVG)라도 올려서 감사하다는 인사라도 해사 도리다만도 고마 차삐립시더."

윤병국이 멀어져가는 미국선을 내다보며 쓸개물 짜드는 표정을 지었다. 김중수 선장은 긴장했던 것보다는 수월하게 끝난 결과를 두고 푸우— 안도의 한숨을 내쉬었다.

"재수 더러운 밤이다 카모 똑 저노무 선진발광포로 맞는다카이!"

윤병국이 낮게 투덜거렸을 때 김중수 선장이,

"욕들 봤어… 내 좀 눕을테니까네 다시 렛꼬하소."

하고는 '휠 하우스'를 나갔다.

통신장이 허기지게 내뱉았다.

"북양사정두 원칸 변해뿐졌여. 옛날 같으면사 초상집 돼서나 목아지 떨어지게 굽신굽신 정신을 못 채렸는디 인자는 인삼 한 상자 앵겨 주고는 헐 소리 못할 소리 신선로탕 끓이면서 되랴 내쫓으니 말여."

윤병국이 수월스레 받아넘겼다.

"안그라모 우짤끼야? 하도 당하다보이 고마 이빨틀이 찌부당 갈긴다 아이요. 저레 내쪼까사 저놈아털도 화메 뜨거라 칸다꼬."

성준은 매운 허탈감에 젖으며 입을 열었다.

"킹 클랩을 잡자케서 잡는 것도 아인데 와 저레 지랄들일꼬예? 우짜다가 한두 마리 잽히는 거 묵으모 머시 죄된답니꺼?"

윤병국이 피식 웃었다.

"킹 클랩 묵어봤나?"

"어데예. 소문만 듣거로 묵어보지는 몬했임더."

"고레 그런 소리 하제… 맛이 고레 좋으니까네 우리 같은 미개인은 절대 못 묵게 돼 있능기다. 맹색이 선진국 국민 아니모 셋빠닥으로 핥기만해도 고마 죽을 죄 짓능기라."

"킹 클랩을 묵자카모 우짠 선진국이 되사 하는데예?"

"우짠 선진국은 무신 잠꼬대야? 미국밖에 더 있겠나!"

윤병국은 갑자기 숙연해졌다.

"북양진출한 한국어업이라아— 겉으로사 신수 훤원하제. 하제만 쏙을 까보모, 쥐박히고 채이고, 고마 북양 욕삼태기가 대한민국 아잉가베. 북양을 바둑판매꼬로 거미줄 치놓고 미국·소련·캐나다·일본 요레 네 놈덜이 양반노릇 하는 것이사 그렇다 치삐리고… 벨 희한한 어업조약 쎄고쎘다케도 킹 클랩 묵자카고 맹글은 〈바아틀레트법〉은 시상천지 어데고 그런 악법 없을끼다. 바른 말로 한다치모 대한민국 맥아지로 카악 쥐놓고 본 어업조약인데… 내 이노무 어업조약만 읽으모 피가 꺼꾸로 치솟는다 아이가! 내 손에서 요레 닳아진건데 눈깔 씨랍게 읽어보고 나서 질문사항 있으모 해보거로."

윤병국이 바지 뒷주머니에서 지분마저 부석거리는 낡은 종이를 꺼내 성준에게 건넸다.

"읽구나서 울덜말어. 그렇고럼 원통절통할 수가 읎을거여."

통신장이 한 마디 끼어들었다.

성준은 꼬기꼬기 접힌 종이를 펴들고 읽어내려 갔다. 인쇄가 아닌 윤병국의 글씨로 미루어 볼 때, 그는 다른 지면에서 옮겨 쓴 듯 싶었다.

〈미합중국 선박 이외의 선박 및 당해 선박의 책임자에 의한 어업을 금지하기 위한 법률〉(一名〈바아틀레트法〉)으로 미 상원의원 바아틀레트에 의해 1964년 공포됐음)

※ 전문(全文) 5개조(個條) 중 악법의 핵심논리인 제1條와 제5條만을 발췌해 본다.

○제1條

미합중국 선박 이외의 어떠한 선박 또는 당해선박(當該船舶)의 선장 혹은 다른 책임자가 이 법률에 규정되어 있거나 합중국(合衆國)이 가맹(加盟)하는 국제협정에 명시되어 있는 경우를 제외하고, 그 준주(準州) 및 속지(屬地)와 피엘트리코의 영수내(領水內) 또는 미합중국이 어업에 관하여 자국(自國)의 영수내(領水內)에서 갖는 것과 동등한 권리를 갖는 모든 수역내에서 어업에 종사하고 또는 합중국에 속하는 모든 대륙붕어업자원의 체포에 종사하는 것을 금지한다.

○제5條

(A) 본 법률에서 사용되는 '대륙붕어업자원'이란 정착어족(定着種族)에 속하는 생물, 즉 수확기에 있어서 해상의 표면 또는 하부(下部)에 정지(靜止)해있거나 또는 해상(海床)과 대륙붕의 지하에 부단(不斷)히 접촉하지 않으면 움직일 수 없는 동물을 말한다.

(B) 합중국의 내무장관은 국무장관과 협의하여 본조(本條) A항 규정의 대상이 되는 생물의 표(表)를 연방관보에 공표할 수 있다.

(C) 이 법률에서 사용되는 '어업'이란 어류, 연체동물, 갑각류(甲殼類) 또는

기타 일체의 수산동물 및 식물이 포함되나 특히 갑각류를 선박에 의하여 채취하는 것을 말하고 '어류'에는 연체동물, 갑각류 및 기타 일체의 수산동물을 포함한다.

(D) 이 법률에서 사용되는 '대륙붕'이란 ① 연안에 인접해 있거나 영해(領海) 밖에 있는 해저구역(海底區域)의 해상(海床) 및 지하로서 상부수역의 수심이 2백 미터까지의 곳, 또는 그 한도를 넘는 경우에는 상부수역의 수심이 해저구역 천연자원의 개발을 가능케 하는 데 까지의 곳 ② 도서의 연안에 인접하는 앞과 같은 해저 구역의 해상(海床) 및 지하를 말한다.

성준은 저도 모르게 탄식했다. 윤병국이 물었다.

"내 점찍어 놓은 대목 똑똑히 읽어봤나?"

"읽었임더."

"독후감에 불이 붙어사 대한민국 뱃놈일따!"

"불은 고사하고 전신이 고마 추욱 퍼집니더. 세계 일등 부국인 미국놈덜 심뽀가 요레 간사시럽고 잔인할 수 있겠답니꺼!"

"간사시럽다기 보다는 고레 째째하고 잘쑤가 엄쩨… 내 은사한테 점찍은 대목 자문했다가 고마 쏙이 을매나 씨랍은 지 미친놈매꼬로 울어삐릿다카이… 은사님 왈, 일언이 폐지하고 요런 졸속 악법은 시상에 없다는 기라.

첫째로 대륙붕의 한정 문제인데, 대륙붕은 개발이 가능한 점을 전제로 할 때 수심 2백미터 넘는 곳도 모다 대륙붕에 포함된다 이기라. 미국놈덜 억지대로라모 개발이 가능한 해저구역은 통짜로 저거덜 대륙붕 아이겠나말야.

둘째로, 대륙붕 어업자원 문제라. 거참 얄궂제! 해저에 정지해 있는 것뿐만이아이고 움직이는 것이라케도 부단히 해저에 접촉해가 움직이는 것이라모 저거덜 대륙붕어업자원이라꼬 깡깡 못질로 해났는데, 시상에, 몇백 미터 해저에서 움직이는 생물이 부단히 해저에 접촉해가 움직이는 지 아니모 둥 두웅 떠가 움직이는 지 우쩨 알낀강? 더군다나 '수확기에 있어서'라는 단서까지 안붙여 놨겠나! 니기미 시발, 천성이 밑바닥 기는 생물이라모 무신 지랄발광 한다고 해필이모 수확기에사 부단히 해저에 접촉해가 움직이겠노 말따!"

"긍게로 양놈덜 대그빡이 돌팽이라는 거여. 아 뻔한 수작 아닌거벼? 킹클랩이라는 목자가 천상 여덟 발로 기는 즘생이라아— 부단히 해저에 접촉혀서나 움직이는 것이라면 왕게백끼 읎을 것이구, 고녀리 천하진미 왕게를 즈그덜만 묵자허니 수확기라는 단서를 붙여서나 싸그리 싸담겠다는 수작이지 멀. 가사 문어를 예를 들어 보면 뻔허잖남? 고녀려 즘생두 바굿돌 싸보듬구 기는 즘생인디 문어 잡지 말란 소리는 워디 허등가?— 게라는 족속덜, 고것덜 기는 것은 천성이제만 시엄두 할래할래 원칸 자알 치여."

통신장이 쓴입맛을 다셔대고 나서 '휠 하우스'를 나갔다. 윤병국이 다시 입을 열었다.

"내나 그 소린데— 킹 클랩이 대륙붕자원이냐 아니냐 하는 문제는 킹 클랩이 유영을 하느냐 못하느냐 하는 데 따라 결정 지어지는기라. 그러니까네 킹 클랩이 한 순간이라도 해저를 떠나 유영한다 치모 대륙붕자원이 될 수 없다는 이런 말이라."

"세살 묵은 얼라한테 물어봐도 뻔한일 아잉교? 기기사 유영도 하는 게 당연하다 아입니꺼. 집오리도 방죽만 봤다하모 고마 훨훨 나는데 킹 클랩이라꼬 해저에만 붙어가 움직이겠읍니꺼?"

"누가 아이레?… 그런데도 양놈덜 고집 좀 보거로, 아니지, 고집이라기보다는 사람잡는 억찌라케야 옳겠제… 맹색이 미국 땅 과학자라는 자 왈, '킹 클랩은 전혀 유영할 줄 모르며 오직 해저에 부단히 접촉하여서만 근거리를 이동한다', 요레 대갈한기라. 말또 아니제! 미국 과학자가 고레 무식할 수 있겠나? 다아 알면서도 사람잡는 생때 한번 부리는기제.… 기가막혀 끙끙 앓던 일본 해양학자가 미국을 물고 늘어진기라. 쪽바리 이노무자석이 이른바 표식방류(標識放流)라는 실험을 통해 얻은 조사결과보고서를 갖고 날아가 미국놈덜 맥통을 사정없이 쥔기라. 봐라, 킹 클랩이 상상할 수 없는 장거리를 이동한다는 실증이 요레 있다, 킹 클랩이 유영하지 않는 한 요레 긴 거리르 우쩨 이동했겠는강 카고 말이제… 일본놈덜 똑똑체에—"

"똑똑해보이 우짜겠임니꺼. 내나 킹 클랩 몬 얻어묵는 것은 우리나 같은 팔짠데예."

"고레 성급한 점괘 내지 말고 내 말로 다 듣고나서 씨부랑 떨라꼬. 결국 그래가 킹 클랩 쌈이 붙었는데 소련도 일본편 들어가 대든기라. 쪼매 나눠묵자꼬마 하는 식의 동냥이 아니고 너거 '바아틀레트법'을 인정할 수 없다 카는 완강한 도전이었제."

"쪼매 이상타 아입니꺼? 일본도 소련도 킹 클랩 맛을 봤거로 고레 들었을텐데예."

"바로 그거라!… 킹 클랩 어업족보로 치모 일본이 왕성님뻘이고, 미국이 가운데 놈, 소련이 막둥이 뻘이라. 내 은사님한테 배운기다만 일본의 킹 클랩 공선어업(工船漁業)은 1914년 수산강습소 연습선 운응환이 캄챠카 서쪽 공해에서 킹 클랩 통조림을 만든 게 시발이라. 2차대전 후인 53년에야 브리스톨만에 다시 본격 출어 했고… 미국은 48년 이후에사 본격적인 공선공업을 시작했고 소련은 59년에 처녀 출어 안했겠나. 미국놈덜 욕심 좀 보제. 킹 클랩을 묶어보이 시상에 요런 맛이 또 어데 있겠노? 아고야아— 요레 진미로 우쩨 일본놈 소련

놈캉 나놔묵겠노 카고는 고민고민 하는데, 브리스톤만의 자원량이 엎친데 덮친 짝으로 줄어드능기라. 반면에 캄챠카 동서해역을 비롯한 북양 어장에는 킹 클랩 자원량이 브리스톨만 보다 억수 많은기라. 킹 클랩을 묵을 자격이 있는 국민은 미국인 뿐이고, 기왕지사 싹쓸이 하자모 기발한 법 하나 맹글어가 훑어담자아— 요레 바락같이 머리 짜가 선수친 게 64년에 공표한, 이른바 〈바아틀레트법〉이라 이거라!"

"고레 일본 소련 합작투쟁은 우쩨 됐임니꺼?"

윤병국은 천천히 성준 앞으로 다가왔다. 그는 비릿한 훈김이 성준의 콧마루를 싸덮도록 푸우— 깊은 한숨을 토해놓고는 낮게 물었다.

"뻐언할 듯 싶은데… 니 생각으로는 우쩨 됐겠노?"

"졌지싶습니다."

"… 누가?"

"일소 합작투쟁이제 머겠임니꺼. 고레 됐으니까네 예망로를 차단해가 무법천지 권세 재는게 아이겠임니꺼."

"생각이 고레 짧으이 니노무셰끼 전도도 뻔하다 아이가… 커봐사 맹태나 줏어담는 대한민국 북양선장!… 이런 문제로 놓고는 일단 국적과 민족을 떠난 공분을 느껴사 하능기다!… 공분 말이다!"

윤병국은 쓸쓸하게 웃으며 돌아섰다. 그는 한동안 뷰 클리너 너머로 익고 있는 북양의 밤바다를 내다보고 있었다.

그가 다시 목소리를 가다듬었다.

"표식방류 조사보고서로 들고 미국 맥통을 쥔 쪽바리 그놈아의 공분말이다. 그거 되게 안이삐나!… 우짜든동 토시락토시락 끈질기게 싸웠제. 킹 클랩은 개발가능한 대륙붕의 정착성 서식물이요. 따라서 킹 클랩 포획 주권은 미국에 있다는 미국측과, 유영하는 킹 클랩이 우쩨서 너거덜 대륙붕 어업자원인강 카는 억센 주장이… 결국은 미국이 디비진기라. 일본은 5년 생산량을 18만5천 상자로 감소하고 소련도 11만8천6백 상자로 한다는 합의 타결로 결판났제.… 그렇다모 여기서 중대한 문제 하나가 대두된다꼬. 그게 머겠노?… 미국의 〈바아틀레트법〉은 사실상 파기된 기나 다름없다는 사실! 바로 이거라! 내 말이 틀리다모 셋빠닥을 삐지라고마."

"초사님 말씀이 옳지러. 〈바아틀레트법〉을 스스로 포기한 입장 아이겠임니꺼."

"하모오— 숩게 말해가 〈바아틀레트법〉은 이미 백지화 안됐겠나!… 그런데 무신 요술이 요랄까말따. 바꽈 말해가 선진강대국 간에는 〈바아틀레트법〉이 없고 약소국에게만 정정하게 적용된다 이 말이라. 오매야아 미친다 아이가? 법적 부당성으로 선진강대국들에게서는 휴지신세 된 〈바아틀레트법〉이 대한민국 트롤선 예망로 앞에서는 와 고레 용심을 써사하노? 혈맹 대한민국 뱃놈덜이 지 발로 드백힌 킹 클랩 한두 마리 쌂아묵거로 머시 죄라능긴강? 그것도 엄연한 공해상 포획물인데 말야!"

윤병국은 전에 없이 흥분된 목소리로 떠들어댔다.

"더 기맥힌 사연이 또 있제… 연전에 킹 클랩 한 상자 감췄다가 10만불 벌금 물고 풀려난 우리나라 어선이 있었다꼬. 킹 클랩 한 상자 감췄다 들킨 죄값 10만불도 미칠 일이제만, 더 환장할 설움을 맛봤다는 기라… 코쟁이 관리가 위로한답시고 나발부는데에— 이 코디액항만 해도 킹 클랩 자원은 남아돌고 노동력의 인적자원은 억수 부족하다, 귀국하거던 노동자로 들어와 달러를 벌어라, 와 킹 클랩에 맛을 들이느냐, 킹 클랩은 오직 미국민의 일급 선호양식으로서만 존재가치가 있다아— 내 양놈덜 발광신호를 발광포 탄도로 안보게 됐는강?"

윤병국은 느닷없이 피울 줄도 모르는 담배를 꼰아물고 불을 붙이고 있었다.

13

파인마치호號

사관식당에서 약식 대책회의가 열렸다. 운반선과의 접선을 시도해볼 것이냐 아니면 더 좋은 기상 때까지 도망다닐 것이냐, 하는 문제를 토의하는 게 명색이었다.

'태창 302호'는 벌써 사흘째 운반선을 피해 떠돌아 다녔던 것이다.

"내 운반선 미워가 요레 하는 것만은 아니라꼬. 기라성 같은 어장들 다 쑤석여 봐도 한 망에 1천팬 정도 백히는데 요레 해가 언제 7만 팬 짤긴강? 5만팬 만창해사제 1만8천팬 전적해사제… 낼로보고 빙신 육갑떤다 카겠제만 내 꼭 신 어장 하나 발견하고 말끼야!"

이렇듯 장담했던 김중수 선장도 급기야는 맥이 풀린 본새였다.

김중수 선장이 푸우— 담배연기를 내뿜으며 말했다.

"우짜든동 전적 시늉이라또 내봐사 쓸가싶제."

윤병국이 얼른 말을 받았다.

"그래사 안쓰겠임꺼. 수평선에 마스트 떴다카모 고마 내삐고 내삐뿌고… 전적 늦어짐사 내나 우리 고생 아이겠임꺼."

"… 스웰이 요레 큰데."

노임수가 김중수 선장의 눈치를 흘긋 살피며 엉너리쳤다.

"지 생각으로는 전적 실적이 머 고레 문제겠는강 싶심더. 5백팬이모 우짜고 1천팬이모 우짭니꺼? 붙여가 데리끼만 세워보면사 기기 바로 전적 아이겠임니꺼."

통신장도 기관장도 거들었다.

"머던늠 같었으면 태창 302호가 고냥 죽어라 도망질만 놓는다구 발써 회사에다 전보때렸을규… 한 선장 그 사람 원칸 무던혀서나 암소리 않구 따라댕기는데 쪼깨 불쌍허다는 감이 듭니다유. 스웰이 쪼깨 있습니다만은 연습삼어서나 한 번 붙여주쥬. 싸고 못 싸는 것이사 지 팔짜닝게."

김중수 선장이 그 말끝에 얄기죽거렸다.

"잘도 싸겠다아… 기상이 요란데 보나마나 조루라꼬.… 한 선장? 국장이 잘 아는 사람인강?"

"자알 아다마다요. 거 머시기 60년도 중반에 '코리아 빼빼루마스터'라면 테마하버 까정 쩡쩡 울리던 명물이었쥬."

김중수 선장이

"빼빼루 마스터라?… 디게 귀에 익은 말인데?"

하며 연신 도리질을 해대자 윤병국이 끼어들었다.

"내나 남양 뱃놈덜 은어로 '거짓말 대장'이라카능기 아입니꺼."

그제야 김중수 선장은 손뼉을 쳤다.

"맞거로!… 그 말로 들으이 그 시절 디게 그립제.… 그런데 그 사람 와 빼빼루 마스타 훈장 찼더노?"

"좋은 말로 읊는다치면 희생정신 앞세워서나 딸라 획득혔구, 쬐께 쌍시럽게 묘사허자면 진짜 국제적 도적늠인디… 어선덜 복짝거리는 피싱하바에서 상선들만 노는 메인하바까지 출장혀서나 지갑을 터는디 구신 야행하는 솜씨였

유. 빼빼루마스타상 덕분에 흑마 배두 더러 타구 술잔도 기우려 봤으니께. 그리스 뱃놈들 칠레 뱃늠덜 원칸 당허다 봉게 우작근 멱살잡고 다그치는디, '와 이 매니매니 스피크냐? 아이 더티 액숀 마니 쩝쩝 두 나잇! 이 핸드 놔, 아밍고 오—' 혀뿐지는데야 벨 수 있깐유? 즈덜두 기진맥진혀서 빼빼루마스터 허구 말았 제잉."

윤병국이

"내도 소문을 들었제.… 놀자니 북두칠성만 봐도 고마 미치겠고, 낫살은 50 넘었고, 탈 배는 엄꼬오— 고레 운반선이라도 오색모찌아잉가 카고 탄다카데!" 하며 한숨을 내쉬었다.

한동안 메부수수해서 하품만 짜내고 있던 김중수 선장이 정색을 했다.

"초사, 본선 재고가 을맨고?"

"3만팬쯤 안되겠나 싶습니더."

"… 3만팬이라… 운반선 전적량이 몇 팬이라꼬?"

"1만8천팬은 안싣겠임니꺼."

"3만팬에서 1만 8천팬 전적해뿌모 재고 1만2천팬 아잉가. 김중수 오번 항차 팔짜 기맥히데이! 3만8천팬은 더 떠사 만창인데 어황이 요레가 언제 귀항할끼야… 보소들, 고마 1만팬만 전적시켜 삐립시더."

통신장이 난감한 표정을 지었다.

"우덜 맴이사 그라면 월매나 좋겠읍니까. 허제만…"

"와, 와 고레 몬해? 회사에다 금항차 어황이 1만8천팬 전적불능이라꼬 때리 처삐리모 안됩니꺼."

"키 뛰될기기야 쉽쥬… 허제만 회사하고 운반선하구 맺은 계약사정이 달습니다유. 1만2천팬은 회사에다 주구 6천팬은 운반선이 묵기로 약조혔답니다… 명태 6천팬 나눠묵겠다고 이 모진 북양황천에다 목심 걸구 달려왔는디!"

김중수 선장은 통신장의 그 말에 봉놋방 웃목 지키는 요강처럼 기가 죽었다. 매작지근 내뱉는 한숨이 퍽은 청승스러웠다.

"고마 붙여 봅시더… 풍향이 본선 어데야, 초사."

"포드쪽입니더."

"그라모 운반선을 스타보드에다 접선시키고 미속으로 파도 앞머리를 받자고마."

통신장이 두툼한 입술을 벌쭉거리며 언변 좋게 끼어들었다.

"요만한 바람에다 요만한 스웰이먼 아조 여섯 아홉으로 붙여도 안 쓰겠읍니까요?"

노임수가 빈정거렸다.

"우짜든동 큰 병이라까네. 전적 생각만 해도 고마 그 짓이 아른사른 떠올라 미치겠능갑다. 전복 따고 피리 불고오— 고레 붙이모 국장 좋을 기 머 있노?" 윤병국이 그답지않게 새새거렸다.

"내나 붙는 것들은 배제만 붙는다는 것을 상상만 해도 국장 데리끼가 먼차로 스니까네 저레 쌌제. 하모, 국장 말또 일리가 있다 아이가. 씩스 나인으로 붙어도 될 기상이야."

그때였다. 별안간 유행가 소리가 울려 왔다. 그 쇳소리는 〈아리조나 카우보이〉를 뜨덤뜨덤 잇고 있었다.

"홤매에— 파인마치 빼빼루마스타상 떴습니다유."

통신장이 자리를 차고 일어났다. 김중수 선장, 윤병국이 황급히 식당을 나갔다. 성준이 그들의 뒤를 따라 일어섰을 때 노임수가 말했다.

"저게 맹색이 환영연주라능기 아이요. 미안하고 죄스럽고… 고마 어색하고 섧고오— 저거덜 입장에서는 우리를 위로한다카고 아부하능기라… 마이크라꼬 고물상에서 끄사 달었능갑다. 명국환이가 들으모 내 노래 요레 베레놓을낀강 하고 쌍날칼로 들고 미칠끼라."

통신장과 윤병국이 갑판에 나란히 서서 쇳소리를 토해내고 있는 운반선을 건너다 보고 있었다.

"몬 봐주제 몬 봐줘! 아고야아— 저 꼴로 우쩨 북양황천 다 견뎌냈겠나!"

운반선 '파인마치호'는 배라기보다 떠있는 얼음덩이였다. 윤병국의 탄식대로 '파인마치호'는 선수루에서부터 선미께까지 온통 얼음을 뒤집어 쓰고 있었다. 성준이 윤병국에게 물었다.

"와 저레 되도록 나둔답니꺼."

"… 머를 나둬?"

"고마 얼음배 아잉교."

"파도로 뒤집어 썼으이 그체. 내나 파도의 결빙 아이겠나."

"쇄빙작업 했으모 안됐겠임니꺼?"

"쇄빙작업?… 이놈아야 1천2백톤 '태창 302'도 기상 좋은 날로 잡아가 쇄빙작업 하는데 3백50톤짜리 고철이 언제 쇄빙작업 할 짬이 있어? 쇄빙 작업 했을라카모 선원덜 모다 물구신 됐제."

통신장이 성준을 흘기며 혀를 끌끌 차댔다.

"기나저나 장도 열흘동안 용케 견뎠여. 본선 2항사 말씸대로라먼 파인마치 선원덜은 모다 잔나비셰끼덜인디… 아, 우덜이 당한 바람만도 네 차례여!… 웜매, 그녀려 바람 워티끼 다아 견디구 왔당가? 좌우당간에 지독헌 뱃늠덜이여."

윤병국이 쓸쓸하게 웃었다.

"저레 봬도 왕년에 남양 주름잡던 관록이 우짠 밴데? 배가 늙어 그체 오기는 그 시절 그 추억이라아—"

'파인마치호'의 확성기가 뜨덤뜨덤 토하던 유행가 가락을 끊었다. 이어 선장의 목소리일성 싶은 습습한 인사말이 울려 나왔다.

"본선 무사항해, 오직 귀선의 염려지덕분의 영광으로 생각합니다잉. 본 항차 소임, 귀선이 주지하는 바와 같이 귀선주측 용선 운반선입니다. 항해 중 청취한 바, 본항차 어황의 불황에 당면하여 아국 어선단 전반에 크나큰 애로가 있었는 줄 자알 알고 있습니다. 운반선 좋아하는 작업선이 으디 있겠읍니까만, 제반 사정 널리 해량하시고, 본선 귀선에 접선을 희망하오니 편달도모 바라겄습니다."

윤병국이 혀를 빼물고는 놀라는 시늉을 했다.

"아고야아— 빼빼루마스타상 운반선 선장으로는 아깝다 아이가. 우리 회사 홍보이사 자리에 모시모 왔다 아이겠나!"

노임수가 맞받았다.

"얼르고 사알 꼬집고, 발로 튕겼다가 대가리로 받고, 잘강잘강 씹었다가 오삼오삼 냉기고… 사람 쥑이주제 쥑이 줘! 저 연설로 듣고 안 붙힐 수 있겠나?"

통신장도 질세라 읊조렸다.

"… 운반선 좋아하는 작업선이 으디 있겠읍니까만 제반사정 널리 해량허시고 본선 귀선에 접선 희망하오니 편달도모 바라겄습니다라아— 말 재조가 저렇다 치면 필시 붙는 데두 탁월한 기술을 발휘힐거여. 옆치기, 여섯 아홉 까꾸루 붙기, 거 머시냐 춘향전 사랑가 뽄으로, 가셰 가셰에 슬 스을 낭궁음 찢구 가셰에— 하문서 미속항진 박구가기… 어쩐 체위루 붙어두 지대루 싸겄어!"

윤병국도 맞장단 쳤다.

"지발 고레 되사 우리 배도 오랜만에 숨넘어 갈낀데."

노임수가 엉덩이를 비비꼬아대며

"여보, 아고야 여보! 우짜꼬 여보! 고마 낼로 쥑이라 여봇… 요레 말이제?"

하자 통신장이 손을 설래설래 내저으며 핀잔을 줬다.

"지집 감창이 고롷고롬 방정마저 가지구는 지대루 붙었다고 헐 수 읎지. 조루 증세가 유형게로 감창이 소갈증 드능거여. 지대루 합궁되야 봐!… 우이그으 우이그으 잘두 허시지 자알두우— 그류, 그류우, 나 시방 죽능게뷰우— 오금댕이마다 불감피를 박았유? 워쩨 알큰알큰 재갱끓구 귀때기는 차악 갈앉구우— 요렇고럼 되능거여!"

윤병국이 성준의 눈치를 흘끔 살피며 역빠르게 말했다.

"고마 치아뿌소. 말들도 와 요레 징그랍게들 할꼬몰라.… 내 그짓거리 우쩨 하는 줄 인자 기본동작도 다 잊어삐릭제만, 니기미 동고리 속에서 쇠주로 내리는강? 머 재갱이 끓고 고레? 맴소가 소금을 묵었능갑다. 귀때기가 내리붙거로, 흥."

그때 김중수 선장의 목소리가 까랑까랑 울렸다.

"먼차로 '파인마치' 귀선의 무사항진을 축하합니다. 현재 본선은 포드에다 풍향을 받고 있고 스웰도 쪼매 있임미다. 귀선, 본선 스타보드에 접선 바라는데 본선 후방으로부터 미속 접근 해주기 바랍니다. 제삼 제사 부탁 하는데 귀선의 전 방현재(防舷材)를 동원해가 선체외판 손상을 각별 방지해사 씁니다.."

김중수 선장의 목소리가 죽자 '파인마치호' 스피커는 빼빼루마스터 선장의 목소리를 토해내기 시작했다. 그의 목소리는 아까와는 판이 달랐다. 자기 선원들에게 내리는 지시가 불사스러운 욕지거리 투성이였다.

"옴매, 이세끼들 데리끼하고 와프들 쇄빙해사 쓸거 아니라고? 접선해사 쓸 판인디 으쩨 시방까지 얼음도 안깨고 못했냐 씨벌놈덜!… 아니 후딱 못 하겠어? 데리끼 돕벙 리프또가 꽁꽁 얼어붙었는디 데리끼 붐 올릴 때 스토빠 잘도 말들

겄다잉!… 저런 개셰끼들 보게여. 아 후딱후딱 않할래? 오이야, 요셰끼딜! 어정
어정 하는 셰끼딜은 전적 끝났다 하면 찌까닥이여잉… 아니, 그란디 저녀리셰
끼는 붕알에 곰발 돋쳤당가?"

하는가 하면, 이내

"아그딜아 후딱후딱 하자잉. 암면, 암면 진작 그분으로 했어야제잉! 언뜩언뜩
실어사 우딜 안좋겄냐?"

하는 등 종잡을 수 없도록 우련했다. 어련할까 싶었는데 김중수 선장의 목소
리가 작업선 텃세를 영바람 재며 설면해졌다.

"파인마치이— 퍼뜩퍼뜩 해사 안쓰겠임니까? 스웰(너울성 파도)이 점차로 커
지는데 우짤라꼬! 쬐맨한 스웰이라케도 양 선이 접선하모 몇 배로 꿀렁대능거
몬르요?"

'파인마치호'의 갑판이 잠시 북새통을 이뤘다. 쇄빙작업을 화급하게 해치운 '
파인마치호'가 '태창 302호'의 선미 쪽으로 다가들었다.

성준은 윤병국을 따라 '휠 하우스'로 뛰었다. 김중수 선장이 마이크를 잡고
악을 쓰고 있었다.

"갑판조! 파인마치 선수가 본선 지수격벽(支水隔壁) 가찹게 왔을 때 전 방현
재(防舷材)를 내린다 알것제? 그카고 보승, 히빙라인 치고나가 전적조 퍼뜩 짜
그라."

선수에서 '히빙라인'이 날았다. 때맞춰 '무어링 라인'이 연결되고 '윈드라스'
와 '카고윈치'가 선수·선미의 '무어링 라인'을 감아들이기 시작했다.

김중수 선장은 접선이 완료되자 '휠 하우스'를 나갔다.

"우리사 걱정 엄따만도 파인마치 저노무셰끼딜 붐이나 지대루 세울 줄 아는
가 몬라. 보거로, 갑판조 셰끼딜이라꼬 다섯 아이가… 내 빼빼루마스터상 영접

차 내 방에 드갈테니 초사가 지휘하소."

두 선박 사이에 줄사다리가 놓여지자 '파인마치호' 쪽에서 승무원 너댓명이 엉금엉금 기어 '태창 302호'로 올랐다. 두 사람은 선장과 통신장인 듯 싶었고 나머지는 선원일 성싶었다.

성준은 '파인마치호' 선원들의 거동을 보다말고 의아심이 생겼다. 그들은 갑판 위에 널브러져 있는 명태를 들고 온 망태 속에다 정신없이 줏어담고 있었다. 더욱 희한한 일은, 죽어 뻗은 갈매기마저 서슴없이 챙기는 것이었다.

"저놈아덜 와 저레예?"

윤병국은 흔연스럽게 콧마루를 쓸며 실미적지근 받았다.

"머시 궁금해가 그래?"

"맹태가 썩어나는 곳이 북양인데 삐둑삐둑 석은 맹태는 와 줏어담을꼬예? … 맹태는 고마 그렇다 칩시더. 갈매기는 와예? 박제로 해가 돈 맹글라꼬 저러는 강…"

"니사 궁전매꼬로 근사한 태창 302 사관이고 저놈아덜은 운반선 뱃놈 아이가!"

"……"

"… 내 말로 찬찬히 들그라!… 이놈아야. 바다에 기나오모 다 뱃놈인 줄 아나? 택도 엄따아— 뱃놈 족보 다섯 등급이라카이!… 뱃놈 왕성님은 내나 캡틴이고, 둘짜 족보가 치프 오피써라, 바로 이 초사라능기고, 세째 족보가 선비 '사'자 묵은 사관덜, 네째 족보는 외항선 보통선원, 다섯째는 고마 뱃놈거지인데 그놈아덜이 바로 운반선 뱃놈덜 아이가!… 저놈아덜 부식이라능기 식초 다 된 짐치 한 가지다. 갑판원이라고 와 저레 적은 줄 알아? 목심걸고 나왔는데 사람 많으모 맹태 6천팬 그까짓 거 을매씩 나놔 묵을끼야? 고래 도꼬다이 몇 놈들 묶어가 기나오능기라꼬… 우리는 고마 쌩목 오르는 맹태제만 저놈아덜한테는 이빨 삭는 괴기야 괴기!… 갈매기로 박제해가 우쩨?… 저놈아덜 듣는 데서 고레 씨부랑대보제! 휘둘르는 갈구리에 빼간지 뿌가져. 갈매기사 천하진미 육괴기라꼬! 뭍에 거지, 기기어데 거지야? 시상천지에 북양운반선 뱃놈덜매꼬로 왈짜 거지 엄따아—"

'파인마치호' 선원들이 망태를 어깨에 맨 채 줄사다리를 건너갔다.

작업이 시작됐다. 데리크들이 일어서고 '카고후크'(카고 와이어 끝에 결부하는 쇠갈고리)에 씰링(화물을 담아 나르는 망태)이 걸렸다.

두 배의 '데리크'가 일어서면서 부터 선채들이 요란하게 좌우로 뒤뚱거렸다.

윤병국이 마이크로폰을 들고 소리쳤다.

"이노무셰끼덜아 체인 스토퍼로 리프트 와이어에다 충분하게 잡앗! 클리트 와이어로 늘콰줘사 스토퍼가 지대로 작동할끼 아이얏!"

이번에는 '파인마치호'에다 대고 막무가내 내쐈다.

"보라꼬 파인마치! 너거덜 일로 고레 해가 누구 잡을라카노? 데리크 붐 밑 리프트 와이어 속에다 발로 딛고 섰는 놈, 니노무셰끼 천당행 급행표 끊었나?… 리프트 와이어 곁에 바짝 붙어가 깐작깐작 대는 놈덜! 퍼득 몬 비키겠어! 리프트 와이어가 동골동골 쪼리 틀었기로 고마 십구멍으로 뵈능갑다! 퍼뜩 비키나라꼬. 내 건너 갔다카모 몇 놈 쎄빼물게 칠끼다, 니기미 시바알—"

간담 서늘한 작업이 그래도 4백팬을 전적했을 때였다. 스웰이 넘늘넘늘 커지고 풍향마져 바뀌었다. 선채들을 묶은 '무어링 라인'이 곧 끊어질 듯 팽팽한 장력으로 파열음을 토하고 '데리크'의 와프들이 금새라도 얽힐 듯 비비적거렸다.

두 배들이 질세라 널을 뛰기 시작했다. '태창 302호'는 둔중한 맛이라도 있는데 반해 '파인마치호'는 그야말로 방울나귀 고삐 풀고 튀듯이 방정맞고 숨가쁘다. 그때마다 '파인마치호'의 뾰족한 선수재가 '태창 302호'의 지수격벽을 치받을 듯 선땀 돋는 곡예를 했다.

김중수 선장이 와당탕 퉁탕 들어섰다.

"까딱하모 데리끼 와프 뀐다!… 오매야! 저노무 삐쭉한 선수재로 고마 우리 배 쥐박을따!… 몬해! 배 뗀다!"

김중수 선장이 숨가쁘게 내뱉고 나서 마이크로폰을 잡았다.

"보승! 배 뗀다! 퍼뜩 데리끼 수납하라꼬. 그카고 먼차로 선수색 렛꼬(Let go)한 후 선미색 렛꼬해가 이선한다, 알았제?… 본선에 있는 파인마치 승무원들은 퍼뜩 본선으로 귀선해 주소."

김중수 선장의 말이 떨어지기 무섭게 '파인마치호' 승무원들이 무릎걸음으로 나 살려라 줄사다리를 탔다.

김중수 선장이 끌끌 혀를 찼다.

"꼬라지 한번 좋체에, 쯧 쯔읏— 암내 난 암캐캉 십 한판 붙자고 담구멍으로 사알 숨어든 숫캐가 몽둥이찜질 맞고 도망치능기 똑 저 꼬라지 아이겠나! 내 요레 조루증으로 끝날 줄 알았다꼬, 에엥—"

이선(離船)을 끝낸 '파인마치호'가 '태창 302호'의 선수를 아슬아슬 비키며 꾸르릉 달려나갔다.

김중수 선장이 또 한번 내뱉었다.

"저런 문디이셰끼딜! 저레 튕겨나갈끼 머꼬?"

윤병국이 예사스럽게 받았다.

"이선하는 선박의 정석항법 아이겠임니꺼."

"풍향이 바꼈는데 머 고레? 하드 스타보드 해가 미집에서 튕기나가도 된다꼬."

김중수 선장이 '휠 하우스'를 나갔을 때 성준은 그간 궁금했던 일을 윤병국에게 물어봤다.

"쪼매 심하다 안싶습니꺼. 운반선도 내나 같은 뱃놈팔짠데 와 요레 푸대접 한답니꺼?"

윤병국이 여늬 때처럼 스런스런 맴돌이를 해대며 차근차근 말했다.

"작업선 치고 운반선 좋아라카는 배 없제. 운반선 붙었다카모 우선 작업기일이 늦차지제, 작업 더 했다꼬 회사에서 공로표창 해주나 돈푼 쪼매 더 얹어주나. 고상만 죽어라카고 해보이 우리만 죽어나능기라… 하제만 정말로 큰 이유가 있능기라. 니놈마 봤제만 전적 작업이 고레 숩더나? 4백팬 전적 하는데 천지개벽짝 안났더나.… 말또마라! 기맥힌 기상조건 만났다모 몰라도 북양복판 전적작업이라능기 억수 애렵다. 북양에서 전적 작업 해냈다카모 금새로 베테랑 뱃놈 되는기야… 이레저레 운반선만 상거지 팔짜 안되고 우쩨 배겨?"

"… 그렇겠네예… "

"하모."

"그렇다치고예… 전적 작업 용어가 디게 상시럽따 아잉교? 싼다, 조루다, 옆치기다, 여섯 아홉이다, 기기 모다 음담패설 아이겠임니꺼?"

"맞지러. 작업선, 즉 정지선은 암놈이고, 붙어오는 배는 숫놈이라. 전적 작업이 내나 교미나 매한가지 아이겠나. 오늘 매꼬로 4백팬 옮가주고 배 뗏다카모 조루고, 5천팬 넘어갔다카모 지루라아— 싼다는 말, 그거 하나도 쌍시러운 거 엄따. 전적이 지대로 끝나모 싼기제 머시라 따로 쌀낀강?"

아네로이드 기압계는 1천20미리 바. 해면은 거울처럼 잔잔하고 북양은 느닷없이 한 폭의 수채화였다.

그동안 '태창 302호'와 '파인마치호'는 서너차례 접선을 시도했었지만 그때마다 실패였다. 노임수의 걸죽한 입담대로라면 '니기미 시발, 대줘보이 삐죽한 수 없제. 좆대가리 까지기 전에 겉물만 좍 좌악— 애사당초 교미가 과분하잖고 머꼬? 우리 배가 샛빠도라모 파인마치는 발발이 똥개상인데 심줄 뿌가져라 뒷다리 세워가 서보이 어데다 박겠노? 발목아지 털시래기나 깔죽깔죽 비비대는데 고마 내 데리끼가 간지랍다 안 울어쌌나!'였다.

'태창 302호'는 휑 돌아 도망치고 '파인마치호'는 허겁지겁 뒤따르고— 흡사 삭연한 결별의 현장 같았다. '태창 302호'는 '파인마치호'를 넌덜머리난 여자처럼 다뤘고 '파인마치호'는 기구한 운명 속의 조강지처처럼 '태창 302호'를 따라붙던 것이었다.

김중수 선장은 아예 침실에서 세상 모르고 잠이 들 정도였다. 그만큼 전적 작업은 순조로왔다. '마스트 데리크 포스트'에 매달린 '카고라이트'(야간작업용 조명등)가 순조로운 전적 작업을 휘황하게 밝히고 있었다.

갑판장이 '휠 하우스'로 어렴상 없이 들이닥쳤다. 윤병국이 허리를 굽신하는 시늉을 해보이며 장난스럽게 말했다.

"아고야 왕성님! 또 머시라 불편한 데 있임니꺼?"

갑판장은 '와 요라십니꺼' 해 놓고는 다짜고짜 마이크로폰을 잡았다.

윤병국이 성준의 귓바퀴에다 대고 소근댔다.

"갑판장 저놈아 오늘은 연산군 된 기분일끼다. 인자 저놈아 연설 터진다. 들어보거로!"

갑판장이 성난 오랑우탕처럼 고함질이었다.

"B조 이노무셰끼덜 영점일초 내에 어창교대 않할끼갓? A조놈덜 좆빠지게 일로 했으이 인자 잠 쪼매 자야 안되겠나. 이 시발놈덜아! 이노무셰끼덜 그 새 좆대가리 몬 살게 굴었거로 용갯물만 또 한 대야 채웠을텐데 와 디비져 있노앗!… 말로 할 때 고마 퍼뜩 나오이라. 너거덜 보승 성질로 자알 알끼구마. 일본판 '고재봉'이 삼형제 다 갖춘 놈이 내 아이가? 젤로 윗놈 함짜 '도끼로 이마까'상, 둘째놈 함짜 '깐이마 또까'상, 막둥이놈 함짜 '다깐이마 다시까'상 잘들 알제?…
B조 이 개노무셰끼덜 도끼로 마빡을 빠사쥑이뿔기 전에 퍼뜩 몬나 와? 일본판 고재봉이 삼형제 떳다카모 마빡들 깨진 사금파리 쓰레기장 될끼니까네!"

윤병국이 여전히 장난스레 말했다.

"진노로 고마 푸이소. 왕성님 아이모 전적 작업 황이다 아이요?"

갑판장은 정색을 하고 나직히 투덜거렸다.

"초사님요, 아까 데리끼 붐 세울 때 사고 터질 뻔했다 아입니꺼! 선장님이 몰라서 얼마나 다행인 줄 모릅니다."

그제야 윤병국도 정색을 했다.

"와?… 내 그때 아랫배가 싸아 해가 된장국 끓이고 안있었등가베. 그 짬에 무신 일이 있었나?"

"B조 동양화가상, 그노무셰끼가 와이어로 잡았는데 데리끼를 내린다꼬 고마 푸르르— 단 번에 와이어로 준기라꼬요! 클리트에 감은 와이어로 두차례 서서히 늘꽈주고 나서 조심시럽게 와이어로 쥐사할낀데 고레 쥐삐릿으이 데리끼가 떡방애 안됐능교? 데리끼로 다시 올리기가 어데 고레 쉽습니꺼!"

"고레 무식한노무셰끼가 있겠나! 당장 끄사올레라. 내 이노무셰끼로 고마 반은 쥑이나사 쓸까싶다!"

갑판장이 고개를 내저었다.

"아입니더. 내도 손 좀 써사 피곤이 안풀리겠임니꺼. 그노무셰끼 이 보승 몫으로 넘겨주이소!"

갑판장이 바쁘게 '휠 하우스'를 나갔다.

윤병국이 전적 작업을 멀끔히 내려다 보고 선 채 말했다.

"우리 배 보승만한 놈 북양에 엄따. 우선 내부터도 저놈아 실력 몬따라간다 꼬. 내사 이론이고 저놈아는 실전의 맹장 아이겠나.… 얍싸한 이론이라능기 얼마나 우스운 지 알아?… 초기 북양어업 때 일이라. 내노라카는 선장 모씨에다 해양대학 졸업한 쟁쟁한 사관놈덜로 구성된 H호가 있었제. 이노무 배가 우쩨된 건지 예망해 봐도 허탕, 투망만 쥐뿔나게 해싸도 삭신만 석어나고… 고마 공망만 뜨다가 귀항 안했겠나. 나중에 알고보이— 시상에, 모터보드로 꺼꾸로 처박고는 작업한기라!"

성준은 오랫만에 뱃가죽이 얼얼하도록 웃어봤다. 한참 웃고 난 탓인지 시장끼가 동했다.

"초사님예 야식 머 안드시겠임니꺼."

"글쎄다… 니는 머 묵고싶노?"

"된장국 생각이 간절하다 아입니꺼."

"… 된장국?"

"초사님이 끓여 주시모 더 맛있겠제예. 쌀롱보고 된장 가져오라 해가 여기서 끓일까예?"

"… 내가 와 된장국을 끓여?"

"아까 말했지 안았임니꺼. 된장국 끓이는데 그 때 동양화가가 사고냈다 안했능교."

윤병국이 끄 끄 끄 목젖 아프도록 웃기 시작했다. 그가 실습항해사를 향해 물었다.

"실항사, 2항사가 내 된장국 끓여 돌라카는데 우짜면 좋노?"

윤병국의 말끝에 실습항해사는 실성한 듯 웃어 재꼈다.

"……"

영문을 몰라 어리벙벙해 있는 성준 앞으로 윤병국이 다가왔다.

"내 된장국을 고레 묵고싶나?"

"… 묵고싶습더."

윤병국은 성준의 어깨를 탁 타악 쳐대며 대중없이 또 웃었다.

"보그라. 니 귀항하모 그래도 북양뱃놈 바람 잡겄제. 에라 순 쌩짜 북양사관놈 같으이라꼬!… 북양배에서는 똥누는 일을 된장국 끓인다 안카나.… 고레, 내 똥이 고레 묵고싶어? 입만 벌리라꼬. 고마 뿌직 뽀골 끓여주꾸마."

한창 물긋한 웃음판이 익고 있는데 전적량을 체크하고 있던 최윤복이 올라왔다.

"몬 봐주겠는데 오쩨사 쓸꼬예, 초사님!"

"니는 또 와? 머를 몬봐줘?"

"파인마치 항해사 말입니더… 저 사람, 만 여섯 시간째 굶고 있임더. 불쌍해가 죽겠임더!"

성준은 갑판을 내려다 봤다. 희뿌연 눈발 속에서 전적량을 체크하고 있는 그가 보였다. 그는 손에다 입김을 불어 넣는가 하면, 제자리 뜀질을 해대며, 쓰린 공복과 추위를 오달지게 참아내고 있는 듯 싶었다.

윤병국이 수화기를 들었다.

"싸롱이가? 내 초사다. 이노무셰끼 고레 인정이 없어가 우짤끼야? 파인마치 항해사한테 퍼뜩 뜨신 국밥 몰아줘라. 그카고 파인마치 쪽에도 사람 수대로 국밥 날랏!"

윤병국은 수화기를 놓고 최윤복에게 물었다.

"현재 몇 팬 넘어갔어?"

"인자 5백팬만 넘어가면 좋입니더."

윤병국은 하아— 하고 명치끝 아리는 한숨을 길게 내뿜었다. 그러면서 혼자
소리로 중얼거렸다.

"몬 사는 놈덜 기죽고 사는 꼴로 뭍에서나 보면 됐제 와 바다에서까지 봐사 할
끼야!… 시상에 맹태 6천팬 때미로 저레 나와서 했나… 뭍에 거지가 상팔짜라.
저놈아덜 저거 우짠 거지들일꼬?"

3시간 후— 1만8천팬을 전적한 '파인마치호'는 이선했다. 빼빼루마스터 선장
의 고별사가 사뭇 애절했다.

"본선 귀선의 협조덕분으로 전적 무사완료하고 코오스 2백40 귀항하겠습니
다. 야식접대 특히 고맙고 귀선 전 선원의 호의 불망입니다. 귀선의 어로호황
앙망하며 그동안 물심양면 귀선에 끼쳐드린 신세를 운반선 선장으로써 사죄드
립니다. 귀선의 만선귀항 바라겠습니다."

'태창 302호'에서 목쉰 기적이 두 번 울었다.

김중수 선장이 통신장에게 물었다.

"아래로 생겨난 것 없능교?"

"… 아직은 없습니다만…"

"황천이 없어야 할낀데!"

그토록 미워했던 '파인마치호'를 캄캄한 바다 속으로 떠보내며 '태창 302호'
의 사관들은 한결같이 말이 없었다.

노임수가 등을 돌리며 탄식했다.

"뱃밥 디게 짜밥제!… 똑 봉사딸년 야반도주 시킨 맴이라!"

14

메주 조리질

'태창 302호'는 악천후 속에서도 작업을 계속해야 했다. 여늬때 같으면 '렛 꼬 몬해, 피항이야!' 하는 말로 편작의 약방문을 삼고는 뱃구래 느긋이 쓸어 봤 을 김중수 선장마저 '휠 하우스'를 떠날 줄 몰랐다. 그럴 수밖에 없는 것이 예 정 작업기일에서 벌써 만 엿새를 거저 잡아먹었고 어창은 어창대로 공선이나 진배없었기 때문이었다.

'휠 하우스'의 분위기는 어느 때보다 우중충 흐려 있었다.

김중수 선장은 한동안 '쎗 쎄엣—' 혀를 차대다 말고 내뱉었다.

"통신장 올라와보라케!"

성준이 수화기를 들고있는 동안 김중수 선장은 그 짬 못견뎌 씨부랑거렸다.

"하아— 내 요참 항차 지나가 또 북양 나오모 고마 개셰끼로 조상 삼을끼다!… 내 벨시런 항차 다 겪어 봤다만 요레 개십같은 항차 몬 봤제에— 회사노무셰 끼덜, 고마 시방도 '맹태 반 물 반' 북양어장 따악 믿고는 지노무셰끼덜 맘대로 늘쾄다 땡깄다 해쌓는데, 후웅— 택도 엄따!… 북양은 고마 끝난 기야. 내 말 이 틀리거로 그 때는 고마 세빠닥을 삐지도 좋다꼬! 옛날 같으모, 두 시간 예망 해가, 파망되모 우짜꼬 카고는 고마 양망 안했나. 시방은 우짠고?… 일급 어장 에 베락같이 드가 끄사보이 다섯시간 예망에 겨우 30톤 들모 횡재고!… 내 염

체 엄써가 우쩨 북양선장 해묵겠노?… 쪼매 든다싶으모 운반선 붙여, 어창 든
든하다 싶으모 바람 쎄리치제에— 인자는 고마 황천에 황자만 들어도 쏘름이
싸아 돋는다 아이가."

'휠 하우스'로 들어서는 통신장을 흘끔 살피며 김중수 선장이 물었다.

"도대체 우짠노무 기상이 요라요? 국장의 소임이라능기 예방기상 아이모 머
꼬? 미리 기상통보 들어가 기상도로 짜사제 고마 억수 쎄리마지면서 빨간줄
끄사보이 내나 요레 안쌌나.… 운반선 떠보내자마자 요레 황천일 수 있는강?"

통신장은 여늬때 같지 않게 사뭇 불만스러운 표정을 지었다.

"맹셕이 통신장 아니겠습니까, 힘에도 불구허구 미리 기상통보 안듣는 사람
이 워디 있겠습니까요… 밑에서 베락같이 생겨나는 것이사 헐 수 읎쥬!… 기상
도는 바람 맞기 전에 짰습니다유."

"… 그라모 밑에 놈덜 여파라 요말입니꺼?"

"그렇습니다유."

"어데 생겼는데?"

"북위 46도 동경 1백60도에서 생겨난 놈은 시무시루(Simushir) 쪽으로 북동
진허구 있구 그 아래 북위 44도 동경 1백50도에서 생긴 늠이 또 우루뿌(Urup)
쪽으루 동서 맹진허구 있습니다."

"하모오… 여러 날 시끄럽겠다 요말 아이요? 그쪽에서 생긴 놈들 합세했다카
모 똑 동북 안틍가베."

"현재로는 그럴 죄짐이 농후합니다."

김중수 선장의 눈길이 '뷰 클리너' 너머의 잿빛 황천을 담고 있었다. 핏기어
린 눈을 연신 껌벅거리고 있던 김중수 선장이 심난한 표정으로 얼굴을 앙등거
리며 말했다.

"운반선은 어데쯤 갔는강?"

"불쌍혀서 말문이 맥힙니다유. 시방 무지무지허게 후드러맞고 있습쥬. 송륜도(Matua섬) 3마일 해상인디 아래로는 갈 수 읎구 암짝혀두 다시 동에서 북으로 피항혀사 쓸것입니다."

"내나 다시 올라온다 아이거로."

"그렇습쥬."

김중수 선장이 신경질적으로 일어섰다.

"모진 년들 팔짜도 요레 더럽지는 않을따!… 내사 회사밥 묵거로 요레 고생한다 치뿌고, 그칸다모 '파인마치'나 지대로 가사 쓸낀데! 하참, 와, 와 요레?"

모지락스럽게 쏴붙이고는 '휠 하우스'를 나가버렸다.

통신장이 시무룩해서 중얼거렸다.

"머시냐, 거 의사들 학문에 예방의학 워찌구 하는 목자가 있다는 소리는 들었어두 기상학에 예방기상 분야 있다는 소리는 생전 츰 듣네… 아 기상이라는 것이 천지조화 대자연허구 붙는 쌈인디 예방기상이 워딨여? 황천예방이 곧 통보구 통보가 바로 현상기상인디! 지에기라알— 툭 혔다 하먼 고냥 그 즉시로 나만 물고 늘어진당게."

윤병국이 살뜸놓는 한의처럼 지엄하게 말했다.

"고마 그렇다 치뿌십시더. 내도 남양선장 시절에 똑 저레 안했나. 괴기 몬잡고 바람 쎄리치고 캤다하모 공연히 국장만 뽂응기라.… 괴기 억수 들고 날쎄 좋다 치보제. 그때는 또 통신장 덕분에 요레 어황 좋다카고 공치사 을매나 했겠노? 내나 기기 그기고 그기 기기라아— 캡틴도 쪽 지랄같게 돼 있어. 우리도 우리지만 '파인마치' 그노무 고철 생각하이 저레 되능기야."

"암머언— 고런 것이사 알고도 남잖구. 뱃늠 맘덜이 다아 한통속이다 봉게로 걱정시럽구 무담씨 안씨럽구… 나버텀두 그랬응께. 어황보고 받겄다구 키를 뛰딜기는디 느닷읇이 '파인마치'를 호출허구 있능겨."

"맞지러… 내도 아래 밤 꿈에 빼빼루마스터상 안봤겠나."

통신장이 '휠 하우스'를 나가면서 시설스럽게 읊었다.

"좌우당간에 요녀려 황천은 고래들 잔치 탓이여잉. 고래덜이 그 잔치벌인다 허면 반다시 황천서곡잉게."

성준은 통신장의 말 끝에 그 수선스럽던 고래들의 정사가 새삼스레 떠올랐다. 고래들은 느닷없이 꼬리들을 세우고 대양에 곧추 서는가 하면 그 덤턱스러운 꼬리들이 엉키기 무섭게 시동하는 양수기처럼 부르르 절정을 울었다. 그런가 하면 전혀 딴판인 경우도 있었다. 하얀 배퉁이를 희물그레 뒤집곤 죽은 듯이 동요를 잃은 그 수면 위를 수컷일 성싶은 고래가 둔중하게 활강하기도 했던 것이었다.

그때 전화벨이 울었다. 윤병국이 쑥대강이 같은 머리통을 박 바악 긁적대며 수화기를 들었다.

"누고?… 보승?… 또 무신 일인데 고레?… 보라꼬, 보승! 에지간한 삼이다카모 고마 놔둬삐리고 쪼매 심하다카모 보승이 해결하거로. 요레저레 화뿔 돋게들 안됐나. 쎄빠지게 일로 해보이 운반선에다 전적해 뿌고, 기상이라고 개좆같은 판에 일로 할라니 즈그덜도 썽발 돋는기제 머… 내나 그 삼이 그 삼이제 머 고레 토시작 토시작 시르다가 고마 끝안나겠어… 무신 말이야 도대체! 보승 말또 안 맥히는 삼이라이? 삼의 원인이 머꼬야?… 디게 얄궂다꼬… 어떤 놈덜인강?… '좆까라 브라더스' 대 '북양가물치스'? 아니, '좆까라 브라더스'는 구면이다만 '북양가물치스'는 또 은제 탄생했노?… 탈판실 삼형제?… 알았다고마. 두 팀 다 브릿지로 올라오라켓!"

윤병국은 수화기를 놓고 차근하게 내뱉았다.

"저러이까네 쌍놈 말로 듣제. 그랄수록 즈그덜끼리 위로하고 부추겨줘도 몬 자랄텐데 와들 서러운 놈덜끼리 서로 몬 묶어 삼은 삼이야, 에엥ㅡ"

성준이 물었다.

"보승 말도 안맥힌다모 디게 시른갑지예. 와들 그란답니꺼?"

"내 우쩨 알아… 보나마나 들으나마나 아무일또 아닌 것을 가지고 지랄들이 겠제. 선원들 삼이라능기 디게 우숩다꼬. 예를 들모오ㅡ 계란이 먼차냐 닭세끼가 먼차냐, 이런 삼들아이겠나… 내 남양선장 할 때 얘긴데, 하루는 고마 죽기 살기로 두 놈이 붙었어. 사관덜도 눈에 안뵌다카고 시르는데 똑 한 놈 죽어사 끝날 낌새드라고, 내 선원실로 드가 불베락을 앵기니까네 그제사 떨어지는데, 내 웂버서 말또 안나온다… 삼의 원인인즈윽ㅡ 대처승캉 목사캉 둘 중에 누가 더 십을 많이 했겠노 하는 문제로 놓고 다투다가 고레 됐다능기다! 한 놈은 목사가 더 했다카고 한 놈은 대처승이 더 했다카고오ㅡ 이러다 보이 종교로 불교 믿는 놈덜하고 예수 믿는 놈덜하고 고마 패거리 삼이 돼삐린기라. 시상에, 요레 웃으운 삼이 어데 있겠노?"

해도 위에다 선위(船位)기록을 하고 있던 실습항해사가 뱃구래를 잡고 웃어제 꼈다. 윤병국이 장난스럽게 호통쳤다.

"와, 와 니는 또 미치노? 머 고레 우숩다꼬 이노무 셰끼!"

실습항해사가 겨우 '아래 일이 생각나가 그렇심더'하면서 겸연쩍어 했다.

"… 아래 무신 일이 있었는데?"

"… 일기사님 하고 냉동사도 그런 식으로 다퉜다 아입니꺼…"

"우짠 문제로?"

"'우간다 아민' 하고 '오나시스' 하고 누가 더 좋겠노 카는 문제로 두고 다퉜다 아입니꺼."

"미친 사람들 하고는!··· 우간다 아민이사 부하 간땡이도 빼묵는 불쌍놈이고 오나시스는 그래도 현대판 귀족 아잉가베?"

"··· 그런 문제가 아입니더."

"······?"

"아민 그거하고 오나시스 그거하고 누가 더 실하겠노 카는 그런 일로 억수 다 뙜임더."

"··· 그거 라이? 내나 연장들 말인갑다."

"맞심더··· 일기사님은 아민 그것이 실하다카고 냉동사는 오나시스 그것이 더 좋다꼬 언성을 높이드이, 막장에는 서로 당신이 봤냐, 그람 당신은 봤냐 어떻게 다투는지 고마 허리삑다구 뿌가지는 줄 알았임더."

"쎄리고 패고?"

"어데예. 사관님들이 고레 싸우겠임꺼··· 우짜든동 오늘까지 서로 말은 않데예."

윤병국이 허리춤을 부여잡고 끼들거릴 때였다.

이른바 '좆까라 부라더스' 멤버인 최수환·박공팔·김의수, 그리고 탈판실 '북양 가물치스'의 도동현·임길상·곽용대 등 여섯이 '휠 하우스'로 들어섰다. 그악스럽게 싸운 탓인지 얼굴들은 부어오르고 터지고 볼만한 참상이었다.

윤병국이 탈판실 패거리를 향해 말했다.

"머시라켔노? 북양가물치스?··· 너거 왕성님놈 나와."

도동현이 앞으로 나와 섰다.

"니가 권투했다는 놈이제?"

"그렇심더."

"완력은 씬갑다. 니 얼굴은 말짱한 걸 보이… '북양가물치스'? 은제 맹글었노?"

"을매 안됐임더. 괴기 억수 잽힐 때 처리장캉 안다퉜임니꺼? 그때 짰임더."

"너거들도 내나 노래하는 그룹인강?"

"어데예! 우리는 그런 잡시러운 짓 몬합니더."

"그람?"

"처리장 노무셰끼덜이 대가리 수만 믿고 까불거로, 참다 몬하모 손좀 봐주자카고 맹글었임더."

박공팔이 낮게 울근불근거렸다.

"처리장 노무셰끼덜? 어데 앞인데 상말로하노?"

"이노무 셰끼덜 조용히 몬해?"

윤병국은 박공팔을 향해 버럭 악을 쓰고나서 다시 말했다.

"주먹 쓰는 놈덜 그룹 명칭이 머 고레 예술적이야?"

"북양가물치가 안씹니꺼? 쇄빙용 목제함마로 쎄리조지도 엔간해서 어데 죽십디꺼. 고레 그렇게 지었임더."

"그라모 가물치면 됐제 꼬랑지에다 '스'짜는 와 붙여?"

"한 사람 이상이 합처가 맹근 클럽은 꼬랑지에다 꼭 '스'짜로 안붙임니꺼."

"오매야— 급살맞게도 유식하제에— 그것은 고마 그렇다 치자. 대체 삼의 원인이 머야?"

도동현이 뒷통수를 긁적거리며 망설였다.

"말로 햇! 니노무 셰끼덜이 머시라 민족과 국가의 장래를 위해 싸웠겠노? 대한민국 어업발전을 위해 싸웠겠노? 뻔한 일 아이가. 개얀타꼬. 무신 말이 나온다케도 내 체면 안깎일테니까 퍼뜩 말로 해."

도동현은 그제야 짱짱해서 말했다.

"… 거 머시라… 고래잔치 안있임니꺼…"

"짚었다 하모 맥통 아이겠나! 내 그런 일인 줄 알았다꼬… 그래, 고래 잔치 있제, 있어. 그런데?"

"공팔이 저놈아가 낼로 보고는 고래는 우쩨 하는 줄 아는강 카고 묻능깁니더. 고레, 내가 고래는 사람매꼬로 눕어서 한다 했임더."

"둘 다 눕으모 잔치 몬하제."

"어데예. 암놈은 배퉁이로 까고 사알 눕고 숫놈은 타고 말임더… 지가 고레 말 했드이 공팔이 저놈아가 댓방에 무식한 노무세끼야 고래는 꺼꾸로 서가 한다 카면서 고마 미치능깁니더."

윤병국이 '공팔이 나오이라' 해놓고는 한동안 등돌아선 채 웃었다.

"유식한 놈 말 좀 들어 보자. 참말로 꺼꾸로 서가 하나?"

"그렇심더. 고래잔치로 몬봤다카모 몰라도 억수 안봤겠임니꺼. 꼬랑지로 세워가 안붙십니꺼!"

"… 보기사 억수 봤제… 와 꺼꾸로 서가 한다 생각하노?"

"동현이 절마 말대로 암놈이 눕는다치모 숫놈이 언제 탈 새 있겠임니꺼? 몸 땡이만도 몇 톤 나가는데 어델 눕어요? 눕었다 카모 고마 깔앉고 말낀데."

"니 말대로라모 시엄도 몬치지 않겠나… 무식한 놈 말 좀 들어보꾸마. 도가 니는 와 눕어 한다꼬 생각하노?"

"고레 안하모 우쩨 하겠임니꺼? 눕어사 사타리로 까지예."

"으아따아 징그랍제! 사타리로 깐다?… 고래에 무신 가랑이가 있다꼬 사타리 로 까고말고 한단 말가, 이 문디이 셰끼!"

박공팔이 부어터진 입술을 헤벌려까고는 그것 보란듯이 키득거렸다. 잰걸음 으로 다가가 박공팔의 머리통을 쥐어박고 난 윤병국이 어지간히 심난해서 자굿자굿 말했다.

"이 한심천만한 문디이셰끼덜아! 고래들이 서서 잔치하모 우짜고 눕어가 잔
치하모 우쩨? 니노무 셰끼덜이 무신 괴기들이라꼬 고레 똑똑히 봤나? 내억수
봤다만 고래 좃빠지는 꼴은 몬봤다꼬. 내나 물속 사정 아이겠나 말따!… 말쌈
하는 것까지야 또 몰라. 고래 잔치가 머 사활의 대사라꼬 죽기살기로 삼판을
벌리노얏?"

윤병국은 무슨 생각을 하는지 허리춤에다 두 손을 찌른 채 한동안 고개를 떨
구고 있었다. 가쁜 숨을 한두 번 간거르고 나서 아까와는 전혀 딴판인 목소리
로 말했다.

"보그라덜. 니노무셰끼덜이 북양에 와 기나왔노? 배때지에 지름살 볼금볼금
오르게 잘 산다치모 억만금 쟁여줘도 행애나 기나왔을따!… 고향산천, 노부모,
형제자매, 너거들 말로 샤랑하는 가스나덜 사나덜— 얄궂은 정 몬차삐리고 사
나 의리 우짜고 하면서 목심 내걸고 기나온 놈덜 아이가? 너거들 십이나 지대
로 하면 고만이제 고래십 꼬랑지로 서가 하모 우짜고 사람매꼬로 남천위 여천
위 바꽈가 하모 우짠다는기야?… 억수 잘또 묵고 에지간히 심간 편체! 머 고 레
자알 묵었다고 피는 고레 흘리고 언제 맘 푸욱 놓고는 디비저 자봤거로 쥐두
이들은 스프링 되가 내 몬참을란다 카고 칼날 가노얏? 튕기고 쥐박고 해보이
요 초사가 너거들 듣기 좋아라카고 위로연주 해줄 줄로 알았더나?… 택도 엄
따, 요 문디 이 셰끼덜… 은제 죽을 줄 모르는 초사는 와 요레 뽂아대노? 앙이?"

윤병국이 멀금히 선 채 숨을 고르는 동안 여기저기서 '하아—' 하는 탄식들
이 새나왔다.

윤병국의 목소리는 흡사 신파극의 대사 뽄으로 더더욱 청승스럽고 생계망
게 했다.

"와, 와? 너거들이 요레 토시락토시락 삼질로 해야하노? 너거덜끼리 서로 의지하고 위로하고, 씨랍은 데 만져주고 씨다듬어 줘도 섧다 아이가! 고향산천 부모형제, 두고 온 정든 땅 샤랑하는 사람더얼— 또 보자, 인자부터라도 자알 살자, 요레 작심했으이 목심 걸고 기나오지 않았겠나! 와, 와 대답들을 몬하노? 쎄빠닥이 굳었나 아니모 초사 말이 말같지 않나? 앙이?"

별난 일이었다. 독기 서린 눈으로 서로를 마구발방 으르릉대던 패거리들이 금새 판을 바꿨다. 연신 눈거풀을 깜박거리며 갈쌍스러운 눈물을 애써 참는가하면, 흡 흐흡— 콧물을 들여마시기도 하고, 급기야는 도동현의 덤턱스럽게 크고 거친 주먹이 쓰윽 눈두덩을 훔치는 거였다.

그때 맞춰 윤병국이 말했다.

"요 초사 눈물 나올라 카니까네 퍼뜩들 기내려갓!… 화해의 뜻으로 손들 잡고오—"

그쯤 천진무구할 수가 없었다. 그들은 윤병국의 말이 떨어지기 무섭게 유치원의 원아들처럼 줄줄이 손들을 잡고 '횔 하우스'를 나서는 것이었다.

패거리들이 자취를 감췄을 때 윤병국은 별안간 키득거렸다.

"끄 끄 끄으— 내 고마 배꼽 분실광고 내사 쓸랑갑다! 저 문디이 셰끼덜, 고마 내 연기 한차례에 팟단 되능거 보제에— 약이 따로 엄써. 섧은 데 깐죽깐죽 건드려 놨다카모 그냥 끝이야 끝… 저노무셰끼덜 사람 말로 해싸이 사람이제 쪼매 영민한 고릴라상보다 날끼 엄따. 끄 끄 끄으—"

한동안 시시덕거리던 윤병국이 점차 숙연해져 갔다.

"시상에, 저레 단순하고 사심없는 놈덜이 어데 있겠노.… 고향산천 부모형제, 두고 온 정든 땅 샤랑하는 사람들!… 요레 읊으니까네 금새로 눈물짜능거 보거로. 철공소 함마같은 주먹 꼬옥 쥐가 눈두댕이 훔치는 도가놈 안봤나?… 시상에 뱃놈매고로 이삔 놈들 엄쩨!"

"고레 말입니더. 손들로 잡고 나가는 것 보이소! 쪼매 배웠다카는 놈들 같으모 어데 저러겠임니꺼."

윤병국이 성준의 말끝을 채며 신살올랐다.

"하모오— 맘들은 고마 솜방석이라니까네!… 니기미 시발놈들, 와 고레 몬살아 목심걸고 기나왔어?… 을매나 가난했으모 저 맘들 가지고도 뭍에 몬살겠노…"

그때였다. 밖이 수선스럽더니 통신장과 김중수 선장이 '휠 하우스'로 들이닥쳤다. 곧 이어 노임수가 따라 들어섰다.

김중수 선장이 윤병국에게 말했다.

"초사, 싸이크루 맞촤가 VHF 좀 키보소. 일본배에 사고났다카는데 우짠 사곤강!"

금새 다급스러운 쇳소리 들이 울려나왔다.

— 오이 류까이고, 지꼬가이이끼가 도꼬까또 있다노?

(어이 용해호, 사고해역이 어디라고 했오?)

— 호꾸이 49도 도우께이 150도9분 빠라무시루 도우까이이끼다.

(북위 49도 동경 1백50도9분 파라무시루 동해역이야.)

— 보꾸라노 센단가 소찌라니 있데이루요. 아마리 신빠이스루나.

(우리 선단들이 그쪽으로 가고있어. 너무 염려 말게나.)

— 보꾸노 강까에데와 도우신가이류니 놋데 도우께이 150도7분 호우꼬오니 나가레소우다까, 소오사꾸센단라와 소찌라오 소오사꾸시데 미루노가 도우까네?

(내 생각으로는 동진해류를 타고 동경 1백50도7분 쪽으로 흐를것 같은데, 수

색선단은 그쪽을 수색해 보는게 어떻겠오?)

— 지꼬가이이끼 소우사꾸와?… 가나라즈 도우신가이류다께니 놋데 나가레루또 유우 와께와 나이쟈나이까!

(사고해역 수색은?… 꼭 동진해류만 타고 흐르란 법도 없잖나!)

— 덴호마루, 가이꼬우, 신요우마루가 보꾸라노 후네또 갓세이시데 이루요.

(천보환, 해광, 진양환이 우리배하고 합세하고 있어.)"

— 강꼬꾸노 후네다찌와 도꼬니 아쓰맛데 이루노?

(한국배들은 어디에 몰려 있어?)"

— 호꾸이 48도까라 50도센다네.

(북위 48도에서 50도선이야.)

— 이찌방 지까꾸니 이루 강꼬꾸노 후네라니모 엔죠오 네가에. 구루이소오다네, 곤치꾸쇼!

(제일 가까운 곳에 있는 한국배들에게도 협조를 요청하라고, 미칠일이구먼, 제기랄!)

— 소우쇼우네. 이찌방 지까꾸니 이루 강꼬꾸센가 다이쇼 302고다또까 난또 까유우네.

(그렇게 하겠오. 제일 가까운 곳에 있는 한국선이 태창 302호인가 뭐 그래.)

— 난또 오꾸야미오 있데 요이까 시레나이네. 치꾸쇼! 손나 지꼬가 난데 오꼬루까네.

(어떻게 위로해야 할지 모르겠구먼. 차암! 그런 사고가 날 게 뭐야.)

— 혼또우네!… 도니가꾸 요꾸 오다노미시마쓰.

(글쎄말요!… 하옇든지 잘 부탁합니다.)

— 모찌론! 가나라즈 히끼아게나꾸쟈.

(아무렴! 꼭 건져내야지.)

쉿소리들이 뜸해졌다. '휠 하우스'의 분위기는 무겁게 가라앉았다.

"아무래도 대형사고인갑다!… 선원이 실종됐는강?"

김중수 선장의 말을 받아 윤병국이 침통하게 내뱉었다.

"틀림없을 낍니더! 사람이 빠진 게 아이고 맥아지가 날라갔다카이!"

"참말로!… 그랬능갑다!… SSB로 키놓소. 내나 우리배 들먹이지 않등가베."

노임수도 맞장단쳤다.

"내도 고레 짐작 잡았는데, 초사 말씸이 옳심더. 대가리가 날라갔다 아이가!"

예감했던 대로 일본선이 '태창 302호'를 호출하고 나섰다.

— 강꼬꾸 다이쇼 302고오 간또 아리마쓰까?

(한국 태창 302호 감도 있습니까?)

김중수 선장이 재빠르게 폰을 잡았다.

— 하이 간또가 요로시이데쓰.

(예, 감도 좋습니다.)

— 고찌라와 니혼센 류까이고데쓰. 교로사교 쭈우 혼센노 센인가 도로루 와이야데 구비가 기레따 지껜가 핫세이 시마시다.

(여기는 일본선 용해호입니다. 어로작업 중에 본선 선원의 모가지가 트롤와프에 달아난 사건이 발생했습니다.)

— 소레데나꾸또모 죠오슈시마시다. 즈이분 후꼬우나 고또데스!

(그렇지 않아도 청취했습니다. 대단히 불행스러운 일입니다!)

— 아리가또 고자이마쓰… 와레라노 니혼센단가 섹교꾸 소우사꾸니 데마시다 께레도모, 모시까 강꼬꾸노 도로루넷또니, 하이루까모 시레마셍까라, 소노 뗀 류의시데 구다삿다라 혼또니 아리가다이 고도데쓰. 니혼세이후또 혼샤까라 고

오니 데이죠나 오레이오 스루 하즈데쓰.

(고맙습니다… 우리 선단이 적극 수색에 나서고 있습니다만, 혹시 한국선 트롤망에 들어갈지도 모르니 그 점 유의하여 주시면 대단히 고맙겠습니다. 일본 정부와 본사에서는 그 은혜에 정중히 보답할 것입니다.)

— 모찌론데쓰요! 혼센오 하지메또시데 강꼬꾸센단니 시라세떼 섹교꾸데끼니 소우사꾸니 데마쓰.

(물론이지요! 본선을 위시한 한국어선단에 알려 적극적으로 수색에 나서겠습니다.)

— 난또 간샤시떼요이가 시레마셍! 데와 요이 교꾜오 네가히마쓰, 사요나라.

(뭐라 감사해야 할지 모르겠습니다. 그럼 좋은 어황 바라겠다.)

김중수 선장은 여물지게 깊은 한숨을 내뱉었다. 그리고나서 윤병국에게 지시했다.

"퍼뜩 양망스텐바이 시키고 처리장에 단단히 말로 해놓소."

윤병국이 마이크로폰을 잡고 소리쳤다.

"양망스텐바이, 퍼뜩!… 그카고 처리장 맹심해가 듣거라. 시방 일본선에서 사고가 났는데 트롤와프에 머리통이 날라가삐랐다 칸다. 혹시 모르니까네 자알 살피그라이. 갑판조는 퍼뜩 서둘러라. 건지는 시늉이라도 해봐사 안쓰겠나. 몇 망 끄사볼테니까네 퍼뜩 서둘러!"

성준의 등줄로 솟았던 섬뜩한 소름이 가셔지는 듯 싶었다. 성준은 그제야 윤병국에게 물었다.

"트롤와프에 대가리가 날라가다니 우짠 사고가 그렇답니까?"

"와이야 결색 부분이나 아니모 낡은 와이야가 고레 터지는 수 있다. 50톤을 끄사대는데 와이야 장력이 을매나 씨겠노?… 죽을라꼬 환장한 놈이 와이야 곁에 서가 담배나 뽀끔뽀끔 빨았겠제. 그때 고마 결색 부분이 터지면서 맥아지로 쎄려삐릿을끼라!"

"저런 사고는 처음이지예?"

노임수가 가당찮다는 표정으로 고개를 저었다.

"왕왕 있는 사고라요… 내도 직접 안겪었겠나. 내 70년도에 '청남3호' 탈 땐데, 그때 고마 그 배 갑판원 대가리가 날라간기라. 터지는 와이야가 맥아지로 쎄렛다 카모 대가리 그거 허망하게 날라가삔진다!… 대가리 없는 몸땡이만 갑판에 쿠웅 씨러지고… 그놈어 대가리로 건질라꼬 을마나 쏴댕긴지 몰라. 메주는 썩어사 뜰낀데 메주 조리질이 어데 고레 숩나? 영 몬건지고 말았제."

"… 메주 조리질?"

"죽은 사람한테는 안됐제만 대가리 건지는 일로 고레 말합디더."

김중수 선장이 무겁게 내뱉었다.

"바른말로 트롤 와이야는 결색해가 쓰는게 아이라꼬. 흠 생겼다카모 통짜 갈아사 쓰는긴데 회사놈들이 어데 그런 돈 쓸라카나! 우리 배도 시방 결색 부분이 세 곳이나 있는 와이야 안쓰나?… 시한폭탄이라꼬!"

'휠 하우스' 안에 모인 사람들은 누구 하나 입을 열 기미가 없었다.

그로부터 3시간 후였다. 별안간 쇳소리가 야단법석을 떨었다.

— 오이, 류까이고! 고찌라와 홋까이마루! 간도가 아리마쓰까?

(어이 용해호! 여기는 북해환! 감도 있습니까?)

— 고찌라와 류까이고. 간도 요로시이데쓰.

(여기는 용해호. 감도 좋습니다.)

— 다다이마 아다마오 히끼아게다! 유메노요―다네, 고레와!

(방금 머리를 건졌어! 꿈만같아 이거!)

— 오, 가미 사마!… 야아, 고레와, 고레와 난도 간샤시다라 이이까네!… 아
가미사마!

(아이고 하느님!… 야 이거 뭐라고 감사해야 하나? 오 하느님!)

— 아리가다이또와! 손나 꼬도 유우나. 웅가 요깟다노데 히끼아게따요! 나니
시로 스바라시꾸 웅가 요깟다네!

(감사하긴, 그런 말 말게! 운이 좋아서 건졌지, 그야말로 기맥히게 운이 좋았
어!)

— 모찌론! 유우마데모 나이네! 조꾸니 있데 호꾸다이헤이요—데 아다미 가이
스이요꾸죠오노 스나 히도쓰부 히로이 아께다 요오나 몬쟈 나이노! 야아— 고
레와 혼또우니 혼또우니 아리가다이네!

(그럼, 말해 뭘 하겠나! 막말로 북태평양에서 아다미해수욕장 모래 한알 건진
격 아니겠어! 야아 이건 정말, 정말 고맙네!)

— 도우 이따시마시데… 이마 스구소찌라니 유꾸요! 오바.

(별 말을… 지금 곧 그 쪽으로 가겠네!)

김중수 선장이 벌떡 일어서며 손벽을 쳐댔다. 윤병국, 통신장, 노임수도 상기
된 얼굴들로 손벽을 쳤다.

"좌우당간에 지독헌 늠덜이여. 안할 말로 우덜같았으면 작업겸사혀서 수색혔
을텐데 저늠덜은 전 선단이 메주 조리질에 나선단 말씸이여!"

통신장의 말에 노임수가 발끈 화뿔을 세웠다.

"니기미 십같은 소리 고마 치삐리랏! 70년도 때 우리 배도 을매나 미쳐가 쏴
댕겼는데 고레?"

"얼라? 그것이사 당연허지. 사고 당선박이사 안미치구 베긴당가? 허제만 타
선박들은 작업겸사로 그저 시늉만 내게 되야있어. 아, 대가리만 없다뿐이제 시

신을 냉동처리혔겠다, 즈그덜 알어서 허겄지, 요런다구."

김중수 선장이 입을 열었다.

"국장 말이 옳다꼬. 고마 황천피항만 한다케도 SSB고 머고 따악 끊고 나서는데 다른 배 선원 대가리로 건진다꼬 잘또 발벗고 나서겠다!… 일본놈들은 확실히 달타꼬."

윤병국이 김중수 선장의 말을 거들었다.

"옳심더! 전 선단이 작업폐지하고 나서니까네 하늘도 운을 내려주능기 아이겠임니꺼. 일본놈들은 유사시로 당했다 카모 고마 똥납땡이 매꼬로 뚤 뚜울 안 뭉칩디꺼?"

김중수 선장이 담배연기를 푸우 내뿜으며 웅절거렸다.

"대한민국 선원 메주도 아마 두나쯤 깔앉아 있을끼제에—"

통신장이 받아넘겼다.

"아닙쥬. 지가 들은 것만두 다섯수는 됩니다유."

윤병국이 낮게 탄식했다.

"이리저리 씰리댕기면서 약소대한 섧다 하겠제!"

15

천미육天味肉에 가오리 똥

윤병국의 휘파람이 〈바다의 교향시〉를 간들지게 불어넘겼다. 김중수 선장이 그 휘파람 가락에 맞춰 손장단을 쳐댔다.

기상도 좋고 작업도 순조로웠다. 일본선의 '메주 조리질' 사건 이후 무겁게 응등그렸던 '휠 하우스'의 분위기가 말끔히 가셨다. 작업실적이 평균치를 넘어선 때문이었다.

"요레 드백히모 하루 5천 팬도 짜겠제?"

김중수 선장이 의기양양해서 물었다.

"이치로사 고레 되지예. 처리장 콤베어가 불나게 돈다케도 4천팬 쥑이는데 5천팬 처리가 어데 고레 숩겠임니꺼."

"내나 1천팬 상관인데 쥑이모 쥑이는기지 않될 것도 엄따."

김중수 선장은 잠시 전주르고 나서,

"안할 말로 일본놈 메주가 고사밥 됐지 싶다. 어장도로 믿고 꾸르릉 드가 담과보이 노가리만 억수 드백히더니 여기서 요레 쏟아질 줄로 우쩨 알았겠노!"

하며 벌름벌름 놀기 시작하는 콧구멍을 오비작거렸다. 한동안 뭔가를 골돌히 생각하는 듯싶던 김중수 선장이 성준에게 물었다.

"투망해역이 정확하게 어데였제?"

"북위 50도 20분입니더."

"예망 코오스는?"

"동경 1백58도21분쪽으로 남서진 하고 있임더."

김중수 선장이 주먹 쥔 손을 부르르 떨며 일어섰다.

"초사! 내 머시라카던강?… 내 쥑기살기로 신어장 발견한다 안캤나!… 내 기어코 하나 맹글어삐릿제!"

초사 윤병국이 부추겼다.

"맞심더. 해저가 쪼매 싸납어서 그체 맹태는 억수 백혔임더."

"밑바닥 사정 요만하먼사 개얀찮거로, '금강산'보다는 훨씬 순한데머… 머시라 지을꼬?"

"… 내나 어장명칭 말입니꺼?"

"하모!"

"고마 얄궂게 짓고맙시더."

"… 머시라꼬?"

"메주방죽— 요레 짓지예."

"메주방죽?… 기기 좋네에— 하기사 일본선 사고 때미로 살 사알 기들어 왔으니까네."

김중수 선장은 수첩을 꺼내 연신 발쎈거리며 적어나갔다.

그때 통신장이 들어섰다. 통신장의 얼굴은 불쾌하게 상기돼 있었다.

김중수 선장이 얼른 수첩을 감추며 뜨덤거렸다.

"국장은 머 또 고레 좋은 일 만나가 베락같이 처들어오요?"

통신장은 얼멍얼멍한 머리칼을 북 부욱 손갈퀴질 해대며 싱글거렸다.

"경사났읍니다유!"

"… 경사라이?"

"노임수가 드디여 아들놈을 봤답니다유."

윤병국이 마치 제 일이라도 되는 양 번거하게 떠들어댔다.

"오매야아— 요레 좋은 굿판이 어데 있겠노! 딸만 여섯 아잉가베?… 전보 낼로주소! 내 요랄 때 생셕 안내모 우짤 때 낼끼야."

통신장이 머리통을 설래설래 내저었다.

"잔치마당을 고렇고럼 시뿌게 벌일 일이 안유.… 좌우당간에 보통 우뭉시런 작자가 아니랑게. 머던 일같으면 낱낱이 쥐둥이를 놀리는디, 즈 여팬내 만삭됐다는 소리는 비쳐 본 즉도 없유!… 갖꼬놀아두 한창 초되게 갖꼬놀다가 알려 줘사 헙니다."

김중수 선장이 다짜고짜 수화기를 들고는 소리쳤다.

"주방장이가? 낸데에— 거 머시라, 아래 두 마리 올라온 거 안 있나?… 머시라? 이 노무셰끼야 대구회로 말하능기 아이야!… 맞거로! 천미육말따… 두 접시 자알 까 내 방에다 갖다놔라… 하모! 보통 경사 아이다!… 술? 술은 내한테 있는 양주로 할끼야."

김중수 선장은 수화기를 걸기 무섭게 호기만발 시덕였다.

"때맞촤 자알 된기야. 요 김중수 신어장 개발했제, 기관장 아들봤제, 요랄 때 천미육 안냉기모 은제 씹어 볼낀강? 내 내방에 드가 있을테니까네 기관장 불러오소… 마아 기분같아서는 사관식당에서 굿판 벌이고 싶다만 선원딜 보는 데서 우리만 천미육 냉길 수 있겠나."

윤병국이 깊게 머리를 끄덕였다.

"옳심더! 봤다카모 일 할 맘도 안생길껍니더."

김중수 선장이 '휠 하우스'를 나가자 통신장과 윤병국은 저마다 한 소절씩 읊었다.

"기관장 좆대가리 덕분에 천미육 한 번 오삼오삼 씹능갑다!"

"누가 아니려? 섯빠닥이 발써버텀 상사춤을 춰대는디!… 고녀려 것은 이빨루다 씹으면 지 맛이 안나여잉. 섯빠닥으루다 훼훼 감아돌림시러 씁 쓰읍— 뽈아대사아…"

성준이 '천미육이 먼교?'하고 윤병국에게 물었을 때 그는 흘끔흘끔 실습항해사의 눈치를 살피며 바짝 귀바퀴에다 속삭였다.

"킹 클랩 안있나… 킹 클랩 다리 살로 발른 회라 회!"

"고레 맛있습니꺼."

"말도 말제에— 한 점만 묵어보모 알끼다. 좌우당간에 냉기기가 아깝다카이!"

"올라 올 때마다 고레 묵지예."

"입이라고 어데 다 입이나? 천미육은 캡틴이나 오삼오삼 뽑아묵능 기제."

통신장이 끼어들었다.

"킹 클랩은 뒤진 껍때기만 올라와두 캡틴헌티 보고혀야 써. 기껏혀사 한 두마리 올라오는디 어뜬 쥐둥이에다 붙여?"

통신장은 말을 끝맺기 바쁘게 성준의 손목을 넌지시 끌었다. 통신장의 달뜬 걸음을 따라 성준은 계단을 타내렸다.

기관실 도어에다 바짝 귀바퀴를 대고는 사뭇 지각머리 없이 생글거리던 통신장이 별스럽다 하며 고개를 내저었다.

"얼라?… 요상시룹지! 지집년 숨넘어 가는 소리가 들려사 정상인디 위쩨 요롷고럼 죄용허당가?"

"… 여자 소리가 와예?"

"좌우당간에 태창 302호 2항사는 멋을 몰러두 보통 몰르는 것이 안여. 산 지 집년이 생살 앓는 소리를 헐 수 있는감?"

"… 그카게 하는 말 아입니꺼?"

"저 노임수, 주기·보기 용심좋게 돈다치면 고냥 방구석에 백혀서나 헌다는 짓 이 문저리 대가리 훑으기 아니면 녹음기 틀기여."

"……?"

"문저리라아— 거 머시기 겡상도 말로 남정바리 안있능게벼? 노임수 좃대구 리헌티 귀두 워찌구 쓰는 존칭은 쬐끔 각읎는 사설이여… 귀두라는 존칭은 우 덜헌티나 맞는 표현이구… 아 왜 불사시럽게 생긴 괴기 안있능게벼? 몸땡이는 벨 것 읎는디 아구리만 겁나게 벌어져서는 식물성, 동물성, 광물성, 비니루, 고 냥 가리지 않구 묵어대는 늠 말여."

"내나 망둥이 말씸잉갑다. 남정바리로 표준어 표기하모 망둥이 아입니꺼?"

"바로 고거여잉!… 문저리 대가리 훑으기라는 것은 머던 말루다 거 머시기 자 위행위라는 것이제잉. 니열 모래 오십줄인디 불철주야 틈만났다 허면 해대는 짓이 용두질이구… 정수낭에 단물 짜들었다 치봐여. 고때는 고냥 녹음기 틀구 서나 세월을 보내는디 벨시런 육갑 다 뜰지!"

"… 요상시러운 테이프인갑지예?"

"말혀서 뭇혀? 격조높은 사람헌티 달려사 정상적 청각이제 노임수 헌티 붙은 귀때긴디 맨날 듣는다는 일이 지집덜 씹애리는 소리백끼 더 있당가? 일본 잡년 늠덜 그 짓 허면서 허는 테프 있여."

통신장은 말을 갈무리짓기 무섭게 와당탕 통탕 도어를 밀어 붙였다.

"얼라?… 오늘은 워찐 일루다 고요를 만끽 헌당가?"

노임수는 통신장의 지분거리는 넉살에도 아랑곳 않고 캘린더를 멀근히 올려다보고 있을 뿐이었다.

노임수의 예기찮은 모습에 통신장도 성준도 좀은 무색해졌다. 성준을 향해 혓바닥을 날름 빼물어 봤던 통신장이 실뚱머룩해져 말했다.

"피스톤 급살맞게 조오시 좋구, 맹태 폭포처름 쏟아지구… 오날은 워찌서 수절과부 좇아놓고 강상죄로 묶여 온 놈 본셰랑가?"

노임수는 성준을 보고 '이항사가 우짠일로 내 방에 다아…' 했을뿐, 통신장은 실눈으로 낮춰 봤다. 그 눈초리 흡뜨는 꼴이 여늬 때 같지 않게 위각났다.

"이거 보드라고잉. 사나 맴이라는 것이 앙꼬 낭궁(娘宮) 묵을 때허구, 퇴기 납작보리 처분할 때 맹끼로, 시시각각 처처소소 원칸 차이가 나뿐진다면 곤난혀! 즈어머엄— 본선 2항사헌티는 깜짝 반색허구 워찌서 국장헌티는 들쥐 놓친 부엉이 심사여?"

통신장의 말에 노임수는 새뚝하게 받아넘겼다.

"와? 와 불만있나?"

"쓰벌늠!… 있여!"

"… 먼데?"

"몰러 묻능겨?"

"이 사람아, 정신 쪼매 땡기라!… 2항사는 지배자고 우리는 내나 기술쟁이 아이겠나?"

"벨시런 말 다 듣지!… 지배자라는 말허구 기술쟁이라는 말 차이가 두만강에다 낙동강이여잉. 워찐 늠덜은 '두만강 푸른 물'되구 워찐 늠덜은 '낙동강 오리알' 팔짜랑가? 후웅!"

성준은 통신장의 급짝스레 변하는 얼굴을 보며 섬쩍지근한 일상을 떠올려 봤다. 오사바사해서 간지럼 끼마쳐 텃밭잡던 사람이 통신장이었었고, 매사에 뭉텅뭉텅 철딱서니 없게 놀아대듯 하면서도 끝내는 잔자누룩한 처신으로 여러 사람 맘 편케 했던 노임수였던 것이다.

그 노임수가 통신장의 말을 낱낱이 다듬으며 성난 눈초리를 지릅 뜨고 있는 거였다. 의미심장해서 연신 의혹의 도리질을 해대고 있던 통신장이 성준의 옆구리를 쿡 찔렀다. 그리고는 낮게 속삭였다.

"… 필시 그쩍 부아가 아직까정 보글보글 끓는 모냥이여!… 지배자가 워찌구 기술쟁이가 워찌구 비양질 혀쌌는 것이 뻔할 뻔 자여."

성준은 그제야 노임수의 기분을 어림잡을 수 있었다. 바로 어제의 일일 것이었다. 이른바 '신어장 개발'에 눈독들린 김중수 선장은 거진 제 정신이 아니었다. 이곳저곳 들쑤셔대며 전속으로 사방산주 하기 일쑤요, '피시 화인더'의 어군이 알량하다 하면 기껏 시간 반 예망해 보다가 양망을 서두르곤 했다.

처음에는

"2항삽니꺼? 내 기관장인데, 지발 베락같이 피치 좀 올리지 말아주소! 선장님 심사로 내 우쩨 모르겠임니꺼?… 하모, 하모요! 다 안다 아이요. 하제만 고레 올리대모 프라이 휘이고 구랐찌고 몬 견뎌 납니더! 지발 부탁합니더. 내 시방 맹태 한 마리 꿉으가 맹물로 고사주 안묵꼬 있능교!"

이렇게 여유를 주며 전화질만 해대던 노임수가 끝내는 벼락바람 기세로 나왔다. '휠 하우스'로 들어 선 노임수가 영 마땅찮다는 얼굴로 말했다.

"… 내나 우리 좋자고 하는 일인데, 먼차로 기계가 안전해사 안쓰겠임니꺼!"

"옳거로! 괴기 퍼뜩퍼뜩 잡고, 귀항 퍼뜩 하모, 내나 기관장이나 억시게 좋체에—"

김중수 선장은 방정맞게 장판지를 떨어대고 앉아 야릇한 웃음을 물었다.

"그카게 드리는 말씸입니더!"

"고마 내리 가소! 자알 알았으이까네."

"부탁드립니더."

김중수 선장은 전에 없이 뒤스럭스럽게 대들었다.

"하 차암 말 많소! 알았다는데 머 고레 다짐다짐 하요?… 막말로 해보까요? 죽어나는 놈들이사 갑판조 아이요! 기관장이 머 이 배 지배자라고 고레쌌오, 에엥—"

"벨말을 다 합니더… 기계밥 묵꼬 사는 놈이니까네 기계 걱정 하는거 아이겠임니꺼."

"차삐소! 북양 기계쟁이에 우리 배 기관장매꼬로 겁많은 사람 엄쏘… 피치 20으로 튕귀도 이 배 까딱엄쏘."

노임수가 휑 돌아섰을 때 김중수 선장은 들으라는 듯이 벌끔거렸던 것이다.

"후웅— 태창 302호 기계는 고마 얼라 보단지잉갑다!"

노임수는 이 일이 있은 후 마냥 기분잡쳐 있었던 거였다.

통신장이 수완좋게 능갈쳤다.

"어따 인저는 진노를 풀어. 선장님께서 사과주를 낸디야."

노임수는 무슨 뚱딴지같은 소리냐 하며 새삼스레 화뿔을 세웠다.

"브릿지에서 구랏찌로 몬 빼겠다모 기관실이라꼬 몬 뺄꺼 엄따. 고마 리무트 스위치로 뽑아삐리모 우짤끼야?"

통신장이 맞장단쳤다.

"카바나 핸들버텀 먼저 빼사지."

"흥, 잘또 알제…"

노임수가 싫지 않다는 표정으로 통신장을 흘기는데 전화벨이 울렸다. 수화기를 들고 다짜고짜 '우짠 일이야?' 퉁명스럽게 내뱉던 그가 금새 풀이 죽었다.

"지는 기관원인 줄로 알았임니더!… 알았임더. 금새 올라 가겠임니더…"

노임수는 수화기를 놓고 어지간히 물큰한 육담을 내뱉었다.

"우짠 일인강?… 어지는 얼라 보단지로 욻어쌌드이 인자는 할매 공알로 뵈 줄랑갑다!"

그 짬에 성준은 통신장에게 속삭였다.

"고마 본론을 까삐리지예. 얼마나 좋아라 카겠임니꺼?"

"아서어— 뜸을 드렜다 까사… "

방을 나서면서 노임수가 통신장에게 물었다.

"… 내한테 무신 기별 없던강?"

"욻지이— 또 몸 풀 개세끼 있당가? 쟉꾸 몸 푼 지가 원진디…"

노임수는 발끈해서 '농담도 때맞촤 해라, 요 문디이! 셋빠닥을 고마 쫑쫑쫑 삐질끼얏!' 던져놓고는 잰걸음을 놨다.

세 사람이 선장실에 들어섰을 때 김중수 선장과 윤병국이 환한 얼굴들로 씩둑꺽둑 어울리고 있었다. 그들은 이내 야젓하게 딴청을 부렸다.

사람들은 고사하고 우선 그들 앞에 놓인 두 접시의 계횟살에 정신을 뺏긴 노임수가 저도 몰래 '오매야! 요레 이삔 천미육이 어데 숨었다 나왔답니꺼!'하며 삼성들리자, 통신장이 나즉하게 자부랑거렸다.

"작꺼엇! 고런 감탄사는 체면버텀 세워놓구 내뱉어사 쓰는 것인디!"

김중수 선장이 '자아— 쭈욱 한 잔 냉기소. 우짜든동 축하합니다 카는 말배끼 할 말 엄따'하며 노임수 앞으로 술잔을 들이밀었다. 엉겁결에 명령대로 주욱 들이키고 난 노임수가 대뜸 게살을 한 입 털어넣기 무섭게 우적거렸다. 꼴까악— 넘기고는 또 헛소리였다.

"먼차 얼라 보단지카는 말에 불만 엄씸더! 할매 공알로 묶어도 무신 딴 말 있 겠임니꺼?"

노임수의 달뜬 맘에 비해 김중수 선장의 차근차근한 생각은 쑥경단 빚는 아 낙네의 심성만 같았다.

"초사! 그러이까네 고때가 언젠강?"

"… 열 달 전 말입니꺼?"

"맞지러!… 와 항차 뜨나 몬 뜨나 디게 시끄랍던 때 안있었등가베!"

"… 있었지예!… 출항한 지 다섯 시간만에 안터졌임니꺼?"

"머시 터졌든강?"

"오일러노무셰끼가 빌리지 처리 자알 몬해가 해수 침입했던 사건 아이겠임니 꺼?… 내나 당직 오일러노무셰끼가 빌리지로 퍼내고나서 킹스턴 벨브로 안잠 구고 디비져가 고레 장날 안됐던교!"

"맞제에— 오매야. 내 그때 고마 북양 쫑 해뿌고 싶더라꼬!… 먼차로 떠오르는 생각은 배 깔앉는가 싶은 기고, 쪼매 생각해 보이까네 그때는 고마 초상났다 싶 더라. 고압전기 아스되모 사람 하나 감전사 하지 말란 법 있더냐!"

"말이라꼬요! 숨줄 붙은 사람은 고마 다들 시껍했지예."

김중수 선장은 통신장을 향해 눈을 찡긋해 왔다.

"산술로 자알 하기는 국장빼끼 누가 있노? 날짜로 계산해 보소… 그카이까네 내나 고때가 고때인가 싶은데!"

통신장이 능청스럽게 받아넘겼다.

"좌우당 간에 선장님의 기억력에는 감탄사빼끼 발할 것이 읎습니다. 공치사 라면 이 당장 성을 갈지유… 보자아— … 맞습니다 따악 열 달 전입니다!"

"… 기억력이 나쁘이 까네 물어보능기지… 초사, 그때 아마 다시 입항해가 수리하고 떠났제?"

"그랬지예."

김중수 선장이 이번에는 노임수에게 물었다.

"그때 고마 항진 계속하면서 고쳤으면 안됐나?… 아고야아— 그때 회사노무 셰끼덜한테 당한 일로 생각하이 시방도 왕쏘름이 돋는데…"

노임수는 이 판에 어제 일도 명색을 세워보자 하는 마음같았다. 숙연해서 말을 가다듬었다.

"기계라 카능기 똑 용심믿고 있을 때 사람 쥑일라카고 베락 안칩니꺼.… 고레 용심 좋던 기계에서 느닷없이 엘오(L.O) 압력 강하에다 크랑크 참바 과열이 펄펄 끓는데 우쩨 견디겠입디꺼. 윤활유에 해수가 침입한다모, 시린더 냉각해 수가 고무파킹 파손때문에 참바 내로 새들어온다 카는 결관데… 출항한 지 몇 날지났다모 고마 시린더 라이너로 빼내가 파킹을 갈아끼고 봤을낀데 만약의 사태로 생각해가 드가자 했지예."

"고레 응급조처 했어도 안됐겠나?… 그런데 와 꼭 재입항하자고 우겨댔는지 몰라!"

"아니지예!… 심하다카모 배가 깔앉지 말라는 법도 엄꼬, 선장님 말씸매꼬로 고압전기 아스 때미로 사람이 상할지도 모르고… 우짜든동 엔진을 정지해사 보수작업을 할낀데 그게 어데 숩십니꺼?"

김중수 선장이 한동안 끼들거리고 나서 잘라 말했다.

"이틀간 정박했었제 아마?… 고마 그 새 맹글었능갑다!"

김중수 선장의 말끝을 잡고 왁자한 웃음이 터졌다. 노임수가 영문을 몰라 하자 김중수 선장이 분위기를 바꿨다.

"국장! 고마 발표하거로. 발표만 해서는 안되고, 거 머시라 감상 연설 한 자리는 있어사 할끼요."

통신장은 허엄— 헛기침부터 쥐어짜고 나서 서근서근한 언변을 술 수울 터 나갔다.

"워찌든지 경악을 금치 못할 잔치입니다. 머던 기관장덜 같았으면 오로지 하자부분 수리에다 총력을 경주함과 아울러 시간을 다퉈서나 출항혔을 것인디, 요 마당 당상의 주인공은 그 짬에두 본능발산 야욕에만 급급혔다 요겁니다. 결과적으로는 쬐께 경사스러운 데가 있습니다만, 머시냐아— 생산과정의 동기라구 헐까 그 구체적인 동작선이라구 헐까, 하옇든지 아조 몰지각 몰지성의 밤꽃 남새가 납니다. 인간 제반사에서는 인격 남새가 나사 도리인디 우리 노임수헌티서는 워쩨 밤꽃남새로만 점철돼야뿐지는 지 모르겠습니다."

노임수가 '요사람 와 요레?'하며 사뭇 불만스럽게 구시렁대자 윤병국이 때맞춰 소리를 높였다.

"우짜든동 축배에!"

통신장이 멍하게 해벌여 깐 노임수의 입술에다 전보용지를 물려줬다.

"짝꾸가 아니라 어부인께서 득남허셨어잉!"

입에 물린 전보용지를 펴들고는 열고나서 읽어보던 노임수가 기쁨을 가누지 못하고 허억— 단내나는 탄성을 내뿜었다. 그는 한동안 눈두덩을 비비적거리고 나서 물기어린 눈을 떴다.

"… 모두가 다 선장님을 위시한 여러분 덕택 아이겠임니꺼!… 인자는 고마 죽어도 한이 없꾸마아—"

"암머언. 인저는 고녀려 연장 같응 거 절단혀뿐저도 써! 순전히 소변의 용도로만 잔존혀두 과분형게 바늘구녁 만한 뇨도만 냉기구 아조 싸악—"

통신장의 입장단을 따라 또 한차례 폭소가 터졌다. 술잔이 돌고, 삼성들린 입맛들이 게 살점을 녹이고— 선장실은 참으로 오랜만에 화기로 들떴다.

"천미육 요레 걸찌게 묵어보기는 처음 아잉가베? 진미 진미캐싸도 요레 사람 쥑이는 맛이 어데 있겠노!"

윤병국이 감탄성을 발할 때였다. 전화벨이 울었다. 전화기 바로 옆자리에 앉았던 김중수 선장이 잽싸게 수화기를 들었다.

"누고?… 3기사? 기관장은 와?… 엔간한 일이모 나중에 해라. 시방 너거 왕성님 전화 몬받게 돼있다… 처리장이 머가 우짠다꼬?… 머시라? 무신 말이야 그게?… 이 노무셰끼덜아, 브릿지 불나고 갑판조 빼간지 뿌가질 때 너거덜은 머 했노? 요랄 때사말고 불나게 돌아사 쓸낀데 무신 뻔뻔한 소리얏?"

선장실의 분위기는 금새 판을 바꿨다. 김중수 선장이 얼굴은 울그락불그락 빛갈치며 오감스럽게 소리쳤다.

"전화 좀 받아보소!… 무신 일들로 고레 해? 시방사 말고 콤베어가 안돈다이! 아조 낼로 쥑이자꼬 모사했능갑다."

불현듯 계적지근 야릇한 표정이 된 노임수가 수화기를 들었다.

"낸데에… 안돌아?… 전기회로 테스터로 선들의 저항을 재봤나?… 그카모 마그네트 오버 핸들을 눌러줘 보제… 그라다모, 오버로드 때미로 생긴 마그네트 스윗치 탈락현상도 아이잖나?… 보그라! 리레이 접촉불량인지 몰르제. 모타에 오는 선까지도 아무 이상 엄따고?… 알았다, 내 쪼매 있다가 내려갈끼다."

김중수 선장이 '쪼매 앉았기는 머때미로? 고마 잔치고 나발이고 차삐립시더. 콤베어가 안돈다는데 심간편체!' 내쏘고 나서 쌔근발딱 밖으로 내달았다.

"평지풍파도 요렇고럼 유별스리울 수가 있남? 황매에— 금방까지 천당에서 놀다가 베락같이 지옥으로 떨어지는디… 어찌서 천미육이 시언하게 나오드라고잉!… 천미육에 가오리똥이지."

윤병국이 정색을 했다.

"한 가지도 벨시럴 거 엄따. 뱃놈덜 삼이라능기 머 삐죽한 감정 있어가 하나?… 선장도 미치게 안됐나. 몇 날 동안 공선유람 뜨다가 오번에사 억수 백히는데, 해필이모 요랄때 콤베어가 안돈다이 쎗바닥 타고 남는다. 사람이 일일이 팬을 날라사 할낀데 괴기 억수 들모 머할끼야? 맹태가 썩어문들어질낀데!… 내 선장 편들어가 국장보고 까시작부리능기 아이요."

노임수가 '초사 말씸이 백 번 옳심더'하며 장딴지 쥐나게 선장실을 나갔다.

"낼로 보고 섭다마이소. 안그라요? 국장."

윤병국이 통신장을 향해 어살궂은 웃음을 웃어주고는 도어를 밀쳤다. 성준도 그의 뒤를 따랐다.

처리장은 난장판이었다. 선원들이 끙끙대며 팬을 나르고 혼줄이 빠진 기관원들이 오락가락 정신을 뺐다.

김중수 선장의 목소리가 칼날 같았다.

"보라꼬들! 머 고레 애렵다꼬 질질 매노? 기계밥 묵고 사는 사람덜이 퍼뜩퍼뜩 몬하고 암내로 맡은 숫개들 매꼬로 와 뚤뚤 뭉치가 고레!… 와, 와 미리 점검 몬하고 일 터지니까네 요레싸들?"

노임수도 덩달아 화뿔을 세웠다.

"내 어지도 니노무셰끼덜한테 신신당부 안했거로! 모타에 하자 없나 점검해 보라꼬 했제?… 마그네트 스위치도 하자엄꼬 모타에 오는 선도 이상없다모 모타 자체의 과부하나 아스로 발열이 생겼다 아이겠나? 냄새도 안나?"

기관원이 주밋거리며 그제야 뜨덤거렸다.

"냄새가 납니더. 코일이 타삐릿나 싶지예."

"머시라? 그람 와 진작 고레 보고 안하고 십나발로 불었노? 개세끼!"

노임수는 가차없이 기관원의 따귀를 올려 붙였다.

"분해 해가 수리하모 우짤꼬예? 혹시 압니꺼. 브랏쉬 이상이나 결선 불량인지 모르지예."

"분해해가 우짠다고? 개세끼, 대학교에서 머 배왔노? 이노무세끼야 이 모타는 방수용 모타야! 방수용 모타로 분해하자꼬? 어데다 대고 깡알대놋?"

이번에는 3기사 홍완표의 따귀를 어렴상 없이 올려 붙였다.

노임수의 기세에 지레 계면쩍어진 김중수 선장이 조금은 화가 풀린 목소리로 말했다.

"문제는 신속한 수리로 처리 능력을 정상화시키는 일 아잉가베… 을매나 걸리겠오?"

노임수는 난감한 표정을 지었다.

"… 모타 전체를 예비품으로 대체하는 도리밖에 없임더…"

"고레 묻능기 아이요? 예비 모터로 대체하는데 얼마 걸리겠나 요말 아이가."

"… 본선에는 예비 모터가 없임더!"

"머시라?… 그람 우짤끼요?"

"……"

"요레 시발노무 판 보겠나!… 기관장 소임이 먼데 고레 태만요? 아니 예비모터 한나 회사에 청구 몬하모 기계밥 쫑해사제 무신 염체로 오번 항차 또 탔오?"

"… 기계 뿌사지기 전에는 한 푼 안쓸라카는데 우짜겠임니꺼! 멀쩡한 모타가 도는데 어데 새 예비모타 사준답니꺼."

그때 윤병국이 허벅다리를 때려부쳤다.

"대양 2호에다 사정하모 우짜꼬?… 내일 모래 귀항한다 카던데 처리장 모터 안돈다꼬 벨일 있겠나. 예비모터가 있다모 천행이고 예비모터가 엄따모 모터로 떼가 빌리 달제."

노임수의 얼굴에 금새 생기가 돌았다.

"맞지러! 대양 2호 모타가 우리 모타 용량과 내나 한가집니더."

"내 책임지고 해결 할테니까네 낼로 믿소."

김중수 선장이 깜빡 죽는 시늉을 했다.

"그람 모래까지 지달리사 할까가?"

"어데 꼭 그렇게만 되겠임니꺼. 운좋다 하모 예비모터가 있을끼고… 우짜든동 고레 해보는 수밖에 또 있겠임니꺼!"

"초사만 믿심더. 내도 최선을 다 할까라요. 방수용 모타는 분해 몬하는 게 원칙이지만 아조 몬쓴다 여기고 한번 분해해 볼라요. 운좋게 고정자와 회전자 중간에 아스선이 낀 정도라모 수리도 가능하겠꼬예."

윤병국을 따라 성준은 처리장을 나섰다.

"지발 고레 됐으모 얼마나 다행이겠임니꺼."

성준의 말에 윤병국은 태연히 대답했다.

"고레 되겠제. 안되모 강제로라도 끄사달고 귀항해가 쎄빠지게 한상 차려 앵기주고."

"한상으로 되겠임니꺼?"

"이 문디이셰끼야, 고레 깡깡 맥히가 우짜겠노? 모타값이사 더 얹차주고 한상 따로 맥인다 이 말이라."

윤병국의 표정은 처리장의 난감한 사정과는 판이 다르게 밝았다. 무슨 생각을 하는지 씁쓸한 웃음기를 물며 뜻모를 소리를 했다.

"… 끄 끄으— 우짜면 고레 잘도 지었겠노?"

"… 무슨 말씀잉교?"

"아깨 국장 하는 소리 몬들었나. 천미육에 가오리똥 카는 소리 말따."

"… 무신 뜻인데예?"

"북양에서는, 기맥히게 좋아라 미치다가 금새로 얄궂은 꼴 당하는 기런 비유로 안쓰나."

"… 내력이 있임니꺼?"

"있다말다아, 질죽질죽하제!… 북양배 모 선장이 디게 색골이었다 아이가. 그배 2기사가 아부한다꼬 좋은 선물 하나 한기라. 먼고 하이— 고무로 맹글은 일제 가스나라! 접었다카모 쪼매하고 바람불어 넣는다카모 팔등신 여자 안되겠나. 그라이까네 고무제품이란 점만 틀리고 바람만 묵었다카모 금새로 가스나 몸땡이 되능기라 카데. 젖탱이, 사타리, 또 구멍까지 파놓은 보단지!… 그 선장이 고마 을매나 고맙던지 지 방으로 2기사 그노무셰끼로 불러가 천미육 한 사라 자알 대접 안했겠나.… 그란데 일이 터진기라! 그노무셰끼 선물로 할라모 새 것짜로 진상해사 쓸낀데 고마 일차 시식하고나가 줏겠제. 선장이 고마 몹쓸 성병이 걸려삐릿어!… 그래가 선장이 그노무셰끼로 처리장에 끄사가 썩은 가오리 밑구멍에다 코빽이 처박아놓고 억수 패삐린기다!… 이 노무셰끼 내 천미육 무신 염체로 묵었노 카고, 빼간지는 뿌가져도 좋심더 고마 가오리똥만 안묵게 해주소얏 카고오— 고레 우스운 장면이 어데 있겠노?— 내력이 고레 된기다."

성준은 웃다 지쳐 뱃구래를 잡고 주저 앉아 버렸다. 윤병국은 아무일도 없었다는 듯이 '휠 하우스'로 오르는 계단을 밟고 있었다.

16

황천어로
荒天漁撈

악천후 속에서도 기적같은 어황이 계속되고 있었다. 불과 두 차례의 양망어획고가 5천팬 남짓, 벌써 하루 처리량을 거뜬히 넘겼는데도 수 마일이나 뻗지르는 농밀군이 지천으로 들어 박히고 있었다.

윤병국이 어깨 위로 얹힌 눈을 후두둑 털어대며 '휠 하우스'로 들어섰다.

"시방도 억수 드백히나?"

"말이라꼬요. 그물 터지겠임더."

윤병국은 '피시 화인더'를 멀끔히 건너다 보고 선 채 중얼거렸다.

"대양2호 예비 모타 덕분인강, 머 요레 베락질로 판이 바뀌겠나. 오매야— 쥐두이 나발로 농밀군 읊어봤다만 요레 접주는 떼거리는 또 처음 보거로."

성준에게 스런스런 다가온 윤병국이 뭔가를 들이밀었다.

"… 이게 뭐라요?"

"보모 몰라?"

"… 새 아이겠임니꺼."

"새사 내나 새 종자제. 하지만 그노무셰끼 생기묵은 꼴로 쪼매 보그라."

꽁꽁 얼어 죽은 한 마리의 새였다. 어찌나 작은지 손아귀에 다 찼다. 여리디여린 부리는 좁쌀톨이나 제대로 쪼을 성싶었고 머리통을 치장한 세 가닥 우관(

羽冠)이 건드리면 바스라질 듯 애처로왔다.

"요레 쪼매한 새가 북양에는 와 날라들었을까예."

"내나 그 소리 아이겠나.… 피로 못 속여가 안그렇겠나. 알라스카에서 캄챠카로 날다가 죽었등가베. 카고윈치 틈사구에다 대가리로 처박고 죽은 꼴이 똑 언젠가 내짝 났다싶어 주워온기다."

"… 와 그런 말씀을예…"

"새 팔짜나 내 팔짜나 매한가지라. 북양 황천이 우짠긴데 고레 쪼매한 몸땡이로 날다 죽은 그노무셰끼나, 허파는 돌땡이 매꼬로 굳어 가는데 북양에 나온 내나 다를끼 엄따… 피가 시키는 일 아이라모 이레 고상 와 하겠노?"

윤병국은 성준의 어깨에다 손을 얹으며 갑판을 내려다 봤다. 마침 갑판장이 라이프라인을 두 손으로 움켜쥔 채 소변을 보고 있었다. 그의 오줌발이 요동하는 선체를 따라 상모처럼 허공을 날고 있었다.

윤병국이 눈길을 거두며 말했다.

"일차 양망 하고나가 캡틴이 갑판조 쎄려잡었다카데?"

"… 그랬다카데예."

"무신 일로?"

"식사시간 지 때 안 지킨다꼬 베락쳤답니더."

윤병국이 뜻모를 한숨을 섞갈리며 머리통을 흔들어댔다.

"괴기가 억수 드백혀도 탈, 괴기 몬 잡어도 타알— 시상에 몬해묵을 끼 어선 선장이라!… 천성이 공자맹자 시껍하게 좋으모 머할끼야? 어장에만 떴다카모 하루에도 열두 번 변하게 돼 있어."

그때 갑판장이 가쁜 숨을 벌끈거리며 들어섰다.

"삭신이 고마 녹아났을 낀데 한숨 붙이지 않고 와?"

"… 일할 맘도 없임더!"

갑판장은 헌걸찬 허우대에 어울리지 않는 한숨을 거푸 내뱉었다.

"보승이 그런 말을 하모 우짜제?"

"… 맘이 그런데 우짭니꺼."

윤병국이 딱하다는 투로 언성을 높혔다.

"고레 하는 소리 아닌강? 쏙 지랄같을 때는 고마 잠밖에 보약엄따!"

"잠잘 새도 없임더!"

갑판장은 '담배 한 대 뽈겠임더'하고 나서는 윤병국이 뭐라 말하기도 전에 담배를 태워 물었다.

갑판장이 종잘거리기 시작했다.

"초사님예, 지 말씀이 쪼매 건방지다케도 오직 하모 저러겠노카고 양해 해주이소… 막말로 오짐 싸고나서 좆대가리 볼 새도 없이 바쁩니더!"

"아무리 바쁘다케도 그체. 사타리 새로 찡기가 을매나 고상하겠노? 손발이사 일 맛에 논다치뿌고 좆하고 붕알이사 죄도없이 이리 씰리고 저리 씰리고… 욕보제, 쪼매만 참끄라! 요레 위로해주면서 씨다듬어주거라."

"농담이 아입니더."

"내도 농담 아이다!"

"아까 일은 선장님이 너머했다 아입니꺼. 이 노무셰끼덜 와 지 때 밥 안 처묵꼬 농땡이치다가 쎄빠지게 바쁠 때 똘똘 뭉치가 퍼묵노, 요레 벼락치시는데, 진짜로 선원덜 사정을 몰라가 하는 말씀입니더! 선원덜이 밥때로 안 지키가 능률이 안 오른다카는데 그 이상 우쩨 능률이 오른답니꺼?… 농땡이로 친다니요? 밥 묵을 새도 엄꼬 잠 잘 새도 없는데 농땡이 칠 쫌이 어데 있겠입디꺼!"

"고마 밥시간 잠시간 자알 때맞촤 지키기로하고 차삐리자."

"밥 묵을 시간, 잠 잘 시간, 몬 맞추게 돼 있임더."

"… 와?"

"말이 사교대제니까네 두 시간 푸욱 자고 한 시간 안에 밥 묵꼬 요레 하겠제 하겠지만 말또 막걸리도 아입니더. 보입시더… 교대시간 됐다카모 퍼뜩 밥 묵꼬 한 두시간 자줘사 할 낀데 묵꼬 자는 일이 어데 계획대로 됩니꺼. 욱신거리는 빼간지 쪼매 뚜들기다가, 담배 한 대 뽈다가, 요레 잠들었다카모 눈두댕이 사알 감긴다 카는데 고마 교대 시간 닥칩니더. 우짠 놈들은 아조 잠 포기하고 교대시간 맞추고 우짠 놈들은 밥 묵는 시간이라도 잠자는 시간에 보태자카고 고마 디비집니더! 잠또 포기한 놈들은 밥이나 묵자카고 밥도 안 묵고 디비진 놈들은 속이 씨랍아서 그때사 밥 묵꼬…"

"그래도 갑판조 너거덜 심간이 쪼매 편치싶은데? 양망 스텐바이까지는 지대로 안 자나!"

"괴기 엄따카모 그라제예. 하제만 맹태 억쑤 들고부터 예망시간도 억수 안 줄었임꺼! 두 시간만 끄사도 만망 아이겠임꺼… 처리장 그놈아덜은 고마 선체로 말셰끼 잠 잡니더!"

"호사다마라 안했나. 다아 부산에 퍼뜩 드가자고 요레 괴롭다 치뿔자."

"… 고레 말씀 드리는 깁니더… 묵을 때는 짐승셰끼도 안 건드린다 안 했임 꺼? 겨우 눈물에다 밥 몰아가 묵는 판에 선원식당에 베락같이 처들어와서는 욕 바가지 쏟아노모 우짤 낍니꺼!… 안할 말로 뱃놈 때리차뿌고 완월동 씹중매만 스도 다 살아 갈 놈덜인데 와 감정이 엄겠임꺼."

"그래 자알 알았다. 내 캡틴한테 진언할거로 니사말고 퍼뜩 드가 한숨 자둬라."

윤병국이 막 말을 마쳤을 때 김중수 선장이 들어섰다. 김중수 선장은 해낙낙하던 낯색을 금새 바꾸며 갑판장을 모질게 흘겼다.

"잠이나 퍼자라카는데 와 브릿지에는 마실도노?"

"맹태가 억쑤 드이까네 잠또 안 옵니더."

갑판장은 정작 맘과는 달리 흥중부렸지만, 김중수 선장은 그 말에 흐벅진 웃음을 물었다.

"끄 끄 끄으— 우리 배 보승같은 놈만 있어보제! 북양이 바로 천당이라아— 가자 가자가자 바아다로 가자아, 물결 굼시일 추움 추는 바다…"

곡조고 박자고 간에 제 멋대로인 노래를 흥얼거리며 김중수 선장이 선미께로 트인 볼트창에 붙어섰다. 한동안 갑판을 내려다보고 섰던 김중수 선장이 막 '휠하우스'를 나가려는 갑판장을 불러 세웠다.

"보승, 트롤윈치 뒤에다 대구로 말리는 놈이 누고?"

"… 글쎄예…"

"글쎄예라이? 갑판상의 장애물을 보승이 모른다모 누가 알아?"

"… 장애물이랄 거야 있겠임니꺼. 대구는 몇 백 마리고 지 맘대로 말려 가도 상관엄따 아입니꺼."

"머시라?… 이노무셰끼야 마릿수로 따져가 하는 소리가 아니얏! 어로작업에 지장을 초래할 일체의 갑판상 물체는 바로 장애물이얏! 퍼뜩 기내려가 저 대구 주인노무셰끼로 끄사올리라꼬. 말려 가겠다모 지노무셰끼 방에다 널을 끼제 와 갑판상에다 말리노얏?"

잠시 숨을 고르쉬고 난 김중수 선장이 또 오달지게 내쐈다.

"그카고 말이제, 머시라아— 배탈나가 결번한 놈이 누구라꼬 했노?"

"양선동입니더."

"양선동이? 머스로 빌어묵다가 배 탄 놈이고?"

"홈런이발관 이발사 하다가 4항차째 안 탔임니꺼."

"우아따아 이력서 한 번 걸쭉하제. 호무랑이발관 이발사라?… 손님 없다카모 안마사캉 십이나 붙어묵던 솜씨로 꾀병 앓능기다!"

"……?"

"어지께 소라 몇 마리 올라왔드노?"

"… 무신 말씀인지 모르겠임더."

"북양가물치로 백숙 끓이가 안 묵었다모 배탈 날 놈이 어딨어?… 그노무셰끼 소라 몇 마리 감춰가 지 혼차 짬짬 항기다. 시퍼런 심줄도 안따내고 혼차 와삭 와삭 냉기다 보이 죄로 받응기제!"

"아입니더! 처리장에다 물어보시모 금새로 아실겁니다. 소라는 올라온 적이 없임더!"

"보승 사설 듣자능 기 아이다. 와 소라가 안 올라왔겠노? 옛날 같으모 북양소라 열 마리도 묵꼬 남았어! 와들 요레? 후옹—"

갑판장이 등돌아서기 무섭게 김중수 선장은 수화기를 들고 다이얼을 돌려댔다.

"기관실인강? 내 선장인데 기관장 바꽈라… 기관장인교? 내 선장이요. 내 아래 기관실에 드가보이 대구로 말리능기 똑 개미촌 빨래줄매꼬로 복잡다단 하던데 그 많은 대구로 누가 말리능 기요?… 3기사?… 그노무셰끼 보고 당장 걷으라 카솟!… 보소, 내 그것을 몰라가 하는 소리 아이요. 올라오는 북양대구 다 찍어가 버리는 판인데 백 마리고 천마리고 말려 가모 우짤끼야?… 내나 그 소리 아잉가베! 대구 말리는 짓이 나쁘다는 기 아이고 그 정성을 작업에다 쏟으모 을매나 좋겠노 요 말이요. 우짜든동 기관실에서 말리는 대구 다 싹 걷어삐리소… 글쎄 고레 하라모 하능 기제 와 말이 많소? 기관장 귀에 송곳 돋는다 카모 내도 쎄빠닥에 쥐나요!"

김중수 선장이 수화기를 걸고는

"우리 배 탈은 사관들의 썩은 정신들이라꼬! 다른 배 사관들 좀 보제. 공사가 을매나 분명한지!… 황천 작업을 하는 판인데 갑판상의 장애물 한나 지대로 치울줄로 아나, 예비모타도 엄씨 어장에 기나오지를 않나? 요레 손발이 안맞아가 우쩨 일로 할끼야. 이래저래 내만 피도없는 독종 안되나!"

엉두덜거리며 윤병국을 모질게 흘겼다.

속 뒤집히는 비린내를 앞세우며 이건민이 들어섰다.

"니노무셰끼는 머따미로 기들어오노?"

김중수 선장의 표독스러운 물음에 이건민은 자긋자긋 받아넘겼다.

"갑판상에 장애물을 설치한 장본인입니다."

"… 머시라?… 장본인?"

"제가 대구 임자이니까 안그렇습니까."

"이노무셰끼가 깔쭉깔쭉 맞장단 치제… 대구로 고레 억쑤 말리가 어데 쓸낀강?"

"서울 건어물상에다 선물하려고 했습니다."

"후웅— 장사 쏙 퍼뜩 텄제. 아조 도매로 냉길라 켔능갑다."

"아닙니다. 건어물상 맏딸이 제 애인입니다!"

눈초리를 짜긋이 치뜨고는 흰창으로 이건민을 쏘아보던 김중수 선장이 벼락 기세로 달겨들며 멱살을 움켜쥐었다.

"요레 뻔뻔시런 셰끼로 우쩨 쥑이꼬! 이노무셰끼야 고레 가스나 생각이 동하모 대구 찝찝한 냄새가 고마 가스나 사타리 쏙이다 카고는 품고 자면서 말릴끼제 와 갑판에다 삐둑삐둑 말리노얏?"

"… 앞으로는 그렇게 말리겠습니다."

희멀건 눈동자를 측량없이 까고 선 이건민의 태도가 예사스럽지 않았다. 발길질 주먹질 번가르며 미쳐 뛰던 김중수 선장이 제 풀에 지친 낌새였다.

"니노무셰끼 똑똑히 듣거로, 오번 항차로 고마 좋이얏! 또 내 배 탔다 보제, 그때는 고마 오타보오드에다 꽁꽁 묶으가 처박을 끼다!"

"그렇지 않아도 북양 졸업할려고 합니다. 차라리 광복동 네거리에다 껌 좌판을 벌이겠습니다!"

"… 머시라?… 보소 초사! 이노무셰끼로 요레 놔둘낀강?"

여태까지 무르츰해서 말이 없던 윤병국이 개질경이 씹듯 씁쓸하게 말했다.

"고마 진정하이소!… 저놈아 저거 시방 지 정신 아입니더. 맨정신으로 저레 하겠임니꺼… 모다 요 초사노무셰끼 못난 죕니더!"

이건민이 휑 돌아서 나갔다. 녀석의 태도가 살얼음 얹은 푸서리 본새로 차디찼다.

갑판 위의 이건민이 내려다 보였다 녀석은 빨래 거두듯 대구들을 싸모아 심악스럽게 바다 속으로 처박고 있었다.

성준은 갑판에서 눈길을 거두다 말고 저도 몰래 중얼거렸다.

"우짠 배들이라예. 세 척이나 몰려 오는데…"

입술을 앙다문 채 눈을 감고있던 김중수 선장이 자리를 차며 쌍안경을 들었다.

"… 와 저레 숨끊어져라 기드노?… 내나 우리 어선들 아잉가?"

꾸르릉 몰려들던 어선들이 쏴르르 대각도 변침을 하며 멈추는 듯싶었다.

"… 어어? 저놈아들 투망한다 아이가."

한동안 쌍안경을 들고 말이 없던 김중수 선장이 핏발선 눈을 부리부리 흡떴다.

"누고? 대체로 누고?… 메주방죽 정보로 흘려준 놈이 누꼬말따!"

김중수 선장은 쇠도리깨 휘두르는 장수처럼 빠드득 이를 갈아부치고 나서 악을 썼다.

"이항사! 기관장 통신장 퍼뜩 올라오라켓… 미친다 아이가? 신개발 어장은 내 목심이라꼬! 어떤 놈이 나발대 불어가 저놈아덜 기들어오게 했어?"

김중수 선장은 푸우— 담배연기를 내뿜고 나서 물었다.

"초사요?… SSB 갖고 노는 사람이사 초사배끼 더 있소!"

"… 와 고레만 생각하십니꺼?"

"그카모오— 저놈아덜 우쩨 어장정보로 입수했노 말따!"

"제발 고만 하입시더! 초사팔짜로 또 기나왔제만 내도 북양어선 선장 해봤임더. 내 선장님캉 무신 악감 있다꼬 우리 어장도로 흘리겠임니꺼?"

그때 기관장과 통신장이 잔뜩 주눅든 모습들로 들어섰다.

"통신장이요?"

"… 믄 말씀인지 모르겠습니다."

"어황보고로 우쩨 했길레 배란 배는 모다 메주방죽으로 기드노 말야."

"지는 정보 준 즉이 읎습니다. 주지하는 바 일일어획량을 본사에 보고하는 일은 지 소임입니다.… 지 생각으로는 우리 어획량보고를 도청한 타선박 지능 아니겠습니까?"

"말로 숩게 하소고맛. 머시 타선박 지능이 우짜고 우쩨? 그라모 기관장배끼 더 있소."

"지가 정보로 흘렸다 카모 쎄빠닥을 짤르겠임더!"

"예비모타로 받고보이 너머 고마워서 대양2호에다 고마 흘린기 아이요!"

"예비모타로 어데 공짜로 빌렸임니꺼. 내나 지 값 맥이가 갚을 낀데 머 고레 고맙다꼬 어장정보로 줍니꺼!"

"쎄빠닥도 안 아프요. 말만 잘또 하제… 고마 다들 물러가솟! 내 사관덜이라 카모 인자 진저리 나이까네."

통신장과 기관장이 노골적으로 주니나서 '휠 하우스'를 나갔다. 그 뒤를 윤병국이 따랐다. 성준도 윤병국을 따랐다.

통신장, 윤병국, 성준, 이렇게 셋이서 '윈치실'로 들어서는데 김중수 선장의 짱알대는 목소리가 스피커를 울렸다.

"고마 양망해가 '돌아가는 삼각지'로 드갈끼다. 갑판노무셰끼덜 퍼뜩 기나왓! 양망 스텐바이고 지랄이고 지금은 엄다. 퍼뜩 몬나오겠노?"

허겁지겁 갑판으로 모여드는 갑판원들을 내다보며 윤병국이 말했다.

"니기미 시발놈어 북양! 내 속초에 드가 새우젓 장사로 할깝세 다시는 안 기 나온다!"

통신장이 울겅불겅 씹어댔다.

"먼츰 패 죽일늠이 있어. 주방장 고녀려셰끼! 아니, 눈치밥 삼년 묵은 똥개가 토방 위에서 갓끈 맨다 혔어잉. 다섯 마리 올라 온 것을 까맣게 잊어뿔고는 안 내났데여."

"… 무신 말이요?"

"북양 이면수제 뭣이랑가. 지름발 짜글짜글 끓는 이면수 아니면 끼니도 마다 허는 캡틴인디 맨날 북양대구 회덥밥만 비벼올링게로 대구에다 화풀이 안하게 돼얐여? 캡틴이 이면수 좀 즐기냔 말여."

"하기사… 당신 혼자 오삼오삼 씹어묵을 때는 똑 거 머시라…"

"수개 섯바닥 찜질묵은 개보지제 멀. 옴찔옴찔 요분질 뜰구."

"고레 좋아하는 이면수로 와 안올렸을꼬? 꿉으모 지노무셰끼 손꾸락이 타나!"

"내동 그 말이여잉. 북양소라 쫄깃거리는 살점에다 시큼헌 초장 발라서나 냉기고 싶어두 소라 한 점이 올라, 이면수 토막이 올라?… 묵는 보약 따라갈 약이 읎다는디 원칸 썽도 돋쳤을껴… 어지께는 아까무스 팬 검사에 나섰디야. 어떤 놈이 몇 팬 감췄는가 낱낱이 꼬셔바치라구 냉동사헌티 오다를 내렸다는디… 좌우당 간에 태창 302호 사관털이 눈치 옳는 것은 사실이여."

갑팝원 중의 누군가가 유독 비치적거리며 맥이 없어보였다. 녀석은 주저앉았다가 겨우 허리통을 세우는가 하면 고대 뱃구레를 잡고 무릎을 꺾곤 했던 것이다.

윤병국이 의아해서 물었다.

"저놈아 저거 누고? 와 저레?"

성준이 소문잡은 대로 대강 읊었다.

"소라는 묵또 몬해보고 매만 억쑤 맞었다캅니더. 갑판장 주먹이 좀 씹니꺼. …양선동이라카제 아마…"

어련할까 했는데 영낙없이 김중수 선장의 고함이 터졌다.

"저노무셰끼 보거로, 이노무셰끼덜! 고레 내 듣기 싫은 소리 한 기다. 지때 밥 찾아묵고 지 때 맞촤 잠 자봐라. 병이 와 생겨?… 머시라? 밥 묵을 새도 엄꼬 잠잘 새도 엄써? 이 배 선장 배꼽 여벌 엄따! 소라나 처묵꼬 제상 끼니 냉기다보이 배도 고레 탈 나능기야.… 저노무셰끼 어델 깐작깐작 기드노? 이노무셰끼야 오타보드도 안올라왔는데 와 샤클은 잡고 미치노? 퍼뜩 몬 비켜나겠어?… 윈치맨! 3항사 이노무셰끼 4단으로 퍼뜩 감앗!"

"예! 전속으로 감겠습니다!"

3항사 최윤복의 다급한 목소리를 잡고 '끄르릉 치이'— 윈치가 울어냈다.

김중수 선장의 목소리가 무쇠도 녹일 기세로 닳아올랐다.

"보승! 머하는기야? 라이프라인은 와 쳤게 멀뚱멀뚱 섰어들!… 저 저노무셰끼 보거로. 까딱하모 물결에 씰린다, 이 개셰끼!… 클리노메타가 30도로 거진 눕는 황천작업이야. 모다들 라이프라인 붙잡어랏!"

꾸당 꾸당탕 부이들이 올라오고 마침내 오터보오드가 하품처럼 벙그렇게 입을 열었다. 때맞춰 앞을 분간 할 수 없는 눈보라가 대양을 싸덮었다. 선채가 로울링 할 때마다 트롤윈치는 압도당하는 여자의 절정처럼 목쉰 소리로 울었다. 볼금볼금 세 마디로 부어오른 터질듯한 그물이 눈사태 속에서 드러나는 에메럴드 광맥같이 둥둥실 떠올랐다.

갑판원들이 비상의 기력을 잃은 갈매기들처럼 우왕좌왕 선미께로 엉겼다.

"보승! 파도가 빠질 때 샤클로 걸그라. 파도 숨을 몬 맞춘다카모 쎄리치는 파도가 오타보드로 물고 흔든다! 몇 놈 죽어사 알겠어?… 옳체! 시방이닷! 오타보드로 걸어랏!"

갑판장의 날렵한 동작이 오타보오드를 샤클에다 고정시켰다.

김중수 선장의 푸우— 내뿜는 한숨이 그제야 늘녹았다.

"일로 한두 번 해본 놈덜 매꼬로 와들 고래? 간땡이가 고마 턱걸이 안하나. 떨어졌다 붙었다, 아고야— 무신 배짱으로 마이크로 잡겠노… 날개그물 퍼뜩 로프에 걸어라! 시방 안 걸모 언제 걸라꼬 저래?… 저 노무셰끼 와?… 와?… 파도 몰려온다 퍼뜩 비키라.… 어어? 저노무셰끼 누고?"

김중수 선장의 목소리가 낙장거리로 퍼지는 비명처럼 갈급스러웠을 때, 그때에 윈치실 속의 사람들은 볼만장만 지레 입술이 굳었다.

누군가가 로프를 잡고 뒤뚱거린다 싶었는데 금새 주르르 미끄러지며 모습을 감췄다. 좀 전의 형상을 싸덮으며 허연 물보라가 온통 갑판을 채웠다. 부글부글 끓는 물결에 감기우며 사뭇 멀리 바다 속으로 떨어진 사람이 보였다.

김중수 선장의 쇳소리도 멈췄고 누구라고 할 것 없이 모두 혀가 굳었다. 5미터는 실히 떨어졌던 물결이 다시 기세를 재며 연돌갑판을 채웠다.

천만다행이었다. 그 물살에 떠밀려 오른 사람이 부엽처럼 팽그르 갑판 위를 뒹굴더니 다시 선미께로 흘러내리는 참이었다. 갑판원들이 몸뚱이를 날려 덮쳤다. 그제서야 김중수 선장의 목소리가 되살아났다.

"끄사올레랏… 더, 더 끄사올레랏!… 좋고, 좋고오!"

갑판장이 추욱 늘어진 그 사람을 업고 막 선원실 계단을 타내리는 참이었다. 정신이 나간 듯 벙그레 입을 벌리고 앉은 3항사만 남겨두고 세 사람은 윈치실을 벼락같이 나섰다.

마침 사색이 다 된 김중수 선장이 앞질러 계단을 타내리고 있었다.

안전모를 쓴 채 번듯이 누운 갑판원은 이미 죽은 듯싶었다.

김중수 선장이 사람들을 헤치며 다급히 외쳤다.

"누고?… 누구냔 말야 엉?"

갑판장이 시르죽는 목소리로 겨우 받았다.

"양선동이 입니더."

"안전모 퍼뜩 배끼고 사지로 주물러봐! 방한복도 배끼고 뜨신 국물 묵여보거로!"

"맥도 엄는데 뜨신 국물로 우쩨 묵십니꺼!"

"이노무셰끼야, 해난심판에 회부되도 내가 피고라꼬! 뱃놈 숨줄이 고레 숩게 꺼질줄로 아나? 고마 쥐뜯어 봐! 맥이 와 엄써?"

갑판장은 그제야 제 정신이 돌아온 듯 양선동의 턱주가리를 우악스럽게 움켜쥐고는 흔들었다.

"선동이! 보그라, 내 보승이다! 니 시방 죽었노 살았노?"

죽은 줄로만 알았던 양선동이 열담 앓다 텃마당에 나온 상머슴처럼 희물그레 눈을 떴다.

"… 지 안 죽었임더…"

"오매야— 이 노무셰끼! 내 요레 고마울 수 있겠나!… 요 시, 시 발놈아! 니 참말로 안 죽을끼제?"

"… 하모예에—"

양선동은 겨우 말을 마치고 나서 급기야 정신을 잃는 모양이었다. 갑판장의 우람한 팔뚝 위에 실렸던 그의 목아지가 실겁게 옆으로 푸욱 꺾였다.

김중수 선장이,

"통신장, 머시라 구급약함에 아스피린 있을끼요. 먼차로 해열시켜사 안 쓰겠나. 해수온도가 빙점을 오르내리는데 그 쪽에 빠졌으이 까딱하모 폐렴 안 붙겠는강!… 내 뒷골이 땡기가 더 몬 서 있겠어. 사후처리 자알 부탁하고…"

말끝을 마름질하기 무섭게 휭 자리를 떴다.

갑판장이 양선동의 가슴패기를 쓸어주며 울먹거렸다.

"선동이, 지발로 살어만주그라. 내 니 말이라카모 다 들어 주께!… 완월동 가스나덜 보지로 일개 연대 사열 다 시켜주꾸마!… 내 마누라 묵겠다모 거 머시 애렵겠노? 붙여주까?… 내 참말로 붙여주까?…"

갑판장은 윤병국을 향해 고개를 들었다.

"초사님예, 요레 놔둬도 개얀겠임니꺼. 설악3호가 내일 귀항한다 안캅디까. 고마 실어 보내모 우짤꼬예?… 설악3호는 공모선 아잉교, 의사도 타고 있임더!"

윤병국이 깊은 팔짱을 풀며 소소명명한 투로 말했다.

"내 생각으로는 벨 탈 엄따 싶다. 죽을 놈 같았으모 벌써 죽었제… 이노무 북양— 지 품 속에다 사람셰끼 싸담았다 카모 열이면 열 백이면 백 다 쥑이고 본다.… 요레저레 여나믄 놈 안 죽었능가베. 실족한 놈들 끄사올려 보이 심장마비로 다들 안가더나? 안그렇습디꺼, 국장."

"… 경험상으로는 그렸는디 혹 알겄는감? 나중에 일이 잘 못 될찌두 모르지…"

"요레 하모 우짜꼬?… 설악3호에 연락해가 치료부터 받고 보능 기 상책 아잉가."

"… 접선혀사 쓸거 아니라고…"

"말씸이라꼬 하요. 응급조처가 목적인데 접선 안하모 의사가 날라올 낀강?… 퍼뜩 드가 키로 뚜들기소 고마. 그 수가 젤로 났다싶소."

"내 맴도 초사 맴이나 한가지여… 허제만 캡틴허구 합의사항이여잉."

통신장이 난감한 표정으로 멈칫거리는데 기관장이 헐레벌떡 들이닥쳤다.

"빠진 놈 우쩨 됐어?"

갑판장이 넋빠진 얼굴로 말했다.

"우쩨 되가는 판인지 잘 모르겠임더! 죽어가는 건지 기절한 건지 알 택 있임니꺼… 맥은 자알 뛰는데!"

"맥 있으모 산기야. 죽을 사람이었다 카모 끄사올렸을 때 맥 끊겼제."

기관장은 윤병국과 통신장을 번갈아 쳐다보면서 '와 그라고들 섰어?'했다. 통신장이 외틀어지게 옹다문 입술을 떼며 쓴 입맛을 다셨다.

"설악3호를 호출헐까 말까 궁리하던 참이었지."

"설악3호는 와?"

"와는 머시 와여? 위급환자 땜시로 그라제."

기관장은 어처구니없다는 투로 큰소리쳤다.

"내 요레 깡깡 맥힌 사람 보겠나. 보소! 집안 망할라 카모 맏며느리 택아지에 시염 돈다켔어. 우짠 망신을 당할라고 왕성님 지랄로 떠노?"

"움마? 요런 쓰벌늠어 작자가 베란간 어째 이려?"

"보거라― 그란해도 태창302호 시방 성한 데 엄씨 당한다! 예비 모타 사건에다, 어장정보 유출사건에다, 인자는 실족사고까지 안 터졌겠나. 머 고레 자랑이라꼬 키로 뛰딜기노? 미친년 보지에 포리 앉을 새 엄따 카드만 똑 우리 배 국장이 그 뽄 났제, 니기미 시발!"

"사람 죽으면 노임수 책음잉게, 흐응!"

"저놈아가 와 죽어? 죽어라 고사 모셰도 안죽는다! 맥이 팔팔한데 좆대가리 아깝아서 우쩨 죽노?"

기관장이 이번에는 양선동의 사지를 주무르느라 선땀 빼는 갑판원 들을 향해 질펀한 욕사발을 내쏟았다.

"이노무셰끼덜, 그 새 먼 생각이 동해가 허리삑따구로 잘또 놀리쌌노? 물에 빠진 놈 억쑤 주물르모 다야? 퍼뜩 뜨신 해수탕으로 떠매가 따끈따끈 씻끼랏!"

양선동을 들쳐업고 우루루 선실을 빠져나가는 선원들을 따라 노임수도 자취를 감췄다.

통신장이 불멘소리를 맹근하게 뱉았다.

"꿈자리 던적시럽드니 영낙읎이 요 꼴이여… 어째 몽중정사가 쬐끔 난잡시럽드란 말이제. 모처름 꿈 속의 사랑 맺는디 지집년 불두덩 밑루다 구녁이 둘이여! 워디를 찔르사 헐찌 몰라서는 애간장만 끓이다가 깨나구 말었지… 치이— 노임수헌티까정 날베락 맞구, 쓰버얼— 소태고를 묵었다 치두 요롷고름 쓰당가?…"

윤병국이 통신장의 어깨를 토닥거렸다.

"꿈땜 지대로 치렀제 머. 기관장 말이 하나 틀린 데 엄쏘. 숭굴숭굴 억쑤 맘좋은 기관장이 저레 썽을 내는 데는 한 식구 정분이 먼차로 끓으이까네 앞뒤 몬 본기요. … 요때사 말고 캡틴 쏙 우리가 알아줘사제, 안 그라요?"

윤병국은 말을 마치고 나서 연신 눈두덩을 흠착거리고 있는 갑판장께로 다가갔다.

"고마 정신 채리고 일나그라."

갑판장이 새삼스럽게 울먹였다.

"저놈아 죽으모, 내나 내가 쥑인깁니더!… 소라로 은제 묵어예? 묵도 안한 소라 기알차 내라 카고는 을매나 쎄리팼는지 몰라예! 발로 배때지로 찍응기 잘못됐등갑지예.. 아랫배로 싸쥐고는 히떡 넘어 갑디더… 우짜든동 탈 엄써야 동래 금강원에서 한 판 씨를낀데예!"

"… 금강원에는 와? 물개 좆 하나 따기로 모사했더나."

"어데예!… 저놈아가 배때지로 싸잡고 넘어가면서 악을 쏩디더… 내도 오번 항차로 좆이다, 보승 니노무셰끼 접안했다카모 고마 금강원으로 나오이라, 창사 터지게 쥑이주께… 을매나 썽이 돋쳤으모 내한테 고레 했겠어예?"

갑판장은 급기야 얼굴을 두 손바닥에 다 묻은 채로 모질게 등줄을 떨어댔다.

그때 한결 생기 없이 가라앉은 김중수 선장의 목소리가 스피커를 울렸다. "보승, 인자 고마 일로 하자. 양망 마쳐사 안쓰겠나.… 삼항사, 윈치 스텐바이!"

17

쫑바리들

마이크로폰을 잡기 무섭게 밑도 끝도 없이 '본선은 지금부터 기상 양호해질 때까지 일체 작업 중단한다'하는 김중수 선장의 엄명이 있은 이후, '태창 302호'는 벌써 8시간 넘게 피항하고 있었다.

여느때 같았으면 선원들의 불만이 욱시글득시글 살기마저 띠었을 것이요, 입담 걸기로 두수없는 기관장이나 통신장을 비롯한 여러 사관들 역시, 뻗장지르는 울화를 감내하느라 되우 불퉁거려봤을 것이었다.

파도의 등락차가 4미터 웃도는 악천후 속에서도 어로작업을 강행하는 게 북양어선의 관례였고, 야릇하게도 그럴 때일수록 높은 어획고의 호황을 보장받는 것이 북양어로의 특색이기도 했던 것이다. 더구나 '태창 302호'의 경우, 이대로만 작업을 진행한다면 귀항을 사흘쯤 앞당길 수도 있었다. 그만큼 어로여건은 양호해서 파고는 1.5미터 정도, 해상으로는 사풍급(四風級) 정도의 화풍(和風)이 흐르고 있을 뿐이었다.

그러나 오늘만은 달랐다. 선원들은 두 패거리로 나뉘어 선원식당과 선원실에 오구구 몰려 추저분한 몰골들로 말이 없고, 사관들은 사관들대로 이 방 저 방 하릴없이 나들이 하며 오금뜰 뿐, 누구 한 사람 입을 열 기미가 없었다. 김중수 선장은 자기 방에 들어 박혀 끼니마저 거르고 있었다.

그럴만한 사연이 두 가지나 있었다. 그 두 사건 모두, 불과 8시간 전에 차례로 발생했던 것이었다.

양선동의 문제가 그 첫번째였다. 회복의 기미를 보여 간다 싶던 그가 별안간 혼수의 위기 속으로 빠져든 것이었다.

'휠 하우스'로 뛰어든 갑판장이 숨 고를 새도 없이,

"선동이 저놈아 고마 가능 기 아잉가 싶심니더! 몸뎅이는 벌 버얼 끓구로 알어들도 몬할 소리만 씨비대는데 우짜모 좋답니꺼?"

하며 달떴을 때, 김중수 선장은 차라리 숙숙한 표정으로 눈을 감았다. 그의 얼굴 위로 체념의 참담한 그늘이 두껍게 내리고 있었다.

한참만에 눈을 뜬 김중수 선장이 '국장 좀 올라오라케'하고 나서 윤병국에게 말했다. 그의 목소리는 뜻밖에도 차분히 가라앉아 있었다.

"… 그때 고마 실어보내지 않고 와?…"

윤병국은 허망한 눈길로 수평선을 담고 선 채 겨우 입술만 듭적거렸다.

"… 물에 빠진 놈 한두 번 봤임니꺼. 죽을 놈 같았으모 끄사올렸을 때 맥도 엄썼을 낀데 이놈아는 맥도 팔팔하고 방한복 쪽에 내의도 웃도리만 젖을 정도였고예… 우짜든동 상황판단 잘못한 지 쬡니더!"

김중수 선장의 한숨이 유별나게 깊었다.

"하아 무신 말로 고레 하는강! 내 다 알거로… 회사에서 알모 오번 항차로 쫑바리 신세될 일만 터지이까네 낼로 위해가 여러분들이 고레 한줄로 내 다 아요…"

김중수 선장은 사뭇 웅숭깊게 말하고 나서 담배를 태워 물었다.

통신장이 올라왔다. 통신장은 모지락스럽게 가쁜 숨을 내쉬고 있는 갑판장을 흘끔 옆눈으로 담았다. 일 돼가는 됨됨이를 눈치 잡은 듯 섣불리 부접 못하며 어렴성스럽게 입을 열었다.

"… 부르셨읍니껴."

"머시라, 시방 어데쯤 갔겠노."

"……"

"내나 설악3호 아잉교!"

"송룬도 동북방에서 남서진 허구 있습니다."

"천만다행 아잉가! 퍼뜩 내리가 뛰딜기소. 경각을 다투는 위급환자가 발생했으니까네 즈그덜은 다시 올라오고 우리는 전속으로 내리가고 케서 접선 바란다꼬. 고레하모 어데쯤 해서 만날꼬?"

눈을 감고 잠시 어림짐작 해보던 윤병국이 말했다.

"그쪽 이쪽 전속으로 튕긴다모 북위48도 동경 1백56도선 해상쯤 안 되겠임니껴."

"좋고!… 초사, 양망 스텐바이!… 국장은 퍼뜩 뛰딜기고… 그카고 보승, 너머 상심말그라. 북양 뱃놈 어데 고레 숙게 죽더나?"

갑판장이 '하모요!' 느닷없이 어귀차서 나갔고, 통신장도 '쿠시로까지만 항진혀서 환자 내린다치면 암시런 탈 엄쮸!' 장담하며 엉이야 벙이야 갑판장을 뒤따랐던 것이었다.

'태창 302호'는 전속항진 해서 윤병국이 짐작한 거리를 얼추 맞춰 양선동을 '설악3호'에다 옮겨 실었었다.

어장으로 되돌아온 '태창 302호'가 막 투망완료 했을 때였다. '횔 하우스'의 전화벨이 요란하게 울었었다.

매사가 뜸지근하기만 해서 어떤 경우에도 서두는 법 없는 윤병국이 수화기를 들자마자 숨넘어가는 소리를 했다.

"… 도대체 무신 소리야 이거? 겨우 애렵게 한 껀 해결했다 하이까네 오번에는 머시라?… 어창?… 미쳐도 억수 안 미쳤겠나! 그 노무셰끼 어창에는 와 기드가?… 내 무신 염체로 보고하요? 내 몬 합니더!… 몬한다, 몬한다카이! 당신이 올라오솟 고마!"

수화기를 걸고 난 윤병국이 푸욱 고개를 떨궜다. 무슨 일인지 대중 못 잡은 김중수 선장이 잔뜩 주눅든 목소리로 물었다.

"… 또 머시?… 사곤강?…"

"… 기관장이 올라올낍니더."

김중수 선장이 영문을 몰라 눈알만 이리저리 뒹굴리고 있을 때 기관장이 올라왔다.

"… 오참에는 또 머요?"

"어창에서 사고났임더."

"… 거진 만창 다 돼가는 어창에서 무신 사고가 나?"

"선체 롤링이 쪼매 심하다보이까네 팬이 안 떨어졌겠임니꺼!"

"팬 몇 개 떨어졌는데 사고는 머시 사고요?"

"팬이 떨어지면서 어창 이동콤베아 고압선을 갉아묵은 모양입니더."

"… 고레되모 우쩨 되는데?"

"… 드간 사람이 선을 잘못 건드렸다 카모 감전사고 나게 돼있임더!"

그제야 김중수 선장은 발끈 역정을 냈다.

"오메야, 이 김중수놈 팔짜!… 그래, 우짠 놈이 또 죽었오?"

"… 죽기사 하겠는강 싶심니더. 기절했으이까네 얼매 있다 깨나지 않겠임니꺼…"

"기관장이 우쩨 아요?"

"감전사고 나가 죽는 놈덜은 먼차로 피로 냉깁니더. 그런데 이놈아는 피로 안 냉깁니더."

기관장의 설명인즉 이랬다. 손으로 선의 결손부위를 만졌다 했으면 그 당장 피를 토했을 것이다. 자그마치 4백40볼트 고압선인데 기절로 됐겠느냐, 저 녀석은 필시 결손부위 위로 축축한 엉덩이를 붙이다가 기절했을 것이다—.

기가 막히는 듯 모질게 도리질을 곁들이며 김중수 선장이 물었다.

"고레 무식한 노무셰끼가 누고? 양망도 안했는데 어창에는 와 기드가? 아조 얼어죽을란다 작심한 셰끼 아이겠노 말따!… 그 셰끼 누고?"

"처리장 이건민 아이겠임니꺼."

"… 후웅— 그노무셰끼, 대구 때미로 눈깔 시뜩 디비졌제!… 오이야! 귀항해 가 당해보구로!"

관자놀이를 두 손으로 감싼 채 한동안 생각 속에 잠겨있던 김중수 선장이 차근차근 말을 이었다.

"사관들, 맹심해가 듣소덜… 지아무리 선원구성 잘 하자케도 서너 놈들은 북양뱃놈 택도 엄는 엉터리가 섞이기 마련이겠제. 국장 끈줄 기관장 끈줄, 머 요레 줄타다 보모 재주라고는 씹기술밖에 엄는 문디이셰끼덜이 겁도 엄씨 기나오고… 솔직히 말해가 사관들 후생사업 아이요…? 하제만 다음 항차부터는 그런 정신 버려사 할요. 봤겠제덜. 사고낸다 카모 똑 그런 셰끼덜 아이가? 양선동이만 해도 이발소 바리깡쟁이 아잉가. 불과 몇 달 전까지 털시레기나 씰어담던 손으로 갑판조 일로 해낼라이 고레 되제. 이건민이 저놈아라고 안달씸더. 대가리 쪽으로 문교부 지식만 소실소실 들어찬 놈이 무신 정성 드린다꼬 뱃놈 일 고레 착실히 해내겠노… 막말로 해보입시더. 양선동이 이건민이 누구 끈줄로 이 배 탔오? 내사 그랑갑다 카고 말었다만…"

기관장이 머쓱해서 발그댕댕 얼굴을 붉혔다.

"그 뿐이라 카모 말도 안한다. 냉동사 끈줄로 잡고 탄 탈판실 '북양가물치 스' 셰끼들, 보승 연줄 타고 기나온 처리장 '좆까라 부라더스'셰끼더얼— 요 문디 이셰끼덜이 언제 무신 실수로 할지 우쩨 알겠노?… 한시라또 먼차 부산 드가능기 내부터도 소원이제. 하제만 작업 몬하겠어! 요만한 기상에 요레 사고가 터지는데 몇 놈 쥑이자꼬 더 작업할낀강?… 최소한 풍력계급 3등급짜리 '젠틀 브리즈'— 파고 1미터 정도의 연풍(軟風) 기상 아니모 작업 안한다!"

김중수 선장은 힐난의 야릇한 웃음을 문 채로 마이크로폰을 잡았었고, 그로부터 8시간을 어탐(魚探) 항해라는 구실로 피항하고 있는 중이었다.

성준은 볼트창에 매달려 바다를 내다보고 있었다. 눈보라가 풍하를 따라 흐르고 있었다. 윤무하는 갈매기떼를 띄운 희뿌연 수평선이 비정하리만큼 오만한 원을 그리고 있었다.

통신장실로, 선원실로, 나들이 좀 하고 들어 오겠다던 윤병국이 얼마 안 지나서 침울한 표정으로 들어섰다.

"선원놈들 콧뱅이 차악 짜부라지가 똘똘 뭉쳐 있는 꼴이라이, 똑 초상집 앞에 거지떼 몰려있는 짝 아이겠나. 선원실에 한 뭉텡이 식당에 한 뭉텡이…"

"베락을 앵기지예. 요랄 때 억수 잠이나 퍼자라꼬 말임더."

"… 고레 박정시런 말 몬하게 돼 있다."

"와예? 이건민이 나빠진답니꺼?"

"시끄랍다. 말이 씨 될라꼬! 이건민이놈 깨난 지 오래다. 인자 미움도 묵는다 안카나"

"그라모 와예. 선장님 말씀매꼬로 풍력급수도 '젠틀 브리즈' 돼가는데 언제 베락같이 투망오다 떨어질지 압니꺼. 고마 요때다 카고는 크랑크 쭈욱 피고 눕어사지예."

"… 고레 안돼있어!"

"……?"

"한 놈 한 놈 선장실로 불려가 쫑바리 숨음질 심사 받는다 안카나."

"누가 찜핐답디꺼?"

"포항에서 한치 배 타던 처리장 노씨, 그라고 남해에서 멜배 사무장 지냈던 갑판조 그놈아… 그놈아 이름이 머시라 카던데?"

"남기선이 아잉교?"

"맞거로, 남기선이… 요레 두 놈은 벌써 찜힜고, 이건민이 이놈아도 오번 항차로 안 내리겠나."

"우수수 낙엽이네예. 두 팀이라꼬 뎐디겠임니꺼."

"… 두 팀?…"

"… 좆까라 브라더즈, 북양가물치스! 이놈아들이라고 기나갈 구멍 있겠능교?"

"오매야 그카게!… 오동잎이 우수수 지는 달밤 아이겠나!"

"짝을 잃은 기러기 사태 났임더."

그때 전화벨이 울었다. 수화기를 들고는 잠잠하던 윤병국이 전화를 끊자마자 새들새들 웃었다.

"국장실에서 원죄인 세 놈 반성회 갖자는 기다."

"원죄인 세 사람이 누구라요?"

"내나 기관장, 국장, 요 초사, 요레 시 놈이제 머. 니 우짤레? 내 들러리 쪼매 안 스겠어?"

"브릿지로 비도 되겠임니꺼?"

실습항해사가 얼른 받았다.

"조타로 오터로 해노모 고만 아이겠임니꺼. 황천항해도 아닌데예."

윤병국이 '우리 배 실항사 억쑤 똑똑하제. 하모, 하모오—'하고 나서는 마이크로폰을 잡았다.

"전 선원들은 선장님의 작업지시가 있을 때까지 뜨신 해수탕에 드가 몸뗑이나 씻거로. 빼간지 욱신욱신 쑤시는 놈, 좆대가리 꼬랑으로 백태 억쑤 낀 놈, 낭습에 정수낭 유자된 놈, 바이도꾸 남항임질 질 지일 사타리 물르는 놈덜— 북양 해수탕매꼬로 일등보약 엄따! 투망 오다 내릴 때까지 퍼뜩 해수탕으로 진격, 알았제?"

윤병국은 마이크로폰을 놓기 무섭게 자리를 떴다. 성준도 따라나섰다. 둘이 통신장실에 들어섰을 때 국장이 말했다.

"연설 한번 즉효여잉. 방금 선장님 치사가 있었는디, 초사님 오다 한 번 적시탄이라는 거여. 잘한 일이라 카소, 허민서 막 전화를 끊는디 들어올 것이 머여. 쪼깨 일쭉 들어섰으면 상하화답이 원칸 멋졌을 껀디."

기관장이 춘정앓는 꼴머슴 본새로 새치름해서 날름 받아넘겼다.

"머 고레 멋졌을구로?… 전보 한 장에 살고 죽을 판 아잉가베. 설악3호 낭보 받기 전까지는 보살이 대웅전에서 육보시 준다케도 벨 효험 없을따! 내 금까락지만 골라묵는 대처 주지스님이라케도 안 그라고 우짜겠노?"

"기관장 말씸이 백 번 옳소. 내 시방 심사가 바로 기기라!"

윤병국이 대살진 허리통을 줄통뽑는데 다급한 모리스부호가 숨넘어갔다. 통신기를 향해 뺑그르 돌아앉은 통신장이 한참 엄절해서 말이 없더니 '초상집에 무당사설이 벨거여? 바로 요런 경우제. 올 데서는 막막절연이구 싫다는 데서는 호출이구, 홍— 부산도 아니고 목포에서 먼 사연이랑가? 허기사아— 전보문이 원칸 쇄도할 시간도 닥쳤지!'하면서 부욱 전보용지를 찢어들고는 노글 노글 부드럽게 적어 나갔다.

"설악3호에선 갑다!"

기관장이 무작정 어정뜨는데 통신장은 무겁게 고개를 내저었다. 통신장의 눈
길이 성준의 얼굴을 잠시 살갑게 훑고 지나갔다.

"워따아— 그녀려 부사리 뿔 애리는 성미 좀 고치여! 설악3호 도돈 쓰으 좋
아허시지…"

"그라모 우짠 데서 친 도돈쓰고?"

"… 한나두 급헐 일 안여… 고냥 안부전보여. 웃사람이 아랫사람 길 터주구 아
랫사람은 그 섭리 추종혀서 가구… 북양은 거칠구 황막혀사 바다구, 뱃늠은 용
심 뻗치구 견뎌사 뱃늠이구…"

"후웅— 주막강생이 씹자리 지경밟는 소리도 저레 무식하지는 않을끄라. 도
대체 무신 사설이고?"

"… 모르면 약이구 알먼은 빙 된다구 안허등게벼?"

통신장은 만지작거리고 있던 전보용지를 우악스레 구겨쥐고는 입속에다 털
어 넣었다. 이내 와작와작 씹어대더니 퇴— 휴지통에다 내뱉어 버렸다.

그런 모습의 통신장을 살몃살몃 살피고 있던 기관장이 씩둑거렸다.

"… 내 쏙사정도 모르고 지랄방구 안 떨었겠나!… 대전 예펜내가 아조 이혼
장 띄웠능갑다. 안 그라모 저레 씹어묵을 끄가. 지가 머 맴소라꼬. 초사, 안 그
라요?"

그만한 농지거리가 어엿한 사실만으로도 우중충 흐렸던 그동안의 분위기가
해바른 쪽으로 틔어간다 싶었는지 줄곧 입술을 발쭉거리며 앉았던 윤병국이 그
제야 옴씰해서 정색을 했다.

"참말로 요레 불운한 항차 처음 보제. 우아래로 안 당하는 사람이 없으이! …

국장, 참말로 고별가 받응기요?"

"선 소리가 있어사 받든지 냉기든지 허쥬. 개셰끼 눈에는 또옹. 환언허먼 사냥 개 콧뱅이에서는 사향도 고린내여. 노임수가 맡었다 허먼 똥냄새지 뭐얼… 내 시방 쬐께 암울한 심사는 전연 다른 각도의 고충 땜이 그러능겨."

그러는데 다시 한번 모리스 부호가 갈급령나게 울었다. 뒤로 젖힌 모가지를 한댕거리며 예사스럽게 귀를 종그리고 있던 통신장이 불에 덴 듯 황급히 통신 기기 앞으로 돌아앉았다. 한 쪽 손으로는 키를 두들기며 또 다른 손으로는 긁적이며, 정신없이 이것 저것 갈마쥐는 통신장의 모습이 차츰 돌아앉은 석불처럼 천연해져갔다.

모리스 부호가 죽고 통신기기의 명멸하던 점등도 따라 쉬었다. 통신장은 좀전의 모습 그대로 앉아 있었다. 통신장의 모가지에 느닷없는 황소의 목사리가 겹겹이 둘러쳐지는 것도 같았다. 통신장의 뒷모습은 그만큼 처절했다.

"국장, 와 그라요?… 어데서 온 긴데 그래?"

윤병국이 통신장께로 다가가며 허영거리자 통신장은 짐짓 진드근하게 돌아앉았다. 되레 윤병국의 어깨죽지를 탯줄잡듯 부여잡고는 헐씨근거렸다.

"아서드을— 인자사 말구 지혜와 슬기를 발동할 계제여잉!"

성급한 기관장이 막무가내 내쐈다.

"문자도 고마 쪽 팬할 때 옳능기다. 지혜와 슬기로 발동하자 케도 머시라 알아사 안되겠나, 시발놈아!"

"… 저런 오살 느음—"

두 사람의 흡뜨는 눈초리들이 여늬때 같지 않게 험악했다. 마지못해 성준이 나섰다.

"… 국장님요, 설악3호 전문입니꺼?"

"무소식이 희소식이라 작심했는디 그야코 올 것이 옹겨!"

"… 우짠 소식인데예?"

"… 시간차루다가 추리혀 봐두 뻔한 전문 아니겠남… 시방 우루뿌도(Urup) 30마일 해상을 남진허구 있는디, 불행하게두 양선동이가 절명했다는 거여!"

윤병국이 내뱉었다.

"오매야, 고레 공을 디렸거로 우쩨 그리 숩게 죽노? 죽을라 카모 끄사올렸을 때 고마 태창 302호로 베개 삼고 죽능기다!… 고레 무정한 노무셰끼가 어데 있어?… 와, 와 남의 회사 공모선에서 죽노, 죽기는!"

통신장이 말을 이었다.

"… 따라서 쿠시로 입항은 자연 변경됐구, 시신은 정중허게 냉동처리혀서 선도보장 허겠으니 귀선의 선장님 하회전문 바란다는 거여…"

기관장이 빠드득 어금니를 갈아붙였다.

"니기미 시발놈들! 양선동이 북양 맹태가? 선도보장이라이!… 하기사아— 죽은 뱃놈, 냉동선어 신셰배끼 더 되겠는강!"

"말이라꼬!… 우리 배가 설악3호였다 캐보제. 똑 저레 전문 안 띄웠겠임니꺼?"

이런 저런 소리를 꿈결인 양 아슴히 삭히며 연신 콧망울을 발씸거리던 성준은 저도 몰래 뒤돌아 서서 울먹거리는 가슴앓이를 풀었다. 생각과는 달리 꽤나 모질게 들먹거리는 성준의 등덜미를 윤병국의 매운 손이 회초리처럼 쓰린 빗질을 해대고 있었다.

"이놈아야 고레 정이 깊어가 북양뱃놈 우쩨 하겠노. 양선동이 그놈아 상여 한번 최고로 탄기다… 메주뗑이로 북양 흘러댕기는 놈들, 시신 챙길 틈도 엄써 고마 북양 산호초 쪽으로 납딱하이 깔앉은 놈들… 불쌍하모 그런 놈들이 불쌍체 요레 공모선 냉동실에 눕으가 태극기 이불로 파악 쓰고 가는 놈이 와 불쌍해?

배 닿자마자 회사놈들 줄줄이 늘어서가 영접하제, 선원들 말 매꼬로 샤랑하는 부모처자 그리운 샤람들 에고 에고 이쁘게 곡해주제, 머시 불쌍타 할 끼 있겠노? 시신만 온전하게 챙겼다 카모 죽어가 사람대접 받능기 뱃놈이다 뱃놈!… 살아서는 할매씨 공알 근수도 안 맥이는 게 뱃놈이고. 알겠나?"

통신장이 윤병국을 향해 졸라댔다.

"동편조 사설 읊구 있을 때가 안유. 후딱 선장님께 보고혀사지. 그래사 하회 전문 얼뜩 치쥬."

"… 고마 가입시더. 우짜든동 보고로 해사 안쓰겠는강."

윤병국의 말에 기관장도 통신장도 완강하게 손을 내저었다.

"지발 낼로 살려주소! 내사말고 숫구멍에서 발톱까지 기름쟁인데 요레 얄궂은 일로 일일이 보고해야 할 의무가 어데 있어? 차라리 시린다 고장나모 내 좆을 짤라가 끼마출끼다!"

"보고사항은 기실로 국장 소임이기는 헌디, 요참에는 초사가 희생 정신 발휘해 줬으면 백골난망이여. 아휴— 캡틴 푹 삭는 얼굴을 먼 용기루다 봐유?"

기관장이 부리나케 빠져나갔다. 윤병국은 피석피석 실겁게 웃고나서 씁쓸한 표정으로 도어를 밀었다.

성준은 홀로 남았다. 통신장이 성준 곁으로 다가왔다.

"이항사, 혼자 있으니까는 말인디, 아깨 먼츰 받은 전보 말여…"

"……?"

"사실인 즉슨 이항사헌티 온 전보였다구."

"… 그라모 와 지한테 주지 않고예? 무신 전보입디꺼."

"… 고것이 한마디루다 인생사의 어김 읎는 순리를 함축현 전문인디… 내가 외우고 있어, 시방두…「조부사망」— 따악 네 글자였응게."

성준은 환몽의 쓰린 눈을 감고 있었다. 밤마다 눈부신 식별로 반란의 깃발을 내흔들던 그 육중한 두께의 가위. 그 속에 숨어 땀밴 등어리로 육질(肉質)의 꽹과리를 쳐댔던 조부의 부두가 공허한 바다가 되고 있었다. 왕소름을 일구며 섬뜩하게 성준의 목을 조이던 투명한 배신들의 밤은 이젠 더 없어도 좋았다. 깃발들은 조부의 바다를 마지막 쓸고가는 돛폭들이었고, 꾕연한 쇳소리들은 그 바다를 싸덮는 하늘의 개벽성이었다.

성준은 조부의 상념을 지웠다.

시간으로 어림할 때, 김중수 선장은 윤병국의 개신거리는 보고를 다 듣고 난 후였을 것이었다. 그러나 김중수 선장은 사막스럽게 명령 하고 있었다.

"본선은 지금부터 정상어로를 시작한다. 사관들은 부서 소임을 철저히 이행하고 선원들은 전심전력 쎄빠지게 일로 하자! 부산에 드가기 싫은 사람들은 고마 놀아라! 슙게 말해보꾸마. 부산보다도 북양에서 영원히 놀고 묵으모 좀 좋겠나 요 말이다… 투망 스텐바이—"

해무는 여전히 섬의 허리를 싸더듬으며 늘축거리고 있었다. 맞다. 대원도라는 섬인가. 서리서리 감아쥐는 해무자락에 비열한 척추의 마디마디를 떠맡기고 있는 섬…. 그 해무들이 분사의 민첩한 포복술로 항만을 먹어들고 있었다. 기었다. 사박사박 기었다.

해무는 수로 제방 가으로 올망졸망 늘어앉은 주점들의 낮은 지붕위를 흐르다가, 수로 끝을 가로지르는 언덕배기에 이르러 몸굿 치는 애무당의 춤사위처럼 신살떨며 흩어지다가…. 이윽고 허기진 개 한 마리가 제방을 타고 수로 속으로 흘러내리는 늘축한 오물을 걸쌈스럽게 핥기 시작했을 때, 조부는 덥절덥절 길들인 천박한 뱃놈 근성으로 막 닻줄을 거둬들인 어장배 이물질 서슴없이 밟고 서는 것이었다.

짭짤한 웃음, 싯누런 이빨. 수평선을 반 가르며 치달려온 퍼런 벼락줄이 뱃놈들의 짭짤한 웃음과 싯누런 이빨들과 합세하며 조부의 등어리에다 천년한(千年恨)의 시퍼런 서슬을 날렸다. 투창(投槍), 투창, 투창—.

조부는 수로 위를 비치적거리며 쫓기고 있었다. 수로와 본항— 조부는 본항의 음지 속으로 드디어 숨었다. 낮은 창문의 블라인드 커텐 속에서 부친이 울고 있었다. 부친의 매운 눈거풀 위로 수로의 양지가 눈부시게 내려앉고 있는 중이었다.

본항의 음지에서 기적이 울었다. 수로의 양지에서 임종 같은 핑경이 울고 있었다.

축복이었을 것이다. 아니, 그것은 복음(福音)의 일곱색깔 어질머리였다. 수로(水路)와 본항(本港)이 느닷없이 합궁하며 비리고 비린 탯줄을 끊었다.

원칙적인 공허— 그 공허의 원(圓)들이 합쳐 하나의 바다를 생성해 가던 것이다. 원칙(原則)의 물비늘, 그 해조음, 이것들은 공허하기 때문에 더욱 공허한 화합의 바다를 열고 있었는가 보다.

부친의 적의(敵意)와 조부의 신열(身熱)이 꽃으로 피어나고 있었다. 조부는 한 개의 '원'으로, 부친은 복엽의 '원'과 '원'을 잇는 무수한 고리로— 조부는 절망의 육안(陸岸)으로, 부친은 원오(怨惡)의 대해(大海)로….

이윽고 조부의 무무한 눈길이 부친의 꽃 앞에서 승복의 기도가 되고 있었다. 바다, 바다가 한 옹큼 속에 다 차는 와류로 죽고 있었다. 노후선의 선수재가 침몰의 황홀한 순간을 맞고 있었다.

아— 그 노후선 선수재에 강인한 흡착력으로 걸려있는 단원(單圓)의 수평선.

성준은 그 팽팽한 육즙(肉汁) 속으로 뛰어들며 몸부림쳤던 것이다.

"하나부지, 하나부지이—"

덧거칠게 와 닿는 손길이 이마를 쥐어박는다 여김했을 때, 성준은 선뜩한 땀줄을 얹고 눈을 떴다.

"무신 잠꼇을 고레 해?… 당직사관이 잘또 자제."

윤병국이 밤바다를 내다보며 건성으로 마른 한숨을 내뱉었다.

"… 오매야, 두 시간 고마 잤능가 싶심더…"

"자네가 실항사까지 쪼까내뿌고 자청했으이 잠배끼 더 올 끼 있겠나, 야간당직이라 카능거, 쏙 씨랍다꼬 혼자 하능기 아이다. 오만 생각 다 나고, 고마 자부랍고… 내도 한참 자다가 감이 쪼매 이상타싶어 절로 깼는데."

"… 감이라꼬예?"

"글쎄다. 꿍 꿍 해쌌고, 씨르르 씨르르 끌리다가 튕기는 것도 같고… 요레 기상 좋은 날 그럴 택 엄쓸 낀데."

윤병국은 연신 하품을 해대며 여기 저기 두리번거렸다. 잠시 후였다. 윤병국이 '해저 기록계' 앞으로 화닥닥 다가서는가 싶더니 고대 경악하는 것이었다.

"이, 이놈아야! 이기 머꼬? 당직을 자청했으모 바다 사정은 보면서 잠또 자능 기제, 시상에 요레 험한데로 끄사댕겼으이 배가 고레 몸살로 떨었제!"

성준은 윤병국의 어깨너머로 못박았던 눈길을 거뒀다. 예망로를 수놓은 수심기록계는 보기만 해도 머리 끝이 쭈뼛 설 정도의 험악한 해저를 판 박아내고 있었다.

"요 문디이 세끼야, 요랄 때사말고 와 요레 대형 사고로 내노? 아고야— 보나 마나 통걸이 아이겠나!"

윤병국은 그 답지않게 실성대며 안절부절 못했다.

"우짜든동 그물 어데서부터 나갔는강 봐사 쓸끼제!… 퍼뜩 양망, 양망…"

윤병국이 마이크로폰을 잡고는 짐짓 태연하게 읊었다. 김중수 선장의 관심을 피해보려는 속셈이 역력했다.

"갑판조 양망 스텐바이!… 그카고 실항사 퍼뜩 브릿지로 올라오이라."

성준은 '우짜모 좋심니꺼. 고마 책임지고 내려사 쓸랑갑씸더!'하며 불현듯 내뱉었다.

그때 윤병국의 거미다리 같은 손이 성준의 볼 위에다 사정없이 불벼락을 안겼다.

"요레 나쁜 노무셰끼 보겠나! 내 벨시런 놈들 다 봤다만 니놈 매꼬로 하발 뱃놈도 처음 본다 아이구로! 이노무셰끼야, 니가 쫑바리 되고 앙이되고 고레 뱃때지 부른 소리로 시방 하게 돼있어? 망실은 더러 겪었고 망파는 쪼매 더 봤다만 해저가 요란데로 끄사대면서 잠 자는 뱃놈은 첨본다. 이 개셰끼!… 어데 요레 뻔뻔시런 뱃놈이 있어?"

그때 실습항해사가 헐레벌떡 뛰어올라왔다.

"… 부르셨임니꺼."

"윈치맨 퍼뜩 하라고 불렀제, 니노무셰끼 머 이삐다고 브릿지로 끄사올리겠노얏!"

"알겠임더!"

윤병국은 황급히 돌아서는 실습항해사의 뒷덜미를 덥썩 나꿔채며 성난 짐승처럼 흔들어댔다.

"내 말로 잘들어 이노무셰끼… 보나마나 통걸이다! 통걸이도 그물만 아이고 네트 레코더부터 싸악 씰어 갔는지 모르겠고, 우짜모 오타보드도 베락 안 쳤겠나 싶다. 끄사감다가 통걸이 감이 잽힌다 카모 고마 전속으로 감아 삐리라꼬! … 캡틴을 속이자는 기 아이고 심간 쪼매 편하실 때 보고하자능 기야, 내 말 알겠어?"

"예, 알았임더!"

실습항해사가 우당탕퉁탕 계단을 타내렸다. 윤병국이 선미께로 트인 볼트창에 매달렸다.

'트롤 윈치'가 꾸르릉 울기 시작했다. 윤병국이 귀를 종그려 윈치 '와이어 드럼' 회전수로 사고를 가늠하고 있었다.

윤병국이 볼트창에서 돌아섰을 때 '트롤 윈치'는 예상했던 대로 4단 전속이 숨가쁜 소리로 울고 있었다.

윤병국이 '후웅— 아조 깨끗이 다 나갔구나!'하면서 연신 머리통을 내저었다. 그런 모습으로 한동안 맴돌이를 해대던 그가 좀전과는 달리 쓸쓸한 목소리로 말했다.

"내 막말로 하는데 말다, 니 고레 뻔뻔시러워가 몇 뭇으로 뱃놈 쥑이겠노? 실수라모 실수라 치제! 하제만 그 짬에, 머시라? 내려사 쓸랑갑제?… 이 노무셰끼야, 퉁걸이는 단순히 망실 그 뿐이 아이라꼬. 그물이 안 나가고 암초에다 선저로 꿍꿍 쥐박았다 치보제! 전 선원 몰사 아닌가? 내 말이 틀리모 틀렸다 케라!"

성준은 눈을 들어 윤병국을 올려다보다 말고 아슴아슴 넋을 뺐다. 병국의 어깨 너머로 언제 불을 지폈는지 모를 김중수 선장의 핏발선 눈이 이글이글 타고 있던 것이다.

제2부

연재를 시작하며

73년도에 나는 목숨을 걸고 북양(北洋)에 나갔다 온 적이 있다. 연·근해와 원해에 대해서는 여름한대로 식견을 가지고 있었으나 원양을 몰랐기 때문이었다.

이때 구상했던 소설이 구한말에서 50년대 원양 진출 때까지의 한국 어민사였다. 쉽게 말하면 '본격해양소설(本格海洋小說)' 명색이 될는지 모르겠다.

86년도에 국내 모 유수 '순수문학지'에 일단 연재를 시작했었으나 어처구니 없는 물리적 압력으로 1部를 끝맺고 집필을 못하게 됐다. 그 물리적 압력이란, 아시안게임과 88올림픽이 끝날 때까지 '천승세의 소설을 일단 중지시키라'는 엄명(?) 때문이었다. 지금도 모를 일이다. 반도삼해의 대한민국에서 후한 지원과 대접은 못해 줄 망정, 어떻게 이쯤 무지몽매한 탄압이 가능했었는지….

이 작품은 3部作 《빙등(氷燈)》의 2·3部로 잇대는 명색일 수도 있고, 따로 한 편의 장편소설 구실을 하는데도 아무런 혼란이 없을 것이다. 혈한(血恨)의 정성을 들여 쓰고자 한다. 독자 여러분들의 사랑과 격려를 기대한다.

김포 예눌(藝訥) 서재에서
〈1990. 5. 월간 옵저버〉

18

'물밥서설序說'

　'대대로 뱃놈집안'을 자랑삼으며 미친 듯 바다로만 내달으던 조부가 남해바다의 부신영감(남해바다를 지키는 도깨비) 물밥 된 지도 만 열달이 지났다. 조부의 죽음을 감히 '물밥'이라는 상소리로 표현하는 짓거리— 그러나 이런 표현과 나의 도덕은 서로 철저하게 무관하다. 왜냐하면, 생존해 계실 때의 조부께선 이 미천한 손자에게 '물밥'의 웅혼한 역사와 장엄한 순리를 가르치셨던 까닭이다. 웅혼한 역사나 장엄한 순리가 되게 어려운 사설이라면, 그냥 속편하게 이쯤 삭혀도 될 법하다. 아름다움—. 그렇다, 그것은 동화 속의 진실처럼 우선 눈물샘 아리도록 아름다운 것이었다.

　"제삼제사 느놈들헌티 당부할 말이 유허제잉, 고것이 뭣이냐아— 바로 하나부지, 애비놈, 자식들— 요 한 그물 속에 피붙이덜이 한 물에서 죽어서는 절대 안된다는 논설이여!

　뱃놈덜이사 물이 지 맷뚱(무덤)잉게로 은제든지 물속에서 디지게 되야있어. 허제만 뱃놈 디진 목숨은 숨끊어지자말자 곧 부신영감님들 물밥되능거여… 하나부지는 동해 부신영감님 물밥되야 옳고, 아부지는 서해 부신영감님 물밥되야 옳고잉, 그리고 그 자석은 또 남해 부신영감님 물밥되사 도리여잉, 논 뙈기 밭 뙈기도 거름을 묵어사 오진 곡석들 영그는디 바다라고 거름엄씨 괴기덜 키운다냐?… 그랑게로 내가 항차로 동해 부신영감님 물밥되얏다치면 느그 애비 놈은 서해 부신영감님 물밥되고, 또 우리 성준이는 나중에 남해 부신영감님 물밥되야사쓰제잉, 뱃놈들 물밥 드시고 삼해 부신영감님덜이 다아 괴기떼 다스리능거여! 하나부지가 맨날 바다를 조상삼어사 쓰느니라아— 말씀허시는 것도 다 고런 이치여.… 낫살 묵어감시러 절절헐탱께 두고보드라고잉, 을매나 이삐냐? 뱃놈이 죽어서 물거름 되고… 죽어서 뭍에다가 맷뚱 쓴 놈덜, 고것들이 뱃놈이라냐?"

조부의 생시 말씀, 아니 말씀이라기 보다는 훈시라야 옳다. 어쨌거나 조부의 훈시에서 '물밥'에 대한 몇 가지 뜻을 간단명료하게 얻어낼 수 있다.

첫째, 물밥은 일단 수장(水葬)한 시신이다.

둘째, 물밥은 바로 바다의 비료이다.

셋째, 물밥은 곧 바다에 대한 치성의 제물(祭物)이다.

그 무한무량의 물비늘을 가르며 배회하던 조부— 그토록 운명적 황천에다 전신을 맡겼던 노후선(老朽船) 한 척은 도대체 어떻게 스러져갔던가.

그러니까 일년 전, '태창302'에서 쫑바리 신세가 된 나는「조부사망」의 섬뜩한 무선전보를 받고도 14일 뒤에야 부산항에 입항했었다. 위대한 부친 '공흥3호' 선장께서는, 보름 먼저 입항했던 관계로, 물밥된 조부의 위령제 비슷한 행사를 현장에서 치르고 시체처럼 방구석에 처박혀 있었다.

"할배 물밥된 물이라도 볼라카요!"

"좋은 말로 할때 고마 차삐리라!"

"와요? 와 몬간답니꺼?"

"셋빠닥 고레 놀려보제, 허리빼간지는 뿌가 멜배 창나무로 쓸끼고 주두이는 찢어발가가 그물 벼리 바느질로 할끼고, 고레 신실한 다리는 뿌사가 통선

노로 만들끼닷!"

"… 고레 된다치도 할배바람이라도 쐬고 봐사 하겠네예."

"… 할배바라암?"

"살아생전 말씀대로 물밥되셋거로 우짜든동 갯바람이라도 안뤘겠임니꺼?… 갯비린내라도 맡으모 고마 할배 숨소리 듣능기제!"

"저 문디이셰끼 셋빠닥 놀리는 꼬라지 좀 보제!… 머시라? 할배물밥이 갯바람 우짠다꼬오?… 오매야— 저레 유식한 노무셰끼 예술 쪼매 구경할따… 이 쎄가 열 벌이라케도 말로 몬할 셰끼! 고레 쪽 뜨신놈이 아부지 말또 개씨비다카고 북양에는 우째 드가고, 허리빼간지 뿌가지게 욕보면서 항해사 만들어 노이까네 트롤네트 한 망 이쁘게 통걸이로 씰레보냈드나? 어엉? 야간당직 스면서 국수 가오니라 비빔밥 가오니라 케싸면서 을매나 싸롱은 쥐박았겠노! 전선원들이 양망 스텐바이 상태인데 고마 실근실근 잠만 퍼자다가 트롤네트 씰리보내고 쫑바리 된 문디이셰끼! 오매야— 니노무셰끼 뜨신 쪽에 고마 내 손이 삶아질라칸닷!"

부친의 손에 삽자루가 들렸었던가 싶다. 쉭 쉬익 허공을 가르는 삽날을 피해 열흘 넘게 술만 퍼마시다가 들어왔었던가.

'대대로 뱃놈'의 장엄한 가문도 조부가 물밥 된 뒤로 와그르 무너져내리는 징조였다. 나의 그중 처절한 우려는 조부의 모습이 자꾸 부친의 미래와 판박이 되는 그림이었다. 저렇게 미쳐가다가는 부친도 얼마 못 가서 조부처럼 '물거름' 되고 말 것이라는 생각 말이다.

그러나 천만다행이었다. 나는 어느날 부친이 부두로 외출한 틈을 타서 부친 방으로 큰 맘먹고 들어섰었던 것이다. 보다가 허겁지겁 덮어놨을 법한 '기록' 하나— 그것은 뜻밖에도 조부가 물밥된 현장을 상세하게 그리고 있었으며, 조부가 승선했던 마지막 '선박'이 눈앞의 도해처럼 면밀히 그려져 있었고, 무엇보다도 놀라운 사실은 부친의 항거와 결의가 육성처럼 진하게 묻어 있는 경이로움이었다. 얼마 안가서 부산항의 미친술꾼으로 타락하고 말리라는 나의 짐작에 삼지창이 꽂이는 순간이었다. 부친은 마지막 돛폭처럼, 완강한 힘으로 덜기덜기 헤진 전신을 깁고 있었다.

이 기록이 없었다면 나는 어떻게 변신해 갔을까.

다음은 부친의 기록이다. 부친은 이 기록의 머리에다 '물밥 서설(序說)'이란 글씨를 적었다.

행적구역상으로는 전남 무안군 임자면 전장포. 부친의 시신이 수장된 해역까지 전세선을 냈다. 부두에서 한 시간 남짓 달렸다. 해상은 거울처럼 잔잔했으나 당 해역의 해류는 엄청나게 쎘다.

내 나이 53세. 청운의 뜻이 바다였고 약관 꼬부리면서 바다에 입지했다. 부친의 시신이 흘러간 자리에 서있는 지금의 나 유광수는 반백중년이다. 지금까지의 어로생활을 통틀어 이처럼 얄궂은 선박은 처음 본다.

일종의 '안강망어업'이라면 내가 무식한 탓인가. 선수는 유선형, 선미는 직사각형의 뗏목쯤으로 봐도 하자는 없다. 어떤 선박은(사실상 동력선을 선박으로 인지해 왔던 우리들로서는 선박이란 명칭이 부조화의 극치이다) 앞은 삐쭉하고 뒤는 널직하게 암팡시러운 선박이 있는가 하면 또 어떤 선박은 선박 전체가 직사각형의 선박도 있다. 전자의 선박은 선수에 1톤쯤 돼 보이는 앵커로 단단히 고정시킨 반면 후자는 사면팔방으로 로프가 해심으로 뻗어 있다. 그 로프들이 앵커인지 아니면 어망결색인지 분간하기 어렵다.

밟기만 해도 금새 뿌가질 것만 같은 낡은 목제조각을 조립해서 만든 선박들이다. 훼손 부분에서는 회색 물결이 그대로 치솟고 훼손 부분을 임시방편으로 못질한 부분들은 불과 1미터 파도라면 능히 박살낼 수 있어 보였다. 어떻게 보면 옛적의 범선을 닮기도 했으나, 선수께의 앵커 투·양용 목제기구(기구라기보다는 물레방아를 그대로 옮겨다 놓은 것 같다)며 선미께에서 수중으로 뻗은 기십 가닥의 로프들이, 항해용이라기보다는 고정뗏목의 인상을 준다.

안내 선원의 이야기는 바로 공포영화를 보고 있는 듯한 기분을 준다. 어획고를 위해 어떤 선박은 '서거차도' 부근 해역까지 출어한다니 이 선박은 도대체 어떤 항법으로 원해나 다름없는 곳까지 간단 말인가.

이런 비극적 기회가 아니었다면 아마 이 별종선박의 명칭을 영원히 모를 뻔했다. 선박 명칭 '멍텅구리'—

동력(動力) 모선(母船)에 예인되어 옴싹달싹 없이 고정된 일종의 부표(浮標) '멍텅구리'는 목제의 비역학적 조립 아니면 거의 폐선의 선저에다 각목과 판자를 붙여 시급날조한 선박들이다. 안내원의 설명이 '멍텅구리'를 '서거차도' 해역까지 예인하자면 동력모선으로도 무려 9시간이 걸린다는 것이었다.

폭풍주의보 속의 상황을 상상해 보자. '전장포' 앞바다의 사정은 근거리 항해인 관계로 비상수단이 있다고 가정했을 때, 그러면 장장 18시간의 왕복항해를 노후할 대로 노후한 모선이 어떻게 감당할 수 있겠는가. 그것도 모선의 자체 항해가 아니라 수십톤 중량의 '멍텅구리'를 예인하면서 말이다.

그 뿐인가. 급변·돌변하는 황천의 위기상황에서 언제 수중의 어망결색을 풀고 몇 톤 중량의 앵커를 언제 수납할 것인가. 일반적으로 '멍텅구리'는 대부분 10년에서 15년 선령의 노후뗏목일진대 감히 어떻게 '선박' 칭호를 얻게 됐을까 모르겠다. 주지하는 바, 동력어선(5톤 이상)은 무전기를 필착해야 하고 무동력 어선은 선박이 운항할 수 있는 '돛'과 '키'를 필착해야 한다. 무전기 하나 갖추지 못한 '모선', '돛'과 '키'도 없는 무동력어선도 있다? 해양입국의 국가의지로 씨불대는 대한민국— 뱃놈들 다 쥐기고 해양입국 해사 안되겠나!

'멍텅구리'의 주어획물은 '새우'라고 한다. 어업방법이 기상천외의 신법이다. 어망에 새우가 들었다는 짐작이 가면 양망하는데 보통 하루 4·5차 작업한다고 했다. 급속해류쪽으로 선수를 고정시키고, 조류가 바뀌면 다시 선수를 급류 쪽으로 돌려 고정시키는, 못할 말로 호모사피엔스 적의 어로다. 아니 어로라기 보다 '어구(漁具)'인 것이다.

'멍텅구리'가 일촉즉발의 위난을 감수하면서까지 새우잡이를 강행해야 하는 이유가 있다. 전국 새우 어획고의 80%가 전라남도 남서해에서 포획된다니 말이다. 전라남도의 통계에 따르면 보통 '무안군'이 6천8백여톤— 돈으로 환산해서 57억원이요. '영광군'이 7백50여톤— 6억원의 매상고를 올린다는 것이다. '멍텅구리' 한 척 당의 연간 총수익은 1천7백만원에서 3천만원 정도. 어구비·인건비 등 제반 출어경비를 빼고도 한 척이 한 해에 벌어들이는 순수익금은 3백만원에서 1천5백만원에 이른다는 계산이다.

원시적 '어구'가 번연히 '어선'으로 둔갑해서 이만한 수익을 올리는 이면에는 필연적으로 물주놈들(선주)의 착취가 따르게 돼있을 것이다. 착취라기보다는 경제적·합법적 수탈이라고 해야 옳을 것이다. 연해 어촌에서 '무동력어구' 하나로 1년에 근 1천여만원을 벌어들이다니— 대한민국 수산업은 시쳇말로 요지경 속의 보물섬 아닌가.

보자. 와, 와 '무동력어구' 하나가 요레 떼돈을 만지는강 살펴보꾸마.

물어봐서 뭘 하겠던가, 택도 안닫는 인건비와 해상안전장비에 소요되는 경비가 '허가어선'의 경우보다 월등하게 적게 먹히기 때문이다.

그렇다면 이 '무동력어구'에 노예처럼 실려 '시지프스의 노역'을 감당하는 선원들은 대체 어떤 사람들인가.

안내를 맡았던 선원의 말을 그대로 옮겨보자.

선원의 90%가 '소개소'에서 팔려 온 무연고자나, 혹은 수배범법자, 그리고 우범부랑자들이요, 나머지 10%쯤이 뱃놈인생 '쫑바리'로만 비척거리다가 오갈 곳 없이 늙어버린 '영자'(齡者)(어로는 힘이 부쳐 취사를 담당하는 늙은 선원)들이란다. '아이고 아부지예! 물밥되시기 직전까지 영자노릇 하셨었다지예! 아이고 아부지예! 이 불효 광수란 놈 매가지로 핏물이 솟심니더!'

한 척의 선원구조는 선장을 빼고 통상 4명에서 7명으로 구성된다. 이들의 임금은 월 10만원 정도, 무료로 제공하는 술·담배·세끼니 밥이 특혜(?)라면 특혜라제…

선원들은 일자리 하나 얻기 위해 별의별 명목의 소개비를 따로 치른다. 그러다가 '목포소개소'에서 '그 냥반 운 한 번 승천룡이네잉. 찌까닥 취직 되야뿐졌오! 해상낙원에서 일하게끔 돼뿐졌는디이… 아니 진작 우리 소개소를 찾아올 것이제 뭇한다고 금닢 아까운 소개비 작살냄시러 딴 소개소 탐방했냔 말이여?… 부탁사항은 별 거 아니고— 우덜도 선주한테 의리를 지켜사 도리잉께 계약만료시 까지는 딴짓 하덜 말더라고잉. 딴짓이라는 것이 벨 거 아니여! 거 머시냐아— 영광의 탈출 같응거 말이여. 그랄 때는 우덜 함마주먹이 고요히 못 있제잉, 아셌지더얼?'하는 너스레에 주밋주밋 주눅들며 옴싹 못하고 '멍텅구리'에 갇히는 것이다. 닷새나 엿새 간격으로 한 번씩 선주측의 '부식운반선'이 올 뿐, 선원들은 한 철이 끝날 때까지 단 한번도 뭍을 밟아볼 수가 없다.

어선으로서의 자격은 애당초 갖추지 못한 '멍텅구리'는, 따라서 '어선검사'를 받을 수도 없을 뿐더러 마땅히 '어업허가'가 나갈 수도 없다는 것이다. 어쨌거나 '멍텅구리'는 버젓이 어선으로 출어(?)하여 해난사고의 일등급이 되는데,

그 이유는 이렇다.

'멍텅구리' 선주들은 전통적으로 기상조건에 무감각하다. 그 이유는, 어쩌다가 '태풍주의보'에 때맞춰 '멍텅구리'를 안전해역으로 옮겼다 치자. 그러나 온다던 태풍은 간곳 없고 해상은 전연 동요의 기미가 없다. 선주들은 땅을 치며 후회하는 게 관례(?)다. '멍텅구리'를 예인하는 데 든 경비가 아까워서 거진 미치기 십상이라던가.

선주측의 이런 극악무도한 속사정에 다음과 같은 명세(明細)가 도사리고 있다. 즉― 황천을 피해 예인해야 했던 결과의 엄청난 수지타산이다. 예인모선의 유류비와 인건비의 손실, 피항공백기의 어획고 손해, 이래저래 내버린 돈이 2~3백만원이라는 주장이다.

그것보다도 경악을 금치 못할 사실이 있다. 그것은 막대한 답례금을 주고 어렵게 구한 선원들이 돌연한 피항을 이용해서 전원 탈출할 우려가 있다는 위기감이라던가. 그래서 '피항하면 모두 죽고 버티고 있으면 모두 산다'는 기발한 신앙을 선원들에게 심어 준다는 것이었다.

'아이고 아부지예, 아무리 못난 자석이라케도 이 광수놈아 북양 끄사댕기면서도 아부지 생각에 억수 짜분 눈물 쏟았임니더! 요레 숨꼬 저레 숨꼬 빠꼼질로 억수하시더이 막판에사 요레 좋은 꼴로 자석에게 뵈주실라켓임니꺼. 너무했다 안싶습니꺼? 요레 얄궂은 배타실라고 목포바닥은 또 얼매나 헤매다니셨능교! 아이고 아부지예!'

'멍텅구리' 안에서도 그중 만만한 선원이 '영자'(齡者)였다. 젊은 선원들의 밥이요 장난감이었다니 더 말할 나위가 없다. 기껏 두 평이나 됨직한 '선실'에는 장기판·바둑판들이 어지럽게 널려있고, 돼지우리 악취를 능가하는 초록색 담요와 목침들이 집 나간 광녀의 방속처럼 어수선했다. 부친이 베고 누우셨다는 목침 하나와 덮고 주무셨었던 담요 한 장을 애걸복걸 해서 유품으로 챙겼다.

이제부터 유광수의 분노를 혈기(血記) 한다.

'생각해보이 처리장의 북양가오리 보지배끼 더 되겠냐만 그래도 명색이 감당할 수 없는 흉통인데 우째 혈기라 몬할끼 머꼬! 치아삐리자 고마. 혈기는 무신 지라알— 해양입국 우짜면서 뱃놈들 쏙창아리 갉아묵는 대한민국 물 '수'자 바다 '해'자 관청에서 육상근무하는 개세끼들! 너거들 이 좆도 몬되는 뱃놈 유광수셰끼의 훈시로 쪼매 들어보거로!'

육상근무 인텔리들은 사고를 원칙적으로 부정한다. 책상에다가 택아지 괴고 앉아서 사고가 나야 '왜 출어의 원천봉쇄, 노후어구의 폐기처분을 실행하지 않았던가?'하며 호통치는 당국들— 당신들에게 물어본다.

어로(더구나 연근해 영세어업인 경우)에 있어 관(官)의 선결 사항은 무엇인가. 바로 '지도어로'이다.

불과 30톤 미만의 지속 '어업지도선'(漁業指導船)이 당신들의 유일한 전천후 병기이다. 그렇다면, 돌변하는 황천의 위난에 당해하여 현장출동의 여건은 과연 신속무결한가.

당신들의 보고체계는 과연 어떻게 이루어져 있는가. 단속 실적의 상부보고는 어차피 불가능한 것 아닌가. '멍텅구리'의 장비나 출어회수는 애당초 파악할 수 없는 것이 당신들의 업무이다. 왜 그런가. 파악된 현상 그 자체가 어로의 원천봉쇄 조건이며, 보고사항의 실적은 곧바로 '불법어구'의 존립을 인정해버린 직무유기에 해당되기 때문이다.

불법어로를 적발시에 당신들의 법적 권한은 어떤 것인가. 기껏해야 '수산업법'상의 벌금 20만원 부과조항에 묶여 있을 법하다. 그 법쪼가리로 선주들의 비인도적 횡포를 제어할 수 있겠는가. 폭풍경보나 태풍주의보 한 차례에도 '

멍텅구리' 선원 70여명이 무대책으로 수장돼 왔다. 아니 어째서, 선주들의 만행에다가는 '수산업법'만 적용하고 형법상의 '중과실치사상죄'를 적용 못한단 말이냐.

'행정선'은 어디에다가 쓰자고 만든 것이냐, 불법어로신고(물론 단속강화주간에 한 번쯤 흉내 내 보는 것이겠지만)를 접한 군당국이 '행정선'을 신청하면 즉시 출동해 봤었는가? 번번히 거절돼 왔다. 이런 현상은 무엇을 의미하는가. 바로 '수산업직종'에 대한 타부서의 노골적인 '하대멸시' 자세이다. '니기미 시발! 뱃놈들은 고마 상놈 일등급이란 말이제.'

언제 선원들의 편에서 행정을 펴봤었던가. 사고가 날 때마다 피해선원(천만다행으로 목숨을 건진)은 따돌리고 선주와 군당국 간의 구수회의만 잔치마당 삼아왔다.

선주들의 요구사항은 당신네들의 수렴사항이다. 영세선주(뭐가 모자라 영세선주냐?)들의 계속되는 요구사항을 들어보자. 무상전업— 원금만 빌려주고 이자는 안받는 융자금으로 제발 '멍텅구리' 선주 노릇을 그만하게 해달라는 원청이라 삭이면 되겠는가.

FRP가 좋은 줄 모르겠는가. FRP로 5톤급 어선만 제작하려 해도 거진 1천3백여만원이 드는데, 주지하는 바대로 혹심한 '수자원고갈'을 극복하려면 최소한 30톤급은 짜야 한다. 근해어업 용도의 30톤급 FRP어선이면 자그만치 1억원의 제작경비가 든다. 제발 무상으로 1억원만 돌려달라. 그러면 '멍텅구리' 선주노릇 하라고 빌어도 안하겠다. 당신네들의 답변은 뻔하다.

'노력은 해보겠다! 기다려 달라!—'

아무리 '해양입국'하면서 떠벌이는 대한민국이라 하지만 어림반푼어치도 없다. 좋은 시절만 가고, '멍텅구리' 선주들은 해양입국만 비웃고—.

북양 동태선 선장으로 푸욱 곪은 유광수의 제언을 참작해 보시라.

① 어업안전 조건강화와 전업지원의 시책을 과감히 펼 것. '업종추가' 및 등록의 간편화, 그리고 전업융자금의 과감한 지출, 이것은 어디까지나 '해양입국' 구호로 먹고사는 대한민국 양심의 소관이다.

② 현행 어업조건 하의 선주측 '안전조치 의무 법제화'를 서두를 것. 수산업법을 강화시켜 '선원대피'의 의무규정, '범법어업의 벌칙'을 신설할 수 있겠다. 따라서 현행 '무신고 불법어선'의 육성에 정부가 솔선하여 양성적인 현황으로 바꿀 수 있다.

③ 행정지도의 강화로서 어로 전반에 걸친 역학적 윤리를 회복할 것. 기관과 기관의 상부동조를 더욱 공고히 하는 데서 비롯되는 협조의 초석을 기할 수 있다. 예컨대 선주들의 비인간적 만회를 도덕적 전통으로 계승시키는 홍보활동, 선주들을 수강생으로 하는 계몽교육의 활성화는 필연코 해양입국의 올바른 의지를 창출하게 된다. 따라서 '사고예방활동'의 인도적 기만성과 의무감도 동시에 고양될 수 있겠다.

일언이폐지하고 행정력은 반드시 지도력을 잉태하고 지도력의 활성화는 필연코 어로의 민주화를 낳게 되는 것이다.

어로(漁撈)라는 낱말이 이렇게 생피 흐르는 삶의 동작으로 어필했었던 적은 없었다. '어로'— 그것은 민주주의의 구체적 동작이다, 정신이다, 목적이다.

부친의 유품을 가지고 5시간 만에 '전장포' 부두에 내렸다. 부두를 떠나면서 봤던 인사불성의 선원이 지금도 그대로 누워 있다. 시체처럼. 무슨 지랄칠놈의 구국난투를 했었단 말인가. 그때 액체의 특성을 유지하며 흐르던 피가 이제는 불난 숯가마집의 흔적처럼 그슬려 엉켜 있다. 예술만 쪼매 해봤어도 외통 야바위 식의 표현이 나올만 했는데, 기껏해야 그슬리다 빼득빼득 마른 탄흔(彈痕)

우짜고 한단 말인가.

이만만 했어도 나는 여인숙 똥갈보 사타리를 까면서 한 밤쯤은 내가 아니다 하며 미쳐버릴 수 있었을 것이다. 와 그 속담 있지 않나, '아버지 먼가래친 효자가 봉놋방에서 주장군 칼맛만 익힌다'하는 속담 말이다.

먼가래는 길바닥 아무 곳에다 송장을 묻는 짓거리요, 봉놋방은 주막의 사랑방이요, 주장군(朱將軍)은 내나 요새 말로 '자지' 아잉갑다. 맨정신으로 우째 자노? 십이나 붙으면서 진짜로 미쳐삐리고 말제….

그랬었는데 먼가래송장 친 효자가 주장군 사아알 사아알 뿌따구 칠 일도 못하게 돼버렸다.

'멍텅구리'에 현대식 명칭이 있다?— 뭐라카노? 이 도둑노무 세끼들아! '무허가 불법어구'는 우짠놈이 옳었고, 행정임무 밖의 불법어구에다가는 어떤 놈이 또 요레 근사한 이름을 붙였노? 이 해양입국 앵무새 세끼들!

뱃놈 식의 지방을 쓸 요량으로 물어봤었다. '입출항신고소'의 젊디 젊은 문디이세끼가 서슴없이 옳었다.

"고것이사 간단명료 하지라잉. 멍텅구리에다가 정식 명칭을 붙이기는 쪼깨 찜찜항께로, 고냐앙 멍텅구리어업에다가만 붙여 준 애칭이 있소잉!… 고것이 이랄테면 요라요잉… '부선안강망어업'— 어르신네 지방을 꼭 선박에다가 결부시킬라면 '부선안강망어선'! 요라면 벨 하자가 없을 것 같소만잉."

아이고 지고— 절통해서 우째 살겠노? 떼죽음 당하는 배에 '애칭'이 또 있단 말가.

그렇다면 부친이 물밥으로 가신 마지막 배는 '부선안강망어선'이 되지 않겠는가.

「부선안강망어선(浮船鮟鱇網漁船)」

「영자유해남신위(齡者柳海男神位)」

제사를 모셨다. 갈매기도 끼룩끼룩 곡을 하고 짜분 갯바람도 불었다.

나 유광수— 지기도 지기도 살란다! 내 이 원수노무셰끼들 웬쑤로 갚고 살란다!

위난에 대처할 수 없는 원시적 어구를 양중(洋中)에 띄워놓고, 무극황천을 그대로 방관해서 종내는 총 28명의 선원을 그대로 수장해버린, 해양입국 의지로 똘 또올 뭉친 대한민국이여! 내 법 쪼매 안다. 너거들 죄는 무신 죄에 해당되겠나? 바로 '미필적 고의'인기다!… 죽어도 별 수 없어? 아니 해양입국의 초석들이 고마 쌈태기로 물구쉰 되는 데도 별수 없어?

아부지 아부지예! 누가 알아줄낍니껴! 광수놈 씨린 쏙을 누가 알아 준답니껴? 성준이 그놈아요? 택도 엄씸더! 근놈아는 뱃놈도 몬됩니더!

아부지 아부지예! 요 광수놈은 북양물밥 되가 북양 부신영감님 거름이나 될랍니더. 애자(哀子) 광수놈은 선대유지 받들어가 억씨게 살랍니더. 이효상효 하모 불효자라지예… 이효상효 안하거로 도야지나 과묵음시러 튼튼한 뱃놈 될랍니더! 아부지요 아부지요! 더러운 물밥서설 가름합니더. 서기흠양 대명치성 빌고 빕니더!

돈豚귀신

❀

동료 북양선장들이 그동안 3 항차(航次)를 마쳤을 때까지 부친은 하릴 없이 부두 나들이만을 일삼았다. 어떻게 보면 인간고철이요. 폐가망신한 가문의 종손 같기도 했다.

그러나 두가지의 별스러운 행동으로 미루어 생각할 때, 부친은 조금씩 조금씩 소생하고 있다는 짐작을 잡을 수 있었다.

방 속에서 터지는 부친의 고함은 언제나 예고없었다.

"성준이 니 좀 들어오이라."

"……"

"퍼뜩 들어오라카는데 저 문디이셰끼가!"

"……"

"오매야아— 이 쫑바리셰끼, 그새 뽀르르 기나간 것 좀 보제! 후웅— 부두나 들이로 해봄사 지놈이 삐죽한 수 있겠나!… 어선에서 실수로 해가 배 내리는 쫑바리셰끼로 어데서 써줄끼라꼬?… 가직한 연해 멜배 화장(선원겸 요리사)이나 한다모 당상 아이겠나!"

부친의 부름에 두서너번쯤 대답않고 뜸들이는 데는 그만한 이유가 있었다. 화덕장군처럼 방속으로 내달았을 때마다 부친은 작업등처럼 이글거리는 눈을 치뜨고 나의 전신만 훑어갔던 것이었다.

막무가내 놋요강노릇만 할 수도 없어

"… 하실 말씸 엄따모 고마 물러가겠임니더."

하면

"후웅— 언제 내 니놈아 화상을 보자켓나, 내 머 오줌소태 환자라꼬 니놈 보고 놋요강 되돌라켓나? 와 말빤지로 깐죽깐죽 놓노? 퍼뜩 기나가라꼬맛!"

다짜고짜 버럭 악을 써댔기 때문이었다.

그런데 앞에서 말한 두가지 징조는 이런 경우와 사뭇 딴판이었다. 두가지 경우가 다 숫구멍 막장까지 술기운이 골막했을 때였음은 자명하다.

우지끈 뚝딱 대문 부서지는 소리를 앞세워 '성준아 내 왔다!', 사뭇 졸깃거리는 목소리로 나를 부를 때가 한 가지의 '별스러운 행동'이었다.

"보거로… 이게 머꼬?"

부친은 앞치마 허리께에다 전대까지 두른 낯선 아낙네를 가리켰고, 아낙네는 애부수수한 머리칼을 애써 쓸어올리며 '고레 부체매꼬로 점잖은 선장님이 와 요레 됐는강 모른다아이가! 술로 자셌다카모 집에 드가자카면서 요레 끄사대는 병이 우짠기고?… 오늘사말고 디게 바빠가 화장할 짬도 엄썼능기라.… 머고레 치다봐쌌오? 봐보이 포장마차 마부할메제 머…'하며 난감한 표정을 짓기 일쑤였다.

"… 내나 아지매 아입니꺼."

"대답 한 번 똑똑하제!… 하모 아지매는 누가 되는강?"

"내나 여자가 연세 잡숫거로 아지매 안됩니꺼!"

"맞다!… 너거 아부지 안 불쌍하나?"

"불쌍하기는요 어데에… 요즘 쪼매 근력이 쇠하셨임더."

"근력이 우짠다꼬? 내 요레뵈도 튕긴다카모 시방도 급핀치로 튕긴다! 아들 성제는 얼마든지 만든다꼬…"

"만취하셨는데 고마 방에 드가 주무시지예."

"몬 드간닷!"

"하모 우짜실낌니꺼?"

"… 내 홀애비신세 아닌강!… 인자 내도 여자 하나 장만해가 뜨신밥 묵고 살고싶다아— 이 말이라."

"백번이고 천번이고 좋고말고예!"

"그라모 내도 이자 새장가 들끼다잉? 엉?"

"고레되모 얼마나 좋겠임니꺼!"

꼭 이때 쯤 해서, 포장마차 마부할메는 '오매야 넘사시럽고로! 벨 몬할 말씀다 하시제!' 갈무리짓기 무섭게 대문 밖으로 내달었던 것이었다.

그때 맞춰 부친의 고개가 농약 먹은 황새처럼 퍼억 꺾였고, '사나 나이 쉰줄인데 저노무 아지매가 낼로 솜방맹이 취급하제! 푸우우'— 하는 탄식이 새어나왔다.

야릇한 변화였다. 피항로의 선실 속 정경이 절묘한 끈을 이어오는 것이었다.

피항로(避航路)를 오르내리는 선실 속은 언제나 선원들의 설움이 바글바글 끓어댔다. 하많은 사연 중에서도 자기를 버리고 떠난 아내를 원망하는 목소리들은 이미 절규나 진배없었다.

"내 요레 죽으모 안되제! 몬할 말로 배가 디비진다케도 가오리 등짝을 타고 살끼라! 니기미 시발녀언— 뭍에서 돈줄 땡기고 사는 사나 좆은 도체비 뿔방맹이더나?… 오이야 두고 보제! 내도 오번 항차 임금 탔다카모 좆까죽 발라가 베아링 쇠구슬 열두나로 박을끼다!"

"보소 동포오— 육질주사로 나가 방맹이 단장시키고 베아링 박아가 전천후병기 만든다꼬 다 해결 될 일 아이요. 문제는 우리가 피거품을 뽀까뽀까 물고 히떡 디비진다케도 정신만 안죽으모 되능기요!"

"그놈어 정신만 살모 머할끼요? 육신이 고마 섞어빠지는데!"

"정신이 살아있는데 육신이 와 죽어?… 내 말은 우짜든동 살고봐가 육상에다 냉동창고 하나로 채려봐사 안쓰겠나 요 말이라. 한신냉동기 한대값 모을 때까지는 살고보자아— 내나 요 말이요."

"하기사아… 돈 때미로 샤랑 행복 다 버린 슬픈인생이이까네 셔름을 극복해가 돈줄로 원수로 갚는 길배끼엄따!"

이런 추억의 갈피 속으로 부친의 탄식이 겹친다는 사실— 그것은 분명히 마지막 살아남은 뿌리의 완강한 발아를 의미하고도 남았다. 물론 경우는 다르다.

모친은 형이 북양 '물밥'됐을 때 홧병을 앓다가 돌아가셨으니까.

어쨌거나 부친은 이제 소생할 수 있는 최소한의 조건 하나를 물고 늘어진 것이었다.

또 하나의 '별스러운 행동'은 이렇다. 이 경우는 술기운이라고는 전혀 없는 맨정신일 때가 많았다.

"성준아 어데 있노?"

"원수같은 놈어 자석을 머 고레 자주 찾심니꺼?"

"와 몬찾아? 니놈이 어데서 떨어진 놈인데!"

"지금 몇 시인줄이나 아십니꺼."

"보자아— 별 수 엄쩨. 이자 새벽 두 시배끼 더 됐나."

"새벽 두 시모 사관들은 고마 자부랄 때 아닝교."

"쫑바리셰끼가 곧 죽어도 사관 우짜제!… 하기사 사관쫑바리도 뱃놈은 뱃놈일따… 안자부라모 좀 기들어온나."

이상한 일이었다. 그렇게 해서 마주앉은 부친과 나는 언제나 '물비늘'과 '수평선'이었다. 그 영원불멸의 수평선 안에서만 파두(波頭)도 돼보고 풍하(風河)도 돼보는, 그 '높고 낮음' '깊고 넓음'의 엄절한 차이—.

"내 인자사 방법을 찾아냈거로!"

"…?"

"거 머시가?… 위난시의 적절한 대책 말이다!"

"…?… 고레서예?"

"너거 할배도 기껏해사 폭풍주의보 때 고마 물밥되셨었는데— 돌변기상의 황천이라 치고, 선박이 이동할라모 멀로 제일 먼차 할까야?"

"앵커수납 아이겠임니꺼?"

"맞제, 그런데 말따, 선박자체가 이동불가능한 무동력어구라모 우째사 쓰꼬?"

"몬봐서 알 택 엄찌예!"

"돌변기상 당시의 상황을 먼차로 가정해보꾸마… 물결은 금새 3·4미터로 치고, 바람은 억쑤 쎄리치고, 깐딱 몬하게 고정된 어구는 해저 와이어로프로 수십가닥 뻗어놓고 있다!… 어망로프는 차삐린다 치고 앵커 와이어로프를 신축성 있는 섬유질로프로 연결해가 해상의 타력에 마추모 우짤꼬?"

"… 앵커수납의 과정 말씀잉갑제예.… 솔직히 말해가 잘 모르겠임더. 지가 언제 무동력어구로 연해조업 해봤입니꺼."

"니 말도 일리가 있제… 우짜든동 앵커로 수납해야 배가 이동하든지 예인되든지 할낀데…"

"……"

부친은 몇 달째 끊은 담배를 다시 태워물면서 벌떡 일어나 앉았다.

"닻에 연결된 와이어로프는 장력이 엄청날끼라! 돌연 발생된 풍랑으로 몇톤 무게의 어구는 가랑잎매꼬로 놀고 파곡과 파곡간의 등락차는 또 얼마나 좌우 상하로 미치겠노? 풍랑의 압력과 와이어로프의 장력은 서로 한 치의 양보도 없겠제… 결국, 예인선이 도착했다케도 멍텅구리는 이미 뿌사졌든지 디비졌던지, 양단 간에 결단나삐린기라!… 만약 내가 멍텅구리 선장이었다카모 젤로 먼차 앵커와이어로프를 섬유질로프로 연결 결색했을끼다. 니도 알겠제? 빗빗하고 무거운 쇳줄과 신축성 있는 섬유로프의 차이를 말따. 배가 띠뚱띠뚱 노는 것과 바싹 땡기저가 놀도 몬하는 차이를 상상해 보그라!"

"… 옳심니더!… 고레 신속대응할 시간적 여유도 엄썼는갑지예!"

부친은 다시 짚가래처럼 쓰러지면서 말하는 것이었다.

"아이고오— 그 문디이셰끼들! 섬유질로프의 비장은 고마 딴세상 사정났등갑다. 애당초 섬유질로프가 한 가닥또 엄는데 무신 신속대응할 시간여유가 있고 말고 하겠노?… 오매야— 고레 무식한 멍텅구리셰끼들!"

부친은 말을 끝맺기 무섭게 오똑 일어나 앉았다. 이마 위로는 찰진 땀줄을 엱고 두 눈 속으로는 기세좋은 모닥불을 지피면서….

"성준아!"

"… 예 아부지!"

"내 고마 부산살림 몽땅 팔아가, 너거 할배 죽은 바다로 기드각까?"

"원양만 누비시던 아부지가 거기 드가 머로 하고 사실낍니꺼!"

"… 모르겠제?"

"… 짐작또 몬하겠임니더!"

"멀로 하고 사느냐 하이까네에— 내도 멍텅구리 선주노릇 하고 싶다 이기 닷!… 내같은 선주놈이 하나만 있어도고. 와, 와아 한 놈도 몬살고 떼죽음 당하겠노?"

이 두 가지의 '별스러운 행동'은 단막극이 아니었다. 더 보고 싶을 때 막이 내리고 이제 되겠다 싶으면 다시 껑 꺼엉 징소리가 울리는— 그것은 연극의 용암(溶暗)과 용명(溶明)처럼 시차를 두고 이어졌던 것이다.

막을 올리는 징소리— 그것은 어쨌거나 다음의 시작을 예감하게 하는 긴장과 흥분에의 권유가 아니겠는가.

이 두가지의 '별스러운 행동'이 생명의 인자로서 활동되기 까지에는 피치 못할 혼란기가 있었어야 했던 모양이었다. 모가지에 걸린 오랏줄을 풀고 개혁의 세계를 딛고 서는 '아킬레스건'의 튼튼한 장력— 역사가 뒤바뀌는 과정의 과도기였다고나 할까.

부친은 인사불성의 몽환과 바다로 향하는 쟁명한 의지를 땜질하며 전혀 예기치 못한 행동을 시작했던 것이다.

어느날이었다. 부친은 용달차의 화물이 되어 대문 앞에 멈춰섰었다.

"보소, 공흥3호 선장님댁 맞능교?"

왠 우리부리한 눈망울의 사내가 담배 연기를 후욱 내뿜으며 물었다.

"그런데예… 무신 일입니꺼?"

"보모 모르요? 저 냥반 억수 취한 줄 알았거로 정신은 멀쩡했능가베. 지대로 찾아왔으이… 화물은 어데다 내릴까요?"

그제야 고막의 듣기세포가 제 구실을 하기 시작했었던가 싶다. 돼지 울음소리들과 그 속으로 간간이 섞여드는 부친의 홍소가 야릇한 음악을 변주하고 있었다.

두 마리의 돼지, 육성돈 본새의 몸집이 포유돈은 벗어난 중돼지들이었다.

그때 나는 느꼈었던 것이었다. 부친은 조부의 일상을 재현해 봄으로써 유대의 질긴 끈줄을 새삼스럽게 절감하려는, 그 야릇한 장난을 시작하고 있다는 사실 말이다.

내가 '포유돈'·'육성돈'하는 따위의 일반명사에 대해 재빠른 식견을 갖게 된 이유는 이렇다.

생존해 계실 적의 조부께서는 손자의 죽음(형 유성우 항해사, 삼수7호 2항사로서 67년 북양에서 죽었다)과 모친의 비명횡사를 잊으실 양으로 느닷없이 돼지를 키우기 시작했던 것이었다. 지금 물오른 채송화의 연초록 싹들이 모릇모릇 솟고 있는 두 평 크기의 공지(空地)가 돼지우리였었을 것이다. 물론 조부께서는 포유돈이 중돼지 되기 전에, 중돼지가 어엿한 육성돈이 되기 전에 가출하셨었지만….

사내가 다그쳤다.

"돈사는 어데 있오?"

"… 돈사?… 돈사는 엄는데!"

"엄따아?… 보소 젊은양반! 고레 문교부 써먹으모 내 히떡 디비질 줄로 아나? 돈사가 엄는데 우짠 미친 인간이 도야지셰끼로 사오겠나!"

그 때였다. 부친이 화급하게 달겨들며 놋대야 깨지는 소리를 냈다.

"돈사 지어놓고 도야지 셰끼 키우나? 내 웁버서 말또 몬나가자칸다!… 인간이 머꼬? 직립원인의 후예라. 태고쩍 멍텅구리 조상덜이 돈사 지어가 도야지 셰끼로 키웠다꼬? 후웅— 개십 애리는 소리들 고마 치아뿌랏! 그 때는 말따아, 그 때느은— 내나 짐승이나 인간이나 멍청하기는 마찬가지였등기라. 이 멍텅구리 짐승들이 우째 산 줄로 알아?… 함께 밥묵꼬 함께 놀고 함께 디비져 잤나! 고레 멍텅구리들이끼네 산불하나만 났다카모 모다 타죽고 말았제!… 보라고 육상항해사!… 아이다 기사 양반! 당신은 도야지셰끼만 퍼놓고 가모 되능기야. 돈사가 어데 있어? 내 똥깐이 고마 돈사제! 퍼뜩 화물 내려라. 이항사 이노무셰끼 하역작업 렛꼬라는데 와 멀뚱하게 서있노?"

사내가 울그락붉으락 화뿔을 세우면서 '니기미시발! 시간 마초 댈라꼬 악셀로 불나게 밟았거로 이자는 딴소리가? 내 당신보고 팁 얼매 달라꼬 동냥할 맘 엄쏘! 화물이나 어데 모시거로!'하면서 '전착도장적재함'을 꾸르릉 엎어내렸다.

돼지 두 마리가 마당을 겅중거리며 사뭇 미쳐 날뛰었다.

"저 문두이셰끼 좀 보제! 지금 머하노? 오매얏 저 도야지셰끼 티나간닷!… 하모— 사알 사알 이리 몰아라, 멍텅구리 도야지셰끼가 티나가모 어데로 튕기겠나!… 이리 몰아라 퍼뜨윽 좋고, 좋고오—."

별안간 욱다지르는 아연함 때문이었을 것이다. 나는 내가 생각해도 불상놈 비양질을 총망간에 터뜨리고 말았다.

"돈어른 침실은 어뎁니꺼? 침실로 모셔야 자든 지 진지로 잡숫든 지 할끼 아입니꺼!"

그러나 부친은 무서울 정도로 태연했다. 거북선 담배 한 개비를 태워물더니 밤하늘을 우러르며 자근자근 읊조렸다.

"내 고마 썽이 돋쳐가 니같은 문디이셰끼캉 시를 줄 알제?… 택도 업따 아이가? 내 와 니노무셰끼하고 씨러볼낀강!… 머라켓었제? 돈어른 침실 우짜꼬 씨울댔었나? 오다로 내리주꾸마!… 돈어른 침실은 똥깐이닷! 칙깐으로 우선 몰아 넣어랏!"

그 이튿날부터 부친은 돈사(豚舍)를 짓기 시작했다. 적어도 항도(港都) 부산 땅에서는 처음보는 희한한 돈사였다. 부친의 작업이 기껏해야 두 시간 안에서 쫑이 났다면 그 벼락치기로 지은 급조 돈사의 구조는 추리하기에 어렵지 않을 것이다.

그러니까, 옥외 화장실 끝쯤(분뇨수거부가 낡은 철모바가지로 담실담실 찬 똥물을 퍼내는 부분)에다 각목을 사방으로 박고 철망을 1미터 높이로 나직하게 두른, 그런 돈사였다. 거기다가 짚더미를 여틈하게 깔고 막무가내 돼지 두 마리를 몰아넣은 것이다.

"이기 먼교?"

"보모 몰라!"

"내나 돈사로 안지으셨능교,"

"맞제!"

"똥 속에서 도야지가 우째 삽니꺼?"

"와 몬사노?"

"… 몬살 수배끼요!"

"제주도 도야지세끼들은 우째 놔믹였는강?"

"아고야— 은제적 말씸 하시능깁니꺼? 지도 귀동냥만 했거로 제주에서는 도야지로 똥맥이가 키운다겠제예, 하제만 지금은 고레 안믹입담더."

"제주도에 몇 번이나 드가봤더나?"

"대여섯번 드갔지예."

"표선에도 드가봤겠제?"

"표선?… 거기는 몬가봤다싶지예"

"성읍민속촌에서 표선 '기실린도새끼'로 몬묵어 봤을끼다."

"기실린도새끼가 먼데예? 내나 음식 이름입니꺼."

"하모오— 도야지로 잡아가 짚더미위에 올려놓고 꿉능기다. 그라이까네 기실린다 카는 말은 불로 털시래기를 끄슬리능기고 도새끼는 제주 말로 도야지라… 불괴기 맛이 우째 좋던지 고마 쎄가 발레를 하능기다. 비계로 치모 표선 도야지 비계가 디게 뚜깝제, 그케도 그노무 비계가 얼매나 야들야들 씹히는지 뽈따구가 마비안되겠더나!… 그 도야지괴기에다 좁쌀 술로 사알 냉겨보제. 극락한유가 따로 있는강?… 바로 표선 도야지는 지금도 똥맥이가 키운다. 똥을 묵꼬 큰 도야지는 고레 비계가 야실야실 한다제!"

"아니, 아니 그라마요, 요 도야지세끼로 똥맥이가 키우실낌니꺼?"

"질문또 억쑤 무식타! 고레 키울라카이까네 돈사로 요레 짓제 비싼 사료로 믹일라카모 와 똥깐에다 돈사로 만들겠나?"

"… 밥은, 아니 똥은 언제 묵는답니꺼."

"고것이사… 내도 모르제.… 이 문디이세끼야 내 머 도야지 종자라꼬 도야지 밥때로 알낀강?… 내 생각으로는 니나 내가 똥눌 때 고가 뽀르르 기나와가 받아묵겠제.”

“머시라예?”

“놀래기는 와아?”

“카모 삐쭉한 주두이로 항문에다 대고 묵지 않겠임니꺼?”

“우짜든동 식사인데 주두이로 안묵으모 좆으로 묵을끼갓?”

“… 내는 몬합니덧!”

“… 멀로 몬해?”

“지하고 아부지하고 화장실로 따로 쓰자는 말 아잉교!”

“… 몬할끼 엄따, 니노무셰끼는 양변기로 타고 누고 내는 발빼간지 세우고서가 누모 안되겠나.… 모진년 털시래기같은 개셰끼! 짐승 밥인데 와 몬줘?”

“밥이 밥또 아이니까네 그카제!”

“옹야 옹야아— 니 내하고 약속하거로!… 내 똥묵고 큰 도야지 비계로 한 점만 묵겠다고 사알 앵기보제. 그때는 고마 쥐두이로 찢어 삐릴기닷!”

“어데예, 어데예!… 천만번 죽는다케도 안묵씸니더! 안묵을랍니더!”

부친을 두고 드디어 동네사람들이 숙설거리기 시작했다.

그 소문줄은 대강 이런 것이었다.

“사람 인 자가 와 짝대기 두개겠노? 섦을 때 기쁠 때, 가난할 때 자알 샬 때, 고마 그럴 때 인연이 절절해야 옳단말따… 기대고 썰어주고 요레 한 세상 샬다가 라꼬 사람 인 자가 두나 사알 포개징다. 그런데 보거로오— 광수 저놈아, 북양에다 자석 바쳤제, 마누라로 홧병으로 잋아삐릿제, 하모오— 그것도 몬지랍등갑다. 이자는 저거 아부지도 고마 가삐릿다카이! 안미치고 배기겠나?”

“성준이 글마때미로 유선장이 저레 돼간답니더. 지사아 젊고 신식 뱃놈 아잉교? 그카모 아부지 말씸에 내 죽었다카고 따르능기라! 그런데 글마가 아부지 쏙을 하나도 몰라준다 안캅니꺼?… 먼차는 유선장이 내하고 여행이나 가까 하이까네, 글마가 어데예 아부지 혼자 댕기오이소, 내는 다른 약속 있음니더, 카면서 담배만 뽀끔뽀끔 묵드랍니더. 시상에에— 자식농사 무서리 깨밭이라케도 우쩨 고레 강셍이매꼬로 철이 엄껫심니꺼."

"성준이 글마만 신식뱃놈이가? 광수놈 해양대학교 다닐 때 우쨌노?… 가스나덜이 고마 불솔매꼬로 닳은 보단지로 묵으라꼬 골목마다 지키서가 뽁았다 아이요! 그래도 광수놈이 언제 홍시로 묵듯이 쎄빠지게 사나티 내봤임니꺼. 불철주야로 공부만 했거로."

"도야지셰끼로 똥깐에다 믹이는 것은 쪼매 이상타아이요! 와 하필이모 도야지셰끼로 사가 똥깐에다 미기꼬? 내 잘은 모르겠다만서도 대한민국에서 하나아잉가싶제. 요셰 세상에 도시 한복판에서 똥 미기가 도야지 치는 놈이 어데 있어?"

"… 저거 아부지 생각때미로 그카능가싶다. 해남이영감 살아 기실찍에 당신이 도야지로 안미깄나?… 누가 그카던강? 광수가 '아부지 지사 때는 표선도야지로 젯상 채릴끼다' 했다꼬오— 누고? 그 말로 내게 해줬든 놈이."

"좌우당 간에 신경들 쪼매 쓰거로. 광수 저레 가다가 어떻게 죽을 지 누가 알끼야."

"아고야아— 고레 좋던 유선장 시절 어데로 고마 씰리삐릿노!… 잘도 생기고, 돈또 역수 벌고, 인정이 또 얼매나 찰지겠더노. 동네영감 하나만 병앓아가 눕어보제! … 육괴기 열 근도 좋다 시무근도 좋다카면서, 돈 내삐리면서 '어르신네요 괴기로 푸욱 과묵으시모 고마 환춘하십니더. 뱃놈 짜분 돈 모타가 산 괴기니까네 자셔야 합니다잉'카면서 동고들또 몬하는 효자 안났었드나!"

"유선장 고레 읍브게 안갑니더. 보라요, 내 예언이 틀리능가… 유선장 또 북양배 탈낍니더!"

"하모 그래사제!… 셰샹이 법엄써도 샬 사람을 쥑인다 아이가.… 정치고 해양입국이고 나발이고, 니기미시발놈어 판!… 쎄가 만발이나 빠져가 버큼을 뽀끔뽀끔 뽑다가 고마 히떡 디비져 죽을 노무셰끼들!"

이런 소문도 아랑곳없이 부친은 하루 온종일을 급조한 돈사 옆에 붙어 살았다.

"이삐제에— 날이 궂을랑갑다. 너거 할배 말씸이 기상변화 올라카모 도야지가 짚을 덮고 잔다 안캤더나.… 그런데 밥이 부족한강? 도야지 셰끼들이 날로 삐짝 야워가제…."

부친의 말대로 돼지 꼬락서니는 가관이었다. 왼통 똥으로 범벅질한 몸뚱이를 하르르 하르르 떨어대며 양지쪽에 몰리는가 하면, 주제에 콧물까지 할금할금 끓여대며 꽤에 꽤에 악을 써대는 것이었다.

"저 시발놈어 셰끼들이 감기로 걸렸나? 와 콧물은 뽀갈뽀갈 끓여사꼬, 판피린 좀 묵여보까?"

나는 정확한 진단을 속으로 내려봤다. 급식 부족, 부식 엉망— 쉽게 말해서 돼지들은 부친이 제공하는 밥을 아예 사절한 것이었다.

"갈비빼간지 쪼매 보이소, 피골상접했다 아입니꺼, 시상에 우짠 돼지가 갈비빼간지로 발을 엮는답니꺼!"

"… 글쎄에— 그란듯싶기도 하고… "

"그 정도가 아이라요. 도무지 밥을 안묵는데 우쩨 견디겠임니꺼?"

"밥을 안묵는다꼬?… 사날 동안 그랬었제, 이자는 자알 받아묵는다. 아래는 고마 쥐두이로 짜악 벌리가 떨어지기 바쁘다카고 묵던데 머얼… 우짜든동 니 말이 맞는가베!"

"……"

"급식 횟수로 쪼매 늘레사 쓸랑갑다. 거 머꼬오?… 식욕촉진제 카던강. 머 그런 약 있다카던데… 내 밥을 많이 묵어사 급식사정이 원할 할텐데. 그 약 좀 사다묵어보까?"

그런 괴변도 있겠던가. 부친은 하루 다섯 끼니를 걸쌈스럽게 챙겨 먹기요, 그러다가 속이 안 좋은지 숫제 아랫배를 움켜쥐고 사는 것이었다. 낮도 밤도 없이.

"보그라아— 귓구멍이 곯아삐릿나 이노무셰끼!… 퍼뜩 약방에 가가 훼스탈로 사오이랏!"

"훼스탈은 와요?"

"와는 머가 와아?… 억쑤 첨묵었드이 소화가 불량이라."

이런 식으로 세월 보내는가 싶었다. 그러더니 요즘 들어서는 또 다른 처방이 나왔다. 언젠가 돈사 옆에 붙어서서 '밥이 쪼매 된강?… 도야지는 몰강하고 걸죽한 밥이라사 눈까집고 묵는데…'했던 뒤부터였을 것이다.

"설사제 팔제?"

"설사제는 와요? 변비 하십니꺼."

"… 속사정은 알꺼 엄꼬오— 퍼뜩 사가오라하이!"

"아부지요, 지 말또 들어보입시더!"

"……"

"동네에서 머라카는 줄 아시능교?"

"……"

"고마 미쳤다카닙더!"

"… 누가?"

"도시 한 복판에서 도야지 똥 미기가 키우는 아부지배끼 더 있음니꺼?"

"… 후웅— 지놈들이 미쳤제!"

"그랬다치삐리고예… 도야지 밥 만들겠다꼬 소화제까지 사묵으면서 하루 다섯끼니 자시는 일은 멀쩡한 사람이 할 짓잉교?… 이자는 몰캉한 밥 만드실라꼬 설사제로 자시고 설사로 해사 쓰겠다꼬요?… 참말로 와 요라십니꺼? 자식놈 생각또 해줘사 안쓰겠임니꺼!"

"… 고레 내 니보고 화장실 함께 쓰자캤제?"

"두 기계가 돌모 급식량이 늘끼라고예!"

"하모오—"

나는 부친과 당분간은 소원할 필요가 있다고 생각했다. 부친의 마음은 일종의 황천항법처럼 시퍼런 날이 서있었기 때문이었다. 공선(空船)일 때는 요꼬나미(옆으로 부딪치는 파도)를 탔다. 로울링 말이다. 그러나 어창이 든든하게 차고 흘수선(吃水線)이 파악 내려앉는다 하면 돌핀항법이었다. 피칭말이다. 돌고래처럼 찢으면서 나아가는 항법. 6미터 파두쯤은 웃어버렸었다. 산더미처럼 혹은 산사태처럼 밀려오는 파두를 향해 선수를 세우고 미친듯이 찢어발겼었다. 황천을, 수평선을, 바다를, 북대양을.

부친은 그런 타력으로 한없이 한없이 나아가고 있었기 때문이었다.

그러나 그런 일이 벌어질 줄은 정말 상상도 못했었다. 일이라기보다는 오세미(경상도 무당) 굿마당쯤 됐을 것이다.

설사제를 먹으면서부터 부친의 급식횟수는 부쩍 잦아졌다. '오매야 밑구멍 고마 홍시감 되능갑다!'하면서 허리춤 붙잡고 옥외화장실을 들낙대던 며칠후였다.

"이 멍텅구리 도야지세끼!"

갈급스럽게 옥외화장실을 뛰쳐나온 부친의 모습은 천만 뜻밖이었다. 바지는 쪼인트 부분까지 거진 흘러내렸고, 엉덩이는 맨살 그대로 까붙이고 있었다.

"성준아, 성준아!"

"와예? 와예?"

"누구 우리 집 보는 사람 엄쩨?"

"… 누가요, 엄씹니더!"

"만에 하나 모를따! 다시 한 번 똑똑히 살피랏!"

"엄씹니더!"

"고마 됐다!"

부친은 그 몰골로 어그적 어그적 수돗가로 다가가 쪼그려 앉았다. 부친의 모습이 다른 그림과 겹쳐들었다. '완월동'에서 봤었던가. 계집애가 뻔뻔하게 프라스틱 대야를 타고 앉았었지.

"니 시방 머하노?"

"머하능가 보제."

"똥을 누는갑제? 어데서 요레 악취로 풍겨? 이노무 가스나가 뵈는 게 엄나? 내 섧은 뱃놈이다만 명색이 사난데 어데 앞에서 동을 누노얏?"

"똥 안눈다."

"보단지로 씻제?"

"……?"

"이삔 서방님 오셌거로 뒷물로 안해사 쓸끼가?"

"… 뒷물?"

"디게 무식하제!… 환언하며언─ 아니 바꽈 말하모, 보단지가 세수하능기다."

철푸덕 철푸덕─ 그 살찐 두 협곡 사이를 오르내리던 손, 그리고 쌍돛대 우는 서귀포 물보라 같던 물결─.

부친은 그 적의 '완월동 가스나'처럼 작업을 계속하고 있었다.

그때 섬짓한 생각이 뇌리를 스쳐갔던 것이다.

'그렇다! 응급실!… 씻는다고 될 일인가!… 응급처지!'

"보입시더! 우째 상했능강?"

"이노무셰끼! 퍼뜩 저리 몬가낫? 머시 상하고 우쨋!"

"고집부린다고 되겠임니꺼? 환부로 물로 세척해가 우짤라꼬요! 퍼뜩 에마젠시에 드가 드레싱을 해사 안쓰겠임니꺼."

"그래도 문디이셰끼가 안가제! 감히 어델, 어데엘 치다보놋?… 이노무셰끼 그래도 몬가겠나?"

나는 살인이라도 할 기세의 부친을 피해 두어 발짝 물러섰다. 그리고 중떨거렸던 것이었다.

"내나 짐승 아이겠임니꺼.… 삐쭉한 주두이로 밥인갑다 안했겠임니꺼."

"하나 자알 했제! 꼼짝마라 이노무셰끼! 내 다 씻을 때까지 돌아만 섯다보제!… 머시라? 삐쭉한 주두이로 밥인갑다 캤다꼬? 저노무셰끼가 불난 할매 서낭당에다 부채질로 하제!"

"끝이 몽통해가 동글동글 하다보이까네 고마 된밥이다카고 안 물었겠임니꺼."

"… 머시라? 동글동글?… 몽통한기 우쨌다꼬?"

"뻔하다 아입니꺼."

"… 밥잉갑다카고 물어?"

"고레 된깁니더."

"… 멀로 물었겠능강?"

"… 우째 말로 하겠임니꺼."

"몬할끼 엄쩨에— 삐쭉한 쥐두이로 고마 묵어삐릴라카고 카악 문기 머겠는강?"

"말로 하모 또 쎄리팰라꼬예!"

"어데, 어데에— 내 와 유일자 성준이로 쎄리패겠노?… 퍼뜩 말로 하그라."

"… 내나 성기 아이겠임니꺼!"

"… 몽통해가 동글동글— 그자?"

"고마 그만하입시더."

"이삐제, 디게 이삐제! 내 우짠 팔짜로 타고나가 저레 천재 유일자를 났겠능강!"

잠시 동안의 침묵이 야릇한 예감을 안겨줬을 무렵이었다. 부친의 우람한 주먹이 곧 내숨통을 조여왔다. 손, 발, 사지의 적절한 활용으로 간단없는 구타가 시작됐다.

"머시라꼬 했제? 요 불상노무셰끼! 감히 아부지 연장을 놓고 성기가 우쩨? 몽통하이 동글동글 우쩨?… 오매야아— 요 징글맞은 노무셰끼! 니노무셰끼의 본향을 가리켜 그렇게 더러브게 표현할 수 있겠든강?… 고마 고레됐다 치아삐리고오— 내 스토리로 읊어주꾸마. 저 멍텅구리 도야지세끼가 주두이로 밥도 자알 받아 묵더마는 아래부터 이상시러운 버릇을 하능기다. 똥이, 아니 밥이 묽디묽거로 주르르 손아내고나가 그때야 주두이로 하암 벌리능기다. 타이밍이 안 맞드라 요 말이다. 이 문디이셰끼!… 고마 설사가 등짝으로 쏟아지는데, 이 멍텅구리 짐승이 등짝 털이래기로 푸르르 푸르르 떨어뿐진다 아이가! 등판에 손 아졌던 밥이 어데로 튀겠노? 이 문디이셰끼 대답 쪼매 해보제 와!… 엉댕이로 고마 똥이 튀가 쌩난리인데, 머시라? 몽통몽통 동글동글한 머로 따묵어 삐릿다꼬? 옹야 오이야아— 내 니노무셰끼 쏙을 모를 택 엄따! 고마 고레 되삐릿으면 카고 얼매나 빌고 빌었겠놋? 이 잔인하고 무정한 유일자셰끼!"

별안간 목젖을 물고 차일질을 치는 웃음만 아니었어도 전치 2주의 중상은 안 입었을 것였다. 그러나 나는 통증과 기세를 같이 하는 폭소를 매질이 끝날때까지 계속했으며 부친은 '화이고 이 문디이셰끼 낼로 놀리는 거 보거로! 읍뿌나? 옳번서 목셰 죽는 일또 모르겟나, 이 개노무셰끼!' 하면서 거진 미쳐갔던 것이었다.

자명한 일 아닌가. 돼지 두 마리는 사흘거리로 죽어갔고, 부친은 절애단장의 슬픔을 씹으며 방속에 다시 처박혀 버렸었다.

운다고 내 사랑이

❀

김중수 선장과 윤병국 일항사가 번갈아 다녀갔다. 그래도 찰진 정을 못 이겨 방문하는 사람은 두 사람이었던 것이다. '태창 302호' 선장 김중수, 그리고 같은 북양동태배의 1항사 윤병국말이다.

김중수 선장과 부친의 상면은 참으로 오랜만에 이루어졌다.

"너거 아배 우짜노?"

"고마 미쳐삐릿지 싶습니더."

"이노무셰끼, 죄받을 소리로!… 내나 그러나?"

"… 닷새 만에사 대변 한 번 보시고는 고마 다시 드백히셨음니더."

"… 고레?…"

김중수 선장은 큰 죄 지은 사람처럼 부친의 방으로 조심스럽게 다가갔다.

"… 광수 있나?"

"……"

"내다!… 중수다."

"……"

"낯짝 한 번만 보자.… 있나?… 대답이나 해보거로."

"… 엄땃!"

"안있능가베"

"… 엄타카이!"

"고마 드간다!"

"어데엘? 방문턱에다 발만 들여났다카보제! 고마 불로 지르고 말끼닷!… 내 니같은 친구 둔 적 엄따! 중수라꼬? 도대체 절마가 누고?"

"… 고마 가삐리까?"

"문디이셰끼! 듣도보도 몬한 놈이 씨부라샀제, 퍼뜩 가삐리랏!"

뒤통수를 북적북적 긁어대며 난감해 서있던 김중수 선장은 아무 말 없이 돌아서기 일쑤였다.

"아배 자알 모셰라… 니배끼 더 있나."

꼭 그때 쯤해서 나는 김중수 선장의 앙가슴 속으로 머리통을 묻어버렸던 것이다.

"울기는? 몬났제, 디게 몬났제."

"선장님요 고마 광복동 네거리에서 껌이라또 팔아사 쓸랑갑심더!"

"… 몬난셰끼!"

김중수 선장은 내 등을 서너번 도닥거려 주고나서 들고왔던 물건을 건냈다.

"회로 삐지가 드레라."

"… 머심니꺼?"

"천미육이다!"

"킹 클랩말씸임니꺼?"

"맞제. … 설악3호 주선장한테 부탁해가 만들었다. 용케 시 마리가 올라왔었다카데. 너거 아배 묵을 복은 있는 사람이라꼬."

킹 클랩(북양 왕게)을 살점만 발라 부친 방 앞에서 어치정거렸었다.

"머 쪼매 드셔야 안되겠임니꺼."

"치아라아—."

"아부지가 젤로 좋아하시는 음식입니더."

"치아삐리라카이!… 고마 굶어 죽을란다!"

"… 그라모 지가 묵심니더."

"니노무셰끼 주두이로 니 음식 묵는데 내가 와 상관할낀강?"

"천미육 오랜만에 보지예, 킹 클랩 본 지가 열 달 안넘었겠임니꺼."

"… 머시라? 머라캤노?"

"김중수 선장님이 킹 클랩 시 마리로 삐둑삐둑 얼려가 왔었임니더."

타앙— 방문이 열리고 부친의 놀란 얼굴이 나타났다.

"… 참말?"

"와 거짓말로 할낍니꺼."

부친은 병아리가 모이 좇듯 숫제 후르르 들여마셨다. 그리고 나서 접시 겹두리에다 서너 점 남겨놓고는 '배가 싸알하이 안좋체… 니도 묵거로.' 했다.

"… 약속해사 쓸기다!"

"……?"

"니 내 자석이제?"

"… 우짜든동 맞심니더."

"중수 그놈아보고는 고마 똥깐에다 처박아삐리더라고 해사쓴다!… 지놈이 갖다 준 천미육을 거지매꼬로 처묵드라케봐라. 오매야— 눈에 선하다 아이가! 얼마나 재겠노? 내한테 지놈이 보약 줘가 살렸다꼬… 후웅— 시발노옴—"

이렇게 멀게만 느껴지던 부친과 김중수 선장의 사이가 어느날 갑자기 가까워졌다. 그것은 기적이었다.

마침 부친도 인사불성으로 취해있던 참이었다. 만취한 김중수 선장이 부친의 방 앞을 서성거리며 밑도 끝도 없이 고래고래 노래를 읊었다.

"운다꼬오 옛 샤랑이이 오리요오 마아아느은— 눈물로오 다알래 보오는 구슐프은 이이 바암—"

한동안의 침묵이 흘렀을 것이다.

"오매야 요 웬수노무셰끼!"

부친은 방문을 차고 달려나와 덥썩 김중수 선장을 싸안았다. 두 사람은 펄쩍펄쩍 뛰어대며 "운다꼬오 옛 샤라앙이 오리오오 마느으은— 누운물로오 다알래 보오느은 구슐프은 이 바암—"을 선무당 거들처럼 읊어제꼈다. 비칠거리는 발과 발, 그리고 팔족류의 연체동물처럼 완강한 흡착력으로 떨어질 줄 모르는 팔과 팔.

'태창 302호' 1항사 윤병국은 김중수 선장의 하는 짓거리와는 사뭇 거리가 멀었다.

윤병국은 올 때마다 아예 부친은 재껴놨다. 허리춤 깊숙이 두 손을 지르고는 어정어정 옥외화장실로 향했다. 한동안 그렇게 서 있다 하면 으레 어깻죽지를 바짝 올리곤 키들거릴 뿐이었다.

"2항사!"

"예에."

"여기가 돈귀신들이 사셨던 자리가? 맞제?"

"… 돈귀신?"

"내나 너거 아부지께서 돈귀신에 씌웠다카두만." ..

"아부지가 돈탐에 씌었다꼬요?… 내 변명은 아입니다만 아부지가 돈에 욕심 내신 적은 엄씸니더!"

"'돈' 자를 자알 새기사쓸끼다."

"……?"

"황금 도온, 지폐 '돈' 자가 아이고, 거 머시라아— 도야지 '돈' 자 말이다. 이 자 알겠어?"

"… 무신 소린가 했지예…"

"시상에에— 내 요례 희한한 돈사는 처음 본다카이. 백 번 천 번 봐도 고마 싫증이 안나구로… 끄 끄 끄으— 그라이까네, 너거 부친께서 급식을 시작하셨다카모 돈공(豚公)들이 뽀르르 급식장소로 튕기나가든강?"

"어데예… 지대로 받아묵는 꼴은 한 번도 본 적이 엄씸더."

"끄 끄 끄으— 내 어데서 들은 소린데… 그노무 멍텅구리 돈공들이 고마 급식과 몸가락, 아니 식사와 너거 부친 머시기로 혼동해삐리가 여러 번 사단이 났었다카데. 맞나?"

"말또 마이소!… 알고보이 아부지 머시기는 아이었임더."

"… 그라모?"

"똥이 등판으로 떨어지이까네 도야지 셰끼들이 고마 시껍해가 푸르르 떨어댔다 아입니꺼? 똥이 튀기는데 어데로 튀겠임니꺼?"

"끄 끄 끄으— 삐쭉 말라가 죽어삐릿다꼬?… 비계로 몇 점 사알 자시든강?"

"어데예. 묻었임더. 고레도 두 마리 다 각각 선박명이 있었다 아입니꺼."

"… 도야지셰끼에 선박명?"

"한놈은 '멍텅구리 1호', 또 한놈은 '멍텅구리 2호'였지예!"

윤병국은 쎗 쎄엣 혀를 차대고 나서 여늬 때처럼 어정어정 돌아서 갔었다.

"2항사!"

"… 2항사라이요? 쫑바리 뱃놈에 무신 명칭이 있겠임니꺼."

"고마 치아뿌고오— 걱정할끼 엄따. 너무 상심마라!"

"……?"

"너거 부친 말이다… 다시 배 타신다."

"고레되모 얼매나 좋겠임니꺼?"

"니가 걱정 안해도 된다. 유선장이 배 안타모 누가 타겠노!… 시방 몸살을 앓으시능기다. 몸살, 그거 머 죽을 병이라꼬 오래 가겠나.… 내 간다. 또 오꾸마."

돌아서는 윤병국의 뒷모습은 바로 바다였다. 화난의 비극과 환희의 희극을 엮는, 그 영원한 무한대의 수평선이었다.

19

국치항해
國恥航海

회색부두

빛살 삐끔했다 하면 금새 힘살좋은 빗줄기를 내리붓는 꼴이 흡사 철 만난 장마 기세였다. 수평선 끝까지 덕지덕지 널브러진 먹구름장들 사이로 연회색 운무를 몰아가는 츱츱한 해풍이 숨닳아 달리고, 기진한 갈매기 서너 마리가 영도 등대 머리 위를 싸안고 날며 허기지게 울고 있었다.

성준의 머리 속으로 기억의 갈피 하나가 사물거렸다. '쫑바리' 신세로 마지막 봤던 북양이었다. 잿빛 수평선에서부터 희붐하게 트여오던 북양의 여명. 그때 까랑까랑 울렸던 김중수 선장의 쇳소리가 상흔의 자리에서 솟는 육아(肉芽)처럼 섬뜩한 생기로 되살아났다.

"작업완료! 코오스 1백98!—"

'태창 302'호의 선수가 기우뚱 반원을 그리며 파벽을 핥는 순간 작업등이 꺼진다. 좌현으로 루비빛 홍등, 우현으로 에머럴드빛 녹등이 광맥에서 타마되는 원석처럼 점멸하다 말고, 선미께에다 풍향을 받는 '태창 302'호는 12노트 전속으로 미끄러진다. 투지의 신열에 미치던 뱃놈들을 돌려 보내며 북양은 다시 끄렁끄렁 끓고 뱃놈들은 생과 사의 절대기로에서 기어코 소유한 피의 정적들을 여자처럼 부여안고 귀항로 위에 눕는다. 수백 마리의 갈매기떼들은 이미 '태창 302'호를 떠났는데 신뢰의 핏발선 눈을 흡뜬 우직한 갈매기 대여섯 마리가 한없이 따라온다. '따라오면 굶어 죽는다. 빨리 어장의 다른 배로 돌아가라!' 아무리 쫓아도 선수루를 싸안고 날으는 갈매기들은 되돌아 날 줄을 모른다.

'뱃밥 얻어묵능기 얼마나 짜밥고 서러운데!… 굶어 죽었을 끼라.'

성준이 그 치열했었던 기억의 관맥 속에서 하필이면 갈매기 따위의 시달갑잖은 것을 떠올려야 했던 이유는, 그적 우퉁맞은 습관 하나만 믿고 피가 마르던 갈매기나, 지금의 자신이나, 거진 비승비승한 운명을 버르적거리고 있다는 생각 때문이었다.

성준이 영도등대 머리 위에다 얹었던 눈길을 막 거둬들이는데

"시절도 더럽게 변하제. 여름 뱃양반 겨울 뱃상놈 카던 속담도 있었거로 이자는 사철 뱃상놈 꼬라지 안됐나. 장마철도 아인데 무신노무 비가 요레 폭폭 손아질낀강!… 비맞고 뚤뚤 뭉치가 비실대는 꼬라지들이라니 땡거지떼 아이고 머겠나? 에엥—"

여느 때보다 한결 피곤해 보이는 윤병국이 불만스럽게 엉절거리며 물에다 담군 듯 늘척거리는 비옷을 팔락팔락 털어댔다. 빗물이 튀는 통에 화들짝 놀라며 황졸떨은 옆자리의 패거리가 핏발선 눈을 모들뜨며 구시렁거렸다.

"쓰버얼— 내가 지랄병 들 갱아지세끼여 머여? 어따대고 비옷을 털어 이거어?"

"그란해도 속 한번 지랄난리인디 맥엄씨 건들제잉. 두 번만 했다보제. 그 때는 죽세미창 날러갈탱깨로!"

"아서어— 참는 자 헌티 복땡이 있다고 하나님이 말씸 안하셨등가. 니기미 쓰벌, 즈그들 바닥이라고 바닥새 행세 하는디 고냥 귀경이나 하드라고. 하나님 말씸도 안통한다면 그때는 쥐포칼로 긁어뿌러사제잉!"

"암머언— 엊지냑에 야스리로 자알 날 세워뒀네잉, 허엄—"

저마다 손마디를 우두둑 꺾어대며 울근불근 집적거리는 패거리를 향해 윤병국이 쓴웃음을 지으며 조용히 말했다.

"미안시럽게 됐다 아이요. 고마 참소! 참는 보약배끼 엄쏘."

패거리 중의 누군가가 '음마아? 훈계까지 해돌라고 원청한 적은 엄땅께. 꺼억 그렇게 나갈 참이여?'하며 욱대겼지만 윤병국은 괘념 않고 자리에 앉았다.

"밖에 무신 난리 났임니꺼."

"… 난리는 무신…"

"땡거지떼가 뚤뚤 뭉치가 난리라 안했임니꺼."

"아 그거?… 내나 배 탈라꼬 악쓰는 사람들말이제. 석탄부두가 언제부터 요레 난장됐는지 몰라."

담배 두어 모금을 허갈진 염소처럼 푸우 푸우 내뿜고 난 윤병국이 그제야 생각난듯이 입을 열었다.

"… 아래 니 부탁받고 생각 많이 해봤다.… 바닥뱃놈이 되고 싶다꼬? 바닥 뱃놈이라능기 멀로 의미하나?"

"문자 그대로 최하급선원 아이겠임니꺼. 그 아래로 또 바닥뱃놈이 어데 있임니꺼."

"… 엄연히 2항사 면허를 가진 사관이 하급선원 노릇을 우쩨 할낀고? 우쩨우쩨 줄로 잡으모 좋은 배에 좋은 조건으로 승선할 수는 있겠제. 하제만 멀쩡한 사관을 바닥뱃놈으로 우쩨 만들어?… 내는 몬한다!"

"초사님 말씸매꼬로 고레 배로 탈라면 와 이런 부탁 올렸겠임니꺼.… 지도 오참에는 각오한기 있임니더!"

"… 우짠노무 각오인지 그노무 각오 한번 구경하자."

"… 숨게 말하모… 고마 학식이고 인격이고 경력이고 다 치아뻬리고 바닥부터 다시 살겠다 이깁니더."

"숨다는기 디게 애렙제. 인격, 학식, 경력, 다 써묵고는 바닥을 몬사나?"

"와 요랍니꺼? 배운 티 내고 인격 사알 앞세우고 경력 쪼매 울과묵고 어떻게 바닥구경 한담니꺼?"

"그래, 그란다치고오— 고레 모진 각오로 하게 된 원인이 머꼬?"

"… 삐쭉한 원인은 엄씸니더…"

"와 엄써? 못난 셰끼이— 쎄로는 엄따고 씨부라쌌체만 가슴은 뜨끔할거로. '태창 302'호 1항차에 그물 씰려보낸 과실 때미로 그라제?"

"… 쪼매 작용을 했지예."

"쪼매는 무신 쪼매… 내 이자 말이다마는 그때 망실책임은 사실상 김중수 선장에게 있능기다! 해저기록 판독한 사람이 누구였고 투망에다 예망로 설정한 사람이 또 누고? 니가 당직교대 했을 때는 이미 돌땡이밭을 끄사댕기고 있을 때야… 설사로 그 일이 니 책임이었었다케도 그래저래 경험 쌓아 일등뱃놈 되능기제 한번 실수로 뱃놈 치아뻬라카모 어장은 누가 갈아묵어? 내 말이 개좆이다카모 개나발 불지마쏫케라!"

"… 우짜든동 부탁드립니더."

"몬한다."

"살려주이소."

"… 몬해!"

"… 바닥부터 경험 쌓아가 일등뱃놈 되겠다는 부탁 아이겠임니꺼."

"그라이까네 내 하는 소리 아이겠나. 어데까지나 2항사 자격을 인정하는 선에서라모 내 알아보꾸마."

"… 싫습니더."

"고레 얄궂은 부탁을 해필이면 와 내게 하노? 김 선장에게 하제 와?"

"금새로 아버지 귀에 안들어 가겠임꺼."

윤병국은 성준을 멀거니 건너다 보고 앉아 야릇한 웃음을 입꼬리로 잦다듬고 있었다.

"그래 니 부탁을 들어준다카고… 연안 대구리배 주사장을 시켜주까?"

"좋심니더"

"연근해 맬배 전탐선 대가리로 시켜주까, 작업선 어로장을 시켜주까?"

"머든지 좋심니더!"

"… 운반선 사무장은 우짜겠노?"

"고마 좋지예!"

"대구리배 주사장은 모르겠다만 맬배 어로장이나 사무장, 그카고 전탐선 대가리는 택도 엄쩨. 고마 팔짜다 싶게 왈짜뱃놈들 텃밭이니까네."

"우짠 배든지 최하급 선원이면 안좋겠임꺼?"

"그라모오— '마아메'나 '사까메' 뱃놈이 좋겠구마, 그자?"

"하모요!"

"아니제, 그것보다는 '이리야' 불쟁이나 '데가이' 사무장이 따악 팔짜다싶제!"

"내도 고레 생각합니더."

윤병국은 벼란간 끄 끄 끄으 목젖 아프게 웃어재꼈다. 그리고 나서 엽차 한 잔을 다 축내고 나서야 정색을 했다.

"'마아메'·'사까메'는 머꼬?"

"맬배 선명 아이겠임꺼."

"잘또 알고오— 속초로부터 남해까지 연근해는 고마 다 마스터했거로 고레 배 이름들까지 술 수울 꿰제… '이리야'·'데가이'는 내나 선명들이겠제?"

"맞심니더."

그때 윤병국이 한심천만해서 못견디겠다는 듯이 이마를 찌그덩거렸다.

"머시라? '이리야' 불쟁이나 '데가이' 사무장이 팔짜다싶다 하이까네, 내도 고레 생각한다꼬? '마아메'·'사까메'가 선박명이라꼬?… 요레 엉터리 뱃놈이 맬 배로 타겠다꼬. 작업선 중에서 우선(右船)을 '마아메'라카고 좌선(左船)을 '사까메'라칸다. '이리야'는 가공선, '데가이'는 운반선이야. 이 문디이야. 멸치어장 작업이 얼매나 애렵은지 알기나 해? 고마 온통 엉터리 일본말로 싸볼른 어로작업을 양놈들 꼬부랑 말로만 쎄빠닥 쥐나게 읋어온 놈이 우쩨 견딜끼고?… 송충이는 솔잎을 묵으라꼬, 그래도 배운 기술이나 지식을 비슷하게라도 써묵어사제 송충이가 개똥 묵고 우쩨 사노? 내 말이 옳다카고 명심그라."

윤병국은 낡은 수첩을 꺼내어 의미심장한 얼굴로 훑어 내려갔다.

"… 맬배라꼬 몬타란 법 있겠니까만, 그라모 초사님 말씸대로 배운 풍월로 비슷하게 써묵을 만한 배 좀 알아주이소."

"지금 생각중이다."

"연근해고 원해고 원양이고 고마 나갈랍니다.… 가능하면예 고생 좀 억쑤 하고 싶심니더!"

윤병국은 수첩에다 눈길을 떨군 채 여전히 심드렁해서 대꾸했다.

"… 지금 생각중이란 말 몬들었었나? 가만히 있으라는데 와 쎄로 놀려싸…"

수첩에서 눈을 거둔 윤병국이 잠시 동안 눈을 감았다. 관자놀이께를 꾹 꾸욱 눌러대며 골돌한 생각을 좇던 그가 옆자리의 패거리를 흘끔 살피고 나서 목소리를 낮췄다.

"내 니가 뜻하는 바를 모를 택 있겠나. 연안, 연해, 근해, 원해, 원양까지 붕알에 단물 찰 때부터 얼어묵응기 뱃밥이다. 처억 하모 백 해상마일 밖까지 훤히 내다봐… 북양어로 처녀항차에 쫑바리신세 됐제, 니 신앙이나 다름없던 할배도 물밥되셨제, 너거 부친은 미친사람매꼬로 뽂아샀제, 그라자이 북양물밥된 성아 생각나제 홧병으로 돌아가신 모친생각 불같제… 고마 죽어도 살아도 배는 타야 쓰겠고, 기왕지사 뱃놈집안 일으킬 팔자라모 바닥부터 마스트 꽁대기까지 싹쓸이로 알고 싶고오— 아니 그보다 더 큰 포부도 있을끼다. 열악한 한국해양의 중흥을 위해 모순과 비리를 직접 체험함으로써 국가대계의 개선점을 터득한다카는 혈기 말이다… 내 욕은 잘해도 문자만 쓸라카모 고마 쎄가 굳는 사람이라 말이 됐는지 죽이 됐는지 모르겠다만, 우짜던간에 니같은 뱃놈이 있어야 한국어업사도 달라질끼라!… 내도 그랬어. 내도 지금의 니 심정으로 배로 타게 됐다 이 말이다. 그러나 시방 별로 보거로. 30년 가깝게 쎄빠지게 고생하고보이 석폐증이란 희한한 병만 얻어가 한 철 배타고 세 철 놀고, 두 철 배타고 여섯 달 놀고 하다보이까네, 대학교 동기선장 모시고 초사노릇 안하는가베… 내 와 이런 말을 하는가 하이까네, 뱃놈은 그저 용심 좋을 때 헛고생을 피해야 한다카는 이런 말이라. 내 오징어배 타면서 허송세월만 안했어도, 맬배사업 한다꼬 재산 육신 씰어다가 베리지만 안했다케도 꼬라지가 이러겠나!… 사관이면 사관이 놀 물이 따로 있고 무지한 뱃상놈이면 그놈아덜 놀 물이 또 따로 있능기라. 똥고집 부리지 말고 다시 한번 생각해 보그라… 내 아께 뚤뚤 뭉친 땡거지떼 우짜고 말로 했제? 기기 무신 말인 줄로 아나? 바로 요 옆자리 패거리들이라. 배 타겠다꼬 돈 날리고 몸 베리고 북양눈볼대매꼬로 눈깔 티나오게 고생해 봄사 저거들 탈 배가 퍼뜩 올라오이라카고 기다리고 있다더나? 배는 엄꼬 배 타겠다는 뱃상놈들은 억쑤로 깔리고… 니 아께 오징어배도 좋고 맬배도 좋 타겠제! 자알 새겨두거로. 석탄부두로 억쑤 깔린 놈들 중에 30프로는 근·원해

어업을 박사 딴 놈들이라꼬!… 무신 말인고 하이까네 오징어배나 맬배들은 극심한 인력에 숨또 지대로 몬쉰다 이 말이다."

"때맞춰 자알 안됐음니꺼? 탈 배가 쌔고 샜거로."

"때맞촤가 자알 됐다꼬?… 요레 깡깡 맥힌 석두로 보겠나. 이놈아야, 뱃밥 묵을만카다하모 와 부산까지 깔대와가 거지꼬라지들이겠노? 얼매나 생지옥이면 한 푼이라도 더 벌겠다꼬, 한숨이라또 더 편켔다꼬 티나오겠어? 이자 알만한강?"

"……"

"대답을 못하는 것보이 맹치가 따끔 저리능갑다… 명색이 사관인데, 사관으로는 배로 몬타겠다 이 말이제. 그카모 우짠 쏙임수로 써야 할꼬?"

윤병국은 난감한 표정을 지었다.

"고마 유성준이를 새로 만들어 주시소!"

"… 어떻게?"

"예로 들면, 학력도 중졸 정도로 하고 승선경험은 전무, 요레 하모 안되겠임니꺼."

"말 한번 디게 숩제. 그래, 승선경험 전무 정도야 우쩨우쩨 쏙여냉긴다치자. 배로 탈라카모 선원수첩에다 선주보증서는 필수사무인데, 2항사 면허에다 학력사항이 깡깡 찍힌 서류로 우쩨 쏙일 수 있겠노?"

"오매야 복장터짐니더! 이력서만 판판 만들면 안됩니꺼."

"문디이셰끼! 누가 이력서 말인강? 외항선용으로 수첩을 따로 내야 하이까네 하는 소리제.… 보그라! 원양어선용 선원수첩으로 고마 남양에나 드갔다오제. 고생시럽기야 북양이나 남양이나 내다 한가지 아이겠나. 낼로 보제. 내 북양에서는 목심 걱정 않고 배깄다만 남양에서는 일곱 차례나 조난 안당했었나?… 고생 하겠다는 놈이 와 가리는기 많아?"

"남양도 좋지예… 하제만 사관 자격으로는 싫다 이기라요."

"… 와? 똥고집 몬 버리겠다?"

"똥고집 똥고집 하지 마이소!… 딱 잘라가 말씀드리겠임더. 지금 저는 혹독한 고난과 비감을 자청하고 있는 김더! 일단 오늘의 유성준이를 미련없이 뿌사삐리고 나서, 다시 불굴의 투지로 재탄생 하겠다 이김더!"

윤병국은 '그라이까네 이런 결론 아이겠나. 니노무셰끼로 작신작신 밟아 줄 웃대가리들만 있고 니 밑으로는 밟아뭉갤 셰끼 하나 없는 최하급 선원!… 그자?'하며 비웃적거리고 나서는 전화통을 향해 자리를 떴다.

무심히 창밖을 내다보고 있던 성준은 그제야 번뜻 생각나는 것이 있었다. '외항선용 수첩을 따로 내야 하이까네 하는 소리제…'했던 윤병국의 말이 그것이었다.

윤병국이 돌아왔다.

"… 아께 외항선용 수첩 우짜고 하시던데?…"

"… 그래서 우쨌단 말인강?"

"… 제가 외항선 타는 깁니꺼?"

"잘 되모 그레 되겠제. 선원수첩이 문제라꼬. 인원수급 조절이 없는 원양어선용 수첩이사 쉽제만 외항선용 수첩은 인원수급 조절에 묶여 있으이까네 때 맞추기가 디게 에렙다 이기야… 해기면허(海技免許) 한장이면 원양어선 간부선원에다 외항선도 금새로 승선할 수 있는데 니 똥고집대로 해기면허로 쏙일라카이 수첩을 따로 내는 길밖에 더 있나… 마침 때는 좋다만 공식적으로는 난사인데 말씀이지… 우짠다?"

"대한민국 바다 일에 공식만 우쩨 믿는답니꺼? 비공식이 댓빵 아인교."

"고레 자알 아는데 와 니가 하지 않고 낼로 볶아?"

"어데 볶았임니꺼, 읍소했지예."

"문디이셰끼이—"

"성준이가 이뻐서 고마 미치시겠능갑다."

"… 문디이셰끼이—"

그때였다. 다방 출입구 쪽에서 소란이 일었다. 비맞은 묵은초 행색의 한 떼거리와 다방 여종업원들 간에 모지락스러운 실랑이가 불이 붙는 참이었다.

"영업 끝났다 아입니꺼. 고마 나가 주시소."

"말또 박정시럽게도 하요. 지금이 몇 시인데 영업이 끝나? 물주전자 운전 안했다카모 고마 미스코리아 부산 진 깜으로 자알 생긴 체니가 말은 와 요레 밉노?"

"시끄랍숏! 이삔 사람을 만나사 말또 이삐게 나오제."

"내 우쩨 생겼는데? 찬찬히 좀 보거로. 면상은 로버트 테일러 뜸떠묵게 생겼고 택아지는 쿠르트 유르겐스 아이가. 하체로 보제! 허리빼간지가 요레 낭창낭창하고 다리 빼간지는 티나가는 기린 매꼬로 늘씬해사 사나 구실 하능기야."

"고마 시끄랍다이까네. 퍼뜩 나가기나 하라꼬."

"오매야, 할배야아— 체니 지금 막말로 놨오?"

"그켔다모, 그켔다모 우짤끼요?"

"보소, 보소 아가씨! 이 사람이 성질이 쪼매 몬되가 그제, 쏙은 옥설면화 솜방석 아이겠나. 비로 억쑤로 맞았드이 택아지고 허리빼간지고, 막말로 자라대가리까지 고마 덜덜 떨려가 몬견디게 돼 있어. 몸 좀 녹혀가 가겠다는데 와 요레쌌오?"

"몸 쪼매 녹혀가 우짠다꼬요? 말이사 이삐제. 한 사람또 아이고 고마 한 떼거리가 엽차만 할짝할짝 뽈고 좌석은 다 차지해가 퍼질르모 우리 장사는 멀로 하라는긴강? 안그라요? 입장을 바꽈가 생각해보이라까네."

"내가 바로 그 말이라. 입장을 바꽈가 생각해돌라꼬. 젊은 피 뽀골뽀골 끓는 청춘에 말이다, 고마 배 하나 탈라꼬 이 고생 아이겠나. 오늘로 석 달째 기다리 능 기다! 그동안 베린 돈이 얼매겠노? 여관에서 쫓겨나가 여인숙에 처백혔제, 이자는 여인숙에도 몬기드가게 돼 있다. 고마 쪼매 앉자!"

"어데 하루 이틀 일인강? 커피 한잔씩 나눠묵고 다섯 시간도 좋다 여섯 시간 도 좋다 퍼질르고, 자부랍다카모 시르르 시르르 코로 골고 자고, 요레 얄궂은 꼬라지로 우쩨 보라꼬?"

"코로 고는데 와 시르르 시르르 곯아?"

"니미기시발 초례청 신부잉갑다. 초례청 신부나 도둑방귀로 시르르 시르르 꾸제 사나가 코로 고는데 와 시르르 시르르 곯겠노? 우리들 고레 간사시럽게 코로 곤 적 엄쏘."

"우짜든동 고마 나가라카이! 쎄빠지게 청소로 해노니까네 고마 금새로 물탕 안됐나."

"내 쎄바닥 닳아지라카고 핥아 묵으께!"

"다 싫으이까네 나가솟! 우짜든동 벨시럽다 아이가. 배로 탈라꼬 하는 손님 들이 당신네들 뿐인강? 다른 손님들은 두 시간만 앉았다케도 커피 한 잔 더 주 소 요구르트 한 잔 더 주소 카더만은, 또옥 요레 경우도 없는 사람들은 인상부 터 닳드라꼬!"

"시바알— 두 잔씩 묵으모 될끼 아이가."

"흐응. 도체비 축문 읊제!"

"당신 고레 나가모 참는데 한도가 있다꼬. 내쪼까도 이삔 말로 해사제 남 아 픈 데는 와 콕 코옥 쑤시노? 보소오— 두 시간만 앉아 있다케도 차로 서너잔씩

폴아주는 사람들은 배 탈 걱정 끝난 사람들이라꼬요! 선장, 간부선원, 선주, 회사, 다 연줄달고 취업날짜만 기다리는 사람들이 무신 걱정 있겠나?… 인상부터 달라? 그래 우쩨 달턴강?"

"저거 눈들로 자신들 인상을 보모 알따! 와 남의 눈까지 빌리노? 체에—"

"내 한 번만 참제 고마… 보소. 그라지마소! 우리들이 견우다방 전세로 내가 장사시켜 주꾸마. 배만 탔다 해보제. 오대양 육대주 희한한 물건들은 다 갖다 주께."

"주막강생이 사설도 벨시랍제, 홍"

"듣자듣자 하이까네 이노무 가스나덜 참말로 몬됐네에— 니기미 시발, 개떡매꼬로 생긴 꼬라지값은 저울도 없이 다나?"

"가스나덜이 우쨌다꼬? 그래, 내 개떡매꼬로 몬났다?"

"쎄로 삐지가 안주로 묵어뿔라! 잘또 알제. 맹갱 한 번 봤다카모 디비질 가스나가 와 깔짝깔짝 까부노얏!"

"돈이 엄써 맹갱 몬산다. 맹갱값이나 도고!"

"맹갱값 있으모 니같은 문디이가스나 하고 삼질 했겠나."

"몰린 아구매꼬로 생긴 꼬라지에 가스나가 우쩨?"

"하모 니가 사나가? 전복 달았제 해삼 달았나!"

"머시라? 오매야 요 불상놈!"

"화이고 동포들 와 요레쌌오? 좋은 말로 해사제… 아가씨 내하고 말하자꼬. 오매야— 그 좋은 인물이 와 요레 버짐꽃을 달았노… 어데 아픈강? 하기사 피곤하기도 하겠제. 밥은 잘 묵나? 잠또 자알 자고?"

"……?"

"묵어도 묵어도 더 묵고 싶응기 있능갑다. 머가 묵고 싶노? 내 직이주까? 십이진법으로 직이주까?"

"······"

"내 한방에서 약초썰다 티나온 놈이다.··· 수분대사가 젖탱이로만 상충하모 허열때미로 괜히 신경질만 나게 돼 있다. 반대로 수분이 밑으로만 하충하모 고마 온몸팽이가 간지럽다 아이가.··· 젖꼭지로 뽈아주까? 사타리에다 오함마로 박아주까?"

"짐승만도 몬한 자석!"

"이 시발년아! 고레 좋은 말 듣고 싶으면 주두이로 이삐게 놀리라꼬!"

"저레 몬된 주두이로 봤을꼬?"

"이자 안봤나? 이 젖탱이로 삐지가 사시미로 묵고 싶은 손아!"

패거리들이 쫓겨 나가고 다방의 얼굴마담이 소금 한 줌을 출입구께에다 흩뿌리고 있었다.

윤병국이 하아—하고 는적거리는 한숨을 길게 내뱉았다.

"고마 생난리제— 웃을 수도 엄꼬 울 수도 엄꼬."

그는 카운터를 향해 '보그라 마담, 내한테는 차도 안팔끼야? 나중에 내 가고 나면 소금 뿌리지 말고 커피 두잔 갖고 이리 와 앉아보제'했다.

"내 오번항차부터 일년간 쉬기로 했다. 몰랐제?"

윤병국의 말은 천만 뜻밖이었다.

"··· 와요?"

"와는 머시 와야? 쉴라꼬 배 내렸제··· 폐가 고마 거진 다 굳었지싶다."

"··· 안좋은 일이 있었습니꺼."

"건강 때미로 그란다 하이까네 엉뚱한 소리 하제··· 대양2호 구선장이 개인사업 할라꼬 안내렸나. 그래 회사에서 낼로 보고 후임선장 해돌라카는데도 거절해 삐맀어.… 그것보다도 니가 들으면 시껍할 일이 있다."

"……?"

"너거 부친께서 대양2호 후임선장으로 올른다카데. 짐작도 몬했었나."

"… 감은 잡았었지예."

"좋아라 미칠 줄 알았드니 고마 시원섭섭항가베."

"어데예… 섭섭타 하는 맘은 엄꼬 잘됐다 하는 맘만 있임니더.… 고레되사 정상 아이겠임니꺼! 뽀마드로 볼라쌓고 하시더니 그새 일로 보셨등갑다. 아버지는 배 탈 맘 동했다카모 디게 외모에 신경쓰십니더."

"얼매나 멋진 선장이야?"

"… 그렇겠네예…"

그때 얼굴마담이 찻쟁반을 들고 왔다.

"내 이자 고철신세 됐다이까네. 선장님 와 기신 줄또 모르고."

"선장님 카지 마라. 내 언제 선장벼슬 했어? 만년 초사제."

"얄구지라. 거 머꼬, 병 나시기 삼년 전만 해도 남양 선장 안했임니꺼."

"옛날 노래는 와 읊어… 그건 그렇고, 거 머시라 보성해운 차 과장 이자 발 끊었나?"

"발이사 안끊었거로 지금 억쑤 바쁠 때 아잉교. 교통부에서 청원 전화질이 빗발같고… 독촉전화에다, 확인전화에다, 압력전화에다… 메뚜기도 한 철이라꼬, 돈도 벌어사제 뽕도 따묵어사제, 크라운 같은 고급 커피숍에나 다닌다캅니더."

"… 그래?"

"가만있자아— 차 과장 말고 두 사람이 선장님을 찾던데… 참, 내나 선장님 배 탔었다카두만은."

"… 알았어. 고마 가보제."

얼굴마담이 자리를 뜨자 윤병국이 쩻쩻 바튼 혀를 차대고 나서 말했다.

"그노무셰끼들을 모다 어데다 쑤셔박을끼야? 내 김 선장 보고 오번 항차만 좀 봐주라꼬 간청했는데도 고마 싸악 잘라삐렀어."

"우수수 내렸임니꺼?"

"아니, 모다 시 놈인강? 와 그놈아덜 있었잖나, 완월동 '피조개 시스터스' 하고 자매결연해가 노래로 불르던 처리장 아아들…"

"좆까라 브라더스 말씸잉교."

"그래 맞다. 시놈들 중에 김의수만 남고 박공팔이 하고 최수환이 두 놈들은 쫑바리 됐제."

"무르팍상 하고 동양화가네예."

"그래… 그카고 탈판실 깡패그룹 '북양가물치스' 시놈들 중에서 도동현이라는 글마가 또 내렸제.… 그놈아덜이 낼로 찾았을끼제.… 아, 이자 생각해보이 한 놈이 또 빠졌어. 와 처리장에 있던 대학생인가, 그놈아 말이다."

"이건민이 말씸잉교."

"옳거로. 그놈아가 싫다 좋다 말또 없이 행방불명이야."

"……"

"내 이놈아덜을 니캉 짜매줘사 맘이 놓일텐데. 딴 놈들은 모른다케도 도동현이 글마는 꼭 짜매사 할낀데… 억쑤 눈물 솟고 외롭을낀데 주먹 하나 맘대로 쓰는 놈이 함께 탄다모 덜 서러블거로!"

성준은 윤병국의 의미심장한 염려를 나름대로 해석해 봤다. 아무리 살벌한 뱃놈세상이라지만 유독 '주먹'을 앞장 세우는 데는 그럴 만한 곡절이 있을 것이었다.… 억쑤 눈물 솟고 외롭을낀데… 하는 염려는 상대적으로, 바로 자신이 처할 상황의 만만찮은 고통을 암시하는 것이기도 했다. 부산바닥의 내노라 하는 선장들 가운데서도 윤병국 만큼 갖가지 역경을 헤쳐나온 사람은 없었다. 한 때는 어깨들의 총수 노릇도 했을 정도였다. 그런 윤병국이 새삼스럽게 '주먹'을 들먹일 정도라면, 그가 점찍고 있는 배가 그 얼마나 무법적 통념으로 싸바른 오사리잡탕인가를 훤히 짐작할 수 있었다. 그러니까 윤병국은 성준의 이른바 '똥고집'을 철저히 분석하고 나서, 그 '똥고집'의 내용과 정신에 합당되는 외통목을 이미 작정하고 있을 것이었다.

"내 알아보꾸마. 보성해운 홍가가 거절은 몬하겠제… 승선만 했다카모 성준이는 고마 준외교관 되능기네?"

"… 뱃놈이 외교관은 와요?"

"와 몬되? 외항선원은 외교관 아이더나. 비자 없이도 타국땅 지 맘대로 드가고 기나오고. 정박지 하나또 없는 북양어선 뱃놈보다야 왕성님 아이모? 안그래?"

"……"

"기차게 좋은 배에다, 좋은 급식에다, 배운놈들 많고…"

윤병국이 바짝 치켜올린 어깻죽지 속으로 자라처럼 목아지를 묻고는 뜻모를 웃음을 물고 있었다.

비바람이 석탄더미 위를 쓸었다. 석탄더미 위에 얹혀있던 진회색 비닐조각들이 울릉도 앞바다의 용오름처럼 기세재는 바람에 휘말리며 하늘로 솟아 올랐다. 그 짓은 마치 절망의 동굴속을 미쳐 날으는 박쥐들의 환무 같았고, 섬뜩한 석순 속에 납짝 엎드려 숨죽이는 제 자신의 공허한 모습도 보이는 듯했다.

청학호텔

❦

성준은 꼬박 일주일 동안 방구석에 처박혀 있었다. 윤병국으로부터 빨리 잡아도 열흘은 기다려야 할 것이라는 전갈을 받았기 때문이었다.

담배 한 개비를 태워 물었다. 지금쯤 '쿠시로(Kushiro)' 앞 해상쯤에서 북양을 향해 맹진하고 있을 부친의 모습이 떠올랐다. 부친은 그 어느 때보다도 자상스러운 고별사를 읊었었다. 그같은 태도에서 두 가지의 희미한 추리를 해 볼 수 있었다.

하나는 자신의 위엄을 허물어 가면서까지 행사해 보는 마지막 간청일 것이라는 생각이었다. 당신께서는 이미, 무작스러운 규제와 강압만으로는 성준의 바다에 대한 열의와 혈원을 효과적으로 통제할 수 없다는 실의에 도달했을 거였다. 그래서 구체적이면서도 절실한 부성애로 하여금 성준의 충동적인 감동을 얻어내려고 애썼을 것이었다. 자식의 이력서를 손수 긁적거려 문턱높은 곳을 몰염치로 들락거리는 짓 따위— 부친의 뽕쇠처럼 질긴 오만과 자긍심에 길들여져 온 성준으로서는 상상조차 할 수 없는 괴변이었던 것이다.

어쩌면 부친께서는 성준이 진행시키고 있는 상식밖의 모험에 대해서 어느 정도 짐작을 잡고 있을 지도 모른다는 생각— 그것이 또 하나였다. 어차피 바다에 대한 숙명적인 연모를 당신 자신부터 버릴 수 없는 것이라면, 그 의지의 연계는 필연적으로 자식에게 접목될 수밖에 없고, 따라서 가문을 일으켜 세울 알짜 뱃놈이 될랴치면 혹독한 시역을 자청하고 감당해내는 뱃놈 정신의 되알진 실천밖에 없다는— 그 임의적 포기 말이다. 그러나 부친의 완고한 천성은 예사스러운 허용을 실행하는데 무척 당황했을 것이었다. 그래서 위약이어도 어쩔 수 없는 허기진 명령을 고참병장처럼 읊조리고 있을 것이라는….

어쨌거나 부친은 예의 두 가지 추리의 과녁을 아슬아슬 피하면서 위엄의 낱알들을 용케 줏어 모으고 있었으며, 성준은 주로 '예' '아니오' 하는 식의 간편한 반응으로서 부친의 그런 노역을 이해했었다.

"내 댕겨올란다."

"… 몸 조심하시고예…"

"내도 다 큰 자식한테 이래도고 저래도고, 그카모 몬쓴다 이래사 쓴다, 해싸면서 시르기도 이자 지쳤다.… 애비 항차 마치고 올 때까지 머로 할끼제?"

"… 모르겠임더."

"젊은 놈이 계획이 엄써가 머로 묵꼬 살라꼬?… 아래께 윤초사 만났던강?"

"… 예에."

"무신 일로?"

"그냥 차나 묵자케서…"

"탈 배로 부탁했등가베."

"아입니더."

"… 내가 너에께 하는 마지막 충고라꼬 생각하고 애비 말로 들어주겠나?"

"… 말씀해 보시지예."

"배 탈 생각 차삐리고 육상근무 하능기다!"

"… 아직은 생각엄씹니다."

"조흥원양 '트롤과'에 마침 자리가 있거로 내 니 이력서 써가 디리밀어 났다… 내 오죽했으모 자식놈 이력서로 손수 써가 맘 씨랍게 그런 짓을 했겠나."

"… 그러게 말임니더…"

"위로 받자능기 아이다!… 이런 말또 내 지금 니 앞에서 처음 하는가 싶은데 에— 낫살 묵어가이까네 너거 성아 생각이 날로 새롭다. 쪽 씨랍은 심사로 우쩨 다 말하겠는강?… 너거 성아 물에다 바친 것으로 족하다 이 말이다! 니까지 또 바다에다 바칠 맘은 엄따! 내 말 알아 듣겠제?"

"예에."

"육상근무 하능기제?"

"… 아입니더!"

"몬한다꼬?… 생각이 와 고레 쫍나. 원양어업이다 머시다 떠들어 쌌고 선박 톤수가 세계 몇 째다 카면서 나발 불어싸이까네 고마 바다가 금쩜이다 카고 미쳐 지랄들이제만, 원양어업도 조만간에 사양길로 접어들끼고 뱃놈들은 고마 풍년철에 동냥쟁이 꼬라지들로 갈 곳이 엄께 될끼다. 선박톤수가 세계 몇 째면 머 할끼고? 고마 80프로가 언제 디비져 넘어갈 지 모를 고철들인데… 설사로 한 번 맘 묵은대로 해양입지를 초지일관 밀고 나간다 치제. 꼭 배타고 괴기만 잡아사 쓰나? 육상근무로 하면서 어로행정의 개선, 어민복지향상을 위한 제도적 창안— 머 할 일이 쌔고 쌨잖나. 어업적 지식이 일방용도로만 활용되는 것도 큰 문제제. 어로작업 현장에서의 기술적 용도가 있겠고 어업육성을 위한 실무적 용도도 있을끼다. 애비 말 에랩을끼 하나또 엄따. 니는 전문지식을 육상에서 실무적 용도로 활용해 돌라카는 말이다. 그래도 몬 알아들어?"

"… 아입니더."

"그라모 내 말대로 할끼라 믿고 댕겨오꾸마."

"조흥원양 '트롤과' 육상근무는 포기하겠임니더!"

부친은 몇 발짝 내딛던 걸음을 오똑 멈춘 채 등을 보이고 서 있었다.

"… 하모오— 멀로 세월 허송할끼가?"

"… 글쎄예…"

"… 무신 일로 하든 지 몸이 성해사 안쓰겠나!"

"예에."

"… 우짜든동 자석이라고는 니 하나다!"

"예에!"

"… 애비가 지기고 싶도록 밉나?"

"아입니더!"

"고마 됐다… 내 상륙하자 마자 조흥원양으로 전화 넣꺼로."

성준은 부친의 목소리를 지우면서 머리통을 싸안았다. 목울대께로 야릇한 압통이 번졌다. 그것은 호수를 본 준마의 울음처럼 본능의 민감한 깊이 속에서 갑작스럽게 만들어지고 있었다.

머리맡의 술병을 집어들었다. 착잡한 마음을 다스릴 양으로였다. 그때 전화벨이 울었다. 병째 들고 서너 모금 꼬르르 쏟아부었다.

"여보세요."

"……"

"보소, 전화로 했으모 말로 해사제, 와 요레?"

수화기를 막 내려놓으려고 할 즈음해서 꺼 꺼 꺼어 터뜨리는 웃음소리가 귓청을 울렸다.

"이런 시발, 보소 당신 누고?"

"2항사님 말씀이 그렇게 상스러우면 어떡합니까?"

수화기 속의 목소리는 똑 부러지게 경우 밝은 서울 말투였다.

"그라이까네 정체로 밝히사 쓸끼 아이요?"

"그렇게 모를 수가 있어요? 거 되게 섭섭한데!"

"섭섭타말고 먼차 정체로 밝히소."

"한 때 2항사님을 모시고 처리장 바닥비린내로 있었습니다."

"… 처리장 바닥비린내?"

"나 이건민입니다!"

성준은 밤샘해서 마신 술이 깰 지경이었다.

"이건민씨라꼬?… 아니 당신이 우짠 일이요? 전화번호는 우쩨 알았어?"

"부산바닥에서 유광수 선장님댁 전화번호를 모른다면 그게 어디 뱃놈입니까?"

"우짜든동 디게 반갑구만… 내 아래께 어데서 이형 근항을 들었었던가 싶은데…"

"무슨 정보를 입수했나요?"

"… 머라카더라?… 행방불명 우짜던강?"

"우아따아 환장하겠네!… 수배받는 팔짜라도 됐으면 좋겠오. 도대체 어떤 놈이 그따위 말을 해요?"

"… 그런 거 알아서 머해? 좌우당간에 일단 반갑꾸마. 지금 어데 있어?"

"지금이라기보다는 요즘이라는 게 더 적절할 것 같군요… 요즘은 청학호텔로 거처를 옮겼습니다."

"… 청학호텔?"

"왜 그렇게 놀라십니까?"

"안놀래게 됐나!… 거처로 호텔에다 정했다아— 그새 횡재 한 타래 챙겼능갑제?"

"횡재는 무슨?… 일단 만나보고 싶은데, 시간 있습니까."

"시간이사 억쑤 많제. 요즘에는 시간을 기다리능기 아이라 고마 직이고 있어… 어데서 만날꼬?"

"만나서 사업얘기도 해야 하고… 기왕이면 내 거처로 오시지요."

"청학호텔로?"

"그게 안좋겠습니까? 바다도 보고 술도 마시고."

"조오체에— 내나 청학동에 있는 호텔인강?"

"그럼요. 영도구 청학동에 있죠. 청학동 앞바다로만 오면 훤원히 보입니다."

"몇 호실이제?"

"몇 호실이고 뭐고 그냥 바다 가에로만 오세요. 내가 마중 나갈테니."

"아홉시라아… 시간이 쪼매 짧제. 오랜만에 만났는데 술또 묵고 할라카모."

"아 호텔인데 시간이 무슨 상관입니까? 그냥 올나이트 하는 거죠."

"알았어. 내 고마 택시 잡아타고 퍼뜩 드갈게."

"그럼 끊습니다."

성준은 수화기를 놓고 나서 아뜩해서 중얼거렸다.

"차아— 사람팔짜, 문자 그대로 시간문제다 아이가! 처리장 바닥에서 정승 당상 치다보는 강생이매꼬로 빌빌카던 놈이 무신 요행수로 붙잡아가 저레 변한단 말고!"

청학동 앞바다에서 택시를 내린 성준은 저도 모르게 연신 도리질을 해댔다. 수평선을 조망하며 짜장 야젓하게 위풍재고 서있을 법한 호텔 명색은 아무리 찾아봐도 없었기 때문이었다. 눈에 보이는 것이라곤 좌편 해상의 물비늘 속으로 번지는 화물선 작업등들의 열화, 그리고 군데군데 오구구 몰려앉아 술자리를 벌인 패거리들 뿐이었다. 오며 가며 흘러간 옛노래를 흥얼대는 시커먼 그림자들이 '좀 가자아! 갈라모 가고 올라모 오고 카라고 길이 안있겠나. 씨바알 와 길은 막고 장승매꼬로 섰노?' 씨부렁대며 시비를 걸어왔다.

성준은 호텔이 섰을 법한 자리를 가늠하며 한동안 걸었다. 가셨던 술기운이 다시 골막하게 차오르는가 싶더니 오줌줄이 급했다. 막 후련한 오줌발을 뿜어대고 있을 때였다.

"꼼짝말고 좆들엇!"

몇 발치 떨어진 모래밭에서 회색 그림자 대여섯개가 불쑥 튀어나왔다.

"저런 싸가지 읎는 인간 좀 봐여? 좆들고 꼼짝말라는디 의지의 한국인 본 재제잉! 씨벌늠."

"호스 잠과랏 이 문디이새끼! 니기미 시발, 내 청학동 모살판에서 죽친다만 눈깔은 올빼미눈깔로 끼박았나? 맹색이 술자린데 어데다 대고 깔기노?"

"황매에 찌렁내여으! 어이 보드라고. 우리들이 시금치라냐? 니미, 소매묵고 크는 것은 시금치하고 동배차 뿐이다잉. 아무리 의탁무주 유랑인생들이제만 그래도 시방 명주환배 하는 자리랑께. 요 개좆씨야! 소매통 안잠갔다면 귀두자바랴를 뱃께뿌러잉!"

성준의 가슴 속에서 야릇한 울화가 치밀었다. 부친에 대한 암울한 죄의식, 그리고 모험을 각오한 뒤부터 오히려 혼란스러워져 가는 심리적 갈등 따위가 느닷없는 객기를 부르는 지도 몰랐다. 말하자면 육체적 충격의 통증으로 하여금 혼곤한 정신의 무질서를 상쇄시켜버리고 싶은 마음이었다.

"손들고 꼼짝마랏 카는 소리는 들었어도 꼼작말고 좆들란 소리는 금시초문이다. 실수로 쪼매 했거로 고레 무식하게 말하는 벱 있나!"

패거리가 성준을 달무리처럼 띠 조여오며 마구발방 으르렀다.

"이놈마 이거 저승차표 끊어놓고 깐죽대나? 그래, 니 말매꼬로 유식한 놈 하는 행태가 놈덜 술상 옆에 기나와가 소피로 깔기나. 니기미 시발놈아 좆잡고 털 데가 엄써서 술자리 옆에서 좆나발 불어? 콧뺑이에서 뜨신 피로 흘려봐사 알끼야?"

"여봐여, 좋은 언사루다 달랠 때 고냥 이삐게 가주면 서로가 월매나 좋겄남? 자네가 필시 군대도 안갔다 오구 집안 쐬가루로 편한 청춘 보내는 한량인 모냥인디, 군대에서는 전방에 적정 비슷한 유동체가 출현혔다 하면, 고냥 꼼짝말구 손들엇 하지 안텅감? 자네 손으루다 거 뭐시냐 총 대신 좆총을 쥐구 있응게로 우덜두 눈물을 머금꾸 무식한 언사루다 좆들라고 헌 거여. 뱉어내분지는 말두 쥔가려서 허라구. 자네가 금수작태를 자행하는디 워치끼 인간언사가 나올껴? 이목구비 성할 때 고냥 화악 꺼져주면 행복이겄구면. 자네 염사는 워찐감?"

"홤매 까깝해서 미치겄어야잉! 그냥 후이후찌 한 방으로 깡냉이를 다 까부르기 전에 신속하게 퇴족하란 말이다, 요 조막만한 셰끼야! 오직 하먼 공천무월청학사상을 주안상 삼고 막쐬주로 고난심사 달랠 것이냐잉. 우리찌리 말이제만 사람 못된 셰끼들 몇 타스 다듬어 놓고 차라리 폭행죄로 형무소밥 묵꼬 싶은 참이다! 하기사 좆이라고 꼭 주인사상을 따르라는 법 없제잉. 니가 아무리 유식하다 해도 좆까지 니 따라서 유식할 수 있겄냐? 좆 실수 했으면 사람 실수는 말어사제, 안그라냐?… 여그 모인 사람들 모다 심사가 지랄같은 사람들이여. 까딱했다가는 빽다구도 못추린다잉. 니 갈데로 후딱 깔대가그라잉!"

섣부르게 놀다가는 그야말로 먼가래 송장칠 날만 남았다 싶었다. 유독 문자쓰기를 좋아하는 녀석의 말끝을 채잡고 여기저기서 '고마 지기삐리소' '보내뿌러' '화끈하게 끝내버리지 뭘' 하는 따위의 고함이 일었다. 흡사 사투리 경연장 같은 기세로 미루어 볼 때, 예사스럽지 않은 '뿌다귀'들의 군집 같았다.

"잘못됐다꼬 인사나 대신 디레도고."

핏기없이 실축기도 개운찮아서 그래도 이쯤 비아냥거리며 바지 지퍼를 올리는데 그때 '욕봤우다'하며 누군가가 성준의 팔을 끌어당겼다.

이건민이었다. 희미한 보안등의 불그뎅뎅한 빛무놀을 찾아 우리는 앉았다. 그러니까 잡화점에서 10여 미터 떨어진 음습한 둑방 끝쯤 됐다. 둑방의 가운데 쯤에서 퀴퀴한 생활하수가 쪼르륵 쪼르륵 흘러내리고 있었고 들물의 잔잔한 물살이 그 생활하수를 입맛 다시며 찰싹거렸다.

이건민은 휴대용 돗자리를 능숙한 솜씨로 패대기쳐 좌악 깔았다. 그리고 나서 네홉들이 소주 두 병과 쥐포 대여섯 쪽을 은박지 쟁반 위에다 가지런히 얹었다.

성준은 곰살스러운 동작을 계속하고 있는 이건민을 멀거니 건너다 보고 앉아 다음과 같은 생각을 하고 있었다.

'상달철 묵은거지 꼬라지도 저레 더러브지는 않을끼다. 몸땡이가 저레 삐짝 마르다이! 무신 고생을 했거로 저꼬라지꼬?… 지 버릇 개 주겠나. 야간대학 2학년에 공부 때리차뿌고 북양 맹태배 처리장으로 기들 때부터 별종인간 아이더나. 지 말대로 청학호텔 고객이라모 빽바지 날로 세워가 촤르르 끼입고 삐까삐까 광낼 법도 하다만은, 저거 괴짜천성 부리느라꼬 일부러 저레 얄궂은 꼬라지로 내앞에 나타난기라… 텀블잔에다 양주로 부어가 건배에— 케도 몬지랄 놈이 쐬주 두병에다 쥐포 안주라? 직이주제에—'

"오랜만에 보게 됐군, 술 먹기 전에 한가지 부탁할 게 있오. 화끈하게 들어줬으면 좋겠는데."

이건민은 전주가 있는지 역스러운 술냄새를 풍겨대며 실웃음을 물었다.

"… 부탁이라는 기 안들어 줄끼다 카는 맘으로 하면 재미가 엄쩨. 들어줄끼다 카는 기대로 해사 스릴도 있고… 먼데?"

"나 오늘부터는 말요, 2항사님 하는 대신에 유형, 심기불편한 존대어 대신에 막마알—그러니까 쉽게 말해서 트고 놀자 이거요. 사실, 현실적 조건은 종속적 상하관계가 아니잖소. 어떻소?"

성준은 잠시 문치적거리다가 이내 '안될끼 엄쩨' 해버렸다.

"역시 화끈하구먼. 여기 이 자리 싫어?"

"글세… 호텔방에 드가 술로 묵는 맛도 개얀체."

"이 자리 딴 놈이 차지했다간 난리나!… 한마디로 내가 독장치는 자린데 말씀이야. 이 냄새, 이거!… 처리장 셋트론 왔다 이거야. 거 뭐야? 피시본드에서 와르르 쏟아지는 동태를 정신없이 팬에다 줏어담고나서 쓰윽 코빵이 땀줄을 닦아봐. 바로 바로 이 냄새거든… 이거 미치겠네 그 시절!"

이건민은 숫째 네홉들이 소주를 사이다 마시듯 했다. 성준도 병째 들고 꿀럭꿀럭 넘겼다. 술기운이 갑자기 숫구멍을 욱찐욱찐 달궈댔다.

"… 누가 그래? 행방불명이라고."

"행방불명 되가 오히려 출세했으모 왕성님이제 말로 해 준 사람은 알아서 머 할끼고?"

"행방불명이란 말이 드러워서 그렇지. 내가 승선을 거부한 거야!"

"와아?"

"씨파알 좆도오— 대구 좀 말리다가 기관장하고 한 판 붙었었지."

"아, 이자 생각난다. 내 배 탓을 직에도 대구로 억쑤 말리다가 시껍하게 안당했었나.… 머시라아— 애인이 건어물상 딸이라 켓던강?… 결혼했어?"

"결혼? 누구하구?"

"건어물상 딸배끼 더 있나. 사업가로 성공했겠다, 이자 다리빼간지 피고 살때 안됐겠나?"

"드러운 년… 고무신 바꿔 신었어."

"우짜든동 뱃놈들 사정은 너나엄씨 짓꼬땡이판에 짐통이라. 사나들이 출항했다카모 고마 꽃병 물 갈고 나서능갑데… 씨랍은 얘기 고마 차삐리고 꼬신 얘기나 해보재. 그래 무신 수로 팔짜 핏능강? 돈많은 과부로 하나 꿈어 살맛능갑제."

"… 후웅— 내가 그런 능력을 타고났다면 왜 뱃놈이 됐겠어?… 그건 그렇구 아까 혼쭐 빠졌지? 뼉다귀 성한 게 다행이야."

술기운 탓도 있겠지만 이건민은 의도적으로 문제의 핵심을 피해가는 게 역력했다. '이거 막장 말랐네, 체에'하며 술병 밑바닥에 남은 잘폭한 끝술을 털어넣고난 이건민이 목소리에다 열을 올렸다.

"나라두 그렇지. 씨파알, 쓴소주 깡다구 하나로 넘기면서, 세월마디 또 어떻게 넘기는 참인데, 아 하필이면 그 옆에다 대구 오줌을 갈기니 어떤 놈들이 참아?"

"… 이레 몬된 쏨뱅이셰끼로 봤나. 아니 그라모 끝종 칠 때까지 숨어가 다 봤다 이 말인가?"

"그렇잖구… 해양 발전의 선도적 의무를 지닌 귀하께서 그런 참상을 몸소 경험해 봐야지!"

"해양 중흥의 선도적 의무하고 짐승만또 몬한 깡패셰끼덜 만행하고 무신관계가 있어? 참상이 우쩨?"

이건민은 담배를 태워물고 허파숨량 꺼지게 연기를 내뿜었다. 그리고 말했다.

"깡패가 아니야!… 그리구 유형에게 한 짓두 만행이 아니야."

"……?"

"그렇다구 형이하학적 자학도 아니야.… 항거야 항거!"

"도체비 뿔방맹이 석고치는 소리 고마 치아랏! 소변 쪼매 잘 몬 봤다꼬 좆들고 꼼짝맛 카는 문디이셰끼덜이 항거는 무신 항거어?"

"이래서 대한민국 해양사가 막말로 개좆이라는 거야. 좀 지루하겠지만 공부삼아 들어둬… 아까 유형한테 강짜부린 사람들, 그리구 어둠 속에서 고함치던 사람들. 이게 다 지칠대로 지치고 이제는 지치는 사실 자체도 감당할 수 없게 된 뱃놈에다 뱃놈 후보들이야. 아마 백 명도 넘을 걸?… 백 명이 뭐야? 부산바다 뒤지면 아까 강짜놓던 그런 부류들이 일개사단은 될 걸세. 연령층도 50대에서 10대까지 다양하고 성향들도 다별해. 일자무식층이 없나, 전업인텔리들이 없나, 예술지망생들이 없나. 농토 팔고 뛰쳐나온 농민에다 연안어업에 학을 뗀 어민에다 도산한 전사업주에다 탄가루 마시기에 넌덜머리 난 광부에다 떼돈 벌자고 나온 놈, 죽어도 바다에서 죽자고 나온 놈…"

"고마 호텔로 드가자! 한철 살이 매미가 학보고 울지말라카제… 그 정도 풍월은 졸업한 한때의 이등항해사야!"

"… 나두 그건 알구 있어. 내가 말하고자 하는 건 이게 아니지. 현대식 휠 하우스에서 마이크 잡고 바닥뱃놈들에게 쉰소리 마른소리 악이나 쓰는 간부선원 새끼들이 꼭 알고 있어야 할 뱃놈참상을 좀 구체적으로 말하겠다 이거야!… 노예와 노예선주— 이렇게 표현하면 좀 과했나? 어쨌건 간에 노예나 진배없는 하급 선원들은 어떻게 구성되는 것일까?… '해운국 선원과' 창구에서 '선원수첩' 하나 받아들려면 최소한 8개월은 죽는 거지. 해원양성소에서 땀 빼 6주 교육 마치면 교제비는 있는대로 써도 모자라 제길헐— '선주보증서' 정찰가가 7만원이야! 천만다행으로, 아니지! 하늘에 별따기로 취업에 연결된다구쳐. '승선비'가 또 4만원 아닌가. 승선비? 선주보증서 정찰가?… 아니 이런 불법착취가 세계 어느 나라에 있어?… 6주 교육 마치면 금방 마도로스 되는 줄 알고, 있는 돈 없는 돈, 집 팔고 달러 빚내고 해서 와장창 망하는 '원양어선과정'의 뱃놈후보들이 더 하지. 아니 외항선용수첩 챙긴 뱃놈후보들은 '건구불통' 관례의 희생양으로 아예 말라죽게 돼 있어. 그거 왜 있잖아? '해원양성소' 강사들이 내놓고 가르치고 '교통부 해운국 선원과' 직원들이 까놓구 아구창 놀리는, 마를 '건乾'자 입 '구口'자 아니 '불不'자 통할 '통通'자 말야. 그러니까 '선원수첩' 낼 때 따라붙는 '선주보증서' 정찰금 7만원 쪼개고도 '승선비' 내기 전까지 밑빠진 독에 물붓기로 헤아릴 수 없는 '소개비'를 다 버린 처지들이라 이거야! 그래도 부산 토박이들은 좀 났지. 연줄이 어떻게든 닿거든. 씨파알, 나같은 놈이나 지방 무식쟁이들은 인제 집에도 못가! 소개비, 우리 같은 놈들을 대상으로 일용품 장사하는 '브로커'들에게 바치는 도온— 이거 다 어디서 갖다 쓴거야? 곧 승선하겠지 하고 여관에 들고, 도무지 여관신세 지다가는 막장이 휘언 할 것 같아서 어이쿠 뜨거라 여인숙에 처박히구, 몇달 기다려, 그러다가 해를 넘겨… 결국엔 여인숙에다 선원수첩 잡히구 청학동으로 풍찬노숙 뜨는 거야!… 내가 좀 심하게 결론지어 볼까?… 저 사람들… 이젠 도둑질이라도 배워서 호구통 연명해야 할 사람들이야! 그래도 도둑질 모르고, 남 간 빼먹는 술수도 안부리고, 사람 안 죽이고… 얼마나 착한 사람들인가 말야?… 짐승만도 못한 따아식들의 만행이라니? 그런 말이 어디 있어?"

성준은 할 말을 잊었다. 흉벽에 가득찬 화염을 끄기 위해 남은 술을 병째 다 들여마셨다. 마치 산불의 소화를 위해 맞불을 지피듯이…

"… 사실 말씀이지, 내가 처음 뱃놈 작심했을 때는 한몫 챙겨 날렵하게 뜰려구 그랬어. 하두 바다가 돈밭이라구 떠들어들대서 어떻게든 지돈 좀 벌어 대학원 까지 학자금이나 준비하려구 말야!… 씨파알— 이제 죽어두 살아두 바다야!… 못 떠!… 지식이라는 게 뭐야? 사회정의를 위한 용기, 그리고 진실추구를 위한 소명이면 족하지 무얼, 좆도오—. 나 기어코 '해기면허' 하나 딸테니 두고 보라고.… 사관선원이 꿈이다, 좆도오—"

이건민의 목소리가 떨려 나왔다.

"이거 보라꼬. 자네 억쑤 취했어! 고마 호텔로 드가자, 사업얘기 때미로 만나자꼬 한 사람이 누군데 뻘소리로 씨부라싸?"

이건민이 취기몽롱한 눈을 게슴츠레 떴다.

"사업?… 맞아, 그랬었지… 그거 다른 거 안야. 처녀승선 때보다 연계승선이 이렇게 어려울 줄은 몰랐어!… 씨파알— 기관장 그 새끼가, 거지같은 셰끼! 버리는 대구로 말려가 면죄부 와이로로 쓸래? 어쩌구 발광떨면서 쪼인트만 안깠어도 말야… 내가 배를 왜 내려? 쌍놈이 면죄부 와이로 써서 양반책략 사라는 악담 아니겠어? 아니, 나올 때마다 찍어 버리는 북양대구 좀 말려가면 뭐가 어떻다는 거야? 가마안— 사업 얘기하다 말았나?… 유형! 나 배좀 태워주게! 무슨 배든지 좋아! 하자 가지고 배 내렸다는 소문이 퍼지면 뱃놈은 끝장나는 거 왜 몰라? 동갑친구 덕 좀 보자! 나 배 좀 태워주게, 이렇게 빌어!"

그는 손바닥을 비비적 거리며 옆으로 비식 쓰러졌다.

"참말 와 요레? 취했거로 장난이 디게 심하다 이기야! 우짜든동 호텔로 퍼뜩 드가자. 내도 배창시 터지게 술로 묵꼬 싶다!… 내도 시방 고마 미치겠다! 호텔이 도대체 어데야?"

"… 나, 나 말야… 이래뵈두 당당한 청학호텔 고객이야!… 밀린 방값 한 푼도 없어!"

"그래 안묻는강?"

"거 참 되게 답답하네 거어?… 남들의 객실에다 오줌이나 갈기구 말야, 지길 허얼—"

"… 머시라?"

"오갈 곳 없는 뱃놈들의… 아니 뱃놈후보들의 휴식처!… 부산직할시 영도구 청학동 앞바다아— 무국적 해풍을 마시며 무임투숙 하는… 바로 이 곳이 청학호텔이야!"

이건민은 말을 끝맺기 무섭게 성준의 앙가슴 속으로 얼굴을 묻었고, 성준은 전신의 목피질을 열어 숨죽이는 내한(耐寒)의 나목처럼 부르르 몸뚱이를 떨었다.

'미나라이'

❀

윤병국은 다음 세 가지 사항을 제삼제사 주지시켰다.

첫째, 약속한 대로 학력은 중졸, 승선경험 전무임을 강조할 것. 그래야 자네가 의도하는 바의 항해를 할 수 있을 것이다.

둘째, 통칭 '할렐루야상'으로 불리우는 사무장의 유도심문에 걸려들지 말 것. 그자의 배석은 틀림없을 것이다. 예컨대 자네가 알 만한 사람의 이름을 물어 보더라도 목숨을 걸고 생면부지 금시초문임을 강조해야 한다. 속사정은 말할 수 없다.

셋째, 가능하면 무식한 언사를 쓸 것. 이 점을 특히 유의해야 할 까닭은 '할렐루야상'의 눈치가 귀뚜라미 더듬이요, 지략은 쥐덫으로 고양이를 잡을 정도이기 때문이다. 결론적으로 어로·해사에 관한 전문용어나 지식은 깡그리 잊어버려야 한다.

그리고 나서

"요레 얄궂은 짓거리가 다 니노무 셰끼의 그 희한한 똥고집 때미로 생긴기야. 그카고 이건민이 글마 껀은 고마 모른다카고 잊어삐리라. 내 글마 만나봤고, 손도 썼으이, 죽이고 밥이고 머가 되긴 할끼다. 출항날짜 잽히모 퍼뜩 연락 주거로. 자네 떠나는 것은 보고 가사 병이 낫겠다."하며 전화를 끊었던 것이다.

이런 생각을 하면서 잠시 눈을 감는데, '유성준씨?' 하는 목소리가 가깝게 들렸다. 백동태 안경을 낀 30대 초반의 땅딸한 사내가 대답을 들을 필요도 없다는 표정으로 성준의 앞자리에 앉았다.

"예, 그렇심니더."

"나 보성해운 차 과장이요."

그는 엄지와 검지를 능숙하게 마찰시켜 따악 소리를 내며 카운터쪽을 향해 소리쳤다.

"이봐, 콜라 두 잔에다 거북선 두 갑 날라."

그는 2년 전까지 '해원양성소' 직원으로 있다가 '보성해운'으로 직장을 옮겼다. 그 시절이 좋았었는데 지금은 죽을 쑤고 있다. 죽을 쑤고 있는 이유가 뭐겠느냐. 다 생기는 게 별로 없다는 소리 아니겠느냐— 하는 따위의 묻지도 않은 소리를 신명나게 읊고 나서 정색을 했다.

"윤병국 선배는 어떻게 해서 알아요?"

"참말로 좋은 어른이시지예…"

"누가 인물평가를 해달라고 했나? 인적관계에— 즉 어떤 인연으로 알고 있느냐는 이런 말입니다."

"… 친구의 삼촌 되십니더."

"친구가 누군데?"

"윤삼술이라고 중학교 동창입니더."

"그래요오?… 사실 말씀이야, 윤선배 부탁 아니었으면 이거 어림도 없어! 내 워낙 존경하는 선배라서 움쩍 못허구 묶였지 묶였어."

그는 윗옷 안주머니에서 성준의 이력서를 꺼내 건성으로 훑어 내렸다.

"이력서 기재사항에 하자 없지요?"

"엄씸니더!"

그는 지극히 사무적인 언사로 말을 술 수울 읊었다. 돌변하는 태도의 기민성이 참으로 놀랄 만한 것이었는데, 그것은 '해원양성소'라는 전직에서 숙달된 기능임을 절감케 하고도 남았다.

"현하 선원들의 취업사정은 참으로 난감한 기로에 처해 있는 것입니다. 배출

인력에 비해 취업률은 20% 미만이라는 극히 저조한 실정인 바, 그 원인은 첫째로 막대한 취업희망자를 수용하기엔 너무 태부족인 선박문제, 둘째로 순환적 탄성을 전혀 고려하지 않는 정부의 해양정책, 셋째로 승선 희망자에 비하여 하선자가 거의 전무하다는 것, 그리고 좀더 좋은 조건으로 취업하려고 대책도 없이 하선한 선원들의 연계승선 불리… 기타 등등. 시급한 개선책이 선행되지 않고는 난마처럼 얽힌 선원취업 문제를 근본적으로 타개할 방법이 요원하다고 사료되는 바 올습니다.

취업 급선적인 성원들을 유형별로 분류하면 대충 세 부류로 나눔이 가한 바, 그 첫번째 형은 소위 인연·지연·지면 등의 '대기승선형'입니다. 이들은 환언하여 즉 간부선원·선주 등속의 인척관계 내지는 권고승선을 암암리에 보장받은 자들로서 비교적 취업률이 높습니다. 바로 본인 면전의 유성준씨 같은 분이 이 형에 속한다고 할 수 있겠습니다.

두번째는 소위 '도약취업형'으로서, 이 사람들은 이미 연·근해 어업에 다년간 종사했거나 혹은 그에 당해하는 경험을 축적한 자들입니다. 이 '도약취업형' 역시 어로적 인연으로 도처에 후원자 내지는 관심자들을 연계하여 비교적 승선 취업률이 높고, 설령 취업이 불연이라도 언젠가 더 좋은 조건으로 승선하기 위해 일단 '선원수첩' 구득을 목적으로 하기 때문에 또 다른 측면에서는 급선 구제의 해당조건에서 제외된다고 할 수 있겠습니다. 어디까지나 본인 소견의 정황판단입니다만은….

셋째는 소위 '유행적 취업형'으로서 미취업 선원들의 60프로에 해당하는 바, 풍설과 허황한 추세에 현혹되어 전혀 무계획적으로 '선원수첩'을 구득한 자들입니다. 일확천금에 대한 현혹 내지는 낭만적 허영심에 전도되어 승선만 하면 미구에 거대한 행운을 맛보게 되리라 하는 망상에 사로잡힌 자들로서 사실상

과연 이들의 취업이 해양입국의 국가의지에 어느만큼 공헌할 수 있을까 하는 의구심을 품게 합니다. 결론적으로 '대기승선형'과 '도약취업형'은 통계적 측면에서 학력이 낮고 고령자도 있는 반면, '유행적 취업형'은 의외로 학력이 높고 대부분 혈기왕성한 젊은이들이 주축을 이루고 있습니다.

이상 간단하나마 현하 선원들의 취업에 관한 실정과 인적구성의 난맥상에 관해 말씀드렸습니다. 장차 해양진출의 웅지를 품고 외화획득과 국위선양에 일조할 당사자로서 미천한 본인의 소견을 참고하시기 바랍니다."

차 과장은 말을 끝맺기 무섭게 벌컥벌컥 콜라잔을 비웠다.

'니기미 십이라카솟! 낭만적 환상에 전도되고 일확천금의 망상에 사로잡혀? 60프로 '유행적 취업형' 쐬가루 울괘내면서 그 좋은 시절 죽 대신 쌀밥 안쪘오?'

성준은 속으로 이렇게 뇌까리며 어금니를 악물었다.

차 과장은 또 다시 돌변했다.

"아이고오 땀나네. 어때? 내 즉흥연설 두서없잖았오?"

성준은 '콩고 앵무새라도 고레 달변이겠임니꺼. 참말 훌륭하십니더!' 하는 소리가 목젖께까지 치어올랐으나 화들짝 놀라며 겨우 제 정신을 차렸다.

"글씨예… 지사 배운 기 엄써가 잘은 몬 사겄음니더."

"홧 홧 화앗— 그래야 번짓수가 맞는 거지… 근데 이 냥반 이거 왜 이렇게 늦어?"

차 과장이 출입구를 흘끔거리는데 허름한 진초록 점퍼차림의 중년이 찬송가를 앞세워 어그적어그적 걸어 들어왔다. 그가 차 과장의 옆자리에 앉았을 때에야 성준은 예의 찬송가가 그의 어깨죽지에 매달린 휴대용 소형녹음기 속에서 울려 나오고 있음을 알 수 있었다.

"인사드려요. 우리 배사무장님이셔. 이 쪽은 이번 항차부터 승선할 유성준이라구…"

성준은 가능한 한 예절 바르게 벌떡 일어나 인사를 치렀다.

"사무장님 처음 뵙겠임니더. 유성준이라캅니더!"

"… 앉게여, 아 펜히 앉으라구, 고상이 많치?"

"어데예! 여러분들이 도와주셔가 요레 승선하게 됐음더! 지도편달 부탁드립니더!"

"나 이런 사람은 츰 보네. 요새 젊은 것들 인사깔이 워디 이렇등감? 지도편달 도모 혀달라구 원청하는 태도가 각읎덜 않구 원칸 싹싹허구 겸손허잖어?"

차 과장이 '사무장 말씀이 옳아요'하며 입장단을 맞췄다.

"아 고런디말여, 요번에 우리 늠덜 두 놈 내렸지 안능감. '월세계' 그 썩은 놈의 배로 갈아 탄 늠덜… 그란디 워찌서 세 사람이 새로 타능거여? 두 사람만 태우면 되지.… 모두덜 차 과장 끈줄루다 타능거여?"

"또 엉뚱한 추측허시지!… 그게 아녀."

"… 나는 이 사람만 츰 보네. 두 사람은 코빼이두 못 봤응게. 승선비두 원칸 올려뿐졌땀서?"

"허 차암— 나중에 해도 될 소리를 뭐가 그렇게 급해요?"

"… 허기사마…"

두 사람은 이런 말을 귓속말로 나직히 속살거렸다.

"내 영혼이 은총입어 중한 죄짐 벗고 보니 근심많은 이 세상도 천국으로 화하도다 할렐루야 찬양하세 내 지은 죄 사함받고 주예수와 동행하니 그 어디나 하늘나라"

찬송가 가락이 거슬렸던 지 차 과장이 '볼륨이나 좀 줄여요. 무슨 죄를 그렇게 많이 졌길레 불철주야 할렐루야?' 했다.

"… 죄 많이 졌지이…"

사무장이란 사람이 눈을 지긋이 내려감은 채 대꾸했다. 그는 스르르 눈꺼풀을 열고 성준을 정탐하기 시작했다.

알금삼삼 얽은 콧망울을 말없이 쓸고 앉아 성준을 건너다 보고 있는 그의 눈빛은 음충스럽고 섬뜩했다.

"고향이 워디라구?"

"부산입니더."

"… 딴 배를 탈 수도 있었을 텐디 워찌서 우리 배를 타게 됐남?"

"어데예. 오번에도 큰 맘 묵꼬 부탁드려 겨우 성사됐다 아임니꺼."

"… 막일 헐 관상은 아니여잉. 험에두 불구허구 하필이면 수출외항선을 탈 것이 뭐시여?"

"을매나 좋심니꺼? 준외교관이나 다름엄꼬요!"

"준외교관?… 고것이 뭔 소리여?"

"모다들 고레쌌데예. 외항선원은 지맘대로 외국 드가고… 머시라카던강? 비자라 켓던 것도 같고요…"

"있지. 사증이라구 혀."

"그거 엄씨도 외국 드갔다 안나옵니꺼?"

"상륙허가증이 내나 그 뽄 허지… 학교는 워디까정 다녔남?"

"부끄럽심니더! 고마 중학교 마치고 치아삐릿임니더."

"가사가 빈한혔등갑만?"

"예에."

"… 성제덜은 많은감?"

"어데예 독자입니더!"

"끌 끌 끌— 성제덜이 많아야 덜 외롭구 덜 폭폭허지… 가사, 선장허는 성두 있구 세관에 근무허는 동상두 있구. 또 경찰관헌테 시집간 누님두 있구, 요런 다치면 요럴 때두 원칸 쉽구 우리 배보다 더 좋은 배를 탈 수도 있었을텐디."

"글쎄말임니더!"

사무장은 '워디 손 좀 만져보드라구'하면서 성준의 손을 끌어다가 손바닥부터 손가락까지 시시콜콜 뙤작거렸다. 중지 손톱께를 유심히 살피던 그가 흘끔 성준의 얼굴을 살폈다.

"얼라? 학력별무라더니 가운데 손꾸락 끝에 왠 굉이 요롷고럼 씨게 백혔댜? 펜대를 많이 잡은 모냥이여, 그랑가?"

"… 친구 잡화상 서무로 몇 년 봤임더. 맨날 팬대 쥐고 계산하능기 일 아이겠임니꺼."

"… 그러잉?… 근로정신이 투철혔등게비여."

사무장은 성준의 손을 놓고 흔연스럽게 벌름한 콧구멍만 오비작거렸다. 한참 동안 골똘한 생각 속에 잠겨 있던 그가 물었다.

"차 과장헌티 귀동냥만 혔네만 북양배 선장 윤씨 소개루다 승선헌다구?"

"예에, 친구 삼촌 되십니더."

"나는 윤씨는 자알 몰러.… 혹시로 김중관이라구 아능감?"

"금시초문인데예!"

"아서라아 요놈의 대그빡!… 낫살 묵으면 고냥 펜하게 죽는 길이 그중에 행복이여. 성씨가 틀렸어… 김씨가 아니구우— 옳러! 변이네 벼언. 그라게 변중관 말이여."

순간 성준의 가슴 속에서 형언키 어려운 격랑이 일었다. 사무장의 야살스러운 심문과 끈질긴 염탐이 도대체 어떤 흉계에서 비롯되고 있는 것인가에 대해 그렇잖아도 어질머리를 앓고 있던 참이었다. 그런데 '태창 302호' 갑판장 변중관이를 피사리하듯 쏘옥 뽑고 나서는 것이 아닌가.

"전혀 모르겠임더!"

"아무리 승선경험 전무라제만 부산바닥에서 부산명물 변중관이를 몰러? 세계 어따 내놔두 일등 보승인디."

"… 보승이 먼교?"

"허 차암— 자네가 진짜루다 신빠이는 신빠이시! 보승이란 말두 모르구 배를 타겠다아? 아 갑판장이 보승이제 뭐시여?… 그나저나 시상 한번 좋아지기는 원 칸 좋아졌어잉! 배에 대하야서는 암껏두 모르는 사람덜이 겁읎이 외항선을 타구 원양어선을 타구."

그제야 사무장의 표정이 다소 숙부드럽게 변했다. 그동안 조금은 면구스러웠던지, 연신 쓴 입맛을 쓥 쓰읍 다셔대고 있던 차 과장이 홀가분하다는 표정으로 선뜻 껴들었다.

"우리 배에서 바라는 선원이 어떤 사람들인가 아주 까놓구 말씀해 보시지. 유능한 경력선원이야 아니면 부리기 좋은 머시기야?"

"머시기를 선호하는 편인감?"

"좌우당 간에 의뭉스럽기로는 금메달깜이야. 어쭈우?… 선호하는 편인감?— 내레 살꽈줍소 제발."

사무장이 눈을 쨍긋하며 불칙스럽게 주위를 환기시켰다.

"거 차암 처녀 항차 떠날 사람을 앞으다 앉혀놓구 벨소리 다 하시네잉. 나같은 사람이사 워디카정 고용퇴물일 뿐이구 차 과장이사말로 회사 운영을 도맡은 브레인 아닌감. 회사 안사정에서라면 나는 의당히 질문허는 입장이어야지 널름널름 대답허는 입장이 되야서는 안되잖구.… 그렇잖어? 자네 생각은 워쪄."

"… 지가 멀 알겠임니꺼. 이자 난생 처음으로 배로 타는데예."

그때 열 서너살 먹어 보이는 소년 하나가 다방 안을 두리번거리더니 이 쪽으로 쪼르르 달려왔다. 소년은 사무장 앞에서 뜨덤뜨덤 말을 이었다.

"저녁에 돼지국 끓여돌라카는데예."

"… 뭐시여? 누가?"

"당직 광평이아제 아입니꺼?"

"묵꼬 싶으면 지가 지 돈으로 도야지 괴기 사면 될 거 안여?"

"돈 엄따카는데!"

"나는 돈 있구?"

"사무장님보고 돈 돌라케서 사가오라 캅니더."

"움써!"

"그라모 우짤끼요? 낼로 쁙 뽀옥 뽁아쌌는데! 퍼뜩 주소고맛."

"요런 상녀려 자슥이 워디서 꽘을 놓구 요려?"

"내 언제 고함을 쳤다꼬!… 내 정박선 배로 돌면서 쑈리 노릇 하거로 이 배매꼬로 까시락 많은 배는 처음 보요!"

"얼라? 요런 불상놈 보게여?"

"배가 상놈났제 와 내가 상놈일끼요?"

차 과장이 '얼른 줘서 보내요'하며 핀잔을 주자 사무장이 '돈 움땅게는 그네, 허음— 있으면 발써 줬지!'하면서 흘낏 성준을 살폈다.

"3천원이모 되겠임니꺼, 지가 내지요."

"… 뒤집어 쓰구두 남지만서도…"

성준이 돈을 건내자 소년은 언제 그랬더냔 듯이 씽긋 웃으며 와당탕 퉁탕 달려나갔다.

성준이 별 희한한 꼴을 다 본다싶어 엷게 웃는데 차 과장이 입을 열었다.

"자아— 일단 오늘 일을 끝마치기로 합시다. 그러니까 출항 예정일은 일주일 후가 되겠습니다. 이번 항차는 일단 울산으로 입항했다가 시멘트를 선적한 뒤 본항차 출항을 하게 됩니다. 지금 우리 배가 밸런스탱크를 수리중에 있거든… 울산 도착일시는 내일 알려주겠오, 전화 줘요. 그러니까 울산에서 화물 선적시 선장님을 뵙도록 하세요."

성준은 속으로 '타국적선의 승선도 아닌데 부산 출항시에 승선하모 될거로 와 울산까지 또 달려가사 쓰노!' 했다.

"뭐 궁금한 질문사항 없나요?"

차 과장이 자리에서 일어나 문치적거렸다.

"… 지는 어느 부서 근무로 하게 될까요?"

"일단 갑판부 미나라이지 뭘!"

"……"

"미나라이 몰라요?"

"… 모르능기 억쑤라서 감이 안갑니더."

사무장이 껴들었다.

"… 고것이 먼 말이냐 허면— 미나라이라는 말은 원래가 왜늠덜 말이여. 해석을 가헌다면 '견습선원'이 되야. 그러니까 주석을 가헌다면 또 이런 뜻두 되겠는디… 하급선원 보담두 한 단계 밑이제. 하급선원은 그래두 몇 항차 뜨구나서 얻는 벼슬이구 미나라이는 문자 그대루다 견습선원잉게 차원이 쬐끔 틀리제 잉… 옳라, 군대식으로 비유헌다치면 이해가 신속헐께. 그러니깐 하급선원이 2

등병이라면 미나라이는 훈련무등병쯤 되야!"

　차 과장과 사무장은 다방을 나가고, 성준은 혼미한 눈길을 들어 낡은 샹들리에를 올려다 보고 있었다.

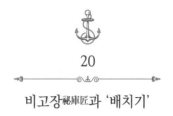

20

비고장祕庫匠과 '배치기'

출항 때맞춰 울산으로 달려온 성준은 또 난감한 사흘을 허송해야 했다. '벨런스탱크' 수리를 마치고 일단 울산부두에 계류한 배는 수리부분의 하자를 재수리한다는 명목으로 다시 도크에 얹혔다는 소식이었다. 아무리 적게 잡아도 출항날짜까지는 대엿새 너끈한 일정이 잡힐 것이라는 예측이었다.

처음 만나봤을 때보다 한결 음울해 뵈는 '할렐루야상'이 폭폭치료주를 사겠다며 태화강변의 민물고기 매운탕집을 안내했던 때가, 그러니까 성준이 비료부대를 막 내려놓고 담배 한 개비를 태워물던, 그 짬이었던가 그랬다.

선박이 계류해 있다는 부둣가로는 배 대신 시멘트부대가 첩첩이 쌓여있었고 늘척한 습도에 젖은 츱츱한 바람줄이 이따금씩 회갈색의 시멘트 분진을 흩날리우고 있을 뿐이었다.

혹시 잘못 찾아든 것은 아닐까 맘졸이며 이 곳 저 곳 두리번거리던 성준은 귀에 익은 쇳소리에 선뜻 정신이 들었다. '할렐루야상'의 낡은 트랜지스터 속에서 흘러나왔던 바로 그 찬송가 소절들이었다. 건전지의 수명이 다 한 탓인지 그 찬송가 소절들은 흡사 장마철의 제비새끼들 젖배곯는 울음처럼 지직 지직 이어지고 있었다.

성준은 금새 신명이 돋쳐 찬송가소리가 흘러나오고 있는 곳을 향해 잰걸음을 났다.

시멘트부대가 사위로 둘러앉은 자리, 예컨대 쓰레기소각장의 음충스러운 블럭담을 떠올리게 하는 옴팡진 곳에, 쓰레기 대신 '할렐루야상'이 누워 있었다.

성준이 비료부대를 털석 내려놓으며 '사무장님 접니더' 했을 때, 그는 숙취의 눌눌한 눈꺼풀을 파르르 떨며 참으로 엉뚱한 소리를 했다.

"… 얼라? 비고장각하가 워찐 일이다여?"

"……?"

"… 가만, 가마안— 아니 이게 누구여?"

화닥닥 자리를 차곤 무릎걸음을 쪼르르 재겨딛던 '할렐루야상'이 그제야 성준을 알아차리며 난감한 표정을 지었다.

"이게 뭔 지랄이여?… 미나라이 유군 아닌감!"

"맞지러. 미나라이 유성준입니더."

"내나 그라게 말여… 환시두 유분수지 자넬 엉뚱한 사람으로 착각혔등갑마안."

'할렐루야상'이 깨적거리는 눈초리께를 염사없이 닦으며 겸연쩍어 했다.

"옛날 말이 하나두 틀린 게 옳지. 낮술은 미친개헌테 효험이구 축시 이강주는 과수댁 불두덩에 밑불효험이라덩만 근자에 들어서나 바로 내가 미친개 뿐이여. 폭폭헌 심사를 자가치유 헐려다봉게 술배끼 비방이 옳구. 그려서나 겁두없이 깡주로 너댓홉 냉겼더니 영낙읎이 헛 것이 뵈더라는 요런 논설이여. 재정상황이 여의치 않다봉게 안주를 곁들일 수가 있으야지. 허어음—"

"… 우짠 일이라예?"

"뭐시이?"

"배가 엄네예."

"… 당연허지."

"열 아홉시 출항예정이라꼬 안했임니꺼."

"… 고것이사 워디까정 예정아닌가뵈? 출항샤치가 떨어져사 배가 뜨지… 자네나 나나 쬐끔 폭폭헌 마당인디 폭폭치료주나 한 두사발 환배험이 워찐감? 민물괴기 즐겨허는지 몰러어."

"… 비상 빼놓고 못 묵능기 어데 있음니꺼."

"까 까 까아― 미나라이두 원칸 시대적으로다가 상위혀잉. 옛즉의 미나라이덜은 거어 뭐시냐아. 유모아라는 것이 바싹 말라붙아 뿌렀었는디 요즘 미나라이덜은 유모아두 자생적으로 발전혔구 수준도 원칸 향상된 바 있어잉. 가셰. 해감내나는 음석 안주삼아서나 폭폭심사나 달래구…"

허술한 민물매운탕집에 마주앉아서도 '할렐루야상'은 딴소리만 거푸 뜨덤거렸다. 가령 '요런 것두 매운탕이여? 고냥 들깻닢에다 비늘 쬐끔 풀어서나 숭내를 내니… 끌 끄을― 방아잎 몇 개만 들어갔어두 몰국이 월매나 시언할 것이냔 말여?', '니길허얼― 바가사리라구 칠팔세 남아의 좃만허네! 오금살 한 점 읎는 것이 뿔만 까죽 뚫게 생겨 묵었잖여' 어쩌구 속절없이 엉절거렸던 것이다.

한동안 걸신든 묵은초처럼 먹는 일에만 여념없던 '할렐루야상'이 매운탕 한 그릇을 거진 바닥내고 나서야 그르르 끄윽 개트림을 쏟았다.

"오랜만에 포식만복혔지이― 그런데 거 뭐시냐, 본사 차 과장이 출항연기 사항에 관한 제반설명을 안틍감?"

"… 지가 떠날 때까지 벨 말씀 엄썼임니더."

"끌 끌 끄을― 배창시 봉봉헌 늠덜 허는 짓이라는 것이 모다 무성의 일변도로 매진헌단 말여… 벨스런 사단이 급발헌 것은 아니구, 거 뭐시냐, 수리부분에 하자가 생겨서나 재수리점검이 필요헌 걸루 알어."

"디게 오래된 배인갑지예?"

"천부당만부당헌 말씀!… 우리 선박허구 유사헌 모델이 대한민국 바다에는 따악 서너척 뿐이여. 앞으로도 근 10년 더 취역혀두 까딱웂는 배를 보구 맥웂씨 슬픈소리 허지. 아니, 아무리 미나라이라제만 부산 석탄부두같은 데서 우리 배 웅자(雄姿)를 봤던 즉두 옳어?"

"어데 배로 지대로 판단할 실력이 있겄임니꺼. 물에 떠있으모 고마 다 배인갑다 그랬지예."

"허기사아… 자그만치 6개국 합작으루다 만든 배여!"

"……?"

"대한민국 정부는 뭘 허구 있는 지 몰러. 고녀려 훈장인가 포상인가 쌔기두 쌨두만은, 아 포상을 줄랴치면 우리 배에다 줘사지… 외화획득의 최선봉에서 국위선양 허다 보니까, 시상에에— 우리 배처름 고상 고상헌 배가 또 워디 있당감?"

'할렐루야상'의 눈꼬리로 야릇한 웃음끼가 얹혀 있었다. 태화강변의 대낮을 내려다보고 있는 그의 모습은 흡사 수평선을 조망하고 앉은 병든 신천옹처럼 쓸쓸하고 처량했다. 새끼손가락으로 아금니를 후벼대며 쏩 쓰읍 이똥 설겆이를 하고있던 그가 여전히 태화강변에다 눈길을 떨군채 물었다.

"비료부대는 어따 쓰려구?"

"작업복, 침낭, 머 그런거 안너왔임니꺼."

"… 비료부대에다 고런 거 담아오는 것은 워디서 또 배웠댜?"

"… 친구가 그러데예."

"워찟거나 자네는 딴 미나라이덜허구 다른 점이 많어잉. 머던 미나라이덜 같으면 수출외항선 승선헌다구 대짜 로라빽 굴리면서 생색을 뜨는디… 그건 그렇구, 오날버텀 워디서 유숙헐 참이지?"

"글쎄예… 얼매나 기다린답니꺼?"

"아마도 대엿새쯤은 잽힐거여."

"……"

"단골 여인숙도 견딜만허구. 고것이 아니라면 출장소 막사두 그런대로 배길
만혀. 까짓거 대엿새— 워디 백히나 후딱 지나가긴 마찬가지여."

"사무장님은 어데 기실 겁니꺼."

"나사 출장소막사에서 고냥 배겨나지. 창고로 쓰던 가건물을 임대혀서나 집
기, 쇼파, 허름헌 것들을 요것 저것 조형한 목자라서 비좁구 쭙쭙헌 것이 흠인
디, 고것이 불편지사라면 아까 나처름 공구리부대 속에 포옥 안껴서나 쬐끔 시
들구나면 금새로 개뿐혀지지."

'할랠루야상'이 담배 한 개비를 태워 물었다. 그리고 나서 의뭉스럽게 목소
리를 낮췄다.

"이건 워디까지나 우리 둘만의 비밀사항인디… 경제사정은 워찐감?"

성준이 영문을 몰라 어벌쩡한 표정을 짓자 '할렐루야상'은 답답하다는 듯이
자쳐 물었다.

"난데읎이 개똥먹은 낯짝은 왜 한댜? 한나도 안어렵니이— 즉결루다 자른다
면 돈 월매나 가지구 있느냐 허는 말이여."

"… 벨로 엄씸더, 출항날짜까지 여인숙 방값정도 딱 맞겠다 싶은데예."

"오해허덜 말어. 갖인 돈 나헌티 꿔돌라는 소린 줄 아는감, 시방?"

"어데예, 그럴 리가 있임니꺼!"

"되랴 내가 월매 차용혀 줄까 허구 해본 소리여."

"배로 탈낀데 무신 돈이 필요있겠임니꺼?"

"… 그 말도 옳긴허지, 허제만 한푼 읊는 이는 원칸 폭폭헐거여.… 좌우당간에 돈이 필요허다 하면 나헌티 부탁혀."

"우짜든동 고맙심니더!"

"뭐얼 고까짓 일루… 그리구 아까도 전제혔지만 요런 말은 우덜 둘만의 일루 허자구."

"… 하모요."

"그람 되얐네. 슬슬 나가보지."

성준은 태화강변의 민물매운탕집을 나와 '할렐루야상'이 일러준 여인숙에 들어박혀 버렸었다. 사흘 동안을 줄곧 방속에서 죽치면서 윤병국의 전화를 기다렸었지만 그것도 허사였다.

하늘과 바다를 따로 분간할 수 없을 정도로 뿌연 빗무놀에다 살을 섞은, 온통 검회색 사방이었다. 어제만 해도 '절목' 등재에서 '부두로'로 뻗히는 비포장도로 위로 물큰한 흙먼지가 간혹 회오리바람 따라 간지럼을 탔었거늘, 만 20시간 넘게 쏟아진 비를 담고 아직도 응등그리며 내려앉은 밤하늘은 사위의 형체들을 거진 숨기고도 기승이었다.

번쩍하고 번갯불이 부시치더니 금새 귀청 터지게 천둥이 울었다. 버얼겋게 닳은 번개벽도질이 깨죽나무 뿌리만큼 너슬거리는 불똥을 찢어발기며 염포산 밑의 '성내' 쪽으로 내달았다. 그 화광 속으로 바다인지 하늘인지 가늠 못하며 날으는 물새떼가 끼루룩대며 쏜살같이 사선을 긋다 사라져갔다.

'야음동(뻔득말)'의 외진 곳에 자리잡은 여인숙은 주변의 악취란 악취는 다 몰아담고 푹 푹 곯아터지는 참이었다.

녹슨 쇠창살을 부여잡고 맵디매운 눈을 몇 번 지릅떠 보던 성준은 풀석 무릎을 꺾었다. 정강이께가 뻐근해 오면서 욱신덕신 통증이 일었다.

얼마 전의 일이었다. '달동'의 여틈한 언덕배기에 앉아 막소주 두어잔 건포도 안주에다 막 넘긴 참이었다.

선지빛 챙을 단 운동모를 삐딱하게 눌러 쓴 녀석이 '오매 숨통이야, 시바알— 옷이 아이라 빨래깜 안났나!'하며 성준의 곁으로 쪼그려 앉았다. 녀석은 할기족족 성준을 살피면서 앉은 걸음으로 다가왔다.

"와 요레 처량한기요? 내 보이까네 형씨 그림이 우쩨 처량한지 고마 팔자다 싶습니더. 앉으도 스도, 눕어도 디비져도, 고마 팔짜다 싶은 놈들끼리 놀아사 위로 아이겠나카고… 담배 있으모 한 대 도고."

무심코 담배를 꺼내던 성준은 순간 느닷없이 화뿔이 돋쳤다. 기껏해야 열 칠팔세 될 법한 녀석이 넉살좋게 집적대는 단수가 보통이 아니다 싶었고, 끝말을 '… 있으모 한 대 도고!'하며 갈무리짓는 얌상머리 없는 말투가 무척 비위를 건드렸던 탓이었다.

"담배는 좋다마안— 내 언제 자네보고 곡마단 나팔 불어돌라겠나? 머시 고레 처량한 기 팔짜다싶노?"

"오매 무시라아!… 첫 빤찌에 자네라겠나?"

"카모오 우짤낀강?"

"… 내도 그라모 자네에게 할말 있제. 이 쎄가 천만발이나 빠지가 죽을 손아! 그래도 이심전심 친구나 삼자꼬 내는 사알 자네 뒤로 밟았는데 감사문은 고사하고 우쩨 요레 얌통 뿌가지게 놀 수 있노?"

"… 머시라? 자네가 와 내 뒤로 밟아?"

"고마 낯이 익다싶어가!"

"… 낯이 익어?"

"아래께 태화강변에서 봤다싶제!"

"고래!⋯ 내 우리 배 사무장하고 민물고기 묵었꾸마.⋯ 기기 우쨌다는 말이가?"

"오매야 요 답답한 손아! 그래저래 인연이라카는 말씸 아이가.⋯ 내도 디게 답답한 목심이야. 보이까네 자네도 억수 폭폭항갑드라!⋯ 고마 다아 흘러간 옛노래라 차뿌고— 우짠 배로 승선했나?"

"내 와 닐마 말에 이라요 저라요 대답해사 쓸끼고?"

녀석이 뒷쪽을 흘끔 살폈다. 어깻죽지가 떡 벌어진 30대 사내 둘이 스런스런 다가서는 참이었다. 사내 둘이가 성준의 좌우로 다가와 무릎을 꺾고는 대장깐 앞맷꾼처럼 우람한 앙가슴을 벌쭉거렸다.

한 사내가 이죽이죽 징글맞게 운을 뗐다.

"동생도 고마 새까만 동생뻘로 상대해가 쏙 씨랍은 꼴로 볼끼 머꼬?⋯ 보입시더, 내하고 화문화답 해보꾸마아— 울산엔 첨잉갑다. 그라요?"

"우짜든동 요레 오래 있어보기는 처음잉가싶지예."

"아께 머시라켔더라아?⋯ 옳거로. 사무장카는 사람캉 술로 묵었었다꼬 했지러?"

"⋯ 그래서예?"

"내나 보성호 사무장 말씸아이요?"

"보성호?"

"차암— 와 요라요? 지가 탈 배 선명도 모르는 뱃놈있오?"

"배 이름이 회사이름 따가 붙였다모 고레 되겠네예.⋯ 내는 보성해운에서 승선명령을 받았으이까네."

"⋯ 언제 출항할끼요?"

"그것을 암사 와 팔짜로 처량할끼요?"

"고마 치아삐리고 딴 배로 탈끼제!⋯ 고레 석은 배를 와아?"

"보소들! 와 요레쌌오? 남이사 개좆으로 해구탕을 끓여 묵든 말든 당신들이 먼데에?"

성준이 견디다 못해 벌근거리자 이번에는 다른 사내가 껴들었다.

"당신 보성호 탈라꼬 디게 독한 맘 묵었능갑다. 그자아?"

"… 대체 무신 뜻이요?"

"무신 뜻이라이?… 당신 계획이 말짱 헛고상이다 이기야!"

"절마 말매꼬로 앉아도 스도, 눕어도 디비져도, 오매불망 배 타능기 소원이었다. 와아? 헛고상또 내 팔짜일따! 무신 상관이야 당신들이!"

손가락마디를 우두둑 꺾어대며 울근불근 힘살부리던 녀석이 부삽만한 손아귀로 성준의 목울대를 옭아줬다.

"맹심해사 쓸거로 이 문디이셰끼! 거짓말만 했다케보제. 고마 쎗빠닥으로 열발 상모로 몬 만드나!… 바로 대랏 이 불여수셰끼!… 니 어데서 왔노?"

"와, 와? 부, 부산에서 왔다! 지기고 싶으모 고마 지, 지기랏!"

"머 할 일 엄꼬로 빼짝 마른 북태셰끼같은 니로 지길끼가?… 내 말 자알 들거래이. 니노무셰끼가 바닥뱃놈이다카모 보성호 출항 때 고마 들낼끼다만도, 만에 하나아— 얄궂은 데서 밀탐꾼으로 사알 들어왔다카모 시방이라도 발빼랏! 울산 올 때는 택시타고 왔제만 부산 드갈 때는 영구차에 눕어간다! 이노무셰끼 알아들었으모 알았임더 캐랏!"

순신간의 일이었다. 두 사내들의 무작스러운 발길질이 정강이를 벼락쳤고, 성준은 아뜩한 정신으로 나뒹굴었었다. 아슴아슴 기력을 잃어가는 고막 속으로 패거리의 이런 말들이 겨우 들어 앉았었다.

'비고장, 처억 하모 삼천리다. 벨 일 엄따싶다',

'벨 일 있으모 우짤끼야. 요레 시껍했는데 우짠 봉쇠 간땡이가 깐작대겠노',

'알았으예, 그 때 보입시더.'

또 한 번 번갯불이 일었다. 이내 천둥이 일면서 아단단지 터지듯 요란한 폭음이 '명촌동' 대도리께를 들부수는 듯 싶었다.

성준은 번듯이 드러누운채 꿈속의 일만 같았던 사건들을 떠올리고 있었다. 숙취의 눈꺼풀을 하르르 떨며 엉뚱한 환시 위에 얹혔던 '할렐루야상'의 '비고장 각하'는 누구이며 참으로 느닷없이 명화적 작태를 자행했던 '달동'의 패거리들이 읊던 '비고장'은 도대체 어떤 연관이 있다는 말인가.

성준은 저도 모르게 연신 도리질을 해댔다. 주망연사의 원점을 배회하는 늙은 거미처럼 성준의 식별력은 거진 형상 저 멀리서 굳게 닫혀 있었다. 그만큼 지친 탓이었다.

그 때였다. '쓰르르 때깍 쓰르르 때깍' 잔망스러운 소음으로 이어지던 슬리퍼 소리가 방문 앞에서 뚝 멈췄다.

"이 방 손님 있나?"

"쪼매 전에 억수 취해가 들어왔는데 있기사 안있겠임니꺼."

"노크로 해보거로."

"말또 몬하게 취했다 아입니꺼? 오세미만 점치나? 모르긴 해도 고마 정신엄씨 곯아떨어졌을낀데!"

"니 혼자 산통 흔들지 말고 퍼뜩 노크로 해보라는데."

"몇번 봤다꼬 닙니꺼? 노크는 벨난 손까락만 한답니꺼. 고마 똑똑 뚜다리모 노크 아잉갑다."

"절차가 있능기다. 조바가 해사 질서유지 아이겠나."

"조바아? 시상에 자유대한 쎄라제만 고레 놀리가 수갑 안찹니꺼? 내 삼십 다숫이라꼬! 쎄는 침점이나 놓고 입은 사람 눈끔 놓아라카더만은 낼로 보고 조바카는 사람도 첨보요!"

"시바알— 꽃값 얼매 챙겼거로 깐죽깐죽 씨부라쌌노? 몬하겠다모 고마 가삐 이면 될낀데 와 쎄로 놀려?"

"아제! 이 냥반 누꼬오?"

"쉬잇— 아제 아제 하지 말라고 을마나 당부했는디 내동 또 그 소리여? 이 냥 반 오늘 쪼끔 취했어야! 매사가 난마같이 팬 상태라서 사람을 날갑게 접으라고 한다만은 뒤는 엄는 사람이제잉… 오매 드르라아! 젖꼭지 우개로 포리 앉은 것 좀 보소잉. 오매애 저 젖꼭지를 으짠 놈이 또 빨랑가잉… 젖가슴이나 여미고 후 딱 퇴족하랑게 그냐, 어허음—"

"오매야, 이 쥐두이!"

여자가 따박따박 슬리퍼를 끌며 돌아가는듯 싶었다. 문밖의 정황으로 미루어 둘은 사내요 여자는 침실당번 옥씨 아줌마가 분명했다. 경상도 사내의 거친 말 투를 힐난하며 억샌 남도사투리 사내를 '아제'라 불렀음인즉, 남도 사내와 옥씨 아줌마는 소연한 관계는 아닐 거였다. 그러니까 남도사투리의 사내는 어쩌면 '보성해운'쪽의 사람일 것이라는 설데친 예감도 할 수 있었다.

'할렐루야상'이 천거한, 이른바 '단골숙박업소'가 아니던가.

성준은 빨래나 진배없는 바지를 벗어 아랫목에다 뭉퉁그려 놓고 상반신만 방 벽에 빗금 그으며 엇비슷하게 앉았다. 노크소리가 두어 번 울렸다.

"누고?"

성준은 역부러 우퉁맞을 정도로 쏘아부치고는 데데하게 담배를 꼰아 물었다.

"관내에서 임검나왔임더."

"문 안잠갔다 아임니꺼."

"… 열 두신장 철갑문잉갑다 카고 고생만 억수했제.… 실례에—"

사내 둘이 방 속으로 들어섰다. 두 사람은 서로 너무 다른 모습이었다. 경상도 말씨의 사내는 땅딸막한 체격에다 백동태안경을 걸쳤는데, 어림짐작에도 반풍수 책력 더듬듯 쏠쏠한 허세를 즐겨하는 듯 싶었고, 나이는 50대 초반쯤 돼 보였다.

또 한 사내의 인상이 참으로 유별났다. 깡마른 허위대에 붙은 대골사지들이 흡사 왕거미의 발을 연상시킬 정도로 길고, 동요없이 쳐다보는 눈은 먹개구리를 또아리 잡고 노리는 칠점사의 그것처럼 야멸차고 독했다. 무엇보다도 섬뜩한 것은 그의 입이었다. 가늘다 못해 얍실거리기까지 하는 꽃자주빛 입술이 꺽쇠형 상으로 볼따귀 가운데에 옮겨 앉아 있었다. 그런 입술 탓일 것이었다. 그는 시발하는 증기기관차처럼 볼따귀 가운데 께로 담배연기를 '피시 피시' 뿜어대며 멀거니 성준을 건너다 보고 있었다. 망아지경의 인도 요가술사처럼—.

백동태안경의 땅딸막한 사내가 사뭇 야젓하게 행세 졌다.

"푸아아아— 자부랍다꼬 디비져 자봤나 말짱 깼다꼬 피조개 피로 묵어 봤나? 피곤이 쌓이다 보이까네 하품만 억수 풍년났제… 몇 마디 간단하게 주고받기로 하자꼬… 울산에는 언제 왔소?"

"나흘 지나갑니더."

"출항날짜가 언제요?"

"똑뿌가지게는 모릅니더."

"무신 배로 타는데?"

"보성해운 수출선잉가 싶지예."

"… 보성호구만?"

사내가 담배를 붙여 무는 사이에 성준이 열통적게 놀아봤다.

"울산사람덜이 와 낼로 못묵어 해쌌는지 모르겠오! 테러로 안하나 골병든 사람 앉혀놓고 심문을 안하나."

"이 사람아 머 고레 삐딱하이 나가노? 내사 임무수행 하능거 뿐이다. 승선을 빙자하고 우범자덜이 뚤뚤 몰리이까네 형식적으로라또 조사로 해사쓸끼 아이가."

"도대체 우범자로 우째 가리는깁니꺼. 배로 타겠다꼬 다리빼간지 뿌가지게 고상하는 사람이 우범자요 죄없는 사람 미행해가 쎄리패는 놈덜이 우범자요?"

"그것이사 자네가 생각해보모 알낀데?"

"문교부가 들어사 사리판단도 하제 내같은 무식한기 멀 생각할끼요? 내는 모르요."

"… 테러 테러 해쌌는데 대체로 우짠 테러로 당했단 말인강?"

사내는 한쪽 눈을 지긋이 감은채 그 감긴 눈꺼플 위로 담배연기를 피워올리고 있었다.

"쎄 나오게 셰리패모 테러제 말로 하는 테러도 있답디꺼."

"… 우짜겠노 참아삐리사제… 고마 퍼뜩 끝내삐리자. 배 탈 맘 묵기 전에는 멀 했어?"

"실업자로 푸욱 썩었임니더."

"… 전직이 엄썼다?"

"전직이 있었으모 연줄 연줄 육상에서 쏙팬히 살제 머한다꼬 바닥뱃놈 된답니꺼."

"오참 승선이 첨잉갑다."

"승선경험이 있으모 미칫다꼬 미나라이 신세 됐을끼요?"

"고마 됐다!… 몸살약이라또 사가 묵어사제 그냥 디비지모 디게 아플낀데."

사내는 병주고 약주는 격으로 자잘모름 어르더니 일어섰다.

"파출소는 어데 있임니꺼?"

"… 그건 와?"

"신고로 해사 분이라도 풀릴 것 같아서 그라요."

"이 사람아 참으라카는데 와 그래? 울산바닥에 맨 깡패덜인데 글마덜이 자네 쎄리팼다꼬 피켓들고 다니나?… 더럽은 일진 액땜캤다꼬 고마 쏙 팬히 갖능기다."

여태까지 한 마디 말이 없던 입삐뚤이사내가

"보셰잉. 자네맨치로 순진무구한 사람을 후드러팬 새끼들이 시방쯤은 자가반성에 처해 있을 것이시. 지금싸라 요런 말 할랑게 쪼끔 갠지럽네마는 그냥 고때 내가 있었다면 요 삼지창 관수로다 그 셰끼덜 갈비짝을 안 떠뿌렀겄는가잉! 참 쏘잉. 이 냥반 말이 암짝해도 옳탕께."

하며 성준의 등짝을 도닥거렸다.

두 사람이 방을 나가고난 뒤 성준은 한동안 골똘한 생각 속에 잠겼다. 입삐뚤이사내는 십중팔구 '보성해운' 사람일 거라는 다짐과 함께 백동태안경에 대한 야릇한 뿌다귀가 억실억실 일었다.

'이노무셰끼 틀림없는 사꾸라다! 임검 형사가 저레 한 가랫또짜리 다이아반지로 낄 수 있나!… 임검의 기본기는 주민증검사인데. 저노무셰끼 어데 주민증 뵈도고 말이나 했더나!'

이런 생각 끝에 성준은 무작정 '보성해운 울산출장소'로 잠행할 것을 결심해버렸다.

성준은 여인숙을 나서자마자 곧바로 택시를 탔다. 백밀러로 성준을 살피고있던 기사가 물었다.

"어데로 갈까요?"

"보성해운출장소 알제예."

"보성해운출장소?… 보성호 한 척 갖꼬 디게 광잡는 그 회사말잉갑다."

"맞심니더, 보성호!"

"내나 유엔선박 말씸아이요."

"… 유엔선박?"

"… 머 그런게 있오. 그 배에 첫항차 승선합니꺼?"

"그란데예."

"앞으로 서로 상부상조하고 삽시더."

"피난물건 위급운반시에 내 차로 이용해주소. 남외동 차기사 카면 부두에서는 대강들 아요."

택시는 희붐한 보안등이 안개빛무놀을 밝히고 있는 곳에서 성준을 내려놓자마자 달아나버렸다. 밤길이라지만 고대 사위가 눈에 익었다. 그 젖배곯는 제비새끼 울음같은 찬송가 곡조만 없다 뿐이지, '할렐루야상'을 쓰레기처럼 싸안고 쌓였던 시멘트부대들이며 화물하적장의 스레트 구조물들이, 그 때의 정경 그대로 선연했다.

늙음늙음한 단층목조건물의 덧창 사이로 한댕거리는 백열전구가 불그댕댕 산광하고 있었다. 세 개의 반쯤 열린 덧창으로부터, 사근사근 어르는가 하면 고대 욱대기는 소란이 흘러나오고 있었다.

성준은 발짝소리를 족제비 처녀사냥 뜬 본새로 죽이며 덧창 앞으로 기어들었다. 실내를 정탐하던 성준은 하마터면 우악 소리를 내지를 뻔 했다. 군데군데 옆솔기가 터진 허름한 회전의자에다 등을 묻은채 '할렐루야상'이 앉아있었고, 그를 향해 ㄷ자 모양새로 놓인 쇼파 위로 낯익은 얼굴들이 껴앉아있었다. '할렐루야상'과 ㄷ자 모양의 쇼파 가운데 쯤에 낡은 전기곤로가 안주감을 부글부글 끓여대며 버얼겋게 닳코있었는데, 그 안주냄비를 가운데 두고 또 대각선을 그으며 입삐뚤이사내와 임검형사 짓거리를 했던 백동태안경이 마주앉아 있었다.

ㄷ자 모양의 쇼파를 훑어보던 성준은 커억— 실축는 숨을 겨우 다시 이어야 했다. 그 것은 ㄷ자 모양의 쇼파를 차고 앉은 세 명이 '달동'에서 덥절덥절 어울리던 패거리였기 때문이었다.

선지빛 챙을 단 운동모를 얄뚱치개랍게 비뚤어 쓴 녀석이 콧구멍을 오비작거리며 짜장 시건방진 어투로 말했다.

"내 솔직히 말해서 요레 간땡이 쪼르는 일은 첨 당하요! '진보3호'·'철용호' 모다 누구 덕에 새까루로 모았는데예? 내 자랑 삼자는 말은 아이제만 그 사람덜은 요 비고장을 억수 자알 대접해줬임더!… 몽딱 양말, 몽딱 티샤츠에다, 고도방(Cordovan) 구두, 켄톤 바지 촤르르 입꼬오— 어데 그 뿐입니꺼? 지오구땅도 한 항차에 대여숫갑 받아묵었임더!"

'할렐루야상'이 시큰둥 말을 막고나섰다.

"여봐여 비고장각하! 비고장은 뭘 몰러두 한참 몰러. '진보3호'·'철용호'·'월세계' 고것들은 원칸 와리깡이 순조로운 배라는 점을 감안혀사지. 우덜 배는 와리깡 참여 주주가 모다 18분이란 것을 워찌 모르는 지, 고것이 섭섭혀잉!"

"후웅— 그것이사 어데 지 문교부소관사항입니꺼?… 지는 그런 문교부는 모릅니더!… 하제만 이거 하나만은 알아돌라 이기요!… 보입시더. 딴 배덜은 지고데 솜씨 하나로 큰 사업만 자알 하면서도 단 한번도 낼로 쏙상하게 한 지기 엄씸더. 내 머 몽딱양말 몽딱샤츠 켄톤바지가 부러버서 이러능기 아이라예. 오참 일또 이기 멈니꺼?… 딴 배들 보이소! 지 불고데 한 번 지직했다카모 그 항차는 보증수표입니더. 설사로 사업이 황났다 칩시더. 그란다꼬 내께 요런 고민 안줍니더! 막말로 정분 못 배신해가 비밀창고나 비밀 칸막이 만들어주는긴데, 보성호매꼬로 내 매가지가 요레 숨또 몬쉬게 뽁아싸모 항차 우짤끼요?"

"요참 일은 좌우당간에 서루가 아연해뿐졌지!… 우덜두 시방 악몽을 꾼 고런 심사여잉. 워찟거나 캡틴이 정보를 입수혔다면 필시 우덜 안에서 배신자가 나왔다는 증거 아니겠남?"

"그런 말씸 할라카모 누가 몬합니꺼? 돌배기 얼라가 웃심니더!"

"어얼라?… 그람언 누가 우덜 계획을 탐지혔단 말인감? 돼지몰이칸두 아니구 고작 비밀창고 조립껀이었는디 수리부분 하자의 재수리라야?"

"누가 누구 할 소리로 하는 지 모르겠다! 사무장님요 보소오— 내는 요레 민심니더!… 오번 첫 항차 타는 셰끼덜 중에 밀대가 있다."

"그 점은 룀려를 안혀두 돼야.… 두 놈덜은 아적까지 낯짝을 안뵈니깐 출항때나 타래로 묶어치면 되구우… 한 늠은 다각도루다 정탐 내지는 접선을 혀봤지만, 고거어— 아주 명료한 미나라이여!"

"고것이사 지도 자알 아요. 글마 그거 영 한데던데 머얼…"

그때에야 입삐뚤이 사내가 입을 열었다. 그는 소주 반 병쯤을 단숨에 꼬르륵 넘기고 나서 몹시 개운찮은 표정을 지었다.

"그나저나 배치기 댓빵들 하는 짓들이 너머나 서툴어뿐졌드구만잉?"

그의 말끝에 '달동'에서 대장깐 앞맷꾼처럼 앙가슴을 벌쩍거리며 성준의 정강이를 벼락쳤던 녀석들이 북 부욱 뒷통수를 긁적대며 안절부절 못했다.

"와요? 우리사 삼지창성님이 시키는 대로만 했을 뿐인데 머얼?"

한 녀석이 시큰둥 앙짜부리자 또 한 녀석이 거들었다.

"니기미시발! 울산 황모파배치기로 우쩨보고 하는 소리야? 고레 답답한 전략을 짜가 일로 부탁하이 우리도 고마 매가리가 풀리던데 머얼… 글마 그거 팔짜로 미나라이더라꼬! 오매야아— 중앙에서 급파한 정보원이 우쩨?… 교통부 암행조사반이 우쩨?… 비고장 조립을 사전에 탐지한 세관특활반이 우쩨? 모다 몽땅그리가 니기미십이라카소얏!… 황모파 배치기들 모지방은 와 긁소?"

"움마아? 저 씨발놈 봐야잉! 니 나보고 니기미십이라카솟 했냐아?··· 네에라 요 보밴데 없는 호로쎄끼하고는! 나사말로, 니애미 보지다잉!"

"욕또 디게 무식하제!··· 곡조가 와 저레 징그랍노?"

"카악 조자뿔라 잡셰끼덜! 니기미십이라카솟이 계면조 휘모리면 니애미 보지 는 동편조 중모리어야잉!··· 다 맹글은 비밀칸을 다시 뜯어내라꼬 캡틴이 지랄 지라알 했다먼 반다시 미나라이로 가장한 정보원 소행일 것이라고 꺼억 우긴 놈들이 누구냐?··· 살 살 뒤따라 붙어서는, 멋잉가 징조를 찌까닥 잡으라고 했 제, 아니 내가 은제 송장같은 셰끼를 무담씨로 쎄레잡으라고 하디야?"

"시발놈이 쥐두이로 놀리거로 빼간지 쪼매 사알 만져준 기 뿐이요 어데 상한 데 있입디꺼?"

"황메에 얼척없어서 나 미치겠다잉. 빽따구를 살 살 만져준 것이 그 정도잉께 느그덜 손맛을 쪼금 알아줬으면 좋겠다아— 하는 암시 아니겠냐잉.··· 일언이 폐지하고, 니 애미 보지이— 나 요 삼지창은야, 곰방 죽어도야, 고렇게 잔학무 도한 무술은 발휘하딜 않해야잉!··· 씨발놈들이 중구합성 까불래? 뭣이야? 으 디 상한데 있다냐고? 아니 으찌께 상해사 느그덜 눈에는 웜매 다쳤능갑네 할 것 이여?··· 상한 정도가 아니라, 아조 쪼인또가 나가뿔졌든디 머어. 요 잡셰끼들!"

"쪼인트가 나갔으모 우쩨 여인숙까지 드갔겠임니꺼?"

"카악 죽애뿔라 잡셰끼들! 그랑께 환언하먼 여인숙 입출입은 가하도록 완만 하게 상했드라 그런 말이여."

"··· 급경사로 상한기 아이고?···"

"저셰끼 부애 맥이는 것 좀 보게?··· 느그덜 참말 맘놓고 놀래?··· 그것도 아니 라면 황모댓빵하고 마르팅께 삼지창 하고 후닥딱 붙게 해도라!"

"황모성님캉 유감이 많은 갑지예!"

"유감이고 무감이고 유엔선박 끝종 쳤다하먼 울산도 시마이여!… 나 오늘은 기분이 무지하게 다르다이? 지발로 고만 두자잉!"

'할렐루야상'이 날렵한 판별력을 앞세워 넌덕부렸다.

"지바알 고만들 두어어— 시방은 일종의 유사시여, 유사시!… 자아— 이성들을 가지구 타개책을 모색혀 보더라구!… 내 생각에는 미나라이 유가두 원칸 맥움씨 당혔지!… 미천헌 나지만서두 미나라이 유가는 절대적으루다 정보원이 아니라는 확신을 잡았었다구.… 그람언 문제는 두가지 의문점을 갖게 되야 있네. 하나는 캡틴 스스로 주욱 밀탐혀 온 지략적 탐색잉가 허는 문제이구, 또 하나는 와리깡에 대한 불만을 축적혀온 우덜 동지간의 밀고가 아닌가 허는 의혹 아니겄나암? 그란디 전자의 경우는 다소 납득 않갈 사항이 유허네. 여러분덜이 주지혀다시피 본선 캡틴 한 선장께서는 우덜의 사업을 아니 우덜의 외화획득을 생존고적인 측면에서 이해허구, 알면서도 모른채 묵인혀 왔든 처지였지. 그럼에두 불구허구 오날사야 말로 새삼스럽게 빈한해양의 치부 내지는 약점을 도려내서나 고의적으루다가 난마사단을 일으키실 분은 도무지 아니란 말씀이지… 다음으로 후자의 경우를 생각혀 보지. 사실상 본선 승선자의 9할은 생존의 절망고를 해결헐 방편으루다가 본선 특유의 외화획득사업을 적극 찬동·협력해 온 동지들로써, 그 동안 기십명의 하선자가 있었지만 단 한 껀두 고의적 고발이 옰었니이… 상식은 워찐 면에서 통념허구 한 뼛대여! 고발혀봤쟈 어찐 면에서는 자신두 범법자인디 구타여 고발함으로써 자신의 인격과 이력을 추락시킬 필요가 나변에 있겄등감?… 대충 이러헌 분별력으로다가 금반사태의 원인이 될 법한 두가지 의혹을 나는 원천적으로 부정허지."

백동태안경의 50대사내가 '무신 괴기인데 짜밥기만하고 요레 맛이 엄노?' 하며 사물패 선장단 삼아 숟갈 몇 번 혜적거리는듯 싶더니 맛깔 흠잡곤 금새 기가 살았다.

"사무장님 말씀에 하자가 있다는 뜻은 절대 아이고오— 다만 다소 섭항기있오!… 내 안할 말로, 보성호 사업— 아니 보성호 외화획득 국위선양에 내도 미진한 능력을 다 해왔다 아입니꺼, 수입품목의 신속처리, 시셋가의 '적정준용' 대금의 즉시 지불 등등— 그리고 무엇보다도 자랑할만한 것은, 내 '보성호'의 외화획득 역군들에게만은 언제나 물품구입비의 선금지불을 철학으로 삼았임니더!"

'마르팅케 삼지창'이라고 스스로 으름짱놓던 입삐뚤이가 젓갈 끝으로 와살스럽게 다글다글 끓고있는 생선의 배때지를 가르며 실미적지근 읊조렸다.

"최사자앙— 안주는 지기미 저혼차 좋다고 끓어쌌는디 통성명은 하등가아?"

"시발놈어 물괴기가 어데가 배때지인지, 어데가 아개민지, 어데가 사타린지 고마 분별또 할 수 엄네, 이기 어데서 난 괴기야?"

"… 횃대고기 모르신가?"

"횃대괴기이?… 괴기가 횃대로 차고 깐죽깐죽 해봄사 머할끼라꼬?"

"이 냥반아, 고런 뜻이 전혀 아니구만잉.… 조선반도 동해 말로 횃대는 곧 좆이구만잉!"

"… 횃대가 좆이라이?"

"임원에만 가도 요 목자가 금새 좆보 성함으로 둔갑하요잉. 현대적으로 칭왈해보먼은 횃대고기 이콜은 좆괴기요, 좆보 이콜은 횃대랑께?… 여그를 깔짝깔짝 혓바닥으로 핥어보랑께 그네."

"… 이기 배창시고, 살이고, 빼간지고?"

"좆이라데잉!"

"… 물괴기 좆이 마로 요레 크고 시끄랍노?"

"고런 사유를 나도 모르겄다 요것이구만? 시간적 여유만 있었다 했으먼 요 좃을 회로 쳐사 했제잉. 횟대고기 좃은 횟깜으로 그냥 스바라시이 어짜고 죽어넘어지게 돼 있다고들 하덩만은."

"임웬?… 동해 '갈남' 동북간의 '임원'에만 드가모, 시끄럽고 억수 큰 물괴기… 머라켓제?… 옳거로, 횟대괴기!… 그노무셰끼 좃으로 회로 삐진다꼬?"

"어따아— 고요히 협시다잉.… 당신 반론에 본선 사무장이 깨나 날캄해뿠졌구만?"

백동태안경의 50대는 얼핏 보기에도 몸뚱이를 주체할 수 없을 정도로 취해 있었다.

"내 말에 다소 하자가 있다는 것을 증빙혀야 도리올습니다유!… 물품구입비의 선금지불, 수입품목의 신속처분, 시세가에 준한 적정매입가격 설정 등은 어짜피 상대적인 여건 하에서 이뤄지는 것이니깐 그렇게 치구우… 내 말의 본말을 전도혀는 원칸 상위점을 발견허셨는지?"

"사무장! 오늘 와 요라요? 요 옆에 비고장도 안있오?… 활성경제의 즉시성을 떠맡은 '배치기' 동지들또 있다아이요?"

"전원 안전배석헌 걸롱 감지헙니다."

"고레 애랩은 말 쓰자능기 아이고… 사실 오참 사건도 냄셰맡고 달겨 드는 경찰·세관을 다 내가 따돌려삐렸오. 경상비지출이 우쩨 된 줄 모를끼요! 훈장은 몬 준다케도 내 쏙은 쪼매 알아줄 사람이 와 고레 딴소리만 까요?… 내 얼매나 쏙이 폭폭했으모 형사 가장해가 그노무셰끼 방에 드갔겠나 말야?… 솔직히 말해가 오번 비고장 소임은 내가 지시한기요!… 일본 '나라'에서 큰 사업 껀수가 밀약됐었거든."

"아니 누가 최 사장의 노고에 대하야 부정한 적이 있남유? 도성백화점 최 사장 아니면 우덜 꼬잘시러운 무역을 누가 보장헌다구!… 가마안— 무역이라구 했었남?… 표현에 하자가 있구먼. 좌우당 간에 수입에 관헌 '밀'자 서설인데, 결론적으루다가 도성백화점 최 사장의 도내 체인망을 통하지 않고서는 우덜 사업 자체가 무실무의한 걸루 압니다아. 이만허면 섭섭험이 싸악 가셨는지? 워쩝니까, 화악— 풀리셨습니까유?"

황졸간의 의외성에 노출되면 우선 자제하기 어려운 게 생리반사였다. 성준은 예감의 너무나 확연한 전개에 치를 떨며 막급한 소변의 충동을 느꼈다.

21

날개부인

드디어 출항일자가 이틀 뒤로 잡혔다. 예상보다는 사나흘 앞선 일정이었다.

간밤을 악몽으로 지새운 성준이 화다닥 늦잠에서 깨어났을 때 여인숙의 녹슨 쇠창살 무늬 속으로는 벌써 암갈색 초저녁이 익고 있었다.

희부스염한 빛무놀 속으로 상투 하나가 겅중겅중 내달았다. 간간 짭짤한 비린 내를 담뿍 담은 갯바람에 절며 내달으는 머리통이 공중을 떠다녔다. 하반신은 형체도 없는 상투머리통이 흡사 파래다발을 뒤집어 쓴 '유리부이'처럼 당금당 금 갯바람을 탔다. 주위를 밝히는 백열등에 검푸른 대숲이 드러났다. 대숲은 필시 '어유림(魚遊林. 바람과 해일을 막고 물고기를 유인하기 위해 조성한 숲)' 몫이겠고, 거뭇거뭇한 직사각형 판자들이 밭뙈기처럼 널려있었음이, 그것은 '멸치건조장'임에 틀림없었다.

당금당금 떠다니는 상투머리 몇 발짝 앞에서 소복한 여인의 뒷모습이 물색 달 빛을 밟고 있었다. 떠다니던 상투머리가 달빛을 밟고 가는 여인의 풀무른 어깻 죽지 위로 댕겅 얹혔다. 상투머리는 조부였고 소복한 여인은 어머니였다. '할 배에! 할배!… 어무이! 어무이이!' 성준은 목젖에 불 붙도록 부르짖다가 꿈에서 막 깨어났던 것이었다.

섬뜩한 형상들을 지우며 담배를 태워 물었다. 지금 생각해도 필연코 꿈이었다

싶은 엊저녁 일들이 금새 꼬리를 물었다. '비고장', '도성백화점 최 사장', '마르
팅게 삼지창', '황모파 배치기'… 도대체 성준은 어떤 난마 속으로 실올되어 말
려든 것일까— 하는 생각이 알큰한 설움을 만들었다.

그때 똑 또옥 노크소리가 났다.

"손님요, 시방 죽었오, 살았오?"

침실당번 옥씨아줌마였다.

"… 죽기는 와요?"

"고마 식사도 않고 밤되도록 디비저 자니 시껍한 생각또 들따."

"들어오이소, 벌서 일어났임더."

옥씨아줌마의 손에 반쯤 남은 소주병이 들려 있었다. 그녀가 어렴상없이 두
가랭이를 뻗고는 맘놓고 펑퍼짐한 엉덩이를 붙였다.

"소주 한 잔 할 맴사있오?"

"그란해도 술로 묵어사 해골이 편켔다 생각 안했임니꺼. 아조 두서너 병 더
가오라캅시더."

"말또 우짜모 요레 이삐게 할끼고. 더 가오니라 카모 내나 낼로 두번 부르는
것밖에 더 되는감? 여인숙 몸종이라꼬는 내 혼잔데! 내 퍼뜩 갔다오꾸마. 안주
는 멀로오?"

"삼직한 쥐포 같응거 안있겠능교,"

"내 쪼매 미안타만 메카 있는 오징어구이 좀 묵고 싶다. 비싸제만 사줄끼요?"

"몬할끼 엄쩨, 고레 하입시더."

옥씨아줌마는 '퍼뜩 갔다오꾸마' 했던 말과는 달리 거진 20여분 지나서야 돌
아왔다.

"내 당신이 불쌍해가 얄궂은 권주가라또 불러 올릴라꼬 이라능기요. 맹색이

사나 앞인데 더럽은 냄새로 피울 수 있겠나.… 그래 뒷물 쫌 하고 몸땡이 쫌 씻고 하다보이까네… 오매야 이자 날라갈 듯싶제. 지집은 뒷물만 하모 고마 날라가고 싶다카더니 참말로 옛말이 틀린 적은 한번도 없으예."

성준이 베시시 웃으며 고개를 숙이자

"이 냥반 숫총각이다 싶제! 옥씨아줌마 기분났다카모 물도 불도 엄따. 고마 카악 올라타가 쟈바로로 뱃께주까?"

하며 거들잡았다.

"아지메도… 내 숫총각인지 완월동 잡셰끼인지 우쩨 아요?"

"처억 하모 다 안다. 내 스물일곱부터 서른다숫 묵또록 씹눈치만 보고 안 살았더나! 자신 있으모 보여도고. 보나마나 쟈바라 쪽으로 희멀건 고래기가 억쑤 끼었을거로."

"… 고래기라이?"

"지집들만 보단지로 백태끼나? 사나도 좆꼬랑으로 백태만 잘 끼드라."

그녀는 자작으로 두 잔 거푸 들이키고 나서야 성준에게 술을 따랐다.

"아래 저녁에는 안 맞았등갑다!"

"… 무신 말씀이요?"

"저번 때는 멍게매고로 뽈그락 뽈그락 뿔나게 안 당했등가베."

"… 기억력도 좋체. 무신 경사라꼬 고레 외고 있능강? 고마 이지삐리소."

그녀가 할금할금 성준을 살피더니 조심스럽게 말했다.

"궁금한기 억쑤로 많을텐데 염려말고 내한테 물어보그라."

"……"

"엄따카모 고마 됐오."

성준은 벼락질처럼 때깔 바꾸는 그녀의 낯색을 보다말고 넌즈시 떠 봤다.

"희안한 꼴로 다 봤제!… 낼로 쎄리팼던 놈들, 임검형사 백동태, 마르팅게 삼지창, 비고장 셰파란 노무 쎄끼, 고마 다아 뚤뚤 뭉치가 출장소에서 술로 퍼묵데예. 아무리 도체비 구망굿 세상이라카제만 그런 굿마당도 있겠입디꺼!"

성준은 패거리가 주고받던 말들을 대강 해주면서 그녀의 표정을 살폈다. 담배 한 개비를 태워물고 푸우 연기를 내뿜고 난 그녀가 조근조근 읊었다.

"당신 참말로 미나라이제?"

"보모 모르요?"

"내 지금부터 하는 말 비밀로 할 자신 있오?"

"사람을 우쩨보고!"

"사나놈덜 맹세로 우쩨 믿노?… 내 경험이다만, 그래또 살로 섞어야 비밀또 지켜주더라. 퍼뜩 한 판 해삐리까?"

"머 고레 급하요!… 찬찬이 합시더."

"그라모 내 말로 다 듣고나서는 꼭 한다이?"

"……"

"맹세하그라!"

"… 합시더."

"왈짜 미나라이이니까네 그랄 법도 하다마는 그래도 너머나 쥐약 묵은 곰셰끼 아이겠나… 고레 눈치가 엄써가 보성호로 우쩨 타겠다꼬— 마르팅게 삼지창이 바로 광평이아제. 전라남도 목포 사람인데 주먹 하나로 부산 텃세에다 자기 왕국 세웠겠제. 말또 마소, 삼각권이라 하던강 머시라던강, 우짜든동 광평이아제 손가락 세 개 베락쳤다카모 깐죽깐죽 까불던 부산 주먹들도 고마 디비졌제. 우쩨서 뱃놈 됐능가는 내 모른다만 동지나해 상어배로 4년이나 탔었다카데. 대만 앞바다에서 그 상어배가 디비졌는데 또옥 세 사람 살아났다카더라. 그 중에 하나가 바로 광평이아제라. 시방은 보성호 초사겸사 해가 더럽은 짓 하고 실제만, 사람이사아— 얼마나 좋은데!… 쥐두이가 뽈 가운데로 사알 삐틀어져가 인상은 험하제만 쏙은 모근단매꼬로 곱다.

세상에 더럽은 놈은 아래께 임검형사 노릇했던 최 사장이다. 백화점에다 점포 하나 내가 보성호 같은 밀수선 피로 뽈아묵고 안살겠나. 그노무 셰끼 점포 물건은 모다 일본제 일색이라. 단속 나온다는 정보로 잡고 사알 국산품 몇 가지 진열하고, 단속 기간 지났다하모 내놓고 밀수품장사 한다. 그 작자 돈줄이 얼매나 짜밥던지 시세가 반을 뚝 잘라가 뱃놈들 뱃밥이라꼬 앵기주고, 세상에 띠묵을 돈이 따로 있제. 세상에 내 십 값도 세 번이나 띠묵은 놈이다카이!… 비고장 글마가 아마도 조선소 용접공일끼요. 불고데 솜씨가 귀신이라카데. 글마가 비밀칸 만들었다카모 지밖에 아무도 모를 정도라카더만. 비밀칸이라능기 내나 머겠노? 보따리 밀수품들 숨콰가 오는 비밀창고제. 아니모 밀항자들 숨콰가는 돼지우리일끼고…"

그녀가 또 연거푸 두 잔의 소주를 넘기고 나서 오징어구이를 부욱 부욱 찢곤 오삼오삼 씹어댔다.

"그만한 짐작이사 와 몬했겠임꺼.… 참말로 궁금한 것은 배치기들 아이겠능교?… 배치기라능기 먼교?"

"듣자듣자 하이까네 모르는 것도 억쑤 많체, 시발— 배치기가 머겠노? 밀수보따리로 예정대로 통관 몬 시킬 때 고마 배에 있는 물건을 몽땅 싸잡아가 헐 값으로 묵는 놈들이라, 와리깡 미리 상납해놓고 선원들이 물건을 가지고 나가야 그래도 섭지않게 돈을 챙기는데 배치기에께 넹겨보그라. 뱃놈덜이 멀 묵겠노? 본전도 몬 뽑제!… 그 배치기들을 최 사장 그놈아가 부린다아이가. 한 판 크게 묵꼬 싶으모 일부러 손을 써가 배치기들을 띄운다카더라."

그녀가 말을 마치고 나서 술잔을 높이 받쳐 들었다. 목청을 틔운답시고 컥커억 헛기침 몇 차례 내뱉고 나서는 '강생이 깡알대는 소리일끼다만 그래도 권주가 한 가락은 오징어구이 값으로 뽑아사 안쓰겠나. 괴롭더라도 이쁘게 봐도고' 하면서 목청을 높였다. 〈방랑시인 김삿갓〉의 유행가 곡조를 따 붙인 희한한 권주가였다.

"전라도 보리보지이 충청도 모시보오오오지이— 서울년 외씨보지이이이 강원도 감자보오지이이이— 경상도 마늘보지이이 울릉도 호박보지이이— 제에주우도라아 옥도미보지이이이 황해도오 우럭보오지이— 평아안도오오 자두보오오오지이 함겨엉도오 무시기보오오지이이—"

권주가를 끝마친 그녀가 숨이 가쁜지 앙가슴을 텅 터엉 쳐댔다.

"방랑보지 김삿갓 아이겠나. 우짠강? 내 권주가…"

"다른 도 보단지들은 다 좋은데 와 경상도 보단지만 고레 톡 쏘는강?"

"아이고 이 문둥아! 당창병이 문둥병이고, 경상도는 문디이고, 경상도 여자들은 마늘씨도 박아 당창좆 찌르는 냄편도 마다않고 안 받고 살았더냐? 고레 마늘보지배끼 더 돼?"

그때였다.

"삼례언니 그 속에 있으예?"

가냘픈 여인의 목소리가 방 도어 밖에서 울렸다. 그 바람에 성준의 밑도리께를 살근살근 헤집던 옥씨아줌마가 화급스레 손길을 거두며 대꾸했다.

"그래, 내 여기 있다만, 누고?"

"지라예."

"… 오매야! 진오애민강?"

"맞심더."

"아이고 이 문둥아 날도 궂은데 우쩨 왔노? 퍼뜩 들어오이라!"

여인이 방안으로 들어서다 말고 오똑 굳었다. 옥씨아줌마가 그녀의 손목을 끌다시피 해서 앉혔다.

"내는 언니 혼자 계신갑다 했는데… 이거 실례했임니더."

여인이 성준을 향해 고개를 조아리고 나서 외면을 했다.

"개얀타. 팬히 앉그라."

때마침 해서 여인의 등에 업혀 있던 어린애가 설잠을 깨며 강글어졌다. 여인은 어린애를 안고 돌아앉아 젖을 물렸다.

"내 니만 보모 쏙이 탄다! 볼때기가 저레 빽따구만 볼카질 수 있겠나. 끼니도 몬 찾아 묵었능갑제?"

"어데예. 고상이다카모 진오아빠가 고상이제 내사 무신 걱정 있답니꺼? 밥도 잘 묵고 잠또 억수 잘 퍼잡니더."

"세상에 무신 죄로 졌거로!… 니가 올라꼬 그랬든강 모르제. 고마 디비져 죽는다케도 억쑤 술로 묵꼬 싶드이!"

옥씨아줌마는 거푸 술잔만 곱죽이고 여인은 어린 것 눈에다 눈길을 떨군 채 아무 말이 없었다.

그제야 성준은 여인을 찬찬히 훑어 내렸다. 기껏해야 스물너댓 살 먹었을까. 훤칠한 키에 희고 가는 모가지며, 볼따귀 가운데까지 흘러내린 칠칠한 귀밑머리가, 조금도 천박한 구석이라곤 찾아 볼 수 없도록 청징스러웠다.

다만 두 가지가 별스럽다 싶었다. 남루에 가까운 입성이며, 그녀가 살포시 주저앉았을 때 화악 풍겼던 세척지근한 악취가 그것이었다.

어린애가 젖꼭지를 뺕고 고대 쌔근쌔근 잠이 들었다. 그제사 여인이 옥씨아줌마를 향해 돌아 앉았다.

"아제 왔입디꺼."

"… 광평이아제말가?"

"예에."

"왔다 갔다만서도 그자는 와아?"

"… 꼭 만나봐사 쓸끼는데."

"출장소에 드가모 금새 안 만나겠나."

"어데예! 요 꼬라지로 거기는 와 드갑니꺼?… 쪼매 이상해예."

"… 머시이?"

"항차 끝날 때마다 단골여인숙에 뚤뚤 뭉치드이 요참에는 와 낯짝도 안 비친답니꺼?"

"… 머어 그런 사정이 있다!… 니 광평이아제 찾는 거 보이 한푼도 몬받았능갑다. 그자?"

"……"

"오매야 직이도 션찮을 개셰끼들! 니 서방이 머때미로 옥방고초 다 겪는데 내는 모른다 칼 수 있겠나!"

"어데예… 두달치만 몬 받고 또박또박 다 받았으예!"

"세상에— 두달치 생활비로 몬 받았다카모 그동안 우쩨 살았노?"

"……"

"저거 머꼬?"

옥씨아줌마가 여인의 무릎 앞에 놓인 보자기를 가리키며 물었다.

"… 버릴 물건이라예."

"그라이까네 무신 물건인 줄이나 알고 버려도 안되겠나?"

"… 김밥하고 도나츠 아잉교."

"머시라꼬?… 그래 돼삐릿나?"

"우쩝니꺼! 그래도 묵고 살아야제."

"이리 도고. 내 사묵을란다!"

"몬 묵심니더."

"와 몬 묵어? 내도 배고프고 이 양반은 시방 하루 내내 굶은 사람이다. 사람이 짐승인데 배고프모 몬 묵을끼 어데 있어?"

"와 요랍니꺼! 몬 묵심니더!"

"그라이까네 내 먼차로 맛을 보꾸마. 짐승또 몬 묵게 상했다카모 천냥 싸놓고 묵으라케도 안묵는다."

옥씨아줌마가 잽싸게 보자기를 끌어 당겼다. 김밥 한 개를 덥썩 물고 오삼거리더니 '참기름 맛만 디게 꼬시다. 요레 좋은 음식을 버린다꼬?… 당신도 한 개 잡싸보소. 자아!' 하며 성준에게 권했다.

성준은 막무가내 한입에 쑤셔넣고 짓씹었다. 밥톨들만 다소 새큼할 뿐 김밥은 주린 배에 성찬격으로 먹을만 했다.

"아지매, 이 음식 버렸다켔으모 지가 울뻔 했임더. 얼마 치모 되겠임니꺼?"

"… 남새시럽구로… 값이 무신 값이라요!"

여인은 성준과 옥씨아줌마를 따라 고대 버리겠다던 김밥을 눈치껏 집어들고 먹기 시작했다. 한눈에 몹시 허기졌던 낌새를 종잡을 수 있었다.

"지금 부산에서 오는 길이가?"

"어데예. 엇저녁에 왔다아입니꺼."

"울산에 왔으모 낼로 먼차 찾아사제 어데서 머얼 했더노?"

"… 부두가에서 그냥 앉아 샜어예."

"미친년하고는, 끌 끌 끌— 니가 자부랍다카모 내실에서 함께 보듬꼬 잤고 니가 배고프다카모 내 밥 나놔 먹던 시절이 언젠데에? 남들이 들으모 이 모진 년이 닐로 쪼까냈다 카겠다!"

"세상이 다 아는 언니입니더. 누가 고레 모진 생각을 할끼라꼬."

"고마 그렇다 차뿌꼬오— 보자. 진오아배 감옥살이 한 지가 이달로 몇 달째가?"

"8개월째 됐다 싶지예."

"베락 맞아 쎄로 빼고 디질 셰끼들! 고마 석 달만 고생하모 우짜든둥 빼내준다 안캤더나!"

"… 말이사 고레 했지예!"

"그놈아딜 인간되기는 다 틀렸다. 죽은 도체비 약밥도 고레 허망할 수 있겠나?"

"… 새벽 일찍 광평이아제나 볼겸사 출장소에 드갈까 합니더."

"… 마로?"

"… 돈사정이 우짠지 물어봐사제예. 오참에도 에렵다모 일수라도 얻어가 건어물 보따리장사로 바꿀까해서예."

"치아라. 기왕 독한 맘 묵었거로 출장소에는 얼씬도 마라!"

여인이 눈두덩을 슬깃 부벼대고 나선 애써 웃는 표정을 지었다.

"내 은혜보답으로 노래나 한자리 할까예?"

"야가 느닷엄씨 무신 소리고? 내가 언제 은혜로 베풀었어?… 생전 않던 노래는 또 머꼬오?"

"도나츠 두 나, 김밥 두 나 사묵을라카모 꼭 노래를 시킵디더. 말또마소! 그 씨랍은 꼴이라이!"

"… 이자 아조 노래기생 나섰나?"

"기생은 아무나 한답디꺼."

"… 묵은 김밥 값, 노래 값, 다 내 주꾸마. 어데 니 노래나 들어보자."

여인이 앞머리를 손갈퀴질로 빗어 넘기고 나서 울음섞인 목소리를 가들가들 떨어댔다.

"…북마앙 산처언 돌고 돌아아 산토로다 집을 삼꼬오— 송판으로 울타리 막꼬오 두견접동 벗이 되니— 산은 첩 처업 깊었구나 물은 만길 깊었구나아— 시내에 강변 종달이는 구만장천 높게 뜨고오 상여 위로 방잘 뜨고 방잘 밑으로는 상여 노네에— 어화 넘차아 어어이—"

"노래라꼬 지대로 했는 지 몰라예. 귀한 귀만 안버렸능가 몰라예."

도무지 얼굴을 들지 못한 채 엄지발가락만 꼬비작꼬비작 놀리고 있던 옥씨아줌마가 흐읍 쓰읍 콧물을 삼키면서 나직히 타일렀다.

"… 고마 내실에 드가 쪼매 눕어라. 몸땡이도 씻고오— 내 술로 더 마시고 드갈끼다!"

여인이 금새 어린 것을 들춰 안고 방을 나갔다.

옥씨아줌마가 별안간 끄이 끄이 흐느낌을 물었다.

"시상에 무정도 하제에— 저 아가 저레 됐나아? 저 아 저거 반은 미친기 아잉가 싶제에— 시상에 진오애미 불쌍해가 내 우쩨 살꼬오—"

옥씨아줌마의 심사도 달랠겸 궁금증도 풀겸해서, 성준이 입을 열었다.

"우짠 아지매라예?"

"내나 보성호 날개부인 아이겠나!"

"… 날개부인?"

"아홉달 전인갑다. 보성호가 된서리를 맞았제. 배치기도 델 짬도 엄씨 세관에서 덮친기라. 우쩨 고레 됐는고 하이까네 다른 때에 비해가 물건이 억쑤 많았다 능기다. 세관놈들도 시껍했제. 쪼매 쪼매한 물건들이라모 몰라도 너머 덩치가 크이까네 와리깡 받아묵을 염사도 안났을끼라… 고마 물건을 정탐한 즉시로 세관놈덜이 즈그덜 입으로 경찰서에다 찌른기라. 그 항차사말고 젤로 어린 사람이 진오애비였다카두만. 회의로 해가 요레 결정했다카더라. 진오애비가 단독으로 범행을 저질렀다꼬 짜고 죄로 혼자 뒤집어 썼구마. 석 달만 고생하모 금새 빼주겠으이 염려 마라, 그 동안의 생활비는 책임지고 댄다꼬… 시발놈덜! 석 달이 세 번 지나갈 판이라. 시상에 그 노가리 삐따구 본으로 더럽은 생활비로 두 달이나 안주다이? 시상에에—"

"… 와 날개부인이라 칸담니꺼?"

"죄로 혼자 뒤집어 쓴 선원보고 날개라 안타나. 저거 냄편이 날개모 지집이사 날개부인베끼!"

옥씨아줌마가 말을 끝맺기 무섭게 때깍 형광등을 껐다. 이내 단내나는 숨을 헐떡이며 성준의 모가지를 싸잡고 늘어졌다.

"쏙병에는 십이 보약이라! 퍼뜩 한 판 시르고 보잣!"

"… 꽃값이 엄씸니더!"

"문디이셰끼 카악 지기삐릴라! 누가 꽃값돌라켔나? 니캉내캉 맹세로 한기 꽃값이제!"

성준은 참으로 오랜만에 풀무질 해대는 성욕을 느꼈다.

"숫총각이라꼬 문전옥답만 더럽히다 싸모 니 참말로 지길끼닷!"

"그랄 염사 엄쏘. 내도 갈고 닦은 기술이 있다꼬요!"

성준은 산고양이가 병아리 목울대를 물듯이 옥씨아줌마의 모가지에다 이빨을 박았다.

빼빼루마스터

❦

윤병국이 울산에 왔다. 성준은 윤병국의 앙가슴 속으로 잠투새 하는 돌잡이
처럼 안겨버렸던 것이다.

"일마가 와 않던 버릇을 하고 요레? 보자, 보자아— 니 와 이라노? 무신 더럽
은 꼴로 봐가 요래?"

"더럽은 꼴은요?"

"그라모 와 이래?"

"… 반가와가 안그렀임니꺼."

"하모 고마 이 손 놔라… 배때지는 안 곯았더나."

"춘삼월 곰셰끼매꼬로 억쑤 처묵었임니다. 배때지는 와 곯아요…"

자신이 생각해도 겸연쩍은 일이었다. 그 동안의 경험들이 환희의 원점을 형성
하는 부피가 된 듯도 싶었다. 비록 토막난 부피들일지라도 그것들이 모여 용
기의 새로운 전체를 차근차근 이뤄가리라는 믿음도 있었다.

그래서 짜장 당차게 버티며 어른스럽게 재보려니 했었던 것이다. 탯줄 자르
고나서 그렇게 맞아보기도 처음이요, 그처럼 희한한 광경을 목격했던 일도 처
음이요, 그리고 28세 되도록 간직했던 맑디맑은 동정(童貞)을 후회없이 버려
본 적도 처음이었다. 부셔야 될 최후의 것들을 졸지에 다 부숴버린 듯한 객
기의 충만감— 그래서 운병국을 만나면서부터 표현의 이질성을 앞세우고자 작
심했었다. 그것은 '식성에 따라 신맛과 쓴맛이 다르다'는 얼토당토 않은 자만
심에 버금가는 것이었다.

그러나 윤병국의 얼굴을 대하자 마자 그런 다짐들이 불식간에 무너져 내렸다.
윤병국의 눈길은 흡사 덫에 걸린 애첩을 울부짖는 늙은 늑대처럼 완강한 흡인

력을 담고 있었기 때문이었다.

성준이 윤병국을 싸안았던 팔을 풀고 깨적거리는 눈두덩을 빗질했다. 담배를 태워 물고나니까 조금은 나른한 안도가 뒤따랐다. 성준은 곧 어깻죽지를 추욱 떨궜다. 춘곤(春困)의 어질머리 앓는 산자락처럼—

"… 고민이 있능갑다."

윤병국이 잠시 동안의 침묵을 깼다.

"어데에. 출항 날짜 기다리다가 지쳤다 싶습니더."

"낯짝에 다 써있거로 머얼."

"… 아입니다."

말은 이렇게 하면서도 속으로는 윤병국 밑에서 뱃밥 얻어먹은 세월이 어련 하랴 싶었다. 그는 성준의 표정 한낱에도 정확한 짐작을 어림잡았던 것이다.

옥씨아줌마에게 미련없이 내던진 동정쯤은 어차피 언젠가는 치룰 홍역이라 생각하면 그만이었다. 그러나 '날개부인'의 얼굴은 지우자고 작심하면 그럴수록 더욱 선명하게 떠올랐다. 어쩌면 성준 자신이 '진오아빠'의 오련한 형상일 수도 있는 미래가 야릇한 연분의 선땀을 솟게 했던 것이다. 연민의 차디찬 비감이 인고의 벽돌장을 차곡차곡 쌓고 있는 듯한 상념— 그것들의 막심한 허탈감이 성준의 표정을 그쯤 음울하게 만들었을 것이었다.

"… 벨난 경험 때미로 그런가 싶습니더…"

"긴자꾸로 묵어봤등갑다. 고레 시방도 넋이 빠졌제."

"… 벨말씀을 다 하심니더."

윤병국은 장난끼 섞인 표정을 그제야 거뒀다.

"부두에 계류한 모양이더라."

"보성호가예?"

"그래. 하역작업이 완료되는 대로 출항 한다이까네 모래 새벽쯤 안되겠나. 내일 아침 일찍 출장소에 드가 선장에께 신고로 해사쓸기다."

"욕을 안할라케도 쎄가 절로 논다아입니꺼. 시발놈들!"

"… 욕은 와 해?"

"세상에 그런 법이 어디 있겠음니꺼? 단골여인숙에 처백혀 있는 줄로 뻔히 알면서도 소식을 안주모 지는 우짜라꼬예?"

"요레 무식한 놈 또 보겠나!"

"… 지가 와예?"

"주제파악을 똑똑히 해라. 미나라이 주제에 니 스스로 알아해사제, 니가 머간부선원이라꼬 접안보고로 올릴끼가? 미나라이 한 놈쯤 안탄다고 눈썹 하나 까딱할 줄 알아?"

"… 하기사…"

"이자 알겠나? 니도 보통 석두가 아이라이까네."

윤병국은 한심스럽다는 듯이 스런스런 도리질을 해댔다.

"보성호 초사 모르심니꺼?"

"내 그 사람을 우쩨 알아?"

"이름이 광평인가 싶던데예."

"광평이고 머고 우짠 놈인지 알께 머꼬."

"듣자하이까네 보통 사람은 아니다 싶던데예. 동지나해 상어배로 탔는데 대만 앞바다에서 살아났다캅디더. 목포주먹으로 부산 깡패들 타작 깨나 했다 카던데."

"시끄랍다! 부산 똘만이들 몇 놈 쎄리팼겠제 우짠 놈이 부산 깡패들을 타작해?"

"마르팅게 삼지창이라캅니더."

순간 실죽실죽 엷은 웃음을 물고 있던 윤병국의 표정이 굳어졌다.

"머시라?… 마르팅게 삼지창?"

"와 알고 기십니꺼."

"주두이가 사알 요레 삐틀어졌등강?… 삐짝 마르고?"

"맞심니더."

"… 쪼매 알 듯도 싶다."

"알모 알제 알 듯도 싶다니, 무신 말씀입니꺼?"

"… 고레 말해사 도리 아이겠나."

윤병국은 샹들리에를 올려다보며 한동안 야릇한 웃음을 짓고 있었다.

"우짠 놈이 고레 엉터리로 가르쳐주던강?… 글마가 상어배로 와 타? 어선경험은 엄따. 한때는 타국적선도 탔었고 끝판에는 목재운반선을 탔을낀데 아마… 배도 4천톤급 좋은 배야.… 대만 앞바다에서 조난당한기 아이고, 정확하게 말하자모 대만과 필리핀 사이의 '바시(Bashi)해협'이었제. 72시간이나 표류하다가 구조 됐었다카데.… 우짠든동 지독한 놈이제.… 내 들기로는 고향에 드가 육상사업한다꼬 들었는데, 글마가 보성호로 탄다?… 글마가 고레 돼삐릿나?"

"우쩨 아는 사이인데예?"

"… 한때 잠깐 알았었던 적이 있제. 글마한테는 이 미천한 윤병국이가 유일한 왕성님일끼다!"

"……?"

"안들었다케라… 글마가 내한테 디게 한 번 당했던 적이 있다."

"어떻게예?"

"어떻게는 머어?… 깐죽깐죽 까부라쌌는 세끼가 있다꼬 해서 내 아아들 풀어가 손 좀 봐준기다. 따악 한 번 차로 묵었등갑다."

"그 사람도 초사님을 알겠네예."

"사연을 말하모 모를 택이 있겠나.… 하제만 니가 내 끈줄로 탄 줄 아모 득보다는 실이 많을끼제. 아니, 그 정도가 아닐끼다. 니가 해기면허로 쏙여가 미나라이 행세 한다는 것을 알기만함사 메가지에 세 구멍 안나겠나!"

"그 사람이 고레 씹니꺼?"

"씨긴 씽갑데!"

"누가 더 씰까예?"

"무신 소리야?"

"우리 윤초사님하고 마르팅게 삼지창하고 말입니더."

"미친 노무셰끼 벨 소리 다 할따.… 내사 이자 병든 사람 아이가? 다아 꽃같던 시절 얘기 아이겠나.… 씨잘 데 없는 소리 그만 차삐리고 퍼뜩 가자. 신정시장 횟집에 약속이 있어. 아이들이 기다릴낀데."

"지는 근처에서 기다릴테니 퍼뜩 일 보고 나오시소."

"와아?"

"초사님하고 둘이만 있고싶어가 안그렇심니꺼."

"고마 따라와. 니도 다 알만한 사람들이야."

윤병국이 앞장서 다방을 나갔다. 택시를 탔다. 윤병국이 은단을 꼬드록 꼬드록 씹어대며 긴 한숨을 토했다.

"한 일년 서로 몬 볼끼제.… 내 죽었다카모 향불이나 정성껏 피워도고. 그 곰보상 고마 자알 죽었다카고 고스톱만 치지 말고."

"와 그런 말씀을 하십니꺼?"

"병이 얼매나 깊으모 뱃놈이 배로 안타고 요양하러 가겠노!"

"초사님은 절대 안죽심니더! 반드시 완쾌하십니더."

"말만 들어도 디게 반갑제!"

"지는 초사님을 선장으로 모시고 언젠가 북양에 다시 드갈낍니더."

"좋체에—"

"참말입니더."

"거짓말이라고는 안했다."

둘이는 택시에서 내려 질척거리는 '신정시장' 골목을 10여분 꺾고 돌곤 했다. 낡은 함석지붕의 여틈한 휘장을 거두며 윤병국이 앞장서 들어섰다. ㄷ자형의 좁은 길을 돌아 구석에 처박힌 음습한 방에 들어섰다.

윤병국이 아랫목을 차고 앉으며

"초면들잉갑다. 인사들 먼차 나누거라" 했다.

성준은 등돌아 앉은 두 사람의 모습을 보다말고 우뚝 굳어버렸다. 두 사람이 슬깃 고개를 돌렸다.

"어어? 이기 우쩨된 일이고?"

두 사람은 이건민과 도동현이었다.

도동현이 부삽 같은 손으로 성준의 손을 덥썩 거머쥐었다.

"2항사님 이기 얼매만임니꺼?"

"니가 무신 일로?"

"지도 보성호 식구입니더!"

"머시라?"

이번에는 이건민이 성준의 손목을 잡고 우악스럽게 흔들어댔다.

"이거 반갑군. 한 달쯤 못 봤더니 꿈속에서 마다 뵈지 뭐야. 나두 동현이하구 똑같애. 보성호 식구라구!"

"자네하고는 요레 만날 줄 알았어. 하제만 동현이 절마는 뜻밖인데? '북양가물치스' 댓빵을 요레 만나다이… 초사님 고맙심더!"

윤병국은 그제야 정색을 했다.

"그런 인사 받자꼬 내 보성해운 차 과장 꿉어삶은 기 아이다. 쫑바리놈들 중에 그래도 제일 보성호적인 것들이 이 두 놈아덜 아이겠나 싶어가 니한테 묶은 기다. 시놈덜이 자알 뭉치모 벨로 섶지는 않을끼다… 건민이 절마는 문교부 주두이가 쓸만하고 동현이 일마는 무지한 주먹이 안 있나. 성준이 니는 중용처세만 자알 하모 캡틴 식성에도 들끼다. 그라이까네 건민이하고 동현이하고 좌장우문 문무로 자알 섞어찌개 하모 성준이도 편할끼다. 우짜든동 저거 썽깔만 앞세워가 따로국밥으로 놀지말고 똘똘 시놈덜이 뭉쳐사 쓴다!"

술잔이 몇 순배 돌았을 것이었다. '보성호'에 대한 이야기가 무르익자 도동현이 주먹을 악죄고 큰소리쳤다.

"삼지창인지 사지창인지 먼차 뿌사삐리는 놈이 댓빵입니다. 내한테만 맡겨주모 현해탄 한 가운데쯤에서 고마 무릎꿇차놓고 사육하겠임니더."

윤병국이 물었다.

"사육? 내나 훈련시킨다 이 말인갑제?"

"하모요!"

"니 몸땡이에 구멍이 몇 개고?"

"보입시더어… 눈꾸멍 두 개, 콧구멍 두 개, 귓구멍 두 개, 입구멍 한 개, 똥구멍 한 개… 모다 여덟 갠강?"

"우쩨 그란강?"

"안맞심니꺼."

"오짐하고 단물은 어데로 싸노?"

"오매야 한 구멍 빼묵었임니더!"

"이자 알겠능갑다. 모다 아홉 개라아— 니노무셰끼 고레 놀다가는 상중하로 구멍 세 개 더 뚫린다. 목구멍께로 한 개, 배때지로 한 개, 맹치 끝으로 한 개에— 내 무신 악연으로 요레 짐승만도 몬한 셰끼로 뒷봐주고 살겠나!… 이놈아야 니 그런 정신으로 시상 살라카이까네 맨날 그 꼬라지제. 우짜든동 초사면 하늘인데 미나라이가 무릎꿇차놓고 사육한다꼬? 니 내한테 욕묵꼬도 선원실에 드가 고레 십어댔제?"

"벨말씀을요! 내사말고 윤초사님을 하늘로 받들었임더."

"아고야 너머 높아 어지랍다!… 그건 그렇다치뿌고, 니 고레 놀다가는 현해탄이 무시인? 오륙도도 몬가서 나무섬 농어밥 될라! 자알 들어두라꼬, 내 아께 보성호적인 사람이라꼬 단서로 붙인 적이 있다. 다른 뜻이 아니야. 니는 섭하게 들을란지 몰라도 도동현이가 타고난 평범한 무지, 그 무지의 적절한 융통성을 고레 표현해 본기다. 보성호에서 비범한 무지는 필요엄따 아이거로. 완력은 평범하게 쓰모 고마 지 사명 다 하는기야. 예로 들면, 성준이나 건민이가 주먹밥 신세가 됐을 때, 그것도 아주 억울하게 고레됐을 때, 그때 도동현이가 썽 한번 내주모 되능기다. 무신 말인지 알아듣겠어? 에엥?"

"… 맹심하겠임더. 지도 술김에 농담 한 자리 했다아입니꺼."

"농담 버릇도 잘 들어사제 고레 들모 몬써."

윤병국이 이번에는 이건민에게 말했다.

"니는 성준이 장자방(張子房) 구실을 해주모 된다. 알겠나?"

"좋은 장자방이 되겠습니다."

"고마 됐다. 내도 억쑤 취하고 싶다. 술도 더 시키고 가스나딜도 불러."

윤병국이 점퍼 안주머니에서 봉투 세 개를 꺼내 술상 위에다 올려놨다. 세 사람을 향해 하나씩 흩뿌렸다.

"내 동창놈들이 약값이나 하라꼬 모아 준 긴데 세 개로 나났어. 속초에 드가 일년 정도 요양하모 될낀데 무신 약값이겠나.… 많지는 않다만 요긴하게 쓰일 끼다."

이건민과 도동현은 사뭇 감격해서 말을 잇지 못했다. 성준이 그들의 심정을 대신해서 입을 열었다.

"지들이사 배로 타모 돈 쓸데가 어데 있겠심니꺼. 몬 받십니더!"

"몬 받겠다모 라이터로 꼬실라삐리제."

"… 와 요라십니꺼?"

"내가 할 소리다. 와 이래?… 내 이런 말까지는 않할라꼬 했다만 운만 띄제. 보성호는 돈 엄씨 몬타는 배다!"

"……?"

"맘대로들 하라꼬. 한 항차 타고나가 내려삐릴라카모 받지말고 목심걸고 겨우 구한 승선행운을 오래오래 누릴라카모 받아두는기다.… 최악의 조건, 최악의 대우, 최악의 경험을 의도했던 성준이 닐마는 더구나 그라제. 내 말 무신 뜻인지 알겠어?"

"… 모를 리가 있음니꺼!"

"그카고 잊어삐리기 전에 한 마디만 더 할께. 건민이나 동현이는 잘 모를 지 모르겠다만 성준이는 얼굴또 봤을끼라."

"……?"

"운반선 '파인마치호' 한 선장 안 잊어삐릿제?"

"빼빼루마스타?"

"맞다… 보성호 선장이 바로 빼빼루마스타상이라는 정보로 입수했제."

"… 누가 그레예?"

"차 과장이 그카더라. 내는 몬들은 채 했다만 쪽으로는 시껍 안했나."

"사람 지기주네예!"

성준은 마시던 술이 사레들 정도로 놀랐다.

22

승선신고

출장소 앞에서 서성거리고 있던 '할렐루야상'이 성준을 알아보고 깜짝 반기는 체 했다.

"아이구 유군, 시방 캡틴 미아이(見合い.맞선) 오는감?"

"승선신고로 해사 쓸끼 아입니꺼."

"내나 그 소리가 그 소리시. 처녀 총각덜이 맞선보는 것두 미아이구 초대면 허는 것두 미아이지 뭘."

"… 그렇심니꺼…"

"암면. 선박덜 통상어(通常語)라는 것들이 거진 왜늠덜 말이제만, 특히나 본선의 경우는 생활용어는 고사허구 선구명칭버텀 항해용어까정 죄다 왜늠덜 말에다 조선말을 쬐끔 접붙인 요상시러운 것들이 판을 치여."

그는 빡빡 소리가 나도록 담배 끝모금을 모지락스럽게 빨아대고 나선 가래침을 뱉는 양 퇴一 꽁초를 날려 보냈다. 매사를 유근유근 넉살좋게 배겨내던 그로서는 꽤나 신경질적인 행동이었다.

"두 사람덜은 워찌 함께 오덜않구? 어엉?"

성준은 속으로 비웃적거렸다.

'제발로 이자 그만하입시더. 아직도 내게 의혹심을 품고 있는 모양인데 내도 벌써 주지사항을 숙지한 뒤라꼬요. 눈치끝발은 귀뚜라미 더듬이요, 지략은 쥐 덫으로 고양이새끼로 잡을 정도라— 당신 유도심문에 걸리가 건민이놈 동현이놈 내 친구덜이라 까발릴 것 같나? 체에!'

성준은 사뭇 불쾌하다는 표정을 지으며 넌덕부렸다.

"누구 말쌈이라요?"

"자네허구 함께 승선하기루 된 미나라이 두 늠덜 말이여."

"그 사람들을 내가 우쩨 알낍니꺼? 그 동안 내혼자 당한 사단만도 쏙이 열 번은 뒤집혔는데 글마덜 형편까지 내 알고 있어사 쓰겠임니꺼?"

"얼라? 워찌서 요렇그럼 저기압이다여? 쬐금 더 발전허면 고냥 괌질에다 멱살잡을 기세여잉!"

"… 삘 말씀을요!… 한 두번또 아이고 볼 때마다 물으시이까네 고마 답답해가 내도 모르게 고레 됐임니더. 용서해주시소."

"그렇다면 몰러두, 허험— 그건 그렇구, 캡틴 심기가 원칸 불편허신 상황이여잉. 묻는 말씀에 또박또박 공손히 대답혀사지 삐끗 어긋났다 허면 승선신고가 곧바루 하선명령이 될 지두 몰러."

"… 고마, 내 본항차부터 승선합니더카고 신고로 하모 끝나는 줄로 알았는데예!"

'할렐루야상'이 볼 가운데로 밭이랑 지도록 입꼬리를 비틈히 악물며 혀를 찼다.

"끌끌— 쬐 쬐엇— 미나라이 혀두 자네처름 때꼽짝두 못 벗은 신빠이는 츰이여. 승선신고 현다구, 아니 자네 말대루 '나 본항차버텀 승선하기루 약조된 아무개유' 하면 '오냐아 쌍수루다 환영헌다, 고맙구 고맙다' 맞장단치구 끝나는 승선신고가 워디 있다여? 쬐 쬐엇."

"… 그렇겠임니더."

"암머언— 허기사 다른 때 같으면 자네 문자대로 약식절차 이행허구 끝낼 양

반이지. 본선 캡틴으로 말하자면 욕도 자알 허구 성깔두 휘발유 먹은 불땡이이
지만서두, 또 한편으로는 화끈허구 기마이가 좋아서나 왈짜 남자지. 그랗게 둔
대살 오금탱이살 째째허게 볼르는 성품이 아닌디, 근디 본항차 상황이 시발버
텀 벨루 원만허덜 못허구 잘디잔 사단들이 발발하다 보니깐 쬐끔 빈혔어. 시방
두 술기가 얼얼헌 상태여."

그가 성준에게 바짝 붙어서며 은근하게 속삭였다.

"묻는 말씀에만 또박또박 대답허라는 내 부탁인즉슨 다른 뜻이 아니구… 가사
저번 때 나와 더불어 폭폭주 환배를 혔던 사실이나, 내가 자네헌티 다소의 금전
을 차용혀 줄 용의가 있다구 혔던, 고런 사실덜은 구타여 말헐 필요가 움따, 요
런 말이랑게. 감 잽히능감?"

"그라이까네, 지금사 처음 뵙는 것 매꼬로 하모 안되겠임니꺼."

"암먼, 바로 그 소리지. 내가 선도보행혀서 모른치끼 앉아 있을테니깐 한 삼
십여초 경과 후 자연시럽게 입실허면 돼야."

'할렐루야상'이 블럭담을 돌아 출장소 쪽으로 사라졌다.

'오매야 지독한 구랭이! 저레 치밀하고 철저하이까네 보성호 사무장 하능갑
다. 고마 팔짜라!'

성준은 30초를 죽이기 위해 담배를 태워 물었다. 시간을 보니 오전 10시 20
분이었다. 미리 약속한대로라면 이건민과 도동현은 10분쯤 뒤에 출장소에 도
착할 것이었다. 이건민의 임기응변 솜씨는 그런대로 믿을만 했으나 도동현의
우퉁스러운 부사리 뿌다귀가 첫 고비를 잘 넘겨줄 지 걱정됐다.

성준은 출장소를 향해 걸음을 옮겼다. 낡은 베니어 도어를 조심스럽게 열고
안으로 들어섰다.

한 50대 중반의 사람이 낡은 회전의자 속으로 깊이 등짝을 묻고 꾸벅꾸벅 졸

고 있었고, ㄷ자형의 소파에 '마르팅게 삼지창'이란 자와 '할렐루야상'이 나란히 앉아 있었다. 신문을 훑어보고 있던 '마르팅게 삼지창'이 예의 날카로운 시선으로 성준을 살피고 나서, 다시 신문지 속으로 눈길을 옮겼다.

"웬 사람이여?"

'할렐루야상'이 능청스럽게 물었다.

"요번 항차부터 승선하는 견습선원 유성준입니더."

"그려?… 장승처럼 서있을 게 아니구 선장님 앞으로 다가와 서야지."

그는 이렇게 딴청 부리고 나서 졸고 있는 사람을 향해 공손히 입을 열었다.

"저어 선장님, 눈 좀 뜨셔야 하겠습니다."

졸음에서 깨어난 그가 아무말 없이 성준을 건너다 봤다. 순간 성준의 명치끝에 섬뜩한 압통이 일다 멎었다.

'빼빼루마스터' 한 선장— 그의 무심한 눈길이 회색빛 북양의 선뜩했던 기억을 파도처럼 몰고 있었다.

배라기보다는 떠 있는 3백50톤의 얼음덩이만 같았던 운반선 '파인 마치호'. 낡은 스피커의 잡음에 섞여 대양을 흐르던 그 적 한 선장의 목소리. 그 한 선장의 능변을 놓고 '태창 302호'의 윤병국 초사는 '아고야, 빼빼루마스터상 운반선 선장으로는 아깝다 아이가. 우리 회사 홍보이사로 모셔도 왔다 아이겠나!' 했고, 기관장 노임수는 '얼르고 사알 꼬집고, 발로 튕깄다가 대가리로 받고, 잘강잘강 십었다가 오삼오삼 냉기고, 사람 직이주제 직이줘. 저 연설로 듣고 안 붙여줄 수 있겠나 말따!' 했었던가.

접선을 위해 별똥의 여흔처럼 날던 '히빙라인'이며 때 맞춰 신속하게 연결되던 '무어링라인', 그리고 선수와 선미의 '무어링라인'을 감아 들이며 목쉬도록 울던 '카고윈치'와 '윈드라스'의 굉음. 이윽고 '데리크'들이 광풍에 부대끼는 나

목들처럼 일어서고 '카고후크'가 '씰링'을 질끈 물고 북양의 허공을 갈랐었지. 줄사다리가 연결되자 마자 굵은 통개들처럼 기어 올라와선 정신없이 갑판 위의 명태며 갈매기 시체들을 줏어 담던 '파인마치호'의 선원들… '태창 302호'의 지수격벽을 치받을듯 미쳐 뛰던 '파인마치호'의 선수재와 그 선수재를 아슬아슬 피하며 둔중하게 뒤뚱거리던 '태창 302호'의 곡예. 그리고 약속된 날의 정사처럼 숨가쁜 신열들로 끓던 '전적작업'… 줄사다리를 타고 황급히 '파인마치호'로 되돌아가던, 한 선장의 등짝을 밝히며 타던 '마스트데리크 포스트'의 휘황했던 '카고라이트'—.

그의 모습이 성준의 기억 속에서 사물사물 지워지고 있을 때였다.

무표정한 얼굴로 성준을 건너다 보고 있던 한 선장이 '할렐루야상'을 향해 시퉁맞게 물었다.

"합이 시 놈이라고 안했등가?"

"두수로는 도합 삼 수 맞습니다유."

"… 두수? 시방 머리 '수' 짜를 쓰요?"

"고렇습니다만."

"아따메에— 나는 또 믄 소리라고잉. 짐승세끼들도 아닌디 믄 삼 수여? 시놈이라고 하는 편이 훨씬 인간적이제잉."

"… 시정 하겠습니다!"

"아따메 믄 사과를 그렇게 텀턱시럽게 하요? 시정해도 좋고 시정 안해도 상관 없오마는, 거 머시냐아— 사무장 애용하는 문짜가 으짤 때는 겁나게 귀역질이 나쁘지드랑께. 그란해도 술안주를 꼬리꼬리한 갈창젖 삭은 것으로 묵었디 말로 오욕질이 나올라고 하는 판이여. 차후로는 가능한 한 징상맞은 문짜는 쓰지말자 이 소리요."

"… 명심허겠습니다!"

한 선장은 책상 위의 서류철을 건성으로 뒤적거리며 불퉁거렸다.

"… 그란디 두 놈은 으째 안와?"

"글씨말입니다유."

"쩌번 항차 마치고 나서 딴 배로 갈아탄 놈들이 몇 놈이었제?"

"둘이었습니다."

"그라면 두 놈만도 너끈한디 뭇한다고 시 놈이나 보충한다요?"

"지두 고 문제가 의혹입니다유."

"사무장이 모르먼?"

"… 순전히 본사에서 직통연결 된 껀수라구 사료됩니다. 혹시나 선장님께서 일말의 오해를 허시지 않을까 혀서 말씀드립니다만은, 요참 일은 본선 간부선원의 연고승선과는 절대적으로 무관헙니다."

"… 본사 차 과장 짓이구만?"

"… 딱 짚어서 말씀드릴 수는 없습니다마는."

"니애미 씨발놈들! 해도해도 너머하구만잉. 아무리 빼빼루마스터가 시세없다고 계속 날갑게 보자아?… 명색이 선장인디 씨발놈이 사전에 한 마디라도 뜸을 줘사 쓸 거 아니라고? 욕 안할란다고 수도치기 해봄사 뭇에 다 쓸 것인가! 싸가지없는 셰끼들이 부애를 맥이는디 고자놈 좆이라고 욕창시가 안슨다냐?"

"… 고정허십시유."

"사무장이 고정하라고 안해도 요 빼빼루마스터 인격만회를 위해서 고정할 참이요… 시 놈들 다 제대로 부려묵또 못할 놈들 아니라고?"

"……?"

"딴소리가 아니요잉. 천상 미나라이 푼수배께 더 되냥께?"

"… 모다 그렇습니다."

"아조 자알 됐구만."

"……"

"늦게 온 두 놈들 중에서 한 놈 처내뿐지면 되제잉."

성준은 자신도 모르게 숙였던 고개를 뻣뻣이 세웠다. 한 선장이 엉뚱하게 손을 내저었다.

"시방은 안받을란다. 승선신고고 지랄이고 남재기 두 놈들 다 모였을 때 받을랑께. 배 타고 싶으면 참을성 있게 서 있고. 부애 꼴리면 자유롭게 퇴장해도 안말린다잉!"

성준은 다시 고개를 떨궜다. 다리에 힘을 주고 더욱 튼튼하게 버텨섰다.

한 선장이 짐짓 당차게 버티는 성준을 흘겨보고 나서 '마르팅게 삼지창'을 향해 말했다.

"초사, 술 한 병만 더 주드라고."

그가 보던 신문지를 밀쳐 놓고 아무 말없이 소파밑을 더듬어 소주 한 병을 집어 들었다. 술병을 한 선장 곁으로 쓰윽 밀어 붙이고 나서 다시 신문지 속으로 시선을 박았다. 한 마디 말도 없이 신문만 훑어 보고 있는 그가 무척 못 마땅했던 모양이었다. 한 선장이 소주 반 병쯤을 단숨에 들이키고 나서 횟배곯는 표정을 지었다.

"초사. 현해탄 물이 붙아뿌럿대여?"

"……?"

"아니면 현해탄으로 기차가 댕긴대여?"

"… 믄 말씀인지잉…"

"가타부타 한 마디 없이 신문만 보고 있응께 하는 소리여, 믄 돕뿌기사가 나서 저렇게 신문탐독에만 함몰돼 뿌렸능가 했단마시."

"… 말씀은 귀로 들었지라잉!"

한 선장은 남은 술을 마저 비우고는 탕 소리가 나도록 술병을 내려 놓았다. 건들건들 오또기춤을 춰대던 빈 술병이 급기야 책상 위를 때구르 구르더니 끝내는 바닥으로 떨어져 내리며 박살이 났다.

'마르팅게 삼지창'이 조금도 다름없는 표정으로 보던 신문을 천천히 접었다. 그는 마치 감정선과 동작선을 동시에 연기하는 무언극 배우처럼 몽당빗자루를 들고 바닥을 쓸었다. 다만, 비뚤어진 입술 끝에 얹혀 하글하글 끓고 있는 마른 침줄이 그가 불같은 울화를 참고 있다는 징조를 그려주고 있을 뿐이었다. 깨어진 유리조각들을 쓸어 구석으로 밀어 붙인 그가 다시 소파로 돌아가 흔연스레 신문을 집어 들었다.

한 선장은 객적은 듯 헛기침을 짜대며 담배를 태워 물었다.

"내가 사무장이나 초사 앞에서 은제 요랫등가 생각해 보드라고."

'할렐루야상'이 얼른 한 선장의 말끝을 잡고 비위를 맞췄다.

"초사나 저나 심정은 똑같습니다. 워디까정 응당하신 훈계루다 인지허면서두 유구무언 헐 수밖에 읊는 현실이 안타까울 뿐입쥬."

"꾸꿈스러운 사과를 받자는 뜻이 아니요잉. 아조 까놓고 얘기하자면, 요 빼빼루마스터 처지만 아조 고약시럽게 되뿐졌다 이것이여!… '월세계'·'진보3호'·'철용호'는 죄용한디말여 으째서 본선 보성호만 요렇게 시끄랍다요? 그런 배 머던 선장놈들은 하나도 속끓일 일이 없는디 이 빼빼루마스터만 살보시 주고 암좌 쫓겨난 보살맹끼로 할 말은 고사하고 씨부릴 심도 없드라 요것이여. 도적질도 지능껏 하면 의적 아니드라고? 그만큼 나는 몰른다 하고 선의로 묵인해 줬으면, 쥐낯짝에 나락씨 뽄으로라도 염치가 있어사 안쓰겄어?… 니미 씨발, 항차마다 자자분한 사단들이 꼭 따라 붙는디 말여, 요참에는 아조 내놓고 비창 맹글어라우? 웜매 통도 크제잉!"

"즈덜과는 절대 무관혔던 불상사였습니다."

"즈덜이라니?"

"저와 초사, 그리구 본선의 간부선원을 총칭합니다."

"… 그람 염라국 열 두 신장덜 사자가 한 짓이구만?"

"믿어주세유!"

"믿고 자시고 누가 고지 듣겄어?… 용접수리 한다고 도크에 얹치고 용접부분 재수리한다고 뜯고, 한 군데 지저대면 또 한 군데 다시 지저서는 뜯어내고… 당최, 낯가죽 뜨거워서 으디 보성호 선장 노릇 해묵겄습디여?"

"차후로는 불상사 예방에 총력을 경주허겠습니다!"

"그 말 한 번 환장하게 오지요잉. 으디 한 번 믿어보드라고!… 그랑께 내동 내 말이 그 말이시. 니미 씨발, 대죄 모사하는 것도 아니고 꺽해사 생존의 절망고를 다소나마 해결 하겄다는 갸륵한 발상으로 시작한 밀수, 아니 밀수라는 말은 정정해사 쓰것구만.… 그랑께 으디까지나 눈물 없이는 이해할 수 없는 애절한 생존사업 아니겄느냐는 요런 말이여. 그란다치면 통크게 벌릴 것이 아니라 분수에 맞게 해도라 하는 부탁이여. 알았오들?"

'할렐루야상'이 '쓥 쓰읍 쮜 쮜엇' 콧마루를 쓸며 잘게 놀았다.

"음마? 으째 이란당가?"

"… 눈물 읎이는 이해헐 수 읎는 애절헌 생존사업!… 그 말씀이 원칸 절절혀서 낙누가 분출하려구 허는 찰나였습니다!"

"웜매 나도 슬픙거!… 좌우당간에 사무장 사삭떠는 데는 오짐 싸겄어잉… 참말로 명심합시다잉! 다시 요참 일 같은 사단이 재발해서는 안된당께. 또 한 번만 그란다치면 아조 조선창 불고데세끼들을 몽땅 조자서 엄밀추궁함은 물론, 그 날로 보성호도 쫑이요 쬬옹!"

그 때 도어가 삐그덕 열리더니 이건민과 도동현이 들어섰다. '할렐루야상'이 잔뜩 위엄을 섞어 입을 열었다.

"승선신고 허러들 왔남?"

이건민과 도동현이 어지간히 입을 맞춰 본 듯 '그렇습니닷!' 똑 부러지게 대답했다.

"선장님 앞으루 가서 정렬혀."

둘이가 성준의 옆으로 다가섰다. 녀석들의 조심스러운 숨소리들이 가만가만 헐씨근댔다. 그제야 보고 있던 신문을 접으며 '마르팅게 삼지창'이 담배를 태워 물었다. 그의 바로 옆에 서 있는 도동현의 헌걸찬 허위대를 발끝부터 머리까지, 민달팽이가 젖은 삭정이 타 오르듯 천천히 눈에 담고 있었다.

한 선장이 세 사람을 훑어 내리며 쓴 입맛을 다셔댔다.

"눈깔 아프게 봐도 단 한 놈도 가재미 본은 없다잉. 한 놈은 절깐 공양주 노릇하면 따악 좋게 얌잔하게만 생겨 묵었고, 또 한 놈은 장터에서 가짜 빈대약 폴먼 왔다로 약장시 본이고, 남재기 한 놈은 우선 골상학적으로 산도독놈 아니냐잉. 으디서 요런 희귀종자들을 골랐으까잉. 보성해운 차 과장 재조는 으짜든지 알아줘사 쓴당께. 쭙 쯔읍—"

해 놓고는 무작스럽게 목소리를 높였다.

"절깐 공양주맹끼로 생긴 놈! 큰 소리로 이름 석 자 대 보드라고."

"예에, 유성준이라캅니더!"

"다음, 빈대약 장시!"

"넷, 이건민입니닷!"

"다음, 산도독놈!"

"도동현이라캅니닷!"

"도씨가 성이라냐?"

"예엣 그렇심니닷!"

"나가 영물은 영물잉갑다. 보드라고 잉, 고냥 찌까닥 산도독놈이라고 안하디야? 풋 풋 프읏—"

그는 위아래 입술을 질끈 물고 터져 나오는 웃음을 입술 한쪽 모서리로 잔뜩 몰아 시동하는 양수기처럼 간격적으로 뿜어내는— 그쯤 유별스러운 웃음을 한 차례 간거르고 나서 별안간 야젓해졌다.

"시방부터 조목조목, 체계 있고 품격도 있는 절차를 시행하고자 한다잉. 머던 선장들 같으면 느그덜 신고 접수 즉시로 서류대조 해보고 하자 없으면 그냥 시마이 한다만은, 나는 천성이 그덜 못하지야잉. 그랑께로 속으로들 '좆도 아닌 놈이 되게 재제잉' 하드라도 겉으로만은 불사스러운 행티로 임하덜 말자잉? 무언 중의 약속사항이라 믿고잉…

나는 아까 느그덜보고 가재미 뽄은 한나도 없다고 실망한 적이 있어야잉. 해필이면 혈기왕성한 젊은 것들을 보고 홀태눈깔 물괴기 비린내를 풍길 것은 뭇이냐 할 지 모르겠다만, 그 내역이 이래야.

느그덜이 주지하는 바, 느그덜은 미나라이! 즉 견습선원 아니겄냐?… 미나라이 이콜은 가재미다, 하는 공식이 으째서 생겨났으끄나? 그냥 별로 웃어넹길 일이 아니고, 역사적으로 고찰할 시면 약소국, 아니 식민지 통한의 모골송연한 비애가 서려 있드란 말이여! 지금 시상에서는 갑판부 미나라이도 행세 한다마는, 원래 미나라이는 기관부 미나라이부터 출발한 것이여잉. 왜놈들이 조선놈들을 썼다 하면 미나라이여. 그란디 우덜 조선사람들이 좀 영민하냐? 조선 미나라이들이 즈그덜 기관수리 하는 곁에서 깔짝거림시러 눈깔을 가재미 본으로 하고는 수리기술을 눈동냥 했는디이— 왜놈들 입장에서는 요샛말로 조선에로의 기술 이전이 무지하게 싫드라 요것이여잉. 그래서 조선놈들은 기관실이나 특히 기관수리 하는 곳에는 얼씬도 하지 말라고 미나라이만 시켜 묵었드라, 요런 내역이랑께. 따지고 보면 식민치하의 우덜 선배 미나라이덜의 가재미 눈깔 기술습득이, 그리고 그 서럽던 수모와 피눈물이, 오늘날의 기술축적에 크게 공헌했다 해도 으짠 놈들이 부정할 것이냐?

대체로 이상과 같은 의미 하에서 가재미 으짜고 한 것잉께, 속으로 시방도 꼬옹 하는 놈이 있다면, 그 놈이 바로 모립쓰고 당상잔치 마당에 병신육갑춤 추는 셰끼제잉!

그나저나 말은 이렇게 몰강시럽게 한다만 내 속은 환장하게 씨랍고 애리다잉! 이유가 나변에 있겄냐?… 뱃놈들 속담에 '선머슴 십년 세월 보다 미나라이 한 달이 더 서럽드라'하는 말이 있제만, 항차 느그덜이 쏟을 피눈물을 생각하면 우리 사무장 표현대로 낙누분출 찰나란 말이다. 나가 외모는 미친 사자새끼 본이다만 속은, 거 믓이냐, 센치멘탈 마도로스잉께야!"

옆에 있는 주전자를 통째 들고 꿀럭꿀럭 물을 마시고 난 한 선장이 진저리를 쳤다.

"황매에, 간간땁땁 지랄이제잉. 요것이 물이라냐 오짐이라냐? 사무장, 요 물, 믄 물이요?"

"본 출장소 옆 청정에서 떠 온 물이지유."

"어따 청정 좋아하지마쑈잉. 청정은 고사하고 우물 가에 똥통 없는 지 살펴보씨요 거."

"당치 않습니다유, 하루 이틀 아니구 상음혀 온 청정인데 오물통이 워디 있겠습니까."

"똥통이 나 여기 있오 한다요? 단순매립 방식에 의존하는 대한민국에서 똥통을 으찌게 묻었을 것이여?… 그나저나 이번 항차도 울산에서 물받을 것이여?"

"반땅꾸 쬐끔 몬지라게 남았는디 워찌끼허면 좋겠습니까?"

"아조 물 받지 말고 뜨제 머. 일본 가서 받으면 된당께. 요상스럽제잉. 우리나라 물만 받아 묵었다 하면 항차 내내 설사똥 깔기느라고 똥구멍 괄약근이 풀릴지경이랑께!"

성준은 흘낏 두 녀석들을 살폈다. 이건민은 우두망찰 혼줄이 빠진 표정으로 눈꺼풀만 닫았다 올렸다 하고 있었고, 도동현은 금새 터져나올 듯한 웃음을 참느라 아삭아삭 어금니를 맷돌질하고 있었다.

한 선장이 다시 우리들에게 눈길을 돌렸다.

"다음으로는 내 소개도 쪼끔 해사 도리가 아니겄냐는 생각인디, 으짜냐? 들어볼라냐 말라냐?… 바라보고 왼쪽 놈부터 크게 소리쳐 보드라고잉, 먼저 산도독놈!"

"예옛 듣고 싶습니덧!"

"참말?"

"선장님을 와 쏙이겠임니껏!"

"다음, 빈대약 장시!"

"선채로 돌이 되어도 선장님의 말씀을 듣고 싶습니다!"

"왓따메 이 놈은 되게 유식하네잉. 진달래 시를 다 암송하고는잉!… 그짓말 했다가는 죽셰미창 돌아간다잉?"

"예옛, 진실입니닷!"

"끝으로, 공양주!"

"지도 듣고싶습니닷!"

"느그덜이 중구합성 한 뜻으로 청원하는데 거절해도 병신이제잉."

무슨 속셈인지, 끈질기도록 말이 없던 '마르팅게 삼지창'이 소주 한 병을 한 선장 앞에다 바치며 '뭣이 바쁠 것 있습니까? 술 드셔감시러 싸묵싸묵 하씨요' 했다. 그는 은연중에 괴력을 과시하고 싶었던 모양이었다. 소주병 밑바닥을 두어번 손바닥으로 쳐대고 나서 검지로 병모가지를 또아리 틀어 바짝 조였다. 엄지 끝이 병마개 요철부위를 툭 튕겨 올리는가 싶었는데, 순간, 퍽 하는 소리와 함께 병마개가 책상 너머로 날았다.

성준은 저도 모르게 오싹 한기를 느꼈다. 이건민이 낮게 한숨을 내뱉았고, 도동현은 어깻죽지를 으쓱 치켜 올리며 야릇한 웃음을 물고 있었다.

"나는 '한덕보'다마는 사람들이 그렇게 안불러 줘야. 빼빼루마스터! 요것이 내 별호여. 쌍시럽게 말하자면 별명이 되겠는디, 그래도 나가 60년대 남양을 갈고 엎었던… 아니 갈고 엎었다기 보다는 남양의 상징적 뱃놈이었다고 표현하는 것이 훨씬 땡기는 맛이 더 하겠다잉.

60년대 항께로 그때사라 뱃놈 본때 잰 것으로 생각하덜 말어. 남양개척 시절에 3항사, 2항사, 다 꺾고는 60년대 들어서는 폴쎄 초사가 안되뿌렀디야?

한창 삐까닥 하든 시절에 연승어선 선장 해봄사, 그거어 말짱 헛고상이제잉. 그라면 요 빼빼루마스터는 으짠 배를 탔등고? 낚시미끼 맬치 잡는 망선 두 척, 그라고 어탐선 한 척, 도합 세 척의 자선을 싣고 다니는 '가스오 낚시배'여! 톱브릿지에서 쌍안경을 들고 '유목'을 정탐하고 섰는 요 한덕보 초사를 상상해봄 사아— 왕년의 그란 존체에다가 으찌게 별명이란 쌍말을 달겄냐? 그랑께 빼빼루마스터는 으디까지나 별호여잉! 좌우당간에 빼빼루마스터 그 시절 너머나 휘황찬란 했디야. 머던 날은 새복부터 해질 때까지 열 일곱 야닯번 정도 스탠바이가 걸리는데 6톤은 간단히 묵었제잉. 35명이 1초당 3킬로 짜리로 낚아내 봐라. 하루 어획고 12톤 정도는 보통 아니겠냐?

상투메(상투메프린시페), 테마(가나), 아비장(코트디부아르), 닥치는대로 누비면서 흑마 백마 좆꼴리는 대로 갈어타고는잉, 술도 그때 발써 '시바스리갈'·'발렌타인'·'딤플'만 묵웅께로 이태리·그리스·가나·서독·칠레 세계만방 뱃놈들이 우덜을 우상으로 안봐뿌럿냐안.

아따메에— 시방도 눈 앞에 서언하다! 서독 뱃놈들 하고 축구시합을 했었는디 나가 무려 여섯 꼴을 재겨 넣어뿐졌어야, 1백50세디(Cedi)나 벌었제잉, 거 그서는 평균 한달 월급하고 맞묵는 돈이여… 돈 보다도 내 명기 속출에 독일 뱃놈들이 공 찰 생각은 않고 멀뚱하게 보락꼬 서서는, 나를 향해 그냥 해양을 흔드는 우뢰와 같은 박수를 퍼부었당께로.… 가만— 해양을 흔든하고 했냐?… 그라면 안되제잉. 으디까지나 지축을 흔들어사제 해양을 흔들면 축구시합을 물 위에서 했다는 소리가 됭께로. 그란디 오늘날 요 빼빼루마스터는 먼 꼴이냐?… 풋스 풋스 프웃— 아조 던적시러운 추억이 따악 한 마당 있다!… 은젠가 북양에 운반선 몰고, 동태 6백팬 묵자고는 목심걸고 들어갔었는디, 왓따메 그 북양어선 잡셰끼들! 피도 눈물도 없이 죽어라 내빼기만 하고, 으짜다가 한 번 붙이먼 쪼깨 냉겨주다가 배 띠고… 요 왕년의 빼빼루마스터가 그 때 마개뽑힌 식초병 됐든 망신만 생각하면 시방도 치아가 덜 더얼 떨링께!"

말을 마치고 난 한 선장이 금새 또 변했다.

"이때까지는 서로 화기애애한 분위기 속에서 미아이 했는디이… 요 싸가지없는 미나라이 새끼들! 느그덜이 을마나 보밴 데 없이 까불랑거렸는지 인자사말고 응징할 차례여잉."

그는 영문을 몰라 아연실색하고 있는 우리 셋을 모질게 흘겨대며 꼬르륵꼬르

릭 술을 넘겼다.

'시바알! 고마 때리차뿌까? 한다한다 하이까네 개로 보나 사람으로 보나!… 고 만 합시더. 한 시간 넘게 서 있거로 허리빼간지가 뿌가질라칸다!'

성준은 이렇게 속으로 뇌까리며 또 다시 녀석들의 표정을 살폈다. 이건민과 도동현이 거진 성준과 비슷한 마음들일 것이라는 생각이 들었다. 이건민은 아 랫입술을 자근자근 씹어대며 덧창께에다 눈길을 띄우고 있었고, 도동현은 벌써 불콰하게 달궈진 관자놀이 위에다 벌근거리는 맥동을 싣고 있었다.

성준이 흥분을 가라앉히며 이래서는 안된다고 당조짐 했을 때 한 선장이 입 을 열었다.

"느그덜이 보성호를 아조 날갑게 본 모양인디 천만에 말씀이다잉!… 승선을 하겄다면 응당지사 필히 실행해야 할 관행절차가 있을 것인디, 일체의 절차를 무시하고 빤빤시럽게도 전격적 신고를 해야?… 본사 끈줄 잡으면 그렇게 해도 된다고 으뜬 놈이 가르치디야? 요런 불상녀려 새끼덜 하고는!… 사무장!"

'할렐루야상'이 벌떡 일어났다.

"예에 선장님."

"후딱 가서 그 독실이놈 좀 데려오드라고."

"예에."

'할렐루야상'이 사무실을 나갔다. 한 선장은 할짝할짝 술을 빨고 있었고 '마르 팅게 삼지창'이 마른 비듬을 털며 휘파람을 불어제꼈다.

'할렐루야상'이 돌아왔다. 성준이 또래의 선원이 한 선장 앞에 섰다.

"느그덜 보그라잉. 이 선원은 바로 요 전번 항차를 마치고 게우 미나라이 과정 을 마친 사람이여잉. 처음 승선하는 뱃놈이 으찌께 해야 되는지를 모범적으로 실연해 보일탱께 느그덜하고 을마나 달른지 눈깔 곯아 빠지게 봐 둘 것이여. 만약 필수적인 관행절차에서 한 가지만 빠져도 보성호 탈 생각을 아조 말어사 쓸 것이다잉.… 자아— 그라면 문답식으로 진행해 보드라고."

한 선장과 독실이라는 선원의 일문일답이 시작됐다.

"승선경험이 전연 무한 자가 승선명령을 받았을 때 으찌께 신속대응 해사 쓴다냐?"

"예엣, 승선지령은 주로 전보로 행해집니다. 그라이까네 승선지령을 받은 즉시, 승선자는 필히 승선가부로 회답 타전해사 씁니닷!"

"승선지령의 전보문은 일단 보고나면 똥꾸멍 딱어 뿐져도 된다냐?"

"아입니닷! 승선지령 전보는 승선시에 필히 제시해사 하이까네 분실해서도 안되고 반드시 보관해사 씁니닷!"

"승선대기를 명령 받은 자는 승선명령에 대비해서 으찌게 처신해사 쓴다냐?"

"예엣. 명령에 대비해가 만전의 준비로 해사 쓸끼고 행방에 대한 연락방법을 명령자에게 숙지시켜사 합니닷!"

"고정도로 해두고는잉… 승선명령을 받은 사람이 승선지에 도착해서 취해야 할 필수사항은 므시랑가?"

"예엣, 승선지에 도착 즉시, 본사 또는 지점·대리점·출장소에 출두해가 승선명령을 제시하고 명령측의 지시로 받아사 합니닷!"

"그마안— 그 정도로 충분항께!"

한 선장이 이번에는 우리들을 향해 말했다.

"다들 들었제잉?… 공양주 너부터!… 승선가부를 회답 해봤디?"

"… 몬했임니더."

"승선지령 전보 뵈도라."

"… 엄씀니더."

"니 행방에 대한 연락방법을 우덜한테 숙지시켜 줬었디야?"

"… 몬했임니더."

"울산에는 은제 도착했었디야?"

"여러 날 됐임니더."

"그래야잉!… 그라면 본 출장소에 출두해서 승선명령은 제시했제?"

"… 몬했임니더."

"믄 소리여? 아니, 그라면 우덜 지시도 받은 적이 없었네?"

"… 드릴 말씀이 없임더!"

"풋스 풋스 프— 하도 얼척없응께 웃음배끼 나올 것이 없네잉… 공양주는 그랬다고 치고야잉, 느그 두 놈들은 아조 요런 방법으로 하고 말드라고. 으짠 방법잉고 항께느— 내가 요 공양주란 놈하고 문답한 항목 중에 단 한 가지라도 실천한 사실이 있다면 말을 하고, 공양주놈 본으로 아예 백지먼 꼬부랑 말로 노오— 그래뿐져, 아 후딱!"

그 때였다. 이건민은 '죄송스럽습니다!' 했는데, 도동현의 우렁우렁한 목소리가 '노오!' 해버린 것이었다.

"저런 반풍수새끼 보소잉. 믓이야? 노오?"

한 선장의 목소리가 막 끝날 쯤에서 '오매얏!'하는 외마디 비명을 내지르며 도동현이 끝작두날 맞은 장승목처럼 쓰러졌다. '마르팅게 삼지창'의 번개같은 관수가 도동현의 옆구리를 찌른 거였다.

그가 퍼렇게 질려 누워 있는 도동현의 가슴패기를 몇 번 작신작신 밟고 나서 '엄살 그만 떨고 후딱 일어나사 팬할 것이다잉. 누어서 디질래, 서서 살래야?' 했다.

도동현이 졸창열 앓는 황소처럼 거친 숨을 헐떡이며 비척비척 일어섰다.

"으디서 배워묵은 못된 짓거리여?"

"고마 선장님 명령에 복종한다카능기 고레 됐임더!"

"두 번 복종했다가는 선장님을 아조 까죽 뱃끼겠구만잉… 선장님, 요놈만 짤라뿐지먼 되겠오."

그것은 천만다행이었다. 한동안 골돌한 생각 속에 잠겨 있던 한 선장이 말했다.

"맴이사 그라자고 하제만… 무담씨 차 과장 건드려서 뭇이 이롭당가?… 그놈도 써묵을 데가 있니. 일본 정박지 같은 데서 얼음 동냥하기는 왔다 아니여?"

23

'살망아'들

'돌안산' 여틈한 산자락이 희붓한 동해를 바라다보며 발목을 적셨다. 모래밭도 아니요 군땅도 아닌 어설픈 곳에 싸구려 돗자리를 깔고 셋이 앉아 있었다.

"오매야, 내 카악 죽고말따! 오함마에 돌 뿌사지기는 에렙어도, 요 동현이 한 빤찌에는 상석에다 정날도 박았었거로! 니기미 시발노옴— 내 개땅쇠 삼지창 셰끼로 어데서 직이주꼬? 삼촌아 오매야, 할배야 애비야! 동현이 요레되도 되능기요?"

벌써 세병의 소주를 축내고도 도동현의 핏발은 무서리 날처럼 빼득빼득 굳어갈 뿐이었다. 어찌나 땅을 쥐어박았는지 부삽같은 주먹은 으깨지고 짓물려 피범벅이 돼 있었다.

"고마 참으라카는데 와 요레?"

견디다 못해 성준이 나무랐고

"동현이 너 그래가지곤 벌써 한데야 한데! 누구는 감정 없어서 하악 앙다물고 함구무언 하는 줄 알아? 꼴리는대로 손이 갔으면 그거 벌써 나한테 죽었어. 따시! 제발 그만 하자아—"

이건민이 마지막 술잔을 아사삭 이빨로 부숴대며 핏물로 말씬거리는 가래침을 퇴에 내뱉었다.

"내 그노무셰끼에께 쪼인또 한 대 맞응기 설버 이러능기 아이다. 그 빼빼루마 스턴강 선장인강 하는 시발놈이 꼬부랑말로 노오 카라케서 천진무구로 대답 쪼매 한긴데 우쩨, 우쩨 선손질로 하겠노? 심사 꼴리모 니 내캉 한 판 붙자카고 내는 내대로 한 판 시르모 사나이 승부 아이겠나 말따. 내 이 춘추 묵도록 고레 더럽은 후히후찌 논 적 엄따! 할배야 할매야— 동현이 요레 살아또 되능기요?"

녀석의 기세가 조금도 수그러들 기세가 아니자 성준이 사사뭇해서 심드렁 읊었다.

"건민이, 육포에다 대추 두 나쯤 진설해사 쓸랑갑다."

"… 무슨 헛소리야?"

"동현이 일마 시방 제사 안모시나! 할배·할매·아부지·어무이— 쎄빠닥 가는대로 고마 호출인데, 이기 어데 예사 뿔따구가? 제사제, 제사!"

이건민이 대답 대신 '오자불' 포구쪽으로 숨닳게 자맥질 하는 연안어선들을 바라다보며 한숨을 내쉬었다.

그때 쑥색점퍼를 걸친 윤병국이 한 짐이나 될성싶은 마대를 들고 나타났다.

"보성호 디비지라꼬 고사로 지내나 굿을 치나? 하필이모 요레 얄궂은 자리에 뚤 뚜울 뭉치가 머 하는기야? 부두로 '민디미' 선술집만 차고 앉아도 펄펄 끓는 가스나들 보단지가 닷말은 될낀데 와 요레 상심의 바다가에 앉아가 낼로 부르노?"

"샹심의 바다!… 디게 좋네예. 초사님 자작시 제목잉갑다."

이건민이 집적거리자 윤병국이 마대 속의 물건들을 쏟아 놓으며 배시시 웃었다.

"와 그런 거 안있던강? 양놈들 깡깽이말따.… '씨이 오브 할 브레이크' 우짜고 씨부라쌌는 팝송 몰라? 고레 내나 미나라이 팔짜밖에 더 되겠어?"

네홉들이 소주 일곱병, 쥐포 여나문 봉지, 위장보호제 '맥소롱' 열 댓병, 국화 풀빵 세뭉치— 이런 것들을 와르르 쏟아붓고난 윤병국이 흘낏 도동현의 살맛 없는 표정을 살폈다.

"절마는 와 저레? 믿던 보단지가 월경대로 갈아찼나!"

이건민이 도동현의 심사를 조목조목 자상하게 알렸다.

윤병국이 색바랜 와이셔츠 깃처럼 희묽은 목덜미를 떨며 웃었다.

"세상 디게 변했제에— 개땅쇠 삼지창이 아이고 내 같았다 보제. 고마 보름 쯤 파악 곯은 좆대가리로 빨렸을끼라.… 삼지창 글마 아직도 멋이 남았다 싶다! 너거들 세 놈들은 우짜든동 운이 좋응기다. 삼지창이고 십이고, 먼차로 빼빼루 마스터가 을매나 이쁘노?"

그때였다.

여인들 한 패거리가 여나문 발짝 앞에다 술자리를 폈다. 주로 30대 초반의 육 덕좋은 여자들이었다. 한결같이 블루진 차림의 네 명이었다.

살맛없다는 듯이 '할배야 할매야'를 되씹고 앉았던 도동현의 눈이 당산나무 쪼개는 벼락질처럼 시퍼렇게 탔다.

"초사님요! 저거 보소고맛! 청바지가 터질라 안캅니꺼? 보단지에 무신 꿀단지 가 들었거로 보단지 부위가 저레 토옥 티나왔답니꺼?"

이건민이 쓰읍 입맛을 다셔대며 거들었다.

"말 좀 고상하게 하라구. 티나온게 아니구, 완만한 볼륨이야 볼륨!"

성준도 한 마디 했다.

"티나왔다는기는 억쑤 상시럽꼬, 완만한 볼륨이라는 기는 너머 유식하고, 내 눈에는 불두덩이 사알 볼가진기라!"

쩻 째앳 혀를 차대고 앉아 있던 윤병국이 나도 못 참겠다는 듯이 갈무리지었다.

"짐승 십애리는 소리들 고마 치랏!… 토옥 티나온 것또 아이고, 완만한 볼륨도 아이고, 볼가진 것은 택또 엄꼬오— 내는 요레 생각하고 싶다… 사타리가 자알 빠졌거로 저레 된기다. 내하고 돈내기 해보제. 안쫑다리, 오리발, 요레 얄궂은 것들 하나또 엄쓸끼다. 저 네 가스나덜 모다 팔짜걸음 걸을끼다. 팔자걸음이 보기사 숭하제. 하제만 팔짜걸음 걷다보모 음끼는 모다 보단지로 죄게 돼 있다!… 그라이까네 사타리가 실할라카모 팔짜걸음이 자연 나오능기라. 외국 보단지들 맛 볼 짬도 있을낀데, 그때는 고마 무작시럽게 팔짜걸음 걷는 가스나덜만 타모 된다. 시바알— 뱃놈 좆이라꼬 맨날 밑지고만 우쩨 사노?"

여인 넷이서 이 쪽을 할기족족 흘끔거리며, 물건들을 정리하네 돗자리를 털어대네 하며, 몇 발짝씩 옴지작거렸다. 윤병국의 말은 과연 한 마디도 틀림이 없었다. 네 명의 여자들은 약속한 듯이 70도 각도의 팔짜걸음을 잔디렸던 것이었다.

"위대한 초사님요! 고마 숨넘어 갑니딧!"

세 명의 목소리가 이쯤 한 뜻으로 동시에 터져 보기는 처음이었다.

'운따꼬오 옛 샤라앙이 오리오오 마아아느은—'

'… 버리지마라아 버리지마라아— 또다시 돌아오마아 고향앙 샨천아아—'

그녀들의 술자리가 초장부터 불을 지폈다.

그 꼴을 멀거니 건너다 보고 있던 윤병국이 말했다.

"아지매들요! 고마 합하모 우짜꼬? 우리가 갈까 아니모 아지매들이 올라요?"

"맘내키는대로 하모 누가 말리나!"

그중에서 웃대가리인 듯 싶은 여인이 말했고, 그 소리를 따라 여인들이 까까까아 웃어 재꼈다.

사내 넷, 여자 넷, 이렇게 짝맞춰 돗자리를 이었다.

'맘내키는 대로 하모 누가 말리나!' 했던 여인이 윤병국의 말대로 잘 발달된 가랭이를 쩌억 벌리며 말했다.

"아자씨들 안주라능기 하나또 묵을끼 엄따 아이가. 풀빠앙? 오매야 쎄가 굳는다 아이가. 요레 몬 묵을꺼로 우쩨 묵으라꼬!"

"풀빵이사 안죽을라카모 묵지예, 그래또 쥐포는 너무했다! 오매 냄새야아… 외제깡똥도 고마 싫다하는데 요레 석은 안주로 우쩨 묵제예?"

입술이 유독 야실거리는 여자가 사르르 사르르 눈웃음을 치며 윤병국을 살폈다.

윤병국이 입술 따갑도록 뽁 뽀옥 빨던 '청자' 꽁초를 퇴에 내뱉았다.

"내 미안하게 됐다… 니 몇 살이고?"

"와예?"

"재취깜으로는 고마 팔짜다 싶어가 안묻나? 내 요레 끓은 수박색 돕빠 걸쳤다만 재산은 5억쯤 되이까네."

"오매 무시라! 바다에다 깔아도 수평선은 넘지 않겠임니꺼."

"하모오.… 몇 살 묵었냐이까네."

"재취깜으로는 팔짜다 싶네예! 서른 하나 뿌가졌임더."

"… 풀빵은 미안타만 서른 하나 따악 뿌가진기 와 쥐포는 몬 묵노? 쥐포오— 쎄로 요레저레 침 볼라가 녹여보제. 고마 지기주는데!"

"누가 맛을 말했임니꺼. 냄새가 싫다 그 말이라예."

"와 싫어?"

"꼬리꼬리… 생선 아개미 석는 비린내… 젓국… 거 머 좋을끼 있던강?"

"쥐포들만 넷인데 와 요레쌌능강?"

"……?"

"청바지로 사타리 억쑤 죄고 한 사날만 견뎌보모 쥐포가 따로 있나."

"……?"

"와아? 암자 부체가 살보시 돌라카는강? 와 눈깔은 고레 떠?"

"우리 넷이가 쥐포라꼬예? 사람을 우쩨보고 몬할 소리 해쌌는고얏!"

"몬할 소리 안했다. 사날만 뒷물 않고 배기모 보단지가 고마 쥐포될낀데 와 그것을 모를꼬?"

'맘내키는 대로 하모 누가 말리나' 했던 여인이 과연 야젓하게 좌중을 다스리고 나섰다.

"당신 말씸 하나도 틀린데 엄쏘. 말이사 바로 보단지가 뒷물 않하모 젓국보세기제 머 따로 될끼요?"

아무말 없이 키득거리고만 있던 두 여인이 목소리를 합했다.

"사실이 그렇거로 요레 좋은 자리에서 무드로 파악 지길끼 머꼬?… 그노무 코는 팔짜도 더럽제, 쥐포 보단지만 뽈고 찌르고… 술맛 간다아이가."

"술맛이 가모 되겠나, 술맛 내자고 합석했는데. 저엉 술맛 간다모 고마 우리들 자리로 돌아갈란다."

'맘대키는대로 하모 누가 말리나!' 했던 여인이 '카나디안클럽' 서너 모금을 꼬르륵 부어 넘기며 빠락 악을 썼다.

"스토옵!"

"……?"

"허락엄씨는 몬가요!"

"……?"

"내 이 여자들 앞에서는 왕성님이라. 시바알— 파토로 내도 내가 할끼고 끗수 잡고 땡 몰아묵어도 내가 할끼요. 술이나 묵으면서 인연이나 맺으모 우짜꼬?"

어안이 벙벙해서 자라목처럼 움츠리고 있던 이건민과 도동현이 그녀의 말 한 마디에 신명이 돋았다.

"텔레그래프는 이미 꺼르릉 운거야. 스텐바이!··· 이젠 계류색만 수납하면 끝이야 뭐어."

"쪼인또는 뿌가졌다만서도 이자 거북이 대가리는 진로로 잡았다 아이가."

'왕성님' 어쩌구 행올거리는 여인을 위아래로 훑어내리고 있던 윤병국이 조근 조근 읊었다.

"보니까네··· 당신 뱃놈인연이 팔짜잉가싶다."

"··· 와요?"

"왕성님 우짜고 하는 말만 들어도 60해상마일 처억 본다.··· 당신들 부산에서 왔제?"

"··· 잘또 아시제!"

"우리들 뒤는 와 밟았노?"

"··· 당신들또 좋고 우리들또 좋자는 스토리라. 머 잘 몬 된기 있으예?"

"··· 어데에?··· 엄따!"

"그라모 그만 씨부라고 어데 조용한 곳에 드가 회포부터 풀자고마."

"··· 맹함이나 도고!"

"맹함이 어데 있어?"

"자알 티나가다가 와 삼천포로 빠지나?"

"삼천포로 빠질라케서 빠지나? 사나딜이 우쩨 요레 답답하고 모를따."

"고마 붙어삐리까?"

"··· 나쁠끼 머 있겠노만··· 그노무 쥐포들 씻는데만 소금 한 되 다 들었으이니까네!"

술기가 골막해진 세 여자들이 저마다 한 마디씩 했다.

"내는 이런 곳에서는 몬해예. 사나덜 욕심을 우쩨 다 들어주겠노? 고마 할딱 뱃낄낀데, 난 몬해! 짜꾸만 내리고 퍼뜩 시마이하모 또 모르제만!"

"고레말따! 연한 쪽으로 모사리는 안드가박히겠다, 흐흥— 보소. 모살판 아 잉교?"

"… 고마 호텔로 드갑시더."

윤병국이 뜻모를 한숨을 가닥가닥 이으고 나서 딱 잘랐다.

"머하는 긴강? 적어도 두 사람은 맹함이 있을끼다.… 왕성님하고 재취깜하 고…고 마 내놔라! 그래사 우리들도 사나이 벌판같은 가슴에다 모닥불로 지필 끼 아이가?"

여인들의 '왕성님'이 윤병국의 재취깜으로 팔짜다 싶은 여자를 오달지게 눈 에 담았다.

"내사 니가 하잔대로 할란다.… 우짤낀강?"

"… 언니 맘은 우짠데?"

"시끄랍닷! 내사 니 하잔대로 한다꼬 안했나."

"… 언니는 우쩨 생각하실는지 몰라도 이기 보통 문제입니꺼? 울산 최 사장 똘 만이들이 짜악 깔렸다 캅디더."

"… 그까짓노무시끼! 우리 아아들 풀모 어데다 촉을 댈끼고? 울산이 날개 달 아봄사 부산 갈매기들 호적이나 올리겠나."

"… 기기사 그렇지만도…"

"내주자 고마!"

"… 쥐포만 꿉어놓고 오리발 내밀모 우짤라꼬!"

"꿉는다고 재 될 쥐포가 닳아질 쥐포가?… 우리 아아들 다섯이 '야음동'에 와 있다카이."

"… 그래예?"

"내 니 쏙이는 것 봤나."

"기분이다 고마!… 고레 합시더"

두 여자의 표정은 판박이처럼 똑같았다. 입술 끝을 아래쪽으로 살큰 물어내리며, 요즘에야 다문다문 선뵈는 값비싼 '악어핸드백' 재크를 쓰윽 열고는 그 속의 직사각형 악어지갑을 또또깍 열었다.

"세상이 더럽거로 사나가 좆만 요 보그라 광내지만, 우리들은 당신네들을 고레 얄구지게 안보요.… 서로 끄사주고 밀어주고 자알 살아봅시더!… 믿소! 전화번호만 외가 찢어삐리소. 자아―"

'왕성님'과 '재취깜으로는 팔짜다' 싶은 여자들의 용기 몫을 대신 해주는 너스레였을 것이다. 나머지 두 여자들이 술기운을 빌어 '샤공아아 옛 샤아고옹아 울진 사람아아아― 인샤느은 엄따마아느은 말 물어보오오자아― 울릉도 동백꽃이 피어있더냐아 정드은 내 울타리에 새가 울더냐야―', '샤공아아 뱃샤아고옹아 울진샤라암아아― 초면에 염체에 엄씨이 다시이 묻으웃는다아―' 해대며 엔굽이치는 유행가 가락을 뽑아 흘리고 있었다.

이건민과 도동현이 그녀들의 노래가락에 입장단을 마추며 벌써 노골노골 물컹거리기 시작했다.

"쪼매 고요히들 하그라!"

윤병국이 이건민과 도동현을 향해 눈꼬리를 세우며 받아든 명함쪽들을 유심히 살피고 있었다.

"… 동성백화점 D상가 A호 대표라?"

'왕성님'이란 여자가 대답했다.

"고레뒜오! 와아? 체면이 디게 나찹소?"

"… 너머 높아가 그라제…"

이번에는 '재취감으로 팔자다' 싶은 여자에게 물었다.

"… 내나 동성백화점 D상가 C호라?"

"내도 너머 나찹갑다."

"어데? 백화점 뼁장들은 인연이 있다만 여사장님들과 모살판에서 대좌한 것은 팔짜에 첨이다 싶어 그라제."

건성으로 박수를 쳐대던 '왕성님'이 손을 멈추고는 윤병국을 빤히 올려다 봤다.

"… 백화점 뼁장더얼?… 보아하이까네 사무장 자슥덜 엽전꾸래미 억쑤 뽈가 내 묵은 관록이 있능갑다!… 말로 바로 함사, 내는 당신들이 신빠이라꼬 정보로 잡았는데."

"… 맞제!"

"참말이제?"

"카모 뼁장덜은 우째 아요?"

"내 언제 뼁장들로 안다나. 고마 들은 풍월로 인연이 있다 그 말이라 밀수품 섭외가 내나 뼁장들 소임 아이던강?"

"… 맞소!"

윤병국이 흘미주근 값싸게 놀던 표정을 싹 거두며 정색을 했다.

"왕성님요!"

"말씸만 하시소. 와예?"

"… 김진희?"

"내 부모들이 가스나로 만들어가 고레 이름 지었다카데."

"말도 모질고오— 디게 이뻐제."

"참 '진' 자에다 계집 '희' 자 사알 섞었거로!"

"맞다. 배내보단지 때부터 파리 묵여 살렸다."

"끄 끄 끄으— 김진희가 동성백화점 뻥장왕성님 안됐으모 머가 되가 살겠노? 구찌빤찌도 억쑤 씨고… 보그라, 내 재취감!"

"… 내는 또 와아?"

"… 공미순?"

"그레스예?"

"공부자손에다, 아름다울 '미' 자에다 순할 '순' 자 쓰능갑제."

"고마 억쑤 이쁜데 무신…"

"이름보다도 유부녀, 아니 과부 아호가 더 좋소!"

"과부?"

"… 서른 한 살짜리 과부 아이요."

"억쑤 몬살게 보챘었등갑다."

"… 멀로 보챘답디꺼?"

"고마 밤마다 냄팬 허리빼간지 틀아잡고, 낼로 지기라 낼로 지기라 해쌌으이까네 고레 퍼뜩 청상 안됐나?"

"모르모 약이고 알모 병이라캅디더.… 냄팬 양기 받느라꼬 걸레쪽도 몬 배기 났오."

"끄 끄 끄으— 과부 아호 쪼매 읊어주까?"

"월비댁!"

"… 먼지는 몰라도 고마 이삐가 미치겠다. 오삼오삼 씹히제!… 월비댁은 와아?"

"세 살 묵은 얼라가 월비 아잉갑다. 내 닮아가 얼굴또 이삐고 거 머시라아— 걸음도 팔짜로 자알 걷소! 이자 됐오?"

"모진년이 따로 엄따. 내 농담 쪼매 씨부랐거로 딸자슥에게 팔짜걸음 우짜고… 우짜든동 인연치고 벨시랍다. 동성백화점카모 부산 돈줄 댓빵인데 한 술 더 떠가 D상가라— 또 있제!… A호 C호라카모 B호 D호도 나라비 안슀겠나?"

"꼬부랑 꼬부랑 나가는데 기기사 에이, 삐이, 씨이, 디이, 이이, 에에프— 요레 안나가모?"

"그래 하는 소리 아이겠나. 내 소문만 들었다만서도 D상가 꼬부랑족보는 고마 밀수품 엄씨는 장사 쫀난다 카데."

"… 벨로 틀린데는 엄쏘."

여인들의 '왕성님'이 산통흔드는 점쟁이 본새로 영바람 쟀다.

"고마 어데로 드가제. 소금끼가 짜바서 보단지가 무시김치 될까 싶다. 찝찝한 거 씻까내는 데는 단물이 최고라! 호텔방 네 개 잡아가 샤와로 먼차 하고… 그런데 한 가지 궁금하다아이가. 아깨 A호 C호가 있다카모 B호 D호도 나라비 안 쌌겠나 하던데. 그거 무신 뜻인감?"

"… 벨시런 뜻 엄따. 여사장님들 말고 저 두 가스나들… 맹함쪽 사알 감제만 저 가스나들이 내나 B호 D호 삥장왕초 아이겠어?"

너희들 멋대로 놀아봐라 하는 투로 그저 손바닥 닳게 박수만 쳐대던 둘이가 그제야 횟배 끓는 표정을 지었다.

"말로 조심하소! 삥장왕초 팔짜라카모 당신네들 같은 사람들에게 초대면부터 가스나 가스나 상말로 들은끼라꼬!"

"고마 기분만 같다카모 당신네들 쎄로 삐지가 도다리 회로 치고싶다!"

여인들의 '왕성님'이 '고마 치아삐랏! 어데서 쏙창새기 엄씨 씨부라쌌노?' 하며, 돗자리를 말아 거두고, 먹다 남은 술과 안주들을 챙겼다.

따박 따박 팔자걸음을 옮기면서 '왕성님'과 '재취깜'이 낮게 속삭였다.

"저 가스나덜, 디게 불행한 여자들이라꼬요.… 더 숩게 말로 하모 점원들 아잉교? 월급 팔천원 받고 쎄빠지게 일해 봄사 일제 슈미즈 하나 몬 입는다."

"일제 슈미즈? 언니는 말또 억쑤 당상풍월 놓소!… 언니 점원 미시 민은 몰라도, 내 미시 홍은 참말로 불쌍해가 몬봐준다 아입니꺼.… 아래는 내실을 비로 씨는데, 찬찬히 보이까네 무신 시키면 것이 먼지로 씰고 있능기라. 내 살펴보이까네─ 빤쓰 밑이 고마 다 터져삐맀어! 우짠놈어 비가 저레 시꺼먼가 했드이, 기기 바로 삐죽삐죽 볼카나온 털시래기 아이겠나!"

성준은 뜻모를 한숨을 내쉬었고, 이건민은 '휘황찬란하지! 도무지 휘황찬란한 세상이야!' 푸념했고, 도동현은 '그래 사나로 자알 만나사 쓴다 아니가. 내같 아보제! 내 불알 털시래기로 마당을 쓴다케도 마누라 빤스는 씰크로 짜매줄끼다!' 했고, 윤병국은 진회색 어둠을 올려다 보며 '씨잘데 엄는 소리들!… 그래서 상부상조카는 무식한 말씀이 생겨난기다.… 끄 끄으 끄으─ 모진 시상을 울어사쓸꼬 모진 목심을 울어사쓸꼬!' 하며 허전하게 웃었다.

'왕성님' 여인이 호텔에 들어서며 다짜고짜 '후론트! 여덟명 앉아가 술로 묵을 널찍한 방 엄쏘?' 했다.

'어서 오시지예!' 하며 깜짝 반기던 종업원이 '왕성님' 여인의 그 말에 낯색을 바꿨다.

"… 여덟명이 앉아가 멀로 할낀데예?"

"술로 묵겠다 안했오."

"짝수로 치모 방이 네 개다 싶은데… 큰 판 벌린다카모 고리낑은 지대로 주겠임니꺼?"

"보소! 내 시방 공산명월 쨀라꼬 왔다카모 개십에서 생겨났다! 술로 묵을 널찍한 방 돌라카는데 와 말이 많소?"

"… 엄쏘!"

"내놔라!"

"머시라? 시바알— 이 가스나가 취했거로 사람또 몰라보나?"

그때 도동현이 나섰다. 녀석의 멱살을 불끈 거머쥐고 무작정 끌었다.

"니 쪼매 내캉 나가자!"

"이거 몬 노나?"

"몬 놓게 돼있으니까네 나가자 안카나!"

"나가서 멀 할끼고?"

"초저녁 죠오시 안좋나. 코뺑이 시원하게 맑은 공기도 쪼매 쐬고, 신사적으로 말도 해보고… 머 고레 깐작깐작 하노? 퍼뜩 나가자. 요레 시끄랍다가는 방마다 샤람 떨어지는 소리로 생난리 아이겠나."

그때였다. 아래층 방 도어 두 개가 삐그덕 열리면서 아갈잡이 본새의 헌걸찬 20대 사내 둘이 차례로 나타났다.

둘 중 한 사람이 종업원의 등짝을 보릿단 도리깨질 하듯 우악스럽게 때리며 말했다.

"다다미 하찌조방으로 일단 모시모 안되겠나."

또 한 사내가 도동현의 움켜쥔 손아귀를 풀며 달랬다.

"아재요, 고마 참고봅시더. 어데 한 빤찌깜이나 되겠임니꺼. 내도 몇 살 안묵었지만서도 보약은 참는 것 밖에 발견한기 엄쏘."

곱슬머리에다 살긋 옆으로 째진 눈의 지배인이 파리 세수하듯 손바닥을 부벼대며 얼렀다.

"이층으로 올라가입시더.… 그카고오— 김사장님, 뜨신 방 네 개 잡아노라케서 고레 해놨는데 우짤까예? 다다미방은 연탄난로로 나가 쪼매 춥을낀데."

'왕성님' 여인이 금박으로 도배한 담배케이스를 또깍 열고 '체스터필드' 한 개비를 태워 물었다.

"돈이 먼지고로, 잡아 논 방 네 개는 딴 사람들 십자리 깔았나?… 술로 묵고 나가 짝맞좌 드갈테니 방이나 뜨시게 불로 넣소."

"알겠심더."

필경 놀음방 명색이거나 혹은 물건을 처분하는데 딱 알맞는 구조였다. 아홉 개의 낡은 의자가 빙 둘러 앉아 있고 그 가운대로 겹두리가 낡은 타원형 탁자가 놓여 있었다.

"무드는 초장에 잡아사 익는기다. 우선 짝갖좌 앉읍시더."

'왕성님' 여인이 윤병국의 옆자리에 앉고 공미순이 이건민 옆자리를 파고들었다. 눈치만 할금거리고 섰던 두 여자들이 도동현과 성준을 번갈아 눈길주더니, 미스 민이 도동현 옆으로 서리맞은 배짱이처럼 주눅들어 껴앉고 미스 홍이 성준의 허벅지에다 어렴상없이 가랭이를 겹꼬았다.

윤병국이 입을 열었다.

"내 낫살이 쪼매 높다보이 상좌행세 한다만, 말로 바로 해가, 내는 아무짝에도 쓸모 없는 사람이다.… 사업얘기라모 이 세 놈들캉 터 보제!"

이른바 김진희라고 부르는 여인이 뻐금뻐금 담배연기를 내뿜으며 놀랄 것도 없다는 표정을 지었다.

"처억 보모 60마일 해상밖이라! 벌써 안기고오— 내 머할라꼬 울산까지 요레 시겁해가 달려온 지 아요?… 내 그 더럽은 새끼들 원수로 갚을란다 캤다.… 사실로 말해보꾸마. 백화점 코너 하나 사알 앉히가 장사로 해봄사 다들 떼돈 버는 줄 아는강? 천만에 말씀이다. 점방세도 몬 내고 백화점 빙장들 양기수발 하는 사람들이 쌔고 쌨제!… 한 삼년 뱃놈들 뱃밥 얻어묵꼬 쪼매 자알된다 싶었는데, 오매야 더럽고 얄구지라아— 그것도 경쟁이 치열해가 도꾸이 뱃놈들을 고마 돈으로 술로 가스나로 빼가는데, 생각들 해보소! 물건이 있어사 장사로 할 낀데 물건을 우쩨 확보할끼고? 오직함사 쥐포 넷이 당신들 정보로 입수해가 소금물로 뒷물하고 뒤로 밟았겠노!… 내 아께 이 냥반 말씀에 고마 울음이 카악 손아질라카는 것을 쎄 깨물고 참았다.… 모진 시상을 울어사쓸고 모진 목심을 울어사쓸꼬?… 내 사타리로 당창쟁이 뽀시락지가 돋는다케도 좋다! 이 냥반 을매나 멋진 샤나이고?"

윤병국이 엷은 눈꺼풀을 파르르 떨며 쓴 입맛을 다셔댔다.

"고레 올려싸모 내싸 부끄럽고 남세시러워서 우쩨 견디겠능강? 하나또 멋진 데가 없는 샤나이다!… 병들어가 배도 때리차삐렀는데 부산바닥 멋쟁이가 우쩨 되겠어?… 맘이사 디비질 때까지 멋쟁이로 살고 싶다. 하제만 세상일이 어데 내 맘 묵은 데로 되는강?… 그건 그렇고— 아께 그 더럽은 새끼들 원쑤로 갚을란다켔제?"

"와아? 몬할 말 했으예?"

"… 글마들이 누고?"

"와? 내 대신 원쑤로 갚아 줄 낍니꺼?"

"어데에!… 우짠놈들인지 족보나 알고 싶어가 그란다."

"머 우쩨 다 읊겠노?… 경찰, 세관 써치반, 검역반, 승감… 그 노무새끼들또 포함되제만도 내 참말 몬 참을 놈들은, 돈으로 단물로 깔짝깔짝 다아 뽈아묵꼬 이자 딴 점방에다 물건 대는 강생이뱃놈들이다!"

"… 내 잘은 모른다만 기기 어데 뱃놈들 죄가? 로프로 뚤뚤 묶어가 요리 끌고 저리 끌고 하는 삥장들에다 왕초들이제."

"내도 다 앙요! 막말로 뱃놈들이사 먼 죄 있겠노?"

"그라이까네 안묻나. 원쑤로 갚아사 쓸 놈들이 대체로 우짠노무새끼들이란 말가?"

"예로 돌모오— 울산 최 사장 같은 사나다!"

"… 지가 지 바닥에서 돈탑 쌓겠다는데 머어? 따지고봄사 부산 동성백화점 김 사장도 내나 그 뽄 아이거로."

"내는 바닥새가 물어다 주는 괴기만 풀아묵꼬 살았오. 사나놈이 무신 할 짓이 엄꼬로 지 바닥도 몬지란다카고 부산까지 쑤시노얏?"

"… 그 말또 말 되네… 자아— 이자 그만 쫑하고 사업목적부터 차근차근 말해보제."

공미순이 입을 열었다.

"무신 다른 말 있겠임꺼. 자금은 얼마던지 대줄테이까네 물건은 우리에게 돌라 요 말씀입니더.… 값도 자알 맥이줄끼고, 설사로 인기상품이 아이라케도 돈 물려도라카는 말은 않소.… 연장만 깨끗하다면사 보단지도 억쑤 주고— 바이도꾸는 잘 안다만, 거 머시라카던강?… 희한한 성병도 있던데?… 맞다, '나이제리아 라미'!… 그 병만 올랐다카모 연장이고 십이고 간에 고마 빼간지 쏙에까지 구멍이 숭 수웅 뚫려가 죽어도 더럽게 죽는다카데예. 아프리카 토인부락 식모년 이름인지 먼지, 우짜든동 그 병만 안 걸려옴사 단물 퍼내기가 바쁠끼요!"

"내 뱃놈세월로 청춘 시렸다만 고레 얄궂은 성병함자는 처음인데?"

"말또마소. 희망봉·라스팔마스·모리아나— 그 바다 괴기 잡던 남양뱃사람들이 옮가 온 기라는데 멀."

"흑인 가스나 보단지로 팠으모 와 빼간지에 숭 수웅 구멍나가 디비지는 몹쓸 병을 얻었겠어? 흑인 가스나가 아이고 아마도 나이제리아의 토종 당나귀 보단지로 팠던감다."

윤병국의 말에 이건민·성준·도동현이 맘놓고 웃어재꼈다.

윤병국이 느닷없는 질문을 던졌다.

"김사장, 낼로 우쩨 아노?"

"알금삼삼 윤선장을 모르모?"

"… 어어? 내 성은 어데서 알았어?"

"사타리까고 백화점에 앉아있다만 부산 알짜사나는 주욱 뀄다!"

"… 내 이름이 머드라?"

"빙국이 아이요!"

"빙국이? 내는 병국이다."

"병국이는 서울 개시발년들 말이고 나사 문디이 가스나이니까네 빙국이라 부르능기 숩다. 와아?"

"… 듣기 좋체에— 내 솔직히 말해가 보성호 같은 배는 억만금을 사놓고 타라케도 몬타는 성미다. 와 이런 사설을 읊는고 하이까네, 수출외항선 우짜고 하는 배가 우짠 배고, 그 뱃놈들이 얼마나 불쌍한 놈이라는 것도 소문으로만 들어 쪼매 안다… 그것 뿐이야! 그라이까네 요 세 놈들 자알 띠굴려가 잘 연분 맺어보그라."

"우리 아아들이 진작 말해줬임더."

"아깨 그 두 놈들이 삥장들인강?"

"하모요!"

"이자는 공 사장도 한 말씸 해보제. 구체적으로 말해사 쓸끼야. 이 세 놈들 머리가 북양가물치 뜸떠먹게 돌땡이라꼬!"

공미순이 조심스럽게 껴들었다.

"'소니 카셋트', '전기밥통', '청바지', '딱분', '와니 벨트'… 머 이런 물건들이사 '고베'의 '모도마찌'에만 드가모 억수 챙깁니더.… '도아루'로부터 얼라 젖꼭지까지 고마 모자라서 도리 몬하는데, 여러분들이 아시다시피 우리 가게는 주로 '코르세트' 같은 입고 걸치는 상품이 주품목 아이겠능교?"

"아이겠능교?… 내 머 안다꼬! 하나또 모르겠다. '도아루'는 머꼬."

"파운데이션을 고레 안부릅니꺼."

"… 그래서?"

"지오꾸땅 에쓰, 믹서기, 자마이카 운동화, 커피포토, 헤어도라이… 요런 것들을 울산 최 사장 패거리들이 도리할 모양인데, 그런 상품은 비축량이 충분한 편이라… 그래 우리는 오참에 전연 다른 방향의 허점을 찌르기로 했임더!"

김진희 사장이 거들었다.

"유식한 말로 풀어보꾸마아… 아무리 충동구매로 쑤셔긴다케도 그런 물건들은 이자 식상구매에 몰렸다 아이요. 그래서 내 공 사장캉 아이디어로 짜 본 긴데에— 우리는 오참 항차에 수박씨하고 우산을 도리하기로 했다 아입니꺼."

윤병국이 고개를 설래설래 내저었다.

"요레 불쌍한 석두들이 있겠나! 내는 잘 모른다만서도 수박씨하고 우산이 머 고레 잘 팔릴낀강?"

"그라이까네 윤빙국 선장님은 괴기배만 안탔능교?… 내 일본기상청의 일년 기상예보로 예의주시 청취해 봤다 아입니꺼. 그 중에서도 올 여름은 가뭄이 디게 심할 것이라꼬 합디더.… 가뭄이 디게 심하모오— 특히나 여름철을 생각해 보소! 수박밭은 물 주다가 곯아삐릴기고, 그라모 수박이 금값 안되겠능가베? 일본에서 금년에 가뭄에도 다수확 할 수 있는 무병해 다수확 수박품종을 개발했다 캅디다. 그 수박씨로 도리해가 무신 무신 양행 우짠 유령회사 차리고 한철 장사 해보소! 고마 수박 하나에 드백힌 씨만큼 돈이 똥알똥알 떨어질거로!… 우산은 와 도리하자카는 지 알아? 일본땅은 가뭄이니까네 우산값이 폭락할끼고, 반대로 재고품 정리홍보에다만 전체 제작비가 맥힌다 아이겠나. 땅딸보우산— 거 삼단 접착식 우산 말씀인데 우리나라에서는 물건이 엄써가 몬 팝니더!… 입항해서도 '수박씨'·'땅딸보우산' 그런거 와리깡은 돈도 아이라까네!… 시바알— 낼로 밀어주고 끄사주소! 언젠가는 대한민국 여왕재벌 되가 은혜로 갚는다!"

"… 우리 넷이 첩남되모 되겠네."

"… 첩남?"

"첩이사 원래 여자운명이제만 여왕벌 보단지에 숨어가 살라카모 사나 첩 신세 밖에 머가 되겠노."

성준이 얼큰한 술기운을 빌어 읊조렸다.

"… 앞에서 끄사주고 뒤에서 밀며어— 냇물이 바다에서 서로 만나드웃 우리도 언니 뒤를 따르렵니다아—"

"오매야 눈물이야! 국민학교 졸업식 때, 내 정근상 받고 요레 울었다!"

도동현이 아슴아슴 꺼져가는 목소리로 취기만을 중얼거렸다.

윤병국이 술잔을 넘기고 나서 괴변덕스럽게 허탈한 표정을 지었다.

"도대체, 도대체 우쩨 부르모 될까?"

김진희 사장이 콧방귀를 꿨다.

"내나 여보 당신 카모 되제!"

"기기 아이고오… 당신들의 별호로 우쩨 맥이모 되겠나 이기다."

"살망아!"

"… 살망아?"

"내 원래는 강화에서 탯줄 끊었다 아이가. 강화에서는 살모사를 살망아라 칸다."

"… 오매 무시라아!"

"살망아가 새끼로 배보소! 배퉁시가 고마 말좆매꼬로 굵어져가 꼼질꼼질 새끼로 키우는데, 그 살망아라야 사주를 담는기라!"

"… 그라이까네, 보단지가 아이라 보배단지 아이겠나?"

"잘또 알고오!… 보기는 무서워도 보배씨만 담아보그라. 독 하나 안뿜고 사람 위해가 살망주 안되나!… 고마 짝맞촤 지 방 찾아가자. 내도 억쑤 빼간지가 간지랍다!"

김진희 사장이 누르끔한 색깔의 벽에 붙은 초인종을 눌렀다.

24

쐐기 처방, 문답식 고난사

숙취의 눌눌함이 갈급스러운 소갈증을 불렀다. 시계를 봤다. 새벽 4시였다. 어느 틈에 들어 왔는지 윤병국과 이건민 도동현이 넉장거리로 엉켜 곤한 잠속에 빠져 있었다. 실의와 욕정의 구심점에다 전신을 던져 버렸던 낭자한 노역들이 흡사 시체들처럼 무구한 묵상들 속에서 잠들어 있었다.

어차피 이 새벽이 지나면 혹독한 시역의 바다로 나가야 할 판이었다. 질긴 애증보다는 황망한 태연을 거둬들이는 짓이 더 속 편한 일이었다.

성준은 식은 땀을 얹고 있는 윤병국의 창백한 이마를 내려다 봤다. 조부와 부친과 부산의 남항(南港)과 진회색 북양(北洋)이 연분의 선명한 고리들로 꿰지고 있었다. 그것들은 마치 강력한 자성에 흡착하는 쇳가루들처럼 기억의 내밀 속으로 엉켜 붙어 왔다.

그해 첫 항차 때 김중수 선장은 숙연하게 말했었다.

"북양어장은 든든항기라. 젊응기라. 그리고 우리가 스스로 막대한 희생을 치루면서 개척한 곳이라… 놀러나온 거 앙이라. 젊은 너거들이 북양 안 떠맡으모 누가 떠맡을끼고? 광수도 언젠가는 날로 이해할 끼라."

김중수 선장은 자리에서 일어섰다. 그리고나서 성준의 어깻죽지를 뒤에서 싸안으며 눈시울을 적셨었던가.

성준은 눈을 감았다. 북위 48도 30분에서 51도에 이르는 남북 1백50마일, 동서 15마일의 북양어장이 혈류의 물굽이 너머로 사라져 갔다.

그리고 잠시후 그 회억의 바다와 이 썰렁한 현실이 촘촘한 불만들로 등을 돌리며 지워지고 있었다.

출항준비가 완료됐다. '보성호'의 낡은 스피커가 아까부터 굉음이나 다름없는 유행가 가락을 토해내고 있었다. 이제 출항기가 오르고 계류색만 수납하면 '보성호'는 현해탄을 향해 파도를 가를 것이었다.

성준은 난감한 심정으로 부두를 내려다 보고 있었다. 머리속으로는 '과연 이 고철덩이가 무사히 현해탄을 건널 수 있을까'하는 생각이 뜨겁게 닳아올랐고, 눈길 속으로는 성준의 모험을 격려하는 다별한 모습들을 담고 있었다. 그러니까 생각 따로 눈길 따로 노는 야릇한 허망을 느끼고 있는 것이었다.

부두가로는 '보성호'를 전송하는 패거리가 정확하게 두 무더기로 나뉘어 은연 중 불화하고 있었다. 열 대여섯 발짝의 거리를 두고 '울산 도성백화점' 최씨 패거리와 '부산 동성백화점' 여자 넷이 서 있었는데, 울산 최씨 패거리는 '황모파 배치기'의 건장한 사내들이 띠를 둘렀고, 부산여자들은 여관에서 본 '삥장'들이 에워싸고 있었다. 그들 사이를 아랫배께에다 두 손을 찌른 윤병국이 천천히 오락가락 하고 있었다. 울산 최씨 패거리는 선교속의 '마르팅게 삼지창'을 향해 가끔씩 손을 흔들어 줬는데, 그 낌새를 잡았다 하면 부산여자들이 질세라 갑판위의 성준을 향해 또 손을 흔들곤 했다.

성준은 한 곳을 보다말고 자신도 모르게 긴 한숨을 내쉬었다. 여인숙에서 봤던 '날개부인'이 창고벽에 기대어 멀끔히 갑판위를 쳐다보고 있었던 것이다.

아까부터 훼훼 혓바닥을 내두르고 카아 카아 불같은 한숨을 내뿜으며 정신나간 사람처럼 들썽거리던 도동현이 엉뚱한 소리를 했다.

"고마 하선해삐리까?"

"일마가 무신 소리로 하노."

"이기 배가?"

"… 배 아이모?"

"내 생각으로는 현해탄이 머꼬? 오륙도 지났다카모 디비지요! 오매야, 갑판 사이드라꼬 내 주먹 두 방이모 안뿌사지겠나!"

"지금도 안늦는다. 내리고 싶으모 고마 내리삐리제."

"건민이 글마는 어데 있어?"

"시발놈이 된장 안푸요."

"선장만 오르모 올라인 렛꼬 오다 떨어질낀데 미나라이 푼세에 시방 똥 짜게 됐나."

"내나 내 말이 그 말 아이요. 대학교 물또 묵어본 아가 고레 똥구멍에 지성이 엄쓸꼬, 시발노옴."

그때 유행가 가락이 뚝 멎었다. '마르팅게 삼지창' 김광평 초사의 쥐어짜는듯 한 목소리가 스피커를 울렸다.

"스텐바이 올 스테이숀!"

도동현이 불퉁거리면서 껑 꺼엉 소리가 나도록 갑판사이드를 내려찍었다.

"니기미시바알— 올스테이숀 스텐바이 좋아하제. 다 썩은노무 고철에 올스테이숀 스텐바이는 무시인? 계류색 수납하고 툴 툴 프모 되제."

스피커가 또한번 꺼렁 울렸다.

"2항사, 갑판사이드에다 팔오금탕이 걸치고 노닥거리는 셰끼덜 둘 선미께로 끄서 땡겨라잉. 그라고 갑판사이드 내려찍은 고 셰끼 쪼인또 좀 재겨뿐져라."

갑판원들과 함께 다가오던 2항사가 성준과 도동현 앞에 멈춰섰다.

"갑판사이드 내리찍은 놈이 누고?"

도동현이 어깻죽지를 으쓱대며 나섰다.

"내요!"

"와아? 보성호에 감정 있나?"

"어데요오— 엄씸더."

"보자하이까네 고철이라꼬 심사 망친갑다. 이 자슥아, 미나라이는 고물배로 타사 퍼뜩퍼뜩 기술이 느능기다. 알겠어? 이노무셰끼!"

2항사의 발길질이 도동현의 정강이를 벼락쳤다. 도동현의 눈에서 청광수 타는듯한 시퍼런 불이 일었다.

"꼬나보모 우짤끼야? 퍼뜩 선미로 몬가아?"

"와 몬갑니꺼, 갑니더."

도동현이 야릇한 웃음을 흘리며 앞장섰다. 도동현이 성준의 귀바퀴에다 소근댔다. '제사밥 걸어서 좋체. 하나 하나 다 십어묵을거로!'

한 선장과 본사 차 과장이 배에 올랐다. 그들이 선교 속으로 모습을 감추고 김광평 초사가 갑판원 서너명을 몰아 선수쪽으로 나섰다. '앵커 히브 인' 구령에 따라 묘쇄가 격납되고 출항기가 올랐다. 선수계류색과 선미계류색만 수납하면 이제 출항이었다.

본사 차 과장이 갑판 위로 쪼르르 나와 선교를 향해 두 손을 번쩍 처들며 장도를 격려했다. 그가 부두로 내려서서 다시 한번 요란스럽게 손을 내저었다.

그때였다. '올라인 렛꼬!' 하는 명령을 토해내야 할 스피커 속에서 참으로 엉뚱한 소리가 터져나온 것이었다.

"아니 배가 으째 요란다냐? 어엉? 요런 급살맞을놈의 섀끼들이 꺼억 이 빼빼루마스타를 잡어묵어사 쓰겄다는 심뽀 아니라고잉!"

느닷없는 한 선장의 쇳소리에 갑판 위의 선원들이 대못처럼 굳었다. 너나없이 몽연한 모습들로 선교를 올려다 볼 뿐이었다.

"니미 씨버럴새끼들 눈꾸멍을 고냥 다 파다가 까치공양 해뿐질라! 홤매에 환장하겠능거어! 아니, 짐을 으찌께 실었길레 배가 포드로 기울었다냐?… 포드로 기웅 거 뿐만 아니다잉. 눈꾸멍들이 있으면 보그라, 요 씨벌놈덜! 선수도 땀북 잼겨뿌렀냐안! 홤매 요 웬수놈의 새끼들!"

한 선장이 부사리 뛰듯 선교에서 갑판으로 내려왔다. 그제서야 간부선원들이 웅성대기 시작하고 말직선원들이 약먹은 쥐들처럼 빌빌거렸다.

한 선장은 푸들푸들 경련하는 입술 양 끝에다 허연 버케를 버글버글 끓여대며 사뭇 미처갔다.

"믓을 말똥말똥 보락꼬있어? 눈깔들이 있으면 보란말이여 요 씨버럴 작자들아!… 웜매 저놈의 선수 쫌 보게. 시 뺌은 잼겨뿌렀제잉!… 웜매 요 포드 쫌 보게. 기울어도 한참 기울어뿐졌제잉!… 치다봤으면 말 쫌 하드라고. 내 말이 그짓말이여, 어엉?"

김광평 초사가 상황을 살피고 나서 북 부욱 뒤통수를 긁적거렸다.

"… 참말로 죽겄네잉. 내동 암시랑 않했는디 근 일이까잉!"

"근 일이까잉?… 초사아!"

"예에."

"짐 실을 때 감독이나 했다냐?"

"선적작업은 일절 하자없이 완결했당게요."

"일절 하자없이 완결한 선적작업이 으쩨서 요 꼴이라냐!"

"그랑께로 복장터지겄다 안합니까요! 니미 씨벌 미치고 환장하제잉!"

"… 니미 씨버얼?"

"아따 고정하십시다요! 하도 부애가 낭께로 배에다 대고 욕 쫌 했읍니다요."

본사 차 과장이 화급스레 갑판 위로 들이닥쳤다.

"무슨 일이 생겼어요?"

한 선장이 퇴에 가래침을 내뱉으며 오감스럽게 맞받았다.

"니기미 씨버얼— 태평가를 읊고 계신당가? 배 못 뜨겄오잉!"

"뭐예요?… 무슨 악담을 그렇게 하십니까?"

"환장하겄네! 악담이 아니라 현상황이여잉. 대가리는 물속으로 잼기고 옆구리는 아조 눕겄다는디, 이 꼴로 출하앙?"

"… 그럼 어떡허자는 겁니까?"

"으찌께 하기는? 필시 선적작업을 잘못했을탱께 다시 짐 내리고 다시 하는 수밖에 딴 방도가 있당가? 안그라면 뜨자마자 까파질 판이여."

"… 선적작업을 다시 하자면 얼마나 걸립니까?"

"최소한 사날은 잡아사제잉."

"차암 여러가지로 겁주시네.… 출항날짜를 연기할 수는 없습니다!"

"… 뭐여?"

"회사 문 닫을려면 몰라도 출항을 연기할 수는 없다 이 말입니다!"

한 선장은 실성한 사람처럼 '꺼 꺼 꺼어' 웃어재끼고 나서 다시 김광평을 과녁 삼았다.

"초사!"

김광평이 비뚤어진 입술을 질끈 물며 가뿐숨을 싯 싯 내뿜었다.

"본선 보성호는 화물이래야 주로 씨멘트, 흑연, 보일라용 백돌, 고령토, 고철 같은 라프카고(rough cargo) 아니드라고잉."

"··· 그라제라잉."

"솔직한 말로 퍼담고 차곡차곡 쌓으면 벨시랍게 애려운 일도 아닌디말이여, 하루이틀 해 본 짓도 아니고 하매 뉘도 났을 것인디··· 도대체 작업감독을 으찌게 했길래 요 난리랑가? 일등항해사는 하역작업 전반과정의 대가리 아니여?"

"암먼이라우."

"하역작업이 뭇이랑가? 정통논리에 입각해서 말하자면, 선적과 양하를 위한 준비에서 완료까지, 화물관리에 관한 작업일절을 총괄하는 것이여잉. 그란다고 고냥 싣고 내리고 하는 짓도 아닐 것이시. 더군다나 선적작업인즉슨, 화물의 중량과 용적을 면밀히 찰관해서 가능하면 최대량의 화물을 능률적이고 안전한 수단으로 적재하는 것이 일차적인 기술이여!··· 적하의 경계, 하상의 준비 등이 정통논리대로 이행됐다 치면 요런 재변이 일어날 것이여?"

"결과적으로 면목 없습니다."

"선적작업 과정에서 설사로 하자가 있었다 치드라고. 아니 눈꾸녁은 뭇할라고 달았당가? 니미 씨벌, 한 눈에도 담박 알겄는디 염치좋게 올 스테이숀 스텐바이를 걸어?"

"아까부터 내동 말씀드렸지 않습니까!··· 선적작업에 하자는 일절 없었당께요."

"그란디 배가 무담씨로 선수를 처박고 옆구리로 누워?"

"구신이 곡할 일이당께요."

"월매 나 미치겄네에―"

울화를 다스리지 못해 자기의 머리통을 두 주먹으로 쥐어박으며 펄펄 뛰던 한 선장이 눈에 뵈는 대로 일단 발길질부터 먹이고 봤다.

"네에라 급살맞어 디질 섀끼! 2항사 니놈섀끼는 하역작업시의 임무가 뭇이냐?"

"초사님을 보좌하며 해당선창의 하역작업을 감독합니더!"

"알기는 잘도 알제잉. 함에도 불구하고 으찌게 초사를 보좌했길레 요 난리냐? 네에라 요 잡새끼!"

2항사가 꼬리뼈께를 움켜쥐고 죽을 상을 지었다.

"3항사 요 새끼! 하역작업시의 니놈 임무를 대드라고!"

"헤치 오피서입니더!"

"… 헤치 오피사아?"

"선창담당사관 아이겠임니꺼."

"요 간나구같은 새끼가 내 부애 맥일라고 꼬부랑 말로 읊제잉. 선창 담당사관이라면 내가 모를 줄 알았디야? 니놈도 초사님을 보좌한다냐?"

"예에 그렇심더!"

"알기는 잘도 알고잉. 함에도 불구하고 으찌게 초사를 보좌했길레 요 난리라냐? 네에라 요 간나구 새끼!"

3항사가 정강이를 부여잡고 토끼처럼 팔짝팔짝 뛰었다.

"요 씨벌놈! 갑판장 이 불여수새끼 니놈은 하역작업시의 임무가 뭇이라냐?"

"초사님과 헤치 오피서 두 분의 지휘를 받아 하역작업을 결사적으로 성실히 수행하는 깁니더!"

"아나아? 목숨 걸고 잘도 수행했겄다잉. 히빙라인 한나도 제대로 못 쳐서는 모래추만 두 번이나 터묵은 요 불여수새끼! 빼쭉한 택아지로 잘도 깡알대제잉. 네에라―으싸아!"

한 선장의 박치기가 갑판장의 턱주가리를 들부수는 듯했다.

어련할까 했었다. 갑판원 서너명을 가차없는 발길질로 물타작 하고난 한 선장이 성준과 도동현의 어깻죽지를 도리깨질 해댔다.

"다들 당하는디 느그덜이라고 예외라냐? 하역작업에는 직접 관여하지 않았다 해도 뽄때를 봐사 보약잉께로. 정신들 안 채렸다하면 현해탄에다 수장시킬 것이다잉. 요 먹통 미나라이새끼들!"

성준은 욱씬거리는 어깻죽지를 감싸쥐면서도 한 선장이 '또 한놈은 으디갔다냐?' 할까봐 불안했다. 그러나 한 선장은 천만다행으로 이건민 따위는 생각할 겨를이 없는 모양이었다.

"환장하겠네 이거어!… 캡틴, 우선 담배 한 개비 죽이면서 대화 좀 하십시다."

차 과장이 아무렇게나 털썩 주저앉으며 너스레를 떨었다.

"담배 뽈 맘도 없응께!"

"어따 그러시지 말구 맘 좀 가라앉히구…"

한 선장이 마지못해 담배를 태워 물었다. 서너 모금 담배연기를 내뿜고 망연히 앞을 내다보고 섰던 한 선장이 연신 의혹의 도리질을 해댔다.

"아니, 아까보다도 더 포드로 씰리는디?… 내 눈깔이 곯았다냐 배가 요술을 핀다냐?"

차 과장이 심드렁해서 말을 받았다.

"신경과민이라니깐 그러시네. 매한가지인걸 뭐… 아 설령 선적작업이 잘못됐다 칩시다. 배는 움직이지도 않는데 화물이 스스로 옆걸음을 친답니까?"

"그랑께 하는 소리 아니라고!… 가마안— 저거 혹시 구녁난 거 아니겠어?"

"… 구녁이 뭡니까?"

"내나 구멍의 남도사투리제 믓이여!"

"거참 겁도 여러가지 주시네. 악담 말아요, 제발."

그러나 한 선장의 낯빛은 이미 납색이었다.

그때 김광평이가 신음처럼 내뱉었다.

"1번 홀드여!"

성준은 진작부터 김광평과 똑같은 생각을 하고 있었다. '벨러스트탱크'의 침수가 아니고서야 정박상태의 선박이 한쪽으로 기운다는 건 상상도 못할 일이었다.

"갑판수, 그라고 느그덜 미나라이 덴찌 들고 따라와"

'1번 홀드'로 가는 도중, 김광평은 성준과 도동현을 번갈아 발로 차댔다.

"니미 씨발놈들이 바이도꾸를 옮았다냐? 가랭이로 개씹춤은 으째 추냐. 후딱 후딱 걷지 못하겄어?"

'1번 홀드'에 들어 선 김광평이 갑판수에게 말했다.

"맨홀 보드 풀어봐라잉."

갑판수가 맨홀의 보드를 차례로 풀어갔다. 돌아가며 삐익 삐익 몸살을 앓던 보드가 맨홀의 틈을 열었다. 맨홀의 틈새를 비집으며 물줄기가 솟아올랐다.

"그라면 그라제!… 그나저나 미치고 환장할 난리 터졌냐만."

갑판수가 난감한 표정으로 말했다.

"발라스트당꼬는 고마 풀장 안됐겠임니꺼."

"물어보는 새끼가 바보제잉."

"어데가 째졌을까예?"

"그녀리새끼 갈씨록 환장하게 답답한 말만 하제잉. 요 도팍대가리야, 당꼬에서 물을 퍼내사 으디가 찢어졌는지 알 꺼 아니라고?"

"… 물만 퍼내자케도 시간 억쑤로 잡아묵을낀데."

"암짝해도 너댓시간은 걸리제. 보드 다시 조여놓고 나가보드라고. 양수기 물색해서 물 몬차 빼고 봐사제 빼쪽한 수 있겄냐?"

다시 갑판으로 나온 성준은 부두가의 동요를 눈에 담고 있었다. '보성호'의 출항이 기약도 없이 지연된 사정을 전해들은 낌새로 그들은 서서히 부두를 떠나고 있었다. 먼저 '울산 최씨 패거리'들이 부두를 떠났고, '부산 동성백화점' 여자들이 성준을 향해 손을 흔들며 뒷걸음질을 쳤다. 아랫배께에다 두 손을 찌른 채 한동안 맴돌이를 하던 윤병국도 드디어 '내 간다아— 잘 들 댕겨오이라아—' 목청껏 외치고 나서 등을 돌렸다.

"오매야! 우리 왕성님도 고마 속초로 뜨셔삐리고!… 어매 잃은 얼라가 이 심사잉갑다."

도동현이 낮게 내뱉으며 녀석답지 않게 눈두덩을 붉혔다. 성준도 알싸하게 저려오는 콧날로 매운 콧물을 훔찔거렸다.

언제 왔는지 이건민이 성준의 귀바퀴에다 바짝 소근댔다.

"선저에 구멍났다며?"

"……"

"이거야 원— 죽자고 가는 거야 살자고 가는거야! 초장부터 왕소름 돋게하는군, 제에기일—."

그때 한 선장이 김광평을 향해 입을 열었다.

"으짜등가? 참말로 구녁 난거여?"

"… 발라스트당꼬는 뿌루장 됐능갑소. 맨홀보도 풀자말자 분수맹끼로 물줄이 솟는당께요."

"… 요런 지랄이 있당가!"

"벨 수 있겠읍니까, 양수기 빌려다가 물 몬차 퍼내고나서 구녁 땜질해사제."

"니기미 씨벌놈들!… 정화수 떠놓고, 배넘어가게 해주씨요오— 하고한날 손빠닥 물집돋게 빈 선주놈만 살판 났제잉. 배 까파지면 보험금으로 신조선 짜겄다, 신조선 짜고도 돈 남겄다, 일석이조잉께! 목구녁에 욕창 돋도록 그렇게 지대로 수리 좀 해돌라고 사정했는디도 눈썹 하나 까딱 않아디말로 요 난리가 든 개지랄이여?"

차 과장이 '자, 자아 그만 진정하구' 하면서 정색을 했다.

"물을 뽑는데 얼마나 걸려요?"

"서너시간 잡아묵제."

"서너시간이라… 이거 미치겠군. 좋아요. 서너시간쯤은 어떻게 내 몸으로 떼우지 뭘."

"먼 소리여?"

"본사에다 사정해서 물 뽑아내는 시간만큼은 어떻게 지연시켜 보겠다는 이 말입니다."

"… 물만 뽑고나서 출항해라?"

"왜요? 뭐 잘 못 된 거 있읍니까?"

"아니, 구녁은 으짜고? 선수가 잼기는 낌셰로 봐서 선수쪽에 구녁이 났을텐디, 출항을 연기해서라도 조선소 도크에 얹어서 정식수리를 해사 쓸 거 아니라고?"

"그건 말이 안되요. 이미 출항수속도 끝났구… 해운국에서 이런 사실을 알아봐. 보성해운 끝장 아닌가 말입니다.… 도크에 얹을려면 화물을 다시 내리고 어쩌구 또 몇 일을 잡아먹습니까?… 그렇다고 화물을 선적한 채로 도크에 얹었다가는 배가 와르르 무너져 내릴거구요! 내 말이 틀립니까?"

"환장하겠네잉! 아니 그라면 으짜자는 결론이여?"

"그러니까 내가 이렇게 사정하는 것 아닙니꺼.… 일본까지만 갑시다! 일본에서 공선으로 수리하면 되지 않아요."

"… 일본까지는 으찌게 가고?… 밑창에서 물이 차오르는디. 니기미 씨벌헐,

보성호가 고래라고 일본까지 갈 것이여?"

"임시방편으로 긴급수리 하면 되지 않겠습니까."

"……?"

"가령 말입니다, 가령… 구멍에 맞도록 나무를 깎습니다. 나무 목정을 깎아서 박으면 물에 나무가 불어서 물 한 방울 안샙니다."

"… 나무로 쐐기를 박자아?"

"바로 그 말이지요! 언젠가 들은 얘기인데, '진보 3호'도 나무쐐기로 응급처방 해서 무사귀항 했답니다."

"떼끼 이 사람! 보성호 식구덜은 가오리 좆으로도 안봐줘잉!"

차 과장의 하는 짓거리를 줄곧 독기뿜는 눈으로 보고 있던 김광평이가 더는 못 참겠다며 나섰다.

"보씨요 차 과장! 섯바닥 그렇게 놀리면 목숨 책임 못지요잉."

"뭐요?… 초사는 잠자코 있어요. 지금 캡틴하고 대화중이야!"

"좆도오— 니 참말 삼지창으로 배창시 끄서놔사 알겠냐?"

"근데 저 자식이?"

"터진 주둥이로 욕 못해도 빙신이제잉. 벨 벨 욕을 다 해도 좋은디, 쐐기박고 출항하란 소리는 하지 말어도라! 손꾸락으로 인후급소 한 번 눌렀다 하면 찌까닥 황천이여!"

"근데 저 자식이 못 먹을 걸 먹었나? 짜식아 입은 비뚤어졌어두 말은 가려서 해야 할 거 아냐!"

"보성호도 오늘부터 좆이다! 목울대 한 번 빠져보드라고!"

김광평이 차 과장을 향해 달겨들었다. 한 선장이 기겁해서 김광평을 싸안았다.

"초사 으쩨 이란당가? 참어, 참으랑께! 요 빼빼루마스터를 봐서 참드라고…

그라고 차 과장, 으짜면 방도가 있을 것도 같니. 조심조심 달래면 레일 위로 선수만 살짝 올려놓고 수리를 받을 수도 있을 것이시. 후딱 조선소로 가서 시급수리를 잡어놔. 배를 조선소로 몰고갈탱께."

차 과장이 따끔하게 내쐈다.

"캡틴, 내가 잘못한 게 뭐 있오? 이런 중대사를 왜 출항수속 하기 전에 발견 못합니까? 누구 죄야 이거어? 할말 있으면 해봐요!"

차 과장의 그 말에, 한 선장도 김광평도 할 말을 잃었다.

'문답식 고난사'

한 선장의 말대로, 조선소 레일 위로 선수만 겨우 올려놓고 수리를 마친 '보성호'가 울산을 출항한 지 세 시간쯤 지났을 것이었다. 사무장이 부른다는 전갈이 왔다.

성준이 낡은 도어를 밀고 들어섰을 때 '할렐루야상'이 보고 있던 종이 속에서 눈길을 떼며 깜짝 반겼다. 그것은 스크랩철이었다.

"어서 오게여. 커피 한 잔 헐티여?"

"고마 됐임더."

"멀뚱허니 섰덜말구 이리 가찹게 와서 앉게여."

성준이 삐걱삐걱 몸살을 떠는 낡은 의자를 끌어다 그의 옆에 앉자, '할렐루야상'은 끌끌 혀를 차대고 나서 입을 열었다.

"출항 전에 맥없이 두들게 맞았대면? 초사헌티 당허구 2항사헌티 당허구!"

"… 언제예?"

"침수사고루다 일차 출항시도가 수포로 돌아간 그 게제에말여."

"… 마 그거예?… 머 고레 씨랍은 일이라꼬 기억하고 있겠임니꺼. 벌써 잊어 삐릿임더."

"내가 자네를 보자 헌것은 다름이 아니여… 자네로 하여금 스사로 본선의 분위기라구 헐까, 인간의 내적 사정이라구 헐까, 요런 정황을 감지케 함으로써 자네의 이해심에 일조허고자 허는 의도여."

"……"

"머던 뱃늠덜허구 본선 뱃늠덜은 운명적으로다 원칸 상위허지. 압박과 서룸! 처절험과 기구함! 요런 혈분의 비애가 탈향과 선원지망의 직접원인이 되야뿐졌는디, 본선 선원 중 팔십프로가 모다 이와 유사한 사연을 간직헌 사람들 아니겠남?… 불과 몇 사람의 예에 해당허지만서두 자알 읽어보게여. 읽어보면 익히 숙지허겄지만, 요렇그럼 살아보겠다구 사방에다 탄원허구 하소해가면서 몸부림친 사람덜두 읊을거여. 고냥 한이 맺히구, 악이 받처서나, 그렇게들 거칠구 매정시러운 거여. 오죽했으면 이렇게들 투서헌 것들을 보물처럼 간직했겄어?… 내가 이렇게 보관허는디, 제목은 '문답식 고난사'라구 붙여봤어. 으쩐감? 제목만 읽어두 콧뺑이가 알알허잖어?"

'할렐루야상'은 한참 지껄이고 나서 스크랩철을 건넸다. 성준은 '문답식 고난사'라고 쓴 표지를 넘기고 첫 장부터 읽어 내려갔다. 잡지투고란에 실렸을 성싶은 인쇄물을 아트지에 오려붙이고, '할렐루야상'의 팬글씨가 일일히 주를 달고 있었다.

※본선 초사 김광평의 경우임. (주)

[문]

저는 전남 무안군의 어촌에서 반농반어의 영세한 집안의 3남으로 태어났습니다. 그런데 저의 백부가 혈육이 없어서 저는 어린 나이에 백부님댁 양자로 갔습니다. 그러던중 지난 3월에 저의 친아버님이 타계하셨습니다. 저의 친부께서는 장기간 신병으로 고생하셨기 때문에 상당한 부채가 있었습니다.

그런데 며칠 전에 법원으로부터 재판기일 통지와 함께 솟장의 부본이 송달돼 왔습니다. 그 솟장에 의하면 돌아가신 생가친부에 대하여 2천만원의 채권이 있다는 자가 저에게도 4백만원의 돈을 갚으라는 것이었습니다.

저는 양부로부터 약간의 토지를 물려 받아 겨우 생계연명하는 처지로서, 타계하신 친부로부터는 단 한 푼의 금전도 단 한 평의 토지도 물려받은 적이 없으며, 더구나 저는 양자로서 제 호적도 백부님의 호적에 입적돼 있는 관계상 생가호적에는 제적되었을 뿐 아니라, 생가의 가족들과 생계도 함께 하지 않고 있는 현실입니다.

이러한 경우에도 제가 타계하신 친부 채무를 변제해야 하는 의무를 지게 되는 것인지요? 재판날이 임박하여 곧 시급한 대응책을 마련해야 하고, 대응책을 못 세울 때는 저는 어쩔 수 없이 야반도주라도 단행해야 할 운명입니다. 저는 어떻게 해야 합니까? 대응책을 하교해 주시면 백골난망이겠습니다.

[답]

일반적으로 재산상속이라고 하면 문자 그대로 재산이나 상속 받는 것이지 채무까지도 상속되는 것이라는 것을 알지 못하기 때문에 당황하게 되는 것입니다. 즉 재산상속이란 피상속인의 모든 권리와 의무를 포괄적으로 승계하게 되는 사실을 먼저 알아야 합니다.

따라서 귀하와 같이 피상속인으로부터 어떤 재산도 상속받지 못하였는지의 여부와는 무관한 것입니다. 즉 귀하와 같이 피상속인의 재산은 무엇 하나 상속 받은 것이 없다 할 지라도 역시 피상속인의 채무는 상속하지 않을 수 없는 것입니다. 민법 1026조에 규정된 바와 같이 재산상속인이 단순승인을 한 때에는 제한없이 피상속인의 권리의무를 승계하는 것이고, 상속인이 상속재산에 대한 처분행위를 한 때나, 상속개시가 있음을(피상속인이 사망하였음) 안 날로부터 3개월 내에 한정승인 또는 포기를 하지 아니한 때에는 단순승인을 한 것으로 간주하도록 돼있습니다. 여기서 한정승인과 포기에 대해 간단한 설명을 부언하자면, 재산상속의 한정승인이란 것은 재산상속인이 상속으로 인하여 취득한 재산의 한도에서만 피상속인의 채무와 유증(증여를 한 사람이 사망한 때에 증여의 효력이 발생하는 것)을 변제한 것을 조건으로 해서 상속을 승인하는 것을 말하는 것인데, 한정승인을 하는 절차는 재산상속이 개시되었음을 안 날로부터 3개월 이내에 상속재산의 목록을 첨부하여 법원에 한정승인의 신고를 해야 하는 것입니다.

다음으로 재산상속의 포기라는 것은 자기에게 귀속될 상속을 일방적으로 포기 하는 것으로서, 상속의 포기도 상속이 개시되었음을 안 날로부터 3개월 이내에 상속포기 신고를 법원에 내야 하는 것인데, 이 경우에 있어서의 포기는 상속이 개시된 때에 소급해서 그 효력이 발생하고, 상속인이 여러 사람인 경우에 어느 상속인이 상속을 포기한 때에는, 그 상속분을 다른 상속인이 상속분의 비율로 다른 상속인들에게 귀속하게 되는 것입니다.

귀하의 경우에는 상속이 개시됐음을 안 날로부터 3개월 이내에 상속의 한정승인이나 상속의 포기에 관한 절차를 밟지 않은 것으로 보이므로, 귀하는 상속의 단순승인을 한 결과가 되어 앞에서 본 바와 같이 제한없이 피상속인의 권리의무를 승계하게 된다함을 부인할 수 없는 것입니다.

귀하는 생가친부가 생존하실 때에 이미 어린 나이로 백부님댁의 양자가 됐다는 점, 귀하의 생가에서는 이미 호적이 제적됐었다는 점, 사실상의 생계유지도

양가입적 때로부터 계속돼 왔다는 점 등을 들어 채무변제의 권리의무를 부정하는 것이나, 민법의 규정에 준하면 다음 순위로서 상속인이 된다 하였는데, ① 피상속인의 직계비속 ② 피상속인의 직계존속 ③ 피상속인의 형제자매 ④ 피상속인의 8촌 이내 방계혈족의 순위로 돼있습니다. 따라서 귀하는 피상속인의 직계비속으로서 제1순위의 상속인이 되는 것입니다. 위의 직계비속이라 함은 직계비속의 혈족이란 뜻이므로 아무리 귀하가 어릴 때부터 귀하의 백부님댁으로 입양했다 하더라도 귀하의 백부님은 양부에 불과한 것이고, 귀하를 친히 낳으신 혈족관계(친자관계)는 엄연히 생부와의 사이에 존재하는 것이어서 소멸될 수가 없는 것입니다. 귀하의 경우, 2천만원에 대한 5분의 1인 4백만원을 청구하는 소송상의 청구는 정당한 것입니다.

끝으로 귀하는 생각하시기를, 생가의 부친이 생존하셨을 때에는 귀하에 대하여 아무런 언질도 없다가 생가의 부친이 사망한 후에야 어찌하여 채무변제청구를 해 오는 것인가 하고 의아하게 생각할 것입니다.

그러나 이것은 귀하의 친부께서 생존하고 계시는 동안에는 귀하가 귀하 친부의 채무를 상속하지 않았기 때문에(상속은 피상속인이 사망해야 개시하는 것임을 잘 아시리라 믿습니다) 귀하에게는 그 채무를 변제하여야 하는 의무가 없었기 때문입니다. 채무변제의 의무를 실행하고 정명대로의 떳떳한 인생을 살아가시길 바랍니다.

※ 본선 갑판수 조광필의 경우 (주)

[문]

저는 어촌에서 성실히 살아가려고 애쓰는 사람입니다. 대대로 가난한 집안이었지만 불철주야 노력한 대가로 양식어장면허를 취득해서 새고막 양식어장을 운영하게 됐습니다. 그런데 어업권취소라는 날벼락을 맞게 됐습니다.

새고막 양식어장 면허를 받은 어민이 면허품종인 새고막보다는 면허품종이 아닌 피조개가 어장의 생산성 향상에 도움이 된다는 주위의 권고에 따라 피조개 종패를 살포했던 것 뿐입니다. 그렇다고 저 임의로 면허품종 변경을 자행한 것은 아닙니다. 현지 군청이나 출장나온 공무원에게 면허품종 변경을 구두로 수차례 건의했었습니다. 그런데 어느날 갑자기 면허품종의 임의변경을 이유로 어업권 전면취소를 당했습니다. 저에게 죄가 있다면 시세말로 돈빽을 못 쓴것 뿐입니다. 시정경고는 단 한 차례 받아봤을 뿐입니다. 제 임의로 면허품종을 변경한 것도 아니고 수차례 출장공무원과 군청직원에게 구두전달 했었고 그들은 그때마다 알았다고 사실을 인지했었던 것입니다. 양식어장 운영비로 차용한 빚이 제 처지로서는 엄청난 거금입니다.

도지사가 면허품종의 임의변경을 이유로 단 한번의 시정경고 끝에 어업권을 전면 취소할 수 있는지요? 그리고 성실한 어민의 보호육성 차원에서 구제책은 없는지요?

[답]

면허받은 품종(새고막)을 공무원 입회 내지는 그와 가름할 수 있는 방법(예컨대 종묘살포의 장소, 수량을 소정의 양식에 의하여 종묘살포 5일 전까지 현지 시장·군수에게 서면으로 사전 신고하는 것)으로 살포하여도 계속 폐사할 경우에는, 품종변경 승인 신청서를 현지 군수를 경유하여 도지사에게 제출하고 그 승인을 받아 다른 종패(피조개)를 살포하여야 할 것입니다.

이러한 정식절차를 거치지 않고 어업권자가 임의로 면허품종 외의 종패를 살포하였을 때에는, 도지사는 시정경고를 할 수 있으며, 어업권자가 계속 시정을 하지 않을 시에는 수산업법 제20조 제1항 제4호에 의해 법령준수 위반으로 어업권을 취소할 수 있습니다.

귀하의 이해를 돕기 위해, 이와 유사한 관련이 있는 사례에 대하여 수산청 소원심의회에서 심사하여 소원 재결한 내용을 보면, 다음과 같습니다.

〈소원의 취지〉

어장조건이 면허품종인 새고막보다는 피조개에 적합하다는 수산진흥원 여수지원 공무원의 비공식 판단에 따라 피조개를 살포하였으며, 품종변경을 건의한 적이 있었는데도, 도지사가 어업면허를 취소함은 부당함.

〈재결주문〉

이 소원은 이를 기각한다.

〈이유〉

어업권자가 면허받은 품종을 살포하여야 한다는 것은 어장의 효율적 관리 내지는 어장의 질서확립상 준수되어야 할 원칙이며, 다만 면허받은 품종을 공무원 입회 내지는 그와 가름할 수 있는 방법으로 살포해도 계속 폐사할 정도의 경우에는, 현지 군수의 조사보고에 반영시키고 품종변경 신청을 피소원인에게 제출하여 승인을 받아 다른 품종을 살포하여야 타당할 것이며, 또한 어장조건이 새고막보다는 피조개에 적합하다는 것은 상대적인 뜻을 지닌 것으로써 종패의 폐사 정도와는 달리 품종변경의 절대적 요건이라고는 볼 수 없을 뿐더러, 그나마 소원인이 주장하는 바를 최소한 객관적으로 주장할 만한 자료, 예컨대 면허품종 변경신청을 정식으로 접수시켰다든가 또는 현지 군수의 조사보고에 그러한 사실이 나타났다든가 등의 자료마저도 나타나 있지 않음.

따라서 피소원인의 처분행위는 타당하다고 판단되며, 달리 사실을 오인할 위업 또는 부당이 있다고 볼 수 없음으로 주문과 같이 재결한다.

※ 본선 최고령 갑판원 주재묵씨의 경우 (주)

[문]

저는 오십줄을 넘긴 초로반백입니다. 슬하에 자식이라고는 늦게 얻은 23세의 아들 하나 뿐이나 생활이 어려워 제대로 교육도 시키지 못한 탓으로 그 하나뿐인 자식을 어릴 때부터 공장노동자로 보내어 생활지책을 돕게 하고 있습니다.

그런데 그 아이가 공장에서 작업도중 오른 손목이 절단되는 화난을 당하게 됐습니다. 공장측은 급한대로 병원에 입원시켜 치료를 받는 저의 성의에도 불구하고, 치료비는 물론 어떤 보상도 할 수 없다는 금수만행을 자행하고 있습니다.

이 말을 들은 저는 자식의 앞날이 캄캄하기도 하거니와, 자기 공장에서 작업도중 불치의 불구자가 됐는데 어떻게 이럴 수 있느냐고 하며 수십차 애원했습니다. 그러나 공장주는 치료비는 물론 어떤 보상도 할 수 없다고 우기는데 그 이유가 다음과 같습니다.

즉 제 자식의 중상은 제 자식과 짝이 돼서 일한 다른 직공과 제 자식의 쌍방불찰이란 것이요. 설령 당신 자식이 잘못한 것이 없다 치더라도, 그렇다면 실수를 범한 그 직공한테 따질 일이라는 것입니다.

제가 제 자식으로부터 들은 화난의 경과는 다음과 같습니다. 제 자식이 공장에서 하는 일은 그 짝궁 직공과 함께, 그 직공은 기계를 조작하고 제 자식은 철판을 그 기계에 들이밀어 기계부속품을 뜰 철판을 자르는 것인데, 그 날은 제 자식이 철판을 들이밀고 미처 손을 빼기도 전에 기계가 내려 찍었다는 것입니다. 다른 때 같으면 기계가 내려찍힐 시간이 아닌데 그 날은 그 기계가 올라가다 말고 중도에서 내려왔다 합니다. 공장직공들에게 은밀히 탐문한 결과 기계고장이 확실했다는 중론이었습니다. 기계고장을 따졌더니 공장주는 당신 재주로 어떤 기술자라도 데려와 기계고장 유무를 판별하라고 오히려 흥분했습니다.

기계를 수리했던 것이 분명하지만 증거가 없습니다.

이 답답하고 원통함을 호소할 길이 없습니다. 비록 불구자이나 보상금이라도 타서 제 자식이 살아갈 수 있는 방법을 하교해 주시길 빕니다. 자식을 볼 면목이 없습니다. 결국 애비의 무능이 초래한 화난 아니겠습니까.

[답]

귀하 자제의 불행에 대해 우선 동정을 금치 못하면서 하루빨리 쾌유되기를 빕니다. 우선 결론부터 말씀드리면, 그 공장주는 귀하의 자제가 입을 육체적·정신적 고통에 대하여 일체의 손해를 배상하여야 하는 책임이 있습니다.

첫째, 귀하의 자제가 작업하던 그 기계를 사들여 올 때부터(즉 기계설치시에) 어떠한 하자가 있었거나, 사들여 올 때는 설사 하자가 없었다 하더라도 작업을 계속하는 사이 하자가 생겼다면, 그 기계를 자기공장에서 작업에 제공하고 그 기계의 소유권을 가지고 있는 공장주가 그 하자로 인하여 파생된 재해에 대해 배상하여야 한다고 법률에 정하고 있는 것입니다. 즉 이것을 공작물의 설치, 보존의 하자로 인한 손해배상책임이라고 하는데, 민법 제758조에 명시돼 있습니다.

둘째, 귀하의 자제와 짝이 되어 그 기계를 조작하던 공장직공에게 잘못(실수)이 있어 그와 같은 사고가 생겼다는 경우를 생각해 보겠습니다.

원래 타인을 사용하여 어떤 일에 종사하게 한 사람은 피용자인 그 타인이 제3자에게 입힌 손해를 배상할 책임이 있습니다. 귀하의 자제의 경우, 자제의 짝이 되어 일을 하던 사람이 작업 도중 실수를 저질러서(고의로 그와 같은 사고가 나도록 하지는 않았을 것입니다) 귀하의 자제에게 손해를 입게 한 것이라면, 그 실수를 저지른 것은 공장직공이지만 그 공장직공을 사용하여 일을 하도록 한 그 공장주가 귀하의 자제에 대하여 손해배상을 해야 한다는 것입니다. 민법 제756조에 명백하게 규정되어 있습니다. 손해배상금 청구는 대체로 귀하의 자제가 그 부상으로 인하여 부상을 입기 전보다 평생동안 얼마나 수입이 줄어드느냐 하는 호프만식 계수산출 등, 전문의·법률전문가의 전문지식 같은 기술적 문제가 뒤따릅니다.

한가지 귀하께서 잘못하신 점이 있다면, 공장주가 고장난 기계를 고쳐놓기 전, 즉 사고당시에 기계에 대한 증거조사부터 먼저 하도록 법원에 신청할 수 있는 증거보존(민사소송법 제346조 이하) 절차를 밟았어야 했다는 사실입니다. 부디 승소하시길 빕니다.

성준은 스크랩철을 놓고 저도 모르게 불같은 한숨을 토했다.

"차차로 알아지겠지만, 본선 식구덜, 거진 다 비극의 주인공들이여. 그래저래 고향 등지구 바다에다 목숨 걸었지덜!"

"… 주재묵씨의 경우가 디게 궁금하다 아입니껴. 소송은 우쩨 끝났고예?"

"졌지 뭐얼!… 아들 집 한채값 벌 때까지는 죽어두 바다에서 죽는댜."

갑자기 커피 한잔 생각이 간절했다. '커피 한잔 주시소' 해놓고는 눈을 감았다. 바다가 시끄러워 지는 모양이었다. 파곡을 타는 선체가 부르르 부르르 떨어댔다.

25

황천부인

파장이 길어지면서 백파를 일구던 바다가 일몰과 함께 완연히 황천으로 변해 갔다. 파두에서 부서져내린 백파들이 연회색 수포를 뿜어올렸고 그 수포들은 협곡을 핥으며 달리는 안개처럼 풍하(風河)를 따라 쏜살같이 흘렀다. 웅풍(雄 風)에서 강풍으로 뒤바뀐 해상은 진회색 어둠속을 몸부림치며 희뿌연 시정(視 程)을 만들어내고 있었다.

기상의 악화와 함께 '보성호'의 분위기도 살벌해졌다. 한 선장은 기름방울 떨 어진 불솥처럼 선원들을 못견디게 볶아댔고 선원들은 선원들대로 억실억실 뿌 다귀를 세우며 불투정을 쏟아났다.

"왠만헌 황천쯤은 념두에도 안뒀던 캡틴이 염라국 열두신장 호출받은 것처럼 저렇게 못 견디구, 본선의 무쇠같은 선원덜까정 환장지랄을 뜨는 나변에는 필 유곡절이 유혀지. 밸런스 당꼬 그녀려 구멍말이여. 지대루 수리를 받았어두 찜 찜헐 판인디 쇳쪼가리 한나 받쳐대구 고냥 불고데루다 지져났으니 쓸개물 안 쪼들게 됐남? 그 임시방편 응급처방을 쬐끔 그럴싸아허게 비유혀자면 흡사 우 산수리공이 찢어진 우산 천 구멍을 돗바늘로다 쭝 쭈웅 홅쳐뿐진 거나 매일반 이란 말이제. 좌우당간에 기절혼도헐 판이지. 요렇고롬 얻어맞다가는 고까짓 불고데 심! 그런 것이 든 심을 쓴데여?"

했던 '할레루야상'의 아찔한 말처럼, 한 선장 이하 전선원들의 머리속으로는 조난의 캄캄한 막장이 떠오르고 있는 지도 모를 일이었다.

성준은 이건민·도동현과 함께 선교에 올라와 있었다. 이른바 '조타견습'이란 명목으로 한 선장이 불러올린 것이었다.

"얼뜩얼뜩 배워사 조타당번도 스고하제. 미나라이덜이라고 한참 풀어줄 지 알았디야? 눈깔 애리게 똑똑이 보고 내일부터 당장 타를 잡어라잉, 요 잡세기덜!"

하는 한 선장의 명령대로 셋이는 벌써 한 시간이 넘도록 고역을 치르고 있었다.

"도박으로 뇌를 맹글었다처도 그렇게 천치노릇은 못하제잉. 아 이 석두놈들아, 서로서로 손을 잡고 사이좋게 버텨야제 따로따로 놀먼 으짠 장사가 요 피칭을 견뎌낸다냐? 얼뜩 일어나랑께, 요 염병삼년에 물사발만 뽈다가 오그랑방탱이 되서 섯바닥 쪼옥 빼물고 디질놈!"

꽈당 하고 선수가 내리꽂히는 바람에 셋이가 넉장거리로 엎어지자, 그 중에서 도동현이의 허벅거리는 엉덩이를 골라 오감스럽게 발길질을 먹이며, 한 선장이 빠락 악을 써댔다.

우리들은 한 선장의 말대로 어깨짜듯 서로 옆구리를 부여안고 사이좋게 버텨내야 했다.

한 선장은 감나무쐬기처럼 조그만 충동에도 민감하게 반응하며 화뿔을 세웠다. 키를 잡은 갑판원이 선체의 요동으로 비칠하는 바람에 '보성호'가 뒤지개질하며 전신을 떨어댔다.

"이 등창 진물에다 멱을 깜꼬 연주창으로 목도리를 쓸 셰끼! 정신 바싹 차려사 니 목심도 보장한다잉! 키 잡은 놈이 깐딱 잘못했다하면 금새로 배 넘어간다잉."

‘1번홀드’의 이상유무를 정탐하러 갔던 김광평이 돌아왔다.

"으짜등가?"

"아직은 암시런 징조가 없습니다."

한 선장은 연신 손마디를 꺾어대며 숨을 가쁘게 내쉬었다. 갑판수 조광필을 과녁삼고 울화통을 쏟았다.

"갑판수 너잉!"

"예엣!"

"황천항해에 대한 만반의 준비를 필했을 것이다잉."

"옛. 필했음더!"

"구명정 상황 살폈디야?"

"옛."

"구체적으로 보고를 해사제 소락때기만 치먼 으짤꺼여? 씨발놈."

"옛. 카바로 씌어가 로프로 단단히 묶었음더!"

"개구부 단속은?"

"끝냈임더."

"요런 급살맞을 셰끼 보게여? 으찌께 끝냈는 지 자상하게 보고해사 쓸거 아니냐?"

"모든 개구부로 밀폐하고 헤치카바, 왜즈도 디게 쳤음더."

"왜즈? 그 목자가 뭇이라냐?"

"내나 쐐기 아이겠임니꺼."

"카악 목심줄을 따뿐질라, 요 간나구셰끼! 이 셰끼야 그란해도 신경이 쐬기침 맹끼로 따끔따끔 쏘는 황천항해시당께. 머던 때 같으먼 모르겠다만 무담씨로 셋바닥 꼬부랑 꼬부랑 놀렸다가는 그녀려 셋바닥으로 육회를 칠란다잉. 상용

꼬부랑은 몰라도 왜즈 같은 것은 쐐기라고 곱게 아뢰라잉. 로프 헤치네트로 꽝꽝 야물딱지게 동애맸지야?"

"예 그랬임더!"

"격납물 처리는?"

"동천막주, 양목은 물론이고 갑판상의 이동물또 모두 결박했임더."

"이런 씨벌노옴— 갑판상의 유동물이야 당연지사 결박했을 것이고잉… 격납물 처리사항을 점검하는 마당인디, 동천막주·양목은 물론이라니? 밑도 끝도 없이 뭇이 물론이냥께?"

"잘몬됐임더. 시정하겠임더. 동천막주 양목 싹 씰어다가 격납 했임더!"

"그래사제, 염병할 놈아.… 선창 창고 내의 이동물, 기타는?"

"결박을 필했음은 물론 선실의 이동물또 결박하라꼬 지시했임더."

"썩어자빠질 놈. 일도 참말 매시랍게도 한다잉.… 분리부분 점검도 했디야?"

"옛. 상부가 분리되는 통풍통 등, 분리 소지가 있는 모든 것은 다 분리해가 카바로 덮고 결박했임더."

"아이고 옴매야— 니사말고 불세출의 뱃놈 아니겄냐잉."

"과분한 찬사, 고맙꼬 황공해가 디릴 말씀이 엄씸더!"

"오살놈. 참말로 칭찬한 줄 알고 꺼덕이제잉. 데리크는 점검했겄제?"

"옛. 수태의 밴드로 끼워가 결박했임더."

"… 또오?"

"초사님의 지시로 무선 공중선을 다소 늘콰줬임더."

"또오?"

"각 탱크 에어파이프에도 카바를 덮었임더."

"그냥 좔 좌알 읊어보그라잉."

"체인파이프 뚜껑 위에다 다시 카바로 씌웠임더… 수선 부근 현창에다도 철제보호덮개로 씌웠임더… 각 수밀문의 점검을 마쳤임더… 갑판 구명로프로 설치했임더… 윈드라스 브레끼, 묘쇄 스토빠로 다 잠궜임니더!"

"… 이상이여?"

"옛 그렇심더!"

"기중 중요한 점검을 않해뿐진 것 같은디?"

조광필이 눈거풀을 여신 파르르 떨며 눈망울을 희번덕거렸다.

"벨 요사지랄 다 떨제잉. 눈꾸녁은 뭣한다고 깜빡빡 깜빡빡 개폐하고 지랄이랑가? 닭모가지 씹는 불여수맹끼로… 벨 오만 잡지랄 다 떨어봄사 생각이 안 나냐?"

"글쎄예… 머시 또 있겠는강?…"

"요 씨발놈아, 배수구 점검!…"

"아, 그걸 깜빡 했임더."

"않했다?"

"어데예. 다 점검완료했는데 보고로 드리다가 깜빡 빼묵었임더.… 모든 배수 개폐구를 일체점검, 작동이 원활하도록 조치했임더!"

내심 언턱거리를 잡고 오진 화풀이를 안겨 줄 참이었던 한 선장이 워낙 딱부러지게 임무를 수행한 조광필 앞에서 머쓱 굳었다.

"좌우당간에 요 갑판수란 놈, 징한 놈이시! 씨발놈이 믄 일을 이렇게 잘할까잉. 새꼬막양식장 불베락 맞은 것이 전화위복 돼뿐졌제. 새꼬막양식업 면허 취소 당했응께 망정이제잉, 만약 그 불베락질이 없었다면 우리 보성호로서는 불세출의 인재 하나 빼께부럿지 않았겠다고."

한 선장의 입술이 야릇한 웃음을 얹고 답작거렸다. 그것도 잠시였다. 선교의 분위기는 다시 음충스럽게 내려앉았다. 젖빛 물보라가 선교의 유리창을 후리고 파곡 속으로 자맥질 하는 선수가 찢어지는 굉음을 토해내고 있었다.

"환장하겠네 이거어— 까딱하다가는 선주들 고사밥 될랑갑소!"

김광평이 비뚤어진 입술을 파르르 떨었다. 한 선장의 무심한 시선이 말 대신 김광평의 얼굴속에 박혀 있었다.

"징하게 후두러패는디이— 요렇게 쌔려맞다가는 다시 찢어지지 말란 법 없제라잉."

"……"

"으짜실라요?"

"… 뭇을 말인가."

"니미 씨바알, 한정없이 당해만 중께로 아조 잿밥 삼겄다는 배짱인디 우덜도 한 방 맥여봐라우?"

"……?"

"돌아가뿐져? 캡틴 생각은 으짜시요?"

"돌아가는 것이나 차고 나가보는 것이나 매일반이시!"

"주엔진은 꺼지고 보조엔진으로 악을 쓰는디!… 요렇게 심사가 더러울 줄 알었으면 차 과장 그녀리셰끼 배창시를 쑤셔놓든지, 앞이빨 한 틀 깡냉이를 와수수 부숴놨어야 하는 거여!"

"쐐기박고 일본까지 가서 짐 다 부리고는 공선으로 수리하라든 놈들이여. 후웅— 참나무에다 납좆을 박제 그런 놈들 때리면 뭇한당가."

한 선장이 비칠걸음으로 다가가 유리창밖을 내다봤다.

"그란디 이 씨발놈의 배가 간다냐, 지자리에서 상대춤을 춘다냐, 후진을 하고 있다냐? 개빽 붙은 것 맹끼로 가도오도 못하는 거 아니여?"

한 선장이 웅절거리며 돌아섰을 때 고물 전화기를 들고 3항사가 말했다.

"그냥 끊을까예 디릴까예?"

"… 머여?"

"통신장인데예 얼마 안가 뺏껴질끼랍니더."

"니기미 씨발놈의 것, 뭇이 뺏깨진다는 거여? 황천이 조막갱아지 좇이라고 뺏깨져?"

"돌풍때이니까네 고마 한 시간 정도만 배기모 될끼라캅니더."

"알았응께 끊어."

중풍 든 노인처럼 조심스레 계단을 타내리던 한 선장이 김광평에게 말했다.

"나 쪼깨 눌참잉께로 백 삼십도로 스테디 하드라고잉."

멀끔히 앞을 내다보고 있던 김광평이 그제야 생각난 듯이 우리 셋을 돌아다봤다.

"느그덜은 은지랄 났다냐?"

성준이가 대답했다.

"조타견습 중입니더."

"오욕질 안나와들?"

이건민과 도동현이 거진 납색이 된 얼굴을 들고 영문을 몰라했다.

김광평은 연신 고개를 갸웃거리며 노그름한 웃음을 물었다.

"참말로 별종들이네잉. 머던 미나라이들 갔었으면 똥물 쓸개물에다 배창시 속에 있는 몰국 건대기 할 것 없이 죄다 토해내고 생지랄들을 떨것인디, 요 셰 끼덜은 오욕질은 고사하고 눈깔들만 생기발랄하당께. 으짜든지 느그덜 참말로 장사다 장사!"

담배 한 개비를 다 태울 때까지 잔드근한 시선으로 우리 셋을 담고 있던 그가 무슨 일인지 선교를 나가는 조광필을 불러세워 이렇게 말했다.

"요 시놈들 니가 몰고가서 조끔 재워라잉. 조타견습이고 뭣이고 바다가 잔잔해저가 눈깔 씨럽게 배우제 이 난리통에 뭣을 배울 것이여?"

조광필이 앞장서며 말했다.

"퍼뜩 가자꼬. 우짠 배로 타봐도 우리 배 초사같은 의리파 성님은 엄쓸끼다. 고맙심더카고 퍼뜩 따라와."

"아서라잉. 고마운 일이 씨가 말랐등갑다. 후딱 사라지기나 하드라고.… 그라고 조광필이 너, 그렇게 사삭떨지 말어도라. 속 뱅께로잉!"

김광평이 손사래를 쳤다. 우리 셋은 배추밭을 본 오리떼처럼 조광필을 따라 우당탕 통탕 계단을 타내렸다.

두 개의 백열전구 필라멘트가 희미하게 산광하는 갑판부 침실은 난민숙소처럼 음습했다. 상하 각 네개의 침대 위로는 사체의 내장처럼 솜덩이가 불거져나온 매트레스들이 억박적박 널려 있었고, 갑판원 세명이 선체의 심한 요동에도 불구하고 단잠을 가꾸고 있었다. 두 명의 갑판원이 침대와 캐비닛 사이의 비좁은 통로에 쪼그려앉아 불그댕댕한 전기곤로의 화광을 쬐고 있었다.

조광필이 털썩 통로 위에다 엉덩이를 붙이며 투덜거렸다.

"쏙 씨랍아서 몬 살끼다! 니기미 시발, 내 머 고레 잘못했거로 내만 보모 십어쌓겠노?"

갑판부 최고령자인 주재묵씨가 사뭇 귀찮다는 표정으로 조광필을 흘겨댔다.

"또 와 그래?"

"캡틴 말이제 머겠임니꺼."

"문디이셰끼! 황천이모 니만 당하나? 고마 보성호 식구들 몬 묵어 미치는데."

"브릿지에 드가 오쩨 당했는지 알기나 합니꺼."

"시끄랍다. 우짜든동 황천에 우리 목심 떠맡은 사람이 캡틴 아이가. 그란갑다 캐사제 머 고레 큰일이라꼬 짖꼬 짖꼬 짖노."

"당감동 할배요 기기 아입니더."

"이 문디이셰끼, 또 당감동 할배라 카제."

"그 소리는 싫응갑다."

"그라모 좋아 춤추꼬 고마?"

"누가 춤추라 캤읍니꺼."

"당감동할배 담감동할배 카지마라. 부산 당감동 화장터에 드갈라모 아직 억수 멀었다! 내 아아 집 한칸 살때까지는 몬 죽는다."

"그라이까네 내 사정도 들어돌란 말씸 아이요? 와 들어보지도 않고 캡틴 편만 들고 고레!"

"담감동할배 안카모 들어주꾸마."

"않할끼요."

"어데 들어보자."

"내 황천준비 기차게 완료했오! 잠 좀 잘라캤는데 끄사올려다가 고마 황천준비 문답고사 시키는기라. 말끝마다 욕을 손아놓는데, 씨발놈 아이모 염병할 놈이라."

"빼빼루마스타 욕바가지로 이자 알았등갑다. 욕이라카모 구랑뿌리 따는 양반인데 기기 무신 욕이야?"

"욕이 아이모?"

"이놈아가 오늘은 와 요레? 십이고 염병이고 기기 욕이라꼬?"

"몬할 것만 골라가 쏙 뒤집어 놓으니까네 안그라요. 내 참말이다! 십이나 맘대로 하다가 염병땀 촬촬 손고 죽었으모 원이 엄쏘!"

"문디이셰끼! 오매불망 그 소망이제. 치아라 시끄랍다."

"당감동 할배는 모르요!"

"쎄가 만발이나 빠질 셰끼."

전기곤로가 선체의 롤링에 따라 뒤집혔다. 그 바람에 아래 침대에 누워 곤한 잠속에 빠져있던 성기배의 고함이 터졌다. 통로께로 비주룩이 내민 그의 손을 전기곤로가 덮친 것이었다.

"누고? 누고?… 니제?"

성기배의 주먹이 벼락질처럼 도동현의 턱주가리를 후렸다. 도동현의 눈에서 시퍼런 불길이 일었다. 그의 옆쪽에 쭈그리고 앉았던 도동현이 애꿎은 덤터기를 쓴 거였다.

그야말로 날벼락이었다. 성준은 물론이요 이건민도 도동현도 사실 제 정신들이 아니었다. 그렇듯 몽연한 정신들은 '조타견습' 구실로 선교에 들어서면서부터 비롯됐었다. '메인 엔진'이 꺼졌다던가, 갑판에 결박됐던 구명보트가 풍랑에 휩쓸렸다던가, 하는 전갈들은 멀쩡한 정신들을 아뜩한 어질머리 속으로 몰아넣기에 족했던 것이다. 성준은 '이만한 상황이면 구난신호를 발할 시점'이라는 생각을 하며 극단적인 공포를 실감하고 있었고, 이건민과 도동현은 평소의 호방한 객기도 잊은 채 막말로 반송장 몰골로 넋이 나갔던 것이었다. 그러니까 우리들은 조광필과 주재묵씨의 아우름 따위는 꿈결처럼 생소하게 흘리며 푸욱 고개를 떨구고 있던 참이었다.

어차피 못 말릴 일이었다. 성준과 이건민은 될대로 되라는 심정으로 모른채 고개를 떨궜다.

"저거 어떡허지? 이거 산통 다 깨지는 거 안야?"

이건민이 성준의 귀바퀴에다 바짝 소근거렸다.

"우짜기는? 고마 내 알바 아이다카고 앉았거라!"

성준도 간 졸이는 목소리로 속살댔다.

"니 낼로 쳤나?"

도동현이 무릎을 세웠다.

"머시라? 니라꼬 했어?"

성기배가 눈꼬리를 모들뜨며 언구럭스럽게 놀았다.

"아가 와 요레 잘 삐지노? 죄없는 사람 고마 쩨리조지는 놈도 있는데 우리나
라 말또 몬쓰나."

도동현의 예기치 않은 기세에 놀란 성기배가 겨우 통로에 내려서며 저적거
렸다.

"미나라이 팔짜에 눈깔봉사 겹장치제. 이 자슥아 내가 우짠놈인 지 알아? 이
놈어 자슥은 목심을 열 벌 타고났나베."

"니가 누고?"

"성기배다!"

"누가 이름을 물었다. 니가 을매나 씬놈인 지 말해도고!"

"원경호 사건도 몰라?"

"좆도 모른다!"

"머시 우쩨? 내 요레뵈도 상어유자망배 원경호 물구신이야! 정확하게 동경 일
백이십도 팔분, 북위 이십오도 칠분 68215해구 어장에서 53시간 표류끝에 환
생한 사람이라고!"

"배가 디비졌었나베?"

"이 시발놈아. 배가 디비졌거로 표류한 기 아이겠어?"

"고마 그때 상어밥 되제 와 살아왔어?"

"지기뿔라 이 문디이셰끼! 동료선원 열둘이 다 행방불명됐는데도 이 성기배 혼자 살아왔다꼬. 낼로 우쩨보고 깔기죽대노?"

"참 몬됐다! 일마야, 동료선원 열두명이 몰사하는대 니만 살아서 되겠나. 한 두명 쯤은 살리가 와야 뱃놈일따!"

"니 참말로 죽고싶나?"

"어데에? 살자꼬 요레 안기나왔나. 또 머꼬? 또 할 말 없어?"

"내 초사님 좌방이다!"

"좌방이 머꼬?"

"김광평 초사님 심복이라는 말이제 머겠노? 이노무셰끼 닐로 우쩨 지기주꼬?"

"니 먼차 지기주께!"

도동현이 성기배의 멱살을 움켜쥐고 암퇘지 끄는 아갈잡이처럼 당겼다.

"가자!"

"몬놔?"

"내 손을 작두로 쎄리패보거로. 못논다. 나가자꼬!"

"이 자슥이 어데로 가자꼬!"

"어덴는 어데? 갑판이다!"

"… 갑판?"

"와아? 몬 갈 테야? 이 쫍은 선실에서 삼이 되겠어? 고마 나가자. 바람 셰리불고, 풍랑 좋고, 선체 롤링 좋고오— 안 나갈레?"

"……"

"몬 나가겠다꼬 포리매꼬로 싹 싸악 빌모 살려주께."

"……"

성기배의 기세가 안타까울 정도로 꺾였다. 도동현이 악쥤던 멱살을 풀었다.

"내도 산전수전, 땅구신 물구신, 다 겪고 다 돼봤던 놈이라꼬. 내 아무리 미나라이 팔짜다만 고레 숩게 보고 묵을라카모 오산 아이겠나. 니기 미 시발 좆도 오— 사나가 두 번 죽나? 죽을 자리에서 한 번 죽으면 되능기다. 칼로 하자모 칼로 할끼고 주먹으로 하자카모 주먹으로 해준다! 우짜든동 죽기밖에 더 하겠어? 내 인생철학이 요레 얄구자게 돼묵었다. 앞으로 니가 샤나이 벌판같은 가슴으로 이해하고 지도편달 해도고!"

"주두이 샤탸 내리고 고마 자두제. 지도편달 자알 해주께!"

성기배가 아금니를 빠드득 갈아대며 제 침대로 가 누웠다.

야릇한 것은 선원들의 무반응이었다. 그들은 도동현과 성기배의 싸움이 싱겁게 끝나자 잠자리를 찾아서 다시 누웠다. 성준은 윗단 침대로 오르려다 말고 멈칫 굳었다. 처음 보는 희한한 정경에 눈이 끌린 탓이었다.

선원들은 저마다 샌드백 본새의 마대 하나씩을 품에 안고 있었는데 그것들의 모양은 저마다 달랐다. 어떤 것은 울퉁불퉁했고 어떤 것들은 도톰해서 마대속의 내용물이 주인따라 다르다는 점을 느낄 수 있었다. 한 가지 비슷한 것이 있다면 선체가 크게 요동할 때마다 마대 속에서 울려나오는 소리들이었다. 쇠붙이가 서로 부딪치는 것 같은 경질음은 어느 마대 속에서고 잘그락거리는 것이었다.

"부인! 고마 잡시더."

조광필이 마대에다 쪼옥 입을 맞추고 나서 허벅지로 빠짝 죘다.

"육덕 좋고 색도 억쑤 잘 쓰고!"

옆침대의 선원도 마대를 앙가슴으로 조여안으며 조잡떨었다.

성준은 침대에 올라 길게 누웠다.

"발바닥으로 침대 비우를 힘껏 밀고 쎄빠닥이 티나오도록 머리로 앞비우를 받쳐사 쓸끼요. 고레 안하모 낙상한다."

누군가가 성준에게 말했다. 성준은 그의 가르침대로 해봤다. 아닌게 아니라 격렬한 선체의 동요로부터 몸둥이를 지탱하는 비방이었다.

아랫단의 조광필이 좀처럼 잠을 이룰 수가 없는 모양이었다. 조광필과 어떤 선원이 별 희한한 애기를 놓고 토시작거렸다.

"얼라로 69명 논 여자도 있다."

"또 지기주제."

"내 거짓말 한다꼬?"

"아이모?"

"무식한 세끼!"

"말또 아닌 소리로 씨부라쌌는 갑판수가 무식하제 내가 와 무식해?"

"오매야 내 환장한다카이! 참말이다. 참말."

"우짠놈어 보단지가 얼라로 69명을 놀끼요? 보자아— 스무살에 시집갔다치 제. 고마 일년에 하나씩 튕겨냈다 하자꼬. 그 여자는 오짐도 안싸고 십만 했나?"

"와 오짐을 안싸?"

"언제 얼라 만들고 언제 오짐싸고 할끼라꼬? 오짐싸면서 얼라도 만들었다케 도 고레 많이는 못논다."

"무식한 셰끼. 그래 또 읊어 보그라."

"그라이까네 스무살에 시집갔다 합시더. 일년에 하나씩만 논다치모 69년 안 잡아묵능가베."

"고레 되겠네."

"끼 끼 끼이— 스무살에다 69년 합치모 얼마야? 89세 아이거로!"

"… 머시 잘몬 됐는지 계속 씨부라 봐라."

"말이라꼬 하는강?"

"말이 되이까네 했다. 와아?"

"그라모 69번째 얼라는 89살 묵어서 논기 안되나."

"… 또 씨부라 보그라."

"떼끼 이 냥반아! 우짠노무 보단지가 89살 묵어가 제구실을 할끼야?"

"청광수 묵꼬 카악 죽어라!"

"내 와 청광수로 묵노? 말또 아닌 소리로 씨부라쌌는 갑판수가 묵꼬 카악 디비져사제."

"이노무셰기 똑똑히 듣거로. 주인공은 모스코바 동쪽 이백사십일키로 거리의 슈아지방 농부 피요도르 바실리 예푸 부인이라."

"잠이나 좀 자자아— 취미도 얄궂다 아이가. 구신도 몬 묵을 말을 지어가 억쑤 우길 것은 머꼬?"

"그 시발놈 말 많체! 이놈아야 얘기로 끝까지 들어보고 말로 하라꼬.… 그 여자가 69명의 얼라로 놓았는데, 우쩨 고레 놓았능고 하이— 27번의 출산 중에 열 여섯번을 쌍둥이로 놓고, 일곱 번을 세 쌍둥이로 놓고, 네 번을 네 쌍둥이로 논기라. 모두 합해가 몇 명이고? 69명 아이모 내 매가지로 따그라!"

"… 어데서 들은 기요?"

"들은 기 아이고 읽었다!"

"어데서?"

"〈세계의 기담〉이라카는 책에서 읽었다!"

"… 언제적 일인데?"

"일천칠백칠십년대라!"

"미친다. 미치겠다! 하기사 거짓말또 지대로 할라카모 2백년쯤 사알 끄사올리사 할끼라."

"내 니같은 석두캉 얘기로 한 죄가 크다!"

"석두 석두 카지말라꼬. 갑판수가 보단지로 연구할 때 내는 향학이란 두 글자를 가슴에 품고 억수 공부로 했다꼬."

"니만 했나? 내는 연안양식업에다 청춘을 바쳤다. 이 문디이세끼야!"

"계속해서 욕을 할낀강?"

"하겠다카모 우짤끼야?"

"시바알! 하기사 보단지가 고막이고 고막이 보단지다. 새고막양식장 면허도 고레 연줄이 닿능가베."

"머시라? 오매야 이 시발놈을 우쩨 지기사 할꼬!"

그때 주재묵씨가 껴들었다.

"지발 잠 쫌 자자! 글마들 성미들 또 요상타 아이거로. 사업얘기로 합심전력해도 모자랄텐데 대가리만 맞댔다카모 괴기 아개미 섞는 보단지 얘기라이까네."

조광필이 분통을 억누르는 낌새로 헐씨근대는 숨소리가 사뭇 불길이었다.

"보단지가 와 석능교?"

"일마야 시방 보단지가 석고 안석꼬가 문제가?"

"그라모 우짠 기 큰문제라요?"

"고철은 언제 디비질지 알 수 엄꼬…"

"재수없는 말씸 하지마소. 까딱 엄씸니더."

"니가 우쩨 아노?"

"지금까지 안디비지고 잘만 안가요."

"천만다행이라카고… 와리깡 문제다, 물건구입이다, 안전수송 대책이다, 난제가 쌔고 안쌨나."

"회의로 하모 될낀데 머 고레 급할끼요?"

연신 끙끙 앓아대며 뒤재기던 조광필이 이번에는 엉뚱한 일로 구시렁거렸다.

"어어? 이거 머꼬?… 우짠 놈이 내 부인 빌려 갔나?… 에엥 더럽은 셰끼들! 이기 잣죽 아이고 머겠어? 많이도 샀제! 에잉—"

성준은 아까부터 궁금해서 염치불고 하고 물어봤다.

"그 부인이라카능 거 먼교?"

"… 와아?"

"궁금해가 그렇심니더."

"벨 것 아니다. 각자 사물들을 넣은긴데 황천항해에 대비해가 요레 한다. 요레 안챙기모 고마 선체롤링 때문에 다 떨어져 뿌사지고, 우짤때는 사람도 안 상하겠나, 소형 카세트, 커피포드, 트랜지스터, 스텐찻잔, 책, 뭐 사물이란 사물들은 모두 띵굴차 박은 기야."

"… 와 부인이라요?"

"황천때 보듬꼬 자니깐 황천부인 아이겠어?"

성준은 그제야 웃음끼를 머금었다.

26

보성호號

조타당번을 마치고 들어선 주재묵씨가 활개가 찢겨져라 기지개를 켜대면서
말했다.

"히까리 뽀마도 사알 볼르고 갑판 산뽀로 하는 것 보이 기분 한 번 억쑤 좋응
갑다."

두 손바닥에다 가래침을 퇴에 퇴에 앵겨붙인 조광필이 그 손으로 부숭거리는
눈두덩을 빗질하며 잠에서 깨어났다.

"당감동할배 먼 소린교?"

"이 문디이셰끼가 고레 당감동할배 하지 말아도고 사정해도 찔기게 놀제. 고
마 한번만 씨부랐다카제. 지기삘라. 이 십쟁이셰끼."

"십쟁이가 당감동 송장보다는 날따.… 오번에도 히까리 뽀마도 시세가 개얀
타 합디꺼?"

"문디이셰끼가 선잠을 깼거로 구신 씨나락 배끼는 소리만 해쌌체. 주주총회
할라카모 아직 멀었는데 내 히까리 뽀마도 시세로 우쩨 알낀강."

"그라모 와 뽀마도 소리는 해쌌오? 우짠놈이 히까리 뽀마도 볼르고 산뽀로 해?"

"잘또 놀고오— 니 캡틴한테 놈자돌림 욕했나?"

"… 캡틴이 뽀마도 볼랐다카모 상승기압일낀데 머 고레 좋은 소식 있답디꺼."

"황천 끝났으모 쾌보제."

"싸악 배끼졌오?"

"꼬린내나는 침 볼라가 팽이세수로 했거로 그노무 눈깔은 추잡고 더럽은 것만 보능갑다. 볼트문 한번 내다 보그라. 거짓말매꼬로 안배끼졌나."

그제야 조광필이 볼트창 너머로 바다를 내다봤다.

"어데만큼 온기요?"

"대마도 지나가 쪼매 더 가모 오끼노시마 등대다."

성준도 볼트창을 통해 바다를 내다봤다. 검푸른 파도와 진회색 풍하가 미쳐 날뛰던 바다는 거짓말처럼 조용해 있었다. 청람빛 물비늘이 보듬은 일출의 눈부신 채광이 빗살처럼 뻗치고 있었으며 그 여틈하게 자잔거리는 물결 위를 등푸른 날치떼가 날고 있었다.

그때 갑판 산책을 나갔던 이건민이 들어서며 성준의 귀바퀴에다 바짝 속살거렸다.

"기관부 침실에서 호출이야."

"… 누구로?"

"태창 302호 2항사지 누구야."

"… 낼로?"

"그래."

"내는 본 적도 없는데?"

"누군 봤어?"

"기관부 서열이 우짠 놈인데?"

"1기사겸 기관장이라나?"

"이름 물어봤어?"

"문경수래."

"문경수?… 인상이 우짜든강?"

"얌전하게 생겼던걸."

"시발놈아, 누가 관상 보라켔나?"

"그러면?"

"무식해 뵈든강 아이모 식자 들어뵈든강?… 그라이까네— 달달봉사이던 강 문교부이던강?"

"문교부에 가까워."

"문교부가 와 요레 고철 기관장을 한단말고?… 머라카면서 낼로 오라드노?"

"어디서 본 듯 싶대나?"

"오매야 무시라!… 우리 셋 모다 신원 들어난 거 아이겠어?"

"그런 것 같지는 않구… 가 보자구. 상면해야 판세를 알 거 아냐?"

"고마 알았어."

성준과 이건민이 갑판부침실을 나와 갑판에 올랐을 때, 그 짬 맞춰 한 선장이 둘 앞에 오똑 섰다.

"옴매 깜짝이야 잡셰끼들! 미나라이들끼리 으디 깔데간다냐?"

"… 날씨 좋거로 담배 한대 갑판에서 뽈라켔임더."

성준의 대답에 한 선장은 마음놓고 웃어 제꼈다.

"암먼. 안배웠으면 보약이다만 기왕지사 배웠응께로 미나라이 팔짜제만 댐배는 뽈아사제잉.… 뭇이 쬐끔 눈부신 바 없냐?"

한 선장이 올백 앞머리를 열 손가락으로 갈퀴질 하며 자냥스럽게 물었다. 이건민이 날름 받았다.

"있지 않구요!"

"감은 잡었다아?"

"그럼요!"

"고것이 믓이라냐?"

"선장님의 머리칼에서 빛살이 뻗칩니다."

"빛살이 뻗친다아… 고것도 내 머리크락에서잉!… 옴매 유식한 노무셰끼. 니가 아조 싯귀를 지어뿔란다고 작심 안했겄냐만. 그라냐?"

"부끄럽습니다!"

"믓이 부끄럽다냐? 니미 씨바랄, 똑 못난 셰끼덜이 옳은 소리 해놓고는 맴이 꼴리제잉.… 내 머리크락에서 빛살이 뻗친다고 쬐금 전에 시를 읊었는디이― 그 싯귀 의미를 쬐끔 밝혀보드라고."

"… 바다는 푸르고…"

"좋체에!… 바다는 푸르고?"

"간지럼 같은 물결이 놀고…"

"왐매 좋응거어!… 갠지람 같은 물결이 놀고?"

"선장님의 울연한 숲으로부터…"

"숲?… 그랑께 니 눈에는 요 캡틴 머리가 숲으로 뵈뿐졌다잉?"

"그렇습니다!"

"왐매 미치겄능거!… 그녀려 숲으로부터 믓이 뻗쳐뿐다냐?"

"빛살입니다!"

"암먼! 요것이 빛살 아니고 믓이겄냐? 보그라잉. 언저녁만 해도 바다가 뽀골뽀골 섭씨 1백도로 끓는 냄비 뽄 아니었겄냐. 그란디 불과 네시간 뒤에 바다가

요 빼빼루마스터한테 고상 안해뿌렀냐?"

"… 고상이 뭡니까?"

"항복이라는 왜놈 말이여.… 고렇다치고오— 요녀려 빛살이 시방 으짠 본으로 뻗치고 있다냐?"

"……?"

"씨발노옴! 그 대목에서 카악 맥혀 뿔찌 알았다.… 믄 말인고 항께느은— 고녀려 빛살이 참빗 본으로 뻗친다냐 얼기빗 본으로 뻗친다냐?"

"… 얼기빗이 혹시 얼래빗입니까?"

"짜깍시럽게 따지제잉. 서울 느그덜 말로 얼래빗이 얼기빗이란 말이다냐. 시바앙?"

"… 그렇습니다."

"맞다고 하고잉."

"그럼…그럼 일출 황금살이 참빗처럼 빛살을 폅니다."

"나 이라다가는 미쳐뿔겠다잉! 그나저나 니놈은 천재다 천재! 으짜믄 그렇게도 몰강시럽게 뽑고 나서냐?… 왐매 미치겠능거어— 그렇게 내 머리크락에서 빛살이 뻗치는디, 그것이 참빗맨치로 쫌쫌하게 뻗친다는 싯귀 아니것냐?"

"바로 그렇습니다!"

"암머언. 그래서 나가 히까리 뽀마도를 볼르고 요렇게 새신랑 나뿐졌제잉."

"옳습니다, 선장님!"

"그나저나 요녀려 보성호, 참말로 징한 배다잉!"

"……"

"씹구녁 찢어진 데다 쐐기 한개 박아줬는디 현해탄을 건너뿐졌어야!"

"저희들도 감탄했습니다!"

"그래사제에… 언지녁에는 오대양 육대주를 갈고 누빈 요 빼빼루마스터도 환장하겄드구만잉. 씨발놈의 배가 전진을 하는지 후진을 하는지, 그냥 안갈란다고 지 자리에서 꼬물락대는지 짐작도 못 하겄드라!… 그란디도 요 날쎄와 더불어 보성호 죠오시를 봐라잉. 날쎄도 보성호한데 저뿌렀고 보성호도 날쎄한테 이겨뿔고잉!"

"오로지 감탄성 뿐입니다!"

"끄 끄 끄으 치잇— 그랑께 요 셰끼덜아 보성호한테 감사덕지 보은공양 하란 말이다."

"그럼요."

"그란다쳐도… 그란다쳐도?… 요 보성호가 지 혼차 현해탄을 건넜다냐?"

"……?"

"천재 천재 해줬더니 금새로 그 셰끼가 천치로 하락해 뿐지네! 애럽게 생각할 것이 뭇 있냐? 누가, 과연 으짠 징한 놈이, 요 보성호를 끄섰냔 말잉깨!"

"오로지 선장님의 탁월한 항해술 덕분 아니겠습니까."

"바로 그것이다잉! 언지녁 황천 같은 악천후에는 요 빼빼루마스타 아니먼 배 까파졌다!"

"절감합니다!"

"화이고 요 이삔녀려 셰끼! 니가 비록 미나라이제만 앞으로는 니가 내 상좌노릇 해사 쓸랑갑다."

"……"

"낫살 묵어강께로 지녁만 되면 빽따구 오금탱이는 다 쑤시고 재리고… 안마도 해주고 발도 씻께주고. 요런 상좌가 인자는 그리워야?"

"언제라도 불러주십쇼. 안마기가 되고 세탁부가 되겠습니다!"

"왐매 이삔 노옴!… 그란디 미나라이 두놈들이 시방 으디 가는 길이다냐?"

"… 기관부침실에 좀 들어가 볼까 하구요."

"좋체. 으짠노무 기관이 그렇게 심 좋아서는 언지녁 같은 황천항해를 끄떡않고 견뎌냈는지, 고런 것도 연구해사 쓴다잉. 보성호 기관장 문경수란 놈이 또 물건이여. 가서 공손하게 인사 여쭙고 사근사근 굴어사 쓸 것이다잉."

"알았습니다!"

"가 보드라고."

성준과 이건민은 한 선장을 뒤로 하고 배기통 옆의 계단을 타내렸다.

기관부침실은 갑판부침실보다 더 음산했다. 성준 나이 또래의 청년이 침대 모서리에다 엉덩이를 붙이고는 흘낏 눈을 흡떴다. 그 옆 침대에 걸터앉아 있던 선원이 '시발놈어 미나라이 셰끼들, 와 우리 침실에 겁없이 산뽀하노!' 하며 오만상을 찌뿌렸다.

"기관장님 뵈러 안왔임니꺼."

성준이 뜨덤거렸을 때, 침대 모서리에다 엉덩이를 붙이고 있던 선원이 옆자리의 선원을 보고 말했다.

"니는 나가보거로."

"잘라고 들어왔는데에."

"고마 다 안다… 내 저놈아덜 하고 할 말이 있어가 안그러나. 30분만 자리로 비켜도고"

"알았임더."

그 선원이 침실을 나가자 이번에는 이건민을 보고 그가 말했다.

"니도 고마 나가보고,"

'드러워서 못살아!' 엉두덜거리며 이건민도 기관부침실을 나갔다.

"이리 가참게 옵시더."

성준은 순간 귀를 의심했다. 아무리 고철이라지만 배는 낡을수록 텃세가 지독한 법이었다. 그런데 명색이 기관장이란 자가 미나라이에게 깍듯이 존대어를 쓰다니— 성준은 머리통을 두어번 사래질 하며 그의 곁에 가 앉았다.

기관장이란 사람이 담배를 태워물며 콧날을 몇번 훔쳤다.

"내 모르겠오?"

"… 글쎄예. 지는 첨인데예."

"내는 지금또 휜언한데… 쪼매 자세히 훑어보거로. 내 이마가 요레 토옥 티나왔다 아이요. 고레 별명이 이망이 아이겠나… 감또 몬 잡겠다?"

"미안하게 됐임더!"

"개얀쏘, 그랄 수도 있제 뭐… 대양 2호 이망이 몬 들어봤오?"

"… 대양 2호라예? 기관장님은 몰라도 대양 2호는 들어 본 듯도 싶은데예."

"겁부터 묵지말고 찬찬이 생각해 보소. 대양 2호가 우짠 배드라?"

순간 성준의 머리 속이 복작복작 끓었다. 어창 모터가 고장났었을 때 예비모터를 건내 준 북양어선 대양 2호 생각났기 때문이었다. 그러나 고대 도리질을 했다. 아무려면 그 대양2호 선원이 이런 고철을 탔을까 하는 의구심 때문이었다.

"미나라이 아이겠임니꺼! 미나라이 신세도 고마 팔짜다 싶은데 지가 선명을 우쩨 좔 좌알 읊겠임니꺼?"

"디게 찔기제!"

"……?"

"내 북양배로 탔던 적이 있오."

"… 지 하고는 무관합니더!"

"참말로?… 관련이 있다!"

"……?"

"예비모터 생각 안나요?"

성준은 그의 물음에 손바닥만 비비적대며 늘죽을 수밖에 없었다. 이 사람은 필경 그 적 '대양 2호'의 기관부에 근무했던 사람일 것이었다. 그렇다면 언턱거리 잡고 생청부릴 일이 따로 없었다. 이미 사단은 터졌다 싶어 성준은 그를 망연히 올려다 볼 뿐이었다.

"그래도 모른다칼라요?"

"… 감이 잽힙니더!"

"진작 그래사제… 우짠 일로 보성호로 탔오?"

"… 말단 뱃놈이 어데 간답디꺼."

"또오?… 당신이 와 말단 뱃놈이야?… 태창 302호 카모 북양이 벌벌 떨 때 아이었겠나."

"… 처리장 뱃놈 아이었겠임니꺼."

"처리장 뱃노옴?… 보소, 2항사요!"

"……"

"내 그때 예비모터로 인수하던 당신, 눈깔 씨랍게 다 외워뒀오."

"… 할 말 엄씸더!"

"고마 말로 놓기로 합시더… 내 문경수라카요."

"대양 2호에서는 사관 아이었겠나."

"맞소. 3기사였으이까네 우짜든동 반갑제!"

"… 내도!"

성준은 비로소 문경수의 손을 맞잡고 어깻죽지가 뻐근하도록 흔들어댔다.

"내 시껍 않했겠나! 미나라이 쪽에 당신이 끼어 있을 줄로 우쩨 알았겠어? 저놈아 어데서 봤드라카고 생각해 보이까네 태창 302호 2항사 아이겠나! 고마 숨이 끊어지는 줄로 알았다."

"… 무신노무 일이 요레 꼬이는지 몰라. 내도 고마 미치겠다!"

"이자 과거사는 사나답게 잊어삐리기로 하고오— 초사님은 우쩨 됐어?"

"누구?"

"태창 302호 초사 말이제."

"석폐증이 도져가 환고향 하셨제. 우리 셋 배탄거 모다 보고 속초로 안 뜨셨나."

"고레. 그러게 내 잘 본기라. 출항날 부두에 서계시드라꼬."

"맞제."

"… 아깨 우리 셋이라카던데. 당신 말고 누가 또 있나?"

"……"

"미나라이 삼형제가 알고보이 태창 302호 전사들 아잉가베. 그자?"

"… 우쩨 고레 되고 말았어."

"보성호로 묵을라꼬 작심했등갑다."

"기기 아이고오—"

"그라모?"

"심사가 더러버서 해기사면허 쏙여가 이런 고철로 타게 됐제."

"가만있자… 아부지가 선장님이었을낀데?"

"… 그래."

"부친께서 돌아가셨능갑다."

"어데? 오번부터 또 북양배 안타시나."

"내 알따가도 모르겠다. 북양배카모 우리나라에서는 고마 제일 좋은 배에다,

해기사면허 한장 디리밀모 만톤급 외항선 항해사도 억쑤 쎘을낀데 와 요레 석은 배로 타? 더군다나 면허로 쏙여가 미나라이로?"

"심사가 더럽다 안캤어."

"그노무 심사가 우짠 긴데?… 고마 됐고오— 앞으로 당신한테 항해사님 하모 좋겠나 이 미나라이셰끼 카모 좋겠나?"

"와 요레? 불상한 자슥 봐 줘사제. 누구 삐따구 뿌가져 죽는 꼴로 보겠다는 긴강?"

"그라모 내는 모른다카고 미나라이셰끼 칼란다."

"고맙제!"

문경수가 '시상또 좁고 바다도 억쑤 좁고! 북양갈매기끼리 요레 다시 만날지 우쩨 감이라또 잡았겠어?' 하며 담배 한개비를 권했다. 둘이는 한동안 담배연기만 푸 푸우 내뿜었다.

"그나저나 이 보성호 우짠 밴강?"

"내나 배 아이겠나."

"밸런스탱크 쩨진 데다 쐐기 박고 출항하는 배는 저승바다에서도 몬 볼거로."

"그래도 아래저녁 같은 황천도 안배기났나."

"6백톤쯤 되겠나?"

"사관선원 눈이 어데 갈끼야. 맞아. 자체중량 5백80톤이야."

"환갑도 벌써 넘겼다 싶은데."

"배 환갑이 몇년이고?"

"15년쯤 되겠제."

"지기주네. 당신 말대로 하모 진갑에다 고희도 냉겼능갑다."

"고레 석었어?"

"금년 춘추 29년이야."

"고마 미치겠다! 아조 관을 보듬고 안탔겠나."

"보성호 식구들 팔짜가 다 그렇다. 언제 디비질지 몰라."

"… 고레 그랬등갑제. 황천항해 때 앵커 히브 투 하고 서진해도 그 속력보다는 날끼라."

"최대 속력이 얼매같아?"

"감또 몬 잡겠어."

"8노트야!"

"고마 배가 아이라 암초구마!"

"원적은 미국 해군이라카제. 고철값만 주고 상원해운에서 인수했었다카는데 그동안 선주만도 일곱번 변했다카더라."

"택아지가 덜덜 떨린다 아이가."

"택아지로 떨자카모 내를 따를 사람 엄따. 듣자이까네 기관실에 시체가 억쑤 쌓여 있었다능기다."

"그라모 침몰선박을 끄사올렸단 말 아이겠나?"

"물어보모 잔소리제. 기관실에 혼자 앉어봐라. 구신이라는 구신은 모다 뵈고 해조음은 바로 구신 곡하는 소리로 안들리나. 택아지가 뭐야? 고마 붕알 두나까지 팥죽 시알시미 매꼬로 오그라붙는다."

"해양입국 대한민국 체면 좋고."

"내 그뿐이라카모 말또 안한다. 밸러스트는 우짠 참상인 지 알아?"

"석었겠제."

"석능기 아이고 고마 먼지라. 사람만 지나가도 녹가루가 먼지매고로 풀풀 날라."

"……"

"고레 아조 공구리로 안싸발랐나!"

"밑바닥이 씨멘트라?"

"그렇다이까네. 선수쪽만 남겨두고 고마 씨멘트로 땜질해 삐맀어."

성준은 할 말을 잊고 미친년처럼 헤죽거릴 뿐이었다.

"와 웃어?"

"안 웃게 됐어? 아께 머라켔노? 최대시속 8노트라고 했던강?"

"맞다."

"보자아— 시속 8노트라꼬 하모 배가 시간당 8해상마일 항해하는 속도라. 1 해상마일이 1천8백52미터이니까네 시속을 킬로미터로 따져가 약 15킬로미터 아이라꼬!"

"머리 좋고."

"그라모… 그라모오?— 이기 우짠 산술이야? 마라톤 세계기록이 두시간 8분인데, 보성호는 마라톤 세계기록에도 몬 미친다 이긴데?"

"그것또 조류나 풍랑이나 만나보제. 고마 7노트로 금새로 떨어진다. 역풍은 그래도 개얀타. 화물적재 시는 6노트야. 요레 좋은 기상에 지판으로는 용심좋게 툴 툴 튕긴다만 지금 속력이 6노트야!"

"유서 먼차 써놓고 올낀데."

"내는 출항 때마다 유서 안띄우나.… 언젠가는 역조류를 만나가 1마일을 항해하는데 20분 잡아묵었다카이."

문경수가 빡빡 빨아대던 담배꽁초를 부벼끄며 더욱 자괴스러운 웃음을 지었다.

"같은 항로상의 배들이 내 먼차 갈란다카고 추월경쟁 벌일 때 그중 쏙씨랍은 꼴이 머겠노?"

"내 배가 추월당했을 때 아이겠나."

"바로 기기라. 당신도 알끼라꼬. 같은 항로상의 배들이 추월경쟁을 벌일 때는 선원들이 모다 갑판에 나와가 응원전을 안벌이겠나."

"쎄빠닥 쥐나게 욕바가지 손아놓고 생난리제."

"아직까지 단 한번도 추월해 본 적이 엄따. 그때마다 캡틴이 머라꼬 씨부라 쌌는지 알아?"

"기관장 이노무셰끼 머하고 있냐고 난리 피겄제."

"그라모 좋게?"

"… 아이모?"

"우리 배 기관장셰끼는 꼭 요랄 때 용개질만 친당께! 요레 몹쓸 욕만 하능기다. 니기미시발, 엔진 뿌사져라 튕기도 맨날 오이꼬시만 당하는데 내가 우쩨 쏙편케 좆대가리 잡고 가야금 뜯을고?"

"까시 백힌 말은 아이다. 환장 하겄거로 해 본 소리 아이겠나."

"진짜로 서럽은 것은 따로 있다."

"……"

"당신도 알다시피 두척의 동력선이 서로 진로를 횡단할 경우, 스타보드 쪽에다 다른 선박을 두고 있는 배가 그 선박의 진로를 피해주게 안되있나?"

"국제 해상충돌예방법 아이겠나."

"고레말따. 그런데 우리 배만 봤다카모 배란 배는 모다 우리 배 진로로 사알 횡단해 삐린다."

"보성호로 우쩨 알아보고?"

"어데? 현해탄 넘어다니는 배란 배는 보성호로 다 외워삐릤다."

"나라망신 역군이구마!"

"속력은 그란다 차뿌고오— 봉사가 다리를 건너도 우리 보성호매꼬로 속수

무책은 아닐끼다."

"갈수록 미치겠다! 또 머시 난린강?"

"보성호 현재 추진마력이 불과 5백마력 단압차야. 추진기가 발이라카모 배의 눈은 머겠노?"

"나침반?"

"옳거로. 이노무 눈깔까지 고마 멀어삐릿다니까네!"

"머시라?"

"보성호 눈깔은 마그네트콤파스라!"

"자이로콤파스가 엄따고?"

"명색이 2차대전 당시 군함이었는데 와 자이로콤파스가 없었겠어? 이자는 마그네트콤파스 하나만 남은기제."

"사람 눈으로 치모, 마그네트콤파스는 태어날 때부터 달고 나온 천연의 눈이고 자이로콤파스는 콘택트렌즈인데 말씸이야."

"표현 좋체!… 당신 말 매꼬로 마그네트콤파스는 자석을 이용한 천연의 눈! 자이로콤파스는 전자를 이용한 콘텍트렌즈!… 알고 있을끼다만도 자기 나침의가 가리키는 자극이 정북(正北)에서 17도 기울어진 상태로 9백60년 주기로 회전하능기 마그네트콤파스 아이겠어?"

"고장이 없는 반면 오차도 심심찮게 안생기겠나."

"바로 그말이다. 내 그 에피소드로 말할라꼬 요레 콤파스로 끄사낸기다… 선박의 지리적 위치가 변했을 때, 선수방향이 별안간 변했을 때, 선박에 경사도가 생겼을 때, 동일 침로를 장시간 항해 했을 때, 계류색을 풀고 변침출항 했을 때, 나침반이 고마 석은 고물일 때… 고마 수시로 오차가 발생하는 기 마그네트콤파스 아이거로. 현해탄 항해 선박들 중에 자이로콤파스 없이 툴툴거리고 댕기는 배는 딱 세척이야."

"눈깔 먼 배가 보성호 말고 또 있어?"

"내나 자랑스러운 대한민국 수출선들인데, 하나가 '진보 3호' 또 하나가 '철용호' 그카고 나머지 하나가 보성호라!"

"… 그 에피소드인가 먼가 그것부터 먼차 듣고 싶네."

"내 이 배 타고 3항차 때였어. 고철을 쎄리싣고 일본 지바에서 부산으로 출항한기다. 기상은 양호한 편이었지만 안개가 디게 두껍게 꼈었어. 그런 판에 고물 레이더가 무신 소용이겠나? 고마 죽어도 살으도 마그네트콤파스에 의존할 수밖에… 캡틴에다 초사, 나중에는 통신장과 내까지 골머리로 썩혀가면서 배로 몰았는데— 세상에 그런 헤프닝이 어디 있겠어? 안개도 걷히고 해가 대한해협에 닿고보이, 이런 시바알— 부산항로에서 10마일이나 벗어난 거제도 앞 해상이라. 50마일도 안되는 대한해협을 통과하는데 60마일의 수평오차가 생겼다 이기다!"

"목적항을 속초나 묵호항쯤으로 잡았었다카모 고마 북한 원산항으로 기들어 갈 뻔 안했나!"

"고레말따! 내 그때만 생각하모 지금도 등때기로 우박이 솓아진다!"

문경수가 오싹 몸서리를 치면서 전기곤로에다 주전자를 얹었다.

"차차 알아갈끼고… 내 한가지만 더 읊어주께."

"고마 그만 듣고 싶은데. 셋빠닥 얼어붙게 차디찬 냉수나 한컵 묵고나모 모를까…"

"끼 끼 끼이— 우째 고레 잘또 짚노? 내 바로 물사정 얘기로 할 판이었는데."

"물사정이 또 시끄랍나?"

"시끄랍다기보다 희한하제! 이 보성호에서는 여름철에 뜨신 물 묵고 겨울철에 냉수 묵게 돼 있다."

"… 와아?"

"다른 배들 저수탱크는 어데 있더라?"

"말이라꼬 해? 기기사 백이면 백척 다 수면하에 안있나."

"그렇다꼬 하고… 펌프장치에 의해가 배관을 통해 급수하던강?"

"그렇지 않은 배도 있던강?"

"있다!"

"어데?"

"이 보성호 안있나?"

"… 머시라?"

"그라이까네에— 숨게 말해가 보성호 저수탱크는 최상부 갑판에 설치돼 있어."

"시끄랍다! 그런 배가 어딨어?"

"글마 디게 말 많고…와 그란고 하이. 보성호 발전기 사정이 말이 아이라! 하루에 단 한차례 하부갑판의 물로 끌어가 저수탱크에 저장하이까네!"

"쎄가 굳는다! 그라이까네. 물은 높은 곳에서 아래로 흐른다카는 원시적 원리?"

"하모. 보거로! 최상부갑판 저수탱크는 완전히 노출돼 있어. 여름이면 불볕에 꿉어지고 겨울이면 꽁꽁 얼고… 쏙 모르고 냉수찾지 마소. 목 탄다꼬 그냥 냉겼다가는 목젖부터 고마 쏋아진다."

성준의 기억이 하나의 갈피를 열었다. 승선신고식 때 빼빼루마스터가 도동현이를 가리켜 '얼음동냥으로는 왔다 놈잉께' 했던 말이었다.

커피 한잔씩을 다 마시고 나서 성준은 일어섰다.

"갈라꼬?"

문경수가 무릎을 세우며 어살궂은 웃음을 물었다.

"자뒈사 안쓰겠나."

"사실말이제 내도 디게 외롭고 처량했었능기라! 당신 만나가 이자 덜 외롭게 됐어. 서로 의지해가 이 고난을 넹기자꼬!"

"내도 고레 생각하요!"

"이자부터는 니캉내캉 둘이만 만났을 때는 당신 당신카지 말자."

"그래도 공석상에서는 사관과 미나라이 팔짜야."

"알았어."

보성호가 선체를 부르로 떨었다. 나라망신 시키노라 어지간히 애쓴다는 생각에 깔밋잖은 설움마저 드는 것이었다.

범법선犯法船

❈

"갑판에 일났다카네."

"무신 일?"

"가봐사 알끼제!"

"저 소리 무신 폭음이고?"

"내가 우쩨 알아?"

갑판부 선원들이 우루루 침실을 빠져 나갔다. 성준과 이건민·도동현도 그들을 따라 갑판으로 나갔다.

갑판 위론 보성호의 모든 선원들이 모여 있었다.

"음마? 음마아? 저 씨발놈의 꼬치자마리가 으째 지랄이다냐?"

한 선장이 보성호 마스트 위를 낮게 선회하는 헬리콥터를 올려다 보며 똥재린 낯짝을 했다.

"마크를 식별한 즉슨 일본 항만청 헬리꼬뿌따인디 항차 먼 짐작을 잡구 저러는 지 모르겠습니다요! 지 생각으로는 필시 오판정보를 접허구 순찰하는 걸루 뵈너면유."

'할렐루야상'이 심상치 않은 낯색으로 엉절거렸다.

"씨발놈들 또 믄 해꼬지를 할라고?… 가만있어 보드라고잉! 저것들 혹시 발라스트 수리한 정보를 잡고 저 난리 아니겠어라우?"

초사 김광평이 한 선장을 마주봤다.

"발라스트 당고 수리한 일을 저 씨버랄 놈들이 으찌께 알 것잉가?"

"도처에 밀대들 안깔렸능갑소. 누가 안다요? 울산 밀대들이 겹장 치는지!"

"… 경쟁선박 아니라면 그런 짓을 누가?"

"그랑께 말이지라우잉. '진보 3호'가 이틀 전에 들어갔는디 그 셰끼덜이 베락정보 안흘렸을끄라우?"

"'진보 3호'가 보성호하고 믄 원수졌다고?"

"사업관계상!"

"그랑께 내말이 그말이여잉! 그녀려 사업 당장 때려치란 말엿!"

일본 헬리콥터가 두서너번 더 보성호 위를 선회하고 나서 멀어져 갔다. 연거푸 줄담배를 태우고 있던 한 선장이 느닷없이 목청을 높였다.

"보성호 식구덜은 한노무 셰끼 빠짐없이 다 모였지야?"

'할렐루야상'이 두리번두리번 훑고 나서 '조기장 한 사람 빼고는 다 운집했습니다' 했다.

"니미 씨벌! 운집은 믓이 운집이여? 그녀려 문자도 상황따라 써묵으면 환장하게 좋것구만!… 조기장 셰끼도 후딱 끄셔올려!"

한 선장의 명령이 떨어지자 말자 문경수가 화닥닥 내달았고, 잠시 뒤에 조기장 윤승혁이 헐레벌떡 갑판 위로 뛰어들었다.

"느그더얼— 아니, 고령자 주씨하고 사관들은 빼고… 느그딜 요 불여수세끼딜! 시방도 안늦었다잉. 자수해서 광명을 찾드라고!"

난데없는 한 선장의 불호령에 갑판 위의 선원들은 정경마님 연봉잠 훔치다 들킨 명화적 뽄들로 어이없어 했다.

"혹씨나… 혹씨나 돼지 한두 마리 태워갖고 온 놈 없제?"

김광평이 한 선장의 그말에 불끈 화뿔을 세웠다.

"너머 하십니다요? 초사가 아무리 날갑다고 그런 말씀을 으찌께 함부로 하신답니까요?"

"… 못할 소리도 아니랑께! 나 모르게 저질른 전과가 발써 두번이여잉."

"폴쌔로 흘러가뿐진 과거지사 아닙니까요? 지금이 으짠 땐디 밀항자를 숨겨갖고 온답니까요!"

"그랑께로 질문사항 아닌가?… 만에 하나 그런 불상사가 재발되지 않기를 오매불망 기도하다 봉께는 요런 염려도 생기는 것이여!"

한 선장이 퇴에 퇴에 가래침을 내뱉고는 갑판을 떠났다.

보성호가 '히메지'(姬路港)에 입항했을 때, 보성호는 숫재 불난 집 앞마당 뽄새였다.

"윈드라스에 덴끼 넣어라!"

"앙카 렛꼬다!"

"아시당이다 돕뿌해랏!"

국적도 없는 호령들이 뜻모를 난장을 만들고 있었고, 성준은 한심천만한 마음으로 우왕좌왕 했을 뿐이었다.

"니기미 시발, 도대체 무신 말이가? 내 요레 얄궂은 말은 처음 듣는다 아이거로!"

"그래말이지! 나도 처음이야."

도동현과 이건민이 오만상을 찌푸리며 투덜거렸다.

"아시당이다. 돕뿌해라?… 아마도 이런 뜻인갑다. 양묘기 레버 작동에 하자가 있어 닻줄이 지 멋대로 풀리니까네 정지시키라는 뜻 아니겠나."

성준이 쓴 입맛을 다셨을 때 접선로프가 왜선에 날았다. 아까부터 이 난리를 눈여겨 보고 있던 일본선원들이 연신 낄낄대며 종달거렸다.

한 선장이 불퉁스럽게 일본선원들을 향해 내뱉았다.

"이야 나제 와라우?"

(아니 왜 웃어들?)

"오모시로이까라."

(재미있어서.)

한 선장의 눈썹이 파르르 잡초처럼 떨렸다.

"나니가 손나니 오모시로이 유우노까?"

(뭐가 그렇게 재미있단 말이야?)

"간고꾸센까 뉴 숫꼬스루 도끼노요니 이이끼니나루 겐부쓰모 나이요. 잇따이 나니오 잇떼 일루야라! 에이꼬니, 니혼꼬니, 이야 소레다께데나꾸 아후리까 꼬모 마짓데 이루다로! 다까라 기끼도루 꼬도가 데끼나이요."

(한국선이 입출항 할 때처럼 신나는 구경거리도 없지. 도대체 무슨 소리들을 지껄여대는 건지! 영어에다 일본말에다, 아니 그것 뿐만이 아니고 아프리카 말도 섞였을껄? 그러니까 도무지 알아들을 수가 없지!)

"니기미 보지다잉!"

한 선장이 일본선원들을 향해 빠락 악을 써댔다.

다른 패거리의 일본선원들이 또 비웃적거렸다.

"아노 고데쓰가 마따 기따네."

(저 고철 또 왔군.)

"도니가꾸 후시기나 고또다. 안나 고대쓰가 돈나니시데 겐까이나다오 와닷데 기따노?"

(그러나 저러나 신기한 일이지. 저 고철이 어떻게 현해탄을 건너왔어?)

"센인다찌노 자마오 미로! 잇소 고지끼노 무레쟈 나이까!"

(선원들 꼴 좀 보게! 숫제 때거지들 아닌가!)

수긋하게 담배만 빨고 있던 '할렐루야상'이 버럭 악을 썼다.

"난다또? 야따라니 샤벳따라 다이헨나 고또니 나루요!"

(뭐라구? 말 함부로 했다가는 큰일나!)

"지지쓰가 소오데 나이까?… 오오고도? 난노 오오고도?"

(사실이 그렇지 않은가?… 큰 일? 무슨 큰 일?)

"못또 후자께따라 고로시찌마후!"

(더 까불면 죽이겠다!)

"고랴 구루히소오다네. 고야쓰가 오레오 고로스또 유우가 도오스루?"

(이거 미치겠군. 이 자식이 날 죽이겠다는데 어떡허지?)

"야, 고랴 헤소가 와라우요! 못도 싯꼬꾸 하라오 다다세데 오이떼 잇소 오보레지니사시떼시마호, 나니."

(야 이거 배꼽이 웃는다야! 더 바짝 약을 올려서 아예 물귀신을 만들어 버리지 뭘.)

한 선장이 미친듯 부르짖었다.

"다마레 고야쓰라! 못또 후자께따라 게이사쓰니 렌라꾸시데 민나 류치조니

쑷꼰데야루죠! 도찌와 기사마라노 도찌다까 엥꼬와 오레라가 못또 쓰요까로?
소레데모 후자께루까?"

(닥쳐 이 새끼들! 더 까불면 경찰에 연락해서 모조리 유치장에다 처박을테다!
땅은 네놈들 땅이지만 빽은 우리가 더 셀 껄? 그래도 까불겠어?)

그 바람에 일본선원들이 머쓱 굳었다.

"선장 하나는 세계만방에서 이찌루로 모셨제잉!"

김광평이 낮게 탄성했다.

그때 일본 세관원들이 부사리 언덕을 향해 내닫듯 보성호로 들이닥쳤다. 그들
은 배안을 벌집 쑤셔놓듯 해놓고 나서 보성호 선원들을 식당으로 몰아붙였다.

일본세관의 우두머리일 성싶은 자가 한 선장을 향해 입을 열었다.

"센인가 민나 난메이까?"

(선원이 모두 몇이오?)

"보꾸마데 아와세떼 니쥬이찌 메이데쓰."

(나까지 합쳐 스물 한명이요.)

"센인데쬬오 못데 민나 레쓰오 나라베!"

(선원수첩을 가지고 모두 줄을 서시오!)

"이야 조또 미나사이, 고레와 아마리 히도이쟈나이데쓰까?"

(아니 이거 보시오, 이건 너무 심하지 않소?)

"사세루도오리세요, 몬꾸 이와즈니!"

(시키는대로 해, 잔소리 말고!)

"난노 쓰미가 아루또잇데 고오스룬데쓰까?"

(무슨 죄가 있다고 이러는거요?)

"즈부도이꼬도 유나! 호오세이고오와 스데니 한자이센 리스또니 놋데 이루노

우 와까라나이까?"

(뻔뻔한 소리! 보성호는 이미 범죄선 리스트에 올라 있다는 걸 모른단 말요?)

"호오세이고오가 나제 한자이센데쓰까?"

(보성호가 왜 범죄선입니까?)

"니넨 젠니 밋꼬오샤 고메이노 노세떼 기떼 핫가꾸 사레따 후네와 난노 후네까?"

(2년 전에 밀항자 5명 싣고 왔다가 발각된 배는 무슨 배야?)

"스데니 가꼬데와 나이까? 보꾸와 소노도끼 센쬬데모 나깟다요!"

(벌써 과거 아닌가? 난 그때 선장도 아니었오!)

"센쬬가 가와루또 잇데 밋꼬오샤오 가꾸시데고나이와께모 나이쟈 나이까? 몬꾸 이와즈니 이찌레쓰니 레쓰오 나라베!"

(선장이 바뀐다고 밀항자 숨겨오지 말란 법 있나? 잔소리 말고 일렬로 줄을 서요!)

한 선장이 턱없는 언턱거리 잡지말란 투로 콧방귀를 꿔댔다.

"다까라 센쬬다께 노조이떼 샌인다찌니 레쓰오 나라베떼 이이나사이! 밋꼬오샤 욘메이가 겐꾜사라따노니 고가게쓰 젠니 호오세이고오데 밋꼬오시다또 민나 지하꾸시다요!"

(그러니까 선장만 빠지고 선원들더러 줄 서라고 해요! 밀항자 4명이 검거됐는데, 그들이 5개월 전에 보성호로 밀항했다고 다 자백했오!)

"와라와세루나! 쬬슈밋꼬오센노 게이가꾸데끼나 야리까다다! 손나 하나시오 마니우께루또와!"

(웃기지 마시오! 상습밀항선의 계획적인 수법이야! 그런 말을 곧이 듣다니!)

"란다 리꾸쓰가 오오이! 이찌오 사세루도오리세요!"

(거 참 말 많네! 일단 시키는대로 해요!)

"씨발놈덜이 느그덜보고 씹애리는 소리 고만 하고 줄을 스라고 염병지랄 안하냐? 죄라고는 한나도 없응께로 단군자손들답게 빳빳하게 줄 먼저 스자잉!"

도동현이 손을 번쩍 들고 나섰다.

"선장님요 드릴 말씸이 있임더."

"오이야! 해봐라잉."

"요레 불상놈들로 고마 곱게 보낼낍니꺼?"

"그란하먼 으짠다냐?"

"고마 웁니더!"

"머시 운다냐?"

"주먹이 웁니더!"

"왐메 내 이삔 미나라이셰끼! 그래도 참꼬보자잉. 니 주먹 고거 써묵을 때 쎄고쎘다잉! 시방은 무조건 참아사 쓴다잉. 왐메 눈물이 나올라고 하능거어! 요렇게도 이삔 단군자손, 아니 미나라이셰끼가 또 으디 있으까잉! 아가, 아가아— 시방은 캡틴 명령에 고냥 복종하는거여, 알었제?"

"눈물을 머금꼬 고마 참겠임더! 성질대로 하모 시발놈들 허파로 배가 꿉어묵꼬싶심더!"

"나는? 나도 식성대로 하자면 참지름 볼른 손으로 왜놈들 똥구녁에다 처넣어서는 창새기란 창새기는 다 빼묵꼬싶다!"

보성호 선원들이 울며 겨자먹기로 줄을 섰다.

일본세관 우두머리가 또 언턱거리를 잡을 모양이었다. 한사람 한사람 놓치지 않고 헤어 나가더니 다시 한 선장을 불러 세웠다.

"쇽끼또 사지, 하시마떼 히도쓰모 노꼬쟈스 못떼기나사이요!"

(밥그릇과 숟갈, 젓가락까지 하나도 빼놓지 말고 가져오시오!)

한 선장이 부릅뜬 눈알을 뒹굴렸다.

"이야 소레와 난제?"

(아니 그건 왜?)

"나니가 난다? 아다마가즈또 잇찌스루까 아와세떼 미요!"

(뭐가 왜야? 사람 수와 일치하나 맞춰볼꺼야!)

"⋯⋯?"

"마다 기끼와께나이또 유우까?"

(아직도 못알아들었단 말요?)

한 선장이 한차례 요란한 실소를 터뜨렸다. 그리고 나서 빠드득 이빨을 갈아 붙였다.

"지엣 곤치꾸쑈! 돈나 기찌가이지미 따꼬도 스루쟈 나이까!"

(이런 제길헐! 별 지랄 다 떠는구만!)

"난또 잇따?"

(뭐라고 했어?)

"호까노 하나시쟈 나이! 아나따다찌 기레이또 웃따노."

(다른 말 안야! 당신들 예쁘다고 했어.)

일본세관의 우두머리 지시에 따라 세관원들이 부산하게 움직였다. 숟갈과 젓 갈, 그리고 밥그릇을 일일이 사람 수와 대조하며 한참 북새통을 이뤘다.

사람 수와 식기들이 한치의 하자도 없자 그들은 연신 도리질을 해대며 오구구 몰 렸다. 뭐라고 숙설숙설 주고 받더니 세관 우두머리가 느닷없이 목소리를 높였다.

"센쵸다께 노조이데 젠인 죠오리꾸긴시!"

(선장만 빼놓고 전원 상륙금지!)

일본세관원들이 우당탕 퉁탕 식당을 빠져 나갔다. 김광평과 '할렐루야상'은 그말을 알아들은 낌새로 허탈한 표정을 지었고, 나머지 선원들은 우두망찰 넋을 뺀 채, 한 선장 얼굴만 바라다보고 있을 뿐이었다.

한 선장이 의미심장하게 입을 열었다.

"저 쪽바리셰끼덜이 나만 빼놓고 보성호 선원 전원에게 상륙금지를 쌔려뿐졌냐안!"

가들지는 한숨소리들이 소소리바람처럼 이는데 누군가가 '오참 항차 사업은 파이다 아이요!' 했다.

한 선장이 노기등등해서 말했다.

"그녀려 사업 얘기 그만 하란디도 으짠 놈이 씨불댔냐? 그셰끼 나 앞으로 당장 안나올래?"

갑판수 조광필이 문치적대며 한 선장 앞으로 나섰다.

"네에라 요 씨발놈! 요 잡셰끼가 불난 데다 대고 풀무질이여잉. 죽셰미창을 쫑쫑옹 바느질 해줘사 알겄냐?"

한 선장이 조광필의 입술을 두 손으로 움켜쥐고는 사뭇 찢어발길 기세였다.

조광필이 곧 숨넘어 가는 시늉을 하자 한 선장이 손을 놓고 그제야 목청을 가다듬었다.

"나 여러분덜한테 간곡히 부탁 한자리 한다잉. 요 난리는 필시 단군자손덜찌리 하는 모사극이여! 정신들 똑바로 채리고 자중할 것! 백방으로 심을 써서 여러 분덜 상륙을 도모하겄지만 설사 고것이 불연일 지라도 요참 항차만 꾸욱 참어도라! 으짜다가 본선 보성호가 맥없이 범법선 대우를 받는 지 모르겄다만 애만 모함잉께로 곧 풀리것제잉."

보성호의 식당은 흡사 고사굿 마당 끝난 잔판머리 쁜으로 허전한 한숨들이 드셌다.

작가연보

천승세 年譜

1939년 전남 목포 출생

1958년 동아일보 신춘문예에 〈점례와 소〉 당선.
        단편 〈내일〉(현대문학.10월)이 1회 추천.

1959년 단편 〈犬族〉(현대문학.2월) 2회 추천완료. 단편 〈운전수'〉(대중문예.5)
        〈예비역〉(현대문학.7월) 발표.

1960년 단편 〈四流〉(현대문학.10월), 〈解散〉(현대문학.3월),
        〈姉妹〉(학생예술.3월), 〈쉬어가는 사람들〉(목포문학.3월) 발표.

1961년 단편 〈矛와 盾〉(자유문학.9월), 〈花嶋里 솟례〉(현대문학.11월),
        〈살모사와 달〉(소설계) 발표. 성균관대학교 국어국문학과 졸업.

1962년 단편 〈누락골 이야기〉(신사조.3월), 〈春農〉(토픽투데이),
        〈째보선장〉(신사조) 발표.

1963년 단편 〈憤怒의 魂〉(자유문학.2월), 〈물꼬〉(한양.12월) 발표.

1964년 단편 〈봇물〉(신동아.10월), 〈村家一話〉(한양), 〈麥嶺〉(한양.6월) 발표.
        1월 경향신문 신춘문예에 희곡 〈물꼬〉(1막) 입선, 3월 국립극장 장막
        극 현상모집에 〈滿船〉(3막 6장) 당선.

1965년 희곡 〈등제방죽 혼사〉(農園.11월) 발표.
        1월 한국일보사 제정 제1회 한국연극영화예술상 희곡상 수상.

1968년 단편 〈맨발〉(신동아.6월), 〈砲大領〉(세대.10월),
        희곡 〈봇물은 터졌어라우〉(농원), 중편 〈獨湯行〉(현대문학.9월) 발표.

1969년 단편 〈분홍색'〉(월간문학.1월) 발표. 한국일보사 입사.

1970년 단편 〈從船〉(월간문학.4월), 〈그날의 초록〉(월간문학.10월),
        〈感淚練習〉(현대문학.12월) 발표.

1971년 단편 〈돼지네집 경사〉(월간문학.4월), 〈貧農〉(신상.9월),

〈主禮記〉(신동아.10월) 발표. 제1창작집《感淚練習》(문조사) 출간.

1972년 제2창작집《獨湯行》출간. 한국일보사 퇴사.

1973년 단편 〈누락골 보리풍년〉(독서신문), 〈배밭굴 청무구리〉(여성동아.4월),

〈달무리〉(한국문학.11월), 〈불〉(창작과 비평.겨울),

중편 〈落月島〉(월간문학.1월) 발표.

3월~5월 북양어선에 승선하여 북양어업 실태 취재.

1974년 단편 〈朔風〉(문학사상.3월), 〈雲州童子像〉(서울평론.5월),

〈暴炎〉(월간중앙.8월), 〈黃狗의 비명〉(한국문학.8월) 발표.

소년장편소설 〈깡돌이의 서울〉(학원1974.7~1976.3) 연재.

한국문인협회 소설분과위원장 被選.

1975년 단편 〈산57통 3반장〉(전남매일), 〈義峰外叔〉(전남매일),

〈種豚〉(독서생활.12월) 발표. 3창작집《黃狗의 비명》(창작과 비평) 출간.

8월 창작과 비평사 제정 제2회 만해문학상 수상.

1976년 단편 〈백중날〉(뿌리깊은 나무.창간호), 〈토산댁〉(월간중앙.2월),

〈돈귀살〉(한국문학.11월) 발표. 장편소설 〈四季의 候鳥〉(전남매일) 연재,

장편소설 〈落果를 줍는 기린〉(여성동아1976.10~1978.3) 연재.

1977년 단편 〈방울 소리〉(여원.12월), 〈인천비 서울비〉(독서신문), 〈뙷불〉(소설문예),

〈梧桐秋夜〉(문학사상.6월), 〈斜鼻先生〉(월간중앙.10월),

〈쌍립도 可絶이여〉(기원) 발표. 중편소설 〈李次道 福順傳〉(소설문예),

〈神弓〉(한국문학.7월) 발표. 4창작집《神弓》(창작문화사) 출간.

1978년   장편소설 〈黑色航海燈〉(소설문예.2,3월) 2회 연재되고 중단.

　　　　〈奉棋士의 다락방〉(월간바둑.1977.5~1978.7) 연재,

　　　　단편 〈혜자의 눈꽃〉(문학사상),〈細雨〉(문예중앙),

　　　　〈꿈길밖에 길이 없어〉(월간중앙.9월) 발표.

　　　　장편소설집《깡돌이의 서울》(금성출판사),《四季의 候鳥 상.하》(창작과 비평),

　　　　《落果를 줍는 기린》 출간.

1979년   단편 〈靑山〉(독서신문) 발표. 산문집《꽃병 물 좀 갈까요》(지인사),

　　　　5창작집《혜자의 눈꽃》(한진) 출간.

1980년   단편 〈不眠의 章〉(음양과 한방.2월), 중편 〈天使의 발〉 발표.

1981년   장편소설 〈船艙〉(광주일보1981.1~1982.10.30.) 연재.

1982년   제4회 聲玉文化賞 예술부문 大賞 수상.

1983년   꽁뜨집《대중탕의 피카소》(우석) 출간.

　　　　국제 PEN 클럽 한국본부 이사 被任.

1984년   단편 〈彈奏의 詩〉(예술계.12월),

　　　　장편소설 〈氷燈〉(한국문학1984.8~1986.2) 연재.

1985년   단편 〈滿月〉(동아일보) 발표. 국제 PEN클럽 한국본부 이사 重任.

1986년   단편 〈耳公〉 발표. 꽁뜨집《하느님은 주무시네》 출간.

　　　　자유실천문인협의회 상임고문 被任.

　　　　대표작품선《砲大領-상》,《이차도 福順傳-하》(한겨레) 출간.

1987년   꽁뜨집《소쩍새 울 때만 기다립니다》(장백) 출간.

1988년   수필집《나무늘보의 디스코》(삼중당) 출간.

1989년   시 〈丑時春蘭〉 외 9편(창작과 비평.가을) 발표.

1990년   장편소설 〈순례의 카나리아〉(주간여성1990.6.15.~1991.4.28.) 연재.

　　　　　장편소설 〈黑色航海燈-氷燈 2부〉(옵서버1990.5~1991.3) 연재.

1993년   에세이집 《번데기가 자라서 하늘을 난다》(열린세상),

　　　　　낚시에세이집 《하느님 형님 입질 좀 봅시다》(열린세상) 출간.

　　　　　중편소설집 《落月島》(예술문화사) 출간.

1995년   시집 《몸굿》(푸른숲) 출간.

2007년   소설선집 《黃狗의 비명》(책세상) 출간.

2016년   시집 《山棠花》(문학과 행동) 출간.

2020년   암으로 투병중 전신으로 암세포가 전이되어 약 2개월 와병 후

　　　　　11월 27일 영면.